爱的教育

智的教育

埃·德·阿米琪斯（Edmondo De Amicis）
保罗·曼特伽扎（Paolo Mantegazza） 著
王干卿 译

De Amicis
Cuore Garzanti

生活·讀書·新知 三联书店

Simplified Chinese Copyright © 2021 by SDX Joint Publishing Company.
All Rights Reserved.
本作品简体中文版权由生活·读书·新知三联书店所有。
未经许可，不得翻印。

图书在版编目（CIP）数据

爱的教育　智的教育／（意）埃·德·阿米琪斯（Edmondo De Amicis），
（意）保罗·曼特伽扎（Paolo Mantegazza）著；王干卿译．—北京：
生活·读书·新知三联书店，2021.7
ISBN 978-7-108-07051-7

Ⅰ.①爱…　Ⅱ.①埃…②保…③王…　Ⅲ.①儿童小说-日记体小说-意大利-近代
Ⅳ.①I546.84

中国版本图书馆 CIP 数据核字（2021）第 004604 号

责任编辑	王海燕
装帧设计	蔡立国
责任校对	张　睿
责任印制	宋　家
出版发行	生活·讀書·新知 三联书店
	（北京市东城区美术馆东街22号 100010）
网　　址	www.sdxjpc.com
经　　销	新华书店
印　　刷	天津图文方嘉印刷有限公司
版　　次	2021年7月北京第1版
	2021年7月北京第1次印刷
开　　本	635毫米×965毫米 1/16 印张32.5
字　　数	430千字 图51幅
印　　数	0,001-6,000册
定　　价	98.00元

（印装查询：01064002715；邮购查询：01084010542）

在《爱的教育》首发式上，译者接受中央电视台记者采访

译者与意大利驻华大使布鲁尼博士在《爱的教育》首发式上

官方证书(意大利文)

RICONOSCIMENTO UFFICIALE

L'AMBASCIATA D'ITALIA A PECHINO

VISTI I MERITI ACQUISITI PER LA CONOSCENZA E LA DIFFUSIONE
DELLA CULTURA ITALIANA IN CINA

CONFERISCE

A Wang Ganqing

IL PRESENTE RICONOSCIMENTO UFFICIALE
PER LA TRADUZIONE IN LINGUA CINESE DELLE OPERE
"LE AVVENTURE DI PINOCCHIO" DI CARLO COLLODI
E "CUORE" DI EDMONDO DE AMICIS

Pechino, 8 gennaio 1999

Ambasciatore d'Italia a Pechino
Dott. Paolo BRUNI

官 方 证 书

该证书授予《爱的教育》的译者王干卿先生，以表彰他在了解意大利文化和在中国传播意大利文化方面所取得的功绩。

1999年1月8日于北京

意大利驻华大使
保罗·布鲁尼博士

《爱的教育》官方证书

内容简介：

　　该书是一部日记体儿童小说，从一个叫恩利科的四年级小学生视角，写他在一学年里的故事。作者通过一件件平凡、细微的事情，娓娓地记叙师生之情、父子之爱、朋友之谊，展示人性的善良与纯洁，讴歌爱祖国、爱社会的精神。读者读完每则日记，激荡于胸怀的感情波澜都久久难以平息。不妨说作者用"爱"的钥匙，打开了人们的心扉，或许正是这个缘故，这部作品的名字在意大利文中就叫"心"！

　　《爱的教育》于1886年发表后，非同凡响，立即轰动了当时的意大利文坛。迄今在意大利就印行一百多版，行销千万册，一直是引导孩子正直向善的绝佳心灵读本，成为意大利无数家庭教育孩子的教材。同时，该书超越了时代和国界，被译成数百种文字和方言，成为世界上最受欢迎的读物之一，被公认为是一部人生成长的"必读书"。

　　在我国近百个版本的《爱的教育》中，王干卿教授的译本历经二十四年，从意大利古语译成中文，于1998年首次在中国出版发行，是唯一荣获"意大利政府文化奖"，并于2020年被教育部列入"中小学生阅读指导目录"的版本。

作者简介：

　　埃·德·阿米琪斯（Edmondo De Amicis，1846—1908），意大利19世纪最著名的作家。他自幼酷爱学习，喜欢军旅生活，青年时代就成了一名步兵军官，著有《军事生活》一书。他曾游历过许多国家，发表过一系列游记。但阿米琪斯还是以描写家庭生活、学校生活见长，《朋友们》《大家的马车》等作品在意大利脍炙人口，《爱的教育》使他成为世界级的大作家。全世界的孩子都喜欢读《爱的教育》，有些国家还把《爱的教育》作为小学生的教科书来学习。

译者的话

为了推广普及正版书，满足不同层次读者的需求，从意大利文原版翻译、三联书店出版发行的世界儿童文学名著——埃·德·阿米琪斯的代表作《爱的教育》跟读者见面了。

一百五十年前，意大利作家阿米琪斯正陷入创作《爱的教育》的痛苦之中。作者在给出版商的一封信中说："长期以来，我的脑海始终萦绕着一部新书的蓝图。为了它，我辗转反侧，寝食不安，甚至流下了激动的泪水。我要集中自己的全部智慧写好这部内容新颖别致、情节跌宕起伏、水准定能超过其他作品的书。我的创作欲火业已熊熊燃烧，在我的血液中已感到它的躁动，这是我二十年心血的结晶，是三十年理智的内心独白，凡是读这部书的人都将无法抗拒它的魅力；是无可争论的教科书，它所饱含的教益、慰藉和激荡的情趣无不使人流下动情的眼泪。我得了职业狂热病，我没有别的选择，没有丝毫的睡意，要是我真的睡着了，那就是梦见了这部书。"

为了排除家庭干扰，专心写作，阿米琪斯决定离家出走住进旅馆，并东躲西藏，不断变换住处。妻子怀疑他在外面寻花问柳，对他由误解发展到怨恨，最终离开了他。面对家庭分裂，他们的一个儿子精神世界彻底崩塌，年仅二十二岁就自杀身亡了。舆论也如一股股浊水向阿米琪斯猛袭而来，说他既不是好丈夫也不是好父亲，指责他在书中教别人学会爱，自己却不爱任何人。后来的一系列事实证明，阿米琪斯并不是因为有了"艳遇"而冷落了妻子和儿女，而是用了整整八年时间构思作品，潜心创作，终于为我们留下了一部传世佳作。

作者的老母亲在给其友人的一封信中说："埃迪蒙多（作者的名字，在意大利，家里一般直呼名字）是个工作狂。我有很长时间没见到他了，他工作起来其他任何事情都不屑一顾。昨天晚上，他带着孩子来看我，看上去疲惫不堪。他写了一部儿童读物，据说，还要列入学校教材。有人读了该书的个别章节，说有望获得巨大成功。天啊，可怜的儿子，这真是上帝对他的酬劳，夜以继日的工作累得他面容憔悴，筋疲力尽。"

《爱的教育》是一部日记体儿童小说，以一个叫恩利科的四年级小学生的视角，写他在一学年里的故事。作者通过一件件平凡、细微的事情，娓娓地记叙师生之情、父子之爱、朋友之谊，展示人性的善良与纯洁，讴歌爱祖国、爱社会的精神。读者每读完一则日记，激荡于胸怀的感情波澜都久久难以平息。不妨说作者用"爱"的钥匙，打开了人们的心扉，或许正是这个缘故，这部作品的名字在意大利文中就叫《心》！

这部作品1886年发表后，非同凡响，立即轰动了当时的意大利文坛。仅在出版当年的头两个月，再版四十余次还照样告罄。1913年，发行量达一百多万册，对于当时只有三千万人口的意大利来说，不能不算奇迹。迄今在意大利就印行一百多版，行销千万册，一直是引导孩子正直向善的绝佳心灵读本，成为意大利无数家庭教育孩子的教材。这部作品多次被改编成动画和故事，搬上舞台和银幕，还被绘成各种动人的画册。

作者阿米琪斯也许不会想到，这部让他呕心沥血、妻离子散的作品，会给意大利和他本人带来世界性声誉。

《爱的教育》超越了时代和国界的限制，被译成数百种文字，成为世界上最受欢迎的读物之一。

在我国，包天笑先生（1876—1973）是将《爱的教育》介绍进国门的第一人。早在 1909 年，该书由包先生从日文转译成中文。他的一个儿子叫可馨，故该书取名为《馨儿就学记》，在我国第一次出版发行。1924 年夏丏尊先生（1886—1946）对照日、英两种译本，又将该书译成中文，取名《爱的教育》，从此以后，这个译名就流传了下来。

从包天笑先生第一个译本算起，《爱的教育》已在我国出版发行了一个多世纪。时至今日，据不完全统计，大约有近百个不同版本在我国相继问世。《爱的教育》在我国获得久远、广泛的传播，说明它是一部深受欢迎的外国儿童文学作品。

2001 年该书入选教育部指定中小学语文新课标课外阅读书目，后多次被教育部、团中央以及各地教育部门评选为中小学最佳课外读物。2020 年，该书被列入"教育部基础教育课程教材发展中心中小学生阅读指导目录"。

早在 1986 年，也就是《爱的教育》发表整整一百年之时，联合国教科文组织把该书正式列入"具有代表性的欧洲系列丛书"之中。作者生前把誊写的书稿寄给了诺贝尔文学奖评审委员会，其意图是很清楚的，就是要让自己的作品有个权威性的评价，以扩大其影响。令人欣慰的是，在作者故乡意大利，《爱的教育》也在 1994 年被列入世界儿童文学的最高奖——国际安徒生奖（相当于儿童文学的诺贝尔奖）"青少年必读书目"之中，实现了作者生前的夙愿。特别值得庆贺的是，拙译《爱的教育》二十二年前在中国首次出版发行，仅仅三个月后，也就是 1999 年 1 月，因其"在中国传播了意大利文化"，并因译本的优美传神而荣获了意大利驻华使馆颁发的"意大利政府文化奖"。倘若作者在天有灵，当会含笑九泉。

我在意大利工作期间，有幸结识了已近花甲之年的银行家亚德瓦雅先生。当他得知我对意大利儿童文学有着浓厚兴趣时，毫不犹豫地把他童年阅读过，后又被一双儿女阅读过，珍藏了多年，并有埃·德·阿米琪斯次子吴戈亲笔签名的《爱的教育》赠送给我。借此机会，谨向亚德瓦雅先生表示深深的谢意。现在的这个版本，就是根据签名赠送本翻译的，以飨读者。

王干卿

2020年六一国际儿童节前夕

于中央广播电视总台寓所

作者序言

这部书是特地奉献给九岁到十三岁小学生的。该书的题目可以叫作"一个小学生一学年的故事",是由意大利某市立小学一位四年级的学生写的。我说是一位四年级的小学生写的并不意味着是直接出于他的手笔。他日积月累地在自己的笔记本上写呀写呀,写他在校内外的所见所闻所想。到了年底,他爸爸在他的本子上加了批注,但力图保持原故事的主题思想和孩子的语言风格。四年以后,他升入高中。这时候,他重温自己的手稿,回忆起当时的人和事更有了新鲜感,于是,又在手稿中加进了新的内容。亲爱的孩子们,请你们今天读一读这部书,希望你们能喜欢它,并从中获得教益。

目 录

十月

1 / 开学的第一天

4 / 我们的老师

5 / 不幸事件

7 / 卡拉布里亚的孩子

8 / 我的同窗好友

10 / 宽宏大量的品德

12 / 我的二年级女老师

14 / 在阁楼上

16 / 学校

17 / 帕多瓦的爱国少年（每月故事）

十一月

23 / 清扫烟筒的孩子

26 / 万灵节

28 / 我的朋友卡罗纳

29 / 烧炭工和绅士

31 / 我弟弟的女老师

33 / 我的母亲

35 / 我的同学科列帝

39 / 校长

41 / 士兵

43 / 内利的保护人

46 / 班级第一名

47 / 伦巴第的小哨兵（每月故事）

53 / 穷人

十二月

55 / 小商人

56 / 虚荣心

58 / 头场雪

60 / 小泥瓦匠

62 / 雪球

64 / 女老师

66 / 受伤者的家

67 / 佛罗伦萨的小抄写员（每月故事）

75 / 意志

77 / 感恩

一月

79 / 代课老师

80 / 斯达尔迪的藏书室

82 / 铁匠的儿子

84 / 欢聚一堂

86 / 维托利奥·埃马努埃勒国王的葬礼

88 / 弗朗蒂被赶出校门

90 / 撒丁岛的少年鼓手（每月故事）

99 / 爱国

101 / 嫉妒

103 / 弗朗蒂的母亲

104 / 希望

二月

107 / 一枚当之无愧的奖章

109 / 决心

111 / 玩具火车

113 / 盛气凌人

115 / 工伤

117 / 囚犯

120 / 爸爸的看护人（每月故事）

131 / 工场

133 / 小丑角

137 / 狂欢节的最后一天

139 / 盲童

145 / 生病的老师

147 / 马路文明

三月

149 / 夜校

151 / 打架

153 / 孩子们的家长

155 / 七十八号犯人

157 / 夭折的孩子

159 / 三月十四日前一天

161 / 发奖

165 / 吵架

168 / 我的姐姐

169 / 血溅罗马涅（每月故事）

177 / 重病中的小泥瓦匠

180 / 加沃尔伯爵

四月

183 / 春天

184 / 温伯尔托国王

189 / 幼儿园

193 / 体操课

196 / 我父亲的老师

206 / 大病初愈

207 / 爱工人朋友

209 / 卡罗纳的母亲

210 / 朱塞佩·玛志尼

212 / 公民英勇行为（每月故事）

五月

217 / 患佝偻病的孩子

219 / 牺牲

221 / 火灾

224 / 寻母记——从亚平宁山脉到安第斯山脉（每月故事）

259 / 夏天

261 / 诗意

263 / 聋哑女

六月

272 / 加里波第
273 / 军队
275 / 意大利
276 / 三十二度
278 / 我的父亲
279 / 到乡下远足
283 / 给工人们发奖
285 / 女教师之死
287 / 感谢
289 / 客船失事（每月故事）

七月

297 / 母亲的最后嘱咐
298 / 考试
300 / 最后的考试
302 / 告别

十 月

开学的第一天

十七日，星期一

今天是开学的第一天，三个月的乡下假期梦幻般地过去了。今天早晨，当我母亲送我到巴列迪[1]学校去注册上四年级时，我很不情愿去，总是想着乡间的事情。每条街上都是来来往往的学生。父母们都拥挤在两个文具店里给孩子买书包和作业本。学校门前，早就挤满了人。工友和民警拼命疏导着围得水泄不通的人群。到了校门口，有人拍了一下我的肩膀，我回头一看，哟，原来是我三年级时的老师。这位满头红色鬈发、性情一向爽快的老师对我说：

"恩利科，我们以后永远分别了，是吗？"

我对此心知肚明，然而，他的话还是使我很不好受。我费了九牛二虎之力才挤到学校。贵夫人、先生、普通女人、工人、军官、祖母、女用人都一手领着孩子，一手拿着升级通知书在传达室和楼道里等着，喧哗声此起彼伏，像戏院一样热闹。今天我重新见到了那间连接着七个班级的一楼接待大厅，心里充满着喜悦。三年来，我几乎每天都经过这里。

大厅里早已人山人海，女教师来来往往，忙个不停。我二年级时的女老师在教室门口见到我，跟我打招呼说：

"恩利科，今年你要到楼上去上课，今后我再也见不到你从这里经

---

[1] 朱塞佩·巴列迪（1719—1789），意大利都灵作家、文艺评论家。本书中提到的学校是以他的名字命名的。

过了。"说完,她很难过地望着我。

女人们为自己的孩子没有找到座位而焦急不安,围着校长问个不停。

我觉得校长比去年多了些白发,同学们的个子比以前高了,身体更健壮了。一楼的教室早已分好了班,一年级的学生倔强得像一头头驴子,怎么也不肯进教室,家长们必须把他们强拉进去,但转眼之间,一些学生又跑了出来;有的看到家长走了,便忍不住哇哇地哭起来,家长们又得返回来哄他们,或者干脆把他们领回家,弄得老师们也毫无办法。

我弟弟分在女教师德尔卡迪的班里,我分在二楼帕尔博尼老师的班里。十点,大家都进入教室。我们班一共有五十四个人,其中十五六个是我三年级的同学,一直得头等奖的德罗西也在我们班。我觉得学校是一块狭窄的天地,憋得难以忍受。因此,我十分怀念度假时在山林自由自在玩耍的情景。我还时时想起三年级时的老师。他和蔼可亲,平易近人,跟我们说话时总是面带微笑。他身材瘦小,如同我们的同窗好友。从此以后,我再也看不到他和他的红色鬈发了。想到这里,我感到实在惋惜。我现在的老师个子高高的，没有胡子，长长的黑发上添了丝丝灰白，额头上有一道笔直的皱纹，他说话的声音很大很大，一直目不转睛地、一个个地上下打量着我们，好像非得要摸透我们心中所有的秘密才罢休似的，脸上没有一丝笑容。

我心里想："今天才是第一天，还有九个月呢。多少作业呀！多少考试呀！多少劳累呀！"下课后，我迫不及待地去找正在校门口等我的母亲，跑过去吻她的双手。她对我说：

"恩利科，加油吧，我们会一块儿学的。"我高高兴兴地回到家，但从此以后，我再也见不到我那位平易近人、笑容满面的三年级老师了，想到这里，我感到"学校"这个词不像以前那样美好了。

我们的老师

十八日，星期二

今天上午上完课，我开始喜欢我们的新老师了。我们走进教室时，新老师已坐在讲台的座位上。他去年教过的一些学生不时地来向他问好。他们来来往往，从教室门口伸进脑袋来，跟他打招呼：

"您好，老师先生！""您好，帕尔博尼先生！"有的同学走进教室，先是摸摸他的手，然后又匆忙地走出去。可见，大家都爱戴他，都愿意跟他在一起。他回答学生们："大家好！"他跟学生握手时，眼睛并不看他们。学生们跟他打招呼，他表情严肃认真，额头那一道笔直的皱纹显而易见。他的脸转向窗户，眼睛直望着对面的屋顶，好像跟学生打招呼是件不愉快的事情。他一个个打量了我们一番，就叫我们做听写练习。他边念，边从讲台上走下来，在课桌之间踱来踱去。他看到一个学生的脸上长着红疱疹，就停止听写，两手托着他的脑袋细心查看，然后问他怎么不舒服，是什么病，还用手摸摸他的前额看有没有发烧。这时候，老师身后的一个学生突如其来地跳到课桌上，扮起鬼脸来，老师突然转过身去，他便赶紧跳下课桌，一屁股重新坐到座位上，害怕得不言不语，低头等候老师的处罚。老师抚摸着他的脑袋说："以后再不能这样了！"别的话什么也没说。老师回到讲台上，继续给我们做听写练习。做完听写，他默默地扫视了我们片刻，用他那高亢而洪亮的声音，慢条斯理地对我们说："同学们，我们将在一起生活一年。我们要十分珍惜这一年。你们要好好用功，做到品学兼优，我已没有家庭了，你们就是我的亲人。我母亲去年去世，只有我一个人了。在这个世界上，除了你们，我再没有别的亲人。再也没有别人对我钟爱了，我再也没有什么可思念的了。你们就是我的孩子，我真心实意地爱你们，也希望得到你们的爱。我不想处罚任何人，请你们向我表明你们的颗颗真心。我们的班级是一个大家庭，你们就是我的慰藉和骄傲。我不要你们做口头上的许诺，事实上，在你们的灵魂深处，我深信你们已做出了肯定的回答，我要谢谢你们了。"这时候，工友来通知说放学的时间到了，我们都一声不响地离开座位。那个站到课桌上的孩子走到老师跟前，用颤抖的声音说：

"老师先生，请原谅我吧。"

老师亲吻了一下他的前额说：

"回去吧，我的孩子。"

不幸事件

二十一日，星期五

这是新学年开始不久发生的一次不幸事件。今天早晨我在上学的路上，向父亲讲起了老师昨天对我们说的话。这时候，我看见街上人潮向学校方向涌动，并把校门口围了个水泄不通。我父亲说：

"准是出什么事了,真是糟糕透顶的新学年。"

我们费劲地在人群中挤来挤去,终于到了学校。大厅里挤满了家长和学生,人多得连老师进入教室都相当困难。大家都把目光转向校长办公室,忽然听到有人说:

"可怜的孩子,可怜的罗伯弟!"

校长办公室的另一头人声鼎沸,摩肩接踵。从人们的头顶望过去,警察的头盔和校长光秃秃的脑袋一目了然。过了一会儿,一位头戴大礼帽的先生走进来。大家齐声说:"医生来了!"我父亲问一位老师:"出了什么事?""车轮轧着了他的脚。"老师回答。"脚轧断了。"另一个说。罗伯弟是三年级的学生。他上学路过托拉·哥罗萨大街时,看见一位一年级的小学生离开送他的妈妈往学校跑,因为跑得太快,跌倒在马路中间。这时候,离他几步远的一辆马车正好向他驶来。眼看他就要遭殃了,罗伯弟奋不顾身地跑过去,一把抓住了这个小孩。孩子得救了,而罗伯弟由于躲闪不及,车轮轧着了他的一只脚。罗伯弟是一位炮兵上尉的儿子。

当我们正入神地听别人讲这件事时,忽然有一个妇人冲破人群,发疯似的跑进大厅,她是罗伯弟的母亲,是别人把她叫来的。接着又有一位妇人跑到她跟前,两臂抱着她的脖子大哭起来。这位妇人就是被救的那个孩子的母亲。两位妇人跑进校长办公室,人们立刻听到一个绝望的叫喊声:"我的孩子!我的朱里奥啊!"

这时候,一辆马车在校门口停下来。过了一会儿,校长怀里抱着罗伯弟走出来。罗伯弟的脑袋靠在校长的肩膀上,脸色苍白,双眼紧闭。大家都默不作声,只听到他母亲的哭泣声。脸色苍白的老校长停了一会儿,两臂举着罗伯弟让大家看。老师、家长和学生们都异口同声地说:"罗伯弟,真了不起!""真勇敢,可怜的孩子!"大家边说边向他送去飞吻,老师和学生都围着他,吻他的手和双臂。他睁开眼说:"我的书包呢?"被救的孩子的母亲给他看书包,两眼泪汪汪地对他说:"好孩子，我们可爱的天使，我给你拿着呢。给你拿着呢。"说完她去搀扶两手掩面、还在哭泣着的罗伯弟的母亲。他们走出来，把罗伯弟安放在马车上，马车驶走了。我们静悄悄地返回教室。

卡拉布里亚[1]的孩子

二十二日，星期六

昨天下午，正当老师告诉我们罗伯弟今后要拄着拐杖走路时，校长领进我们教室一个插班生。这个男孩皮肤是棕色的，长着一头黑发，两只水汪汪的黑色大眼睛不停地转动着，浓密的眉毛贴着前额。他的一身黑衣服格外醒目，腰里还系着一条摩洛哥黑色皮带。校长在老师的耳旁咕哝了几句话，留下男孩出去了。男孩露出惊恐的神色，用他那双大眼睛注视着我们。老师拉着他的手对全班说：

"大家应该高兴。今天，有一个出生在列佐·卡拉布里亚市的男孩来我们学校念书，他的家乡离我们这里有五百多英里。你们要爱这位远道而来的伙伴。他出生在一个意大利引以为豪的地区。那里为国家孕育过杰出的人物、卓越的劳动者和骁勇善战的军人。那里有一望无际的茂密大森林、雄伟的高山，居住着勤劳、智慧、英勇不屈的人民，是我们祖国的一块风水宝地。你们要真心实意地爱这个同学，别让他感到自己是远离家乡的外地人。你们必须使他看到一个意大利的孩子，不管他来到哪所学校，都会找到亲如一家的兄弟。"

老师说完站起来，在一张意大利地图上，指着列佐·卡拉布里亚市的地理位置，对那个总是得头等奖的孩子喊了一声：

"埃尔纳斯托·德罗西。"德罗西马上站起来。

---

[1] 意大利南部的一个行政区。

"到这儿来。"老师说。德罗西离开座位来到讲台前,面对卡拉布里亚的孩子。

"你是学校的优秀生,请你以全班的名义拥抱新学友,表示欢迎。这是皮埃蒙特区[1]的孩子拥抱卡拉布里亚区的孩子。"老师说。德罗西紧抱卡拉布里亚男孩,用他那响亮的声音说:

"欢迎你!"男孩亲吻德罗西的面颊。大家热烈鼓掌。老师大声说:"静一静,教室里不准鼓掌。"可以看出,今天老师特别高兴。那个男孩同样非常高兴。老师分配给男孩一张课桌,送他到座位上坐下。老师接着说:

"你们要牢牢记住我说的话。一个卡拉布里亚的孩子来到都灵[2]要像在自己家里一样自由自在地生活,而一个都灵的孩子到了卡拉布里亚也能像生活在自己家里一样。我们的祖国为了这一目的奋斗了五十年,有三万意大利人为国捐躯。你们每个人要学会互敬互爱。如果有一天,你们中间有人因为男孩不是我们省里的人,就做对不起他的事,这种人就再也不配在我们美丽的国土上仰望冉冉升起的三色国旗[3]。"男孩刚坐下,周围的孩子纷纷送给他钢笔和画片,坐在最后座位上的一个男孩送给他一张瑞典邮票。

我的同窗好友

二十五日,星期二

送给卡拉布里亚男孩邮票的那位同学叫卡罗纳,是我最喜欢的。他

---

1 意大利北部的一个行政区。
2 意大利北方工业重镇,本书中的故事大都发生在都灵及其附近地区。
3 意大利的国旗由红、白、绿三种颜色组成。

快十四岁了,是我们班里年龄最大的孩子。他头大,肩宽,脸上总是挂着讨人喜欢的微笑。他经常像成人那样思考问题,处理事情。

现在我认识很多同学了。科列帝也是我喜欢的一个同学。他穿一件巧克力色的毛衣,戴一顶猫皮帽子,性情活泼开朗。他的父亲原是木柴商人,曾作为温伯尔托亲王麾下的一员干将,参加了一八六六年的战争,荣膺过三枚勋章。小个子的内利其貌不扬,有点儿驼背,面容憔悴,可怜的内利!那个穿戴漂亮的孩子叫沃提尼,他有个总爱揪浮在衣服上那些小绒毛的习惯,衣服总是一尘不染。坐在我前面位子上的那个孩子的父亲是泥瓦匠,所以大家给他起了个绰号叫"小泥瓦匠"。他有一张酷似苹果的圆圆脸盘,长着一个蒜头鼻子。他有着非凡的才能,会做兔脸。大家经常怂恿他扮兔脸,逗得大家哄堂大笑。他戴一顶软绵绵的小毡帽,不戴时,往往揉成一团塞进衣袋里。小泥瓦匠旁边坐着卡罗菲,他身材细长,瘦骨嶙峋,长着一个猫头鹰般的鼻子,眼睛小得眯成一条缝。他常用钢笔尖、画像、火柴盒等小玩意儿跟别人做交易,经常把课本上的内容写在手指上,以便随时偷看。那位叫卡尔罗·诺比斯的是个神气十足的少爷。分别坐在他两旁的两个孩子也让我喜欢。一个是铁匠的儿子,穿着一件长至膝盖的上衣,脸色苍白,像是刚刚生了一场大病似的。他总是露出惊慌失措的神色,从没有笑过。另一个孩子长着一头红发,一只胳膊因病残而失去了工作能力,吊在脖子上,垂到胸前。他爸爸到美洲去了,妈妈以卖菜为生。我的旁边坐着怪里怪气的斯达尔迪,小个子、矮胖,好像没有脖子,从不跟人说话,容易发火,似乎对什么都一无所知,经常板起一副严肃的面孔,皱着眉头,目不转睛地注视着老师。老师讲课时,要是谁想跟他说句话,他第一次不理,第二次还是不理,第三次可就拳打脚踢了。坐在他旁边的叫弗朗蒂,他脸皮特厚,是个狡猾的家伙,是被别的学校开除而进我们班级的。还有一对穿着相同、相貌酷似的兄弟。他俩戴着卡拉布里亚式样的帽子,上面饰着雉鸠的彩色羽毛。我们班最漂亮的学生要数德罗西了。这小子聪明透顶，老师总爱提问他，他对答如流，这学年又是第一名已肯定无疑。看来，老师早就心中有数了。我特喜欢铁匠的儿子波列科西——那个穿着长长上衣的孩子。他像有病的样子，听说，他父亲经常打他。他显得胆小怕事，向别人请教问题时，或者认为得罪了别人，总是道一声"对不起"。他常常用和善而忧愁的目光打量每一个人。然而，班里个子最高、最富有教养的还是卡罗纳。

宽宏大量的品德

二十六日，星期三

今天上午发生的事情让我们认识到卡罗纳是怎样的一个人了。

我去上学的途中，碰到二年级时的女老师，她说准备到我家去一次，问我什么时候在家。这样，我耽误了些时间，晚到学校一会儿。到了学校，我们班的老师还没来。三四个同学正拿可怜巴巴的科罗西开心取笑。科罗西不是别人，正是那个长着红头发、一只胳膊因残废而垂在胸前、妈妈以卖菜为生的孩子。他们用尺子戳他，朝他脸上扔栗子壳，模仿他的残臂挂在脖颈上，把他比作畸形人、残废人和妖魔鬼怪。他一个人孤苦伶仃地坐在课桌的尽头，脸色苍白，极力忍受着他们的污言秽语。为了得到片刻的安宁，他用祈求的目光一会儿看看这个，一会儿又望望那个。但是他们变本加厉地嘲笑他，挑逗他。他气得面红耳赤，浑身直打哆嗦。突然间，那个厚颜无耻、爱搞恶作剧的弗朗蒂跳到课桌上，学着科罗西的母亲胳膊上挎着菜篮子的样子，逗得在场的所有同学捧腹大笑。科罗西的母亲一般这个时候就在校门口等儿子了，只因她最近生病没来接儿子。

这时候的科罗西已失去了理智，抄起一个墨水瓶狠狠朝弗朗蒂的脑袋上砸过去。弗朗蒂敏捷地闪到一旁，而墨水瓶正好打在刚进教室的老

师的胸脯上。

同学们争先恐后地跑回各自的座位,个个惊吓得默不作声。脸拉得老长的老师走到讲台前,气呼呼地大声问道:

"是谁干的?"没人吱声。

老师再一次提高嗓门,吼叫道:

"到底是谁干的?"

见没人答话,卡罗纳向可怜巴巴的科罗西瞥了一眼,猛然站起来,语气果断地说:

"是我!"

老师上下打量他一番,又望了望呆若木鸡的其他同学,然后语气平和地说:

"不是你。"

过了片刻,老师接着说:

"肇事者今天不会受到处分,快站起来说吧!"科罗西站起来,伤心地哭着说:

"他们打我,欺负我,我气疯了,就……"

"坐下。"老师打着手势对科罗西说。老师接着以命令的口吻大声说:

"那些肇事者赶快站起来！"

四个人耷拉着脑袋站起来。

老师用严肃而有力的声音说道：

"你们肆无忌惮地欺负一个从不打扰你们的同学，嘲笑一个可怜巴巴的孩子，打了一个毫无自卫能力的弱者，你们的行为是最卑鄙无耻的，实在是玷污了'人'这个美丽而又神圣的字眼！一群胆小鬼！"

老师一口气说完，走到课桌前，一只手抚摸着低着头的卡罗纳的面颊，托起他的脑袋，满怀深情地说：

"你的心灵真美！"

卡罗纳趁机跟老师交头接耳，咕哝了几句，谁也听不清楚说的是什么。老师接着转过身来，用生硬的语气对几个肇事者说：

"这次我宽恕你们。"

我的二年级女老师

二十七日，星期四

我的女老师说话算数。正当我跟母亲准备出门将一些衣物和床上用品送给《伽泽达日报》上刊登的一位穷苦女人时，这位老师来到我家。我们有一年没有在我家接待这位女教师了。自然，她的来访受到我们全家真心实意的热情欢迎。

老师依然是原来的样子，身材娇小，帽子上套着一条绿色的纱巾，衣着简朴，也许由于没有时间打扮，她的头发乱蓬蓬的，脸色似乎比去年苍老了一些，又多添了些白发。她咳嗽个不停，母亲关切地问长问短：

"亲爱的老师，您的身体好吗？您太不注意自己的身体了。"

"嗯，没什么问题。"老师回答，神色忧郁，但脸上挂着快乐的微笑。

"您讲话太多了。声音又太大了。您为孩子们的事到处奔波,太劳您的神了。"母亲说。

真的,我们在课堂上总能清晰地听到她的声音。我记得上课时,她为了让我们专心听讲,总是站着讲课,循循善诱,滔滔不绝地讲个不停。

我确信她是要来的。因为她从不会忘记自己的学生,即使过了好多年,她仍记得他们每一个人的名字。月考过后,她常常去找校长,问一问他们得了多少分,有时还在校门口等他们,查看一下他们的作业本,看有没有进步。她的学生有的已上了高中,像大人一样穿着长裤子,戴着手表,还照样来学校看她。她今天就是带领学生参观了美术馆后,风尘仆仆赶来看我的。她数年如一日,每逢星期四都带领学生去参观博物馆,并且滔滔不绝地讲解每一件展品。可怜的老师啊,她越来越瘦了,但一直朝气蓬勃,谈起学校的事情又是满怀激情。

老师还想看一看两年前我生病时睡过的那张床。那时,老师常常来看我,现在我弟弟睡在那张床上。老师看了一会儿那张床,没有说一句话,就准备跟我们告辞了,因为她还得赶快去看望她班里一个正在生病的孩子。他是鞍具店老板的儿子,正在家里出风疹,卧床不起。还有一大堆作业等着她去批改,每天晚上都得工作到深更半夜。另外,下午上完课,她还得马不停蹄地去给一个女店主上算术课。

老师边走边一个劲儿地问我:

"恩利科,你还爱你的老师吗?你现在会解难题吗?你能写长作文了吗?"

到了楼梯口,老师吻了吻我,又嘱咐我一句:

"恩利科,千万别忘记我哟。"

啊,我的可敬可爱的老师,我会永远永远地记住您的。将来我成了大人,也不会忘记您。我会常到学校去看望您的。将来,每当我路过一所学校,听到一个老师的声音,就好像听到了您的声音,使我回忆起跟您学习两年的情景。在那两年中,我从您那里学到许多许多的东西。您尽管有病在身，劳累不堪，对我们总是循循善诱，关怀备至。当有的孩子写字的姿势有毛病时，您就为他伤心难过；当监考老师提问我们时，您总是焦急不安；当我们个个品学兼优时，您是那样地喜气洋洋，像温柔慈爱的母亲那样对待我们。

我亲爱的老师啊，我将永远记住您！

在阁楼上

二十八日，星期五

按照报纸上刊登的消息，昨天晚上，我跟母亲和姐姐西尔维娅将衣物送给一位穷困的女人。我拎着这包衣物，西尔维娅拿着那张提供名字和地址的报纸，我们爬上一座高大的楼房，来到屋顶下面的阁楼。长长的走廊里排列着一扇扇小门。母亲敲敲最后一扇小门，一位还算年轻、长着金黄色头发而消瘦憔悴的女人给我们开了门。她头上围着深蓝色的头巾，我脑子里马上闪出一副特别熟悉的面孔，似曾多次见过她。

"您是报纸上刊登的那位夫人吗？"我母亲问。

"对，就是我。"女人马上回答。

"那就好，我给您带来一包衣服。"母亲说。

这女人一边接包裹，一边感恩道谢，自言自语地说个不停。

在空荡荡的房间的一个阴暗角落里，我看见一个背对着我们、跪在椅子前，好像在写字的孩子。仔细一看，纸摊在椅子上，地上放着一瓶墨水，他真的是在写字。

在这间光线十分昏暗的房间里，怎么能写字呢？当我喃喃自语时，我一下认出了那满头红发、穿着长长上衣、吊着一只残臂的男孩，他不正是卖菜妇的儿子科罗西吗？当那女人收拾那包衣服时，我悄悄告诉母

亲他就是科罗西。

"别吱声！"母亲嘱咐我说，"要是他看见我们对他们家施舍，他准有些难为情，不好意思。还是别让他知道为好。"

正在这个时候，科罗西回过头来，我顿时局促不安，不知说什么才好。而科罗西呢，只是微微一笑，没有特别的表情。母亲示意我跑过去拥抱科罗西。我拥抱了科罗西，他站起来，拉着我的手，一句话也没说。

"我和儿子住在这里。"他母亲对我母亲倾诉说，"我丈夫去美洲已有六个年头。我是个有病的人，再不能靠卖菜挣几个钱养家糊口了，连一张供可怜的路易吉诺[1]写字的小书桌都没有留下，下面的大门洞里原来还放着我家一张课桌，现在也让别人搬走了，连一盏供学习用的煤油灯也没有，孩子眼睛都要熬坏了。市政府供给他书籍和作业本，他才能勉强上学，这真是神赐的福啊。可怜的路易吉诺是多么好学呀。我实在是个不幸的女人！"

我母亲把钱包里的所有钱都给了她，又亲了亲路易吉诺。我们从路

---

[1] 路易吉诺是科罗西的名字，科罗西是他的姓。

易吉诺家出来时，他眼里噙着泪花，差一点儿哭出声来。

最后，还是母亲说得有理：

"你看那孩子多么不容易呀，人家还照样刻苦学习。你生活舒服，家里应有尽有，还觉得上学是件苦差事呢。我的恩利科哟，他一天付出的代价比你一年付出的还要多，头等奖应该发给像他这样的孩子！"

学　校

二十八日，星期五

是的，亲爱的恩利科，正如你母亲批评你的那样，你觉得学习是件苦差事。说真的，你从未高高兴兴、精神抖擞地去上过学。这是我不愿看到的。你是个很不听话的犟孩子。恩利科，你听我说，你想过没有，要是你不到学校去，那将是件丢脸的事，人人都会瞧不起你。在这种情况下，我敢肯定，过不了一个星期，你就会合拢双手，举起来，苦苦哀求我们把你送到学校去。时间一长，你就会对打闹逗乐和无所事事的生活感到厌倦和羞愧，良心受到责备。我的恩利科哟，现在人人都在学习，你想一想，工人们劳累了一整天，每天晚上照样到夜校去学习。那些普通人家的妇女和姑娘辛劳了一周后，星期天也要到学校去。士兵军事操练回来已疲惫不堪，还照样看书写字。即使聋哑和双目失明的孩子也不误学习，甚至监狱的犯人也读书认字。你想一想，每天早晨当你去上学时，我们城里还有另外三万名孩子在同一时间跟你一样也要到学校去，在那里学习三个小时。这难道不是千真万确的吗？还有，几乎在同一时刻，不知道世界各地有多少孩子正在去上学的途中。

你只要发挥一下自己的想象力，眼前就会浮现出下列情景：他们有的正快步走在恬静的乡间小路上，有的正穿过大都市的喧闹街道，有的正穿梭在海滨和湖畔；还有的正顶着似火的骄阳大步行走，或骑马奔驰在辽阔的原野上，或乘船行驶在水乡泽国，或滑行在皑皑雪原中；还有的在山势险恶的云雾蒙蒙地带，正长途跋涉在深山峡谷中，或正穿过茫茫林海，或跨越激流险滩，或行走在万籁俱寂的羊肠小道上……他们有的是一个人走，有的是结伴而行，还有的是三五成群。从坐落在冰峰雪崖之中的俄罗斯最边远的学校到位于椰林密处的阿拉伯最偏僻的学校，数也数不清的孩子穿着五颜六色的服装，说着各种各样的语言，用不同的方式，学习着相同的知识。

你完全可以想象得到，这是一支由上百个国家组成的密密麻麻的儿童大军，你也属于这支奋勇前进着的庞然大军的一分子。要是他们的这种奋进停止了，整个人类即将陷入可怕的愚昧和野蛮的混乱之中，这种奋进代表着世界的进步、希望和光荣。

你是这支浩浩荡荡大军中的一个小兵。你要鼓起勇气，奋起直追。你的书本就是你的武器，你的班级就是一支小分队，战场就是整个大地，胜利就是人类的文明，我的恩利科啊，千万别做战场上的逃兵！

你的父亲

帕多瓦[1]的爱国少年（每月故事）

二十九日，星期六

不，我决不当逃兵！要是老师每天给我们讲一个像今天上午讲的故事，我乐意到学校去。老师说，他以后每月给我们讲一个故事，并让我

---

[1] 意大利北部名城。

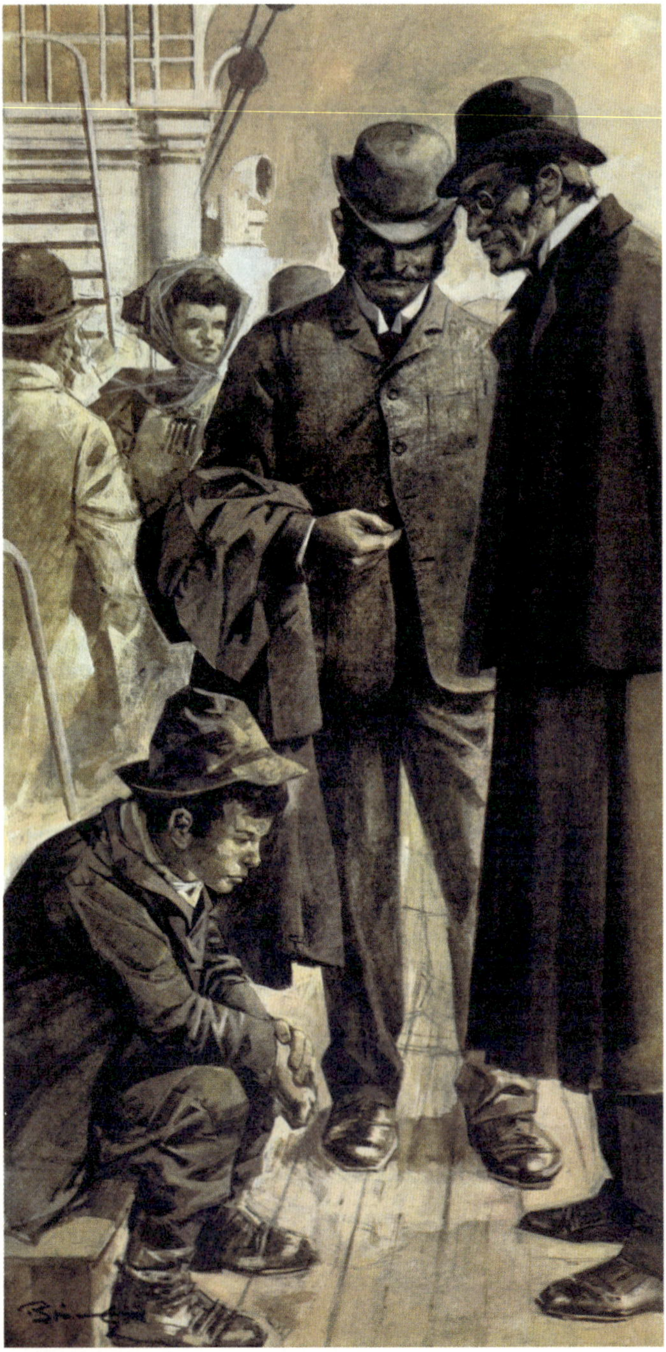

们记下来。这是关于一个孩子的美好真实的故事,这个故事题目为"帕多瓦的爱国少年",下面就是这个故事的梗概。

一艘法国轮船从西班牙巴塞罗那港口起航,驶向热那亚[1]。轮船上有法国人、意大利人和瑞士人,在这些人中,有个衣着破旧的十一岁儿童。他像一只野兽似的离群索居,仇恨地扫视着人们。他之所以用敌意的目光注视着每一个人是有道理的。两年前,他的爸爸和妈妈——帕多瓦郊区的农民——将他卖给一个街头卖艺的班主。班主经常打骂他,还不给他吃饱,只是逼他拼命训练,教他耍把戏。等他学会了把戏,他又辗转法国,来到西班牙,可照样遭班主打骂,连肚子也填不饱。

到了巴塞罗那,他陷入更加可怜的困境,再也忍受不了挨打和饥饿,从班主那里逃走,来到意大利领事馆,请求保护。领事馆同情他,将他安排到这艘轮船上,并托他带给热那亚警察局长一封信,嘱咐警察局长把他送还像牲畜一样卖掉他的爸爸和妈妈。

这个不幸的孩子衣衫褴褛,体弱多病,被安排到二等舱里。所有的乘客都打量着他。有个人主动跟他拉话闲谈,他也不理不睬,好像仇恨和鄙视所有的人。苦难的生活和不断地挨打挨骂,使他的心态发生了变化,身体变得更加消瘦。然而,经不起三个旅客刨根问底的打听和询问,他终于开口说话了。他只能用几句威尼托[2]方言、西班牙语和法语三种不熟练的混合语言讲述自己的身世。这三位旅客并不是意大利人,然而他们能听懂他讲话的意思。大概是出于怜悯,或者是酒后太兴奋的缘故,他们给了他一些铜币。为了从他嘴里知道更多的事情,三位旅客不断地刺激他,拿他逗乐。这时候,有三位太太进入二等舱,还甩给他几枚银币,有意显示一下自己是如何的宽宏大量。她们三个大喊大叫:

"喏,把这些拿去!"故意把钱币丁零当啷地掷到桌子上。

---

[1] 意大利著名港口。

[2] 意大利东北部的一个行政区。

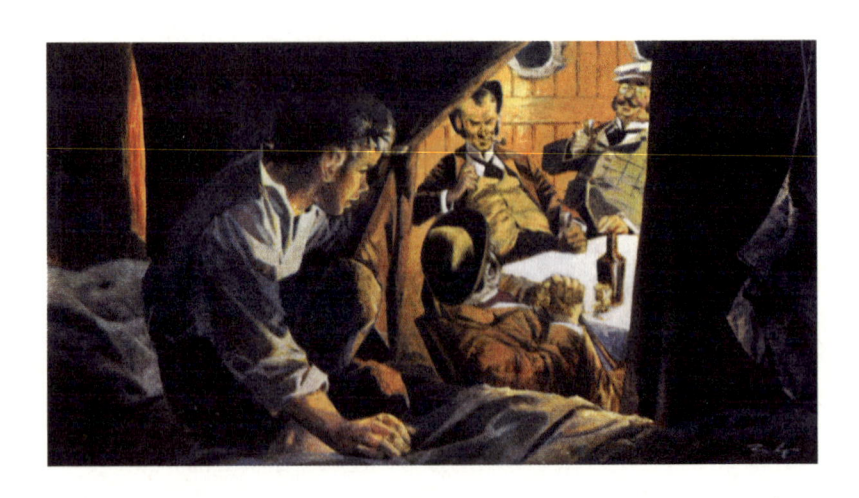

少年一边把收下的钱塞进衣袋里，一边细声细气地道谢。他的举止难免还有些粗鲁，但双眼第一次闪出喜悦的光芒，脸上第一次露出笑容。他爬上自己的卧铺，放下床幔，躺下来默默地沉思着今后的事情。要知道，他已经忍饥挨饿两年了，用这些钱可以在船上买上几样好吃的东西；两年来，他的衣服已破烂不堪，到了热那亚，他该买件长长的上衣了！他还应该带回家一些钱，好叫父亲和稍微仁慈的母亲高兴高兴，假如他两手空空回家，肯定会被父母拒之门外。这些钱对他来说，简直是一笔小小的财富。他在床幔后面美滋滋地憧憬着美好时刻的到来。那三个旅客围着一张桌子高谈阔论。

他们三个开怀痛饮，喋喋不休地谈论起旅途中的所见所闻和到过的国家。最后的话题转到了意大利。一个抱怨意大利的旅馆一无是处，另一个对意大利的火车大发牢骚。他们的情绪一个比一个激昂，说什么意大利的方方面面都是糟糕透顶。一个说，他宁愿到拉普兰[1]去旅游；另一个说意大利除了骗子和强盗，什么也没有；第三个说，意大利人全是斗大字不识的睁眼瞎。

---

1 挪威、瑞典、芬兰和俄罗斯的北部，统称拉普兰地区。

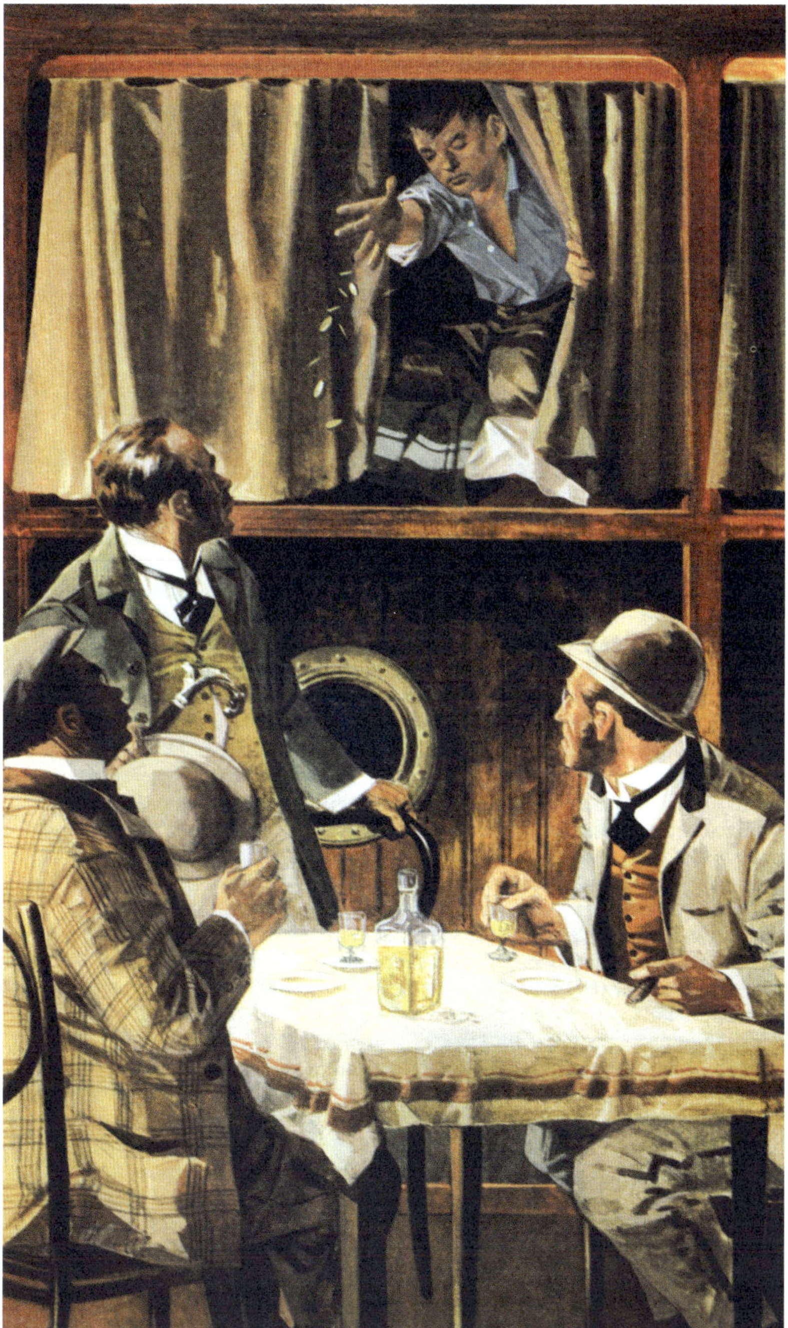

"是一个愚昧无知的民族。"一个说。

"是一个肮脏不堪的民族。"另一个说。

"小……"第三个慷慨激昂，正要说"小偷"时，话还没有出口，顷刻间，铜币和半个里拉的钱币像可怕的冰雹一样倾泻下来，砸在他们的头上和肩上，又叮当响地掉在桌子上和地板上。三个人勃然大怒，猛地站起来，抬头向上观望。这时，又有一大把硬币砸在他们的脸上。

"拿回你们的臭钱去！"男孩从床幔后伸出脑袋，以蔑视的口吻说，"谁辱骂我的祖国，我就不接受谁的钱！"

十一月

清扫烟筒的孩子

一日，星期二

昨天晚上，我到靠近我们学校的女子学校去，把"帕多瓦的爱国少年"送给姐姐西尔维娅的老师看——她也想看一看这个故事。这所女子学校有七百个女生。我到的时候，她们已经开始放学了。今天和明天是万圣节和万灵节[1]，是学校放假的日子，她们个个欢欣雀跃，显得格外高兴。

这一次，我遇到一件令我终生难忘的事情。学校对面的街头上站着个清扫烟筒的人。他的一只手臂靠在墙上，额头紧贴手臂，浑身全是烟黑。他个子瘦小，肩背挎包，带着刮刀，一会儿号啕大哭，一会儿低声抽泣。

三年级有三个女生走上前去问他：

"你哭什么？"他并不答话，只是一个劲儿地痛哭。

"到底怎么回事？你为什么要哭？请告诉我们！"女生又问。他松开手臂。噫，原来是个小孩子！一张幼嫩的脸蛋上透着天真的稚气。他哭着对她们说，他给几家人清扫烟筒挣了三十个铜币，但不知什么时候丢掉了，是从一个衣袋的裂口漏掉的。他边说边指着裂口给她们看。没有钱，他是不敢回去见主人的。

"我空手回去主人是要打我的。"他哭诉着说，又用手臂遮起脸，到

---

[1] 每年11月1日是天主教纪念所有圣人的日子，叫万圣节；每年11月2日是天主教祭祀所有死者的日子，叫万灵节。

了绝望的地步。

　　女孩们神情严肃地望着他。这时候,又有几个大女孩围拢过来,她们之中有穷苦的女孩也有富裕的女孩。一个帽子上饰着蓝羽毛的女孩从衣袋里掏出两枚铜币对他说:

　　"你别着急,我给你两个铜币,我们搞个小小的募捐就凑够了!"

　　"我也有两个铜币。不用担心,我们一定能给你凑够三十个!"另一个穿红衣服的女孩说。

　　她们又喊另外一些女孩的名字:

　　"阿玛丽娅,路易吉娅,阿尼娜,每人拿出一个铜币。"

　　"谁还有铜币?"有人问。

　　"喏,我还有几个铜币。"有人回答。许多女孩的钱本来是要买花和作业本的,这次就派上用场了。一些小的女孩也主动拿出零花钱。帽子上饰着蓝羽毛的大女孩把所有的钱都收集在一起,大声数着:

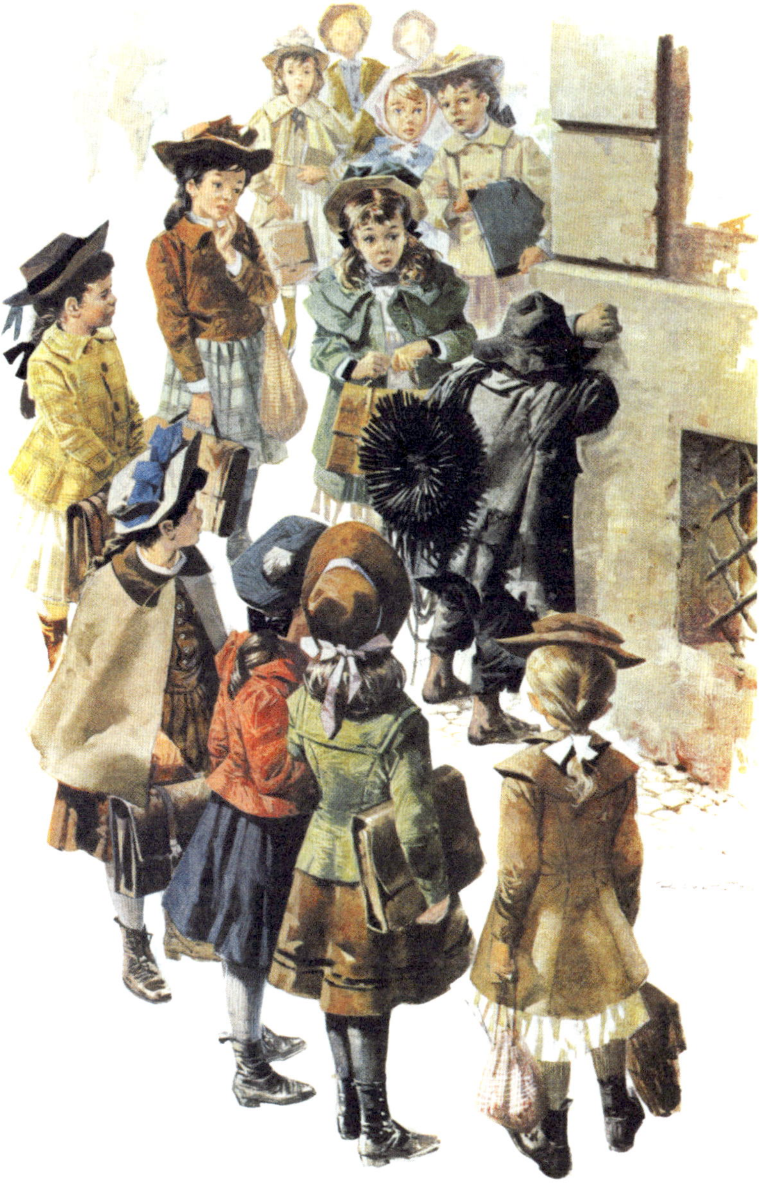

"八个，十个，十五个。"啊，还是不够，于是，有一个像老师模样的大女孩走过来，拿出半个里拉（当时意大利的货币单位，半个里拉相当于十个铜币。——译者），大家向她表示热烈欢迎和道谢。现在只差五个铜币。

"五年级的学生来了。"一个女孩说。一会儿工夫，五年级的学生到了，接着，钱币冰雹似的倾泻下来，人群依然潮水般地向这边涌来。这个可怜的清扫烟筒的孩子站在穿着五光十色的服装的女孩中间，被饰着羽毛、缎带、鬓发披肩的多彩多姿的人簇拥着……眼前这热闹的场面真是好看极了。

三十个铜币早已绰绰有余，可钱币还是源源不断地抛过来。那些没有带钱的小女孩也想送点什么，便挤过大女孩，把朵朵鲜花送给他。这时候，谁也没有想到女看门人突然冲着她们来了。她大声说：

"校长快来了。"

女孩们惊慌失措，麻雀似的四散而逃。唯有清扫烟筒的小男孩站在街头中间，高高兴兴地擦干眼泪，手里攥着满满一把钱。他上衣的纽孔中、衣袋里和帽子上插得满是鲜花，连他的脚边也散落着鲜花。

万灵节

二日，星期三

今天是祭祀所有死者的日子——万灵节。这一天，所有的人，当然也包括所有像你这样的孩子，都应当向所有死者寄托哀思。特别要悼念那些为你们，为所有少年儿童而死去的人。我的恩利科啊，这一切你都知道吗？为你们死去的人已经很多很多，还有很多人正在继续死去。你想过没有，每天不知道有多少做父亲的因劳累过度而撒手人寰！又有多少做母亲的为支撑家庭、养活自己的孩子，省吃俭用，受尽苦难而英年早逝！你知道，有多少男人因目睹自己的孩子一贫如洗而陷入绝境、捅了自己一刀吗？又有多少女人因失去自己的娇儿或投河自杀，或痛苦致死，或发疯吗？恩利科，这一天，你要哀悼这些死去的人！你还要想一想那些女老师。她们由于热爱自己的学生，对他们牵肠挂肚，呕心沥血而过早地离开人间！你想一想那些医生。他们为了挽救孩子们的幼小生命，勇敢地面对被传染的死亡挑战；面对船只失事、火灾、饥荒和突发事件等诸多的天灾人祸的死亡威胁，又有多少人把最后一块面包、最后一座安全岛、最后一条能从熊熊烈焰中逃难的绳索留给少年儿童，为保护无辜、天真的孩子们的生命而甘愿牺牲。恩利科，这样的死人是数也数不清的啊！每座公墓都埋葬着数以百计的神圣灵魂！假若他们能从坟墓中获得片刻的第二次生命，他们肯定呼唤那些孩子的名字。为了这些孩子，他们献出了青春年华的欢声笑语，献出了老人的安宁，献出了爱情、友谊、聪明才智和生命。二十来岁的未婚妻，黄金时代的男青年，八十岁的老人和豆蔻年华的年轻人——这些为孩子们而献身的勇敢烈士和默默无闻的英雄——有着伟大和高尚的品德，即使我们必须把全世界所有的鲜花都拿来，敬献到他们的陵墓前，都还是不够的。

孩子们啊，人们就是这样亲如兄弟，骨肉般地爱着你们哟。我的恩利科啊，今天你应该怀着感激之情来哀悼那些所有故去的人。只有这样，你才会更善良、更深情地对待所有爱你的人和为你辛勤劳动的人。亲爱的恩利科啊——我的万幸的孩子，万灵节这一天，还没有一个叫你悲伤而痛哭流涕的人！

你的母亲

我的朋友卡罗纳

四日，星期五

只有两天的假期过去了，可我觉得有很长时间没跟卡罗纳见面了。跟他相识越久，我就越喜欢他，其他人也不例外。只有几个蛮横无理的孩子才不跟卡罗纳打交道，因为他不理睬他们横行霸道那一套。每当某个大孩子动手殴打某个小孩子时，这个小孩子只要喊一声"卡罗纳"，大孩子就不敢再打了！

卡罗纳的爸爸是火车司机。他病了两年，上学晚了些时间。他是班里个子最高、力气最大的孩子。他一只手能举起一张课桌，嘴里老嚼着什么东西，人品诚实可靠。别人向他索要铅笔、橡皮、纸、削铅笔刀之类的用具，他都乐于借给或赠送。上课时，他从不跟别人随便说话，从不放声大笑，纹丝不动地坐在位子上。狭窄的座位对于像他这样一个膀阔腰圆、大头大脑的孩子实在难以承受。我留神看他时，他总是眯缝着眼睛对我微笑，似乎在问我："喂，恩利科，我们是朋友吗？"

卡罗纳的身材粗壮高大，可上衣和裤子都太短，袖口太瘦，小小的帽了几乎扣不住剃光的大脑袋，鞋子大而粗糙，领带拧扭得像一条绳子，见到他这般装束，不管谁都会忍不住开怀大笑。亲爱的卡罗纳，谁看你一眼，都会喜欢你的。班里最小的同学都愿成为你的邻座。

卡罗纳的数学最好。他总是拎着用一根红皮带捆成的一摞厚厚的书去上学。他有一把柄上镶着珍珠贝母的刀子，是他去年在操练场上捡到的。有一天，这把小刀割破了他的手指，深得连骨头都露了出来。可同学们谁也没发现这件事，他在家里也不吱一声，生怕父母担忧受惊。不管别人跟他开什么玩笑，他都让人家说个痛快，从不见怪。他表示同意某件事情时，假若有人说："这不是真的！"那这个人可要倒霉了。这时候，他的双眼会射出恼怒的光芒，用足以砸开课桌的拳头痛打你一顿。

星期六上午，二年级一个学生用来买作业本的钱不知什么时候被人掏走了。他站在街头放声大哭，卡罗纳把自己的零花钱给了他。

卡罗纳母亲的命名日[1]即将到来。三天以来，他正写一封长达八页、描绘着精致花边的信，准备送给母亲。他母亲经常到学校来接他，跟卡罗纳一样，她身材高大，富有同情心。课堂上，老师总是端详着卡罗纳的一举一动。从他跟前走过时，老师常常用手拍拍他的脖颈，仿佛在抚摸一头温顺的小牛。当紧握他那成人般的大手时，我心里总是乐滋滋的。我肯定卡罗纳会冒着生命危险去搭救他的任何一个同伴，这一点从他那炯炯有神的目光里便可一清二楚，尽管他常常大声呵斥某些人，但谁都能感到，那训斥声分明是发自内心的友善之言。

烧炭工和绅士

七日，星期一

我敢打包票，昨天上午卡尔罗·诺比斯对倍梯说的那句话，卡罗纳是绝对不会说的。诺比斯的父亲是当地的有钱绅士，因此诺比斯便趾高气扬，目中无人。他父亲身材魁梧，蓄着浓密的黑胡子，表情十分严肃，几乎每天陪儿子上学，接儿子下学。昨天上午，诺比斯跟班里最小的一个孩子、烧炭工的儿子倍梯吵架。诺比斯自知理亏，无法辩解，就冲着倍梯气急败坏地骂道：

"你父亲是个乞丐！"倍梯委屈得要命，顿时面红耳赤，默不作声，热泪夺眶而出，回到家里，便一五一十地告诉了父亲。

午饭过后，全身黑乎乎、个子矮小的烧炭工领着孩子来到学校，向

---

[1] 欧洲人习惯以圣徒的名字取名，该圣徒的诞辰即为此人的命名日。

老师抱怨。大家不吱一声，只是静悄悄地、全神贯注地听着。跟往常一样，诺比斯的父亲正在门口给儿子脱外衣，他听到有人叫自己的名字，便走进教室，问是怎么回事。

"是这位工人先生在抱怨您儿子。您儿子对他儿子说：'你父亲是个乞丐！'"老师回答。诺比斯的父亲听后，皱皱眉头，羞愧得有点儿脸红，于是询问儿子：

"你说那句话了吗？"诺比斯站在教室中间，当着倍梯的面，低着头不言不语。父亲紧紧抓着儿子的胳臂，把他拉到倍梯的面前说："快道声对不起。"烧炭工以和事佬的口吻连声说：

"算了吧，算了吧。"可绅士不理睬他，依然谆谆劝告儿子说：

"照我的话这样说：'我说了愚昧无知的话，侮辱了你的父亲，请你原谅。如果我的父亲能紧握你父亲的手，那将是非常荣幸！'"烧炭工做了个果断的手势，好像在说："不必了。"绅士不听他的话，逼儿子照他说的办。他的儿子头也不抬，轻声细气而断断续续地说：

"我说了——愚昧无知的话，侮辱了——你的——父亲。请——你原谅。如果我父亲——能紧握你——父亲的手，那——那将是非常——荣幸。"

绅士向烧炭工伸过手去，烧炭工用力紧握着。然后，烧炭工捅了儿子一把，儿子心领神会，扑到诺比斯怀里，两人紧紧拥抱。

"喂，请您帮个忙，让他俩坐在一起好吗？"绅士对老师说。于是，老师把倍梯安排到诺比斯旁边坐下。待他俩坐好后，诺比斯的父亲打个招呼告辞了。

烧炭工若有所思地站了片刻，全神贯注地凝视着靠近坐着的两个孩子，然后来到课桌前，带着爱怜和歉意的表情端详着诺比斯，仿佛想说些什么，可什么也没说出来。他伸手想慈爱地跟他亲热一下，似乎又没有这个胆量，只是用他那粗大的手指轻轻地碰了一下诺比斯的额头。他走到教室门口，回头瞥了诺比斯一眼，才慢慢走开了。

"孩子们，你们要牢牢记住今天的事情。"老师语重心长地说，"这是本学年最精彩的一课了！"

我弟弟的女老师

十日，星期四

烧炭工的儿子曾是德尔卡迪老师的学生。今天，德尔卡迪老师来到我家看望生病的弟弟，并给我们讲了许多可笑的事情。两年前，倍梯的母亲带了整整一围裙木炭来到老师家，感谢老师为她儿子发了奖品。老师坚决不收礼，而可怜的女人又不情愿将木炭拿回去。不管女人如何苦苦哀求，老师总是婉言谢绝，最后女人不得不把木炭拿回家去。据说，女人还为这件事哭了鼻子！

老师还告诉我们，一位心地善良的女人送给老师一束沉甸甸的鲜花，打开一看，原来里面放着一摞一摞的铜币。老师绘声绘色地讲起这件事，我们听得都入迷了。弟弟以前不肯吃药，今天居然痛痛快快地吃了！

对那些一年级的学生，老师不知要付出多少精力，需要多大的毅力！这些孩子像老人一样，牙齿残缺不全，有的音节发不出来，有的咳嗽个不停，有的鼻子流血，有的将鞋子掉在凳子下面，有的被笔尖扎破了手而疼得叫唤，有的因为买错了作业本而哭叫。一个班有五十个这样什么都不懂的孩子，他们的手软绵绵的，老师要教会他们写字实在不容易。他们的衣袋里装着甘草根、纽扣、瓶子木塞、碎石块等小玩意儿，老师搜查时，他们便把这些东西藏到鞋子里。他们上课不注意听讲，一只苍蝇飞进教室，他们都会大喊大叫，把课堂弄得乌烟瘴气。夏天，他们把杂草和甲虫带进学校，虫子在教室里飞来飞去，有的掉进墨水瓶里，作业本上都沾满了墨汁。

老师好像学生们的妈妈。老师帮助他们穿衣服,给他们包扎手指的伤口,为他们捡起掉在地上的帽子,嘱咐他们别拿错了大衣。多么操劳的老师啊!有些孩子的父母还来到学校大发怨言,质问老师:

"老师,我孩子怎么丢了钢笔?"

"老师,我孩子怎么什么也没学到?"

"我的孩子知道的那么多,为什么没有表扬他?"

"老师,您为什么不拔掉课桌上的钉子,把我孩子皮埃罗的裤子都划破了!"

我弟弟的老师也有对学生发火的时候。她实在忍受不住,想要动手打人时,硬是咬着手指,强压下怒火;她有时失去了耐心,遏制不住怒气责备了某个孩子,过后她就非常后悔,于是,便去亲昵地抚摸刚刚被她训斥过的孩子;她把一个顽童赶出教室,但她却十分伤心,还悄悄地流了眼泪；有的父母为了惩罚孩子不给饭吃，老师发现了就对家长大发脾气。

德尔卡迪老师洋溢着生气和活力，是一位容易动感情的年轻女子。她身材苗条，穿戴漂亮整齐，皮肤棕色，做起事来像弹起的弹簧那样敏捷，讲起话来温柔亲切。

"孩子们都很喜欢您，是吗？"母亲问老师。

"可以这样说。"老师回答，"但以后呢？学年一结束，就不是那回事了。这时候，大部分学生都冷眼相看我了。特别是换了男老师教他们时，他们还会因为我教过他们而羞愧呢。两年中，我是那样地关心爱护他们，日夜为他们操劳，等到跟他们分手时，我心里就难过。我时常琢磨着：那个孩子肯定会永远爱我。但我错了。假期一过，他来学校时，我跟他相遇，主动跑过去连声叫他：'我的孩子！我的孩子！'他呢？连忙转过身子走开了。"老师讲到这里，心里一酸，哽咽得说不出话来。

过了片刻，老师抬起泪汪汪的眼睛，亲吻着弟弟，满怀深情地问：

"小不点儿，你会这样吗？将来有一天你碰见我，不会倏地一下转身跑掉吧？这不会是真的吧？你不会背离为你操碎了心的老师吧？"

我的母亲

十日，星期四

在你弟弟的老师面前，你对母亲很不尊重。恩利科，你知道不知道，类似的事情还从未发生过。你那些失礼的言行钢针般地刺痛着我的心。前几年你生病时的情景，至今仍历历在目，令我终生难忘。你母亲整夜整夜地守在你的床前，屏息静听你的呼吸。她以为马上就要失去你而怕得浑身发抖，因过度悲伤而痛不欲生。我真怕她会发疯的！今天回想这些往事，我仍然为你当时的状况忧心如焚。恩利科啊，是你伤了母亲的心。为减轻你一小时的痛苦，你母亲可以牺牲一年的欢乐。为了你，她可以沿街乞讨。为了挽救你的生命，她可以献出自己的生命。恩利科，你要听我的劝告。你可以想一想，你整个一生中，会因为经历许多可怕的天灾人祸而痛苦，但最痛心的莫过于有一天失去你的母亲。恩利科，你必须把我的话铭记心头，永世不忘。等你成了身强力壮的大人，经历了人生的无数次艰苦磨炼以后，你会千百次地苦苦哀求母亲的宽恕，尤其渴望能再次听到哪怕是她的片刻的声音，像一个失去保护、失去舒适生活的不幸孩子想要重新投入母亲的怀抱那样而涕泣呜咽。只有到了那个时候，你才会回忆起那种种让人伤心落泪的往事当初是怎样刺激着母亲的心灵，并怀着深深的内疚而愿意付出所有的一切向她赎罪。真是不幸的人啊！如果你现在给母亲带来痛苦和悲伤，你这一辈子休想过上安稳的日子。

将来有一天，你即使求她宽容，对她怀有极大的敬意，也是无济于事的。到那时你将追悔莫及，你的良心将得不到片刻的安宁，母亲那生来温柔善良的形象对你将投下永远悲伤和斥责的阴影，使你的灵魂深受折磨。

我的恩利科啊，你要牢牢记住这一点：人世间最神圣的爱莫过于母爱了。不管谁践踏了这种爱，他必然落个可悲的下场。一个杀人犯，只要他还敬重他母亲，说明他还有起码的仁义道德。纵然是光彩照人的人物，但如果他使母亲伤心落泪，他就是分文不值的人！

从今以后，对于生你养你的母亲，请你不要从自己的口中说出一句蛮横无理的话。你万一说出一句不恭敬的话，请你不是由于怕我，而是在灵魂的感召下，毕恭毕敬地跪倒在母亲的脚下，求她在额头上亲吻，期望得到她的宽容，拭去那忘恩负义的污点！

我的孩子，我爱你！你是我生命中最珍贵的希望，可我宁愿失去你，也不愿看到你对你母亲忘恩负义。你走吧，走开一会儿也好。你别再来跟我亲热了，我现在不能真心诚意地跟你亲昵！

你的父亲

我的同学科列帝

十三日，星期日

我父亲原谅了我，可我心里还是有点儿难过。我母亲叫我跟看门人那又高又壮的儿子去林荫大道上散散步。当我经过停在一家铺子前的一辆马车时，听到有人喊我的名字。我回头一看，原来是我的同窗好友科列帝。他穿着巧克力色的毛衣，头戴猫皮帽子，肩上扛着一捆很重的木柴。尽管累得汗流浃背，可还是乐呵呵的。站在马车上的男子递给科列帝一捆木柴，他接过来，运到父亲开的柴铺里去，然后，又急急忙忙地把木柴堆放好。

"科列帝，你在干什么？"我问。

"你没看见吗？"他一边伸手去接木柴，一边回答说，"我正在复习功课呢。"

我忍不住笑了。科列帝说的是真的，不是开玩笑。他接过一捆木柴，一边跑一边念："这叫动词的语态变化……动词根据数和人称的变化而变化……"

他把木柴放下来，又一边堆一边念："动词……动词根据动作产生的不同时态而变化……"

他跑回来，拿起一捆木柴边走边念："动词……动词根据动作发生的不同语式而变化……"

这是我们明天的语法课。"有什么办法呢？"他对我说，"要知道，我是在利用业余时间温习功课呢。我父亲跟一个伙计做买卖去了,我母亲又生病,这不,轮到我来卸车了,于是,就利用这个机会复习复习语法。这课的语法很难记,怎么记也记不住,真是白费工夫!"然后他对马车上的男子说:"我父亲说,他晚上七点回来给您付钱。"

马车走了。科列帝对我说:"进铺子玩一会儿吧!"我走进去,看见房间很大,满是一捆捆柴,一堆堆柴垛,旁边有一杆秤。

科列帝又开始干活了。他说:"我敢打赌,今天是我最忙的一天。我必须争分夺秒地温习功课,做练习。往往正做着练习,马车就来了。今天上午,我已到威尼斯广场的木柴市场跑了两趟。我的腿累得都没感觉了,手也肿了。要是有绘画课,我就倒霉了。"说完,科列帝拿起扫帚清扫砖地上的干叶和细枝。

"科列帝,你在哪儿做功课?"我问他。

"当然不在这儿。你跟我来看一看。"科列帝回答。接着,他把我领进铺子后面一间既当伙房又当餐厅的小屋子。墙角摆着一张桌子,上面放着书、作业本和未完成的作业。

"喏,我就在这里做功课。"他说,"对啦,第二道题好像还没做完。皮能做皮鞋、皮带,还能做皮箱。"科列帝提起笔,用他那漂亮的字体在作业本上熟练地写起来。

"有人吗?"铺子里有人叫了一声。原来是个女人来买柴。"有人,来了。"科列帝应声回答。他拔腿跑出去,称了柴,收了钱,跑到墙角,在一本流水账簿上记了账又返回来继续做功课,并对我说:"看一看这回能不能做完复合句的练习。"他在作业本上写起来:旅行包,士兵的背包。

"哎哟,不好,咖啡都溢出来了!"他情不自禁地大喊一声,飞快地跑到炉子跟前,从炉子上拿下咖啡壶。

"这是我给妈妈准备的咖啡。"他说,"我必须学会煮咖啡。等一会儿,我们俩一块儿把咖啡送给她,这样,她就可以见到你了。我想,看到你,她一定会高兴的。妈妈在床上已经躺七天了……对啦,还有动词的语态变化。不知怎么搞的,我常常被咖啡壶烫痛了手。士兵的背包后面还要写些什么呢?似乎还应该加点什么,可一时又找不到合适的词句。走吧,你跟我去看一看我妈妈。"

科列帝开了门,我们走进一间小卧室,里面的一张大床上躺着科列帝的妈妈,她的头上包着一块白毛巾。

"妈妈,喏,这是煮好的咖啡。"科列帝递给妈妈一杯咖啡说,"这位是我的同学。"

"咦,多体面的少爷呀。"女人对我说,"您是来看我的,对吗?"接着,科列帝给母亲整理一下枕头和被褥,捅旺炉火,赶走抽屉柜上的猫。

"妈妈，还需要点别的什么吗？"科列帝收起咖啡杯问妈妈，"两小勺咳嗽糖浆您喝了吗？要是喝完了，我可以再到药铺去一次，反正木柴早已卸完了。我会照您说的那样，四点把肉锅放到炉子上；卖黄油的女人来了，我把八块铜币还给她。一切都会好的，您别操心了。"

"好孩子，谢谢你！"妈妈说，"可怜的孩子，没事了，你去吧！你想得真周到。"

科列帝的母亲一定要我拿一块糖果吃。然后，科列帝给我看他父亲的一张照片。他父亲身穿戎装，佩戴着一八六六年在温伯尔托亲王麾下荣膺的勋章。他的脸型酷似儿子，目光炯炯有神，脸上挂着愉快的微笑。

我们回到伙房，科列帝说：

"哟嗬，我又想出一个句子。"他说完，便在作业本上这样写道：皮革还能做马的挽具。科列帝继续说：

"晚上我再做剩下的练习。看起来，今天要睡得很晚很晚，明天起不来了。你真幸福。你有时间做功课，又有时间去散步开心。"他说完，又急急忙忙地跑进柴铺，把一块块木头放在支架上锯起来。他气喘吁吁地说：

"这也是一种体操训练，当然，不是那种双臂向前伸展的体操动作。我想父亲回到家以前能把木头全部锯好，这样他准会高兴的。糟糕的是刚锯过木头，再马上写字——正如老师说的那样——字母就像一条爬行的蛇，弯弯曲曲的，可我有什么法子呢？我会把用胳膊干活儿的事如实地告诉老师的。重要的是妈妈能够尽快痊愈。妈妈今天好多了，谢天谢地。明天凌晨鸡一打鸣，我必须赶快起床温习语法。哦，马车到了，我得赶快干活去了！"

满载木柴的马车停在铺子前。科列帝跑出去跟车夫咕哝了几句，马上返回来对我说：

"对不起，今天不能再陪你了，明天再见。你来我家真是太好了。

高高兴兴地散步去吧，祝你幸福。"

科列帝紧紧握了握我的手，赶忙卸木头去了。他在马车和铺子之间穿梭来往，猫皮帽子下面的脸像怒放的玫瑰一样漂亮，他精神焕发，动作灵活敏捷的样子，不管谁见到他，都会感到无限的快乐。

"你真幸福。"他对我说。哦，不，不，科列帝啊，真正幸福的不是我，而是你。因为你学习多，干活多。你对父母亲更有用，你比我好，比我更善良、更能干一百倍，我的同窗好友科列帝啊！

校　长

十八日，星期五

科列帝今天上午特别高兴，因为他三年级时的老师柯阿提先生来参加监考的工作了。柯阿提老师身材魁梧，一头鬈发长而浓密，蓄着黑油油的大胡子，一双褐色的大眼睛圆溜溜的，说起话来像炮声一样响亮。他时常吓唬孩子们，声称要把他们撕得粉碎，掐住脖子将他们扭送到警察局，要么做出各种狰狞可怕的面孔来。实际上他并不惩罚任何人，大胡子下面藏着微笑。

学校共有八位老师，其中就包括柯阿提老师和一位代课老师。这位老师没有胡须，个子矮小，看起来像个初出茅庐的小伙子。五年级一位老师的腿脚有毛病，走起路来一瘸一拐的，他常常感到浑身疼痛，一条大围巾把脖子裹得严严实实的。他当乡村教师时，学校非常潮湿，墙壁常常渗水，结果他就患了风湿痛。五年级的另一位老师已经上了岁数，头发全白了，据说以前他还当过盲人的教师。还有一位戴眼镜的老师，他衣着考究，两撇金黄色的八字胡异常醒目。另外，他曾学过法律，并取得结业证书，至今虽然职业是教师，但是仍享有"小律师"的声誉；他还曾写过一本教人如何写信的书。体育老师是个具有典型军人风度的人，曾在加里波第[1]部下作过战，至今脖子上还留有米拉措[2]战役中被马刀砍伤的疤痕。

最后说说我们的校长。他个子高大，秃顶，戴着一副金丝边眼镜，花白的胡子飘拂在胸前，穿一身黑衣服，纽扣一直扣到下巴颏，对学生和蔼可亲。学生们因无理取闹而被叫到校长办公室时，校长从不发火训斥他们，而是拉着他们的手，耐心地给他们讲明道理，告诉他们该做些什么，不该做些什么，谆谆嘱咐他们要知错改错，保证做个好孩子。他说话的态度可敬可亲，声音悦耳柔和。学生们从校长办公室出来，一个个的眼睛都哭红了。说实话，他们比受到惩罚还窘迫不安。校长为我们操碎了心！他每天早晨总是第一个到校，期望每个学生能按时来上学。他耐心地听取家长们的意见，放学后别的老师回家了，他还独自在学校周围踱来踱去，看一看有没有学生被马车撞到了，瞧一瞧有没有在街头拿大顶玩耍的，有没有书包里装满石子和沙子的。每当某个角落出现他那穿着黑色衣服的高大身影时，孩子们便停止玩笔尖[3]和弹球的游戏，一窝蜂似的四散而逃。这时候，校长总是从远处举起食指，带着慈爱而忧郁的表情吓唬他们一下。听母亲说，自从他当志愿兵的儿子牺牲后，人们再也听不到他的笑声了。他把儿子的照片摆在办公室的小桌上，以便经常瞧上一眼。自从发生了这个不幸事件后，校长真的想离开学校了。他已向市政府打了离职休养报告，可一直放在办公桌上，盘算着哪一天交上去合适。但他跟学生难舍难分，报告始终没有被送上去。听说，前几天他又下了离开的决心。有一次我父亲在校长办公室劝他说：

---

1 加里波第（1807—1882），意大利民族英雄。
2 意大利西西里岛的港口城市。
3 把笔尖放在手掌上，谁把笔尖吹翻过来，谁就是赢家。

"校长先生，您离开太可惜了。"这时候，一个男子领着孩子来到校长办公室，说他家因搬到学校附近需要给孩子办转学注册。见到这个孩子，校长露出吃惊的神情，端详了他好一会儿，看看摆在桌子上的照片，回头又望望那个孩子，然后把他拉到两膝中间，叫他抬起头来。原来，眼前的这个孩子长得完全像他那去世的儿子。

校长说：

"好吧。"说完，便给孩子注册。送走那男子和他的儿子，校长陷入沉思。

"校长先生，您离开太可惜了。"父亲又重复说。这时候，校长拿起他的离职休养报告，将它撕成两半，喃喃自语道：

"我留下不走了！"

士 兵

二十二日，星期二

校长的儿子是当志愿兵时死去的。儿子死后，校长常常在我们放学后独自去大街看过往的士兵。昨天，一个步兵团路过这里，五十个孩子跟在车队后面，边唱边跳，有的用尺子在背包和书包上敲打着，这是按照军乐的节奏在打拍子呢。我们三三两两在街头全神贯注地观看热闹的场面。卡罗纳穿着紧身衣服，津津有味地嚼着一大块面包；沃提尼衣着依然整齐，漂亮而干净；铁匠的儿子波列科西仍然穿着父亲的上衣；还有那位卡拉布里亚的孩子，小泥瓦匠，长着红头发的科罗西，厚脸皮的弗朗蒂，炮兵上尉的儿子罗伯弟——那位从马车底下救了一名儿童，而现在挂着拐杖走路的孩子。弗朗蒂朝一个瘸腿走路的士兵发出哧哧笑声。一只大手冷不防地放在他的肩上，他猛然回头一看，原来是校长。校长对他说：

"留神点儿。要知道，嘲笑一名在队伍中间说话和行动都不自由的士兵就像侮辱一个被捆住手脚的人，是卑鄙无耻的。"弗朗蒂一下子溜掉了。士兵每行四人，以四行作为一个纵队穿过大街。他们汗水淋淋，满身尘土，扛在肩上的枪在阳光下闪闪发亮。校长对我们说：

"孩子们，你们必须热爱这些士兵。他们是你们的保卫者，要是明天有外国军队胆敢侵犯我国，即使赴汤蹈火，肝脑涂地，他们也在所不惜。他们也是孩子，比你们大不了几岁。他们也要到学校学习文化，跟你们一样，他们也有穷富之分。他们来自意大利各个角落，从他们的面容便可以看出来。你们看呀，西西里[1]人过来了，撒丁[2]人过来了，那不勒斯[3]人过来了，伦巴第[4]人过来了。这是一个老团队，他们参加过一八四八年的战争。当然，那个时候的士兵今天已不复存在，但旗帜还依然存在。在你们出生前的二十年中，不知有多少人为这面旗帜献出了宝贵的生命。"

"过来了！"卡罗纳大声喊道。果然，一面面旗帜在士兵头顶迎风飘扬。校长说：

"孩子们，我请你们做一件事：三色旗过来时，你们把手举在前额，敬一个学生礼。"

一位军官打着残破不堪、完全掉了色的国旗从我们面前经过，旗杆上挂着无数勋章。我们全都把手举在前额，向国旗敬礼。那位军官一边向我们微笑，一边向我们举手还礼。

"好哇，孩子们！"我们背后有人说。

我们回头一看，原来是一位退役的老军官。他衣服的纽孔上佩挂着

1　意大利的第一大岛。

2　意大利的第二大岛。

3　意大利南方著名城市。

4　意大利北部的一个行政区。

纪念克里米亚战役[1]的蓝色绶带。他又说：

"好孩子，你们干得真漂亮！"

乐队走到大街的尽头拐了弯，后面被一大群孩子簇拥着，快乐的欢呼声伴随着军号声像是在高唱一支军歌。老军官凝视我们片刻，又念叨说：

"你们真是好孩子。小时候尊敬国旗，长大成人后就知道如何捍卫国旗。"

内利的保护人

二十三日，星期三

可怜的驼背——内利昨天也看了军队的操练。从他脸上的表情看，好像他心里这样想："我永远当不成兵了。"他善良，学习用功，但身材瘦小，脸色苍白，连呼吸都感到困难。他常常套一件发亮而肥大的黑色粗布罩衣。他的母亲穿着黑色的衣服，是一位苗条的金发女人。母亲很疼爱他，怕他出校门时被乱哄哄的学生挤倒，常常放学时来接他。因为内利背有点儿驼，很多孩子嘲笑他，用书包抽打他的后背，但他逆来顺受，从不反抗，也不对母亲说。他不想让妈妈知道他是同学的笑柄，惹妈妈生气，给她带来痛苦。别人取笑他，他要么保持沉默，要么趴在课桌上伤心落泪。

一天上午，卡罗纳猛然站起来说：

"谁敢动内利一根毫毛，我就狠狠揍谁一顿，打得他人仰马翻，狼狈不堪。"

---

[1] 第一次克里米亚战争（1854—1856），英、法、意、土等国为了遏制俄国的扩张，对那里进行了长达三百四十九天的包围轰炸。

弗朗蒂不理睬这一套。卡罗纳一巴掌打过去，弗朗蒂果然被打得人仰马翻，狼狈而逃。打这以后，没人再敢碰一下内利了。老师安排卡罗纳跟内利同桌，这样，他俩靠得更近了，自然成了要好的朋友。内利很爱卡罗纳。内利每次走进教室，都要先看一看卡罗纳来了没有。放学时，内利总是说："卡罗纳再见！"卡罗纳当然也以礼相待。内利的钢笔不小心掉在地上，或者书本掉在课桌底下，卡罗纳会马上弯下身子替他捡起来，免得内利费力劳神，然后替他将物品装进书包，有时还帮他穿上大衣。正因为这样，内利跟卡罗纳情同手足，他总是深情地望着卡罗纳。老师表扬卡罗纳，内利就像表扬自己一样高兴。现在需要说明的是，内利终于把一切都如实地告诉了母亲。告诉母亲有的同学如何嘲笑他，使他蒙受了许多侮辱，卡罗纳如何保护他，对他表达了手足之情。今天上午果然有这样一件事：下课前半小时，老师叫我把课程表送给校长。在校长办公室，我看见一位穿着黑色衣服的金发女人走进来——她就是内利的母亲。她问校长：

"校长先生，我儿子的班里有个叫卡罗纳的孩子吗？"

"有。"校长回答。

"劳驾您把他叫出来一会儿，好吗？我有句话要跟他说。"校长叫来学校的工友，打发他到教室去。不大一会儿，光着大脑袋、露出惊奇神情的卡罗纳在校长办公室门口出现了。女人见到卡罗纳，跑着迎上去，把手臂搭在他的肩上，吻着他的前额，满怀深情地说：

"卡罗纳，就是你！你是我儿子的好朋友，又是他的保护人。亲爱的，你是好样的，对吗？"她急忙去摸衣袋，打开钱包，可什么也没找到，便从脖颈上摘下一串饰着小十字架的项链，挂在卡罗纳领带下面的脖子上，并对他说：

"孩子，拿去戴吧，作为我的纪念品。亲爱的孩子，作为内利母亲的纪念品。我衷心地谢谢你，并为你祝福。"

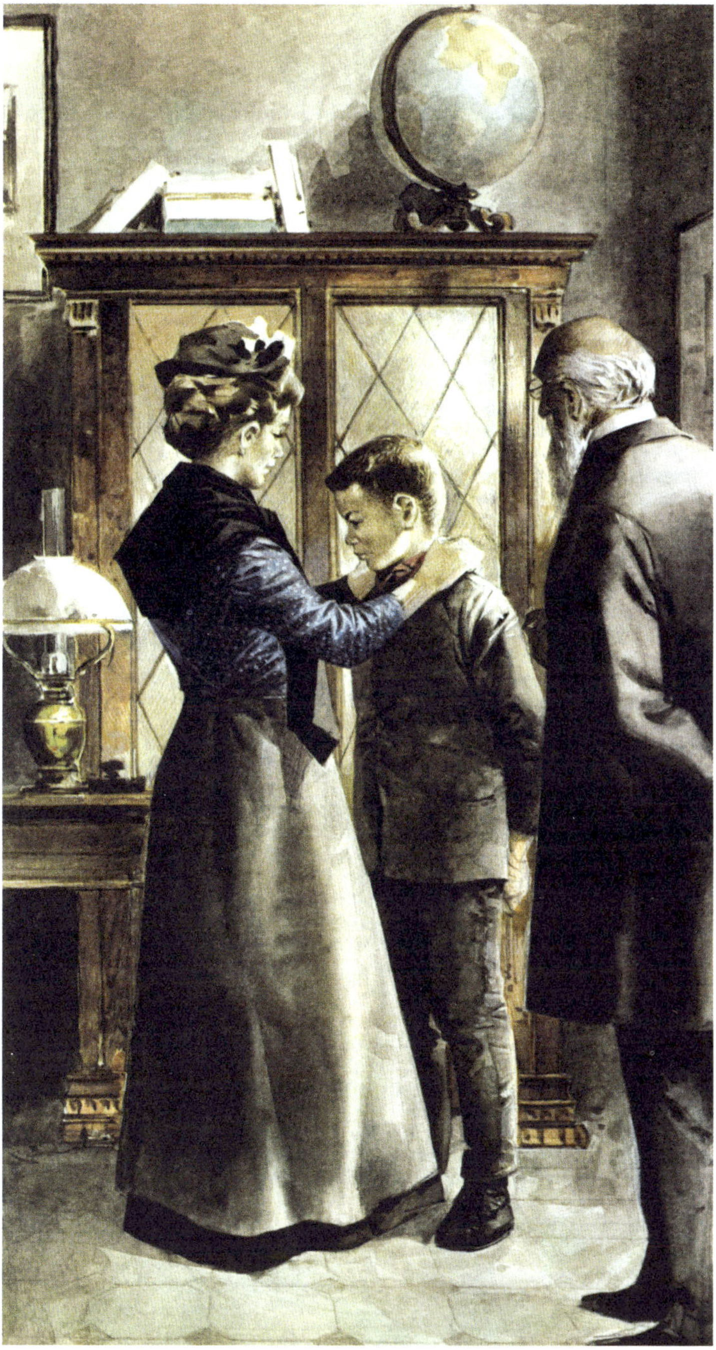

班级第一名

二十五日，星期五

卡罗纳讨人喜欢，德罗西令人佩服。德罗西曾多次得过头等奖，今年又是第一名，谁也比不上他。大家不得不承认，所有的科目他都远远超过了别人。他算术第一，语法第一，作文和图画还是第一。不管任何事情，他一看就明白，有着惊人的记忆力，他不费吹灰之力就能事事成功。学习对他来说，就像做游戏那样容易。老师昨天对他说："上帝赐予你无与伦比的天资，你可要珍惜运用啊。"另外，德罗西个子高大，长得也很漂亮，一头金灿灿的鬈发异常醒目。他动作敏捷，只要用手轻轻按一下课桌，便能麻利地跳过去。而且他还学会了击剑。他刚十二岁，是个商人的儿子，穿着镀金纽扣的深蓝色服装，性情活泼开朗，对人很有礼貌。考试的时候，他乐于帮助能够帮助的任何一个人，谁也不敢对他粗暴无礼，或者说他一句坏话。诺比斯和弗朗蒂往往带着蔑视的表情斜视着他，沃提尼对他怀有嫉妒之心，可德罗西并未察觉出来。他举止文雅，每当他在教室里转来转去收作业本时，同学们总是冲他笑一笑，或者拉一下他的手和胳膊。他为卡拉布里亚小男孩画了一张小小的卡拉布里亚地区的地图，他送给同学画报和图片以及家里给他的所有东西，好像一位出手大方的阔老板，总是面带笑容，对谁都一视同仁。

任何人都不能不羡慕他，不能不感到自己确实事事不如他。啊呀，我像沃提尼一样也嫉妒他了。有时候我在家里绞尽脑汁地做作业，想到此时此刻德罗西没花费什么精力早已做完了，心里觉得酸溜溜的不是滋味，甚至产生了有意跟他作对的念头。

可我一回到学校，看到他是那样的英俊，那样的笑容满面，那样的兴高采烈，听到他对老师的问题对答如流，看到他对别人彬彬有礼，大家都喜欢他，我的烦恼和嫉妒顿时统统抛到九霄云外去了，并且对自己的想法羞愧万分。打这以后，我总想跟他亲近，跟他一起做功课。他跟我形影不离，他的声音鼓起了我的勇气，激发了我刻苦学习的欲望，我感到特别快乐和由衷的高兴。

老师将明天要讲的每月故事"伦巴第的小哨兵"交给德罗西抄写。我看到他今天上午抄写时，似乎被故事中的英雄行为所打动。他脸色通红，眼睛泪汪汪的，嘴唇微微颤动。我痴痴地望着他，心里想着他是多么英俊啊，多么高尚啊。我真想坦诚地敞开自己的心扉，向他倾诉一番："德罗西啊，你样样比我好。跟我比，你就像个大人。我打心眼里尊重你，佩服你！"

伦巴第的小哨兵（每月故事）

二十六日，星期六

这个故事发生在一八五九年，也就是在解放伦巴第战争期间，法国人和意大利人在索尔菲里诺和圣马尔提诺战役[1]打败奥地利人之后的几天。

六月一个朝霞似锦的早晨，萨卢佐[2]的一支骑兵小队沿着偏僻的乡间小道向敌人挺进，观察着战场上的动静。这支骑兵小队由一位军官和一位军士率领，他们注视着前方，随时准备透过树丛搜索敌军前哨的可疑目标。他们来到一间白蜡树掩映的乡村小屋，看见一个十二岁的男孩正在用小刀削一根树枝。窗口挂着一面宽大的国旗。屋里没有人，

---

[1] 索尔菲里诺和圣马尔提诺位于意大利伦巴第行政区，是意大利19世纪反抗奥地利侵略的主要战场之一。

[2] 意大利纺织、机械、食品和木材工业中心。

农民由于害怕奥地利人就把国旗挂在窗口逃走了。男孩一看见骑兵,便停止削树枝,摘掉头上的帽子来回摆动。这是一个长得很漂亮的孩子,脸上挂着坚毅的神情,一双大大的蓝眼睛泛着光彩,一头金灿灿的长发异常醒目。他没有穿外衣,衬衣敞开着,袒露着胸脯。

"你在这里干吗?"军官勒住马问,"你为什么不跟家里人一块儿逃走?"

"我没有家。"男孩回答,"我是个弃儿,靠给人家打零工过活。为了看打仗,就留在这里了。"

"你见过奥地利人路过这里吗?"

"没有。最近三天都没见过。"

军官思索片刻,从马上跳下来,命令士兵原地继续观察前方敌人的动静,自己走进小屋,上了屋顶。屋子不高,从屋顶上只能看到原野的一小块地方。

"要爬到树顶才能看见。"军官自言自语道,从屋顶爬下来。

场院前面有一棵钻天白蜡树,树梢在天空中随风摆动。军官寻思片刻,先看看树木,又望望士兵,猛然转身问男孩:

"小家伙,你的眼睛好用吗?"

"我的眼睛?"男孩回答,"我能看见一英里远的麻雀!"

"你能保证爬到树顶吗?"

"树顶?我?用不了半分钟就能爬上去!"

"爬上去,你要把看到的一切统统告诉我,如前面有没有奥地利人,有没有弥漫的硝烟,有没有一闪一亮的枪支或马匹,等等。"

"完全可以!"

"你给我干事,想要什么报酬吗?"

"报酬?"孩子微笑着回答,"我什么都不要。我心甘情愿干这种事。但我绝不给德国人干。为我们自己干事,我乐于去干。要知道,我是伦巴第人!"

"太好啦,那就上去吧!"

"等一等,我先脱掉鞋再上。"男孩脱了鞋,紧紧裤腰带,把帽子扔到草地上,抱着树干开始往上爬。

"喂,千万留神。"军官打了个停止爬的手势大声说,一种担忧突然涌上他的心头。男孩转过身子,带着捉摸不定的神情,用他那天蓝色的美丽大眼睛凝视着军官。

"没什么事,上去吧。"军官说。男孩像猫一样敏捷地向上爬。

"注意观察前方的动静。"军官大声命令士兵。不大一会儿,孩子就上了树顶。他抱着树干,两腿被浓密的树叶覆盖着,上半身露在外面。阳光照在他那金灿灿的头发上,金子般地闪着光。孩子在树顶显得很小很小,军官刚好能看到他。

"一直往远处看!"军官大声喊道。孩子为了看得远些,看得清楚些,便放开抱着树干的右手,放到额头前,注视着前方。

"你都看见什么啦?"军官问。男孩把手卷成喇叭筒的形状,对着嘴巴，俯视着地面，对军官说：

"有两个骑兵站在土路上。"

"离这里有多远？"

"半英里。"

"有来回走动的人吗？"

"没有。"

"还看见什么啦？"军官沉默了一会儿，又说，"再看看右边。"

男孩朝右边看过去，过了一会儿说：

"树林的墓地附近有一些发亮闪光的东西，可能是刺刀吧。"

"有人吗？"

"没有，大概藏在麦地里。"

这时候，一颗子弹嗖嗖地响着从高空呼啸而过，落在房子后面不远的地方。

"小家伙，下来！"军官大声喊道，"他们已经发现你了，好啦，好啦，下来吧！"

"我不怕。"孩子回答。

"下来！"军官又催促说，"左边你看到什么啦？"

"左边？"

"对，左边。"

孩子伸头向左边看去，这时候，又一个更凄厉、更近的响声刺溜刺溜地划破天空，呼啸而来，男孩像从酣睡中惊醒过来。

"好险哟！"男孩大吃一惊，"他们果真发现了我。"事实上，子弹正从他身边飞过。

"下来！"军官用果断而生气的口吻冲着他大喝。

"我就下来。"男孩回答，"没关系，有树挡着我呢。怕什么？你不是想知道左边有什么吗？"

"对。"军官回答，"但你得马上下来！"

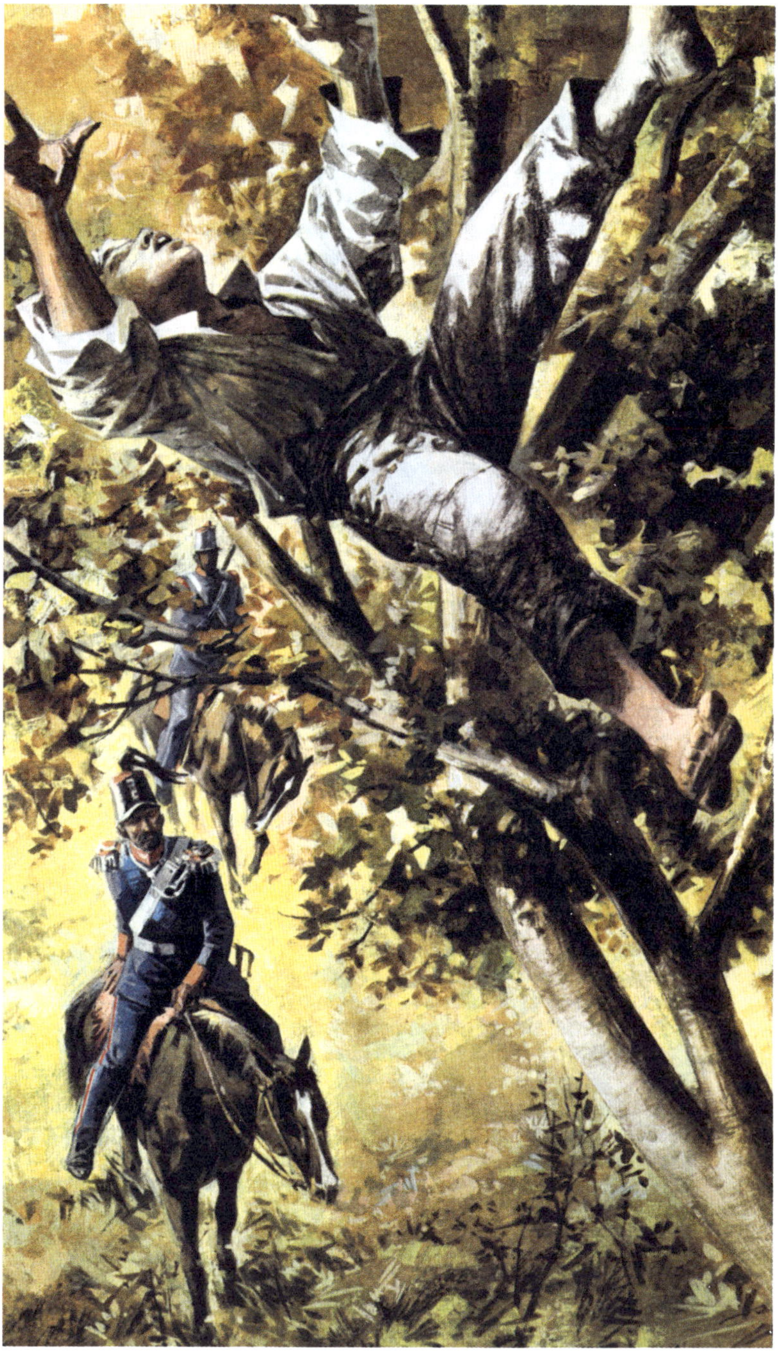

"左边……"男孩把身子伸向左边，大声说，"左边有座小教堂，那里好像有……"

话没说完，又一声可怕的嗖嗖声划破天空。这时候，男孩开始往下坠落，抱一会儿树干，抓一会儿树枝，接着，便张着双臂倒栽葱似的掉了下来。

"糟糕。"军官大声喊着跑上去。

男孩背部着地，两臂摊开，纹丝不动地仰卧在那里，一股股红色的鲜血从左边的胸部汩汩地流出来。军士和两个士兵从马上跳下来，军官弯下身子，解开男孩的衬衣一看，原来是一颗子弹打穿了他的左肺。

"没救了。"军官叹息道。

"不，还有一口气呢。"军士说。

"唉，真是个不幸的孩子。好样的孩子。"军官绝望地喊道，"醒一醒！醒一醒！"军官边喊边用手帕按住伤口。男孩睁开圆圆的眼睛，微微转动了一下脑袋，然后就断了气。军官脸色发白，凝视了一会儿孩子，然后，抱起孩子，把他安放在草地上。军官站起来，又凝神望了望孩子。军士和两个士兵也一动不动地站在那里，目不转睛地望着孩子。其余的士兵观察着敌方的动静。

"不幸的孩子。"军官悲痛地连声说，"可怜的孩子。好样的孩子。"军官走近房子，从窗口拿下国旗盖在孩子身上，只露出个小脸蛋。军士把孩子的鞋、帽子、小木棍和小刀都收起来放在他身旁。他们又肃立片刻，然后军官转身对军士说：

"我们得叫救护车队来，等候就地安葬。他是作为士兵献出生命的，所以我们要以军人的仪式来安葬他。"说完，军官向男孩送去一个飞吻，并对战士们喊道：

"上马！"大家纵身跨上马，骑兵小队集合起来，浩浩荡荡上路了。

几个钟头以后，孩子接受了军礼。黄昏时分，一支意大利先头部队向敌人奔袭过来。一整营狙击兵沿着今天早晨骑兵小队走过的同一条小路成两个纵队疾步挺进。几天前，这支部队曾在圣马尔提诺浴血奋战。部队离开营地前，全体战士获悉了孩子牺牲的消息。一条小河沿着乡间小道从农舍前潺潺流过。走在部队前面的军官看到白蜡树下国旗覆盖着的孩子遗体，举着军刀向他致敬。还有一位军官来到花草繁茂的河边，采下两株花朵放在他身上。所有的狙击兵也都采了鲜花撒在小小的尸首上。不到几分钟，孩子便掩映在花丛中了。

所有路过的军官和士兵都向他致意说：

"勇敢的孩子。伦巴第的小家伙。"

"永别了，孩子！"

"金发的孩子，安息吧！"

"万岁！光荣属于你！孩子，永别了！"

有一位军官向他掷去了自己的荣誉奖章，另一位军官走过去亲吻他的前额，鲜花雨点般撒在孩子的光脚丫上、血浸的胸部和金灿灿的头发上。国旗覆盖的孩子酣睡在绿油油的草地上，苍白的脸蛋露出微笑，仿佛在静听人们的致敬，并正在为他所献身的伦巴第满心欢喜呢！

穷　人

二十九日，星期二

像伦巴第的少年那样为自己的祖国献身确实是一种伟大的美德。恩利科，我的孩子，你不该忽视那些点点滴滴却反映出高尚品德的小事。今天上午从学校回家的路上，你走在我前面。当时，你正好从一位穷苦女人面前经过。这女人抱着她那发育不良、脸色苍白的孩子，伸手向你乞讨。你看了她一眼，却什么也没给她。然而，你的衣袋里当时是有钱的。我的孩子，你听我说，面对向你乞求帮助的穷苦人，你绝不能视若无睹，更不能对一位为孩子乞讨的母亲无动于衷。你想过没有，那孩子正在忍饥挨饿，那不幸的女人正被痛苦折磨着。如果有一天，母亲对你说："我的恩利科啊，今天我没有面包给你吃了。"听了这话，你完全可以想象到那种母亲因为绝望而哽咽的情景！

每当我给某个乞丐几个钱的时候，他总是对我说："愿上帝保佑您的家人长命百岁！"你不可能体会到这句话给我心里带来的甜蜜滋味，也不会理解我对那穷人的感谢之情。我仿佛感到，他的美好祝愿真能保证我们相当长时间的身体健康呢。我高高兴兴地回到家后，还暗自思量着："嘻嘻，那穷人报答我的比我给予他的还多。"好啦，但愿我有时能听到你理应得到的那种同样美好的祝愿。你要时时从你的小小钱包中拿出一些钱来放到一个无依无靠的老人手里，放到一位没有面包的母亲手里，放到一个失去母亲的孩子手里。穷人往往更愿意得到孩子的施舍，因为从小孩那里得到东西，不会使自己有丢脸的感觉。小孩需要一切东西，这跟穷人的要求有点相似。你可以看到，学校附近总有乞讨的穷人。一个大人的恩赐不过是一种仁慈的行为，而孩子的恩赐是仁慈、爱抚的完美结合，你懂吗？这就好比从你手中一起落下来的既是一枚铜板又是一朵花的道理一样。你想过没有，你什么都不缺，而那些穷人却一无所有。你总是想着自己如何快乐，而那些穷人只求得不死就心满意足了。你再想一想，在高楼大厦中间，在车水马龙的大街上，在穿着绫罗绸缎的孩子中间，还有数也数不清的女人和孩子没有饭吃，这是多么可怕的情景啊。他们没有饭吃，没有衣穿，我的上帝啊！在繁华的大都会中，有许许多多的孩子像你一样善良，像你一样聪明伶俐，但他们却没有饭吃，像在沙漠中迷途的野兽一样饿得要死！

我的恩利科啊，从今以后，你要是再遇到一个向你乞讨的母亲，你再也不要……再也不要不给她一个钱就扬长而去哟！

你的母亲

十二月

小商人

一日，星期四

父亲希望我节假日邀请同学到家里来玩，或者我去看望他们，以便我成为大家的好朋友。这个星期天，我将跟沃提尼去散步。他穿戴漂亮而整洁，常常引起德罗西的羡慕。卡罗菲今天到我家来玩。他就是那个身材瘦长、长着鹰钩鼻子的孩子，一双狡黠的小眼睛仿佛在扫视着一切。这个杂货商的儿子总爱数衣袋中的钱。他扳起手指头一数，准能正确无误地算出来，算任何乘法都不用九九表。他把钱积攒起来存到银行的学生储蓄所。我敢打赌，他从不乱花一个钱，要是他把一个铜板掉到课桌或凳子下面，即使花一个星期的时间，也非把它找回来不可。德罗西说，卡罗菲做事像喜鹊[1]一样。凡是看到的一切东西，比如，坏了的钢笔，用过的邮票、别针，剩下的蜡烛头之类的小玩意儿，他统统捡起来。他已集邮两年多了，收集了数百张各国的邮票，放在一本大集邮册里。等集邮册放满了，将它卖给书店老板。为了吸引其他孩子到书店来，老板白送给他一些作业本。

在学校，卡罗菲总是忙个不停，爱做各种交易。每天，他都卖些如彩票这样那样的小玩意儿，或者以物换物，换后又后悔，琢磨着再换回来。他两个钱买进，再四个钱卖出。他很会玩吹笔尖的游戏，从来都是赢家。他把旧报纸卖给纸烟店老板。他有个小本子，上面记着他的一笔

---

[1] 西方人把那些生来就喜欢随便乱收零碎东西的人称为"喜鹊"。

笔交易，写满了五花八门的账目。在学校，他只学算术，别的什么都不学。如果他想获奖，只不过是为了白看一场木偶戏。

我喜欢他，他给我带来了无限的快乐。我们用砝码和秤玩做买卖的游戏。他熟悉每种货物的公平价值，懂得秤砣和秤星，像个熟练的业主，能又快又好地制作圆锥形纸袋。他说，完成学业后，他就开一家商店——他本人创造的新商业。我送给他几张外国邮票，他爱不释手，格外高兴。他能十分准确地告诉我每张邮票能卖多少钱。我父亲假装看报纸，实际上他正全神贯注地听着卡罗菲说话，露出兴致勃勃的神情。他的衣袋里总是鼓鼓囊囊装满小玩意儿，但被一件宽松的黑色外套遮盖得严严实实的。他好像心事重重，若有所思，酷似忙忙碌碌的商人，永远马不停蹄。

但他最上心的东西是那本集邮册。这是他的心肝宝贝。他常常把集邮册的事儿挂在嘴边，逢人便说，仿佛它能给他带来好运似的。同学们把他比作吝啬鬼、高利贷者。可我不管别人怎么说，照样喜欢他，他像一个成人一样教我学会很多东西。卖柴人的儿子科列帝直言不讳地说，即使邮票能救他母亲一命，他也不肯将邮票拿出来。我父亲未敢苟同这种微词，他对我说：

"做出这种评价还为时过早，他确实有那种嗜好，但他有副好心肠也是真的！"

虚荣心

五日，星期一

昨天，我跟沃提尼和他父亲沿着利沃力大街散步。我们经过托拉·哥罗萨路的时候，看见斯达尔迪——那个谁妨碍他学习就对谁拳打脚踢的孩子。当时他正一动不动地站在一家书店的橱窗前全神贯注地看一张地图，谁也不知道他在那里多长时间了。即使在街上，他还是照样用功学习。我们跟他打招呼，这个粗野的家伙头也不抬，只是随便扬扬手，就算完事。

沃提尼穿戴考究，然而有点儿太过分了。他脚蹬绣着红线的摩洛哥皮靴，穿一件缀着穗子状丝扣的刺花上衣，头戴白河狸皮帽，手腕上戴着手表，昂首阔步，神气十足。然而这一次，他的虚荣心搞得他狼狈不堪。我们沿着大街走了好长一段路以后，就把走得很慢的沃提尼的父亲远远抛在后面了。我们俩走到一条石凳子前停下来，上面坐着一个穿着简朴的男孩。他低着头，看起来疲惫不堪，忧心忡忡。一个男子在树下一边读报纸，一边踱来踱去，显然是他的父亲。我们俩也在凳子上坐下。沃提尼坐在我和男孩中间。沃提尼仿佛猛然想起他漂亮的穿戴，故意要在男孩面前炫耀一番，以引起对方的赞美和羡慕。他抬起脚对我说：

"喂，你看见我的军官式靴子了吗？"显然，他说这句话是想让男孩看一看，但男孩根本不理睬他。

沃提尼放下脚，又给我看他那缀着的穗状丝扣。他朝男孩瞥了一眼，对我说他不喜欢这类穗状饰物，想要换银质扣子，男孩仍是连看都不看一眼。

沃提尼又把河狸皮帽子摘下来，用食指顶着来回转动。男孩好像故意跟他作对似的，还是不看他。

沃提尼开始生气了。他摘下手表，打开盖子，让我看齿轮，男孩连头都不抬。

"是镀金的吗？"我问。

"不，是纯金的。"他回答。

"不全是纯金的，肯定有银的成分吧？"我说。

"怎么可能呢？"沃提尼反问了一句。为了让男孩看个清楚，沃提尼把表放到他跟前问：

"你看一看，难道不是纯金的吗？快说呀！"

男孩断然回答说："我不知道。"

沃提尼勃然大怒，高声嚷道："哎，哎，太傲慢了！"

沃提尼正说着，他父亲走过来。听见他说的话，父亲凝神地看了看男孩，然后严厉地对儿子说：

"住嘴！"接着弯腰俯身贴着沃提尼的耳朵说，"他是个盲人！"

沃提尼惊讶得一下子跳起来，仔细端详着男孩的脸，男孩的眼球活像玻璃球，没神没光。

沃提尼好似泄了气的皮球，默默地不吱一声，只是低着头。过了片刻，他才支支吾吾地说：

"对不起，我不知道……"

男孩明白了一切，语气温和地苦笑着说：

"噢，没关系！"

可以说，沃提尼是有虚荣心的，但他心地善良，后来在整个散步途中，他没有再笑过一次！

头场雪

十日，星期六

再见吧，沿着利沃力大街那悠然自得的散步。孩子们美丽的朋友来到了！降下了头场雪！从昨天夜晚起，铺天盖地的鹅毛大雪像茉莉花瓣似的，大片大片密集地倾泻下来。今天早晨，整个学校成了亮晶晶的银白世界，雪粒唰唰地轻打着玻璃窗，窗台覆盖着一层厚厚的白雪，多么好看的美景啊！我们的老师也搓着双手，饶有兴致地朝外面观看。大家一想起打雪球、溜冰、围着火炉烤火取暖的情景，就禁不住跃跃欲试，喜笑颜开。只有斯达尔迪一个人不注意飞舞的雪花，只是两手抱头，专心致志地听课。

外面热闹非凡，欢声笑语响成一片。大家欢天喜地地跑到大街上玩耍嬉戏，挥动着手臂连喊带跳，抓着一把把白雪追来追去，好像鱼儿在水中自由自在地游动。父母们在校门口等待接回自己的孩子，他们的伞变白了，民警的头盔积着一层雪，我们的书包转眼间也全白了。大家欣喜若狂，甚至铁匠的儿子——那个脸色惨白、从不发笑的波列科西今天居然也满面春风、心花怒放了。不幸的罗伯弟——那个从马车轮下救人一命的孩子今天拄着拐杖在雪地上跳来跳去。那位从没见过雪、来自卡拉布里亚的孩子把雪揉成一团塞进嘴里，咯吱咯吱地就像咀嚼着桃子。蔬菜水果商的儿子科罗西甚至装了整整一书包雪。小泥瓦匠实在叫我哭笑不得。我父亲邀请他明天到我家来玩。他嘴里塞满了雪，既不肯吐出来，又不肯咽下去，只好站在那里苦着脸望着我们。我们的女老师们也都一个个跑到外面，高兴得开怀大笑。我那位可怜的二年级女老师，脸上罩着绿色的纱巾，咳嗽个不停，照样在亮晶晶的雪地上寻着开心。邻校的数百名女学生从我们旁边走过，她们在洁白晶亮的地毯般的雪地上欢蹦乱跳，像鸟儿似的叽叽喳喳。老师、工友和警察大声地督促我们："快回家吧，快回家吧。"大片大片的雪花漫天飞舞，落到他们的脸上，灌进他们的嘴里，连胡子都变白了。望着尽情欢乐的学生，他们禁不住放声大笑，庆贺冬天的到来。

现在你们兴奋得欢呼冬天来了，但你们想一想，世界上不知道还有多少孩子至今缺吃少穿，饥寒交迫，连个烤火取暖的地方都没有；还有那些住在农村的成千上万的孩子，他们每天要走很远的路，用冻伤的双手抱着木柴来到学校，用木柴烤火取暖；还有不少学校几乎被大雪覆盖着，像山洞一样荒凉和阴暗，在那里上学的孩子被烟雾呛得透不过气来，或者冻得牙齿咯吱咯吱打战，焦急不安地望着永不休止的漫天飞雪，担心雪越积越厚，他们那偏远的小屋有被雪崩吞没的危险。

孩子们，你们在冬天就是这样尽情欢乐的。可你们想一想，冬天也给千千万万的人带来了贫穷和死亡！

你的父亲

小泥瓦匠

十一日，星期日

打扮得像猎人一样的小泥瓦匠今天到我家来玩儿，他穿的都是父亲的旧衣服，上面还沾着泥浆和石灰。实际上，我父亲叫小泥瓦匠来我家的心情比我还迫切。这实在叫我们太高兴啦。他刚一进门，就摘下被雨雪淋湿的软毡帽，塞进衣袋里，迈着像是十分疲惫的工人的步伐，慢腾腾地径直走进屋内。他长着像苹果一样圆圆的脸蛋和蒜头鼻子，目光一会儿移向那里，一会儿移向这里。进了餐厅，他先环视一下里面的陈设，然后把目光盯在那幅驼背弄臣里哥勒托[1]的画像上，做了个兔脸。不管谁看到他这样的兔脸都会忍俊不禁的。

我们开始玩搭积木。小泥瓦匠有着建塔楼造桥梁的非凡才能。经他摆成的塔楼和桥梁可以说栩栩如生。他那严肃认真、专心致志的样子真像个大人。他玩积木时，告诉了我他家里的情况。他家住在阁楼上。父亲晚上到夜校去读书识字，母亲是比埃拉[2]人。看起来，父母很疼爱他。从穿着打扮看，他穿戴得像穷人家的孩子，却御寒保暖。破了的地方，都织补得天衣无缝，经母亲的手给他打的领带无可挑剔。他告诉我，他父亲身材魁梧，是典型的彪形大汉，每次出门都得小心翼翼才能

---

1 意大利著名作曲家威尔第（1813—1901）的三幕歌剧《弄臣》中的主角。
2 位于意大利北部皮埃蒙特行政区，是意大利毛纺工业中心。

从家里走出去，但仁慈善良。他总管儿子叫"兔脸"。相反，小泥瓦匠长得矮小。

　　到了四点，我们坐在沙发上吃加餐——面包和葡萄。我们吃完站起来的时候，我看见小泥瓦匠衣服上的白灰蹭在沙发靠背上了。不知为什么，当我伸手去擦时，被父亲拦住了。过后父亲不声不响地擦掉了。

　　我们玩兴正浓时，小泥瓦匠的外衣扣子掉了一个，我母亲连忙给他缀上，他顿时脸和脖子涨得通红，紧张得不知所措，屏息凝神地站在那里看着。

　　我拿出几册漫画给他看，他马上就模仿画里的样子，做出各种鬼脸，引得我父亲开怀大笑。今天他玩得痛快极了，走时连毡帽也忘记戴了。走到楼梯口，他回头又给我做了个兔脸，表示对我的谢意。他的真名叫安东尼奥·拉布科，年龄是八岁零八个月。

　　恩利科，我的儿子，你知道当时为什么我不让你擦掉沙发上的灰垢吗？因为你当着他的面这样做就意味着责备他弄脏了沙发。这样做很不好。首先，他不是故意那样做的；其次，是他父亲的衣服弄脏的，而他父亲的衣服是在干活中沾上泥垢的。劳动中沾上的任何东西，比如尘土呀，石灰呀，油漆呀等都不是肮脏的。劳动本身并不脏，也不玷污东西。一个工人干完活儿回来时，你绝不能说："真脏！"你应该说："他衣服上的痕迹是劳动的标记。"你要牢记我的话，要爱小泥瓦匠，因为他首先是你的同学，其次才是工人的儿子。

你的父亲

雪 球

十六日，星期五

漫天雪花仍然不停地飘舞着。今天上午从学校回来的路上发生了一件糟糕的事情。一大群孩子刚跑到大街上，就用石头般坚硬、沉甸甸的大雪球互相追逐打闹起来。人行道上人流如潮，熙熙攘攘。一个男士向他们大喊："小家伙，住手！"就在这时候，在大街对面忽然听到一声尖叫，接着只见一个老人的帽子落到地上。老人双手捂住脸，摇摇晃晃地走着。在他身边的一个孩子大声喊道："救人呀！救人呀！"

人们一下子从四面八方围拢上来。原来是老人的一只眼被大雪球打中了。见到这种情景，孩子们闪电般地四散逃跑了。当时我父亲正在书店看书，我在书店门口等他。我看见我们班的几个同学朝我这边急忙跑过来。他们混在人群里，装模作样地看书店的橱窗。其中有衣袋里总是装着大面包的卡罗纳，还有科列帝、小泥瓦匠和集邮爱好者卡罗菲。老人身边已围了一大群人。一个警察和另外几个人一边威胁一边问："是谁？是谁干的？是不是你？告诉我们是谁扔的？"他们一个一个看孩子们的手是不是被雨雪弄湿了，以找出扔雪球的孩子。

卡罗菲就站在我旁边。我发现他浑身发抖，脸色煞白得像死人。

"是谁？到底是谁干的？"有人大声喊道。这时，我听见卡罗纳低声细气地对卡罗菲说："鼓起勇气来，是你干的，快承认吧。要不然，他们就得抓别人，你不就成了胆小鬼？"

"我不是故意的。"卡罗菲回答，身体像树叶一样颤抖。

"没关系，尽你的责任吧。"卡罗纳一再开导说。

"我没有胆量去！"

"勇敢点儿，我陪你去。"

警察和人们喊得越来越凶了："是谁？是谁干的？眼镜都打碎了！碎片扎进了眼睛里，眼睛都快瞎了。真是一伙土匪！"

我想，卡罗菲吓得快要瘫倒在地上了。卡罗纳语气坚定地对他说："跟我来，我保护你。"卡罗纳抓着卡罗菲的胳膊像扶一个病人似的把他推到众人面前。人们瞥了卡罗菲一眼，一切全明白了。有几个人举起拳头要打他，卡罗纳站在中间喊道："你们十几个大人能这样对待一个孩子吗？"那些人不敢动手了。警察抓住卡罗菲的手，推开人群，把他带进附近一家面包铺，受伤的老人也在里面躺着。我一见到老人，就认出他原来就是跟他的小侄子住在我们楼五层的老职员。老人躺在长椅上，眼睛上敷着一块手帕。

"我不是故意的。我不是故意的。"吓得半死的卡罗菲抽泣着连声说。

两三个人粗暴地把卡罗菲推到老人面前,大声喊叫说:"跪到地上请求宽恕!"说着,把他按到地上。这时候,有个人用他那两只粗大的胳膊把卡罗菲扶起来,语气坚定地说:"现在他已承认了自己的过错,别人无权再伤害他了。"原来这人是早已知道详情的校长。校长这么一说,大家不再吱声。校长对卡罗菲说:"快向老人赔礼道歉,请求宽恕吧。"卡罗菲抱着老人的膝盖放声大哭起来。那老人呢?伸手摸了摸卡罗菲的脑袋,抚弄着他的头发。所有在场的人异口同声地说:"去吧,孩子,回家去吧!"

父亲把我从人群中拉出来。路上他问我:"恩利科,在这种情况下,你有勇气承认自己的过错,承担自己的责任吗?"我回答说有勇气。他又问:"你能做到君子之言,驷马难追吗?"我回答:"能做到,爸爸!"

女老师

十七日,星期六

卡罗菲今天怕得要命,等待着老师一次严厉的责备。然而,老师没有露面,代课老师也没有到校,因此学校里年纪最大的女教师柯罗密太太给我们班上课。柯罗密老师有两个成年的儿子,除了教我们,她还教现在来巴列迪学校接送自己孩子的几个女人读书认字。

今天她的一个儿子患病,她显得有些忧伤。她刚走进教室,大家就开始喧嚷起来,老师平心静气地说:"你们要尊重我的白发,我不仅是老师,还是一位母亲。"这么一说,谁都不敢说话了,连那个以偷偷嘲笑老师而寻开心的厚颜无耻的弗朗蒂也默不作声了!

我弟弟的老师德尔卡迪改教柯罗密老师的班,而德尔卡迪的班就由外号叫"小修女"的老师来教了。这位女老师穿着深色的衣服和黑色罩衣，白白净净的圆脸，头发梳得油光闪亮，眼睛泛出明亮的光彩，说话低声细语，好像喃喃自语地祈祷着什么。她是一个性情温柔、腼腆的女人。她总是用一个单调的声音——细声细气地说话，声音低得刚能听见，连我母亲也说几乎听不清这位女老师说话的意思。这位老师从不生气，然而，她却能把那些不安分守己的孩子管得服服帖帖。她只要伸出手指发出警告，连最淘气的孩子也马上低头不言不语了。她的班像教堂一样庄严、肃穆，所以，大家都管她叫"小修女"。

一年级三班的女教师是我喜欢的另一位老师。她的脸红通通的，像玫瑰花一样，面颊上的两个小酒窝相当迷人，小巧玲珑的帽子上插着一根红色羽毛，颈项上戴着黄色玻璃小十字架。她性情活泼开朗，教的班级也十分活跃。她总是面带笑容，讲起话来，声音银铃般地响亮，像一首高亢美妙的歌。为了让大声喧哗的孩子安静下来，她经常用教鞭敲打桌子，或者不断拍手。放学的时候，她也像个孩子似的跟在一个又一个学生后面，跑到大街上，帮他们排好队，替他们整理衣领，扣好外衣的纽扣，免得他们伤风感冒。为了避免孩子们打架斗殴，她亲自把他们护送到大街上。她劝家长别在家里打骂孩子，常常把药片送给咳嗽的孩子，把暖手筒借给那些受冷挨冻的孩子。她常常被最小的孩子纠缠得无所适从。他们有的要抚摸她，有的求她亲吻，拉着她的头巾和短斗篷，可她从不计较，笑吟吟地一个接一个地吻他们。回到家时，她的头发凌乱，口干舌燥，气喘吁吁，但她仍然十分高兴，两个小酒窝更加迷人，帽子上的红色羽毛更加鲜艳夺目。

她还在一所女子学校兼绘画课，用自己的劳动养活母亲和兄弟。

受伤者的家

十八日，星期日

被卡罗菲的雪球打中眼睛的老职员的侄子在我们学校上学，是那位帽子上插着红羽毛的老师班里的学生。今天我们在老人的家里见到了他的这位侄子，老人待他如同自己的儿子。

老师把下星期要讲的每月故事"佛罗伦萨[1]的小抄写员"交给我抄写。我抄完后，父亲对我说：

"我们今天到五楼去看一看老人的眼睛怎么样了。"

我们走进一间黑暗的屋子，老人背靠枕头半躺半坐在床上，他妻子坐在他旁边，他侄子正在房间的角落做游戏。老人的眼睛还包扎着绷带，看到我父亲，老人格外高兴。他请我们坐下后说，他现在感到好多了，眼睛绝不会失明，过几天就没事了。

"这真是飞来的横祸。"老人接着说，"我对那不幸的孩子受到惊吓表示遗憾并深感不安。"他告诉我们，给他看病的医生快来了。话音刚落，门铃丁零地响起来。"是医生来了。"老人的妻子说。门开了。你们猜猜，我看见了谁？是卡罗菲！他穿着长长的外衣，站在门槛上，低着脑袋，不敢进屋。

"是谁？"老人问。

"是扔雪球的那个孩子。"我父亲回答。

"可怜的孩子，进来，进来。你是来看我的，对吗？现在我感到好多了，请放心好啦。差不多快好了。过来吧。"老人说。卡罗菲紧张得手足无措，根本没看见我们，径直走到老人的床前，尽量忍住眼泪。

老人抚摸着卡罗菲，一时说不出话来。过了一会儿，老人说：

---

[1] 意大利中部的历史名城。

"谢谢，告诉你父亲和母亲，就说我一切都好，别让他们牵肠挂肚的。"

卡罗菲站在那里，纹丝不动，好像有千言万语要说，却什么都不敢说。

"你想说什么？有什么事吗？"老人问。

"我……我没什么事。"卡罗菲回答。

"那好，再见。安安心心地回家吧，孩子！"

卡罗菲走到门口停下来，突然向送他出门的老人的侄子转过身。老人的侄子迷惑不解地打量着他。谁也不知道他打算干什么。不料他从外衣下面掏出一件东西，放在老人侄子的手上，只说了句"给你"就迅如鸟飞般地跑走了。

侄子把东西交给老人，上面赫然写着"赠送你"几个字。他们打开一看，里面的东西使他们大吃一惊，原来是卡罗菲常常提到的那本集邮册。卡罗菲曾对这本集邮册寄予很大的希望，是他花了巨大的精力搜集起来的。现在，可怜的卡罗菲把这件被他视为半个生命的宝物送给老人，以换取老人对他的原谅。

佛罗伦萨的小抄写员（每月故事）[1]

他是小学五年级学生，是个头发黑油油、皮肤白净、讨人喜欢的少年。他今年十二岁，是一个铁路工人的长子。他家人口多，父亲薪水少，生活很拮据。父亲很疼爱他，几乎达到要什么给什么的地步，但凡涉及学业的事情，父亲从来毫不迁就，要求非常严格。因为父亲对他抱有很大期望。父亲渴望儿子毕业后能马上找到一份差事，助他一臂之力，好养活全家。为了能在有限的时间里尽可能多学知识，朱里奥必须

---

[1] 原文无日期。

付出更多的辛劳，更加努力学习才行。尽管儿子已经非常用功，可父亲还是一个劲儿地督促他加油加油再加油。

父亲已上了年纪，过度的辛劳使他未老先衰。然而，为了养家糊口，他不仅要完成自己那早已很多的本职工作，还要干些誊写的额外工作，为此他往往要熬到深更半夜。最近他在一家出版发行报纸和书籍的出版社找到一份填写订单的工作。用大大的正楷填写五百张订单可挣三个里拉。这工作使他疲惫不堪，跟家人吃饭时，他经常叫苦连天："我的视力已严重减退，整夜整夜地工作耗尽了我的精力。"有一天，儿子对他说："爸爸，我完全可以替你抄，你知道，我会写得跟你一样好。"父亲回答："不用，孩子。你需要学习，你的学业比我的订单更重要。占用你一个小时，我就感到内疚，谢谢你的好意了。我不同意你干这种事，以后就不要再提了。"

儿子清楚地知道，要说服父亲是不可能的，于是不再固执己见，只要自己拿定主意，悄悄地干就是了。他很清楚，父亲午夜十二点准时停笔，离开书房，回到他的卧室去。有好几次，座钟刚响过十二点，他就听到椅子的移动声和父亲缓慢的脚步声。一天夜里，他等父亲上床睡了觉，便悄悄地穿好衣服，摸索着走进父亲的书房，点上煤油灯，在写字台前坐下来。写字台上堆满空白订单和一份订户的花名册。他拿起笔，非常准确地模仿着父亲的字体写起来。他兴致勃勃地写呀写呀，感到十分满意，又有些担惊受怕。填好的订单越来越多，他放下笔，搓搓手，侧耳听听动静，露出笑容，接着，继续伏案填写。好哇，一百六十张订单，一个里拉。他停下来，把笔放回原处，熄灭灯，蹑手蹑脚地回到床上睡觉。

第二天中午用餐时，父亲的心情特别好。他什么也没发现。父亲只是无意识地按钟点工作，不考虑别的事情，第二天才数填好的订单。父亲坐在桌前，拍着儿子的肩膀，乐呵呵地说：

"哟嗬，朱里奥，你的父亲还是个相当能干的人呢，这一点你应该是深信不疑的。昨天晚上两个小时，我干了比平时多三分之一的活儿。手还很麻利，眼还蛮好使。"朱里奥听后十分高兴，只是默不作声，心里嘀咕着："可怜的爸爸，除了赚钱，我还给他带来了快乐，他觉得自己变年轻了。好吧，我鼓起勇气来，继续干下去。"

受到了成功的鼓舞，午夜时分，座钟刚刚响过十二点，朱里奥就伏案工作了。他接连干了几个通宵，父亲还是什么也没发现。只是有一天晚饭时，父亲迷惑不解地说："最近一个时期，家里用油多了一些，真是怪事。"朱里奥心里直打鼓，幸亏父亲没有多说什么，于是他一如既往地干下去。

但是，他每夜都不能睡个好觉，得不到足够的休息，早晨起床后就

感到浑身无力，晚上做功课时，累得眼皮发沉，睁不开眼睛。一天晚上，他有生以来第一次趴在作业本上进入了甜蜜的梦乡。

"喂，快起来做功课！"父亲击掌向他吼叫着。朱里奥从梦中惊醒，继续做功课，可以后接连几个晚上依然如故，情况一次比一次糟糕。他总是伏在书本上打瞌睡，早晨不愿起床，上课时懒洋洋的，好像根本没心思学习。父亲开始注意他的一举一动，替他担忧，最后忍不住责备了他。要知道，做父亲的从来都没有这样责备过儿子啊！

一天上午父亲对他说：

"朱里奥，你最近说话支支吾吾，行动上东躲西藏，跟以前相比，你判若两人，谁都知道，我们全家的希望都寄托在你身上，你这样下去，我很不高兴，懂吗？"

朱里奥有生以来第一次受到如此严厉的责备，他感到局促不安。他心里想：

"再不能这样继续下去了，骗局应该结束了！"

当天吃晚饭时，父亲兴高采烈地说："你们知道吗？这个月我填写订单比上个月多挣三十二个里拉。"说着从抽屉里取出一盒点心——这是他特地买来跟孩子们一块儿庆贺这额外报酬的。当然，大家都拍手叫好。

朱里奥再次振作起精神，心里默默思量着："可怜的爸爸，我是被迫向你保密的。白天我要加倍努力学习，晚上要继续为你为全家干点儿活。"父亲接着说，"三十二个里拉，当然我很高兴。只是那个……"说着用手指了指朱里奥，"叫我伤脑筋。"朱里奥不动声色地忍受着父亲的责备，眼里噙着泪花，可心里乐滋滋的。

朱里奥依然废寝忘食地工作着。他筋疲力尽，简直就要支撑不住了。又过了两个月，父亲还是一个劲儿地责备他，用愤怒的目光注视着他。一天，父亲到老师那里了解儿子的情况。老师说："他很聪明，功课的确还行，可不像以前那样乐意学习了，上课打瞌睡、开小差是常有的事。最近他的作文课马马虎虎的。一篇作文往往写得很短，草草了事，字也写得越来越不工整了。他本应学得好一些，更好一些才对！"

当天晚上，父亲把朱里奥叫到一边，对他说了他从未听到过的严厉的话："你看得很清楚，我夜以继日地工作，为了这个家，我耗尽了精力，连老命都拼上了，可我的话你当耳旁风，你心里既没有我，也没有你兄弟和你母亲！"

"别说了，爸爸。事实并不是这样。"朱里奥说着，放声大哭起来。他本想把心里的话一五一十地向父亲倾吐一番，但父亲打断他的话说："你很了解我们家的状况。每个人都必须做出牺牲，心甘情愿地忘我劳动才能支撑一家的生活。谁都知道，我必须做双倍的工作。这个月我原本指望从铁路局得到一百个里拉的额外报酬，可今天上午才知道我连一个子儿也得不到！"

听了父亲的话，朱里奥硬是把嘴边的话咽了回去。他再次下定决心，暗暗对自己说："不，爸爸，我什么都不能告诉你。为了助你一臂之力，我将保守这个秘密。我是你伤心的根源，因此我要补偿给你带来的痛苦。我将永远好好学习，一定要升级，我还要帮助你维持一家的生计，减轻你的工作负担！"

这样又马马虎虎过了两个月。朱里奥白天没精打采，夜晚拼命抄写，父亲仍然不断地严厉责备他，对他越来越冷淡，很少跟他说话。他好像刚刚大病初愈而变得憔悴了。父亲觉得他不可救药，于是故意避开他的目光。朱里奥看出父亲有意不理他，内心痛苦万分。当父亲转过脸避开他时，他悄悄地吻了父亲一下，脸上露出难以言表的温柔和悲伤。由于悲伤和劳累，朱里奥越来越消瘦和苍白，越来越忽视学习了。他明白，这件事总有一天非停止不可。每天晚上，他都自言自语地说："今晚我不再起床了。"座钟刚刚敲过十二点——正是考验他意志的时刻。他觉得躺在床上不起来就好像没有尽到自己的义务，仿佛偷了父亲和家里的一个里拉，为此感到深深的内疚。他起床后便想入非非，比如某个夜晚父亲睡醒后会看见他，或者在数订单时偶然发现这个秘密，这个时候，一切都将自然而然地成为过去。可现在他既不愿意，也没有勇气将这件事说出来，只好顺水推舟地继续干下去。

有一天晚饭时，父亲说了一句对他有决定作用的话。母亲端详着朱里奥，觉得他的气色已大不如以前，于是对他说："朱里奥，你病了。"说完，母亲转过身，焦虑不安地对朱里奥的父亲说："朱里奥确实病了，你看他的脸色多么苍白。我的朱里奥，你觉得哪里不舒服？"

父亲瞥了他一眼，说："精神萎靡损害了他的健康。以前他是个用功的学生、诚实的好孩子，而现在他根本不是这样了！"

妈妈感叹地说：

"现在他正在生病！"

"这跟我有什么关系！"父亲回答。

听了父亲的话，朱里奥的心像刀割似的难受。啊，父亲再也不关心他了。而从前他只要咳嗽一声，父亲就为他担忧，现在不再疼爱他了。毫无疑问，他在父亲的心里已没有分量了。朱里奥露出痛苦的表情，喃喃自语道："啊，爸爸，你不能这样对待我。现在真的完了！爸爸，没有你的钟爱，我一天也不能活下去，我多么希望能重新获得失去的一切啊！我要原原本本把一切都告诉你，我不再骗你了，我要像以前那样刻苦学习。只要我重新获得你的爱，我什么事情都答应你。可怜的爸爸，这次我确实下定决心了！"

然而，习惯成自然，这个夜晚他还是起了床。起来后，他想在静悄悄的夜晚再去看一眼自己曾秘密工作过的父亲的小书房，并怀着心满意足和温柔的感情跟它告别。他坐在小桌前，点上煤油灯，看着那许多的空白订单。今后他再也不能填写那早已印在脑子里的地名和人名了。想到这里，他痛苦极了。他迫不及待地去拿笔准备再干一次这早已习以为常的工作。不料他一伸手却碰着了一本书，吧嗒一声，书本掉在地上，一股热血顿时涌上心头。要是父亲醒来呢？当然即使父亲看见了，也不是什么坏事，他早已打定主意把事情的来龙去脉统统告诉父亲。然而，当他想到夜深人静听到父亲那走过来的脚步声，他被父亲当场发现，母亲醒来后为他担惊受怕，父亲第一次在他面前丢了面子的情景，他就惊恐不安。他屏息静听，还好，没听到什么声音；透过门上的锁眼儿偷听，也没听到什么声响，全家人都在酣睡，父亲也没听到他的动静。

于是，朱里奥又开始放心写起来。订单一张张摞起来。他听到空旷的街道上警察有节奏的脚步声，接着是马车的戛然而止声。过了一会儿，又听到几辆货车缓慢而轰隆轰隆地开过去，只有远处狗的汪汪狂吠才偶尔打破这一沉寂。

朱里奥写呀写呀。事实上，这时父亲早已站在他的身后。父亲听到

书本掉在地上就起了床。他正在捕捉一个好机会……一直等到货车的轰隆声掩盖了他的脚步声和门轴的嘎吱声。他一动不动地站在那里，用他那长满白发的头贴抚着朱里奥的小黑头，看着儿子的笔在订单上飞快地写着。只有这个时候，他回首一幕幕往事，才一下子全明白了。一切都如同预料的那样……绝望的懊悔和脉脉温情搅扰着他的心灵，他不动声色地站在朱里奥的背后。当朱里奥突然觉得有一双战栗的手臂紧紧抱着他时，惊吓得叫出了声。

"哎哟，爸爸，爸爸，请原谅我，原谅我！"朱里奥听见了爸爸的抽泣声，不由得连声说。

"是你要原谅我，儿子。"父亲吻着他的前额，泣不成声地说，"我全明白了，我的小宝贝，请你原谅。来，来，跟我来。"父亲说着把他小心翼翼地带到母亲床前。母亲醒来后，父亲把他推到母亲的怀抱里说："快亲一亲这个天使般的孩子吧。三个月来，他没睡一个好觉，一直为我工作，给全家挣钱糊口，可我伤透了他的心。"母亲把他紧紧搂在怀里，半天也说不出一句话来。过了一会儿，母亲说："快睡觉去吧，我的孩子，快休息去吧。"母亲说完，又转身对丈夫说："你陪他上床吧。"

父亲抱起朱里奥把他送到卧室，又把他放到床上，气喘吁吁地抚摸着他，给他放好枕头，整理好被子。

朱里奥连声说："谢谢爸爸，谢谢爸爸！现在你也该上床睡觉了。我今天格外高兴，爸爸，快睡觉去吧！"

但父亲想亲眼看着儿子入睡。他端坐在儿子的床前，拉着他的手说："我的孩子，睡吧，快睡吧。"朱里奥实在太疲倦了，刚刚躺下便进入了梦乡。他睡了好几个钟头，几个月来，这是他第一次享受到宁静的时光。快乐的美梦使他精神抖擞。他睁开眼睛的时候，太阳早已射出耀眼的光芒。他先是恍恍惚惚觉得有人坐在他的跟前，然后看见一个长满白发的头靠在床沿上。原来是父亲用他的前额贴着他的心正在酣睡——父亲就是这样度过了一夜时光！

意　志

二十八日，星期三

　　我们班里只有斯达尔迪能做到朱里奥所做的事情。今天上午学校里发生了两件事。一件是卡罗菲高兴得简直要发疯了，原因是那位受伤老人将集邮册还给了他。集邮册里还多了三张危地马拉邮票，三个月来，卡罗菲一直寻找这个国家的邮票，如今终于如愿以偿。另一件是斯达尔迪获得了仅次于德罗西头等奖的二等奖，大家无不感到惊奇。谁都知道，今年十月，斯达尔迪裹在绿色的大衣里，样子显得十分臃肿，父亲领着他到学校来，当着大家的面对老师说：

　　"这孩子头脑迟钝，需要老师多多费神啊。"

　　大家都说斯达尔迪是个木头木脑的孩子。他却说："要么成功，要么失败，二者必居其一！"于是，不管是白天黑夜，不管是在家里、在学校，还是出去散步，斯达尔迪总是摩拳擦掌，咬紧牙关，持之以恒，拼命学习，像头牛一样，锲而不舍地耕耘着，又像头骡子似的顽强执拗。

　　他不顾别人的冷嘲热讽，拳打脚踢赶走扰乱他学习的人，经过反复磨炼，这个木头疙瘩居然超过了别人。开始他对算术一窍不通，一篇作文错误百出，连一个复合句都记不住，现在他会解算术题了，会写作文了，朗读课文如同唱歌一样技艺娴熟。

　　只要看一下斯达尔迪的模样，就知道他有钢铁般的意志。他长得很敦实，个子矮胖，方头，没有脖子，双手短粗短粗的，说起话来声音粗犷沙哑。他见到什么读什么，读破旧报纸，读剧场广告，只要有十个铜币，他就去买一本书。他已经有很多书，足以开个小小图书室了。他心情好的时候，常常说要带我到他家去看看他的藏书。他既不跟别人说话，又不跟别人玩，总是用拳头顶住太阳穴，纹丝不动地坐在课桌旁听老师讲课。可怜的斯达尔迪啊，为学好功课，不知付出

了多少代价！今天上午，老师给斯达尔迪发奖时，尽管心情很不好，显出不耐烦的样子，还是对他说："好样的，斯达尔迪，坚持就是胜利，确实如此！"

斯达尔迪听了老师的话，并没有流露出沾沾自喜的情绪，连笑一笑都没有。领到奖章，他马上回到自己的座位上，依然用拳头顶住太阳穴全神贯注地听老师讲课，比平时更专心致志了！

斯达尔迪的父亲在校门口等他是最富有戏剧性的一幕。他父亲是个抽血的医务人员，跟儿子一样，身体粗壮，大脸，声如洪钟。他根本没有想到儿子能得奖，开始还不怎么相信，当老师告诉他确有其事时，他禁不住开心地笑了，于是拍了一下儿子的后脑勺，连声说：

"好哇，好哇。我的这个傻小子还真了不起呢。"他一边惊喜地端详着儿子，一边乐呵呵地说着。在场的孩子们个个喜笑颜开，只有斯达尔迪依然如故，也许他正在用他那个大脑袋预习着明天上午的功课呢！

感　恩

三十一日，星期六

　　我敢肯定，你的同学斯达尔迪是绝对不会抱怨他的老师的。"老师的心情很不好，真没有耐心。"你常常不满地这样说。你可想一想自己，你不是也经常对别人不耐烦吗？对自己的生身父母不耐烦实际上是一种过错。老师有时显出急躁情绪是有一定道理的。你想过没有，老师长年累月地为你们受苦受累。在孩子们中间，对老师怀有感情，具有崇高道德的大有人在；也应该承认，忘恩负义的也不在少数。他们滥用老师的善良，对老师的辛劳视而不见。你们给老师带来的烦恼往往超过了给予他的快乐。你设身处地为别人想一想，即使世界上最受尊敬的人，要是处在他的位置，也会光火发怒的。你应该知道，老师带病坚持给孩子们上课是常有的事，因为他的病还没有严重到足以免除他应尽义务的地步。很清楚，只是在这种忍痛的情况下，老师才显出烦躁不安的。你们中间有些孩子对身体欠佳的老师不管不顾，而是滥用他的慈爱，老师想起这些孩子的所作所为是多么伤心难过啊！

　　恩利科，我的孩子！你要尊敬和爱戴你的老师。你的父亲也尊敬和爱戴老师，因为老师献身于教育孩子们的事业，他启迪你的智慧，培养你的心灵。将来你长大成人，我和他都已不在这个世界上的时候，他的形象和我的形象一样将永远留在你的脑海中。那时，当你回想起他那温文尔雅的善良面孔却带着痛苦和劳累的神情，你就会为自己现在对老师的漠不关心而备受内心的折磨。即使过了三十年，当你想到今天不但没有爱老师，反而对他蛮横无理时，你一定会感到莫大的痛苦。

　　请你好好爱你的老师吧，因为他是这个拥有五万名小学老师的大家庭中的一员。他们遍布全国各地，是跟你一起正在成长的数百万儿童的智慧之父，像他们这样的劳动者应该得到普遍的承认，他们为我们的祖国培养了一代又一代的优秀公民，却只得到少得可怜的报酬！如果你只爱我，只爱你的父母，而不爱为你勤勤恳恳、兢兢业业工作的老师，特别是教过你的老师，我是很不高兴的。

你要像爱你的叔叔伯伯那样爱你的老师。他对你爱抚时，你爱他；他责备你时，你还是应该爱他；他正确的时候，还是你认为他不公正的时候，也都应该爱他；他快乐和可敬可爱时，你爱他；你见到他悲痛的时候，更应该爱他。总而言之，你要永远爱他！

你要永远怀着肃然起敬的心情称呼"老师"这个字眼。除了"父亲"这两个字，"老师"是一个人能够获得的最崇高、最亲切的称呼了。

你的父亲

一　月

代课老师

四日，星期三

　　我父亲说得有道理，老师是因为身体不舒服才心情不好的。老师三天没有到校了，由那位个子矮小、没有胡须的年轻代课老师给我们上课。今天上午，发生了一件糟糕的事情。最近一两天，同学们在教室里嬉闹玩耍，大声喧哗，代课老师的脾气很好，从不急躁，只是对同学们说："安静点儿，安静点儿，别乱说话好不好。"这天上午闹腾得更凶，乱哄哄的嗡嗡声连老师讲课都听不见了。老师警告、哀求都白费力气。校长还亲自来教室门口看过两次，可他一走，教室就像市场一样沸沸扬扬地喧闹起来。卡罗纳和德罗西善于用面部表情示意同伴们放老实点儿，警告他们乱闹是可耻的行为，但谁也不理睬他俩。只有斯达尔迪两肘支在桌子上，两个拳头顶着太阳穴，一声不响地坐在座位上，也许他正在一门心思地想着经常谈到的藏书室呢。长着鹰钩鼻子的集邮爱好者——卡罗菲正在排列参加抽彩者的名单。每张彩票两个铜币，中彩者的奖品为一个袖珍墨水瓶。教室里有的同学喋喋不休，有的哈哈大笑，有的用钢笔尖刺扎桌子取乐，还有的用袜子的松紧带弹纸球玩。代课老师一会儿抓住这个孩子的胳膊，一会儿又抓住那个孩子的胳膊，狠狠拧他们一把，还把其中一个推到墙边罚站……这一切都毫无用处，纯粹是浪费时间。老师在走投无路的情况下，只有一味地祈求："你们为什么这样无理取闹？你们要我处罚你们吗？"然后，用拳头猛捶桌子，用生气的口吻，哭丧着脸连连大声说："安静！安静！安静！"从老师的声音里可以听出他实在太难过了！尽管这样，喧闹声却有增无减，弗朗蒂甚至向老师扔起了纸球，有的同学学起了猫叫，还有的互相顶着脑袋戏闹，课堂秩序混乱到了极点。

这时工友突然进来说：

"老师先生，校长叫你去一下。"

老师真的绝望了，站起来匆匆忙忙地离开教室。这时候，乱哄哄的嘈杂声闹得简直到了天翻地覆的地步。卡罗纳忽地跳起来，攥紧拳头，环顾四周，大发雷霆地喊道：

"你们这些畜生，别胡闹了！你们钻老师好脾气的空子，为所欲为，真是胆大包天！老师要是真的打断你们的脊梁骨，你们就会像丧家犬那样匍匐求饶。你们是一伙胆小鬼。谁要是再嘲笑老师，我就把他拖到校外，打掉他的牙齿。我发誓，即使当着他父母的面，我也照打不误！"

大家都默不作声了。卡罗纳的眼睛里放射出愤怒的光芒，好似一头发怒的小狮子，那一副威风凛凛的派头还真是叫人望而生畏呢。卡罗纳一个个地怒视着那几个最淘气的学生，他们都低下了脑袋。当眼睛红肿的代课老师走进教室时，班里立刻鸦雀无声了。他茫然地站在那里。过了一会儿，当他看到卡罗纳怒容满面的样子时，便明白了一切，他用充满情谊的口吻，像对兄弟一样地对卡罗纳说：

"卡罗纳，谢谢你！"

斯达尔迪的藏书室[1]

今天我去找斯达尔迪玩。他家就在学校的对面。见到他的藏书室，我羡慕得不得了。斯达尔迪的家境并不富裕，因此他不可能买很多书。他读过的书、用过的课本和亲戚朋友送给他的书全都精心地保存着。别人平时给他的每一个钱币他都积攒起来买书。这样，他的书越积

---

[1] 原文无日期。

越多，便成了个小小藏书室。父亲见他酷爱读书，于是给他买了一个漂亮的核桃木书架，上面还挂了一条绿色的小帘子。他根据自己喜爱的颜色有选择地装订各类图书。他只要轻轻一拉细绳，小帘子就哧溜一声跑到一边，码得整整齐齐、三排五颜六色的书籍便一目了然，书背上烫金的书名更是闪闪夺目。他的藏书包括故事、游记、诗集、画册。他巧妙地调配各种颜色，白色的靠近红色的，黄色的靠近黑色的，蓝色的靠近白色的，从远处望去，格外好看。经常变换书的排列顺序是他的一大乐趣。他还编排了图书目录，酷似一名图书管理员。他总是围着书看来看去，掸去上面的灰尘，翻阅书页，检查一下装订有没有问题。你看他用那短粗的手指小心翼翼地把书打开，在书页上吹来吹去，那样子是多么用心。由于他的精心管理，那些书完全跟新的一样。而我的书往往破旧得面目全非了。他总是高高兴兴地把书整理干净后才放到书架上去，可过了一会儿又拿下来，左看右看一番，如获至宝，一个钟头的时间，除了书，他什么也没让我看。由于看书太多，他的眼睛已不太好使了。我们玩兴正浓时，他那跟他长得一模一样的父亲走过来，拍了两下他的后脑勺，用粗大的声音对我说：

"喂，你看我家这个木头疙瘩怎么样？据我看，说不定他将来还会大有作为呢！"

斯达尔迪半闭起眼睛，任凭父亲那粗糙的手掌亲昵抚摸。父亲抚摸他的样子，好似猎人抚弄他那粗壮高大的爱犬。不知什么缘故，我不敢跟他开玩笑。我真的不相信他仅仅比我大一岁。在门口，他板着一副严肃的面孔对我说："再见！"我也像对大人似的回敬了他一句："向您致敬！"

后来我在家里对父亲说："斯达尔迪缺乏才华，举止又不怎么高雅，长得又滑稽可笑，然而我觉得他可敬可亲，我始终解不开这个谜！"

父亲回答说："这是因为他有特殊的气质。"

我接着说："我跟他玩了个把钟点，他一直沉默寡言，没给我看他的玩具，也没见他笑过一次，可是我却心甘情愿地跟他在一起，你说怪不怪？"

父亲又回答："这是因为你钦佩他。"

铁匠的儿子[1]

说实话，我也很钦佩波列科西。除了钦佩，我还对他怀有深厚情谊。波列科西就是那位铁匠的儿子。他身材瘦小，脸色苍白，目光和善而悲伤，经常流露出惊慌失措的神情。他胆小怕事，不管对谁都这样说："对不起，请原谅！"别看他瘦瘦小小、病病歪歪的，学习用起功来却不要命。

他父亲往往在外面喝得酩酊大醉，回到家里就莫名其妙地打他，把他的书和作业本到处乱扔。

波列科西常常脸上青一块紫一块来上学。有时候甚至整个脸都肿了起来，眼睛也因为哭泣而变得红肿红肿的。遇到这种情况，波列科西只字不提父亲打他的事。如果同学们问：

"你父亲又打你了，对不对？"他总是脱口而出，连连大声说：

"不是！真的不是！"显然，他这样说仅仅是为了给父亲留点儿面子！

老师看他被烧毁半页的作业本，不假思索地说："这不是你烧的。"

波列科西用颤抖的声音说："是我烧的。是我把它掉到火里才烧成这样的。"

事实上，我们心里完全明白到底是怎么一回事。他做功课时，是他父亲这个醉鬼蹬翻了桌子和油灯烧坏作业本的。

---

[1] 原文无日期。

波列科西住在我家这幢楼的阁楼上。女看门人将他的一切情况一五一十地告诉了我母亲。有一天，我姐姐西尔维娅听到从阳台传来哭叫声，原来是他父亲连推带搡地把他摔倒在楼梯口，原因是波列科西向他要钱买语法书。

他父亲整天喝得醉醺醺的，东游西逛，厌倦劳动，家里人跟着他忍饥挨饿。不幸的波列科西不知有多少回是空着肚子来上学的。他暗地里啃着卡罗纳给的小面包，津津有味地咀嚼着他的饰着红色羽毛的二年级女老师给他的苹果。他从没说过"我饿了，父亲不给我饭吃"之类的话。

他父亲偶尔也到学校来接他。他父亲脸色惨白，腿脚好像不灵便，走路缓慢，摇摇摆摆的，脸上露出凶残的表情，长发耷拉到眼睛上，帽子歪斜地扣在头上。可怜的波列科西在街上一见到父亲就像耗子见到猫似的浑身打哆嗦，可他还要勉强装出笑容满面的样子朝父亲跑去，而父亲仿佛没有看见他似的，心里想着别的事情。

不幸的波列科西啊，他还得自己修补被撕坏的作业本，借书学习功课，用别针系着破烂衣衫。看到他穿着笨重的大鞋做体操，我不由得一阵心酸，波列科西实在太可怜了！他那长长的裤子一直拖到地面，宽大的上衣也是长得不能再长了，袖子直卷到胳膊肘儿。在这种情况下，他仍然用功学习，努力拼搏。如果他在家里能安安稳稳地做功课，他一定会成为名列前茅的好学生的。

今天早上，波列科西是脸上带着伤来上学的。同学们见到他，都不约而同地说：

"这是你父亲干的，这次你可不能否认了吧？你去告诉校长，校长会把他送到警察局的！"

波列科西忽地跳起来，面颊涨得通红，用气得颤抖的声音连连重复说："不是。真的不是。父亲从不打我！"

上课的时候，波列科西的泪珠直落到桌子上。同学们望着他，他又尽量装出乐呵呵的样子以掩盖自己的哭相。可怜的波列科西啊！

　　明天，德罗西、科列帝和内利要到我家来玩。我对波列科西说，希望他也一块儿来。我多么愿意他跟我一块儿吃饭，送给他书看啊！即使我家被折腾得乱七八糟，被搞得乌烟瘴气，那也无关紧要，只要他玩得痛快就行。等他回家时，我要在他的衣袋里塞满糖果，叫他快快乐乐地玩一次，这该有多好哇！

　　可怜的波列科西，你是多么善良，又是多么勇敢啊！

欢聚一堂

十二日，星期四

　　对我来说，今天是这一年中最美好的一天。两点整，德罗西、科列帝和驼背内利准时来到我家。波列科西因为父亲的阻拦没有来成。

　　德罗西和科列帝笑着说，他们在街上碰见了卖菜妇的儿子科罗西——那个长着一头红发而只有一只胳膊的孩子。当时，科罗西一只胳膊正抱着一棵很大的白菜卖，听说要用卖得的钱买一支钢笔。科罗西的父亲最近从美洲来信说，知道全家人天天都很想念他，他不久就要回来了，所以科罗西今天显得格外高兴。

　　的确，我们十分快活地度过了两个钟头。德罗西和科列帝是班里最快活的两个孩子，我父亲也十分喜爱他们。科列帝穿着巧克力色的毛衣，戴着猫皮帽子。他是个欢蹦乱跳的孩子，像着了魔似的忙忙碌碌、马不停蹄地东奔西跑。他今天一清早已扛了半车子木柴，然而他还是像一匹小马驹似的在我家跳来跳去，什么东西都想看一看，说起话来滔滔不绝，又像小松鼠那样灵巧敏捷。他走进厨房，问厨师买十公斤柴要付多少钱，并说他父亲的十公斤柴卖四十五个铜币。他总是不厌其烦地提到他的父亲，谈到父亲作为温伯尔托亲王麾下四十九团的一名战士曾

参加过库斯托扎[1]战役。别看他是在柴堆出生和长大的,却富有教养。正如我父亲说的那样,他天生文雅,心灵高尚。

德罗西也给我们带来了欢乐。他像老师一样熟悉地理。他闭起眼睛说:

"喂,我看见了整个意大利。亚平宁山脉[2]一直延伸到爱奥尼亚海边。到处是纵横交错的河流,还有洁白干净的城镇,许许多多的海湾,数也数不清的蔚蓝色的港口和碧绿的岛屿……"他能够按照顺序,迅速而准确无误地说出它们的名字,如数家珍地对着地图流利地朗读。他昂首挺胸,满头金色的鬈发,闭着眼睛,穿着深蓝色镀金纽扣的衣服,如同一尊精美的雕像伫立在那里。我们用羡慕的眼神端详着这位英俊少年。仅

---

1 位于意大利威尼托行政区,是意大利第三次独立战争的主要战场之一。
2 跨越整个意大利半岛的山脉,从北到南绵延一千一百九十公里,东西宽三十至一百三十公里,分为北、中、南三个山系。

在一个钟头里，他就牢牢地记住了为后天的维托利奥国王葬礼纪念日而要朗诵的将近三页的稿子。

内利也惊奇而又钦佩地打量着德罗西，激动得不停地揉搓着自己那肥大的黑色上衣，脸上挂着微笑，目光明亮而忧郁。

这次聚会使我快乐极了。在我的脑海和心中留下了像火星一样可焕发的东西。

他们走的时候，可怜的内利置身于两个高大健壮的人中间，显得那样矮小。他俩挎着内利的胳膊送他回家，使从未笑过的内利终于开心地笑了。这情景令我格外高兴。

回到餐厅后，我才发现驼背弄臣里哥勒托的那张画像不见了。原来是我父亲不想让内利看见，将它摘了下来。

维托利奥·埃马努埃勒国王的葬礼

十七日，星期二

今天下午两点，老师一走进教室，就喊德罗西的名字。于是，德罗西走上讲台，面对着我们，满脸通红，用开始时有点儿颤抖后来变得清晰的声音朗诵起来：

四年前的此时此刻，运载国王维托利奥·埃马努埃勒二世遗体的灵车缓缓来到罗马的万神庙[1]。维托利奥·埃马努埃勒是意大利统一后的第一任国王，是在位二十九年之后去世的。在此期间，由于埃马努埃勒国

---

[1] 罗马最古老的建筑之一，至今已有两千年的历史。庙中供奉着朱庇特、阿波罗等诸神，故称万神庙。大画家拉斐尔、意大利统一后的国王维托利奥·埃马努埃勒二世和温伯尔托一世及他们的王后也安葬在此。

王的卓绝斗争，曾被七国诸侯并雄分割、受到异族奴役和暴君专制的意大利终于成为一个独立自由的强大国家。

在事必躬亲的二十九年中，埃马努埃勒国王以出众的才华，无比的忠诚，以一往无前的大无畏精神，披荆斩棘；运用非凡的智慧，克敌制胜；在危急关头，挺身而出，大义凛然；拯救民族于水火，恩泽人民于四海，赢得流芳百世的美名。

覆盖着花环的灵车徐徐驶过罗马街道时，雨点般的鲜花纷纷向它掷去，意大利的每个角落都在默哀致意。由将军、大臣和王公贵族组成的队伍走在灵车的前面，紧跟在后面的是由残疾军人、无数旗帜、三百个城市的代表和凝结着意大利人民威力与光荣的所有精华组成的仪仗队。灵车停在庄严肃穆的圣殿前，埃马努埃勒国王的遗体将安放在里面。这时，十二名仪仗队宪兵将灵柩抬下。此时此刻，整个意大利都向深受爱戴的国王告别，向捍卫过国家和人民的战士和父亲告别，同时，也向自己历史上最幸运、最神圣的二十九年永别！这是激动人心的庄严时刻。

八十名军官举着意大利军队八十个兵团的哀悼旗帜，列队向灵柩致哀。这蔚为壮观的场面无不打动着人们的心灵。

这八十面旗帜就是整个意大利的精髓和象征。它们缅怀着无数为国捐躯的先烈，目睹着抛头颅、洒热血的壮举，记载着我们最神圣的光荣和牺牲，凝结着我们遭受的巨大痛苦和悲伤。

仪仗队宪兵抬着灵柩缓步而行，每面旗帜都下半旗志哀。新兵团的旗帜和经过哥依托、帕斯特林柯、圣鲁其亚、诺瓦拉、克里米亚、帕列斯特罗、圣马尔提诺和卡斯特尔菲达尔多[1]各战役的破旧老战旗齐刷刷地垂向地面，八十面黑纱纷纷抛到地上，国王生前荣膺的一百枚军功勋章和灵柩碰得叮当作响。

---

1 这些地方全是意大利第一次和第二次独立战争的战场。

雷鸣般的响声凝结了意大利人民的鲜血，好像千百万人的心声，刹那间汇成一个巨大的声音：永别了，我们善良仁慈的国王！骁勇善战的国王！忠心耿耿的国王！你将永远活在人民的心中，像太阳的光辉照亮千秋万代，与意大利万古并存！

然后，所有的悼念旗帜重新举起，维托利奥·埃马努埃勒国王将获得无上荣耀，永世长存！

弗朗蒂被赶出校门

二十一日，星期六

德罗西朗读纪念国王的悼词时，只有一个人发笑，那就是弗朗蒂。

我特别讨厌像他这样的人。他是个心狠手毒的家伙。比如，凡是遇到有家长来学校呵斥孩子时，他就兴风作浪，开心得不得了。别人哭了，他就乐呵呵地笑。他在卡罗纳面前胆小如鼠，可见了小泥瓦匠，就故意欺负这个瘦小的孩子，往往追着殴打。他还无理纠缠一只胳膊残疾的科罗西，拿大家都尊敬的波列科西寻开心，对救了一个小孩而自己挂着拐杖走路的三年级学生罗伯弟冷嘲热讽。他总是向比他弱小的孩子寻衅闹事，胡搅蛮缠。跟别人打架时，他野兽般地残忍，非把人家打得鼻青脸肿才肯罢休。他那低低的额头给人一种厌恶和望而生畏的感觉，他那混浊的目光隐藏在油布帽舌头下面，露出不怀好意的神情。他什么都不顾忌，甚至当面耻笑老师。他偷窃能够偷到的一切东西，偷了还厚着脸皮死不承认。他总是跟别人大吵大闹。他把别针带到教室专扎周围的同学，把自己和别人大衣上的纽扣扯下来玩。他的书包、作业本和书籍皱巴巴的，肮脏而破烂不堪，面目全非；他把标尺弄成了锯齿形，钢笔上满是牙咬的痕迹。他的指甲啃得像被老鼠咬的一样参差不齐，衣服油渍斑斑，上面满是跟别人打架时被撕破的口子。

他母亲为他忧心如焚而得了病，他父亲曾三次把他从家里赶出去。他母亲也偶尔来学校了解情况，但总是哭着回去。他仇恨学校、同学和老师。老师有几次佯装没看见他那无赖的行为，可他越发猖狂了。老师想方设法要把他引向正道，可他偏偏不买这个账，照样我行我素，还捉弄老师。老师狠狠批评他时，他两手捂住脸，好像在哭，事实上是在暗笑。学校曾勒令他三天不准到校，可他回来时，比以前更加狡猾、更加傲慢了。

有一天，德罗西对他说：

"你该收场了，你没看见老师是多么难过吗？"

他不但不听，反而用威胁的口吻说什么他要用一个钉子扎破德罗西的肚皮！

今天上午，弗朗蒂终于像一条狗似的被学校赶出去了。

正当老师把每月故事"撒丁岛的少年鼓手"的草稿交给卡罗纳抄写时，弗朗蒂突然扔到地上一个爆竹，刹那间，轰隆一声，爆竹像一声枪响似的在教室里爆炸了。震耳欲聋的响声使大家惊恐失色，老师猛地站起来大声嚷道：

"弗朗蒂，出去！"

"不是我！"弗朗蒂笑嘻嘻地回答。

"出去！"老师又说了一句。

"我不出去！"弗朗蒂回答。

老师发火了，一个箭步扑向弗朗蒂，抓住他的一只胳膊，把他从座位上提了起来。弗朗蒂拼命挣扎，但毫无用处，老师强行把他拖出去，又连推带搡地把他带到了校长办公室。

过了一会儿，老师独自一人回来了。他走上讲台，坐到椅子上，两手抱头，气喘吁吁，一副疲惫不堪和痛楚万分的样子。不管谁看到他那个模样，都会难过的。

"我当了三十年的老师，也没遇到过这样的事情。"老师一边摇头一边伤心地说。

大家屏息静听老师的话。老师气得手发抖，额头的皱纹犁沟般的笔直，好似一道道深深的伤痕。

可怜的老师！大家都为老师伤心难过。德罗西突然站起来说：

"老师，别太伤心难过了，我们大家都很爱戴您。"

老师听了，心情稍微平静下来，对大家说：

"孩子们，我们上课吧。"

撒丁岛的少年鼓手（每月故事）[1]

一八四八年七月二十四日，库斯托扎战斗打响的第一天，我军步兵团大约六十名士兵奉命前往某高地去占领那里的一所孤零零的房屋。他们快接近房子时，突然遭到两个连的奥地利士兵的袭击，子弹雨点般地从四面八方向他们倾泻过来。他们不得不把几个伤亡的士兵丢在田野，迅速地躲进屋内，关上门窗。

我们的士兵关上门窗后，很快占据了一层和二层的各个窗口，向敌人猛烈还击。敌人也不甘示弱，用密集的炮火拼命射击，成半圆形逐步向我军逼近。

这六十名士兵由一名上尉军官和两名下级军官率领。上尉是一位个子瘦高、神情严肃的老军官，头发和胡须都已花白。跟他形影不离的是一个撒丁岛的少年鼓手，已经十四岁了，可看上去还不到十一岁。他黄褐色的皮肤，一双漆黑的大眼睛总是像火星似的闪闪发光。

上尉在房子二层的一个房间指挥保卫战，发出的命令犹如射出的子弹。在他那有着钢铁般意志的脸上看不出丝毫动情的神采。少年鼓手脸色有点儿苍白，两腿却很有劲儿。他跳上一张小桌子靠着墙，从窗口伸头

---

[1] 原文无日期。

望着外边的动静。透过原野上弥漫的硝烟,他隐隐约约地看到穿着白色服装的奥地利士兵正向这里慢慢逼近。这座房子建在山冈的最高处,房屋的背后通向悬崖峭壁,那一面的顶楼上只有一扇小窗开着,因此,那面寂静无声,平安无事。在这种情况下,奥地利军队不会对房屋的背面构成威胁,只能从正面和两侧开火。

对方的炮火震耳欲聋,弹片冰雹似的倾泻过来。屋外是残垣断壁,满目疮痍;屋内的门窗、顶棚、家具被震得残缺不全,满地都是木片、泥土、餐具和玻璃,到处杂乱不堪,一片狼藉。子弹的呼啸声,炸弹的爆裂声,榴霰弹的咝咝声足以震破人们的耳膜。

在窗口抵抗的士兵不时有人被击中,倒在地板上,然后被拖到旁边;有的两手捂着伤口,疼得坐立不安,摇摇晃晃地踱来踱去;厨房里的一个士兵因头部被打中而牺牲,敌人的包围圈越来越小。

这时,一向镇定自若的上尉露出惶惶不安的神色,大步流星般地走出房间,后面跟着一位军士。过了三分钟,军士跑了回来,叫鼓手跟他一起出去。他俩迅速上了楼梯,来到空荡荡的阁楼。原来上尉正靠着小窗在一张纸上写着什么,脚边的地板上放着一根井绳。

上尉折起纸条,用可以使在场的每个士兵发抖的冷酷无情的灰眼睛打量着少年,厉声叫道:

"鼓手!"

鼓手把手举到帽檐前,行了一个军礼。

上尉问:"你有胆量吗?"

少年的眼睛放出炯炯的光芒。

"有。上尉先生!"少年回答。

"你看看下边。"上尉把少年推到窗口说,"在维拉弗兰卡村附近,有一片开阔地带,那里驻扎着我们的军队。你现在拿好这张纸条,从窗口抓住这根绳子慢慢滑下去,然后迅速跑下山冈,穿过田野,找到我们的

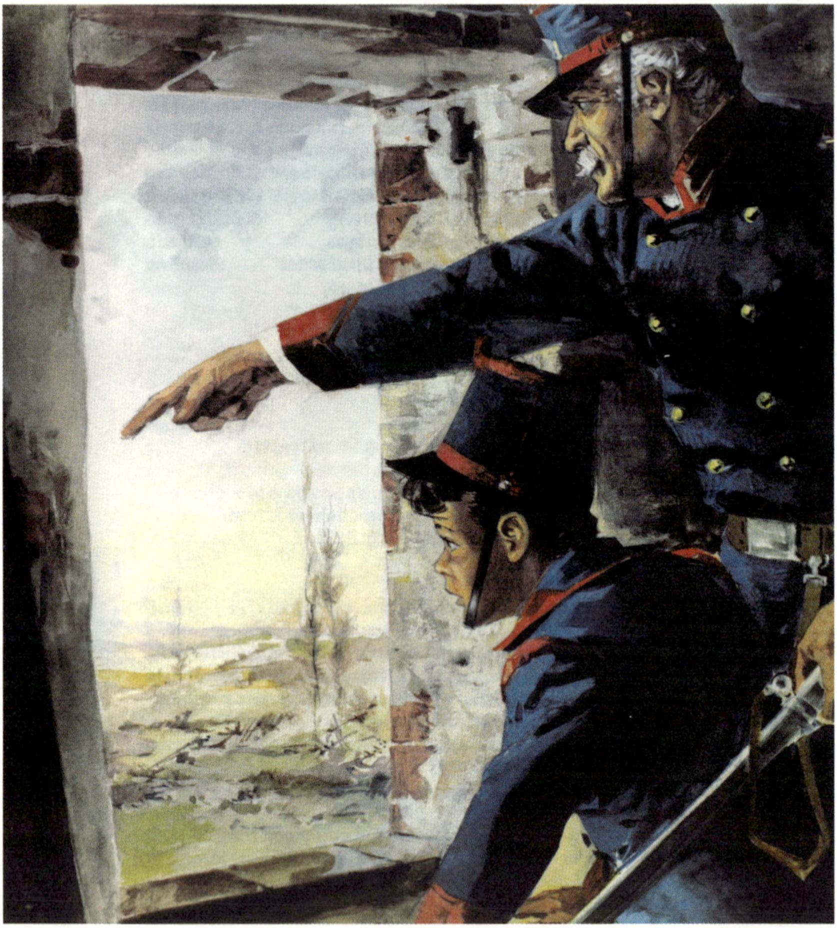

部队，见了第一位军官，将纸条亲自交给他。现在你马上把腰带和背包[1]解开留下来。"

少年解开腰带和背包，把纸条放进贴胸的口袋里。军士先向外放下绳子，后又紧紧抓住绳子的另一头。上尉帮少年钻出窗口，让他背朝田野下去。

"你千万要小心，我们这支小分队的存亡就靠你的勇敢和两条腿了。"上尉说。

"上尉先生，请放心好了！"已抓住绳子的少年回答。

"下坡时，你要弯腰俯身才行。"上尉说着，跟军士一起抓紧绳子。

"请放心！"

"愿上帝保佑你成功！"

几分钟后，少年就到了地面，军士拉回绳子。上尉迫不及待地从窗口伸出脑袋观望跑下山冈的少年。

上尉满以为飞跑的少年能脱险而不被敌军发现。可在少年前后掀起的五六团尘雾说明，少年已被敌人发现，上尉的希望破灭了。敌军正从小山顶向少年猛烈开火。少年依然拼命地跑着，可突然摔倒在地。

"这下可完了！"上尉咬住拳头吼叫一声。但上尉的话音刚落，少年又重新站了起来。

"嚄，只是摔了一跤！"上尉喃喃自语道，松了一口气。

少年果然又没命地飞跑起来，可脚跟已站不稳了。

"只是脚脖子扭啦。"上尉想。过了片刻，少年的周围又掀起团团尘雾，但他跑得越来越快，危险离他也越来越远了。少年安然无恙，上尉高兴得叫好，仍然目不转睛地盯着少年，为他焦躁不安。在这紧急关头，如果少年不能尽快把条子送到，增援部队不能及时到达，他们这支

---

[1] 这两件物品上印有部队的番号和个人姓名。少年出发前必须将两件物品留下，以免落入敌手。

小分队要么壮烈战死,要么全体投降,成为俘虏。

少年跑了一会儿,开始放慢脚步,一瘸一拐地走起来。接着又跑起来,可越来越费力了,只能跑一会儿,停一会儿。

"可能他被流弹擦伤了!"上尉心里想,屏息凝视着少年的一举一动,激动得全身直发抖。上尉自语着,说着鼓励的话,好像少年能听到似的。他不停地用炽热的目光测试着少年与明晃晃刺刀之间的距离。那些刺刀在一片阳光普照的金色麦浪里清晰可辨。

这时,上尉听到楼下子弹的呼啸声,军官和军士的怒吼呵斥声,伤病员的号啕声,木器和用具的破碎声和残墙的塌陷声。

上尉目不转睛地望着远处的少年鼓手大声喊道:

"加油!鼓起勇气来!勇往直前!快跑呀!该死的家伙!他居然停

下来了，嗬，他又跑起来了！"

一位军官气喘吁吁地跑上来对他说：

"敌人的炮火并没有停止，他们打出白色横幅命令我军投降。"

"别理他们！"上尉大声喊道，眼睛一刻也没离开少年。这时候，少年已到达那片开阔地带，可他不再跑了。他显出很吃力的样子，只能拖着身子一步一步地往前走。

"他怎么走起来了！跑呀！"上尉咬着牙，握着拳头，大声喊道，"你自杀吧。死掉算了。简直是个废物。没死就快跑呀！"

接着上尉又痛骂一句："哎呀，可耻的懒汉，他竟然坐下了！"少年可能倒下去了，因为在麦田里时隐时现的少年脑袋不见了。不久，他的脑袋又出现了，然后消失在篱笆后面，自此上尉再也没有看到他。

上尉从阁楼上走下来。这时候，炮弹急风暴雨般地铺天盖地而来。房间遍地都是伤兵，有的抓住家具像醉汉似的跟跟跄跄；墙上地上血迹斑斑，尸体横七竖八地堵在门口；副官的右臂被子弹击中，屋里屋外烟尘弥漫，什么也看不清楚。

"鼓起勇气来！"上尉大喊一声，"坚守阵地，增援部队快到了，坚持就是胜利！"

奥地利军队渐渐逼近。透过烟尘已经可以清楚地看到他们狰狞的面目。在噼噼啪啪的枪声中，可以听到敌人的粗野辱骂、命令我军投降的呐喊和威胁要将我军斩尽杀绝的吆喝声。我军有些士兵害怕了，便从窗口退回来，军士又把他们赶了上去，但防御的火力渐渐变弱了，每个人的脸上都露出了灰心丧气的神情，继续抵抗已不可能了。在这紧要关头，奥地利军队的进攻势头却减弱了。他们先用德语，后用意大利语声如雷鸣地吼叫道："投降吧！"

"不！"上尉从窗口高声回话。

双方重新用密集的炮火开始最猛烈的相互射击。又有一些士兵倒下去，很多窗口失去防御，最后的时刻即将来临。

上尉咬着牙，用含混不清的声音不停地喊道：

"他们不会来了！他们不会来了！"

他急得团团转，用痉挛的手紧握军刀，准备决战到底。一个军士从阁楼来到楼下，突然高叫一声：

"他们到了！"

上尉喜出望外，情不自禁地跟着喊道：

"他们到了！"

听到喊声，我军所有的人，包括士兵、伤员、军士和军官，个个生龙活虎般地冲向窗口，殊死抵抗。片刻工夫，敌人的军心开始动摇，秩序大乱，溃不成军。

上尉立刻把小分队召集到一楼的房间里，叫大家上好刺刀，准备跟敌人殊死搏斗。接着，上尉又箭一般朝阁楼跑去。刚到阁楼，就听到急促的马蹄声、欢叫的嘈杂声交织在一起，此起彼伏。从窗口眺望，透过烟尘，意大利卡宾枪手的两角帽徽时隐时现，一队骑兵飞驰而来，明亮耀眼的刺刀闪电般地在敌人的头上、肩上和腰间挥舞着。

上尉的这支小分队端着刺刀冲出门外，敌军彻底崩溃，混乱不堪，落荒而逃。我军清点战场，这所房子也成了自由出入的地方。不大一会儿，我军以两个步兵营和两门大炮的兵力占领了高地。

上尉率领残部与兵团会合继续作战。在最后一次肉搏战中，他的左手被流弹击中，受了轻伤。

当天的战斗以我军的胜利而告终。

第二天，意奥双方又展开激战。意大利军队尽管顽强抵抗，但终因寡不敌众于二十六日早晨不得不向敏其奥河[1]方向撤退。

上尉虽然负了伤，仍与疲于奔命的士兵一起默默无言地徒步行军，当晚部队到达位于敏其奥河畔的哥依托，他立刻去找他的副官。副官断了一只胳膊早已被救护队运走收留，应该比上尉先到一步。别人告诉上尉，当地有一座教堂，野战医院刚刚搬到里面。上尉赶到教堂，一排床和一排地铺已躺满伤员，两名医生和几名护士穿梭往来，露出焦虑不安的神情。伤员的叫喊声和呻吟声响成一片。

上尉进去后便扫视房间，寻找他的副官。

正在这时，他听到旁边有人细声细气地叫他：

"上尉先生！"

他回头一看，原来是少年鼓手。他躺在吊床上，胸部盖着一块红白格子的粗布窗帘，两臂伸在外面，脸色惨白而消瘦，然而眼睛像两颗黑宝石似的闪闪发光。

"你在这里？"上尉十分惊讶地问，语气依然严肃，"好样的，你尽

---

[1] 意大利北部的一条河流，全长二百零三公里。

职尽责了。"

"我尽力了。"少年回答。

"啊，你受伤了！"上尉说着，用眼睛搜寻附近床铺上是否有副官。

"没关系。"少年说。他现在认识到，自己有生以来第一次受伤是件无上光荣的事情，这给了他继续说下去的勇气，要不然，他是不敢在上尉面前打开话匣子的。于是少年说道：

"我弯着腰飞跑，敌人还是很快发现了我。要不是他们打中我，我本可以再提前二十分钟到达，幸运的是我很快就找到了参谋部的一名上尉，把那张条子当面交给了他。受伤后，再往山下跑实在太困难了。我渴得要命，担心再不能往前走了。一想到每晚到一分钟，就多死一个人，我急得呜呜哭起来。好啦，现在不提这些了，我做了自己能做到的一切，问心无愧了。上尉先生，请您多多保重，您看看，您的手还在流血呢！"

果然，几滴鲜血正从上尉的手掌顺着指头流下来。

"上尉先生，我替您再包扎一下好吗？把手伸过来。"

上尉先伸出左手，后伸出右手想自己先解开绷带结子，然后再让少年帮助重新包扎。但是少年刚刚离开枕头，脸色立刻变得煞白，又不得不重新躺下去。

"好啦，好啦！"上尉望着少年说，同时，把包扎的左手缩回去，而少年却不肯放开上尉的手。上尉接着说：

"你管好自己的事吧，别再操心别人了。即使不太重的伤，不注意也是很危险的。"

少年摇摇头。

上尉仔细端详少年片刻后说：

"你身体这样虚弱，看来流了不少血吧？"

"流血？"少年微笑着回答，"何尝是流血呀。您看看便一目了然。"少年说着一下子掀开被子。

上尉目瞪口呆,后退了两步。

少年只剩下一条腿了,左腿已从膝盖上头截断,残腿用纱布包扎着,上面渗出殷红的鲜血。

这时候,一位穿着单薄的矮胖军医走过来。军医指着少年对上尉说:

"上尉先生,实在不幸。要不是他发疯般地飞跑,那条腿本来完全可以保住的,该死的炎症!当时必须截肢。我向您保证,他是个了不起的孩子。我为他做手术时,他没掉一滴泪,没喊叫一声。我为他是一个意大利孩子而自豪。我可以拿名誉担保,他一定出身于优秀世家,愿上帝保佑他!"军医说完走开了。

上尉皱皱雪白的浓密眉毛,目不转睛地凝视着少年,重新给他盖好被子,然后,再一次全神贯注地望着他,但没有说话,而是慢慢地把手伸向脑袋,摘下帽子。

"上尉先生,您这是干吗?上尉先生,您为我吗?"少年大吃一惊地连声问道。

此时此刻,这个对部下从未说过一句温柔话的粗暴上尉,却用一种热情、甜蜜而意味深长的语气回答道:

"我只是一名上尉,而你却是一位英雄!"

接着,上尉向少年张开双臂,在他的胸部深情地亲吻了三下。

爱 国

二十四日,星期二

因为少年鼓手的故事打动了你的心灵,今天上午题为"你们为什么热爱意大利"的这篇作文就不难写了。为什么我爱意大利?谁都会马上说出上百个答案来。我爱意大利,因为我的母亲是意大利人,因为我的血管里流着意大利人的血,因为意大利这块土地安葬着我的母亲和父亲所悼念和敬重的人,因为意大利有我出生的城市,有我说的意大利语,我读的书也是意大利文的;我的兄弟姐妹、我的同学、朋友、和我共同生活的这个伟大民族属于意大利,跟我朝夕相处的美丽大自然,我目睹的一切,热爱、学习、研究、崇拜的一切都属于意大利。

我的恩利科哟,你现在还不能完全体会到热爱祖国的这种感情,当你长大成人就会懂得了。当你长期侨居异国他乡而远途归来,有一天早晨从客轮的甲板上望到地平线上故乡的青山绿水时,你就懂得这种感情了。当你的温柔感情的波涛化作扑簌簌的泪水时,从你的内心深处就会不由自主地发出呐喊。只有到了这个时候,你才会理解祖国的含义。你在远离故国的某个海外城市中,一时的感情波涛驱使你来到一群陌生人中间,当你听到路过你身边的一个陌生工人讲意大利语时,你就有了对祖国的深情厚谊。当有一天,你听到某个外国人辱骂你的祖国时,你一定热血沸腾,满腔怒火。当有一天,敌人把战火燃烧到你的祖国的时候,你看到全国各地揭竿而起,全力抵抗,年轻人纷纷应征入伍,开赴前线,父亲吻着儿子说:"鼓起勇气来!"母亲跟小伙子告别说:"祝你们战无不胜!"只有这个时候,你才会更加强烈、更加深切地体会到对祖国的感情。当军队凯旋时,你如果有幸目睹严重减员、疲惫不堪、稀稀拉拉、步履艰难的军团,看到被流弹打穿的军旗,看到长长的车队满载着头上裹着绷带、身体致残而眼睛却闪着胜利光芒的军人,看到人们不停地向他们投掷鲜花,向他们祝福,跟他们亲吻时,你就会真正懂得人们为什么那样欣喜若狂!恩利科哟,只有到了那个时候,你才会真正理解爱国的含义和祖国的含义。

祖国是一个伟大而神圣的名字。

如果有一天我看到你从保卫祖国的战场平安归来,我会真心实意地呵护你,因为你是我的亲生骨肉和灵魂。但如果我知道你因为苟且偷生而侥幸地保存了一条命,那我绝不会像现在你从学校回来那样怀着极大的喜悦欢迎你。我只能用痛苦的泪水接纳你,但我将不再疼爱你,直到我痛心疾首而死!

你的父亲

嫉　妒

二十五日,星期三

这次以祖国命题的作文写得最好的是德罗西,而沃提尼曾很有把握地认为自己会得第一名!

尽管沃提尼有点儿虚荣心并太爱打扮,我还是喜欢他。我和沃提尼是邻座,他如何嫉妒德罗西我最清楚,因此,我又很讨厌他。他想跟德罗西在学习上比个高低,他拼命学习用功,但无论怎样都无法胜过德罗西。德罗西在各个方面都胜过他十倍,沃提尼对此总是愤愤不平。

卡尔罗·诺比斯也嫉妒德罗西,但他傲气十足,这样他的嫉妒别人也看不出来,而沃提尼的嫉妒心却暴露无遗。他在家里常常抱怨老师给他的学分不公平。当德罗西对老师的提问回答得迅速而圆满时,沃提尼马上沉下脸来,低头不语,装作不听,或者竭力笑出来,不过他是在那里强笑呢!

因为谁都知道沃提尼嫉妒德罗西,所以当老师表扬德罗西时,大家都不约而同地回头去看心怀不满的沃提尼到底是个什么样的表情,遇到这种情况,小泥瓦匠就向他做兔脸。

今天上午,沃提尼又做了蠢事。老师走进教室,当众宣布考试结果:

"德罗西满分,第一名。"老师的话音刚落,沃提尼就打了个很响的喷嚏。老师一下子就明白了沃提尼的用心，瞥了他一眼，对他说：

"沃提尼，可别让嫉妒的蛇钻进你的身体里。这条蛇会使人失去理智，腐蚀人的灵魂！"

除了德罗西，每个人都目不转睛地望着沃提尼。沃提尼想说什么，但始终没吱一声。他脸色发白，像一尊石像似的坐在那里纹丝不动。

老师讲课时，沃提尼在一张纸上写了一句字体很大的话："我并不羡慕那些因为老师的呵护和不公平而获得第一名的人！"他很想把这张纸条送给德罗西。这时候，我看到德罗西邻座的几个同学交头接耳，窃窃私语起来。其中一个用铅笔刀刻了一枚纸奖章，上面画了一条黑蛇，沃提尼也看见了。老师出去了几分钟，德罗西邻座的几个同学马上站起来，离开课桌，来到沃提尼跟前，一本正经地将纸奖章送给他。全班同学都准备好好欣赏一下这场精彩的闹剧。沃提尼气得浑身直哆嗦。这时德罗西大声说：

"把那个给我！"

"好吧，这样更好！"其他的那些孩子齐声回答，"你应该给他颁奖！"德罗西接过纸奖章，撕成碎片。这时老师走回教室继续上课。

我目不转睛地望着沃提尼，沃提尼面红耳赤。他漫不经心地拿起纸条，趁别人不注意，偷偷地将纸条揉成一团，放到嘴里，嚼了一会儿，吐在桌下。

放学的时候，沃提尼正好经过德罗西跟前，不知所措的沃提尼把吸墨纸掉在了地上。热心肠的德罗西赶紧帮他捡起来装进他的书包，并帮他把书包整理好，系好带子。沃提尼一直不敢抬头望德罗西一眼。

弗朗蒂的母亲

二十八日，星期六

沃提尼简直是不可救药了。昨天宗教课上，老师当着校长的面问德罗西记不记得《圣经》中的两句话："我不管把目光投向何处，都会看到你——仁慈的上帝。"德罗西回答说记不得了。沃提尼脱口而出："我记得。"还嬉皮笑脸地故意讽刺德罗西。然而令他气恼的是他也没能背出那两个句子。

这时弗朗蒂的母亲突然上气不接下气地跑进教室里，打破了课堂的正常秩序。她花白的头发十分凌乱，全身被雨雪打得湿漉漉的，推搡着已被学校开除八天的儿子。目睹这种伤心的情景，谁都会为这位母亲动情的。

可怜的女人扑通一声跪倒在校长面前，双手合十，苦苦哀求道：

"校长先生，请您行行好吧！叫他回校吧！他已背着他父亲在家藏了三天。要是他父亲知道了，准会把他打个半死，愿上帝保佑他平安无事！请您可怜可怜他吧！我真不知道该怎么办了！我真心诚意地求求您了！"

校长想把她领到教室外面去，可她死活不干，只是一个劲儿地痛哭流涕，再三恳求：

"唉，校长先生，要是您知道这孩子给我带来的苦恼，您一定会大发慈悲的，请您开开恩吧。我期望他能痛改前非。校长先生，我不会活多长时间了。我马上就要去见上帝了。我死以前，真想见到他能改好。因为他……"说到这里，她哇的一声，伤心地哭起来。"他是我的儿子，我疼爱他，所以我伤透了心，绝望得快要死了。校长先生，请您恢复他的学籍吧，要不然家里的日子就没法过了。看在我一个可怜女人的面上，您就高抬贵手吧！"

说完，她用手捂住脸，抽抽搭搭地哭起来。

弗朗蒂低着头，丝毫没有痛心的样子。

校长端详了弗朗蒂一会儿，又沉思片刻说：

"弗朗蒂，回座位去吧！"

弗朗蒂的母亲听了，马上把手从脸上拿开，一颗悬着的心终于落了地，一个劲儿地说谢谢，校长连搭腔的机会都没有。她擦干泪水，朝门口走去，边走边急切地说：

"我的孩子，要听话哟。请大家对他耐心些。校长先生，您兢兢业业，以仁爱待人，多谢您了。儿子，你要做个好孩子呀。同学们，我祝福你们。校长先生，谢谢您，再会。请大家多多原谅一个可怜的母亲吧。"她站在门口，向儿子投去恳求的目光，才步履艰难地走出去。她拉了拉长长的披肩，脸色煞白，弓着背，脑袋不停地晃动着，走到楼梯口还能听到她的咳嗽声。

校长仔细端详着坐在鸦雀无声的全班同学中的弗朗蒂，用激动得发抖的声音说：

"弗朗蒂，你这是在杀自己的母亲啊！"

我们都不约而同地回头去看弗朗蒂。这个不要脸的家伙却在那里嬉笑呢！

希　望

二十九日，星期日

恩利科哟，你上完宗教课回来，满心欢喜地投入妈妈怀抱的情景真是美极了。上帝使我们相互拥抱，我们朝夕相处，永远也不会分开了。

当我和你父亲死的时候，我们再也不要说出这样凄惨和绝望的话了："妈妈，爸爸，恩利科，我们永别了！"

我们将在另一个世界里重新相见。凡是现在遭受苦难的，在那个世界都会得到好的报应；凡是在这个世界很爱别人的，在另一个世界将会重新找到他爱的人，在那个世界，没有罪过，没有悲伤，没有死亡！

但是我们大家应该当之无愧地进入那个世界。我的孩子，你要记住，你的每一个富有教养的举止，你对所有爱你的那些人的深情厚谊，对同学的谦恭有礼，对别人的无微不至的关怀都是朝那个世界的迈进。每次灾难，每个痛苦，都使你一步一步地接近那个世界，与她同命运共呼吸，因为痛苦能赎罪，泪水可以洗净污渍。你要做到今天比昨天更与人为善，更爱别人。请你每天早晨这样说："今天我要做问心无愧的事，做令父亲高兴的事，做令老师、同学、兄弟以及其他人能爱我的事。"还要祈求上帝赐予你实现这一愿望的力量。你应该这样祈祷：

"上帝啊，我愿做善良、高尚、勇敢、热情和诚实的人。上帝啊，要救救我呀。每当母亲向我道晚安时，上帝啊，我求您让我这样对她说：'今晚你亲吻的是一个比昨天更善良、更值得疼爱的孩子！'"

恩利科哟，请祈祷吧！请你在自己的思想中永远装着一个超人的幸福快乐的恩利科，这就是此生之后的另一个恩利科，这时候，你不能想象，你会感到多么的甜蜜，正如同一位母亲看到他的儿子双手合十时会觉得自己是最优秀的母亲。我看到你祈祷时，会感到有人在望着你，听着你的喃喃自语。这个时候，我更加相信，有一个至高无上、大慈大悲的神灵跟你朝夕相处。于是，我更加爱你，工作更加热情，更能忍受苦难了，对人能完全宽宏大量了。这样，到死神向你招手时，你也会从容不迫、处之泰然的。

伟大、仁慈的上帝啊！请让我死后能再次听到我母亲的声音吧。愿我能再次认出我的孩子们，重新看到我的恩利科是一个圣洁和永生的恩利科。愿他重新投入我的怀抱，永不分离，永生永世，万古长存。

恩利科哟，祈祷吧，我们一起祈祷吧。让我们永远相爱，永远与人为善。我的讨人喜欢的恩利科哟，愿我们永远满怀着这种神圣的期望吧。

你的母亲

二 月

一枚当之无愧的奖章

四日，星期六

今天上午，督学来我们学校发奖。这位先生蓄着长长的胡子，身着一身黑衣服。下课前几分钟，他跟校长一起走进教室，坐在老师的身边，询问几个学生的名字，然后把头等奖发给了德罗西。发二等奖前，督学听了一会儿老师和校长的低声议论。我们都在想：

"二等奖给谁呢？"

正在这时，督学大声宣布说：

"彼得·波列科西同学应该是本周二等奖的获得者。他在家庭劳动、学业、书法、品德等方面得二等奖是当之无愧的。"

听了督学的话，大家都回头看波列科西。我们都为他感到高兴。波列科西站起身来，一时紧张得不知所措。

"喂，到这里来。"督学说。

波列科西走出课桌，来到讲台跟前，督学细心地端详着他那蜡黄色的小脸和裹在又肥又大衣服里的瘦弱身体，全神贯注地凝视着那温和但略带悲伤的眼睛。波列科西想方设法避开督学的目光，但那双眼睛已把他忍受的各种痛苦暴露无遗了。督学先把奖章佩戴在他的胸前，然后满怀深情地说：

"波列科西，现在，我把奖章发给你。没有人比你更应得到这枚奖章了。我发给你奖章不仅仅因为你聪明、勤奋好学，还因为你有一副好心肠，而且你坚强勇敢、性情温和，还是父亲的好儿子。"接着，他又回头问全班同学：

"难道不是这样吗？难道他不值得表扬吗？"

"是的，的确是这样。"我们异口同声地回答。

波列科西扭动了一下脖子，好像在吞咽什么东西似的。他环顾一下四周，激动地望着我们，向我们投来无限感激的目光。

督学对他说：

"回去吧，可爱的孩子，愿上帝保佑你！"

下课的时间到了，我们班先于其他班出来。我们刚走出校门，就在传达室门口看到了——谁呢？铁匠——波列科西的父亲。他跟往常一样，面无血色，脸色阴沉可怕，头发垂到眼前，歪戴着帽子，双腿打战，晃晃悠悠地走路。老师看见他，跟督学耳语了几句。督学马上找来波列科西，牵着他的手，领着他来到父亲跟前，波列科西浑身直打哆嗦。老师和校长也跟着走过来，很多同学也围拢上来。

"您果真是这孩子的父亲吗？"督学语气快活地问铁匠，好像他俩是老朋友似的。

没等对方回答，督学接着说：

"我真为您高兴。您看，他胜过五十三个同学，得了二等奖，他的作文、算术和其他几门功课都名列前茅。他很聪明，又有着善良的愿望，将来前途无量。他是个了不起的孩子，大家都喜欢和尊敬他，您应该为有这样的儿子而自豪。"

铁匠目瞪口呆地站在那里听着，眼睛直勾勾地望着督学和校长，然后又看一看浑身发抖、低头站在他跟前的儿子，好似在回忆他如何虐待孩子而孩子如何善良、如何凭着不屈不挠的精神忍受各种苦难的情形，并有生以来第一次突然明白了许多道理。这时候，他脸上先是掠过一丝惊奇和痴迷的神情，接着蹙紧双眉，好像痛苦万分地带着无限温柔和伤感，忽地冲上前去，紧紧抱住儿子的头，把他搂到怀里。

从波列科西面前走过时，我顺便邀请波列科西星期四跟卡罗纳、科罗西一块儿到我家来玩，其他同学也向波列科西招手致意。有的走上去

跟他打招呼，有的摸摸他的奖章，大家都对他很友好。他的父亲惊愕地看着我们，并紧紧地抱着儿子的头，而波列科西一直在那里不停地哭泣。

决　心

五日，星期日

　　波列科西得奖的事使我感到内疚。至今我还没有得过一枚奖章。这些日子我很不愿意学习，很不满意自己，老师、爸爸妈妈也很不高兴。我再也感受不到以前做完功课尽情玩耍的乐趣了。那时我玩得非常痛快，跳呀，跑呀，好像从来没有玩过似的。现在我和家人坐在一起吃饭时，也没有以前那种高兴的样子了。我心上总是罩着一个阴影，并有一个声音不断地对我说：

"再也不能这样下去了，再也不能这样下去了！"

每天晚上，我看见许多童工走在工人中间经过广场下班回家。看上去他们疲惫不堪，但个个都很愉快。他们匆匆忙忙地赶路，恨不得一步走到家吃上晚饭。他们说话的声音很大，有时放声大笑，互相用沾着煤灰的黑手或沾着石灰的白手拍打着肩膀。他们从天亮一直干到傍晚。还有比他们更小的孩子，整天整天地站在屋顶上、火炉前。或者在机器中间来回穿梭，还有的在水里、在地下……但他们每天只有很少的一点儿面包充饥。而我整天干什么呢？只是很不情愿地胡乱写上几页作业就交差了事，想到这里，我不禁感到羞愧。

"唉，我真不快活，真不快活。"我喃喃自语道。

我心里很明白，父亲的心情也很不好。他本想告诉我这一点，但他始终没有那样做，只是叹气而已，显然他是在耐心等待我好起来。

亲爱的父亲哟，你总是拼命地工作，我在家里看到的一切，接触到的一切，一切吃的穿的，我受到的教育，得到的快乐，都是你劳动的成果，而我却不劳而获。你凡事都为我操心，受苦受累，得罪别人，而我却坐享其成。

啊，不能这样，这太不公平了。这太使我伤心难过了。从今天开始我要用功学习。我要像斯达尔迪那样握紧拳头，咬紧牙关，拼命学习。我要全力以赴，专心致志地刻苦钻研。晚上我绝不打瞌睡，每天早早起床，凡事多动脑子，毫不留情地克服懒惰和拖沓的坏毛病。我要吃苦耐劳，勇于忍受各种痛苦，生病也不大惊小怪。

这种无所事事的生活和对什么都不感兴趣的状况应该结束了。这种生活使我自己灰心丧气，也给别人带来烦恼。从今以后，我一定鼓起勇气，刻苦用功。我要把整个身心、所有力量都投入到学习上去。

只有这样，才能使我享受到甜蜜的休息，痛痛快快地跟伙伴们玩耍，香甜可口地吃饭。也只有好好用功，我才能重新看到老师对我亲切地微笑，重新获得父亲那祝福的亲吻。

玩具火车

十日，星期五

波列科西和卡罗纳昨天到我家来玩，就是亲王的两个儿子也不会受到这样热情的款待。卡罗纳是第一次到我家玩，他像熊一样壮实，个子又高又大，还在念四年级，他怕人家对他说三道四，所以见人总害羞。

门铃响了，我们全家人都去开门。科罗西的父亲在美洲侨居六年后终于回国，因此他没有来。我母亲吻了吻波列科西，父亲向她介绍卡罗纳说：

"这就是卡罗纳。他不仅是个好孩子，还是个正直的男子汉呢！"

卡罗纳低着他那剃光的大脑袋，对我暗暗一笑。波列科西戴着奖章，他父亲又重新开始工作，已经五天没喝酒了，总想带波列科西到工场去跟他做伴，活像换了个人似的，所以波列科西格外高兴。

我们开始玩，我把所有的东西都拿了出来。波列科西对小火车简直到了入迷的程度。这种小火车只要上紧发条，便独自开动。波列科西从没见过这种小火车玩具，所以总是贪婪地盯着那一节节红黄相间的小车厢。为了让他玩个痛快，我把发条钥匙交给他。于是，他跪在地上，竟再也不抬头了。我从没见他这样高兴过。他老是不停地说：

"对不起，请原谅！"他边说边向我们打手势，因为他不想让小火车马上停下来。当小火车停下后，他拿起小火车，小心翼翼地摆弄来摆弄去，爱不释手，好像它是玻璃做的，唯恐吹一口气就将光洁的小火车一下子变成失去光泽的废品似的。他把小车厢擦了一遍又一遍，然后上下左右仔细翻看，十分开心。

我们站在那里一直看着他。我端详着他那细细的脖子和小小的耳朵。有一次，我曾见到他的耳朵还流着血呢。波列科西穿着长长的上衣，袖子卷了好几圈，两只细弱的胳膊露在袖口外面。他就是举起这样

的胳膊来抵挡别人的拳头的。

这时候,我恨不得把我所有的玩具、所有的书全都拿出来放在他面前啊!我真想从我嘴里取出最后一口面包递给他吃,我愿意脱下自己的衣服给他穿上,我真想跪在地上吻他的手。

我心里这样想:

"我起码得把小火车送给他。"但必须征得父亲的同意。这时候,我感到有人将一张小纸条放在我的手里。我扫了一眼,原来纸条是父亲用铅笔写的。纸条上写着:

"波列科西很喜欢你的小火车,可他没有玩具。难道你没有什么打算吗?"

我马上双手拿起小火车,把它放到波列科西的胳膊上对他说:

"拿去吧,这是你的了。"

他惊讶地凝视着我,好像不明白我的用意似的。

"我白送给你的,快拿着吧。"我说。

他望望我父亲和母亲,更迷惑不解了。过了一会儿,他问我:

"这是为什么呢?"

父亲对他说:

"你是恩利科的朋友,他喜欢你,把这玩具送给你……为了庆贺你得了奖章。"

波列科西怯声怯气地问：

"我能把它带回家吗？"

"当然了！"我们异口同声地回答。

他已经走到门口，但不敢走出去。他太高兴了。他向我们表示歉意，嘴唇颤动着，乐得不知如何是好。卡罗纳帮他把小火车重新包在手绢里。当他弯腰去拿包好的小火车时，塞满衣袋的酥脆面包棍被挤得嘎嘎吱吱响。

波列科西对我说：

"以后，你来工场看我父亲干活吧。到那时我送给你一些铁钉。"

我母亲把一小束花插到卡罗纳夹克的纽孔里，叫他以她的名义送给他的母亲。

卡罗纳用他的大嗓门对我母亲说：

"谢谢！"他仍然没有把头从胸前抬起来，但他那高尚和美好的心灵却在眼睛里闪现出来了。

盛气凌人

十一日，星期六

每次波列科西经过诺比斯身旁不小心碰了他一下时，诺比斯总是装模作样地掸掸自己的袖子。这家伙仗着自己的父亲是富翁就傲气十足。德罗西的父亲也很有钱，但他从来不这样。

诺比斯生怕别人弄脏了他的衣服，总想自己独占一条长凳子（意大利小学的课桌椅是连在一起的。——译者）。他根本瞧不起别人，嘴边老是挂着轻蔑的冷笑。放学时，我们两个两个地排队走出教室，谁要是不小心踩了他的脚，肯定要倒霉。

为了鸡毛蒜皮的小事情，诺比斯无缘无故地就把人家骂个狗血喷头，或者动不动就威胁说要把人家的父亲叫到学校来。有一次，他管烧炭工人的儿子叫乞丐，他父亲狠狠痛打了他一顿。我从未见过像他这样懒散而混日子的人。没有人跟他说话。放学时，没有人跟他说声"再见"之类的话。他不会做功课，谁都不会帮他。他不能容忍任何人。德罗西得了头等奖，他装出特别瞧不起的样子。他也瞧不起卡罗纳，因为大家都喜欢卡罗纳。不过德罗西根本不理睬诺比斯，卡罗纳也毫不计较。当有人告诉卡罗纳诺比斯讲他的坏话时，卡罗纳不以为意地说：

"他傲慢得有点儿愚蠢，我只能对他嗤之以鼻，都不值得我打他一巴掌。"

有一天，诺比斯耻笑科列帝戴的猫皮帽子，科列帝对他说：
"请你到德罗西那里去，向他学一学怎样做个正直的男子汉吧。"

昨天，诺比斯向老师抱怨那个来自卡拉布里亚的孩子用脚碰了他的腿。于是老师问那个孩子：

"你是故意的吗？"

那孩子老老实实地回答说：

"不是故意的，老师。"

老师对诺比斯说：

"诺比斯，你太爱因区区小事怄气了。"

诺比斯带着他那盛气凌人的表情说：

"我要把这件事告诉父亲。"

老师发火了，对他说：

"你父亲肯定也会像上几次那样说你不对的。在学校，只有老师决定谁对谁错，决定处分谁。"

接着，老师和蔼地对他说：

"诺比斯，你要改一改你的毛病才好。对同学要善良，要有礼貌。你看得很清楚，不管是工人的孩子还是绅士的孩子，不管是穷人的孩子还是富人的孩子，大家都该像亲兄弟那样彼此相爱，打成一片。为什你就不能跟别人友好相处呢？要想得到别人的爱，并非难事。别人喜欢你，你会觉得更快活。你没有什么话要回答我吗？"

诺比斯以他那惯常嘲笑别人的口吻，冷冰冰地回答：

"没有了，老师。"

老师对他说：

"坐下吧，我真为你痛心。你真是个没有心肠的孩子。"

大家都以为这件事已经结束了，想不到坐在第一排的小泥瓦匠回过头来向诺比斯扮了个滑稽的兔脸，逗得全班放声大笑起来。

老师虽然训斥了小泥瓦匠，但自己也禁不住捂住嘴巴偷偷地笑起来。诺比斯也笑了，不过，那不是开心地笑，只是苦笑罢了！

工　伤

十三日，星期一

诺比斯和弗朗蒂真是一对难兄难弟。他俩对今天上午目睹的可怕场面竟麻木不仁。

我和父亲从学校出来时，看到三年级的几个淘气鬼正跪着用自己的短裤和小帽子摩擦冰面，以便更快地滑冰。我们看到大街的另一边有一大群人。他们快步走着，个个表情严肃，脸色阴沉，低声说着话，好像受到了什么惊吓。人群中有三个警察，后面有两个人抬着一副担架。学生们从四面八方涌来，人群正向我们这里滚动。担架上躺着一个人，脸色煞白，跟死人一样。他的脑袋歪在肩膀的一边，头发凌乱不堪，并沾满了鲜血，血正从嘴里和耳朵里汩汩地流出来。担架旁边，一个怀抱小孩的女人发疯似的不断大声喊道：

"他死了！他死了！他死了！"

女人的后面还跟着一个腋下夹着书包的男孩子，也在哭泣。

"怎么回事？"我父亲问。旁边的一个人说，那人是个泥瓦匠，干活儿时不小心从五楼摔了下来。抬担架的两个人站住停了一会儿。很多人害怕得把脸扭到了一边。我看见饰着红羽毛的女老师扶着快要晕倒的我二年级时的女老师。这时候，我觉得有人碰了一下我的胳膊，原来是小泥瓦匠。他脸色发白，浑身直打哆嗦。此时此刻，他肯定想起了自己的父亲。说实话，我也想得很多很多。在学校时，起码我的心情是平静的，父亲在家里，坐在书桌前，远离各种危险。我的很多同学总是惦记着他们在高高的桥头上，或者飞转的机器轮子旁边工作着的父亲。要知道，他们一个不慎的动作或者步子，就会付出生命的代价。这些学生就像士兵的孩子，而他们的父亲正在战场上浴血奋战，他们时刻为自己的父亲揪着心。看着看着，小泥瓦匠全身颤抖得越来越厉害了。我父亲发现后马上对他说：

"孩子，快回去吧。快回去看你的父亲吧。他会平安无事的，放心吧，孩子。"

小泥瓦匠走了，还不断回过头来望望大家。

人群又沸腾起来，那女人撕心裂肺地连声喊道：

"他死了！他死了！他死了！"

"他没有死。没有死。"旁边的人安抚她说。但她已经控制不住自己，只是一个劲儿地撕扯自己的头发。

这时我听到一个人怒气冲冲地说：

"怎么，你居然还在笑？"我回头一看，原来是一个长着大胡子的人正在面对面地盯着嬉皮笑脸的弗朗蒂。接着，那人一巴掌把弗朗蒂的帽子打落在地，以教训的口吻说：

"有一个受了伤的人正在经过这里，你应该脱帽致敬才对，你这个没教养的家伙！"

人群散开了，马路中间留下一条长长的血迹。

囚　犯

十七日，星期五

　　这的确是这一年中最离奇的一桩事情了。昨天上午，父亲带我到蒙卡勒利[1]郊区去看一座别墅，准备租下来，今年夏天在那里避暑，这样，我们就不去吉埃里[2]度假了。掌管房子钥匙的人据说曾经当过老师，现在是房东的秘书。他先领我们看房子，然后请我们到他的房间喝水。一个雕刻得很精致的圆锥形木制墨水瓶放在桌子上的杯子中间。

　　他发现我父亲聚精会神地望着那个墨水瓶，于是对父亲说：

　　"这个墨水瓶对我来说是个非常珍贵的纪念。先生，如果您想知道它的来龙去脉的话……"于是他绘声绘色地给我们讲了下面一个故事：

　　几年前他在都灵当老师时，给拘留所的犯人上了整整一个冬天的课，课堂就设在拘留所的教堂里。那是一座圆形建筑物，高大而光滑的四周围墙上开了许许多多的小窗户，上面钉着纵横交错的铁条，每扇窗户的后面实际上是一间小小的囚室。他就是在这座阴暗寒冷的教堂里走来走去给学生们上课。他的学生们站在黑魆魆的窗口，把作业本靠在窗格子上写字。昏暗中只能影影绰绰地看见杀人犯和小偷们一张张憔悴而消瘦的面孔、乱蓬蓬的头发和灰白的胡须以及痴呆发愣的眼睛。

　　在他们中间，有一个七十八号犯人。他比别人都勤奋，学习很用功，总是用充满敬意和感激的目光望着老师。他当时还是个小伙子，留着黑油油的胡子，是个细木工，他并不是心怀恶意的人，而是一个很不幸的人。他怀着满腔怒火拿起刨子朝长期虐待他的主人扔过去，刨子正好砸在主人的脑袋上，主人头部受了重伤，他因此被判多年徒刑。三个月内，他学会了读书和写字，之后他继续奋发努力，废寝忘食地学习。

---

[1] [2] 两处均是意大利西北部城市，前一个是农业中心，后一个是工业中心。

他越学习越明白事理,也越加悔恨自己的罪过。有一天下课时,他示意老师走近窗口,伤心地告诉老师,他明天上午就要离开都灵转到威尼斯监狱去服刑了。跟老师告别时,他谦逊而激动地恳求老师让他握一握手。老师向他伸出手去,他吻着老师的手说:

"谢谢!谢谢!"说完就走开了。老师手上满是泪水。打那以后,老师再没见过他。

六年过去了。

"我一点儿也想不起那个不幸的人了。"老师继续说,"真想不到前天上午有个陌生人来找我。他那黑油油的大胡子开始有些灰白了,衣着破旧不堪。他问我:'先生,您是某某老师吗?'我问他:'您是谁?''我就是那个七十八号犯人。'他回答,'六年前,您教我读书写字。如果您没有忘记的话,最后一节课您还让我握您的手来呢。现在我刑满出狱了,今天专程来到这里,将我在狱中制作的一件小玩意儿送给老师留作

纪念。老师先生，您愿收下它吗？'"

"我只是默不作声地站在那里。他以为我不太愿意接受他的礼物，于是目不转睛地望着我，好像在说：'六年的煎熬还不足以洗净我的罪恶之手吗？'他用痛苦万状的表情凝视着我，我立刻伸出手，接过礼物。你们看，就是这个。"

我们细心地端详墨水瓶，它好像是用钉子尖，以极大的耐心，用了很长的时间雕刻出来的！瓶子盖上雕刻的图案是：一支钢笔横放在作业本上。旁边刻着：献给我的老师，留作六年来的纪念，七十八号。下面用小字刻着：学习和希望。

老师没再说别的，我们就起身告辞了。在从蒙卡勒利返回都灵途中，我的脑子里始终萦绕着那囚犯的形象和他站在小窗前跟老师告别的动人情景，在狱中制作墨水瓶的事情更使我难以忘怀，就连夜间做梦也梦见那不同凡响的墨水瓶，直到今天上午我还惦记着这件事。

谁也没有想到，还有更叫我瞠目结舌的事情呢！我到了教室，一屁股坐到靠近德罗西的我的新课桌前。等我做完月考的算术题，就迫不及待地将犯人和墨水瓶的故事、盖子上刻着的钢笔和作业本的图案以及旁边的题词统统告诉了德罗西。德罗西听到"六年"两个字，猛地站起来，看了看我，又瞪了瞪坐在前排、专心做功课的蔬菜水果商的儿子科罗西。

"别吱声！"德罗西抓住我的胳膊，低声说，"你知道吗？科罗西前天对我说，他看见从美洲回来的父亲拿着一个圆锥形的木刻墨水瓶，是手工制作的，上面还刻着钢笔和作业本，并有'六年'的字样。他说他父亲在美洲，实际上是在坐牢。他父亲犯罪时科罗西还很小，根本记不得这件事。母亲骗了他，他什么也不知道。嘘，注意，别吱声！这件事一个字也不能泄露出去！"

我一声不响地站在那里，目不转睛地望着科罗西。德罗西解完算术题，把解题方法从桌子下面递给科罗西，并给他一张纸，又从科罗西手中接过老师本来让科罗西抄写的每月故事"爸爸的看护人"替他抄写。德罗西又送给科罗西几个蘸水钢笔尖,还拍了一下他的肩膀。德罗西叫我用名誉担保,别把这件事告诉任何人。放学的时候,他匆匆忙忙地告诉我:

"昨天他父亲来接他了,今天上午放学时还来,到时候,你照我说的办就行了。"

我们来到大街上,科罗西的父亲已站在马路对面等着儿子。他衣着依然破旧,面无血色,黑胡须已有些灰白,一副心事重重的样子。

为了引起科罗西父亲的注意,德罗西握着科罗西的手,故意大声说:

"再会,科罗西。"说完,德罗西面向科罗西摸了摸自己的下巴颏[1],我也照着他的样子摸了摸下巴颏。不过我和德罗西的脸顿时都红了。

科罗西的父亲目不转睛地注视着我们。他的目光虽然慈祥,却流露出焦虑不安和迷惑不解,他那副样子真像给我们泼了冷水,我们的心一下子全变凉了。

爸爸的看护人(每月故事)[2]

三月里一个阴雨连绵的早晨,一个打扮得像乡下孩子似的少年,腋下夹着个包袱,满身泥水,来到那不勒斯"朝圣者"医院。他向医院看门人递上一封信,并打听父亲的情况。他是一个漂亮的小伙子:椭圆形的脸蛋,浅棕色的皮肤,目光深沉忧虑,厚厚的嘴唇半张着,露出雪白的牙齿。

---

[1] 指科罗西父亲的烦恼和痛苦已成为过去,不必多加思虑。
[2] 原文无日期。

少年从那不勒斯近郊的一个村子来到这里。他父亲一年前离开家乡到法国去找工作,几天前才回到意大利,在那不勒斯下了船,不料上岸后生了病,只好急急忙忙给家人写了一封简短的信,告诉家里他已回到祖国并住进了医院。他妻子收到信后坐立不安。他们的一个女儿在生病,还有一个襁褓中的婴儿,妻子无法脱身,只好打发长子带上几个钱,到那不勒斯去照料他的爸爸。少年徒步走了十来英里才到达那不勒斯。

看门人看了信,叫来一名护士,让他把少年领到父亲跟前。

"哪位父亲?"护士问。

少年以为有什么坏消息,浑身哆嗦着把名字告诉护士。

护士记不起这个名字,于是问:

"是不是刚从外面回来的老工人?"

"没错,是个工人。"少年回答着,可心里越来越着急了,"但不算

老。刚从外面回来的，没错。"

"他是什么时候住院的？"护士问。

少年看了看那封信说：

"我想是五天前吧。"

护士沉思片刻，好像突然记起来了，说：

"啊，对啦，就是四病房最里边的那个床位。"

"他病得很厉害吗？他现在怎么样？"少年忧心如焚地问。

护士只是看了少年一眼，并没有回答。过了一会儿，护士说：

"你跟我来。"

他们上了两层楼梯，来到宽敞楼道的尽头，在一间开着门的病房前停下来。病房里放着两排床。护士对少年说：

"进来吧。"他俩进了病房。

少年鼓起勇气，亦步亦趋地跟在护士后面，心怦怦直跳，依次地扫视着两排病床和一张张苍白憔悴的面孔。他们中间的一些人紧闭双眼，如同死人；还有的像是受了惊吓，瞪着呆滞的大眼睛直勾勾地注视着天花板；有的忍受着痛苦，像孩子似的呻吟哭泣。病房里光线暗淡，空气中弥漫着浓烈的呛人药味，两个修女[1]手里拿着药瓶四处走动，照料着病人。

他俩走到病房的尽头，护士在一张床前停下来，拉开窗帘说：

"喏，这就是你父亲。"

少年失声痛哭起来。他把包袱放在地上，俯身把头靠到病人的肩上，用手抓住病人伸在被子外面的一只胳膊，可病人纹丝不动地躺在病床上。

少年站起身，望着父亲又哇的一声哭起来。这时候，病人睁开眼睛，向少年凝视了一会儿，好像认识少年似的，但没有开口说话。不幸

---

[1] 在意大利，修女作为志愿人员来到医院护理病人，这个传统一直保持到今天。

的爸爸啊！他变化太大啦，儿子实在认不出他来了。看，他的头发全白了，胡子很长很长，脸部肿胀，面色深红，皮肤绷得紧紧的，而且发亮，眼睛变小了，嘴唇变厚了，模样变得面目全非，只有额头和眉棱还是父亲以前的样子。他呼吸已相当困难。

"爸爸，我的爸爸。"少年连声呼喊着，"是我呀，您不认识我了？我是其其乐呀！是您的其其乐呀！是从老家来的，是妈妈叫我来看您的。您看看我好不好？难道您不认识我了，您说话呀！"

病人仔细端详了他一会儿，又闭上眼睛。

"爸爸，爸爸，您怎么啦？我是您的儿子呀！您的其其乐呀！"

病人纹丝不动，只是上气不接下气地呼吸着。

少年又呜呜咽咽地哭起来。他拿来一把椅子坐下耐心地等待奇迹的出现，眼睛直勾勾地凝视着父亲的脸。他想：

"医生一定会来好好地给爸爸看病的，那时他会把爸爸的病情告诉我的。"

少年陷入悲哀的沉思之中。善良的爸爸的许许多多往事涌上了他的心头。爸爸离开那天站在船头向他挥手告别，全家对爸爸那次远行所寄托的全部希望，妈妈接到爸爸的来信后那种凄惨悲伤的样子。他还想到了父亲的死亡。他好像影影绰绰地看到了死去的爸爸，他母亲因此穿着黑色的衣服，给家人带来的痛苦和不幸。他这样迷迷糊糊地想了很长很长时间。当一只手轻轻地拍他的肩膀时，他才如梦初醒。原来是一位修女。

"我爸爸怎么样？"少年急切地问。

"他是你爸爸吗？"修女温柔地问。

"是的，他是我爸爸。我是专程来看望他的。他现在到底怎么样？"

"孩子，勇敢点，医生马上就来。"修女没再说别的，就走了。

过了半个钟头，门铃响了，医生由助手陪同来到病房，一个修女和一名护士也跟着走进来。他们一个病床一个病床地查看病人。对于其其乐来说，等待的时间太长了，好像没有尽头似的，医生每向前走一步，少年的焦虑不安就增加一分。医生终于来到附近的病床。医生是位高个子老人，背都有点弯了，神情严肃。医生还没有离开附近的两张病床，少年就站了起来。当医生走近他时，他竟哇的一声大哭起来。

医生端详着他。

"他是这个病人的儿子，是今天上午从老家来的。"修女说。

医生把一只手放在少年的肩上，然后俯身给病人诊脉，边用手摸他的脑袋,边向修女打听病情。

修女说:"没什么新情况。"

医生沉思片刻说:"继续按以前的方法治疗。"

少年鼓起勇气,带着哭腔问:"我爸爸怎么样?"

"放心吧,孩子。"医生回答,又把手放在少年肩上,"他生了面部丹毒,病情严重,但还有希望,好好照料他吧。你来伺候他,对他大有好处。"

"可他不认识我呀。"少年伤心地叹息道。

"他会认出你的,也许明天吧。盼望他能好起来,放心吧。"

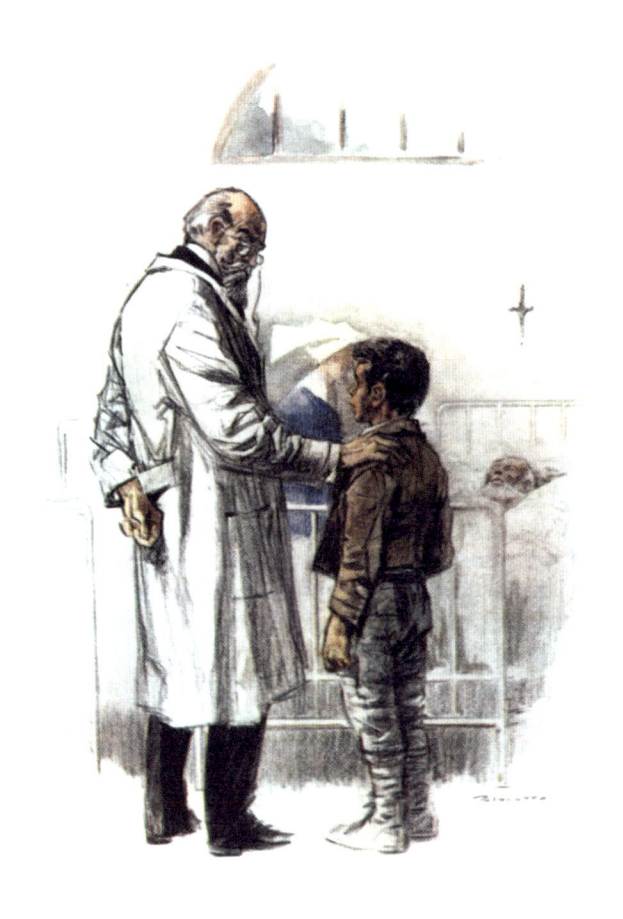

少年本来想再多问点别的什么，可他没有这个勇气。医生走了，他便开始护理病人。他别的什么都不会，只能给病人盖好被子，摸摸病人的手，赶走苍蝇，病人呻吟时俯身看看，修女送来药时，他就接过杯子和勺子替她喂水喂药。病人有时望望他，但仍没有清醒过来，好像不认识他似的，然而他的目光停在少年身上的时间越来越长了，特别是当少年把一块手绢放在他眼前晃来晃去时，更是如此。

第一天就这样打发过去了。夜里他睡在病房角落里的两把椅子上。第二天早晨又开始尽孝心了。这一天，病人的眼睛开始泛出一丝丝光彩。听到少年亲切的声音，病人的瞳仁似乎掠过一丝模糊不清而感激的神情。有时嘴唇有点儿翕动，好像想说什么似的。病人每次昏睡后就清醒一会儿，这时，他总是睁开眼睛，像要寻找少年似的。

医生又来过两次，说他有点儿好转了。傍晚，少年把杯子送到病人嘴边时，好像看见病人浮肿的嘴唇上浮现出一丝微笑，于是，少年开始感到欣慰并充满了希望。他多么希望父亲能听懂他的话啊！哪怕含含糊糊听懂一些，他也心满意足了。想到这里，少年滔滔不绝地向病人讲了很长很长时间，讲到妈妈和两个小妹妹，讲到全家盼着父亲回家的迫切心情。他用热情洋溢和温柔无比的语言百般劝慰、激励病人鼓起生活的勇气。尽管他常常怀疑病人听不懂他的话，可他照讲不误，因为在他看来，病人可能听不懂，却喜欢听他讲话的声音——饱含着深情和伤心难过而不同寻常的声音。

第二天也这样打发过去了。第三天和第四天是在病人时好时坏中度过的。少年还是专心致志地看护病人。修女每天送两次饭来，他只是勉强吃口面包和奶酪来打发日子，很少注意周围发生的事情。不管是奄奄一息的病人，还是深更半夜修女们急忙赶到病房的咯噔咯噔的脚步声；不管是亲友从病房出来绝望的痛哭声和灰心丧气的样子，还是医院里那一幕幕足以使他目瞪口呆和恐惧不安的凄惨景象……他都一概充耳不闻，视而不见。

日子就是这样一个钟头一个钟头打发过去的。少年总是跟爸爸在一起并精心照料他。他留心观察病人的每次呼吸，病人每一个异常的目光他都心惊胆战。他时而怀着充满希望的宽舒心情，时而揪心似的难受、坐立不安。

到了第五天，病人的状况突然恶化。问到值班医生，他只是摇摇头，好像在说没有救了。少年听后全身瘫软，颓丧地坐在椅子上，失声痛哭。然而，有一点使他感到宽慰：尽管病人每况愈下，但他的神志正在逐步恢复。病人越来越全神贯注地凝视着其其乐，表情也越来越温柔了，只接受儿子给自己喂药喂水，越来越频繁地翕动嘴唇，好像要说什么话似的。病人多次张嘴想说话的样子，少年都看在眼里，他怀着一线希望，用力抓住病人的胳膊，喜出望外地对他说：

"爸爸，爸爸，鼓起勇气来，您的病很快就会治好的。病好后，我们就可以走了，可以回去看妈妈了。再坚持一下吧。"

当天下午四点，正当少年激动万分地沉浸于甜蜜和希望的想象时，他突然听到一阵咯噔咯噔的脚步声经过最近一个门口，接着又听到一个洪亮的声音，大声说了一句话：

"阿姐[1]，再见！"

少年听了这个声音，蓦地一跃而起，欲喊又止。

与此同时，一个男人手里拎着一个大包袱走进病房，后面跟着一个修女。少年情不自禁地尖叫一声，如同一尊雕像，纹丝不动地站在那里。

男人回过头来，向少年打量一番，然后脱口喊道：

"其其乐！其其乐！"那人说完，向少年跑过去。

少年一下子扑到父亲怀里，激动得几乎窒息。

修女、护士和助理医生都纷纷跑过来，个个呆若木鸡，默默地不吱

---

[1] 少年对修女的尊称。

一声。

少年兴奋得一句话也说不出来。

父亲仔细端详了病人一会儿后，一次又一次地狂吻少年，惊奇得失声叫道：

"哎呀，我的其其乐，其其乐，我的孩子。这究竟是怎么回事？他们把你带到另一个病人的床前了。你妈妈来信说，她打发你来了，可我一直没有见到你，我真的绝望了。可怜的其其乐啊，你来这里几天了？怎么乱成了这个样子？我很快恢复了健康，你知道吗？我现在身体很好。孔切特拉怎么样？小宝宝也好吗？他们都好吗？我们走吧。我的上帝啊，竟会发生这种不可思议的事情！"

儿子费力地说了几句话，把家里的情况讲了一下。

"现在我太高兴啦，太高兴啦。"儿子结结巴巴地连声说，"这几天我的日子很不好过。"接着便不停地亲吻父亲。

但其其乐说完，并没有挪动脚步。

"跟我走吧。"父亲对他说，"今天晚上我们就可以回到老家了。走吧。"父亲拉着他就要走。

可其其乐却只顾回头看病人。

"你怎么不走？"父亲迷惑不解地问。

其其乐又望了病人一眼。病人的眼睛睁开了，直勾勾地凝视着他。

这时候，千言万语如同奔腾的急流从其其乐的心头迸发出来。

其其乐说：

"爸爸，别着急，请等一下……就是……我不能走，还有这位老人呢。我照料他五天了，他一直注视着我，我把他看成是您了，我很爱他，他离不开我，我给他喂药喂水，我要一直守着他才行，他现在的情况很糟糕，您别着急呀。我没有勇气离开他。离开他，我心里会很难过的。我明天回家，让我再在这儿多待一会儿吧。显然，我现在离开他是绝对不合适的。您看，他是那样地瞧着我，我不知道他是谁，但他很爱我。我走了，他会一个人孤苦伶仃地死掉的，亲爱的爸爸，让我留在这里吧。"

"真是个好孩子！"助理医生说。

父亲望着其其乐犹豫片刻，然后又回头看看病人，问护士道：

"他是谁？"

"跟你一样的农民。"助理医生回答，"他也刚从国外回来，跟你同一天入院的。他送来时已神志不清，什么话也不会说了。也许他家离这里很远很远，他也有儿子。他以为你的儿子就是他的一个儿子。"

病人一直注视着其其乐。

父亲对其其乐说：

"你留下吧。"

"他不会留下很久的。"助理医生低声说。

"你留下吧，孩子。"父亲说，"你真是个心地善良的孩子，我得马上回家，免得你妈妈不放心。这枚银币留下你用吧，再见，我的好孩子。再见。"说完，他拥抱了儿子，并细细地端详着他，又吻了吻儿子的额头，就走开了。

少年回到床边，病人似乎心里踏实了。其其乐又开始做起护理的事情。他不再哭了，跟以前一样热心和耐心，照样喂药喂水，铺床盖被，抚摸病人的手，用温柔的声音跟他说话，鼓励他养好病。他护理、照料病人整整一天一夜，第二天，仍然守护在病人身边。但病人的情况继续恶化，面部发紫，呼吸沉重，越来越烦躁不安，时常从嘴里发出含混不清的叫声，全身浮肿得越来越厉害，叫人看了害怕。医生晚上来查病床时，说他今天夜间都过不去。

于是，其其乐更加尽心地照料病人，眼睛一直没有离开病人。病人端详着他，还不时吃力地翕动嘴唇，好像要说什么似的，目光常常流露出意想不到的温柔，但双眼却越来越小，也渐渐失去了神采。男孩又守护了病人一夜，直到第一束熹微的晨光射进窗户，修女开始查看病房为止。修女来到病床前，向病人看了一眼，又疾步离开。几分钟后，修女跟助理医生来了，后面跟着一个打着灯笼的护士。

"他已到了最后的时刻。"助理医生说。

少年抓住病人的手。病人睁开眼睛，看看他，随后又闭上了。

这时候，其其乐似乎觉得自己的手被病人握住，于是惊叫道：

"他握了我的手！"

助理医生俯身查看了一下病人，然后抬起头来。

修女从墙上摘下十字架。

"他死了。"其其乐悲伤地说。

"走吧，孩子。"助理医生说，"你的神圣使命已经完成，走吧，祝你好运，你会有善报，上帝保佑你。再见！"

修女出去了。她从窗台上的花瓶里取来一束紫罗兰，递给其其乐说：

"没什么可送给你的，这束花就留作医院给你的纪念吧。"

"谢谢。"少年一手接过花，一手擦干眼泪说，"可我还得走很多路，这样好的花会白白糟蹋掉的。"说着，少年把一束紫罗兰拆开，撒在病床上，说：

"我把花留在这里，作为对可怜死者的留念吧。谢谢医生，谢谢阿姐，谢谢大家。"然后又转向死者说：

"永别了。"

他一时不知道怎样称呼死者才好。五天来他称呼的那个亲切的名字一下子又从心头涌向嘴边：

"永别了，可怜的爸爸！"

说完，他腋下夹着包袱，拖着疲惫的身体，慢慢地走了出去。

这时，天刚发亮。

工　场

十八日，星期六

波列科西昨天晚上提醒我去看他家位于街头那边的工场。于是，今天上午我领路跟父亲一同去了。

我们走近工场时，见卡罗菲手里拿着一包东西从里面跑出来，他那件肥肥大大的披风随风飘动，要知道，披风下面往往藏着破烂玩意儿。噢，我现在才完全弄明白卡罗菲用来换取旧报纸的铁锉屑是哪里来的了。卡罗菲呀，卡罗菲，你这个胡乱倒腾的商人。

我们到门口时，看见波列科西正坐在一堆砖头上，膝盖上摊着书本温习功课呢。他看见我们，马上站起来请我们进去。这是一间很大的房子，里面满是煤灰，靠着墙的铁锤、钳子、铁栅栏条和各种形状的废铁都码得整整齐齐的，角落有一座火舌熊熊的熔炉，炉前有一个小孩正拉着风箱。波列科西的父亲站在铁砧跟前，一个年轻伙计正在熔炉上烧一根铁棍。铁匠刚见到我们就摘下帽子说：

"啊，您果然来啦。这不是送火车玩具的那个好孩子吗？您来这里要看看我们是怎样干活儿的，对吗？喏，来得正是时候，看吧。"他说话时，脸上挂着微笑，以前那种恶狠狠的面孔和凶残目光再也不见了。伙计把烧红的长长铁棍从另一端递给波列科西的父亲，于是他把铁棍放到铁砧上使劲敲打起来。他要把铁棍加工成凉台上用的涡形栏杆。他举起大铁锤，翻来覆去地抡着捶打烧红的铁棍，打得那样快、那样准，不大一会儿工夫，铁棍变弯曲了，再细细敲打，便成了美观的花瓣形状。铁棍在他手里简直就是任他捏合的面团，他高超的手艺，着实令人叫绝。

波列科西自豪地注视着我们，心里好像在说：

"眼见为实，我父亲的能干你们都看见了吧。"

铁匠把一条做好的好像是主教权杖的铁棍放在我跟前，问我：

"少爷，您这回可亲眼见到我是怎样干的了吧？"

铁匠把它放到一边，又拿了一根铁棍放到火上。

"真的，您干得太好啦。"我父亲对他说。我父亲又补充说："这么说……您又干活了，啊，您良好的愿望又回来了。"

"您说得完全对，可您知道，是谁让我回心转意的吗？"铁匠边答边问，脸有点红了，直擦汗水。

父亲装作不明白的样子。铁匠指着儿子说：

"他真是个好孩子，上学很用功，又为我争光。而他父亲我呢？只顾整天寻欢作乐，对儿子就像对待畜生那样。我见到他的奖章时……啊，我的小宝贝，我的小不点儿的儿子，过来，过来，快叫我好好看看你。"

波列科西很快跑到父亲跟前，铁匠抱起儿子，放到铁砧上，抓住他的胳膊说：

"快给你这如同畜生的爸爸擦擦脸。"

波列科西亲了亲父亲黑黑的脸，他自己的脸也沾得黑乎乎的了。

"这就好啦。"铁匠说着，把儿子从铁砧上抱了下来。

"好哇，波列科西，这就对了。"父亲也高兴地附和着说。

我们向铁匠和他儿子告辞，波列科西陪我们出了门。当我们分别时，波列科西对我说："请原谅。"接着把一包钉子塞进我的衣袋里。临走时，我顺便邀请他来我家观看狂欢节的盛况。

路上，父亲对我说：

"你送给波列科西的玩具小火车即使是金子做的，里面装满了珍珠，但跟那个使父亲重新做人的圣徒般的孩子相比，也不过是微不足道的赠礼罢了！"

小丑角

二十日，星期一

狂欢节已接近尾声，但整个城市依然热闹非凡。每个广场都搭着卖艺的一排排小棚屋，矗立着旋转木马。我们家的窗户下面也搭着一个用帆布支起来的竞技场，拥有五匹马的威尼斯小小马戏团便在这里表演杂耍节目。竞技场坐落在广场中央，三辆大篷车停在广场的一角，马戏团的人就在里面睡觉和化装，活像三间带着轮子、开着小小窗户的小房子。每间小房子都有一个烟囱，不断吐出滚滚黑烟；小窗之间的绳子上晾晒着小孩的衣物。马戏团还有一个女人，她给婴儿喂奶，管做饭，还要走钢丝。可怜的人啊！

人们提起"街头卖艺"这几个字时，往往带有侮辱的意思。其实，他们靠诚实挣钱养家，给人们带来无穷的乐趣。他们实在太辛苦了，整天整天在大篷车和竞技场之间穿梭奔跑。天气寒冷，他们衣着单薄，只能利用表演的空隙匆匆忙忙站着随便吃上几口饭充饥。有时候挤满棚屋的观众正在兴致勃勃地欣赏演出，忽然一阵大风掀开了帆布帐篷，汽油灯也灭了，表演只得告吹。遇到这种情况，他们不得不把票钱

退给观众,还得连夜修好棚子。

　　马戏团里有两个干活的男孩,我父亲认识其中一个最小的,他是班主的儿子。是他穿过广场时,被我父亲认出来的。去年他在维托利奥·埃马努埃勒广场表演马术时,我们曾见过他。他长高了,大约有八岁的样子,是个很漂亮的男孩。他的脸蛋圆鼓鼓的,皮肤棕色,一副顽皮的样子,浓密黑油油的鬈发从圆锥形的帽檐下露出来,打扮得滑稽可笑。他穿一件大布袋似的白色衣服,袖口上镶着黑色绣花,脚上是一双粗布鞋,活像个小淘气鬼。他招人喜欢,什么活儿都干。我们见到他裹着一条大围巾,一大早便去给家里人取奶,然后到位于帕尔多拉大街的马厩里去牵马,抱小孩子,运铁环,搬支架和围栏,拿绳子,还打扫大篷车,生炉子。他空闲时,老是缠着母亲不放。我父亲经常从窗口注视着他,滔滔不绝地谈起他和他的父母亲。看来,他的父母都是正正经经的人,很疼爱自己的孩子。

　　一天晚上,我们去看表演,因天气太冷,几乎没有观众。但这孩子在表演中仍然很卖力气，尽量使少有的几个观众享受到快乐。他有时一个接一个翻跟头；有时抓住马尾巴，东张西望；有时独自两手着地，两脚腾空，缓缓爬行。他棕色的小脸蛋漂漂亮亮的，老是微笑着唱歌。他父亲穿着红绒衣、白裤子，脚蹬高筒靴，手执鞭子，看着儿子表演，愁容满面。

我父亲对他们心生同情。第二天画家德利斯来访时，我父亲对他谈起此事，说这一家人拼命干活儿，可生意却十分糟糕。他很喜欢那个男孩，能为他们做点什么呢？

画家沉思片刻，想出一个主意，于是对父亲说：

"你写得一手好文章，可给《伽泽达日报》写篇精彩的稿子，详细介绍一下那孩子高超的技艺，我画一幅他的肖像，连同文章一道刊出。这家报纸是人人都看的，至少这一次会吸引很多观众的。"

他俩说到做到。父亲马上写了一篇优美的文章，用诙谐的语言，把我们从窗口看到的一切大肆渲染一番，说自己很宠爱这个小艺人，使他产生了结识和介绍小艺人的浓厚兴趣。画家也素描一幅酷似真人的漂亮肖像，连同文章一起在星期六的《伽泽达日报》刊登出来。

果然不出所料，人山人海的观众潮水般地涌向竞技场观赏星期天的马戏表演。海报上赫然写着："为支持小艺人的演出，欢迎光临"——跟报纸上的标题完全一样。父亲把我带到前排的座位上。帐篷门口已贴满了那张报纸，场内座无虚席，许多观众拿着报纸指给小艺人看。小艺人满心欢喜地在观众中跑来跑去，自然班主也高兴得不得了，试想有哪家报纸给过他这样高的荣誉呢？他们的小钱箱肯定会塞得满满的。

父亲坐在我旁边，观众中还有很多我们认识的人。马匹的入口处站着我们的体育老师——那个跟加里波第并肩战斗过的人；我们对面第二排座位上，圆脸蛋的小泥瓦匠坐在他那彪形大汉的父亲身旁。他一看到我便对我做了个兔脸，卡罗菲坐在离我稍微远一点儿的地方，我见他正数着观众的数目，并扳着指头计算着马戏团今天能收入多少钱；还有坐在第一排椅子上而离我们不远的罗伯弟，可怜的罗伯弟。就是那个从车轮下救儿童一命而自己受伤的孩子。罗伯弟的膝间夹着拐杖，紧紧坐在曾当过炮兵上尉的父亲身边，父亲的一只手还搭在他的肩上。

表演开始了。滑稽小艺人不管是玩马还是打秋千、走钢丝，都做得很精彩。他做完每个动作，观众都报以雷鸣般的掌声，很多人还走过去揪揪他的鬈发。接着其他艺人——走钢丝的、变戏法的和马术师都相继表演了各自的节目。表演者穿着的破衣烂衫和银光闪闪的灯光交相辉映，令人眼花缭乱。因为一时没有小艺人出场，观众大失所望。

此时此刻，我看见体育老师在入口处附在班主的耳朵上嘀咕着什么。班主马上向观众席上扫视一番，好像在寻找什么人似的。他的目光最后落在我们身上。我父亲马上就觉察到这一点，知道一定是老师告诉了班主，说父亲就是那个写文章的人。父亲不想让班主来谢他，便起身对我说：

"恩利科，你留在这里，我在外面等你。"

小艺人跟他爸爸咕哝了几句，又上场了。他站在马背上，换了四次装，分别扮演朝圣者、海员、士兵和杂技演员四种角色。他每次经过我跟前时，总是望着我。他卸装以后，手拿小丑帽在场内来回走动，大家都向里面投放钱币和糖果。

我准备好两个铜币。他来到我跟前时，不但没向我伸出帽子，反而缩了回去，只看了我一眼，就走过去了。我心里很不好受，他为什么对我这么不礼貌呢？

演出结束了。班主向观众答谢，大家都站起身来向门口蜂拥而出。我夹在人流中往前走，到了门口，觉得有人碰了我一下。我转身一看，原来是小丑角，一张棕色的脸蛋，黑油油的鬈发，双手捧着糖果，正向我微笑呢。

这时我全明白了。

"你愿意接受一个小丑角的糖果吗？"他问我。

我点点头，顺手拿了三四块糖果。

他接着问：

"我吻你一下可以吗？"

"吻两下也可以。"我回答，并朝他伸过脸去。他擦了擦脸上的粉，用胳膊搂住我的脖子，在我的面颊上亲吻了两下，并说：

"带给你父亲一个吻！"

狂欢节的最后一天

二十一日，星期二

今天假面具队伍经过时，我目睹了一件悲惨的事情。幸亏没有酿成更大的悲剧，但毕竟是一个很大的不幸。

圣卡尔罗广场张灯结彩，装点得绚丽迷人，黄、红、白彩幅花团锦簇，令人眼花缭乱；大街上人山人海，拥挤不堪，五颜六色的假面人来来往往，川流不息；挂着彩旗的金碧辉煌的马车徐徐通过广场，彩车上装点着楼榭歌台、舞池和小船，装扮成小丑、勇士、厨师、水手和牧羊女的各类角色载歌载舞，令人目不暇接；喇叭声、号角声和铙钹的哐啷声惊天动地，震耳欲聋；假面人对酒高歌，频频向行人和在窗口看热闹的人招手致意，这些人也扯起嗓门跟他们遥相呼应，互相投掷橘子和糖果；远远望去，彩旗在马车和人群上空飘扬，帽盔闪闪发光，羽毛饰物明丽耀眼；硬纸帽、巨形风帽、宽大的礼帽、红色的宽边帽、奇形怪状的兵器、手鼓、响板和瓶子像起伏的海涛，一望无际，人人都像疯子一样发狂。

当我们的马车驶进广场时，看到一辆华丽的马车走在我们前面，马车由四匹马拉着，镶金的挽具闪闪发光，装饰着玫瑰花环，车上坐着十四五位绅士，化装成法国的王公贵族，身穿闪光发亮的丝绸衣服，头戴长长的白色假发，腋下夹着插羽毛的帽子，佩剑束在腰间，胸前佩戴彩绸和花边结的流苏，个个英俊潇洒，光彩照人。他们一边高唱法国歌曲，一边向人们投掷糖果和糕点，大家拍手叫好，前呼后拥。

突然，我们看到左边有一个男人把一个五六岁的小女孩高高举过众人头顶。小女孩绝望地放声大哭，两只小胳膊着了魔似的来回摇动。那人挤开人群，向绅士的马车走去，其中一位绅士弯腰俯身伸头向外探望，那个人大声对他说：

"请您收下这个孩子吧，她在人群中跟她妈妈走散了，请您抱住她。她妈妈可能离这里不远，可能很快就来找她，再没有别的法子了！"绅士接过孩子，其他人不再唱歌，但孩子一直号啕大哭，拼命挣扎，绅士摘下假面具，马车继续缓缓前行。

果然，在广场对面的尽头，有一个女人发疯似的用胳膊肘狠挤猛推，终于挤出一条通道，声嘶力竭地喊道："玛丽娅！玛丽娅！我丢了女儿！别人偷走了她，人家闷死了我女儿！"

女人这样狂躁不安地折腾了整整一刻钟。她陷入了绝望，挣扎着挤挤这里，又挤挤那里，在水泄不通的人群中拼命挤出一条道来。

车上的那位绅士紧紧抱着小女孩，依次扫视广场四周寻找她的母亲，并想方设法让小女孩安静下来。小女孩双手掩面，惊恐得不知所措，呜呜的哭闹简直要把人们的心都哭碎了。

小女孩的哭喊声打动着绅士的心，使他焦虑不安。其他人纷纷给小女孩橘子和糖果，但都被她一一拒绝了。小女孩越来越胆怯，越来越神经质了。

绅士向人们连声大喊：

"你们快找她母亲！你们快找她母亲！"

大家到处找女孩的母亲，可怎么也找不到。终于，在罗马大街入口处，那个女人一阵风似的朝马路这边飞跑过来。噢，我永远忘不了她。她简直不像个人样了！她头发凌乱，衣着破烂不堪，脸都变了形。她发疯般地向马车扑过去，发出谁也不明白到底是快乐还是痛苦的喊叫声，边哭边伸出双手去抓自己的孩子。马车停住了。

"她在这里。"绅士说着，亲了小女孩一口，把她放进母亲的怀抱，母亲发疯似的把小女孩紧紧搂在怀里。这时候，小女孩的一只小手还留在绅士手里，绅士从右手摘下一枚镶着钻石的金戒指，很快套到小女孩的手指上，对她说：

"拿回去，将来做你的嫁妆吧。"

母亲惊愕地站在那里，人群爆发出热烈的掌声。绅士又重新戴上假面具，同伴们又放声唱起来，马车又在暴风雨般的掌声和欢呼声中上路了。

盲　童

二十三日，星期四

老师病得很厉害，五年级的一位老师来替他给我们班上课。这位老师从前曾在盲童学校教过书。他是学校年纪最大的老师，头发全白了，头上好像罩着一个白花花的棉花假发套。他讲话的方式很特殊，好似唱一首伤感的抒情曲一样。他对我们很好，知识非常渊博。他刚走进教室，就看见有个学生的眼睛上包扎着绷带，马上走到他的课桌前，问他到底是怎么一回事。他对这个学生说：

"孩子，要好好保护你的眼睛呀。"

德罗西问老师：

"老师，您在盲童学校教过书，对吗？"

"是的，教过几年书。"老师回答。

德罗西又轻声细语地对老师说：

"那么，请您讲讲盲童学校的一些事情好吗？"

老师在教桌前坐下来。

科列帝大声说：

"盲童学校在尼斯大街[1]。"

老师娓娓动听地讲起来：

"你们说'盲童'，就好像随便说病人、穷人和其他无关紧要的小事似的那样轻松。但是，你们真的明白这个词的意思吗？你们不妨想一想，'盲人'到底是什么意思？他们什么都看不见。从来都看不见。他们分不清白天和黑夜，看不见天空和太阳。他们的父母和亲友，他们周围的一切，自己接触的一切全都看不见。他们生活在永恒的黑暗之中，自己好似永远埋在深深的地下。你们不妨试一试，闭一会儿眼睛，想到自己永生永世都得这样过日子，你们会马上焦虑不安，惊恐万状，为无法忍受这种逆境而大声呼叫，甚至会发疯得悲痛而死。

"然而……那些不幸的孩子啊！如果在盲童娱乐时，你们是头一回去看他们，可以听到他们拉小提琴和吹笛子的婉转悦耳的演奏声和他们的欢笑声，还可以看到他们沿着楼梯敏捷地上上下下，任意地在走廊和宿舍走来走去……这时候，你们绝对不会说他们是不幸的孩子了。

"如果你们细心地观察他们的一言一行，特别是那些十六岁至十八岁的盲人青年，就会看到，他们身强力壮，性情开朗，对自己的失明泰然处之，对生活充满信心。可从他们脸上那愤恨和高傲的表情，人们不难看出，在他们甘心忍受这种命运的安排之前，他们已经受了多么巨大的苦难。有些人，从他们苍白而温和的脸上，可以看到他们那种逆来顺受而充满悲哀的神情。有时候他们还会背地里伤心落泪。噢，我的孩子们，你们想一想，在这些人中间，他们有的是短短几天就丧失了视力，有的是经过几年的病痛折磨、忍受多次可怕的手术治疗后失明的，还有很多生来就是瞎子。这些人一生下来便进入了一个永无光明的黑漆漆的

---

[1] 以法国著名港口城市尼斯命名的大街。

世界，如同坠入一座黑洞洞、茫然无际的巨大坟墓，人类的面孔是怎么回事，他们全然不知。你们可以想象到，他们已经忍受，并将继续忍受极大的痛苦。当他们模模糊糊地意识到自己跟正常人的巨大差异时，他们会情不自禁地扪心自问：'我们并没有过错，为什么会有这种区别呢？'

"我在他们中间生活过多年。每当我想起那个班的所有孩子都永远闭着眼睛，漆黑的瞳仁没有目光、没有生命力时，再看看你们，深深感到你们是无比幸福的。你们不妨再想一想，整个意大利有两万六千个盲人。两万六千个人看不见光明，你们懂吗？这是一支多么浩荡的大军啊。这支大军需要整整四个钟头才能从我们窗前走过去。"

老师沉默了，教室里鸦雀无声。德罗西问，盲人的感觉是不是真的比我们更灵敏。

老师回答说：

"是的，他们的其他感官特别灵敏，因为他们必须用这些比正常人更好、更发达的感官来补偿自己缺少的视觉。比如说，某天早晨的集体宿舍里，一个盲人问另一个盲人：'今天有太阳吗？'这个盲人以最快的速度穿上衣服，跑到院子里，他只要来回挥几下手，便能感觉到大气的暖和程度，于是他跑回屋子报告喜讯：'有太阳。'还有，盲人通过某个人的声音便能判断出他身材的高矮，而我们正常人是从某人的眼神判断他的意图的。他们能年复一年地牢记某人的语调和口音。屋子里本来有几个人，可只有一个人说话，盲人却能断定屋子里不只是一个人，还有另外几个人。他们只要用手摸摸汤勺，便能凭感官知道它是很干净还是不很干净；女盲童能很容易地把染色毛线和天然色毛线区别开来；当他们在街上漫步时，能根据气味的不同辨别出周围是什么样的店铺，要知道，有些气味我们正常人根本闻不出来。他们玩陀螺时，一听到它的旋转声，便能径直走上去，分毫不差地一下子将它拾起来；他们滚铁环，做九柱戏[1]，跳绳，用石块砌小屋，采摘紫罗兰花，好像他们都能看得清清楚楚似的；他们会编席子、篮子、会制作五光十色的草编制品，编得既快又好，达到轻车熟路的地步，这一切都要归功于他们发达的触觉器官。触觉就是他们的视觉。他们最大的爱好就是通过触觉器官去推测、把握、了解物体的形状。当领着他们到工业展览馆并允许他们随便触摸展品时，他们像过节一样，欢天喜地地涌向几何图案、各种模型和器具，兴致勃勃地把展品放在手上翻来覆去地摸索，以便琢磨产品是怎样做成的，他们管这种动作叫'看'。目睹他们的一举一动，令人深受感动，也明白了许多事情。"

卡罗菲打断老师的话，问盲童比别人更能学好算术，对吗？

老师回答说：

"这是真的，他们照样学算术和读书识字。不过他们用的书是专门制作的，上面的字是一个个鼓起来的。他们用指头在上面摸来摸去，便能认出字母，说出词语来，然后很流利地念出。当他们念错时，也照样会脸红，很不好意思，多么可怜的小家伙啊！

"他们写字不用钢笔和墨水，而是用一种金属穿孔器，按照特殊的字母表，在一块又厚又硬的纸板上刺出许许多多深浅不一而分门别类的小孔来。这些小孔在纸板的背后如同浮雕一样凸显出来。他们只要把纸板翻过来，用手指头摸着凸起的部分，便能读出自己写的东西，甚至也能读出或识别出别人写好的字体。利用这种方法，他们能做作文，互相通信，写数字，做计算。他们虽然双目失明，但注意力非常集中，不像我们那样容易分散，因此，他们的心算能力特别强。他们酷爱读书，

---

[1] 埃及考古学家在七千二百年前的古墓中发掘出九块成形的石头和一个石球。公元前3至前4世纪，德国的一种宗教仪式将代表正义的石球击向九根象征邪恶的木柱，俗称"九柱戏"。1626年，九柱戏传入美国并进入室内。19世纪九柱戏演变为十柱戏并易名为"保龄球"，遂以一种高尚的娱乐形式荣登大雅之堂。

做事兢兢业业，一丝不苟，有惊人的记忆力，对任何事情都永记不忘，谈到跟历史和语言相关的事情，往往滔滔不绝，口若悬河，连很小的孩子也不例外。如果他们四个人同坐一条长凳，第一个跟第三个，第二个跟第四个间隔着说话，从不互相回头看谁一眼，也根本不会听漏一句话，这一切都要归功于他们有相当灵敏并随时准备倾听的耳朵。

"我告诉你们，他们比你们大家都重视考试，比你们更热爱自己的老师。他们能从脚步声和气味辨认出老师，仅仅从老师一句话的语气便能知道老师情绪的好坏，身体是否有病；当老师鼓励他们或称赞他们时，他们希望老师抚摸一下他们，当然，他们也触摸老师的手和胳膊，以表达他们的感激之情。他们彼此相亲相爱，是很要好的伙伴；娱乐活动时，那些平时要好的朋友总是一起玩耍。在女子学校，她们按照所学乐器的不同，分成若干小组，比如提琴组、钢琴组、笛子组，总不分离。她们一旦对某个人产生了好感，再散伙是很困难的，她们在友谊中找到慰藉。她们有很准确的判断能力。她们的善恶观念明确而深刻。当她们听到宽宏大量的义举和伟大高尚的行为时，任何人都不会像她们那样激动。"

沃提尼问老师，盲人是不是乐器演奏得都很好？

老师回答说：

"他们都酷爱音乐。音乐就是他们的快乐和生命。盲童刚刚入学时，就能一动也不动地站上三个钟头听别人演奏。他们能轻而易举地学会音乐，并以极大的热情去演奏。当老师告诉某个盲童没有学音乐的天赋时，他会感到莫大的痛苦，但是他还会拼命去学。

"啊，如果你们有机会听到盲童学校的学生演奏的音乐，看到他们演奏时昂首挺胸、嘴边挂着微笑，因激动而脸上泛起光彩的样子，看到响彻在永恒黑暗的柔和甜美的乐声是如何使他们心醉神迷的，你们就会明白音乐是他们神圣的慰藉。当老师对某个盲童说'你将成为一个音乐家'时，他一定会喜气洋洋，脸上焕发出幸福的光彩。如果谁音乐学得最好，演奏小提琴和弹钢琴又是出类拔萃的，他会被当作国王一样受到爱戴和尊敬；两个人吵了架，都要去找他做出裁决，明辨是非；两位挚友的关系变坏了，他就主动去调解，使他俩握手言和，重归于好；向他学习演奏的最小孩子往往把他当作父亲一样看待。睡觉前，大家都向他道声'晚安'。盲童总是没完没了地谈论音乐。白天的学习和工作已使他们疲惫不堪了，当他们半夜上床躺下将要美滋滋地睡个好觉时，仍然低声地谈论歌剧、音乐老师、乐器和乐队。剥夺他们读书和学习音乐的权利就等于是对他们最大的惩罚，他们将为此忍受极大的痛苦，人们几乎永远不会有勇气用这种方式去惩罚他们。光是我们的眼睛所必需的，而音乐对他们的心灵是不可少的。"

德罗西问老师，能不能去看一看盲童？

老师回答说：

"可以去，孩子们，但现在没有必要去。等你们确实理解了那种不幸的含义，真正体会到他们应该得到的那种同情和怜悯后再去也不晚。孩子们，他们那种情景着实悲惨。有时候，你们看到他们一动也不动地坐在敞开的窗前，尽情地呼吸着新鲜空气，好像全神贯注地在欣赏一望无际绿茸茸的田野和郁郁葱葱的青山，可一想到他们现在什么也看不见，将来也永远看不见无边无际的大自然的绚丽美景时，你的心灵就会感到无比的悲痛，好像他们是在一瞬间变成盲人的。

"还有些是先天失明的，他们从未见过这个世界，脑子里没有任何东西的形象，因此，他们从不会感到有什么惋惜的地方。但那些失明仅有几个月的孩子对周围的一切还记忆犹新，失去的一切还埋在心底，念念不忘。然而，随着岁月的流逝，那些最可爱的形象在他们的脑海中逐渐模糊起来，最受他们爱戴的人的面孔也渐渐从他们的记忆中消失了，这个时候，他们感到莫大的痛苦和无限的悲哀。

"有一天，一个盲童悲痛欲绝地对我说：

"'老师，我多么想重新获得视力啊。哪怕一瞬间也好。我要再看一眼妈妈的脸,我已经记不清她的模样了!'等妈妈来看他们时,他们就用手抚摸妈妈的脸,从前额一直摸到下巴和耳朵,为的是感觉一下母亲长什么样。他们真不相信自己再也看不见妈妈了,因此一遍又一遍地呼唤'妈妈',求妈妈让他们再'看'一遍。

"见到他们,即使铁石心肠的人也会伤心落泪。从他们那里出来,你会觉得看见人、房子和天空反倒是我们的一种例外,一种不值得享有的特权。

"啊,我相信,从那里回来,你们肯定愿意将自己的视力分给那些不幸的孩子一点儿,让他们至少能获得一线光明。对他们来说,太阳无光,母亲没有面容。"

生病的老师

二十五日,星期六

昨天下午放学后,我去探望生病的老师。老师是因为工作太累才病倒的。他一天要教五个钟头的主课,一个钟头的体育课,晚上还得到夜校讲两个钟头的书。他平时睡眠很少,吃饭也是匆匆忙忙。他从早到晚,忙忙碌碌,连喘口气的机会都没有,最后把自己的身体搞垮了。这是我母亲告诉我的。

我母亲在大门口等我。我一个人上了楼,在楼梯上正好遇上留着黑胡子的柯阿提老师——就是那位常常吓唬我们,却从不惩罚我们的好老师。他那圆溜溜的大眼睛望着我,说起话来嗓门像狮子吼叫似的,他还跟我开了个玩笑,但他自己却没有一丝笑容,我在按五楼门铃时还笑个不停呢。

一个女仆给我开门时,我马上不笑了,心里感到很难过。女仆把我领进一间光线暗淡、破旧不堪的屋子里,我看见老师躺在一张小铁床上,胡子长长的。为了看清来人，他把一只手放在前额上。他看见是我，用非常热情的声音不胜惊奇地喊了一声：

"啊，恩利科！"

我走到他的小床前，他把一只手放在我肩上说：

"真是个好孩子。你来看不幸的老师实在太好啦。亲爱的恩利科，你看，我竟病成了这个样子。学校怎么样？你的同学怎么样？他们一切都好吧？离开像我这样上了岁数的老师，你们照样品学兼优，对吗？"

我想回答不是这样，但老师打断我的话说：

"别说了。别说了。我知道你们不想让我难过，对吗？"老师说完，叹了一口气。

我注视着挂在墙上的一些照片。

他对我说：

"你看，这些照片都是我在这所学校教书二十多年来的学生送给我的，他们都是好孩子，那些照片都是我的纪念品。当我临终时，我要向那些顽皮孩子的照片看最后一眼，要知道我在他们中间度过了整整一生。你小学毕业时，也送我一张照片，好吗？"老师说完，从床头小桌上拿了一个橘子放在我手里，然后又说：

"我没什么东西可给你的，就算一个病人送给你的礼物吧！"

我端详着老师，不知为什么心里非常难过。

老师接着说：

"恩利科，你要努力啊。我希望自己的病能好起来，假如好不了……你的算术学得不好，所以要加把油，多多用功。重要的是做事要有坚强的意志，因为不成功有时并不是缺少什么才能，而是缺乏耐力造成的。"老师说话时，大口大口地喘着气，看得出来，他忍受着极大的痛苦。

老师又喘了一口气说：

"我正在发烧，成了个半死不活的人。你要孜孜不倦地学习呀。算术上要多下功夫，坚持多做习题。一时做不好怎么办？没关系，休息一下，然后再做。还做不出来怎么办？再放松一下，然后从头开始。一定要赶上去，但要心平气和，不能焦躁不安，情绪激动。回去吧，孩子，代我向你妈妈问好。别再上楼来看我了，我们将来学校见。如果万一见不了，请你时时记住你四年级的老师，要知道，他是很爱你的。"

听了老师这番语重心长的话，我都快哭出来了。老师对我说：

"把你的头低下来靠近我一些。"

我把头低到床头前，他吻了吻我的头发，然后说：

"孩子，回去吧。"说完，他把脸转向了墙壁。

我飞跑着下楼，因为我需要拥抱母亲！

马路文明

二十五日，星期六

今天傍晚，你从老师家回来时，我从窗口一直看着你：你撞了一位妇人。你在马路上行走时千万要留神。在大街上走路也要守规矩，尽义务。

如果你在家里能自我克制、规范自己的行为，为什么就不能在大街上——所有人的大家庭中做同样的事情呢？恩利科，你要牢记这些应尽的义务。你在街上每次遇到年迈的老人、穷人、抱小孩的妇人、挂着拐杖的瘸子、背着重物将腰压弯的人、出殡戴孝的人，都要恭恭敬敬地给他们让路，对年老、贫穷、母爱、疾病、劳累和死亡，我们应该尊重。当你看见马车将要撞上一个人时，如果他是个小孩，你就要飞跑过去拉他一把，救他一命；如果他是大人，你就要向他大喝一声，叫他赶快躲开。看见小孩哭了，你要问他是怎么回事；老人的手杖掉在地上，你要马上帮他捡起来；要是两个小孩打架，你要给他们拉开；要是两个大人打架，你要马上躲开；不要去看那残忍、暴力的场面，看多了，不仅会伤害你的心灵，还会使自己变得残酷无情。如果有人五花大绑地被两个警察押解着走在大街上，你不要为去看热闹而加入带着残忍好奇心的人群，因为他可能是无辜的受害者；当你碰到医院的担架，千万别跟伙伴高谈阔论，评头论足，更不能哧哧地笑，因为担架上也许躺着一个奄奄一息的病人。也许那是一支送葬的队伍，说不定明天也从你家走出一支这样的队伍。

对那些两个人两个人过街的福利院里的儿童——盲童、聋哑人、患佝偻病的人、孤儿以及被社会遗弃的孩子，你要表示敬意，要知道，他们是很不幸的，理应得到人们的同情；看见丑陋的和可笑的身体变形的残疾者，你要装作没有看见他们似的；你走路时遇到燃烧的火柴，要把它们踩灭，否则可能会使人付出生命的代价；游客向你问路时，你要永远热情地回答他们；不要面对面地望着别人发笑，不要无缘无故地奔跑；不要高声喧哗，大喊大叫。

你要遵守行路的规范。一个民族的教养程度首先可从他们在街上的举止来判断。你在街上看到的粗暴无礼、缺少教养的行为，也可能在家里表现出来。

你要观察街道，注意学习研究自己所生活的城市。如果明天你将远走他乡，你会为能清晰地记得她，能一幕一幕地重新回忆她而感到高兴，因为那是你的城市，你小小的故乡，你曾经拥有多年的世界！

你曾在那里呱呱坠地，跟妈妈牙牙学语，迈出了人生的第一步，感受过初次的激动，找到了最早的朋友，启迪了你的智慧，形成了最初的想法。故乡就是你的一个母亲，她教育了你，她使你愉快，她保护过你。好好研究你的故乡吧，认认真真地研究她的每条街道和她的居民吧。你要热爱你的故乡，当她蒙受耻辱时，你要奋起保卫她。

你的父亲

三 月

夜 校

二日，星期四

昨天晚上，父亲带我去参观跟我们巴列迪学校同一院子的夜校。晚上，夜校灯火通明。工人们开始走进学校。我们到达的时候，看见校长和老师正在怒气冲冲地说着什么事情。原来，窗户上的一块玻璃刚刚被人用石头打碎了。工友急忙跑到外面，抓住一个路过的小孩。但家住学校对面的斯达尔迪跑来报告说：

"不是那个孩子干的。我亲眼看到是弗朗蒂扔的石头。弗朗蒂对我说：'你要是说出去，我就给你点颜色看看！'我回答说：'我不怕。'"

校长对大家说：

"弗朗蒂非得被永远开除不可。"校长说着，同时招呼工人，他们三三两两走进教室。里面满满坐了二百多人。我从没见过一个如此有意思的夜校。学生中有十二岁以上的孩子，有刚刚下班、留着胡子的工人，还有木匠，黑不溜秋的司炉，双手满是白石灰的泥瓦匠，头发上沾满面粉的烤面包的伙计，他们都带着书和作业本。教室里可以闻到油漆、制革、沥青、燃料油等各行各业的气味。还有一小队炮兵厂的工人，他们穿着军服，由一名二等兵领着走进教室。这些学生拿掉桌子底下我们平时放脚用的小木板，很快坐到位子上，开始埋头学习了。

他们有的打开笔记本找老师解答问题。我看见衣着整齐漂亮、绰号叫"小律师"的年轻老师的教桌前围着三四个工人，老师正在用钢笔给他们批改作业；瘸腿老师看到一个染工把作业本用红色和深蓝色两种颜料装饰起来，忍不住笑了；我们生病的老师已经痊愈，今晚也来了，明天就将给我们上课了。教室的门敞开着，我见他们上课时一个个目不转睛、专注的样子，感到很是惊奇。更使我惊讶的是，据校长说，他们为了及时赶到学校，连饭都顾不得回家吃，是饿着肚子来听课的。那些最小的孩子刚上半个小时就困了，有的干脆趴在课桌上呼噜呼噜地大睡起来。老师用笔杆拨拨他们的耳朵，将他们弄醒。大人不是这样，他们从没有睡意，总是屏住气息，连眼睛都不眨一下地听老师讲课，看到这些留着长胡子的人坐在我们小小的课桌旁刻苦学习，我们深受感动。

我们又上了一层楼。我跑到我的教室门口看了看。我的座位上坐着一个留着浓密八字胡、手上裹着绷带的人。也许他干活时手被机器碰伤了，然而他坚持慢慢地写字、做作业。最使我开心的是在小泥瓦匠的座位上，坐着他的父亲——那个彪形大汉泥瓦匠。他蜷缩着身体，坐在儿子狭窄的位子上，两手托着下巴，眼睛盯着书本，默不作声，全神贯注地听老师讲课。他这样做并不是偶然的。他第一次来上夜校时，就向校长提出要求说：

"校长先生，把我安排在'兔脸'儿子的座位上吧。"他总是这样称呼自己的儿子。

我父亲一直把我留到夜校下课时才回家，途中，我们看到许多妇女抱着孩子等待丈夫。到了校门口，情况就完全变了：丈夫接过孩子，妻子拿着书和作业本，一家人快快乐乐一起回家去了。大街上一时人潮汹涌，掀起一股嘈杂的声浪，但不大一会儿，一切又都沉寂了。最后，校长那高大而疲惫的身影也渐渐远离我们消失了。

打 架

五日，星期日

这是预料中的事：被校长开除的弗朗蒂总想伺机报复斯达尔迪。每天放学，斯达尔迪都去托拉·哥罗萨大街的一所学校接他妹妹。于是，弗朗蒂就在一个拐弯的地方等候斯达尔迪。

我姐姐西尔维娅在放学的路上目睹了他俩打架的经过，回到家，她还心有余悸。事情的经过是这样的：

弗朗蒂把他的油布帽子歪戴在耳边，蹑手蹑脚地跟在斯达尔迪后面。为了向斯达尔迪寻衅闹事，弗朗蒂突然抓住他妹妹的辫子。由于用力很猛，她差一点儿跌个四脚朝天。女孩大喊一声，斯达尔迪回头一看，原来是弗朗蒂。弗朗蒂的个子比斯达尔迪高大得多，力气也大得多。弗朗蒂想：

"哼，要么他别出声，要么我剥他一层皮！"

斯达尔迪并不害怕。他尽管个子矮小，却奋不顾身地向弗朗蒂这个四肢发达、头脑简单的浑蛋猛扑过去，举起拳头劈头盖脸地向他狠打。斯达尔迪真是招架不住了，遭到了弗朗蒂一顿毒打。这时大街上除了女孩，没有别人，没人能把他俩拉开。弗朗蒂把斯达尔迪摔倒在地，但斯

达尔迪又翻过身,两人扭打在一起。弗朗蒂像捶打门板似的狠打斯达尔迪。不大一会儿,斯达尔迪的半只耳朵被撕破,眼睛被打伤,鼻子出了血。然而斯达尔迪是个硬汉子,他吼叫着:

"你可以打死我,但我会让你付出代价的!"

弗朗蒂对身下的斯达尔迪拳打脚踢和打耳光,而斯达尔迪在下面不断地用头顶和用脚踢。

有个女人从窗口喊道:

"了不起的小家伙!"

有的称赞说:

"他尽力保护自己的妹妹,真是个好孩子!"

有的给斯达尔迪鼓劲儿:

"加油,加油!翻过身来狠狠揍他!"

还有人大骂弗朗蒂:

"蛮横无理的家伙!欺软怕硬的家伙!"

弗朗蒂如同狂暴的野兽凶残极了,他做了个绊腿动作,又把斯达尔迪摔倒在地,骑到他身上蛮横地问:

"服不服?"

"不服!"

"服不服?"

"不服!"

斯达尔迪憋足了力气,猛地翻过身来,重新站起来,紧紧抱住弗朗蒂的腰,又用力狠狠把他摔倒在石子路上,然后用膝盖顶着他的胸部。

"哎呀,那无耻的家伙有刀!"有个男人大叫一声,跑过去要把弗朗蒂的刀夺过来。

斯达尔迪怒不可遏,用双手抓住他的胳膊狠咬了一口。弗朗蒂的手被咬破了,鲜血直流,小刀从手里掉下来。这时候,另外一些人也纷纷跑来劝架,拉开并扶起了他们。弗朗蒂狼狈不堪,拔腿逃走了。斯达尔迪的脸被抓破,眼睛被打得发青,但他却以胜利者的姿态站在一直哭泣的妹妹身边,几个女孩子帮他们捡起散落在街上的书和作业本。

"真是个好孩子,保护了妹妹。"周围的人都这样说。

斯达尔迪尽管赢了,但他更惦记的是自己的书包,而不是胜利。他细心地一本一本检查书和作业本,看是不是遗失或损坏了,还用衣袖擦去上面的灰尘,又看看钢笔,接着把所有的东西都装进书包,用他一贯平静而认真的口气对妹妹说:

"我们快走吧,我还要做四则运算的作业呢。"

孩子们的家长

六日,星期一

斯达尔迪的父亲是个粗壮大汉。他担心儿子再遇到弗朗蒂,所以今天上午特地来校接斯达尔迪了。据说,弗朗蒂将被送往管教所,不会再来了。

来校接孩子的还有很多家长。其中有科列帝的父亲——那个卖柴人。他的长相跟儿子一模一样，动作敏捷，性格活泼开朗，两撇八字胡异常醒目，上衣的纽孔里挂着绶带。我经常看见来来往往的家长，所以几乎认识所有同学的父母亲。有一个驼背的老太太，头戴白色风帽，不管狂风暴雨，还是大雪纷飞，一天四次接送她上二年级的小孙子。她给他穿脱衣服，系领带，拍打身上的尘土，把全身收拾得干干净净的，还检查作业本。好像在这个世界上，除了小孙子她再没有可牵挂的了，再没有比这更美好的事情了。

那个从公共马车下面救出一个小孩、挂着拐杖的罗伯弟的父亲——炮兵上尉也经常来。他儿子的所有同学从他面前走过时，都要抚摸他一下，他也回敬他们一个抚摸或者一个问候，他从不会漏掉任何一个人，他对所有的人都躬身点头，越是贫穷或是穿得越是破烂的人，他越是高兴地同他们打招呼，越是感谢他们。

不过，也常见到令人痛心的事情。一位绅士的儿子死了，他有一个月都没来校看过一次。他打发女仆来接另一个儿子。昨天是他自儿子死后第一次来校。他见到儿子过去班级的同学，竟一个人躲到墙角里，两手捂住脸呜呜地哭起来。校长见了，就拉住他的一只胳膊，把他领到自己的办公室。

有些父亲和母亲能叫出自己孩子所有同学的名字。附近一所女子学校的女生和一所高中的学生也都来接他们的小弟弟。有一个曾做过上校军官的老绅士，每当看到哪个学生的作业本和钢笔掉在街上，都帮他们捡起来；一些衣着华丽的太太也跟那些戴着头巾、挎着篮子的女人喋喋不休地谈论学校的事情：

"哎哟，这次的考题太难了。"

"今天上午的语法课不知道什么时候才能讲完。"

如果某个班的某个学生病了，做母亲的全都知道；要是他病好了，母亲们就格外高兴。今天上午，有八位或十位太太和女工围着科罗西的母亲打听我弟弟班里一个不幸孩子的情况。这个病得很厉害的孩子同她住一个院子。

我觉得学校使大家变得平等，使他们成为好朋友。

七十八号犯人

八日，星期三

昨天傍晚，我目睹了一个感人至深的场面。

几天来，那卖菜的女人每从德罗西旁边走过时，总是饱含深情地细细端详他。自从德罗西知道了墨水瓶和七十八号犯人的故事后，就开始关心爱护她的儿子科罗西——那个一只胳膊残疾的红头发孩子。他帮助科罗西做功课，解答习题，送纸张、钢笔和铅笔。总而言之，他像对待亲兄弟一样对待科罗西，好似是在补偿他父亲给他带来的不幸和灾难，可科罗西一点儿也不知道内中的奥秘。

最近几天，卖菜的女人一直注意着德罗西的一举一动，好像要把眼睛留在他身上似的。她是一位整个身心只为儿子活着的善良女人。德罗西事事帮助她儿子，科罗西果然今非昔比了。德罗西是位少爷，是班级第一名，在她看来，德罗西简直是国王和圣人了。她的眼睛一刻也不离德罗西，想对他说些什么，可又不好意思开口。昨天上午，她终于鼓足了勇气，在一个大门前叫住德罗西说：

"少爷，请您多多原谅，您心地这样善良，厚爱我的儿子，求求您收下一个可怜母亲的微不足道的礼物作为纪念吧。"说着从菜篮子里拿出一个用金黄色薄纸板做成的盒子。

德罗西的脸一下子涨得通红，婉言谢绝说：

"我什么也不要，还是留给您的儿子吧。"

女人显出不高兴的样子，一边说对不起，一边嗫嗫嚅嚅地说：

"少爷，我想您是不会生气的，只是一点儿糖果罢了，没什么。"

德罗西微笑着，依然摇摇头。

于是女人胆怯地又从篮子里拿出一捆萝卜说：

"您起码得收下这个，还挺新鲜的，给您妈妈带回去也好嘛。"

德罗西笑吟吟地回答说：

"不，谢谢，我什么也不要。我要尽一切可能来帮助科罗西，但我不接受任何东西，还是谢谢您。"

女人急切地问：

"您不会生气吧？"

德罗西连声回答说"不会，不会"，微笑着走开了。

女人喜出望外地感叹道：

"噢，多好的孩子。我还没见过这么善良又如此漂亮的孩子呢。"

这件事看起来就算过去了，想不到下午四点，科罗西的母亲没来，可他那脸色苍白、神色忧愁的父亲来了。他叫住德罗西，我从他那

打量德罗西的样子就马上明白了一切。他觉得德罗西已知道他的秘密。他细细端详着德罗西，用他那悲伤而亲切的声音说：

"您很爱我的儿子……您为什么这样爱他呢？"

德罗西的脸刹那间变得像火一样红。他本来想这样回答：

"我爱他是因为他是个很不幸的孩子，还因为您——他的父亲，从某种意义上说，比一个罪人更倒霉，您用高尚的行为赎了罪，是个好心肠的人。"德罗西没有勇气全说出来，因为在这个使别人流过血又坐过六年班房的人面前，他打心眼里还是觉得有点儿害怕，甚至还有一种厌恶感。

科罗西的父亲似乎猜透了德罗西的全部心思，因此他压低嗓门，贴着德罗西的耳朵，声音颤抖着说：

"您爱我的儿子，这个谁都知道。但您不爱他的父亲，也就是看不起我，对吗？"

"噢，不是，不是，完全不是这样。"德罗西从心底里迸发出一股激情，十分惊讶地说。

科罗西的父亲做了个感情冲动的动作，似乎要用手臂去搂抱德罗西的脖子，但他却不敢，只是用两个手指捏住德罗西一绺金黄色的鬈发，轻轻地捋一捋，然后又放开了。接着，他把手放在自己的嘴上亲吻，用泪汪汪的眼睛望着德罗西，似乎在说，这吻是给你的。最后，他拉着儿子的手缓步走开了。

夭折的孩子

十三日，星期一

跟卖菜的女人住在同一院的孩子——我弟弟二年级的同学死了。星期六下午，德尔卡迪老师十分悲痛地把这个消息告诉我们的老师。卡罗纳和科列帝知道后自告奋勇请求帮助抬小孩的棺材。

这是一个好男孩，上星期还得过奖章呢。他很喜欢我弟弟，还把一个储存硬币的小钱箱送给他。我母亲见了他总跟他亲热一番。他戴一顶饰着两道红粗布条纹的帽子。他父亲是铁路上的搬运工。

昨天是星期日。我们是下午四点半到他家陪同去教堂送葬的。他家住在底层。我们到的时候，很多二年级的学生由母亲领着，手执蜡烛早已聚集在院子里等候，五六个老师和邻居也来了。帽子上插着红羽毛的老师和德尔卡迪老师也进了屋子。从敞开的窗口我们看见她俩都情不自禁地哭起来，孩子的妈妈更是放声大哭。两位太太——死者同学的母亲还带来两个花环。五点我们正式出发。走在送葬队伍最前面的一个小孩举着十字架，然后是神父，接下来便是那小小的棺材，可怜的孩子啊！棺材上蒙着黑布，上面放着两位太太的花环。黑布的一端挂着上星期那孩子刚刚得来的奖章和一年来他所得到的三个奖状。卡罗纳、科列帝跟院子里的两个孩子抬着棺材。棺材后面是德尔卡迪老师。她哭得很痛心，好像死者就是自己的孩子似的，其他女老师跟在她后面。学生跟在女老师后面，其中很多孩子的年纪都很小。他们一手拿着紫罗兰花，一手拉着母亲的手，惊讶地望着棺材，母亲为他们拿着蜡烛。

我听见一个孩子问：

"从今以后，他不会再来上学了，对吗？"

棺材从院子抬出时，突然传来撕心裂肺的喊叫，原来是死者的母亲在号啕大哭，大家马上把她扶进屋子里。

到了街上，我们遇到排队行走的一所寄宿学校的学生。他们见到挂着奖章的棺材和老师，全都摘下帽子默哀。可怜的孩子啊。他永远跟他的奖章长眠了。我们再也见不到他那顶小红帽了。他活泼可爱，想不到小小年纪就早早地离开了人世。

临终的最后一天，他还勉强坐起来，复习专业词汇，把奖章放在床上，生怕被别人拿走似的。现在谁也不能从你身边拿走它了，可怜的孩子。永别了！永别了！我们巴列迪学校将永远记住你。安息吧，小弟弟！

三月十四日前一天

十三日，星期一

今天是比昨天快乐的一天。啊，三月十三日。今天是历年最盛大、最美好的日子——维托利奥·埃马努埃勒剧院发奖仪式的前一天。但是这次跟以前那种随便挑选几个孩子向主席台传递奖状的做法不同。

今天上午放学时，校长来到我们班宣布说：

"孩子们，有一个好消息。"

然后他叫道：

"柯拉奇！"就是那个来自卡拉布里亚的孩子。

柯拉奇站起来。

校长问：

"你明天愿意在剧院成为向当局传递奖状的人吗？"

小卡拉布里亚人回答说愿意。

校长说：

"很好。这样，卡拉布里亚区也有自己的代表了。这实在是一件再好不过的事情。市政府决定今年传递奖状的十多个孩子必须代表意大利的各个地区，并在所有公立小学的学生中挑选。我们这个城市有二十所小学和五个分校，共有七千名学生。从这么多学校挑选几名代表每个地区的孩子并不十分困难。两名托尔夸多·塔索[1]学校的孩子分别代表撒丁

---

[1] 托尔夸多·塔索（1544—1594），意大利著名诗人。

岛和西西里岛；朋孔巴尼[1]学校一位木雕工人的儿子代表佛罗伦萨，托马塞奥[2]学校的一名学生出生于罗马，自然他是罗马的代表。原籍是威尼托、伦巴第和罗马涅的有好几个人，当然，挑选代表是很容易的事情。蒙维索[3]学校的那不勒斯代表是一位军官的儿子。热那亚的代表和卡拉布里亚的代表柯拉奇均是我们学校的学生。再加上皮埃蒙特区的代表共有十二人。这不是很有意思吗？这十二个孩子将一起登上舞台，你们要用热烈的掌声欢迎他们。他们虽然还是孩子，但他们像大人一样代表整个国家，正像一面小小的三色旗跟一面大旗一样也是整个意大利的象征，对吗？你们都要为他们喝彩。你们要切实地表现出自己小小的心在沸腾着，你们的灵魂会在神圣的祖国面前大放光彩。"

校长讲完话就走了。我们的老师微笑着说：

1　朋孔巴尼（1804—1880），意大利著名法学家、政治家。
2　托马塞奥（1802—1872），意大利著名文学家、爱国者。
3　阿尔卑斯山西麓的一个支脉，海拔三千八百四十一米，是意大利最长的河流波河的发源地。

"这么说,柯拉奇,你就是卡拉布里亚的代表了。"

大家都满面笑容地鼓起掌来。来到街上,大家把柯拉奇团团围住,抓住他的胳膊和腿,把他高高地举起来抬着走,欢庆胜利,并高呼:"卡拉布里亚的代表万岁!"这欢呼声只是他们的嬉闹玩耍,而没有丝毫的嘲笑,绝对不是。而是对一个大家都喜欢的孩子发自内心的祝贺。

他高兴极了,我们一直把他抬到路口,在那里我们碰到一位蓄着黑胡子的绅士。绅士也开心地笑了,柯拉奇说:

"他是我父亲。"于是我们把柯拉奇推到他父亲的怀里,然后呼啦一下跑开了。

发　奖

十四日,星期二

大约下午两点,宽敞明亮的大剧院人山人海,十分热闹。池座和包厢座无虚席,楼座和舞台被围得水泄不通。数千个孩子、绅士、贵妇人、老师、工人、普通女人和婴儿,春风满面,喜气洋洋,人们互相招手致意。饰着羽毛的帽子、彩带、鬈发五彩缤纷,令人眼花缭乱,喋喋不休而欢快的叽叽喳喳声此起彼伏,红、白、绿等五彩缤纷的彩幅把整个剧院装饰一新。舞台两边各有一个小扶梯,右边的那个是供领奖者上台用的,左边的那个是供领奖后下台用的。舞台正面有一排红色的椅子,中间的那把椅子的靠背上挂着一顶小巧玲珑的桂冠,舞台后面悬挂着一排奖旗,旁边摆着一张绿色小桌子,上面放着用三色丝带系着的奖状,乐队就在舞台下面的乐池里,男女老师占去了专门留给他们的包厢一半的座位。剧场内的长凳和池座的过道上坐着数百名拿着乐谱、准备唱歌的孩子;老师在剧场的各个角落穿梭来往,忙个不停,组织那些准备领奖的孩子排好队伍；家长们帮自己的孩子细心地梳理头发，系好领带，做最后一次梳妆打扮。

我跟家长一进入包厢，便看见坐在对面包厢里的帽子上插着红羽毛的女老师。她甜蜜地微笑着，面颊上的两个小酒窝非常好看，显得娇媚可爱，跟她坐在一起的是我弟弟的老师，还有身穿黑衣服、外号叫"小修女"的老师和我二年级时那位受人爱戴的女老师。啊，我那可怜的老师，她脸色惨白，咳嗽得如此厉害，连整个剧场都能听到她连续不断的咳嗽声。池座里我还看到了四方大脸的卡罗纳和小小的脑瓜上长着金黄色头发的内利，内利正紧紧地靠在卡罗纳的肩膀上。再稍微远一点儿，我看见长着鹰钩鼻子的卡罗菲正在一心一意地搜集获奖者的印制名单，他已搜集一大沓材料，准备搞交易用的，明天我们就能知道结果了。剧场门口坐着卖柴人和穿着节日盛装的妻子以及他们的儿子科列帝，科列帝是三年级三等奖获得者。我惊讶地发现，科列帝今天没戴猫皮帽子，没穿巧克力色的毛衣，打扮得倒像个少爷。走廊里我见到了衣领上镶着花边的沃提尼，还没有来得及跟他说句话，他就溜掉了。舞台边的一个小包厢里也坐满了人，其中就有炮兵上尉和他的儿子罗伯弟——曾从车轮底下救过一个小孩而至今仍然拄着拐杖的孩子。

时钟当当敲响两下，乐队开始奏乐。省督、省教育厅长、市长、市教育局长和其他官员全都穿着黑色礼服走上舞台，一个个在红椅子上坐下来，乐队停止奏乐。声乐学校的校长手执指挥棒走到台上，他一打招呼，参加演唱的所有坐在池座的孩子全体起立，在他的指挥下开始唱歌。七百个孩子放声唱起一支悦耳动听的歌曲，七百个孩子汇成一个声音，共同高歌。全场鸦雀无声，大家聚精会神地听着，就像虔诚地听一首美妙清晰而缓慢的教堂圣歌一样。唱完，大家热烈鼓掌，然后场内寂静无声，发奖即将开始。

我三年级那位红头发、明眸的小个子老师走上舞台，要宣布获奖名单了。大家都焦急地等待着传递奖状的十二个孩子走上来。报纸早已公布了各地孩子代表的名单,所以大家都事先知道了这件事,市长和其他官员也跟别人一样,等候孩子们的出现,好奇地注视着入口处,整个剧场安静无声。

那十二个孩子突然跑上舞台,排列成行,个个喜笑颜开。这时,场内三千人全体起立,爆发出雷鸣般的掌声,弄得台上的孩子们不知所措。

"这就是意大利!"不知道台上谁冒出一句。

我马上就认出柯拉奇,那个小卡拉布里亚人。跟往常一样,他依然身着黑衣服。坐在我们旁边的一位市政府官员认识所有这些孩子。

他指着他们向母亲一一介绍说:

"那个金发小男孩是威尼斯的代表,罗马的代表是那个高个子的鬈发少年……"十二个孩子中,有两三个是一副绅士的打扮,另外几个是工人的儿子,但全都穿戴得干净、漂亮。年纪最小的佛罗伦萨的那个孩子腰间还系着一条天蓝色围巾。十二个孩子分别走过市长跟前,市长跟他们一一亲吻,他身边一位官员微笑着,低声向他介绍孩子们所代表的城市的名字"那不勒斯,博洛尼亚,巴勒莫……"。每走过一个孩子,整个剧场便响起一片掌声。然后,他们跑向绿色的小桌子去取奖状,老师开始宣读获奖名单,说出学校、班级和学生的名字,于是获奖的孩子按顺序走上舞台,在台上排成一行。

前几个孩子刚刚上台,就奏起了轻快的小提琴曲。那悠扬的乐曲和娓娓动听的旋律既像行云流水的缠绵絮语,又像母亲和老师好言相劝孩子们的柔声细语。柔和甜美的曲子在整个发奖过程中一直回荡着。

领奖的孩子们一个个走到坐着的官员面前,官员把奖状发给他们,并对每个孩子说一句话或抚摸一下。

无论是一个很小的孩子,还是一个衣衫破烂的孩子,或者是一个长着浓密鬈发的孩子,还是一个穿着红色或白色衣服的孩子走过时,池座和包厢里的孩子都拼命鼓掌。有几个二年级的学生走过时,他们突然手忙脚乱,六神无主,不知在什么地方拐弯好,逗得全场哄堂大笑;还有一个小不点儿，腰部打了个很大的红色丝带结子，走起路来摇摇晃晃，不小心在地毯上绊了一跤摔倒在地，省督赶快走上去把他扶起来，大家拍手，开怀大笑；还有个孩子顺着台阶滚下来，跌到池座里，人们的惊叫声响成一片，幸亏没发生什么意外。这里面有各种类型的孩子，有的样子很调皮，有的露出惊慌失措的神色，有的脸红得像樱桃一样，有的天真幼稚，有的滑稽可笑。他们刚从台上下来，便被爸爸妈妈带走了。

等轮到我们学校时，我真是太开心啦！有许多获奖人我都认识。科列帝今天喜气洋洋，全身穿戴一新，面带他那快乐微笑，露出他雪白的牙齿，然而又有谁知道今天上午他又运了几十公斤的木柴呢？市长为他发奖时，问他额头上的红色痕迹是怎么回事，说着把一只手放在他的肩上。我在池座里寻找科列帝的父母亲，看到他俩捂住嘴正笑得前仰后合呢。

德罗西走过来了。他穿着一身深蓝色的衣服，纽扣闪闪发亮，一头鬈发金灿灿的。他昂首挺胸，步伐轻快，神态从容自若，相貌英俊，招人喜欢，我真想送给他一个飞吻。所有的官员都想跟他说话，和他握手。

老师接着大声念道："朱里奥·罗伯弟！"

炮兵上尉的儿子罗伯弟架着双拐走到台上。许多孩子对罗伯弟舍己救人的事迹早已了如指掌，刹那间，他的名字和高尚行为传遍全场，爆发出一阵阵雷鸣般的掌声和喝彩声，简直要把剧场给震翻了。男人们站起来看他，女人们向他挥动手帕。可怜的孩子站在台中间痴呆发愣，激动得发抖，不知如何是好。市长把他拉到身边，发给他奖状，吻了吻他，然后把挂在椅背上的小桂冠解下来，系在一个拐杖头上，接着把他领进舞台旁边的小包厢，将他当面交给了父亲。在一片"布拉沃"[1]和

---

[1] 意大利语"好啊"之意。

"埃维沃"[1]的欢呼声和喝彩声中，上尉把儿子接过来，高高举起，走进包厢，让他跟自己坐在一起。小提琴演奏的轻快、优美的乐曲在大厅内回荡，获奖的孩子一个接一个走过去。孔索拉塔学校[2]的学生几乎全是小本生意人的孩子，万吉丽雅学校[3]的学生全是工人的孩子，朋孔巴尼学校的学生很多是农民的孩子，最后几个是拉依内里[4]学校的学生。获奖学生领完奖后，七百个孩子高唱一首悦耳动听的歌曲，接着是市长和教育局长讲话。教育局长结束讲话前对学生们说：

"在你们离开这里的时候，应该向为你们辛勤耕耘的人致敬。他们把毕生的精力、聪明才智、整个心灵、全部的爱都无私地奉献给了你们，他们为你们生，又为你们死！"他说完，用手指向包厢里的老师们。

于是，楼座上、包厢里和池座里的孩子们全体起立，伸出手臂朝老师欢呼，老师也激动地站起身来向学生们挥动手臂，摇着帽子、围巾和手帕，与学生们遥相呼应。

乐队又奏起欢快的乐曲。代表意大利各个地区的十二个孩子重新排好队，手拉手地走到舞台前面，观众向他们撒去雨点般的鲜花，最后一次向他们致以崇高的敬意。

吵　架

二十日，星期一

今天上午我跟科列帝吵架并不是因为他得了奖而我没有就嫉妒他，

1　意大利语"好极了""万岁"之意。
2　以都灵的同名教堂命名的学校。
3　以都灵的一个区命名的学校。
4　拉依内里（1810—1867），意大利教育学家。

不，绝对不是嫉妒他，而是我的错。

老师安排科列帝坐在我旁边。本来应由小泥瓦匠抄写的每月故事"血溅罗马涅"[1]，因他生病了，老师叫我替他抄写。想不到我正在书法练习本上抄写时，坐在我旁边的科列帝的胳膊不小心碰了我一下，这样，钢笔溅出来的几点墨渍弄脏了我的练习本，我的确生气了，就向他说了几句粗话。

他却微笑着回答说：

"我不是故意的。"

我很了解科列帝，所以我本应相信他的话，可他的笑使我很不愉快。我想：

"噢！得了奖，就盛气凌人啦。"过了一会儿，为了报复，我撞了他一下，毁掉了他一页练习本。

科列帝气得满脸通红。"你可是故意的！"科列帝说着就举起手来。老师正好看见，他的手又缩了回去，说："我在外面等你。"

我心里很不好受，怒气逐渐平息下来。我非常后悔，不，科列帝绝对不是故意的，他是个好孩子。我还记得他在家如何干活儿，如何精心照料生病母亲的情形。他来我家玩的时候，我对他真诚相待，父亲也很喜欢他。我多么想向他敞开心扉：我不该向他说粗话，不该向他做出那么无理的举止，我真后悔。

我想起父亲对我的忠告，他说：

"是你的错吗？"

"对，是我的错。"

"那就向他赔礼道歉。"

我没有勇气向他赔不是，因为我不好意思让自己丢人现眼。我偷偷地望了望他，见他绒衣肩上开了线，也许是扛了太多柴而磨破的。我爱

---

[1] 意大利当时的一个行政区，即现在的艾米利亚－罗马涅行政区。

他的心情油然而生，心里嘀咕着：

"鼓起勇气来，向他承认错误。"但"请原谅我"这句话如鲠在喉，无论如何也说不出来。

科列帝斜着看了我一眼，但他表露出来的神情不是恼怒，而是痛苦。我以蔑视的目光打量着他，说明我并不怕他。

他又说：

"我们外面见。"

我也回敬一句：

"我们外面见。"

我想起了父亲以前对我说过的话：

"要是你的不对，别人打你，千万别还手，只要随便应付一下就行了。"

我心里琢磨着：

"我只自卫，绝不打人。"我很不痛快，也很悲观，老师讲的功课我再也听不进去了。

放学的时刻终于到了。我一个人来到街上，科列帝紧紧跟着我。他叫住我，我手里握着学生尺等他。他向我走过来，我举起了尺子。

"恩利科，别这样。"他脸上挂着甜蜜的微笑，边说边用手拨开尺子。他又和颜悦色地对我说：

"恩利科，让我们握手言和，重新成为好朋友吧。"听了他的话，我愣住了，一时说不出话来。我觉得他用手推了一下我的肩膀，我跟他拥抱在一起。

他吻了我一下说：

"从今以后，我们别再吵架了，好吗？"

我连声回答：

"再也不吵了。再也不吵了。"我们就这样高高兴兴分手了。

回到家里，我把这件事的来龙去脉一五一十地告诉了父亲，本想让他高兴高兴，想不到父亲一下子变了脸，严肃地对我说：

"是你的不对，你本该首先伸手向他道歉才好，更不该向你最好的朋友、一个军人的儿子举起尺子！"父亲说完，从我手里夺过尺子，折成两截，扔到墙角里去了。

我的姐姐

二十四日，星期五

恩利科，为什么父亲责备你对科列帝态度不好之后，你还同样对我无礼呢？我对此感受到的痛苦你是想象不到的。

你小的时候，我总是一个钟头又一个钟头地守在你的摇篮旁边，而不去跟伙伴们玩耍。你生病时，每夜我都要起床摸摸你的额头看你是不是发烧了，这一切难道你都忘了吗？恩利科啊，是你伤了我的心。要是我们家惨遭不幸，我将扮演一个母亲的角色，像母亲疼爱自己的儿子一样疼爱你，难道你不相信吗？

等父亲和母亲不在世的时候，我就是你最好的朋友，是可以跟你一起谈论我们去世的前辈、回忆我们童年的唯一亲人。到了那个时候，要是你还需要我，我照样可以去为你挣面包，供你上学，为你工作。你将来长大成人，我也会一如既往地疼爱你。要是有一天，你离乡背井，到很远很远的地方去，我照样为你牵肠挂肚。因为我和你一起长大，又有着同一的血统。恩利科啊，当你成为一个男人，万一遇到不幸，又独自一人，我相信，你肯定会来找我并恳求我说：

"西尔维娅，我的好姐姐，让我回到你的身边，共同回忆我们曾在一起的美好时光和快乐日子吧。"你难道不相信这一切吗？是的，我们将沉醉于对父母亲，对我们的家庭和那遥远美好时刻的回忆之中。啊，恩利科，你将会发现，你姐姐永远都会张开双臂欢迎你的。

亲爱的恩利科,我现在责备你,也请你原谅,对于你的一些过错,我是不会耿耿于怀的。要是你再引起我的不愉快,那有什么关系呢?你永远是我的弟弟,我将永远记住怀抱着你的那种亲情,也忘不了我们一同爱戴父母而其乐融融的情景。我曾看着你茁壮成长,我是多年陪伴你度过美好时光的最好的伙伴。

请你在这个作业本上为我写上几句热情的话吧,我傍晚再来这里看看。我是不会生你的气的。每月故事"血溅罗马涅"本应由小泥瓦匠抄写,可他生病了,改由你抄写。看你累成那个样子而呼噜呼噜睡觉时,我一夜没有合眼,就替你把每月故事抄完了,现放在你左边的抽屉里。恩利科,给我写上几句热情的话吧,我求求你了!

你的姐姐西尔维娅

我没有资格在你手上亲吻。

恩利科

血溅罗马涅(每月故事)[1]

一天晚上,菲鲁其奥的家比平常更安静,父亲开了一家小小的服饰用品店,到弗利城[2]置办货物去了,母亲要带小妹妹路易吉娜到医生那里为一只病眼去做手术,也跟父亲去了弗利城,他们要到第二天上午才能回来。白天在他们家干活的女用人在天黑前就回家了。已经快到午夜了,家里只剩下双腿瘫痪的外婆和十三岁的外孙子菲鲁其奥。

菲鲁其奥的家是一所平房,坐落在大路边上,离罗马涅行政区的弗利城的一个村庄仅一箭之遥。他家旁边原来还有一座房子,被两个月前

---

[1] 原文无日期。
[2] 意大利北部著名城市。

的一场大火烧毁了，现在空无一人。这座房子原是一家旅店，残垣断壁上的一块招牌还挂在那里。菲鲁其奥家的房子后面是一个用篱笆围起的小菜园，那里有一扇粗制的小门可以出入。他家的店门同时也是家门，朝向大路，周围是一片荒凉的村野，种植着大片大片的桑树。

夜深人静。雨不停地下，风不停地刮，菲鲁其奥和外婆依然坐在饭厅里没有睡觉。菜园和饭厅之间还有一间小屋子，里面堆放着杂物。这天晚上，菲鲁其奥是在外面游逛了几个钟头，十一点才回到家的。外婆每天晚上坐在一把宽大的安乐椅上，怀着惴惴不安的心情，望眼欲穿地等着他回来。因为她呼吸困难，不能躺下睡觉，不得不整天整夜，像钉在椅子上面似的坐着苦熬日子。风雨噼里啪啦地拍打着窗户玻璃，夜黑得伸手不见五指。

菲鲁其奥拖着疲惫的身体回到家里。他满身是泥，上衣被撕破了，前额上有一块被石子击伤的青斑。他常常用石块跟别人打架斗殴，另外，他还有赌博的恶习，把钱输个精光，连帽子都丢进阴沟里去。

饭厅的桌子上点着一盏小油灯，外婆坐在靠近油灯的安乐椅上。菲鲁其奥刚进来，外婆一眼便看到了外孙子那一副狼狈相。他在外面的放荡行为一部分是外婆猜出来的，一部分是外婆逼他亲口说出来的。

外婆一心一意疼爱菲鲁其奥，知道他在外面的胡作非为，禁不住痛哭起来。

"唉，"外婆沉默一会儿说，"你对可怜的外婆没有一点儿良心。你利用父母不在家的机会，叫我伤透了心。你让我一个人整天整天地待在家里，不闻不问。你没有丝毫的同情心。菲鲁其奥，你可要小心啊。你继续走着一条邪恶的路，沿着这条路走下去，你将落个可悲的下场。我见过很多人开始就像你现在一样走上这条路的，他们的结局都很糟糕。一个孩子学坏往往是从偷偷跑出家门、在外游荡开始的，以后发展到跟别人吵架、赌博输钱、用石块打人、动刀子，再由赌博发展到沉迷于各种恶习，最后沦为盗窃犯。"

菲鲁其奥靠着柜子，站在离外婆几步远的地方，一声不响地听着，下巴垂在胸前，蹙紧眉梢，怒气冲冲，一绺漂亮的栗色头发遮掩着额头，蓝眼睛直勾勾地盯着地面。

"是的，从赌博到偷盗……"外婆痛哭流涕地继续说，"菲鲁其奥，好好想想吧。你看村里的恶棍维托·莫佐尼，现在整天到城里四处闲逛，才二十四岁就进了两次班房。他气死自己的生身母亲，父亲因为绝望，逃到了瑞士。你父亲见到他跟他打个招呼都感到羞愧。他总是跟比他还坏的一帮人鬼混在一起，东游西逛，这样下去，总有一天，他会被送去服苦役的。唉，他小时候我就认识他，开始做坏事时跟你现在一样。你想过没有，你早晚要把父母逼到跟他父母相同的境地。"

菲鲁其奥不吱一声地倾听着。说实话，他的心地并不坏，是的，一点儿也不坏。他的骄纵并不是出自恶意，而是来自过剩的精力和无所畏惧的冒险行为。他父亲非常溺爱他，满以为儿子能干，经得起考验，有着最美好的情感、坚强的意志、慷慨大方的品德，于是对他放任自流，盼望有一天儿子能够幡然悔悟，重新做人。他并不狡猾，本质是好的，但固执己见，即便心里知道后悔了，但要从他嘴里说出"是的，我错了，我向你保证，以后再不做错事了，请饶了我吧"这类请求宽恕的话是很不容易的。有时，他也温柔亲切，但由于高傲自大的个性，那好的一面从不轻易地流露出来。

外婆见他默不作声，又继续说下去：

"唉，菲鲁其奥，你连一句悔过的话都没对我说过。你看，病把我折磨成什么样子了。我是快进入坟墓的人，你不该一直这样伤你外婆的心。别再让我伤心落泪了。我人老了，活不多久了。你的外婆一直疼爱你。你还是几个月的婴儿时，我就把你放进摇篮里，整夜整夜守在你旁边，摇晃着你进入梦乡。为了哄着你玩个痛快，我连饭都顾不得吃，而这一切你是不知道的。我逢人便说：'这孩子是我唯一的安慰。'真没想到你现在是要逼死我呀。唉，如果你现在像以前那样听话，重新做个好孩子，我死了也心甘情愿。我带你去教堂做礼拜时，菲鲁其奥啊，你还记得吗？你常常把小石子、花草塞进我的衣袋里；从教堂出来时，你在我怀里就睡着了。那个时候，你是很爱我这个可怜的外婆的。现在我瘫痪了，如同呼吸离不开空气一样，正需要得到你的爱。在这个世界上，我是个半截入土的可怜女人，再没有别的人了，我的上帝啊！"

菲鲁其奥听了外婆的话，抑制不住内心的激动，正想扑向外婆怀抱的时候，突然从靠近菜园的小屋子里传来咔嚓咔嚓的轻微响声，但分不清到底是风吹门板的声音，还是别的什么声响。

菲鲁其奥侧耳倾听，只听到瓢泼大雨哗啦啦地下个不停。

那声音又沙沙响了一下，这次外婆也听见了。

"怎么回事？"过了一会儿，外婆恐惧不安地问。

"是在下雨。"菲鲁其奥小声地说。

老人擦干泪水说：

"菲鲁其奥，你要听我的话，从今以后，做个好孩子，别让你可怜的外婆伤心落泪了……"

那沙沙的声响淹没了外婆的话。

"好像不是下雨的声音。"外婆惊慌不安地说,吓得脸都发白了。"你去看一下。"

外婆继续说:

"不,别去了。"说完,拉住菲鲁其奥的手。

他俩屏息静听,只听到雨水哗啦哗啦地响。

他们听着听着,一阵战栗掠过全身。

那声响好像是从隔壁小屋里传来的咔嚓咔嚓的脚步声。

"谁?"菲鲁其奥上气不接下气地问。

没人回答。

"谁?"菲鲁其奥又问,完全吓呆了。

话音刚落,他俩因受了惊吓,又呼喊起来。

两个男人窜进屋里,一个抓住菲鲁其奥,用手捂住他的嘴,另一个卡住老妇人的脖子。

"要命就别出声!"第一个人说。

"别吱声!"第二个人说着,举起一把刀。

两个人的脸上都蒙着黑色面罩,只露出像窟窿似的眼睛。

这时候,屋子里只听到四个人急促的喘息声和哗啦哗啦的雨声。老妇人被卡得不断发出声音嘶哑的喘气,憋得眼珠子都凸了出来,直冒火星。

抓住菲鲁其奥的那个人附着他的耳朵问:

"你父亲把钱放在哪儿了?"

菲鲁其奥吓得牙齿直打战,用很细很细的声音回答:

"在那里……在衣柜里。"

"跟我来。"那人说。

他捏紧菲鲁其奥的脖子,把他拖进小屋,地上放了一盏提灯。

"衣柜在哪儿?"那人又问。

菲鲁其奥气喘吁吁地指着衣柜。

那人为防备菲鲁其奥跑掉，强迫他跪在衣柜前的地上，用两腿紧紧夹住他的脖子。要是他敢吭一声，那人就狠狠卡紧他的喉咙，连气都透不过来。那人用牙咬着刀，一手提着灯，用另一只手从衣袋里掏出一个类似铁钉的锐利东西插进锁眼儿，拧来拧去。锁被撬开了，那人打开衣柜，心急火燎地胡乱翻腾一阵，等衣袋里鼓鼓囊囊塞满了钱，才关上柜门，但马上又打开柜子，重新搜了一遍，洗劫一空。他接着掐住菲鲁其奥的喉咙，又把他拖进房间。另一个人抓住老妇人的脖子，吓昏了的老妇人浑身瑟瑟发抖，头向后仰，嘴巴张着。这个人低声问第一个人：

"钱找到了吗？"

"找到了。"同伴回答完，又接着说：

"快去门口看看有没有动静。"

抓住老妇人的那个人跑到菜园门口，看有没有人。见没有人，他吹了一声口哨，另一个人跟了过去。

抓住菲鲁其奥的那人向菲鲁其奥和醒来的老妇人晃了晃刀子说："谁敢说出去，等我回来就宰了你们！"说完用眼睛瞪着他俩。

正在这时，从大路上传来许多人唱歌的声音。

小偷听到歌声，急忙回头朝门口张望。因为回头过猛，蒙在他脸上的面罩掉了下来。

老妇人尖叫一声："莫佐尼！"

"该死的老东西！"被认出的莫佐尼吼叫着，"你必死无疑！"

小偷莫佐尼挥刀向老妇人猛扑过去，老妇人昏倒了。

凶手用刀猛捅一下。

菲鲁其奥用一个极为快速的动作，绝望地大喊一声，朝外婆飞奔过去，伏在外婆身上，用自己的身体挡住凶手的砍杀。

凶手撞了一下桌子拔腿逃跑，碰翻的油灯也熄灭了。

菲鲁其奥慢慢从外婆身上滑下来，跪在地上，一直保持着同一个姿势——紧紧搂着外婆的腰,头靠在她的胸前——默默地不吱一声。

四周漆黑一团。过了一会儿,唱歌的农民远离而去,最后消失在广阔的田野。外婆恢复了知觉。

"菲鲁其奥!"外婆用刚能听得见的声音喊了一声,吓得牙齿直打战。

"外婆!"菲鲁其奥回答。

老妇人很想说话,但说不出来,因为恐惧一直罩在她的心头,舌头不听使唤了。

老妇人的身子筛糠似的哆嗦着。

她沉默了半晌,才勉强地问:

"他们还在吗?"

"不在了。"

"他们没有杀死我?"老妇人不相信似的低声说。

菲鲁其奥用很细很细的声音说:

"是的……外婆,您安然无事。亲爱的外婆,您脱险得救了。他们把家里的钱拿走了,但爸爸把大笔钱都带在了身边。"

老妇人深深喘了一口气。

菲鲁其奥跪在地上,一直紧紧搂着外婆说:

"外婆,亲爱的外婆,您是爱我的,对吗?"

"唉,菲鲁其奥,可怜的孩子。"外婆把手放在菲鲁其奥的头上,回答说,"这次你受了惊吓,仁慈的上帝啊,您开开恩,快快点亮灯吧。不,还是黑灯瞎火为好,我还怕得要命呢。"

菲鲁其奥回答说:

"外婆,我总是给你带来痛苦……"

"不,菲鲁其奥,别这样说好不好?我什么都不计较了。什么都忘了。我太爱你了。"

"我常常使您伤心痛苦,但……但我一直是爱外婆的。您能原谅我

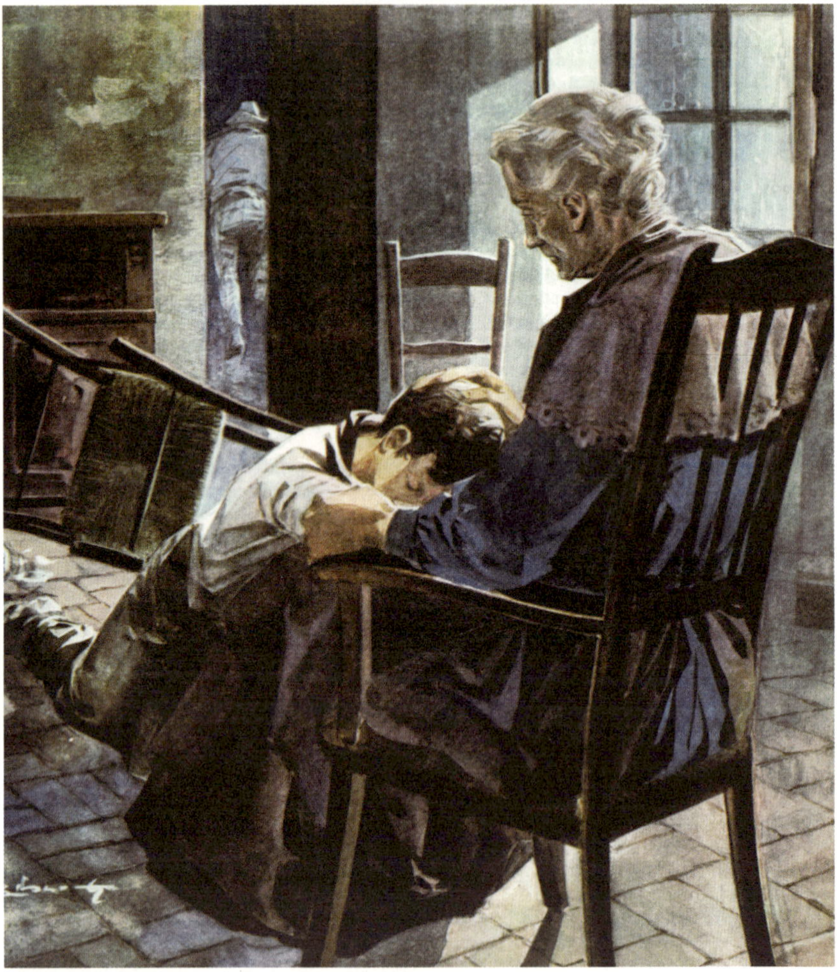

吗？外婆，原谅我吧。"菲鲁其奥吃力地说个不停，声音颤抖着。

"是的，孩子，我原谅你。我真心实意地原谅你。我怎么能不原谅你呢？孩子，快起来吧。我不责备你了。你是个好孩子，多么好的孩子哟。来，我们快点上灯。让我们鼓起一点勇气来，起来吧，菲鲁其奥。"

"谢谢外婆。"菲鲁其奥说，但声音越来越弱了。"现在……我……我真高兴。外婆，您将永远记得我，对吗？您会永远记得我……记住您的菲鲁其奥……"

"我的菲鲁其奥。"外婆惊慌不安地喊道，同时把手放在他的肩上，俯身低头要看他的脸。

"您要永远记住我。替我亲亲妈妈，亲亲爸爸……还要亲亲小妹妹路易吉娜……外婆，永别了……"菲鲁其奥嗫嗫嚅嚅地说，声音低得几乎听不见。

"看在上帝的面上，你到底怎么啦？"老妇人喊道，气喘吁吁地摸着垂落在她膝盖上的菲鲁其奥的脑袋。

接着，是老妇人绝望而撕人肺腑的尖厉喊叫："菲鲁其奥！菲鲁其奥！菲鲁其奥！我的孩子！我的小宝贝！天堂的安琪儿哟，请你们慷慨地助我一臂之力吧！"

可菲鲁其奥永远不会说话了。这个小英雄为了救他的妈妈的妈妈，脊背挨了一刀，他那美好而勇敢的灵魂还给了上帝。

重病中的小泥瓦匠

二十八日，星期二

可怜的小泥瓦匠病得很重，老师叫我们去探望他。我们合计着，卡罗纳、德罗西和我一块儿去。斯达尔迪本来也说去，但老师布置我们写一篇关于加沃尔[1]纪念碑的作业。斯达尔迪说为了写得更确切一些,需要亲眼看看纪念碑,所以他就不去看望小泥瓦匠了。为了考验一下傲慢的诺比斯,我们也邀请他去,可他回答说:"不去!"别的什么也没说,就扬长而去了。沃提尼抱歉地说他也去不了,也许他担心泥灰弄脏了他的衣服。

下午四点放学后,我们就到小泥瓦匠家去了。这时候下起了倾盆大雨。走到大街上,卡罗纳停下来,嘴里嚼着面包说:

"我们给他买点什么呢?"他边说边从衣袋里掏出两枚铜币,我和德罗西每人也拿出两枚铜币。凑在一起买了三个大甜橙。

我们上了阁楼。走到门口时,德罗西摘下奖章,放进衣袋里,我问他这是为什么,他回答说:

"不为什么。只是不给人一种神气活现的感觉,我觉得不戴奖章更便于跟别人打成一片。"

我们嘭嘭地敲了敲门,小泥瓦匠那巨人般身材魁梧的父亲给我们开了门,带着惊恐不安的神情问:

"你们是谁?"

卡罗纳回答说:

"我们是安东尼奥[2]的同学,喏,我们给他带来了三个橙子。"

"唉,可怜的托尼诺[3]。我怕他再也不能吃你们的橙子了!"泥瓦匠叹息道,边说边用手背擦眼泪。

他示意我们往前走,一直走进一间卧室。我们看见小泥瓦匠躺在小铁床上。他母亲两手掩面,俯在床头,刚瞥我们一眼就马上回过头去。另一堵墙上挂着刷子、镐头和筛子。病人的脚上盖着他父亲那件沾满石

---

[1] 加沃尔(1810—1861),意大利著名国务活动家。

[2] 小泥瓦匠的真名字。

[3] 小泥瓦匠的昵称。

灰的上衣。

可怜的小泥瓦匠骨瘦如柴，脸色惨白，鼻子尖瘦，喘着粗气。亲爱的托尼诺啊，我的小伙伴，你以前是那样的善良活泼，现在病成这个样子，我心里实在难过。只要你再做一次兔脸给我们看看，你什么要求我都可以满足你，可怜的托尼诺！

卡罗纳把一个橙子放在靠近他脸的枕头上，橙子散发出甜丝丝的清香，他闻到香味苏醒过来。他马上抓住橙子，一会儿又放下了，凝目注视着卡罗纳。

卡罗纳说："是我，我是卡罗纳呀，你不认识我了？"

病人勉强笑了笑，吃力地抬起已不灵便的手，向卡罗纳伸过去。卡罗纳握住他的手，又把它贴在自己的面颊上说：

"托尼诺，鼓起勇气来，你会很快好起来的。那时，你就可以上学去了，老师会安排你坐在我旁边的，你高兴吗？"

可托尼诺不吱一声。他母亲失声呜咽起来，不停地说：

"啊，我可怜的托尼诺。我可怜的托尼诺。你是多么勇敢、多么善良的孩子呀。上帝要把你带走了。"

"静一静，静一静。看在上帝的面上，别说了。再说，我的脑袋就要爆炸了。"泥瓦匠绝望地大喊。然后，他焦虑不安地对我们说：

"孩子们，你们走吧，你们走吧，我谢谢你们啦。快走吧。你们留在这里干不了什么。再一次谢谢你们啦。走吧。回家去吧。"

托尼诺又闭上眼睛，像死人一样。

卡罗纳问泥瓦匠："您需要帮忙吗？"

泥瓦匠回答："不。不。好孩子，谢谢你啦，快回家去吧。"他边说边把我们推向楼梯，并当着我们的面砰的一声关上了门。我们刚下了一半楼梯，突然听到小泥瓦匠喊：

"卡罗纳！卡罗纳！"

我们三人又急忙上了楼。

泥瓦匠的脸色变了样，大声说：

"卡罗纳，他叫你的名字呢。他两天没说话了，这会儿一连叫你两次。他想你，快上来吧。啊，神圣的上帝啊，但愿是个好兆头。"

卡罗纳对我们说："再见，我要留下来。"他说着，就跟泥瓦匠一起冲向房间。

德罗西热泪盈眶，我对他说："你干吗哭呢？他能说话了，很快就会好的。"

德罗西回答说："这个我知道，但我想的不是他……想的是卡罗纳的心地是多么善良，心灵又是多么美好啊！"

加沃尔伯爵

二十九日，星期三

你要写关于加沃尔伯爵纪念碑的文章，你可以去做。但谁是加沃尔伯爵，你现在可能还不明白。你仅仅知道这些：他曾担任过多年的皮埃蒙特的总理。

实际上，是他把皮埃蒙特的军队派往克里米亚，并在车尔纳亚河[1]流域大获全胜的；是他使曾在诺瓦拉[2]一败涂地的我国军队获得无上荣耀的；是他向十五万法国军队求援越过阿尔卑斯山，将奥地利军队赶出伦巴第的；是他在我国革命的最严峻时期领导意大利的，在那些年代，他以超群的智慧，坚韧不拔的意志，一往无前的精神，英勇卓绝的斗争，最强有力地推动了祖国统一的神圣大业。

众多将领在战场浴血奋战，他在办公室同样度过了更为可怕的时

1　乌克兰的一条重要河流，发源于乌克兰克里米亚半岛的山区，注入塞巴斯托波利海湾。
2　意大利北部城市。

刻。他的宏伟大业如同一座在地震中摇摇欲坠的大厦随时都有倒塌的危险。他在无数个战斗和焦虑不安中熬过了日日夜夜，致使他几乎神经错乱，心力交瘁。这种前所未有的伟大事业和充满急风骤雨的工作缩短了他二十年的生命。然而，就在热病渐渐吞噬他的生命并即将把他带入坟墓时，他仍然带病工作，为国家做最后的拼搏。他临终在床上痛苦地说：

"怪事！我再也不能读书认字了！"

当别人给他抽血，他的病情不断恶化时，他还念念不忘自己的祖国，焦躁不安地说：

"我的脑子开始模糊起来，请你们快治好我的病，我必须用自己的全部才能处理国家大事。"

当他的生命处于最后时刻，全城都处在万分焦急之中。国王来到他的床前，他上气不接下气地说：

"陛下，我有很多话要对您说，有很多事情要向您交代清楚，可我病魔缠身，我无能为力，做不到了！"

他那一颗炽热的心仍然念念不忘国家，想着刚刚归入意大利版图的几个省份和许多未完成的事情。在他陷入深度昏迷的前夕，他还忧虑地再三叮嘱别人：

"你们要注意教育好儿童，注意教育好儿童和青年。治理国家时，要给人民自由权。"

当他处于昏迷状态，死神即将降临时，他还用热烈的语言为跟他政见不合的加里波第将军祝福，为还没有解放的威尼斯和罗马祈祷。他对意大利和欧洲的未来有着广泛、独特的见解。他梦见外国军队入侵我国时，便急忙询问兵种和将领身在何处，为我们，为人民忧心如焚。

你要知道，他的极大的悲痛并不是感到生命的火花即将熄灭，而是看到自己即将离开还需要他的祖国。为了祖国，他在短短的几年内就把自己异常充沛的精力消耗殆尽。他是在战场上的呐喊声中失去宝贵生命的。他的死如同生一样光荣伟大。

恩利科啊，你不妨想一想，我们繁重的劳动、我们的痛苦、我们的死亡跟那些心中承负着整个世界的人的过度辛劳、呕心沥血和极端痛苦相比算得了什么啊！

孩子啊，当你走过那尊大理石雕像时，你想一想这一切吧。这时候，你会情不自禁地打心里迸发出一股激情，面对雕像说：

"光荣啊！"

你的父亲

四 月

春 天

一日，星期六

四月一日！春天仅有三个月！

这是一年中最美好的一个早晨。科列帝的父亲认识国王。在学校科列帝告诉我，后天他要和父亲去晋见国王，叫我也跟他们一同去。母亲还答应我同一天带我去参观瓦尔多科大街的幼儿园，所以我今天特别高兴。听说小泥瓦匠的病好多了。另外，昨天晚上老师路过我家时，对我父亲说："他很好，很好，放心吧！"这两件事也使我高兴得不得了。

这是春天里最美丽的一个早晨。从学校的窗口可以看见蔚蓝色的天空，公园里的树木抽出了嫩芽，绿油油的草地散发出清新的气息，窗台上摆满了鲜花，窗户上悬吊着花篮。我们的老师从没笑过，总是板起严肃的面孔，可他今天的心情特别好，连额头上那一条笔直的皱纹也几乎看不到了。老师在黑板上讲解习题时，还不忘跟我们开玩笑。可以看出，老师呼吸到窗外花园里的清新空气，闻到泥土和树叶的浓郁芳香，像吸饮甘露那样神清气爽，又如同在乡间漫步那样悠闲自在。

老师讲解时，我们听到了附近街道上铁匠在铁砧上叮叮当当的捶打声，对面房子里女人哄婴儿睡觉时的摇篮曲，远处车尔纳亚军营里的号角声。好像今天大家都特别高兴似的，连斯达尔迪也笑逐颜开了。就在这时候，铁匠打得更用力了，女人的歌声一阵高过一阵，老师停顿下来，全神贯注地倾听着，然后他望了一下窗外，语气缓慢地说：

"天空在微笑，母亲在歌唱，老实正直的人在劳动，孩子们在学习……这都是些美好的事情啊！"

放学从教室出来时,大家就像鸟儿一样欢欣雀跃。我们排着队,迈着强有力的步伐,放声歌唱,好像四天的假期[1]就要到来似的。

女老师们相互开着玩笑,插红羽毛的老师跟在孩子们后面蹦蹦跳跳,好像自己也是一个学生。家长们个个喜气洋洋,滔滔不绝地谈论着,科罗西的母亲——那个卖菜的女人的篮子里装着一束束紫罗兰花,浓郁的幽香沁人肺腑。

当我看到母亲正在街上等我时,说实话,我从没有像今天上午这样高兴过。我迎上前去问母亲:

"妈妈,我真高兴。今天上午我为什么这样高兴呢?"

母亲微笑着回答说:

"这是因为春天是美好的季节,而且你心地善良。"

温伯尔托[2]国王

三日,星期一

十点整,我父亲从窗口看见科列帝和他卖柴的父亲已在广场上等我了,于是父亲对我说:"恩利科,他们正在等你,快去见国王吧。"

我一阵风似的跑下楼。科列帝和他父亲比以往动作敏捷。我从未觉得他们父子俩像今天上午这样相似过,老科列帝的外衣上挂着一枚军功勋章,两边还各有一枚纪念章,卷曲的八字胡两端微微翘起,尖得如同饰针一样。

我们马上向火车站方向走去,国王将在十点半到达那里。老科列帝抽着烟斗,搓着手说:

---

1 指每年4月复活节前后的四天假。
2 温伯尔托(1844—1900),1878年继承王位。

"你们知道吗？我从一八六六年战争以来，再没见过他。弹指一挥间啊，十五年零六个月就这样一晃过去了。先是在法国三年，后来在蒙多维¹我都没机会见他。再后来我本应在这里能见到他的，但事与愿违，他来我们这里巡视时，我偏偏在城里。据说，这是天意。"

他叫温伯尔托国王就像称呼一个老战友那样随便。说什么温伯尔托统率过第十六师呀，当时温伯尔托只有二十二岁零几天呀，温伯尔托爱骑马呀，等等，等等。

"都十五年了。"他大声说，加快脚步，大踏步地向前走。"我真想再见见他呀。我离开他时，他是亲王，再见到他时，他成了国王。我也变了，从士兵变成了卖柴人。"他边说边笑。

科列帝问父亲：

"他见了您，还能认出您吗？"

父亲放声大笑，回答儿子说：

"傻话。我和他完全是两码事。他——温伯尔托，是一国之君，而我们多得像数不清的苍蝇，再说，他不能停下一个一个地看我们。"

我们来到维托利奥·埃马努埃勒大街，人群如潮水般涌向火车站，一个山地狙击连奏着军乐走过去了，两个骑着马的宪兵奔驰而过，天空明净，阳光灿烂。

老科列帝欢欣雀跃地说：

"是的，能再次见到我的少将老师长，那是高兴得不得了的事。唉，我老得太快了。一想到我肩背军用背包，双手端着枪，在来往如梭的人群中行进，准备参加六月二十四日上午开始的决战的情形，就觉得好像是前天发生的事情。温伯尔托和他的军官在隆隆的炮声中走来走去，一刻不停地指挥战斗。大家望着他，心里为他祈祷：'但愿没有一颗子弹打到他身上。'我根本没有想到我会一下子跟他离得那么近。孩子们

---

1 意大利北部城市。

啊，我就是在奥地利长矛骑兵的眼皮下看到他的呀。说实话，当时，我们两个相距仅有四五步远。那天也是明媚的天气，碧空如洗，像镜子一样透明，是个大热天。孩子们，我们快走呀，也许可以进去了。"

我们来到已是人山人海的车站。马车、卫士、宪兵整装待命，各个社会团体打着的旌旗迎风招展，一个团的乐队奏起了乐曲。老科列帝不顾一切地想挤到拱廊底下，但被阻止了。于是他又想挤进站在入口处的第一排人群中去。他硬是用胳膊挤来挤去，打开一条通道，还一边吃力地推着我们两个小孩往前走。但潮水般的人群一会儿把我们推向这里，一会儿又推向那里。老科列帝看中了拱廊的第一根柱子，可是那里有警察，不许任何人停留。他突然对我们说：

"跟我来。"他说着便拉住我们的手，三步并作两步穿过空地，走到柱子跟前，背靠着墙，一动也不动地站在那里。

一位警官走过来对他说：

"这里不能停留。"

"我是四十九团[1]四营的。"老科列帝指着佩戴的勋章回答。

警官上下打量他一下说：

"留在这里吧。"

老科列帝以胜利者的姿态自豪地说：

"我早就说过嘛，四十九团四营是一句很有魔力的话。我曾在老将军统率过的部队里作过战，难道我没有权利再次目睹一下他的风采吗？那时我是在离他很近的地方看到他的，现在我觉得再看他一眼也是完全应该的。他是我们营的指挥官，身临其境，直接指挥我营作战达半个多钟头，而不是营长伍尔里克少校指挥作战的。我的天哪！"

这时候，他们看见军官和地方官员穿梭于候车室内外，排列成行的马车停在车站门口前，穿着红色制服的马夫格外显眼。

---

[1] 温伯尔托国王当时任四十九团指挥官。

科列帝问父亲，打仗时温伯尔托亲王是不是手里也举着马刀？

父亲回答说：

"他手执马刀，跟别人一样，顽强抵挡向他刺来和砍来的长矛、刀剑。恶魔般的敌人啊，疯狂地向我军反扑过来。密集的枪弹咯咯作响，敌军阵容顿时大乱，炮弹像飓风似的呼啸着席卷而去，横扫一切；亚历山大[1]的轻骑兵、福贾[2]的长矛骑兵、步兵、长枪骑兵和狙击兵汇成一股巨流，怒吼着向敌方反攻，惊天动地的喊杀声震耳欲聋。这时，我听到有人喊：'殿下，殿下！'我看到敌人的长矛已经逼近，我们立即开火，顿时滚滚尘烟冲天而起，什么都看不清了。过了半晌，硝烟才逐渐稀疏消散。漫山遍野都是死伤的战马和骑兵。我转过身子，看见温伯尔托骑着马站在我们中间，泰然自若地环顾四周，似乎在问：'小伙子们，你们有受伤的吗？'我们都欣喜若狂地向他高呼'万岁'，那真是激动人心的时刻。啊，火车到了。"

乐队奏起曲子，军官跑上前去，人们踮起脚尖来。

一个卫士说：

"他不会马上下车的，各级官员正向他致欢迎词呢。"

老科列帝再也按捺不住激动的心情，滔滔不绝地说：

"当时的情景，我至今仍历历在目。发生地震，霍乱流行或遇到其他天灾人祸时，他都严于律己，身先士卒。他当时站在我们中间那种泰然处之的神态至今仍留在我的脑海中。我敢打包票，他现在虽然成了一国之君，肯定会记得四十九团四营的事情。要是有一天把所有当时跟他并肩作战的人召集在一起，重温旧梦，他一定会感到高兴的。现在他身边拥有众多的将军、富人、官员和有功之臣，可那时他手下只有我们这些无名小卒。要是能在久别重逢后单独跟他说上几句话该多么惬意呀。

---

[1] 意大利北部城市。

[2] 意大利南部城市。

我们二十二岁的将军啊！我们的亲王啊！他的安全跟我们军人息息相关啊！我已有十五年没见到他了。我们的温伯尔托啊，天晓得他怎么样了。啊，我愿拿名誉担保，一听到这支曲子，搅得我热血沸腾。"

突然爆发出的欢呼声打断了老科列帝的唠叨絮语，成千顶帽子高高举起，四位穿着黑衣的官员登上第一辆马车。

"就是他！"老科列帝着了魔似的欢欣雀跃，高声大喊。然后又语气缓慢地说：

"我的上帝啊，他的头发怎么都花白了。"

我们三个都摘下帽子，马车在欢呼和挥动帽子的人群中向前徐徐行驶，我打量着老科列帝的一举一动。我觉得他个子比以前更高了，神态严肃，脸色有点儿苍白，好像变成了另外一个人。突然，他靠着柱子，一动也不动了。

这时马车驶到我们面前来，离柱子仅有一步之远了。

"万岁！"人们异口同声地欢呼着。

"万岁！"人们喊过后，老科列帝又喊了一声。

国王凝神看了看他，然后把目光停留在他的三枚勋章上。

老科列帝声嘶力竭地喊道：

"四十九团四营！"

听到老科列帝的喊声，本来已转身到别处的国王又向我们回过头来，目不转睛地望着老科列帝，还从马车上伸出手来跟他打招呼。

老科列帝一个箭步冲上前，紧紧握住国王的手。

马车驶过去，人群顿时四分五散，我们也被冲散，老科列帝不见了。过了片刻，我们找到了他。他喘着粗气，眼睛泪汪汪的，高举双手，大声喊他儿子。儿子飞快地向他跑去，他对儿子说：

"喂，小宝贝，我的手还热着呢。"说着，他把手贴在儿子的脸上，又说：

"这手是国王抚摸过的呢。"

老科列帝站在那里一动不动,用痴迷的目光望着辚辚远去的马车,手里拿着烟斗微笑着。一群好奇的人上下打量着他。

"他是四十九团四营的。"有人说。

"他是个军人,跟国王认识。"

"国王认出了他。"

"是他伸手握了国王的手。"

"他向国王提出了请求。"有一个人大声说。

"没有……"老科列帝突然转过身子果断地说,"我没有向他提出任何请求。如果国王向我提出要求的话,我会给他另一样东西。"

大家都注视着他。

他只简单地说了一句:

"那就是我的热血!"

幼儿园

四日,星期二

正如母亲答应我的那样,昨天早饭后她带我到位于瓦尔多科大街的幼儿园去,她要说服园长接收波列科西的小妹妹。

我从没去过幼儿园,到那里一看,真是太有趣了。幼儿园共有男女小朋友两百个,他们都很小,我们学校一年级的孩子跟他们相比简直就是大人了。

我们到达的时候,他们正排队去食堂吃饭。食堂里摆着两张长长的桌子,上面有许多圆形孔洞,每个孔洞上放着一个黑色的汤盆,里面盛着米饭和四季豆,汤盆旁边放一把锡制小勺子。孩子们进食堂后,有的一屁股坐到地上,像钉子似的再也不起来了,这时候,老师跑过来拉起他们,有的干脆站在碗前面,以为那就是自己要吃的饭,于是便拿起小勺狼吞虎咽地吃起来。一位女老师走过去对他们说：

"往前走。"那些小孩走了三四步，又吃了一勺饭，再往前走……一直走到自己的位置上，这个时候，他们已抢着吃了个半饱。在老师的"赶快，赶快"的催促下以及吆喝声中，他们终于安静下来，开始祈祷了。站在里面几排祈祷的孩子，有时回头贪婪地望一望碗里的食物，可谁也没有再去抢饭吃，只是双手合十，仰望天花板做祈祷，尽管心里在想着好吃的东西。

祈祷完毕，他们才开始正式吃饭。吃饭的情景才有意思呢。有的用两把小勺吃饭；有的两手并用，狼吞虎咽；还有许多孩子一粒粒把菜豆拣出来，然后塞进衣袋里；还有的将菜豆紧紧包在肚兜里，用力搓来搓去，直捣鼓成糊糊样的东西；也有只顾看飞来飞去的苍蝇而忘记吃饭的；还有的不停地咳嗽，把米粒喷得雨点般到处都是。整个食堂简直就像养鸡场一样乱哄哄的，却那么美好。有两排小女孩的头发是用红、绿和天蓝色的小丝带扎起来的尖尖小辫子，看上去真是漂亮。

一位女老师问坐在一排的八个小女孩：

"米是哪里来的？"

八个小女孩张开塞满食物的小嘴，唱歌般地回答：

"从……水里……长出……来的。"

接着老师命令全体小朋友："举起手来！"

几个月前，他们还在襁褓中，现在居然齐刷刷地举起了小胳膊，挥动小手，好似白色和粉红色的蝴蝶，真是好看极了。

孩子们准备到外面玩耍。他们首先取下挂在墙上、盛着午饭的小篮子，来到院子里，各玩各的；接着，把小篮子里的面包、熟透的李子、一小块奶酪、煮鸡蛋、苹果、一把熟鹰嘴豆、鸡翅膀统统拿出来；不大一会儿，遍地都是面包屑和各类渣子，好似为一群小鸟准备的美餐。

他们吃东西的样子千奇百怪，令人啼笑皆非。有的像兔子啃着吃，有的像老鼠吸着吃，有的像猫舔着吃。有个小男孩拿着一个面包棍正好贴在胸前，用欧查果在上面擦来擦去，好似在擦亮一把军刀一样；有的小女孩用小拳头攥着软滑的奶酪，使劲儿捏来捏去，乳汁像牛奶一样从指缝里渗出来，滴到袖口里，她们却全然不知；有的牙齿上沾着苹果渣和面包屑，如同小狗一样跑着，互相追逐着。我看见三个小孩用树枝捅一个煮鸡蛋，好像里面有什么宝贝似的，过了一会儿，半个鸡蛋成了碎块，掉到地上，她们又像捡珍珠似的，一点一点耐心地捡起来。要是有人拿着稀奇好看的玩意儿，总是有几个或十几个孩子一窝蜂似的拥上去，弯下身子望着篮子非探个水落石出不可，如同在观看井中的月亮。二十个小孩围着一个手里拿着一小纸包白砂糖的小胖墩儿彬彬有礼地向他要糖蘸面包吃。他有的给一点儿，有的纠缠半天，他也就让他们用指头蘸一下，吮吸吮吸而已。

这时候，我母亲也来到庭园里，一会儿抚摸一下这个，一会儿又抚摸一下那个，许多孩子围在她身边，甚至爬到她的身上，仰起他们的小脸仿佛望四层楼似的看着母亲，求她亲吻一下，他们张开小嘴又闭上小嘴，如同婴儿求母亲哺乳一样。有个小孩把一瓣咬过的甜橙送给母亲；还有一个送给母亲一小块面包皮；一个小女孩送给她一片树叶；另外一个小女孩一本正经地伸出食指给母亲看，母亲细细一看，原来是前几天被蜡烛烧伤的一个很小很小的肿泡。他们把谁也不知道是怎么看到又是怎么捉到的很小很小的虫子、破损的软木瓶塞、纽扣、从花盆中摘下的花朵……像宝贝似的一一送到母亲跟前。有个头包纱布的小男孩无论如何也要跟母亲拉话，可能是说他如何跌倒摔破脑袋的事情，他结结巴巴地叽咕半天，谁也不知道他究竟说了些什么。还有一个小孩要母亲弯下身子，然后耳语说："我爸爸是制刷子的。"

与此同时，孩子们惹了不少麻烦，老师跑前跑后，忙得团团转。有个小女孩因解不开手帕结子而急得大哭；有的甚至为争两粒苹果籽儿而相互抓挠，大喊大叫；有个小男孩不小心翻倒在凳子下面，摔了个嘴啃泥，再也起不来了，在那里呜呜地哭起来。

我们离开幼儿园前，母亲又抱起了三四个孩子，于是，大家从四面八方蜂拥过来，要母亲一个个亲吻他们。他们脸上沾满了蛋黄和橘子汁，有的去抓母亲的手臂，有的去摸她的指头，为的是想看看她的戒指，有的去扯她的表带，还有的要抓她的发辫。

老师对母亲说："当心被他们弄破了衣服！"

但母亲不管谁扯她的衣服，还是不停地一个一个跟他们亲吻。孩子们围得越来越紧了，前边的几个孩子张开胳膊要爬到她身上，后边的拼命挤到前面，异口同声地连声喊道：

"再见！再见！再见！"

最后，母亲总算逃出了院子，但孩子们又一窝蜂似的跑过去，小脸蛋紧贴铁栅栏，眼巴巴地看着离去的母亲。孩子们拿着一片片面包、一

个个美味可口的欧查果,还有奶酪皮,伸出小手向母亲招手致意,齐声大喊:

"再见!再见!明天再来!下次再来!"

母亲跑着跑着,还是不忘去抚摸那如同鲜艳玫瑰花环似的百双小手。

母亲总算平平安安来到街上,但她全身都沾满了碎屑和污渍,衣服也弄得皱巴巴的,头发凌乱,手里攥着鲜花,眼睛泪汪汪的,好像演出了节目似的喜气洋洋,我们都走出去很远了,还能听到鸟儿似的啁啾声:

"再见!再见!夫人,下次再来!"

体操课

五日,星期三

天气一直很好,因此我们停止室内的体操课而转到室外上器械体操了。

昨天卡罗纳去校长办公室时,见到了内利的母亲——那位身着黑衣的金发太太。她要说服校长免去内利新开始的体育课。她说每一句话都非常吃力,讲话时,她把一只手放在儿子头上对校长说:

"他不能……"

内利十分难过,总觉得自己不上室外体育课就是不光彩的事情,于是对母亲说:"妈妈,等着瞧吧,别人能做到的,我一定能做到。"

母亲默默无言,既可怜又十分疼爱地细细端详着儿子。过了一会儿,母亲犹豫不决地说:"我真担心同学们……"

实际上她要说:"我真担心别人嘲笑你。"

内利猜透了母亲的心思,回答说:

"有卡罗纳在,谁也不敢对我说三道四。只要卡罗纳不嘲笑我,就没事。"

最后校长还是允许他上体育课。那个曾与加里波第一起打过仗而脖子上受伤的老师把我们带到竖杆前。我们必须一个个攀着杆子往上爬,一直爬到顶端,笔直地站在平衡木上。

德罗西和科列帝猴子般地噌噌两下爬上去了;小个子的波列科西尽管穿着直到膝盖的长长外衣而行动不便,还是很快地爬了上去;为了逗波列科西开心,大家不停地重复他平时的口头禅"请原谅,请原谅"。斯达尔迪急得呼哧呼哧直喘粗气,脸变得红如火鸡,咬着牙,像疯狗一样坐卧不安,看来,他就是不要命也得爬上去,最后他果然爬上去了。诺比斯也爬上去了,站在上面像帝王一样威风凛凛;沃提尼尽管穿着专为体操课而做的又新又漂亮的天蓝色小格子运动服,还是滑下来两次。

为了容易爬上去,大家的手都涂上了松香粉。据说,这是卡罗菲的鬼点子。他把松香粉卖给别人,一包卖一个铜币,赚了不少钱。

接下来是卡罗纳。他一边嚼着面包,一边不费吹灰之力地嗖嗖往上爬。他像一头牛犊一样强壮有力。我想,就是他再背一个人,也照样能爬上去。

卡罗纳后面该轮到内利了。他那瘦长的手刚刚抱住爬杆便引起许多人哈哈大笑。大家还跟他开玩笑,瞎起哄。但卡罗纳把两只粗壮的手臂交叉在胸前,用咄咄逼人的锐利目光扫视着每个人的一举一动,那神情分明是在警告说,即便当着老师的面,那些胡闹的人也要挨他几拳头。于是谁也不敢再笑了。内利吃力地向上爬着,可怜的小家伙啊。他脸都发紫了,呼哧呼哧地喘着粗气,汗水一滴一滴流淌下来。

老师说:"下来吧。"

他只说一个字:"不!"又拼着命继续向上爬。

他随时都有可能从上面掉下来摔个半死,我真替他捏一把汗。可怜的内利啊。我想,要是我像他那样,被母亲看到了,她会多么伤心难过啊。想到这里，我是多么地爱内利啊。我真想助他一臂之力，比如在下面偷偷向上推他一把，好让他爬上去。

卡罗纳、德罗西和科列帝向他齐声喊道：

"加油！加油！内利，快到了，再加把劲儿！"

内利憋足了劲头儿，奋力往上爬，发出哼哟哼哟的声音，眼看要爬上去了。

"好哇，再一用力就上去了。加油！加油！"大家向他齐声喊道。

内利已抓住了平衡木，大家拍手叫好。

老师赞不绝口地说：

"真了不起。行了，下来吧。"

但内利想跟大家一样一直上到顶端。他又一次用力，胳膊肘已攀附着平衡木了，接着腿和脚也上去了，最后终于笔直地站到了上面。他喘着粗气，面带笑容地望着我们。

我们再次鼓掌。内利向马路上望去，我也转过身子朝那个方向扫视一番。透过院子里掩映着栅栏的成簇成丛的花木，我看见内利的母亲正在人行道上踱来踱去，却不敢看她儿子一眼。

内利从上面下来，大家纷纷向他祝贺。他激动得面颊泛红，眼睛闪着明亮的光彩，仿佛不是原来那个内利了。

放学时，母亲来接他。她抱着儿子，惶惶不安地连声问：

"你一切都没事吧？可怜的孩子，怎么样？怎么样？"

同学们争先恐后地替他回答：

"他做得很好。"

"他跟大家一样上去了。"

"他很有毅力。"

"他动作麻利。"

"他样样能干，跟我们一样。"

内利的母亲喜笑颜开，她想感谢我们，但怎么也说不出来，只是紧握三四个同学的手,抚摸一下卡罗纳,然后就把儿子带走了。

我们看到他们母子二人喜气洋洋,一边匆匆忙忙赶路,一边还大声说着话,并做着各种手势,仿佛根本不知道有那么多人正注视着他们呢。

我父亲的老师

十一日,星期二

昨天,我跟父亲痛痛快快地玩了一次。事情的经过是这样的。

前天午饭桌上,父亲正在读着报纸,突然惊奇地说:

"我以为他已去世二十年了!你们知道吗?我小学的第一个老师文琴佐·柯罗塞提先生已八十四岁,仍然健在。这不,还有一条公共教育部授予他执教六十年奖章的消息呢。知道吗?六十年啊。他两年前才停止教书,可怜的柯罗塞提老师。他目前住在孔托维[1],从这里坐火车一个小时就到了。孔托维也是以前在我们的吉埃里别墅干活的女园丁的家乡。"过了一会儿,父亲接着说:

"恩利科,我们明天就去看看我的老师。"

整个晚上,除了柯罗塞提老师,父亲对什么都不感兴趣。小学老师的名字勾起他对童年许许多多往事的回忆,引起他对孩提伙伴和他去世母亲的思念。父亲饱含深情地说:

"柯罗塞提啊,他教我的时候才四十岁。他当时的音容笑貌我还记忆犹新。他个子不高,微微驼背,眼睛明亮,胡须总是刮得精光。他表情严肃,但举止温文尔雅,富有教养。他像父亲一样爱我们,从不原谅我们的每一个过错。他出身农民家庭,拼命学习,生活俭朴,是个正人

---

[1] 意大利北部皮埃蒙特行政区的一个城镇。

君子。我母亲很喜欢他，父亲像朋友一样对待他。他是怎么从都灵来到孔托维的呢？他肯定不认识我了。这没关系，可我认识他。四十四年过去了。恩利科，四十四个年头啊。明天我们去探望他。"

昨天上午九点，我们来到苏萨[1]火车站。我真希望卡罗纳也能去，可他母亲正在生病，就不能去了。

这是一个晴朗明媚的春日。火车在绿油油的原野上飞奔，篱笆掩映在花丛和绿荫之中，花儿吐出缕缕清香。父亲出神地凝视着窗外，显得格外高兴，不时把胳膊搭在我的脖子上，像朋友似的跟我随便交谈。

父亲感慨万端地说：

"可怜的柯罗塞提！除了我父亲，再没有像您——我的老师——这样的人那样爱我了。我永远忘不了老师对我的谆谆教诲，也忘不了对我的严厉责备。我往往是强忍着这些责备闷闷不乐回家的。老师的手短粗，我还清清楚楚地记得，他进教室后，先把手杖立在墙角，然后把外衣挂在衣架上，天天如此。他每天都是一样的情绪，总是认真负责，怀着良好的愿望，神情专注。每天都像第一次上课那样认真负责。至今我还记得他当时注视着我的情形和对我说过的那些话：

"'博提尼啊，博提尼，你的食指和中指会不会握好笔呀？'四十四年后，他的变化该有多么大啊！"

我们到了孔托维就马不停蹄地去找我家原来的女园丁。女园丁在小胡同里开了一家小店铺。我们很快找到了女园丁，她跟自己的几个孩子生活在一起。她对我们很热情，说了许多欢迎的话，并告诉我们她家的情况。她丈夫在希腊打了三年工，马上就要回来，第一个女儿在都灵聋哑学校，然后她指给我们到老师家的路怎么走。老师在孔托维是谁都认识的，找到他并不难。

我们离开市区，走上一条乡间山坡小道，两旁的篱笆掩映在成簇成

---

[1] 皮埃蒙特行政区的另一个城镇。

丛的花木中。

父亲一言不发，完全沉浸在回忆之中，他时而笑一笑，然后又摇摇头。

正走着，父亲突然站住说：

"对，那就是他！没错儿，肯定是他！"这时我们看见一个拄着手杖的老人正下坡向我们迎面走来。他个子不高，胡子全白了，头戴宽大的帽子，走路拖着脚步，手在发抖。

"对，就是他！"父亲边说边加快了脚步迎上前去。

走到他跟前时，我们停下来，老人也站住了，并注视着父亲。老人的精神仍然饱满，眼睛泛着炯炯的光芒。父亲摘下帽子问：

"您是……您是文琴佐·柯罗塞提老师吗？"

老人也摘下帽子回答：

"正是我。"老人的声音有些颤抖，但还洪亮。

父亲拉着老师的手说：

"太好了！请允许您以前的一个学生握握您的手吧。您身体怎么样？我是专程从都灵来看望您老人家的。"

老人惊愕地注视着父亲，然后说：

"我非常荣幸。我记不清……记不清您什么时候是我的学生了。对不起，您的名字叫……"

父亲把自己的名字、老师什么时候教过他、在什么学校和什么地方统统告诉了老人。

父亲接着说："您不记得我是很自然的，可我永远记得您。"

老人低着头沉思片刻，慢慢地念叨着父亲的名字；父亲微笑着，目不转睛地端详着老师。

老人突然抬起头，睁大眼睛，用缓慢的语气说：

"阿尔贝托·博提尼？工程师博提尼的儿子？家住孔索拉塔教堂的广场附近？"

"是的。"父亲紧握老师的手回答。

老人又慢慢地说：

"那么……请允许我，亲爱的先生，请允许我……"老人说着，上前一步紧紧抱着父亲。他那白发苍苍的头刚刚靠近父亲的肩头，父亲便把面颊贴在老师的额头上。

"劳驾，请您跟我来。"老师说。

老人没再说话，转过身子，领着我们到他家去。

我们走了几分钟，来到一个打谷场。打谷场后面有一座带两扇门的小房子。一扇门前围着一堵白墙。

老师开了第二扇门，把我们引进房间。

房子的四壁粉刷得白白的。一个墙角放着一张活动床，床上铺着深蓝色白格子的床罩；另一个墙角摆着一张小桌子，上面放了一个小书架，墙边有四把椅子，墙上挂着一张旧地图。房子里散发出苹果的香味。

我们三个坐下来，父亲和老师都不说话，相互对看了好大一会儿。然后，老师把目光停在射在砖板地面的斑驳光线上，用惊讶的语气说：

"啊，博提尼，我想起来了。您母亲是位心地善良的太太。您一年级的时候有好长时间是坐在靠近窗户左排的第一个位子上。您看我的记性是不是还好：您的一头鬈发至今我仍然记得清楚，永难忘怀……"老师说着，沉思片刻，接着又说：

"您是个活泼的孩子。啊，很活泼的孩子。您上二年级时得了喉炎，是别人把您送到学校上课的。您那时很瘦，裹着一条围巾。四十多年过去了，对吗？您真了不起，还记得可怜的老师。您知道吗？前几年，还有我教过的另一些学生来这里看望我，他们有的当了上校军官，有的成了神父，有的成了政府官员。"

老师询问了父亲的职业后说：

"我很高兴，打心眼里高兴，太感谢您了。有好长时间没人来看我了。亲爱的先生，我很担心您是最后一个吧。"

父亲不胜惊奇地说："哪里话。哪里话。您身体很好，还很健壮，别说这样的话。"

老师回答说："啊，不行啦。不行啦。您没看见我的手抖动得多么厉害吗？"说着，老师伸出手给父亲看。停了一会儿，老师接着说：

"这不是好兆头。我是三年前还在学校教书时得的这种病。开始我并不在意，以为病很快会好的，想不到不但没好，反而越来越厉害了。有一天，我连字都不能写了。啊，那一天，是我有生以来第一次把墨水溅在学生的作业本上。亲爱的先生，这对我打击太大了。接着我支撑了一段时间，但力不从心，终于退了下来。执教六十年后，我要跟学校、学生和我从事的工作告别了。您知道，这真使人痛心，万分痛心。我上完最后一堂课，学生们热情地向我祝贺，并送我回到家。我心里好难受哟。显然，我的生命到此为止了。大前年，我妻子和独生子相继辞世，只剩下两个孙子在乡间种地。现在我靠几百个里拉的退休金养老，我什么也做不来，度日如年哟。我唯一能做的事情是每天随便翻翻过去的课本、课堂笔记汇集和别人的赠书。您看，就在那里。"老师说完，指一指那小小的书架，又继续说下去，"那里有我美好的记忆。我过去的一切全都记录在案。我没有别的什么东西留在这个世界上。"

老师突然用一种快乐的声调说：

"亲爱的博提尼先生，来，过来，我要给你一个惊喜。"

老师站起来，走到书桌前，打开一个长长的抽屉，里面装着许许多多的小纸包，全都用细细的绳子捆扎得紧紧的，每个纸包的上面都注明年月日。

老师找了一会儿，打开一个小包，翻阅几页，抽出一张发黄的纸，递给父亲过目。原来那是父亲四十多年前的课堂作业。这张纸的开头部分写着："阿尔贝托·博提尼，1838年4月3日，默写。"

父亲立刻认出了他那孩提时代的粗体字笔迹。父亲微笑着轻声朗读。他的眼睛突然变得湿润了，我站起来问他到底是怎么回事。

父亲顺手用胳膊抱住我的腰，拉到一旁对我说：

"这张纸你看到了吗？这些都是我母亲给我修改的。她总是替我描'L'和'T'这两个字母。最后几行全是她描写的。她学会了模仿我的字体，当我疲劳和打瞌睡时，她帮我完成作业，神圣的母亲啊。"父亲说完，在纸上亲吻。

老师打开另外一些纸包，对我们说：

"这是我的回忆录，每年我都抽出每个学生的一份作业保留下来，全编上号，按照顺序整整齐齐地排列起来。我不时浏览它们，读完这一行再读那一行，许许多多往事浮现在我的脑海，仿佛又回到那逝去的岁月。博提尼啊，多少事一晃眼就一去不复返了。现在只要我一闭上眼睛，那一张张熟悉的面孔，一个个班级，成百上千的学生便呈现在我的眼前，谁也不知道有多少人已不在这个世界上了。许多孩子我至今记忆犹新。那些最好的和那些最坏的，那些叫我称心如意的和使我伤透了心的孩子，我全记得他们。不能不承认，在我教过的学生中间，还有一些阴险毒辣的人。您现在看得很清楚，我仿佛已到了另外一个世界，我要一样地爱他们每一个人。"

老师说完坐下来，并拉着我的一只手。

父亲笑吟吟地问："老师还记得我那时搞过什么恶作剧吗？"

老人微笑着回答："先生，是您吗？不，我一时想不起来了。但并不是说您从没做过淘气之类的事。跟您那时的孩子相比，您还算是有头脑的，是个老成持重的孩子。我记得您母亲非常爱您。您那时是个好学生，今天依然热情地来看我。您怎么能在百忙之中，风尘仆仆，专程来看一位风烛残年、可怜的教书匠呢？"

父亲深情地回答："柯罗塞提先生，您听我说，我还记得母亲第一次送我到学校去的情形。那是母亲有生以来第一次跟我分离两个钟头，第一次把我带出家门，离开父母，交给一个陌生人。对于像母亲那样热心肠的人来说，我从家门进入学校如同进入社会。打这以后，一连串的痛苦而必要的分离便开始了。这个社会第一次把她的儿子从她身边夺走，再不会把一个完整的儿子还给她了。她万分激动，我也深受感动。为了把我托付给您，她用颤抖的声音跟您说话。当她要走时，还不忘透过门的孔眼，泪汪汪地跟我话别。这个时候，您一只手向她做个手势，另一只手按在胸前，仿佛在说：'夫人，请相信我吧。'从您的动作和目光中，我看得出您对我母亲的全部情感和心思了如指掌。那目光仿佛在说：'夫人，别担心，鼓起勇气来。'那动作是一种诚心诚意的许诺，保证您一定呵护我，疼爱我和宽容我。当时的情景刻骨铭心，永生不忘。正是这种温馨的回忆激起我离开都灵前来拜访您的强烈愿望。四十多年后，今天终于如愿以偿，来到您的身边，亲口对您说一声，亲爱的老师，谢谢您了。"

老师没有回话，只是用手抚摸我的头发，他的手颤抖着，从头发滑向前额，又从前额跳到肩上。

父亲望着光秃秃的墙壁，破旧的床铺，窗台上的面包和小油瓶，仿佛在说：

"可怜的老师。难道这一切就是您执教六十年后所得到的全部回报吗？"

善良的老人今天显得格外高兴。他兴致勃勃地谈起我们家的事情，回忆起当年的其他老师和父亲的同学。有些人还记得，有些已记不起来了。他俩谈兴很浓，海阔天空般地说了半晌。父亲要请老师到市内吃午饭，他俩的谈话不得不告一段落。老人热情地回答：

"谢谢，谢谢。"但他似乎犹豫不决。父亲拉住老人的手再三请他去。老人说：

"您看，我这可怜的手抖动得这么厉害，怎么能吃饭呢？再说，那样也会给别人带来麻烦的。"

父亲说："老师，我们会帮助您的。"

老师终于同意了，并微笑着点点头。

老人一边关门，一边连声说：

"好天气哟。好天气哟。博提尼先生，实话对您说，只要我活着，我一生都将记住这一天。"

父亲搀着老师，老师拉着我的手，一同顺着山坡小道走下来。路上我们遇见两个牵着奶牛的赤脚小女孩，一个背着一大捆草的男孩从我们身边大踏步地走过去。老师告诉我们，两个女孩和那个男孩都是三年级的学生。他们上午赶着牛去放牧或光着脚在田间劳动，下午再穿上鞋到学校上课。快到中午了，我们没再见到任何人。没走多久，我们来到一家餐馆，围着一张大桌子坐下。老师坐在我和父亲中间，开始吃饭了。

餐馆像修道院那样静悄悄的，老师显得特别快乐，激动使他的手抖动得更加厉害，简直无法吃饭了。父亲替他切肉，帮他掰开面包，把盐放进碟子里。老师喝酒时，双手紧紧攥着杯子，可是，杯子还是碰到牙齿。然而，老师仍滔滔不绝地谈到他年轻时读过什么书，当时的课程表，上级对他的赞赏以及最近几年学校的规章制度。老师一向安静的脸庞泛起微微红晕，像年轻人一样有说有笑，妙趣横生。父亲一直仔细地端详着老人，沉思遐想，忽而又笑容满面，那种表情就像有时在家里看着我那样。

老师把酒溅到胸口，父亲站起来用餐巾擦干。老师笑眯眯地说：

"不，先生，不能让您干这个！"老师还说了几句拉丁语。最后，他举起手中不断晃动的酒杯，十分严肃地说：

"来，为了您——亲爱的工程师先生和您儿子的健康，也为了纪念您善良的母亲干杯！"

父亲紧握老师的手回敬说：

"来，为我的好老师的健康干杯！"

站在一旁的餐馆老板和其他人笑吟吟地注视着我们，仿佛也为自己的家乡有这样一位德高望重的老师而高兴。

过了两点，我们离开餐馆，老师执意送我们到火车站去。父亲走过去搀扶老师，老师拉住我的手，我拿着他的手杖。来到大街上，人们都驻足全神贯注地望着我们。大家都认识老人，有些人还向他问候。

我们经过一个地方，突然听到从窗内传来琅琅的读书声和一个字母一个字母的拼读声。听到这声音，老人停下来，仿佛很难受的样子。

老师说："亲爱的博提尼先生，这些年我日子好难过哟。现在我只能听听孩子们的读书声，再也不能回到他们中间去了，已有另一个老师接替我了。这'音乐'我听了六十年，我把心都奉献给了他们。我再也没有孩子，是个没有家庭的孤苦老人。"

父亲一边往前走一边对老师说：

"不，老师，您还有许许多多的孩子，他们遍布世界各地，我跟他们一样时刻惦记着老师呢！"

老师悲观失望地说：

"不，不，我再没有学校，再也没有学生了。没有学生，我不会活多长时间了。对我来说，安息天国的警钟即将敲响。"

父亲说:"不,不,老师,话不能这样说,连想都不应该想。您做了那么多大好事,这是有目共睹的。您把毕生的精力都献给了崇高的事业。"老人把白发苍苍的头在父亲的肩膀上靠了一会儿,接着握握我的手。

我们进入车站,火车马上就要开动了。

"再见,老师!"父亲吻着老师的面颊说。

"再见,谢谢您!再见!"老师边说,边用他那抖动的手握着父亲的手,并紧紧贴到自己的胸口。

我也跟老人亲吻,他已泪流满面了。

父亲首先把我推进车厢。当他正要登上火车时,他从老人手里很快拿过那根粗陋的手杖,把自己那根镶着银制圆头、刻着缩写字母姓名的漂亮手杖递给老人,诚心诚意地说:

"您就当作对我的纪念吧。"

老人想把手杖还给父亲,再换回自己的手杖,但父亲已登上车厢,关上车门。

"再见,我的好老师。"

"再见,我的孩子。愿上帝保佑您。是您把安慰给了我这个可怜的老人。"

火车开动时,老人说。

"再见,老师!"父亲用激动的声音高声说。

但老师摇摇头,仿佛在说:

"我们不会再见了。"

"会的,会的,我们还会再见的。"父亲又说。

老师举起颤抖的手,指向天空说:

"在那上面再见吧。"

老师就在把手指向天空的刹那间从我们的视线里消失了。

大病初愈

二十日，星期四

万万没有想到，自从跟父亲做了那次美好的旅行并如此高兴地回来后，我有十天再没有见到乡村和天空。因为我病了，而且病得很厉害，到了垂危的地步。我听到母亲的抽泣声；看到父亲的脸色苍白苍白的，他眼睛直勾勾地凝视着我；姐姐西尔维娅和弟弟轻声细语地说话；戴着眼镜的医生有时来看我，说着一些我听不明白的话。真的，我差点到了要与所有人告别的时刻。可怜的妈妈！我昏迷过去三四天，已不省人事了，老是做着说不清道不明的噩梦。我仿佛看到我二年级时的老师来到床前，因为怕惊醒我，用小手绢捂住嘴巴不叫咳嗽发出声来；我模模糊糊记得我现在的老师俯身吻我，用胡子扎我的脸。睡意蒙眬中，我隐隐约约看到科罗西的红头发，德罗西的金黄色鬈发和穿着黑色衣服的卡拉布里亚的男孩。卡罗纳还送给我一个带叶的甜橙，他母亲正在生病，来后不久就走了。

后来，我从长长的昏睡中苏醒过来，感到好多了，我看到父母亲微笑的面容，听到西尔维娅哼着小曲，这是多么悲伤的梦啊。打这以后，我开始一天天好起来。来看我的小泥瓦匠还给我做了个兔脸，逗得我忍不住笑了，这是我生病以来第一次开心地笑。小泥瓦匠病后脸变得稍微长了一点儿，但兔脸照样做得好极了，可怜的小家伙啊。科列帝来了，卡罗菲也来了，他白送给我两张自己制作的名为"五种惊喜的削铅笔刀"[1]的新彩票，这小刀是他从贝尔托拉大街一位旧货商那里买来的。昨天我睡觉的时候，波列科西也来看我，他没有把我叫醒，只是在我的手上贴一贴他的面颊。他是从父亲的铁工场直接来的，脸上还沾满煤灰，在我

---

[1] 多功能的工具。除了刀刃，还有起子、改锥和小锉刀等。

的衣袖上还留有黑乎乎的痕迹，我醒来后看到还真高兴。

仅仅几天工夫，树木都抽出嫩绿的叶儿。父亲把我扶到窗口，我看见孩子们带着书本，跑着去上学，心里真羡慕他们。不过，我也会很快回校的。我迫切希望能尽快看到同学们，看到我的课桌、校园、街道，听到近来学校里发生的种种事情，重新打开我的书和作业本，似乎我一年都没有见到它们了。

可怜的母亲啊，她变瘦了，脸色苍白苍白的。可怜的父亲啊，完全是一副疲惫不堪的样子。来看我的同窗好友踮起脚尖走近我，轻轻地在我的额头上亲吻。想到我们终有分别的一天，我感到莫大的悲伤。也许，我跟德罗西和另外几个同学将继续在一起学习，可其他人呢？第五个学年一结束，我们将各奔东西，再见不到面了。我以后再生病，也不能在床头见到他们了：卡罗纳、波列科西和科列帝，还有许多出众的、善良的、亲爱的同学再也见不到了！

爱工人朋友

二十日，星期四

恩利科，为什么"再也见不到了"呢？这完全取决于你自己。上完五年级，你将上中学，他们将成为工人，但你们可能还要在同一个城市生活多年，怎么就不能再次相见呢？你将来上了高中或大学，完全可以到店铺和工场里去找他们，当重新见到儿时的伙伴一个个成了会做工的大人时，对你将是非常高兴的事情！

不管科列帝和波列科西将来到什么地方，我迫切希望你能千方百计地找到他们，你在他们那里即便只度过几个钟头，研究社会，品味人生，一定能从他们那里获得与他们的技能、所处的社会地位和我们的国家息息相关的种种教益。要知道，这些教益是从任何人那里无法学到的。我想坦率地告诉你，假如你不能保持这种友谊，将来再获得与你不同阶级的类似友谊是相当困难的，这一点无论如何你要当心。如果是这样，你不得不生活在唯一的阶层中，一个只能同本阶级打交道的人，如同一位学者只读一本书一样。

我提醒你注意：从今以后，你一定要保持跟善良朋友的联系。即使有一天终于分别了，也应该如此。优先培养跟他们的感情，因为他们是工人的儿子。你不妨留心观察一下：一个社会跟一支军队一样。上层社会的人如同军官，而下层社会的工人如同军队的普通士兵，但这并不意味着士兵没有军官高贵，因为贵贱之分在于劳动而不在于金钱，在于价值而不在于级别。如果说功劳有大小之分的话，那么这种功劳的优势应该在士兵和工人一边。他们从自己的劳动成果中只获得最少的一份报酬。

首先，你要热爱并尊敬同学中间那些工作着的士兵的孩子，在他们的身上敬重他们的亲人所付出的辛劳和牺牲，蔑视运气和阶级带来的差异，只有卑鄙的小人才用这种差异来支配自己的感情和礼仪。你不妨想想，滋润着我们祖国的神圣血液正是从工场和田野的劳动者的血管里汩汩流出来的。

你爱卡罗纳，爱波列科西，爱科列帝，爱小泥瓦匠吧！在他们这些小小劳动者的身上有着王子般的高贵品德。你要对自己发誓说，你的人生将来如何变迁，都永远不能从你心灵中夺走儿时的友情；你还要发誓说，再过四十年，假如你在火车站认出有个满脸煤灰的司机正是卡罗纳时，我相信——也许你现在没有必要发誓——那时你即便是位王国参议员，也一定会登上火车去搂住他的脖子的！

你的父亲

卡罗纳的母亲

二十八日，星期五

刚回到学校，便听到一个悲痛的消息。卡罗纳的母亲病得很厉害，他很多天没来上学了。他母亲于上星期六晚上病故。昨天上午老师一进教室就对我们说：

"卡罗纳的母亲去世了，这个可怜的孩子遭到了巨大的不幸，受到了沉重的打击。他明天要来上课，我要求你们从今天起对他的万分悲痛深表同情，以抚慰他受伤的心灵。孩子们，你们要严肃持重，热情地对待他，任何人不许跟他开玩笑，不许在他面前放声大笑。"

这天上午，可怜的卡罗纳比别人稍微晚些来到学校。我一见到他，心里仿佛挨了一击似的难受。他面容灰白，眼睛哭红了，两腿站立不稳，好像他自己也病了一个月似的。他身着黑色丧服，我几乎认不出他来了，心里不由得泛起一阵同情和怜悯，大家都屏息凝神地望着他。

卡罗纳刚刚踏入校门，第一眼就看到母亲几乎每天都来接他的教室，进入教室，就看到他的课桌。想到考试时，母亲总是俯下身向他千叮咛万嘱咐应注意的事情。在课堂上，他常常思念母亲，放学时，他迫不及待地跑出去迎接母亲……想到这一切，他绝望地放声大哭起来。这时候，老师把卡罗纳拉到自己身边，并抱到胸前对他说：

"哭吧，痛痛快快地哭吧，可怜的孩子。但你要勇敢起来，你母亲已经去世了，但她还能看见你，依然爱着你，还生活在你的身边。总有一天，你会再见到她的，因为你跟你母亲一样善良、正直，孩子，你要拿出勇气来哟。"

老师说完，随卡罗纳来到座位上，挨着我坐下。我不敢正面看他。他拿出好多天都没有打开的书和作业本。当他翻开一本书，看到一幅母亲拉着儿子的插图时，突然双手抱住脑袋，又一次失声痛哭起来。老师暗示大家暂时别管他，于是开始上课。我本想跟他说些什么，但不知说什么才好，我把一只手放在他的胳膊上，附在他的耳朵上说："卡罗纳，别哭了。"

他没有搭话，也没有抬起脑袋，只是用他的手抓住我的手，就这样握了一会儿。

放学时，大家都没有跟他讲话，只是围在他身边，用充满敬意的目光默默地打量着他。

我看见母亲等着我，就跑过去拥抱她，可母亲推开了我，只是目不转睛地望着卡罗纳。当时，我并不明白母亲的用意。过了一会儿，我发现卡罗纳一个人孤零零地站在一边看着我，他的目光里充满难以描述的悲伤，那神情仿佛在说：

"你可以拥抱妈妈，而我再也不能了，你妈妈还健在，我妈妈却去世了。"

这时候，我才明白母亲为什么推开了我。想到这里，我没有拉母亲的手，就一个人走了。

朱塞佩·玛志尼

二十九日，星期六

今天上午，卡罗纳来上学的时候，脸色苍白，眼睛哭得红肿红肿的。为了安慰他，我们在他的课桌上放了几件小小礼品，他只是看了一眼，也没有更多地注意。老师为了鼓起卡罗纳的生活勇气，准备读一篇文章给他听。读以前，老师先通知我们说，明天下午一点我们要到市政府去，参加给一个从波河[1]中救起儿童的少年颁发公民荣誉奖章的仪

---

[1] 意大利最长的河流，全长六百五十二公里，发源于阿尔卑斯山脉的蒙维索支脉，注入亚得里亚海。

式。下星期一，老师将把描写这次庆功会的盛况让我们写下来，作为这个月的每月故事。接着，老师转向低着头的卡罗纳，对他说：

"卡罗纳，鼓起勇气来，跟大家一起把我念的写下来。"于是，我们拿起笔，老师开始口述：

朱塞佩·玛志尼一八〇五年生于热那亚，一八七二年在比萨去世。他是一位伟大的爱国者、才华横溢的作家，还是意大利革命最早的启蒙者和倡导者。他出于满腔的爱国热忱，四十年中始终过着漂泊的贫困生活，虽遭迫害和放逐，仍坚贞不渝地遵循自己的道德准则，始终不改变自己的决心。朱塞佩敬重母亲。他从母亲那里汲取了最高尚、最纯洁的灵魂——无比坚强和善良的品德。他的一位忠实的朋友因母亲去世而遭到人生的最大不幸时，就写信安慰他。下面引用的几乎是他的原话：

"朋友，在人世间，你再也见不到自己的母亲了，这是一个残酷的事实。我现在不想去见你，因为你目前正处在不得不忍受，又不能不自己去战胜的神圣而极大的痛苦之中。你要明白我想说的一句话的含义：必须战胜痛苦。悲痛中存在着非神圣、非纯洁性的消极因素。这些消极的东西不仅不利于纯洁灵魂，反而使灵魂陷入软弱和低落的境地，这是必须要战胜的。但不可否认，悲痛中还存在着能使灵魂变得伟大和文雅的高尚的东西，这是必须朝夕跟你相随、永远保持的东西。人世间的任何事物都不能替代善良母亲的位置。不论人生给你的可能是痛苦还是安慰，你永远都不要忘记她。你必须以一种跟她的身份相称的方式缅怀她、热爱她、哀悼她。啊，朋友，请听我说，死亡并不存在，它什么都不是。死亡的含义是不可理解的。生命就是生命，它遵循自己的法则——奋进。你昨天还有一位此世的母亲，今天你却有一位彼世的天使。一切美好的东西都是永恒的，它随着尘世生活的流逝而不断强大，因为也包括你母亲的爱。她现在比任何时候都爱你。你的行为对于她所承担的责任比以往更为重大。你能不能在另一个世界上遇见她，并跟她再次相会，完全取决于你自己，取决于你的表现。为了爱戴和尊敬你的母亲，你必须变成一个出类拔萃的人，把你的欢乐带给她。从今以后，你要做每件事情时，不妨扪心自问：这是我母亲同意的吗？你去世的母亲为你在这个世界上安排了一个守护天使，你必须向她报告自己的一言一行。你要坚强，要善良，要经得住绝望和庸俗悲痛的磨炼，在伟大灵魂经受巨大苦难时，你要保持镇静，因为这是你母亲的意愿。"

老师接着说：

"卡罗纳，你要坚强和镇静。这是你母亲的愿望。懂吗？"

卡罗纳点头表示明白，同时，大滴大滴的泪珠流下来，落在他的手上、作业本上和课桌上。

公民英勇行为（每月故事）[1]

下午一点，老师和我们一起到了市政府大楼参加为一个孩子颁发公民荣誉奖章的仪式。因为他曾从波河中搭救出自己的一个小伙伴。

一面巨大的三色国旗在市政府大楼正面的阳台上迎风招展。

我们来到市政府大院时，里面已有很多人。院子的尽头摆着一张铺着红毯的长桌子，上面放着奖状，桌子后面是一排供市长和市政府官员坐的镀金椅子。市政府职员都穿着天蓝色衬衣和白袜子站在那里。院子右边站着一队佩戴勋章的民警，他们旁边是一队税务警察，院子左边是穿着礼服的消防队员和一些没有列队、前来看热闹的士兵，他们中间有骑兵、狙击手和炮兵，四周挤满了绅士、市民、军官、女人和孩子。

我们跟其他学校的老师和学生挤在一个角落里，在我们旁边有一群年龄在十岁至十八岁的平民百姓的孩子，有的在哄然大笑，有的在高谈

---

[1] 原文无日期。

阔论，原来他们是家住波河镇的孩子，是今天要获得奖章的那位少年的同学和熟人。市政府职员从大楼窗口探出头来，图书馆的回廊里也站满了人，他们扶着栏杆四处眺望。大楼对面入口处的大门上面的凉台上拥挤着公立学校的女生和许多蒙着天蓝色面纱的"军人慈善协会的女儿"们，这里简直就像一个大剧院。大家兴高采烈地交谈着，不时地朝铺着红毯的桌子那边张望一下，看有没有什么人露面，拱廊里的乐队奏着缓慢的曲子，明媚的阳光照在高高的院墙上，场景很好看。

突然间，院子里、回廊上和窗口处响起一阵掌声。

我踮起脚尖向前观望。

桌子后面的人群向两边散开。我看见一个男人和一个女人走上来，男人领着一个男孩。

那就是救了同伴的男孩。

男人是孩子的父亲，一个泥瓦匠，穿着节日的服装。女人是孩子的母亲，个子不高，头发金黄，穿着黑色衣服。男孩也是满头金发，个子瘦小，身着灰色夹克。

见到这么多人，听到阵阵掌声，三个人手足无措，全都愣在那里，既不敢看，也不敢动。一位市政府工作人员把他们三人领到右边的桌子旁。

整个大院一时鸦雀无声。过了一会儿，大家再次鼓起掌来。男孩抬头向窗口望去，又向"军人慈善协会的女儿"们站着的回廊看了一眼。他手里拿着帽子，仿佛不知道将它放在什么地方才好。我觉得他的脸型有点儿像科列帝，但脸色更红润，他父亲和母亲紧张的眼睛一直看着桌子。

站在我们旁边的波河镇的孩子们纷纷朝前拥挤，向少年打着手势，有节奏地呼喊："皮！皮！皮诺特！"由于孩子们一再喊他的名字，少年终于听到喊声，于是回头微笑着望着伙伴们。

这时候，全体警察突然立正。市长走过来，后面跟着各级官员。市长身着白色服装，佩着长长的三色绶带（意大利国旗三色为红、白、绿。——译者），走到桌子前站住，其他人立在他后面和两侧。

乐队停止奏乐，市长做个手势，全场刹那间寂静无声。

市长开始讲话。他前一部分讲话的内容我不能完全听懂，但我知道，他讲了少年的事迹。然后他提高嗓门，清晰和洪亮的声音在整个院子里回荡，后来我没有漏掉一句话。

"……当他从岸上看到惊恐万状的伙伴在水里拼命挣扎时，便脱掉衣服，毫不犹豫地跑过去救那孩子。别人向他大喊大叫：'你要当心，别淹死呀！'他却不予理睬。别人抱住他，他挣脱出来；别人再喊他时，他已纵身跳进河里。河水暴涨，对大人也有生命危险。他凭着小小的躯体和一颗火热的心，全力跟死亡搏斗。他及时抓住沉在水下的孩子，将他拖出水面。他奋力拨浪击水，那孩子死死抓住他不放，汹涌的波涛向他猛扑过去，将他卷来卷去，他有时挣扎着浮出水面，有时不见了踪影。他那顽强的意志和毫不动摇的决心不像一个孩子去救另一个孩子，实在像一个大人，一个父亲奋不顾身地去救自己的儿子——自己的希望和生命啊！少年慷慨无私的英勇行为终于感动了上帝，溺水的儿童得救了。他把落水者抱到岸上，并和其他人一起进行抢救。事后他独自回到家里，平静、天真地向家人讲述自己的行为。

"先生们，这是多么高尚的行为啊。大人们的英雄行为固然值得尊敬，但对于没有任何野心，没有任何私利，力气不如大人，却表现出极大勇气的孩子来说，对于一个社会没有向他提出任何要求，他自己也没有承担义务的孩子来说，他的英勇行为更是值得赞美的。先生们，我不再说什么了，不想对这种纯洁的灵魂再讲赞美之词了。你们看，这位勇敢高尚的少年就站在你们面前。士兵们，请向他致以兄弟般的敬意。母亲们，请给他以儿子般的祈祷。孩子们，你们要记住他的名字，把他的音容笑貌印在脑海，铭刻心中，永世不忘。孩子，过来吧，我以意大利国王的名义，授予你公民荣誉奖章。"

一阵阵欢呼声此起彼伏，响彻云霄，回荡在整个市政府大院。

市长从桌子上拿起奖章，挂在少年胸前，然后跟他拥抱亲吻。

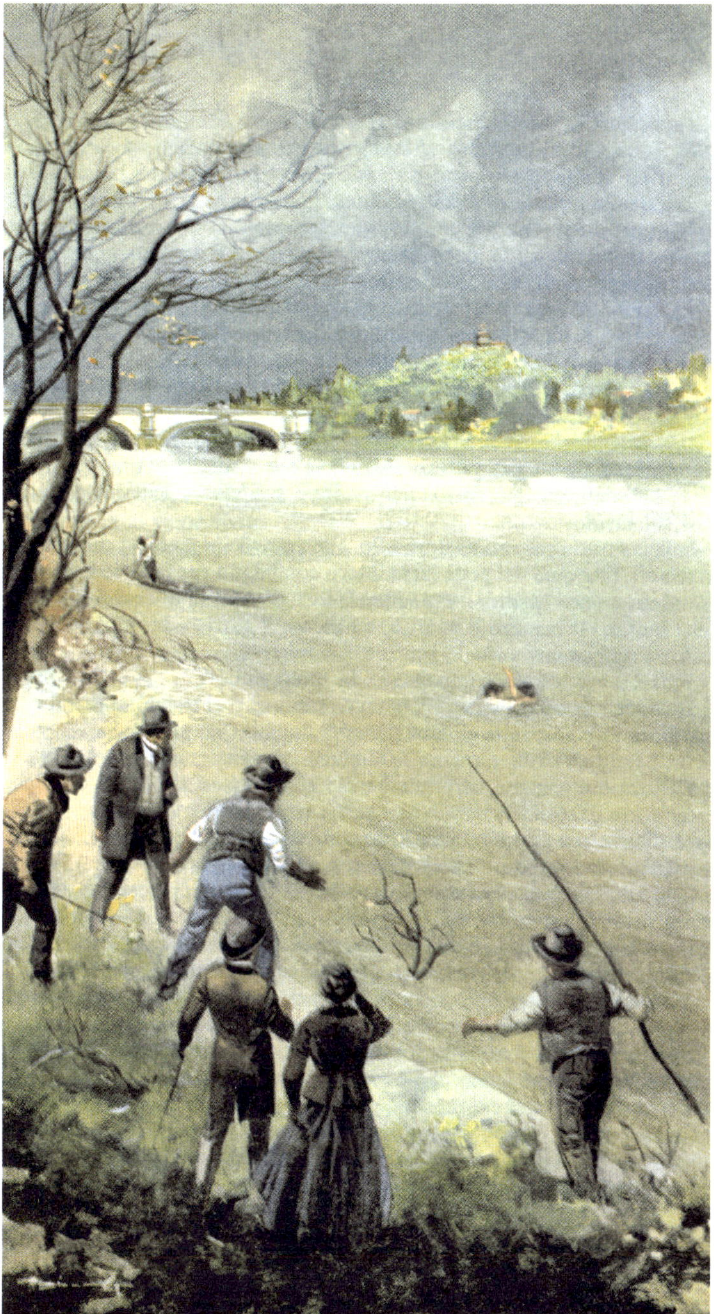

母亲用一只手挡起双眼，父亲下巴颏垂在胸前。

市长同少年的父母亲紧紧握手，拿起用丝带系着的嘉奖令递给母亲，然后转向男孩说："今天是值得纪念的日子，是你光荣的一天。当然，也是你父母幸福的一天，你要终生走在这条崇高光荣的道路上。再见！"

市长离开，乐队奏乐，发奖仪式似乎就要结束了。就在这时候，一些消防队员向两边散开。突然间，一个女人将一个八九岁的男孩推上前来，那女人马上又不见了。男孩向获奖的少年扑过去，投入少年的怀抱。

群情激奋的欢呼声和鼓掌声又一次在大院中回荡。大家霎时全明白了：原来那是从河里被救出的孩子，是来向救命恩人致谢的。男孩吻吻少年，拉着救命者的手臂一起向外走，后面跟着少年的父母亲，四个人同时向大门口走去。他们很费力地从为他们让路的嘈杂人群、警察、孩子、士兵和妇女中间走过。所有的人都你推我拥，挤前挤后，踮起脚尖来看少年。凡是少年经过的地方，大家都走上前去抚摸他的手臂。他来到同学们跟前时，大家都高高地挥动着帽子。那些跟他同住波河镇的孩子掀起一股更为嘈杂的声浪，走过去抓住他的胳膊，扯住他的夹克，不断高呼："皮！皮！皮诺特万岁！好样儿的，皮诺特！"他正好经过我面前，我把他看得一清二楚。他的脸色泛着红晕，喜气洋洋，奖章上系着白、红、绿的三色丝带。他母亲高兴得流出了眼泪，父亲用手捋着胡子，由于过分激动，他的手直颤抖。人们从窗口和阳台探头俯身向他们拍手致敬。

他们经过门口的拱廊时，"军人慈善协会的女儿"们纷纷从凉台上向他们抛去三色堇、紫罗兰和雏菊的花束，花儿雨点般地掉在他们的头上，散落在地上。许多人很快把花儿拾起来，献给少年的母亲。乐队奏着缓慢而美妙的曲子，许许多多的声音汇合成婉转悦耳的歌曲。这歌声回荡着，一直传到远处的河岸。

五 月

患佝偻病的孩子

五日，星期五

今天，我身体不舒服，就休假了，母亲带我去了残疾儿童学校。母亲要介绍看门人的一个女孩去那儿，但她并没有让我进学校。

恩利科，你知道我为什么没让你进去吗？

把你这样一个健全、茁壮成长的孩子带到那些不幸的孩子中间太惹人注目了。他们跟健康的孩子比较的机会越多，痛苦也就越大。多么痛心的事啊！我进到里面，不由得伤心落泪起来。里面有六十个左右的男女孩子。可怜的、备受折磨的弯曲骨骼！不幸的小手！可怜的、麻木的扭曲小脚！可怜的、变了形的小小身躯！但我很快又看到他们当中许多孩子可爱的面孔，充满了智慧和感情的眼睛。有个小女孩的鼻子和下巴颏如同老太婆那样尖瘦尖瘦的，可她的微笑却是天仙般的甜蜜。有的孩子正面看上去很漂亮，不像有残疾，但转过身子，就叫人揪心似的难受。医生正在给他们检查身体，他让他们直立地站在凳子上，撩起衣服，用手轻轻拍打他们肿胀的肚子，摸摸变大的关节。这些可怜巴巴的孩子一点儿也不知道害臊。可以看出，他们脱掉衣服，让人家翻来覆去地检查早已习以为常了。现在他们处在身体状况最好的时期，几乎感觉不到有什么疼痛，但又有谁知道，在他们身体变形的初期，曾经忍受过多么大的痛苦啊。随着疼痛的日益加重，这些可怜的小家伙渐渐失去了人们的疼爱，整个钟头整个钟头、孤苦伶仃地被遗忘在偏僻的角落，无人问津；他们营养不良，常常被人嘲笑、受人冷落，整月整月地备受绷带和矫形器械徒劳治疗的长期折磨和摧残。看到他们随着老师的口令，从凳子底下伸出上着夹板、裹着绷带的关节肿大和变形的双腿，做着操，真叫人心疼。这些腿本应是让人亲吻的肢体啊！由于腰弓背驼，有的孩子无法从凳子上站起来，只好屈着身体，倚着拐杖，一动不动地待在那里。有的孩子想伸开胳膊活动活动筋骨，因喘不过气来而脸色煞白，只好重新坐下来，可还是满面笑容，以掩饰自己焦虑不安的神情。

恩利科啊，像你这样健康的孩子不知道珍惜自己的身体，以为身体的好坏是无关紧要的事情是不对的。妈妈们往往把妩媚可爱、活泼健壮的孩子当作宝贝大肆宣扬，为她们有漂亮的孩子而自豪。想到这里，我恨不得把所有这些可怜的小家伙紧紧抱在胸前。假如我孤独一人生活，我真想对他们说：

"我永远留在这里了。我准备为你们献身，为你们效劳，我愿做你们的母亲，只要一息尚存。"

他们还唱歌，用一种微弱、悲哀而充满柔和甜美的声音唱，这是发自肺腑的声音。老师表扬他们时，他们显得非常兴奋。老师走过他们的座位时，他们就去吻老师的手和胳膊，因为他们对凡是给予他们恩惠的人都怀有深深的感谢之情，想表示一下他们的深切敬意。女老师对我说，这些小天使一个比一个机灵，学习都很用功。老师是一位热情洋溢的年轻女子。她生活在需要她抚爱和呵护的不幸孩子中间，善良的面孔时时罩着愁云。亲爱的姑娘，在所有靠自己的劳动而勉强度日的人们当中，再没有一个人比你谋生的手段更为神圣的了！我的女儿！

你的母亲

牺　牲

九日，星期二

　　我母亲很善良。我姐姐西尔维娅跟母亲一样，有一颗伟大和善良的心。

　　每月故事"寻母记——从亚平宁山脉到安第斯山脉[1]"的篇幅太长，于是老师分配给我们每个人抄几页。昨天晚上正当我抄写时，西尔维娅踮起脚尖走过来，轻声细语地急切对我说：

　　"你跟我到妈妈那里去一下。今天早上我听到爸爸妈妈嘀咕着什么，似乎爸爸的一笔生意没做好，心里很难过，妈妈安慰他，叫他别灰心丧气。我们全家的生活遇到了困难，懂吗？这就是说，我们手头钱紧了。爸爸说，全家必须做出牺牲才能渡过难关。现在我们俩也得做出些牺牲，对吗？你有这种思想准备吗？好吧，我现在就去跟妈妈说。你一定要拿名誉担保，要按我说的去做，你只要在旁边点头表示同意就行了。"

　　我们说到做到。西尔维娅拉着我的手领我到妈妈那里。妈妈正心事重重地做针线活。我在长沙发的一头坐下。西尔维娅在另一头坐下，迫不及待地对母亲说：

　　"妈妈，我有话对您说。是我们俩有话对您说。"

　　母亲惊讶地望着我们。西尔维娅接着说：

　　"是爸爸没有钱了，对吗？"

　　"你在说什么？"妈妈红着脸问，"这不是真的，你是怎么知道的？谁跟你说的？"

　　"是我自己知道的。"西尔维娅坚定地回答，"妈妈，您听我说，我们俩也要做出牺牲才对。您曾答应五月底给我买把扇子，给恩利科买盒颜

---

[1]　位于南美洲，南北长七千五百公里，东西宽九十至三百公里，是世界上最长的山脉。

料。现在我们什么都不要了，我们不想再多花一个铜币了。没有这些东西，我们照样高兴。"

妈妈试图说话，但西尔维娅抢先一步又说：

"不，就这样，我们决定了。现在爸爸没有钱，我们不吃水果，也不要吃其他什么东西，喝汤就行了，早饭只吃面包，这样，我们可少花些钱。以前，我们花钱太多了。我们向您保证，不管怎样，您将会看到我们像以往一样开心，恩利科，你说对吗？"

我点头称是。西尔维娅用手捂住妈妈的嘴，又重复说：

"是的，我们会永远开心的。我们还可以做出其他一些牺牲，比如衣服和其他物品都不要给我们买了，这是我们心甘情愿的牺牲。可以卖掉我们所有的礼品，我自己的物品也可以全部卖掉。我可以帮您做家务事，别到外面雇人了，我想整天地跟您一起干活儿，做您让我做的一切事情，我时刻准备着，听您的吩咐，我一切都准备好了……"

西尔维娅搂住妈妈的脖子感叹说：

"只要爸爸妈妈不再生气，只要看到你们两人在你们的西尔维娅和恩利科面前像以往一样精神安宁、心情舒畅就行，因为我们非常爱你们，甚至愿为你们献出生命！"

妈妈听完这些话，那种高兴的样子我是从来都没有见过的，她那样热情地吻我的额头，也是我从未见过的。她又哭又笑，半晌说不出话来。然后妈妈叫西尔维娅放心，说西尔维娅理解错了，家里并没有西尔维娅想象的那样困难。妈妈一次又一次地表示对我们的谢意，整个晚上都是乐呵呵的。

爸爸回来后，妈妈把一切都告诉了他。可怜的爸爸，他一句话也没说。

但在今天上午坐在饭桌时……我感到极大的快乐和莫大的悲伤，因为我在餐巾下发现了颜料盒，西尔维娅在餐巾下发现了扇子！

火　灾

十一日，星期四

今天上午，我抄完分配的那一部分每月故事"寻母记——丛亚平宁山脉到安第斯山脉"，并构思着老师让我们自由选择的作文题目时，突然听到楼梯上有异常的喧哗声。很快有两个消防队员走进家门，请父亲允许他们检查一下炉子和烟囱，因为屋顶的一个烟筒着火了，不清楚是谁家的。

父亲说："好吧，请检查。"尽管我们的屋子没有任何地方冒火，他们还是在各个房间转来转去，还把耳朵贴在墙上，听听我们家连接其他楼层的烟道有没有噼啪噼啪的着火声。

当他们到处查看时，父亲对我说："喂，恩利科，你的作文有题目了：'消防队员'。你试着把我讲的写下来。"

"这件事发生在两年前的一个深夜。那个夜晚，我从巴尔博剧院出来，刚来到罗马大街时，便看到一片不寻常的火光，于是有很多人从四面八方奔向那里，原来是一所房子失火了。窗口喷出火舌，屋顶冒出浓烟，男人和女人从窗台探出头来，发出绝望的叫喊，然后又消失了。大门口喧嚣嘈杂声此起彼伏，人们大喊大叫：

"'烧死人啦！消防队，快救命呀！'

"这个时候，开来一辆消防车。从市政府赶来的第一批四个消防队员跳下车，一阵风似的冲进屋子里。他们刚冲进去，就发生了一件令人毛骨悚然的事情：一个女人声嘶力竭地叫喊着，先是从四楼的窗口探出头来，接着从阳台的栏杆顶端跨过去，双手抓住栏杆往下滑，背朝外悬在了半空。浓烟和火舌从窗口冒出来，几乎要烧着女人的头发了。这时人们恐惧地惊叫起来，原来是三楼惊慌失措的住户报错了警。消防队员听到错误的报警打穿了三楼的一堵墙，冲进屋子里才听到人们连连喊叫：

"'四楼！四楼！'

"他们又奔向四楼。这里一片狼藉：楼道里火焰熊熊，浓烟滚滚，呛得人们透不过气来。屋梁咯吱咯吱直摇晃。为了救出被围困的住户，他们没有别的办法，只有从房顶走过去。于是他们一阵风似的冲向屋顶。浓烟中隐隐约约看见一个黑影站在瓦垄上，原来是抢先上来的队长。队长要从屋顶到达被火焰包围的屋子，非得经过阁楼和屋檐之间一条非常狭窄的空地不可。整个屋顶都在冒着火焰，只有那一块地方覆盖着冰雪，但没有任何可抓的地方。

"'那里不可能过去！'下面的人大声喊。

"队长沿着屋檐往前走。大家屏声静气，心惊胆战地注视着他的一举一动，嗬，他终于过去了。一阵阵欢呼声和喝彩声响彻云霄。队长继续向前跑，一直来到最危险的地点，举起斧头疯狂地砍着梁木、瓦块和椽子，打开洞口准备下到屋子里。

"这个时候，那个女人仍然悬在窗外，火势越来越猛，马上就要烧到她的头发了，再有一分钟她就得摔到大街上。

"洞口打开后，队长摘去皮肩带，下到屋子里。别的消防队员也赶来了，并紧跟着他下去。

"这时候，波尔塔云梯[1]运到了，它被架到了窗台上方的房檐下。窗口依然喷着火舌，里面发出撕心裂肺的号叫，仿佛一切都晚了。

"人们吼叫着：'没救了！'

"'消防队员也要被活活烧死了。'

"'全完了。'

---

[1] 装在卡车和机轮上的长梯，由若干个部件组装而成。这种梯子最早是由意大利吉瓦索城的机械师保罗·波尔塔于19世纪中叶在都灵设计制造的，后来在全世界广泛应用，该梯以他的名字命名。

"'全死了。'

"队长的身影突然出现在被火光照亮的窗口。那女人搂着队长的脖子，队长伸出双臂紧抱女人的腰身，把她拉上来，放进屋子里。人们异口同声的叫喊淹没了火舌噼啪噼啪的声响。但其他人怎么办？他们怎么下去？另一窗口与这一窗口还有一段距离，梯子够不着怎么救人呢？正当队长心里犯愁的时候，突然一个消防队员出现在窗口外面。他右脚踩在窗台上，左脚踩在梯子上，横跨半空，别的队员把遇险的住户从屋里一个个递给他，他抱住后，再交给从梯子下面上来的另一个队员，住户踩好梯子后，最下面的其他队员帮他们一个接着一个地下到地面。

"第一个下去的是悬在栏杆上的那个女人，接着是一个小女孩，然后又是一个女人，最后是一个老头儿。遇险的人全部获救。消防队员也下来了，队长是第一个上去而最后一个下来的，人们热烈鼓掌欢迎消防队员。当那个面对困难和危险而把自己生命置之度外的队长——救命大恩人下来时，大家怀着敬佩和感激的炽热心情，一边欢呼，一边伸出手臂，像欢迎一个凯旋英雄那样欢迎他。霎时间，那个本来默默无闻的名字——朱塞佩·罗比诺就有口皆碑，到处传扬了。

"你懂吗？这就是勇气。那种听到呼喊救命，就绝没有二话，毫不动摇，闪电般而本能地径直冲上去的勇气。过几天，我带你去看看消防演习，顺便让你认识一下罗比诺队长，我想，你会很高兴认识他的，对吗？"

我回答说是的。

"喏，这位就是。"父亲说。

我猛然转身，只见两个消防队员检查完毕，正要经过房间往外走。

父亲指着那位衣服上佩戴着金银饰带、个子不高的消防队员对我说：

"快握一握罗比诺队长的手。"

队长停下脚步，微笑着向我伸过手来，我上前紧紧握着他的手，然后他向父亲打了个招呼就走了。

父亲说："你要牢记这件事，因为一生中跟你握过的数千只手中，像他的手那样有价值的，也许只有十来只吧！"

寻母记——从亚平宁山脉到安第斯山脉（每月故事）[1]

很多年以前，一个热那亚的十三岁少年——一位工人的儿子——独自一人离开热那亚到美洲去找他的母亲。

少年的家庭屡遭不幸，穷困潦倒，债台高筑。母亲为了养家糊口，为了让家中摆脱困境，两年前到阿根廷首都布宜诺斯艾利斯的一个富人家当用人。那时用人在美洲能得到丰厚的报酬，于是，不少勇敢的意大利女子不远万里，长途跋涉到那里去找工作。短短几年，她们就能挣上几千个里拉回国。可怜的母亲哭干了眼泪，舍不得离开自己的两个儿子。他们一个十八岁，一个十一岁。可她最后还是鼓足了勇气，满怀着希望出发了，整个旅途一帆风顺。

她刚到布宜诺斯艾利斯不久，便通过丈夫一位在那里定居多年、当店主的热那亚堂兄的介绍，在一户殷实人家找到了工作。这家人给她报酬很多，待她也很好。她跟家里人保持着正常的通信联系。他们之间配合默契：丈夫先把信寄给堂兄，然后堂兄再转给她。她给家人的信交给堂兄，堂兄再写上自己的片言只语，寄到热那亚。她每月挣八十个里拉，因为她没有什么花费，每三个月就能给家里寄一笔可观的钱。丈夫是个品行端正的正人君子，他用这笔钱逐步还清了债务，重新赢得了好名声。他在家乡辛勤做工，对自己的为人处世十分满意。可家里没有妻子，总是显得冷冷清清，尤其是小儿子一直想念妈妈，无法忍受远离妈妈的痛苦，因此常常忧愁悲伤。在这种情况下，丈夫是多么盼望妻子早日回国啊！

---

[1] 原文无日期。

一年就这样打发过去了。她在一封短信中说自己身体不怎么好。可打这以后，再没有她的音信了。家人曾两次给堂兄写信，但没有回信；给雇用她的那户阿根廷人家写信，因为地址写得不全，可能没有收到，也没回信。丈夫和儿子担心发生了什么不幸，便给意大利驻布宜诺斯艾利斯的领事馆写信，请他们帮助寻找。过了三个月，领事馆回信说，尽管他们在报上刊登了寻人启事，但既没人来领事馆接洽晤面，也没人提供这方面的任何消息。除非有什么特殊情况，一般不会发生什么意外。他们猜测，也许她觉得当用人有损于家庭名声，为了保全亲人的面子，这位善良的女人向那户阿根廷家庭隐瞒了真实姓名。

又过了几个月，还是杳无音信。丈夫和儿子坐卧不安。小儿子更是伤心难过得不能自拔，怎么办呢？向谁求助呢？丈夫的第一个想法是自己亲自去找妻子，但工作怎么办呢？他去了谁养活孩子呢？大儿子刚能挣上几个钱，家里很需要他，显然他不能去。他们父子三人就是这样每天重复着痛苦的永恒话题，焦虑不安，面面相觑，在万分痛苦中打发日子的。一天晚上，小儿子马尔科语气坚定地说：

"我要到美洲去找妈妈！"

父亲没吱声，只是忧虑地摇摇头。孩子的想法是好的，但这是不可能的事。一个十三岁的孩子到美洲去，要走一个月的路程，实在不容易。但孩子坚持要去。他今天要求，明天要求，天天如此，顽强执着，像个通情达理的大人，道理讲得也很明白。他说：

"很多人都去了，他们比我还小呢。不就是坐船去吗？只要坐上船就没事了。别人能去，我也能去。到了那里，我就去找堂伯的店铺。那里有很多意大利人，有人会给我指路的，找到堂伯，就等于找到了妈妈。假如找不到堂伯，我就去领事馆，请他们帮忙找那户阿根廷人家。不管发生什么事，那里总能找到工作的，我也可以找一份工作干，起码可挣足路费回家。"

就这样，他渐渐说服了父亲。父亲很器重他，觉得他有主见，有勇

气,能吃苦,有自我牺牲的精神。这种优秀品德加上寻找他所敬重的母亲这样一个神圣的目的,他肯定能迸发出双倍的勇气来。另外,船长是父亲一个熟人的朋友。船长听说后,答应给他一张免费到阿根廷的三等船票。

父亲犹豫片刻,还是同意了,定下了旅程的日子。父亲给他准备了一包衣服,给他几枚银币,把堂伯的地址交给他。在四月一个迷人的夜晚,将他送上了船。

站在将要启程的轮船扶梯上,父亲热泪盈眶,亲了小儿子最后一次,依依不舍地说:

"马尔科,我的孩子,鼓起勇气来,为了神圣的目的,你放心地走吧,上帝会保佑你的。"

可怜的马尔科啊。他有着坚强的意志,准备经受旅途中最严峻的考验。但一看到美丽的热那亚从地平线上渐渐消失,四周是一片烟波浩渺的海水,巨大的船上全是背井离乡的农民,没有一个他认识的人,他背着一个跟自己的命运息息相关的小包袱,沮丧的情绪一下子涌上心头。

两天来，他像一条狗一样蜷伏在船头，几乎什么也没吃，恨不得痛痛快快大哭一场，各种悲观的古怪念头一一掠过他的脑海。始终萦绕在他脑海里最痛心、最可怕的念头就是母亲死了。在昏昏欲睡中，他总是朦朦胧胧看见一个陌生人，用怜悯的目光细细地打量着他，附在他耳边低声说：

"你母亲死了！"

他苏醒过来后，心里憋得透不过气来。

轮船过了直布罗陀海峡之后，他第一眼看见大西洋时，又重获了一些勇气和希望，但这只不过是短暂的慰藉。四周总是一片浩瀚无边的大海，天气越来越热，可怜的马尔科忧心忡忡，孤苦伶仃……这一切都增添了他的哀愁。死气沉沉和一成不变的生活使他心烦意乱，像病人一样神志不清。

他觉得自己在海上已走了一年的光景。每天早晨醒来，他发现自己总是在一望无际的大海中漂泊，一次又一次地流露出惊讶的神情。美丽的飞鱼常常嗖嗖地落在船上，热带地区奇妙的晚霞和厚厚的云层映照成血红色，夜晚的海面粼光闪闪，整个大海仿佛燃烧着的熔岩。在他看来，这一切好像都不是真实的，而是梦幻中朦朦胧胧看到的奇观。

在天气不好的日子里，他索性一直把自己关在舱里打发时间。船上一片狼藉，抱怨和怒骂声不绝于耳。他觉得自己的末日即将来临。有时候，大海风平浪静，暗黄色的海水一望无际，天气酷热得叫人无法忍受。烦恼永无止境，险恶的日子永远没有结束的时候，精疲力竭的旅客四脚朝天，一动不动地躺在甲板上，所有的人都像死了一样。

旅行没有尽头。大海，天空，天空，大海，昨天是这样，今天是这样，明天还是这样，天天如此，永恒不变。

他往往一连几个钟头靠在船舷上，痴呆发愣地望着无边无际的大海，恍恍惚惚地想着母亲。想来想去，直到闭上眼睛，进入梦乡。他再次看到那陌生人的面孔，用怜悯的神情打量着他，贴着他的耳朵说：

"你母亲死了!"

听到这声音,他猛地惊醒过来,眼睛直勾勾地望着一成不变的地平线,重温梦幻中的情景。

旅程持续了二十七天。最后几天是最好的日子,天气晴朗,空气清新。马尔科在船上结识了一位善良的伦巴第老人。他儿子是阿根廷罗萨里奥[1]附近的农民。老人要到那里去探望儿子,马尔科把家里的事情一五一十地告诉了老人。老人拍着他的后脑勺说:

"孩子,勇敢起来,你母亲肯定平安无事。她见到你会满心欢喜的。"

老人的陪伴安慰了他。他的不祥预感由悲观变成了快乐。他坐在船头,依偎在吧嗒吧嗒抽着烟斗的老人身旁。在迷人的星空下,颠沛流离

---

[1] 阿根廷第二大城市。

的农民引吭高歌。他翻来覆去地想象着到达布宜诺斯艾利斯的情景：他来到那条大街上，找到堂伯的店铺，一阵风似的飞跑过去，迫不及待地连声问道：

"我母亲的身体怎样了？她在哪里？我们马上去找她！马上去！"于是他和堂伯飞快奔跑，爬上楼梯，门开了……他的自言自语到此为止，他的想象也到此为止。他沉浸在无法形容的脉脉温情中不能自拔，便偷偷地摘下戴在脖子上的小小圣像亲吻，并轻声细气祷告一番。

在启程后的第二十七天，他们终于到达了阿根廷共和国的首都——布宜诺斯艾利斯。无边无际的拉普拉塔河[1]蜿蜒曲折地流过城市，轮船就在岸边抛锚。

这是五月中的一个晴朗的早晨。天空中浸染了胭脂色的彩霞，朝阳绚烂。在马尔科看来，这朝霞似锦的好天气是个好兆头。他按捺不住激动的心情，欣喜若狂了。他母亲离他仅有几英里远。再有几个钟头，他就能见到母亲了。他已来到美洲，来到一个新的世界，是冒着风险、独自一人来的。现在想起来，漫长的旅程只不过是小事一桩。好像是做着美梦飞到这里，现在才醒过来似的。为了不让别人将钱全部偷走，他把积攒下来的钱分成两份装好，结果还是被人偷走了一份。他既不吃惊，又不难过，而是感到十分幸福。现在他只剩下几个里拉了，但这无关紧要，反正他马上就能见到母亲了。

马尔科手提包袱，随同许多意大利人一起走上小汽船。小汽船把他们送到离岸很近的地方。下了小汽船，又上了一只名叫"安德烈·多利亚"[2]号的小船，在防波堤上了岸。然后，他告别了伦巴第老朋友，大踏步地向城里走去。

马尔科来到第一条马路的街口，叫住一个过路人，向他打听"艺术

---

[1] 巴拉那河在布宜诺斯艾利斯附近汇入乌拉圭河后称拉普拉塔河，全长二百二十二公里。
[2] 安德烈·多利亚（1466—1560），意大利热那亚著名的多利亚家族的一位海军将领。

大街"怎么走。他打听的这个人正好是一位意大利工人。他好奇地望着马尔科,问他识字不识字,马尔科点点头,那人指着马尔科刚刚走过的街道说:

"识字就好。你一直往前走,每个拐弯的地方都写着街道的名字,你看看名字,就能找到你要找的街道。"

马尔科向那人道谢后,就一直往前走。这是一条笔直而看不到尽头的狭窄街道,两旁是白色的像小别墅一样的低矮房子,街上车水马龙,行人熙来攘往,喧嚣嘈杂的声浪震耳欲聋,五彩缤纷的大幅旗帜迎风招展,上面用粗大的字体赫然写着轮船前往各个城市的时间。每走一段路他都左顾右盼一番。走着走着,来到另外两条依然望不到尽头的笔直大街,两旁依然是白色低矮的房子,依然车水马龙,人潮涌动。说到底,这里就是像海洋一样无边无际的美洲大平原。城市仿佛宽大无边,不管你走多少天、多少个星期,到处都是一样的房子,仿佛整个美洲都是这样似的。

马尔科注意着每条街名,费劲儿地读着那些古怪的名字。每走到一条新街道,他的心就怦怦跳个不停,嘀咕着这就是他要找的街道。因为他有遇上母亲的想法,便注视着每一个女人。有一次,他看见走在他前面的女人很像母亲，他的血液直往上涌，等追上去一看，原来是黑人。他走着走着，不由自主地加快了脚步。他走到一个十字路口，一动不动地站在人行道上念起来。原来这就是"艺术大街"。他回头一看，门牌是一一七号，而他堂伯的家是一七五号。他再次加快脚步，跑步来到一七一号门前，这时候，他不得不停下来喘口气，心里连连念叨着：

"妈妈啊！妈妈啊！再过一会儿，我就会真的见到你了！"

他继续向前跑，来到一家服饰用品铺子跟前站住了，就是这个店铺。他抬头一看，见到一位头发灰白、戴眼镜的女人。

"孩子，你要干吗？"女人用西班牙语问。

"这是弗兰西斯科·梅列里的铺子吗？"马尔科费了老大的劲儿才发出声音这样问。

"弗兰西斯科·梅列里死了。"女人用意大利语回答。

马尔科的胸部仿佛挨了一记重拳般难受。

"他什么时候死的？"

"唉，早死啦。死了几个月了。他做生意赔了本，便从这里出走了。听说，他去了离这里很远很远的巴哈布兰卡，刚到那里就死了。这个铺子现在是我的。"

马尔科的脸唰的一下变得煞白，急巴巴地说：

"梅列里认识我母亲。她在梅奎纳兹先生家当用人。只有梅列里能告诉我母亲到底在哪儿。我就是为了寻找母亲才来美洲的。我们的信就是梅列里转交给她的，我必须找到母亲。"

女人回答说：

"可怜的孩子，我可不知道。不过，我可以问问后院儿的那个男孩子。他认识给梅列里买卖东西的年轻人，他也许知道点儿什么。"

女人来到铺子的后面叫那男孩子马上进来。孩子听到有人叫他就跑了过来。

女人问他："喂，请你告诉我，你还记得那个给'故乡之子'家里的女用人送信，替梅列里家里做事的年轻人吗？"

孩子回答说："太太，我知道这件事。她有时在梅奎纳兹先生家当用人，就住在'艺术大街'的尽头。"

马尔科高兴得大声说："好哇，多谢太太！请您把门牌号告诉我。您知道吗？要是不知道，请让他领我去。"

马尔科又转向男孩恳求说："小哥们儿，马上陪我去一次，我还有些钱。"

小男孩禁不住马尔科一再央求，没等女人吩咐就痛快地回答说："好，我们走吧。"说完，就第一个快步走了出去。

路上他俩一句话也顾不上说，走走跑跑，一直来到这条很长很长的大街的尽头。穿过一座小白房的狭长过道，他们在一道很漂亮的铁栅栏前停下来。这是一座小小的院落，里面摆满了盆花。

马尔科摁了一下门铃，一位小姐从里面走出来。

"这里是梅奎纳兹的家吗？"马尔科焦急不安地问。

"以前住过，现在是我们泽巴罗斯家住在这里。"小姐用西班牙腔调的意大利语回答说。

"那么，梅奎纳兹家搬到什么地方去了？"马尔科问，心怦怦直跳。

"搬到科尔多瓦[1]去了。"

马尔科惊叫起来：

"科尔多瓦？科尔多瓦在什么地方？他们家的女用人在哪里？她是我母亲呀！女用人就是我母亲呀！他们也把我母亲带走了吗？"

小姐打量着马尔科说："我不知道，也许我父亲知道。他们离开时，我父亲见过他们，请你们等一等。"

小姐跑进屋里，不久她跟父亲——一位高个子、花白头发的绅士一

---

[1] 阿根廷第三大城市，是商业、文化和交通中心。

块儿走出来。他目不转睛地端详了一会儿眼前这位金黄头发、鹰钩鼻子的少年——这是一个讨人喜欢的酷似热那亚小海员的形象,然后用十分蹩脚的意大利语问:

"你母亲是热那亚人吗?"

马尔科点点头。

"对啦,热那亚女用人跟他们一同走了,我敢肯定。"

"他们到什么地方去了?"

"到科尔多瓦城去了。"

马尔科喘了一口气,无可奈何地说:"那……那我到科尔多瓦去找她。"

绅士带着怜悯的神情感叹地说:

"啊,可怜的孩子,可怜的孩子。科尔多瓦离这里有几百英里呢。"

马尔科的脸色苍白得像死人一样,他的一只手扶在铁栅栏门上。

绅士的怜悯心被打动,于是开了门说:

"让我们想想看,让我们想想看,能做些什么,你进来坐一会儿吧。"

绅士先坐下,也请马尔科坐下,让他原原本本地讲讲自己的情况。绅士屏息凝神地倾听,又想了一会儿,然后郑重其事地问:

"你没有钱了,对吗?"

"我还有……还有一点儿。"马尔科回答说。

绅士沉思几分钟,然后坐到桌子跟前写了一封信,封好后交给马尔科说:

"意大利小鬼,你听着,你带着这封信到波卡市,那是一座有一半热那亚人居住的小城镇,离这里有两个钟头的路程,谁都会给你指路的。你到了那里,就去找信上写的这个人,那里的人都认识他,你把这封信交给他就行了。明天他会安排你到罗萨里奥去。他会把你介绍给那里的某个人。这个人会安排你去科尔多瓦的旅程。到了那里,你将找到那户梅奎纳兹人家和你的母亲。喏,这里有几个里拉,请拿去用吧。"绅士把几个里拉放到马尔科手上，继续说：

"孩子，你去吧，拿出勇气来。那里到处都有你的同乡，他们不会对你撒手不管的。孩子，再见！"

马尔科实在找不出其他什么答谢之辞，只道了声"谢谢"，就拎着包袱出来了。他告别了给他带路的小男孩，穿过布宜诺斯艾利斯喧闹的大街，带着悲伤和惊奇向波卡慢慢走去。

从启程那一刻直到第二天晚上发生的一切，让马尔科的记忆模糊不清，思维紊乱，活像一个热病患者沉浸于梦幻之中。他感到疲惫不堪，灰心丧气，惶惶不安。当天夜里他是在波卡一户人家一间肮脏不堪的小屋里同一位码头搬运工睡在一起的。白天一整天他都是坐在一堆梁木上，迷梦般地望着来来往往数千只客船、货船和小汽艇来打发时光的。一直等到第二天黄昏，他才搭上一只满载水果、开往罗萨里奥的大帆船。他坐在了船尾。这只船由皮肤晒得黝黑的三个身强力壮的热那亚人驾驶。听着他们讲话的声音和可爱的方言，马尔科的心里稍微感到一点宽慰。他们出发了，这次航行持续了三天四夜，对于这个小小的旅行者马尔科来说，这是一次惊奇不断的旅程。他们三天四夜都是在这条不可思议的巴拉那河[1]上航行的。我们的波河跟巴拉那河相比，简直是一条小溪了。整个意大利全长的四倍也没有这条河长。

船在雪团一般的浪花中缓慢地溯流而上，穿行在许多长长的岛屿之中，这些岛屿早已成为蟒蛇和老虎的藏身之地，覆盖着橘子树和柳树，看起来活像浮动的林海。船时而行驶在狭长的运河上，仿佛永远没有尽头，时而驶进浩渺无际、风平浪静的湖面，然后经过一个群岛纵横交错的水渠，行驶在一片葱绿的植物中。四周寂静无声。在漫长的航行中，蜿蜒连绵的河岸，宽阔寂寥的水域，给人留下一种这是一条陌生河流的印象，可怜的小船在这从未有人涉足的、神秘莫测的地方进行了首次

---

[1] 南美洲第二条大河，全长四千七百多公里。

探险!

越往前行驶,这条可怕的河流就越让马尔科感到惊慌不安。他想象着母亲可能是住在离河流的源头不远的地方,这要走好多好多年才能到达。他与船工们每天两餐只吃一点儿面包和咸肉。船工见他满面愁容,从不主动跟他说话。他夜间睡在甲板上,时常突如其来地被晶亮晶亮的月光照醒,显露出惊恐的神情。月亮的银辉洒满一望无际的水面和远处的河岸,照耀得像白昼一样明亮。马尔科心里非常痛苦,默默地重复念叨着:

"科尔多瓦!科尔多瓦!"在他看来,这是一座神秘的城市,是听别人讲童话时提到的城市。可是他又想:

"妈妈也曾经过这里,也看到过这些岛屿和河岸!"于是他马上觉得母亲经过的地方不再显得古怪和荒凉了。

夜里,一个船工唱起歌来。这歌声使他想起妈妈哄他睡觉时唱的催眠曲。最后一夜,他听着船工的歌声,竟抽抽噎噎地哭起来。船工停止唱歌,大声对他说:

"小家伙,鼓起勇气来。你中了什么邪?一个热那亚人难道因为远离家乡就哭鼻子吗?热那亚人往往是以胜利者的姿态,得意扬扬地走遍天涯海角的!"

听了船工的话,马尔科重新打起精神来,为自己的血管里流着热那亚人的血液而自豪。想到这里,他昂首挺胸,用拳头捶打着船舵。

"是的,就是走遍全世界,不论走上多少年,步行多长的路,我也要勇往直前,直到找着母亲。"马尔科暗暗下定决心,"即使倒下,哪怕死在她的脚下,但愿我能见她一面,鼓起勇气来!"

他就是怀着这样的心情,在一个满天红霞的寒冷的清晨,乘船到达坐落在巴拉那河上游的罗萨里奥的。来自各个地区的百艘轮船在这里抛锚,桅杆和彩旗倒映水中。

上了岸,马尔科拎着包袱,按照波卡的那位保护人给他的名片地址，进城去找当地一位阿根廷绅士。进入罗萨里奥市区，马尔科觉得好像来到一座早已熟悉的城市。这里到处都是望不到尽头，向各个方向辐射的笔直马路，两边也都是低矮的白色房子，屋顶上架着一束束密如蛛网般的电报线和电话线，马路上人群熙来攘往，车水马龙，掀起一股股嘈杂的声浪。他大脑发昏，觉得又回到了布宜诺斯艾利斯，再一次来找堂伯了。他在街上东找西找，左拐弯，右拐弯，大约转悠了个把小时，觉得到头来还是回到了同一条街道上。经再三打听，他终于找到了新保护人的住处。他摁了门铃，一个面有愠色、模样像个农场总管的粗壮高大的金发汉子向门外探出头来，操着外国腔，毫不客气地问：

"你找谁？"

马尔科说出主人的名字。

那人回答说：

"昨天晚上，主人带着全家去了布宜诺斯艾利斯。"

马尔科顿时目瞪口呆，连一句话也说不出来了。过了一会儿，才结结巴巴地说：

"但是，我……我这里没有熟人，我是孤苦伶仃的一个人啊。"说着，他把名片递给那汉子。

那大汉接过名片，扫了一眼，态度粗暴地说：

"我不知道该怎么办。一个月后主人回来，我再交给他吧。"

马尔科禁不住叫起来：

"但是，我……我只一个人，我多么需要帮忙啊。"

"哎哟，算了吧，你们国家讨人嫌的人在罗萨里奥还少吗？快滚开吧，到你们意大利去讨饭吧。"那个人说完，当着马尔科的面，砰的一声把铁栅门关上了。

马尔科像一尊石像，纹丝不动地站在那里发呆。

随后马尔科又拎着包袱慢慢地走开了。他的心像刀割似的难受，脑袋昏昏沉沉，一下子陷入思绪万千之中不能自拔。

"怎么办？去哪里？"他喃喃自语道。

从罗萨里奥到科尔多瓦乘火车需要一天的时间。可他只有很少的几个里拉了。除去一天的花费，几乎什么都没有了。到哪儿去找旅途需要的钱呢？他可以去干活儿，但怎么干？向谁去找活儿？他也可以去讨饭。哦，不，不，像刚才那种被人拒之门外、丢人现眼、受侮辱的事情绝对不干！绝对不干！宁可死掉，也不干那种事！

他虽然一直这样想，但一看到展现在他面前的是一条长得不能再长、消失在一望无际的田里的道路时，他的勇气便立刻烟消云散了。他把包袱放在人行道上，背靠着墙坐在包袱上，低下头，把脸埋在手臂里，欲哭无泪，伤心绝望到极点。

过路行人的脚时常碰着他，车子从嘈杂的大街上辚辚驶过，几个孩子停下来望着他。他就这样打发着时间。

突然，有一个人用夹杂着伦巴第方言的意大利语问他：

"小伙子，你怎么了？"听到问话，马尔科猛地打了个寒噤。

他抬头一看，忽地站起来，惊奇地叫道：

"哦，您在这儿！"

原来是马尔科在旅途中与之结下友情的伦巴第老人。其实，老人比马尔科还要感到惊讶。还没有等老人开口，马尔科便迫不及待地把自己的情况原原本本地告诉给他：

"您看，我现在身无分文，我必须干活。请您帮我找份差事，好挣几个钱度日。我什么活儿都能干，搬运东西，清扫街道，帮人购物，当农民种地我全行。只要有块黑面包吃，我就心满意足了。但愿快点儿出发，能够最终找到母亲。看在上帝的面上，可怜可怜我，帮我找个活儿干干吧。我已到了山穷水尽的地步。"

老人无可奈何地抓抓下巴，环顾了一下四周，对马尔科说：

"哎哟，别说这种傻话了。找工作嘛，说起来容易，做起来难啊。想想再说吧。难道在如此众多的同胞中就没有办法找到三十个里拉吗？"

马尔科望着老人，仿佛被一丝希望所慰藉。

"你跟我来。"老人说。

"去哪儿？"马尔科拿起包袱问。

"你跟我来。"

老人迈开脚步，马尔科跟着他走。他俩谁也不说话，沿着街道走了好长一段路。老人在一家酒店门前停下来，酒店的招牌上面画了一颗星星，下面写着"意大利之星"几个大字。老人伸着脑袋往里看了看，兴高采烈地回过头招呼马尔科说：

"嘻，我们来得正是时候。"

他们走进一间大屋子，那里摆着几张桌子，坐着很多男人，边喝酒边高谈阔论。老人走近第一张桌子，从他跟桌旁六位客人打招呼的样子看，就知道他刚才跟他们在一起。那几个人喝得脸红红的，酒杯碰得叮当叮当响，时而大声嚷叫，时而哈哈大笑。

老人站在那里，向大家介绍马尔科，他直截了当地说：

"伙伴们，喏，这个可怜的孩子是我们的同乡，只身一人从热那亚到布宜诺斯艾利斯寻找母亲。在布宜诺斯艾利斯，别人对他说：'不在这里，到科尔多瓦去了。'他乘船走了三天四夜才来到罗萨里奥。他带着一张类似介绍信的写有两行字的纸条儿找人，结果别人让他出了丑、丢了脸。他现在一个子儿都没有了，孤身一人，伤心绝望。但他是个心地善良的孩子，我们大家想想办法吧。他不就是没有前往科尔多瓦去找母亲的路费吗？难道我们能把他像狗似的遗弃在这里吗？"

六个人拍着桌子，你一言我一语地说起来：

"上帝呀，绝不能！"

"这话永远不能说！"

"他是我们的同乡呀！"

"小家伙，快过来！"

"有我们这些移民呢。"

"你看,多漂亮的小淘气包呀!"

"伙伴们,快把钱拿出来!"

"真是个了不起的孩子。你一个人出门在外,还真有胆量。"

"小老乡,来喝一口!"

"放心吧,我们保证把你送到你母亲那儿去。"

说着,有一个人还捏了一下他的脸蛋,一个人用手拍拍他的肩,第三个人帮他把包袱从身上解下来。邻桌的其他意大利移民都站起走过来。马尔科寻母的事情不胫而走,立刻传遍了小旅店。有三个阿根廷人从隔壁房间跑过来看他。不到十分钟,老人的帽子里就收集到四十二个里拉。

老人转过身对马尔科说:

"你看到了吧,在美洲人们干事是很快的。"

另一个人把酒杯递给马尔科，大声说：

"喝吧，为你母亲的健康干一杯！"

大家举起杯来，马尔科重复着刚才那个人的话说：

"为母亲的健康……"他如鲠在喉，激动得说不出话来，突然放下酒杯，搂着老人的脖子，抽抽噎噎哭起来。

第二天早晨，天刚蒙蒙亮，他就启程前往科尔多瓦了。他勇气十足，笑容满面，充满着对幸福的憧憬。恶劣的天气给他平添了几分愁绪，所以他的这种愉快心情没有保持多久，便烟消云散了。天气闷热难忍，乌云翻滚，天空灰蒙蒙一片。空荡荡的火车在荒无人烟、一望无际的田野上奔驰，马尔科孤零零一人坐在长长的车厢里愁眉苦脸，这列火车好像是专门运送伤员似的。他向外左右张望，在望不到尽头、人迹罕至的一片荒漠上，时而看到几棵歪七扭八不成林不成片的小树，仿佛在向人们诉说它们的恼怒和痛苦。星星点点的绿使整个荒原笼罩在悲哀和凄凉的氛围中，看上去，好似一片漫无边际的墓堆。

马尔科打了半小时的瞌睡便醒了。车厢外面，景色依然如故。途中各站，冷落荒凉，活像隐居者的住所。车到站了。车内车外寂静无声，毫无生机。马尔科觉得车上只有他一个乘客，连人带车，仿佛被遗弃在茫茫荒野中一样。在他看来，每个车站都肯定是最后一个车站了，过了这之后，马上就要进入神秘而阴森的可怕之地了。刺骨的寒风狠狠地抽打着他的脸。他四月底离开热那亚时，他的家人没有想到会赶上冬天，他至今仍然穿着夏天的衣服。

过了几个钟头，他开始感到浑身冷冰冰的，还有几天来的过度疲劳，加上感情激荡以及痛苦的不眠之夜，致使他昏睡过去了。他睡了很长时间，醒后浑身都要冻僵了，全身酸痛，非常难受。

他想象自己病倒了，死在漫长的旅途中，被遗弃在荒无人烟的原野，被狼狗和猛禽撕成碎片，仿佛在铁路两旁看到的牛马骸骨一样。想到这里，他顿感毛骨悚然，并厌恶地向四周斜视一番。他惶惶不安，全身疼痛，四周万籁俱寂，一片灰暗。他总是展开想象的翅膀，胡思乱想一番，结果更加悲观失望。比如，到了科尔多瓦，他肯定能找到母亲吗？如果她没有在那里怎么办？那位现在住在"艺术大街"的先生搞错了地址怎么办？假如母亲死了怎么办？

他这样翻来覆去地想来想去，又不知不觉地睡着了。他梦见深夜来到科尔多瓦，听到大街上所有的门窗里都冲着他连声大喊：

"她不在这里！她不在这里！"他惊醒了。惊恐不安中，他看见车厢另一头坐着三个裹着花围巾的大胡子男人，正望着他低声说话，这不禁引起了他的怀疑：这些人一定是杀人犯，想杀掉他，抢走他的包袱。寒冷、病痛、害怕沉重地压在他的心头，因惶恐不安而产生的种种幻觉使他神经错乱。那三个人一直死死盯着他，其中的一个向他走来，于是他失去了理智，张开双臂向那人跑过去，大喊大叫道：

"我一无所有，是个可怜的孩子，我是孤零零一个人从意大利来找母亲的，千万别伤害我呀！"

那些人听了他的话，一下子全明白了，顿时起了怜悯之心，抚摸他，安慰他，讲了很多他听不懂的话。他们见他冻得牙齿直打战，就把一条围巾裹在他的身上，叫他躺下睡觉。天黑时，他睡着了。火车到了科尔多瓦，那几个人才把他叫醒。

好哇！他深深吸了一口气，感到非常轻松，一阵风似的奔出车厢，向一个铁路员工打听梅奎纳兹工程师的地址，那人告诉他一座教堂的名字，然后说：

"梅奎纳兹家就在那座教堂的附近。"马尔科向那里奔去。

天黑以后，他进了城。据他看，自己仿佛又回到了罗萨里奥，依然是相互交错、望不到头的笔直街道，两旁依然是鳞次栉比、白色低矮的房子。街上行人稀少，在昏暗的、稀稀拉拉的路灯下，他偶尔遇上几个长着古怪面孔、皮肤发青的陌生人走过。走了好长时间，他抬头看见了那巨大而奇特的教堂，它的尖顶高高地直插夜空。全城黑暗无光，寂静无声。他向一个神父问路,很快找到了这座教堂和梅奎纳兹工程师的住址。他用一只颤抖的手摁了门铃,用另一只手紧紧按住胸膛,因为他的心快要跳到喉咙里来了。

一位老妇人提着油灯给他开了门。

马尔科无法马上开口说话。

"你找谁?"老妇人用西班牙语问。

"找梅奎纳兹工程师。"马尔科说。

老妇人做了一个双臂交叉在胸前的动作,摇摇头说:

"哦,你也要找梅奎纳兹工程师?据我看,这件事该到此为止了。三个月来烦死人啦。看起来,报纸上光登个启事还不够,还必须把它印在马路的拐角上,说梅奎纳兹先生到图库曼[1]去了。"

马尔科做了个伤心绝望的动作,气急败坏地叹道:

"唉,真倒霉!我注定要死在路上,找不到母亲了。我快要发疯了,非自杀不可。上帝啊!那地方叫什么名字?在哪儿?离这里有多远?"

老妇人很同情他,回答说:

"唉,可怜的孩子,小事一桩!大概有四五百英里远吧!用不了多长时间!"

马尔科双手掩面,哭着说:

"那现在我该怎么办?"

"可怜的孩子,我说什么呢?我也不知道。"老妇人回答。

过了一会儿,她突然闪出一个念头,连忙对他说:

"对了,孩子,我想起来了。你沿着这条街向右拐弯,走到第三家门口,你会看到一个院子,里面住着一个绰号叫'首领'的商人。明天一大清早他跟着运货车和牛群到图库曼去,你去问问他,看他想不想带你去。路上,你可以给他干点活儿,也许他会在车上给你让出一个座位

---

[1] 阿根廷北部最大的城市,制糖中心。

来，快去吧。"

马尔科拿起包袱，边跑边向老妇人道谢。跑了两分钟，他来到了那座宽敞的院落，看见几个人正在灯光下往几辆大车上一袋袋装粮食。这种车很像街头卖艺人的活动房子，屋顶圆圆的，车轮高高的。有个蓄着长胡须、个子高高的汉子，披着一件黑白格子的斗篷，脚蹬长筒靴子，正指挥着大家干活。

马尔科走到那人跟前，告诉他自己是从意大利来寻找母亲的，并怯声怯气地提出搭车的事。这个人就是车队的首领。他从头到脚看了马尔科一眼后，用生硬的口气回答说：

"没有位子了。"

马尔科央求道：

"我有十五个里拉，可以全部给您。路上，我可以帮您干点活儿，如给牲口提水、喂料，我能干所有的活儿，只要给口饭吃我就心满意足了。先生，给个座位吧。"

首领重新望了他一眼，用比刚才客气的语气说：

"没有位置了。再说，我们也不去图库曼，我们要到另一座城市圣地亚哥·德尔埃斯特罗，中途你必须下车，这样，你还得步行走一大段路。"

马尔科激动地说：

"啊，这没问题，我会想方设法走完那段路的。我能走路，请放心吧。不管发生什么情况，我都会走到底的。先生，给我个位置吧。请可怜可怜我，别把我一个人扔在这里哟。"

"你想好，路上还得走二十天哪！"

"没关系。"

"这是一次很艰难的行程啊！"

"再苦再累我也能忍受。"

"下了车，你还得一个人走路。"

"我什么都不怕,只要能找到母亲就行,可怜可怜我吧!"

首领提灯照照马尔科的脸,又端详一番,然后说:

"好吧。"

马尔科吻了吻首领的手,首领离开他时又补充说:

"今夜你就睡在货车里,明天早晨四点我叫醒你,晚安。"首领说完就走了。

次日清晨四点,一列长长的车队,借着点点晨星闪闪的亮光,浩浩荡荡,轰隆轰隆地出发了。每辆车由六头牛拉着,后面跟着一大群替换的牲口。

马尔科被叫醒后,被安置在一辆车子里边,坐在粮袋上,又马上进入了梦乡。当他再次醒来时,车队在一片荒凉的原野上停下来。阳光下,车夫们围圈而坐,在支起来的像长剑一样的东西上,露天烧烤着一头小牛的四分之一,一阵风吹来,火焰熊熊,噼啪作响。车夫们一起吃

饭、一起睡觉,然后又一起出发。他们就是这样吃了睡,睡后又走,走走停停往前赶路的,组织严密得跟士兵行军一样。他们每天早晨五点出发,九点休息,下午五点再上路,夜间十点停下来睡觉。车夫们骑着马,用长长的竿子驱赶着牲口,马尔科帮着生火做饭,喂牲口,擦灯,打水。

阿根廷就像模模糊糊的幻影从马尔科的脑海中一一掠过:广阔的棕色灌木林,房舍稀疏的村庄,房子的正面都砌着红色的垛口。一些无边无际的空间地带,也许是古代的巨大湖泊干涸后留下的盐池,视线所及,全是白花花、亮晶晶的盐滩。不管走到哪里,总是茫茫无垠的原野,荒凉偏僻、寂静无声。偶尔也能遇上两三个骑马的旅客,后面往往有一群野马追赶,宛如一阵风似的飞驰而过。这样的旅行日复一日,天天如此,跟在大海上一样,真是漫长的旅程,无穷的烦恼。不过,幸运的是天公还算作美。

马尔科不仅成了车夫们役使的奴隶,还成了车夫们的发泄对象。一些人粗暴地对待他,用威胁的语言辱骂他,什么活儿都让他去干,却得不到丝毫的温暖。他们强迫他去扛很重的饲料袋,派他到很远的地方去打水。他累得死去活来,整夜整夜地无法睡觉。车子剧烈地颠簸着。车轮和木轴吱吱嘎嘎直响,发出震耳欲聋的噪声,折磨得他心烦意乱。有时狂风大作,漫天的褐色沙尘横扫一切,卷进车子里,抽打着他的衣服,直往他眼睛和嘴里钻,什么也看不见,气都出不来。大风就这样一直怒吼着、咆哮着,压抑得让人难以忍受。

马尔科累得要死,经常失眠。他衣服褴褛,蓬头垢面,肮脏不堪。由于每天从早到晚挨打受气,他越来越灰心丧气了。要不是首领偶尔对他说几句温存的话,他简直要失去找母亲的信心了。他常常躲在车上别人看不见的角落里,趴在那个只剩下破布烂衣的包袱上暗自落泪。每天早晨起来,他都会感到更虚弱、沮丧了。望着乡野,看到的是一望无垠、连绵起伏的平原,如同茫茫的海洋,他禁不住喃喃自语道:

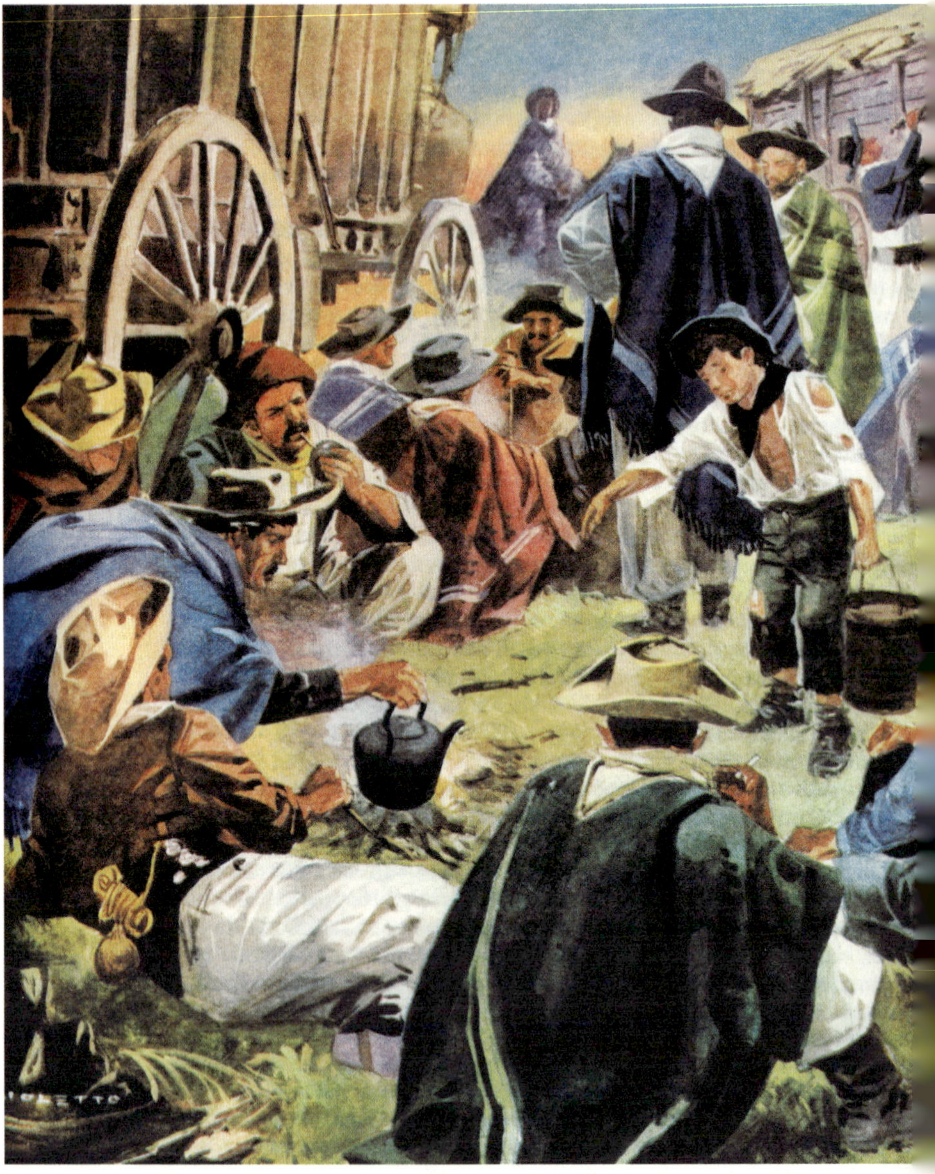

"唉，我支撑不到今晚啦，支撑不到今晚啦。今天我非死在路上不可。"

马尔科越来越劳累，车夫们对他也越来越凶狠了。一天早晨，一个车夫趁着首领不在时，说他送水送晚了，竟打了他，于是其他人出于习惯也对他拳脚相加，一个边打他的后脑勺边说：

"你这个流浪汉，再给你一拳！"

另一个以命令的口吻说：

"再把这一拳带给你母亲吧！"

他的心都碎了。他病倒了，连着三天发高烧，裹着被子躺在车厢里呻吟，谁也不理他，只有首领一个人来给他送点儿水喝，摸摸他的脉搏。他以为自己快死了，伤心绝望地、上百次地呼唤着母亲的名字，向母亲求助。

"哎哟，妈妈，妈妈，快救救我吧，我真的快要死啦。哎哟，可怜的妈妈，我再也见不到你了。不幸的母亲，你见到我时，我已死在路上啦。"他边喊边双手合十祈祷。

以后，在首领的照料下，马尔科一天天好起来，他痊愈了。但接着而来的是这次旅程最为可怕的日子——他要孤身一人走完剩下的路。他跟这些人一起走了两个多星期。当他们来到前往图库曼和圣地亚哥·德尔埃斯特罗的交叉路口时，首领告诉他分别的时候到了，并指给他以后的路怎么走。为了不引起他旅途中的烦恼，首领帮他打好包袱，亲自放到他的肩上。首领好像怕自己动感情，只随便打个招呼，什么话也没说，就向马尔科告辞了。马尔科勉强来得及吻了吻首领的一只胳膊。其余的人虽然残暴地虐待他，这时看他只剩下了孤身一人，也情不自禁地动了恻隐之心。在离去时，他们一个个向他打手势，马尔科也向他们招手还礼。当这一队人马在尘土飞扬的原野上消失的时候，他才悲伤地踏上自己的旅程。

但是有一件事使马尔科从一开始上路，心里就感到一丝安慰。很多天以来，他们总是穿行在一望无际、景色单调的荒野。现在展现在他面前的是悬崖峭壁、郁郁葱葱的山脉、白雪皑皑的峰峦，他顿时想起了阿尔卑斯山，觉得跟自己的祖国靠近了。这山脉便是美洲大陆的屋脊——安第斯山。这起伏的群山从火地岛[1]一直绵延到北冰洋，跨越纬度110°线。越往北走，离热带地区越近，天气也越来越暖和了，他感到心情舒畅。

走了好长一段路，才偶尔见到一些小小的村落和铺子。这时候，他才买了一些吃的东西。他有时也会遇见骑马的男人，还看到了一些妇女和儿童，一动不动，神情严肃地坐在地上。这些人的面孔对他来说是完全陌生的。他们肤色如土，眼睛偏斜，颧骨突出，目不转睛地盯着他。有的为了瞥他一眼，机械而又缓慢地转动脑袋。他们是印第安人。

第一天，他走呀走呀，一直走到一点儿力气都没有才停下来，然后躺在一棵树下睡觉。第二天，他没走多少路。他情绪低落，鞋底磨破了，脚走出了血。因为吃得很坏，他的肠胃变得虚弱了。傍晚时，他突然有了恐惧感。他在意大利就听说美洲国家毒蛇猖獗。这时，他停下来，似乎听到了毒蛇嗖嗖的爬行声，顿时感到毛骨悚然。他拔腿就跑。半路上，一阵阵辛酸涌上他的心头，他禁不住伤心地哭了。

他心里想：

"假如妈妈知道我是这样担惊受怕的，她要忍受多大的痛苦啊！"想到这里，他重新鼓起勇气。为了从恐惧中摆脱出来，他再次想起母亲的许多事情。母亲离家时对他千叮咛万嘱咐的情形至今仍历历在目，记忆犹新。他小时候在床上时，母亲对他体贴入微，经常帮他把被子拉到下巴颏，有时还把他抱在怀里，温柔地说：

"你在这儿跟我多待一会儿好吧！"这样，他把头靠近母亲的头，他

---

[1] 南美洲最南端的群岛，总面积为七万二千平方公里，该群岛东部属于阿根廷，西部属于智利。

俩在一起待了好长时间。想着想着，他喃喃自语道：

"亲爱的妈妈，我还能再见到你吗？我的妈妈啊，旅程结束后，我能回到你的身边吗？"

马尔科走呀走呀，一直穿行在从未见过的树木中间，走在辽阔的甘蔗园里，跋涉在茫茫无垠的大草原上。朝前望去，群山葱郁葱茏，气势雄伟，重叠、突兀的怪峰刺向晴朗的天空。四天、五天、一个星期就这样过去了。

他的体力急剧减弱，脚上磨出了鲜血。有一天暮色苍茫时，终于有人对他说：

"这里离图库曼还有五英里的路程。"

他兴奋地惊叫起来。于是加快了脚步，好像刹那间就恢复了活力似的意气风发，但这不过是一时的幻觉而已。他终因体力不支，精疲力竭，突然倒在沟旁。然而他的心由于欣喜若狂而怦怦直跳。夜晚的群星闪烁着灿烂的银辉，在他看来，夜空从没有像现在这样美丽过。他躺在草地上，凝视着布满群星的夜空沉思，想到母亲也许在这个时候也正仰望星空呢，他情不自禁地念叨着：

"啊，妈妈，你现在在哪里？这个时候你在干什么？你的马尔科离你很近了，你想他吗？"

可怜的马尔科啊。假如他现在知道母亲生病的那个样子，他一定会拿出超乎寻常的劲头更加快步行走，提前几个钟头赶到母亲那里去。

他母亲正在患病，躺在梅奎纳兹先生豪华住宅一层的卧室里。梅奎纳兹一家对她关怀备至，尽心尽力地照料她。当梅奎纳兹工程师必须马上离开布宜诺斯艾利斯时，马尔科那可怜的母亲已重病缠身。她并没有因为科尔多瓦的好天气而有所好转。后来，她没有收到丈夫和堂兄片言只语的回音，一种大祸临头的不祥之兆使她如坐针毡，是去是留她始终拿不定主意，她担心说不定什么时候收到不幸的消息。这一切使她的病情出乎意料地恶化。

最后她得了重病，那就是绞窄性肠疝气，卧床不起已有十五天。只有做外科手术才能救她的命。当马尔科呼唤母亲的时候，男女主人正守在她的床前，对她好言相劝，要她接受手术，但她断然拒绝，只是一味地哭个不停，图库曼的一位名医上周来过一次，也无济于事。

她说："不，亲爱的先生们，不值得了，我再也没有力气了，肯定死在手术刀下的，让我这样死去反而更好。我不再看重自己的生命了。我一切都完了。我在听到自己家里的一切事情之前死去最好。"

主人对她苦苦相劝，并叫她鼓起勇气来，安慰她说，寄往热那亚的信件很快会收到回信的，手术一定要做，为了孩子，也该做手术。很长时间以来，孩子们的事情一直揪着她的心。现在提到孩子，一股焦虑不安的愁绪又罩上她的心头。听完主人的话，她顿时失声痛哭起来，然后双手合十，悲痛欲绝地说：

"我的孩子啊，我的孩子啊。也许他们已不在人世了，最好也让我死去吧。好心肠的先生们，我谢谢你们啦。衷心地谢谢你们啦。最好我也死去。手术也治不好我的病，这一点我坚信不疑。好心肠的先生们，我谢谢你们的百般照料，大夫后天再来也没有用。我死在这里是天意，我决定了。"

那些人一再安慰她，反反复复地说：

"不，别这样说好不好！别这样说好不好！"主人说完，拉着她的手好言相劝。

她早已精疲力竭，最后完全闭上了眼睛，昏昏欲睡，如同死人一般。微弱的灯光下，主人怀着无限的同情，长时间注视着眼前这位令人尊敬的母亲。她为了自己的家庭，不辞劳苦地来到离她的祖国六千海里的地方，最后居然死在异国他乡。可怜的女人，她是那样的正直，那样的善良，多么的不幸啊！

马尔科肩上背着包袱，弯着腰，一瘸一拐地走着。第二天清晨，他憋足了劲儿，精神饱满地来到图库曼。这是一座新兴的城市，也是阿根廷共和国最繁华的都市之一。他觉得好像又回到了科尔多瓦、罗萨里奥和布宜诺斯艾利斯：同样是笔直和很长很长的街道，低矮的白色房子。然而，这里处处给人以面目一新的感觉，色彩缤纷的花草散发出沁人心脾的芳香，灯火辉煌，碧空如洗而深邃，他好像从来都没见过这样的城市，即使在意大利也没见过。他沿街往前走，不由得心潮澎湃，仿佛重新回到了布宜诺斯艾利斯。他抬头观望所有的门窗，注视着所有走路的女人，祈盼能遇上母亲。他想向每个过路的行人打听一番，可又没有勇气叫住任何一个人。家家门口的人都转过身来，望着这个衣衫破烂、满身尘土、远道而来的可怜孩子。他在人们中间千方百计地寻找一张可以信任的面孔，以便提出那个可怕的问题。一家挂着意大利文招牌的铺子映入他的眼帘，里面有一个戴眼镜的男人和两个女人。他缓慢地走进铺子，鼓起全部勇气问："先生，能告诉我梅奎纳兹家住在哪儿吗？"

"是不是梅奎纳兹工程师的家？"店主问。

"对，就是他。"马尔科细声细气地回答。

店主说：

"梅奎纳兹家已不在图库曼了。"

马尔科一听，心如刀割，不禁绝望得大叫一声。

店主和两个女人站起来，附近的几个人也向这里赶来。

"孩子，怎么回事？有什么事吗？"店主说着，把他拉进铺子，让他坐下，然后又说：

"用不着失望啊，没什么了不起的，梅奎纳兹现在不住在这里，但不太远，只有几个小时的路程。"

"在哪儿？在哪儿？"马尔科像死而复生似的清醒过来，忽地跳起来急不可待地问。

店主回答说：

"离这里有十五英里，就在萨拉迪罗河畔的一个地方，那里正在建造一座规模巨大的蔗糖厂，附近有一片住宅，梅奎纳兹先生就住在那里，谁都认识他，走几个钟头就到了。"

"一个月前我还去过。"闻声赶来的一个小伙子说。

马尔科睁大眼睛望着他，脸色苍白，急切地问：

"你见过他家的女用人吗？她是意大利人。"

"是热那亚人，对吗？我还见过呢。"

马尔科悲喜交加，哇的一声哭起来，又像哭，又像笑。过了一会

儿，他斩钉截铁地说：

"经过什么地方？快告诉我街道名称，我马上就走，路怎么走法，快告诉我。"

大家异口同声地对他说：

"但是，还得走一天呢，你已过度劳累，还是应该休息一下，明天再走也来得及。"

"不可能，不可能。请快告诉我路怎么走，我一刻也不能再等了，马上出发！就是死在路上也心甘情愿！"

人们见他决心已下，也不好再阻拦他，便对他说：

"孩子，上帝会陪伴你。穿过树林时千万要小心，小家伙，祝你一路平安！"

有一个男人还把他送出城外，为他指路，又千叮咛万嘱咐一番，一直目送着他上了路。马尔科背着包袱，一瘸一拐地向前走去，几分钟后，便消失在路边的森林后边了。

这天夜里，对可怜的病妇来说是可怕的。她疼痛难忍，发出撕心裂肺的惨叫声，神志一直不清，几个服侍她的女人慌了手脚，不知如何是好。女主人坐立不安，时常来看望她。医生次日上午才能赶来，这样，就是她本人愿意动手术，也太晚了。想到这里，大家都替她担忧。

当她神志清醒时，可以看得出，她受的最大折磨不是肉体的痛苦，思念远方的亲人才是煎熬她精神的最大心病。她脸色惨白，眼睛失神，面孔扭曲变形。她抓着头发，伤心绝望，撕心裂肺般地喊道：

"我的上帝啊！我的上帝啊！我死这么远，再也见不到他们了。我可怜的孩子们，他们将没有母亲了。我的小宝贝。我可怜的亲生骨肉。我的马尔科还那么小，个子才那么高就没有母亲了。那么可爱，那么听话的孩子啊。你们不知道他是多么好的孩子啊。如果夫人您知道就好了，也会跟我一样疼他的。我离开家时，他觉着再也见不到母亲了，抱住我的脖子舍不得放开，那伤心痛哭的样子真叫人心疼。我可怜的孩子。我的心好像都要碎了。哎哟，如果我那时候死，当他跟我说再见的时候，被雷电劈死该有多好！可怜的孩子。他是多么爱我，又多么需要我啊。没有母亲，他将一贫如洗，就要去讨饭了。马尔科啊，马尔科。没有我，他将忍饥挨饿，靠乞讨为生。啊，永恒的上帝！不，我不想死！大夫，快叫大夫来！快来呀，快给我开刀，切开我的胸部。就是把我治成疯子，我也心甘情愿，只要救我一命就行。我要治好病，我要活下去！走人！逃跑！明天，马上！大夫，救命！救命！"

女人们抓住她的手，抚摸着她，再三安慰她，恳求她安下心来，跟她讲上帝，讲希望，她终于恢复了理智。

然而过了一会儿，她又突然发作起来，时而失声痛哭，手抓花白的头发，时而像小孩子似的哎哟、哎哟地直叫唤，呻吟着，发出长长的哀鸣，嗫嗫嚅嚅地说：

"啊，我的热那亚。我的家，还有大海。唉，我的马尔科，我可怜的马尔科，你在哪里？我可怜的小宝贝呀。"

这时正值午夜。可怜的马尔科沿着一条沟渠已经走了几个钟头，累得筋疲力尽。现在他又走进茫茫林海，巨大的树木遮天蔽日，粗大的树身如同大教堂的圆柱昂然挺立，月光透过树枝洒下斑斑点点细碎的银辉。昏暗朦胧中，可影影绰绰看到密密层层、形态各异的树身，有的笔直，有的倾斜，有的歪扭，盘结交错，形状可怖，如同群雄逐鹿一般；有的像坍塌已久的高塔，乱七八糟地横卧在一起，上面长满斑驳的苔藓。看上去，那些层层叠叠卧倒的树干就像怒气冲冲的人群步步逼近敌手，然后扭打在一起似的。在这片苍郁幽深的密林中，有的大树参天耸立，遥相对望，像饰着缨穗的提坦[1]长矛直刺云霄。这千奇百怪的庞然树林构成一幅色彩斑斓而巨大的自然画卷，蔚为壮观。马尔科从未看到过大自然恩赐的这种迷人的奇观，不时惊奇得发呆。

---

[1] 又译泰坦。希腊神话中的巨神之一。

但马尔科并没有陶醉在大自然的美景中，他的心绪马上又飞到母亲身边。他的身体已十分虚弱，脚上磨出了血。只有在茫茫林海中狭长的空间地带上，才可偶尔看到星罗棋布的小小房舍，如同大树底下的蚁冢一样，偶尔还可看到几头水牛酣睡在路旁。马尔科虽然精疲力竭，但他已忘记劳累，虽然孤身一人，却并不害怕，辽阔的林海反而使他的心胸开阔了。一想到离母亲越来越近，便增添了一个男人的力量和自信。他曾在大海上漂泊过无数个日日夜夜，遇到过惊险的场面，经历过痛苦和磨难……这一切他都以钢铁般的意志战胜了。想到这里，他不由得昂首挺胸，那高贵而沸腾的热那亚热血涌上心头，顿时心潮澎湃，充满了自豪和勇气。近两年来，母亲留给他的印象已渐渐地模糊和淡薄，现在又变得清晰起来。这对他来说，真是件新奇的事情。他似乎重新看到了母亲那一副完整而清晰的面孔，这面孔他很久没见过了。现在母亲仿佛近在眼前，母亲容光焕发，并富有表情。母亲的眼睛、嘴唇，她的全部仪态、一切动作和内心的想法都从他脑海中一一掠过。他想着想着，不由得加快了脚步，一种新的爱意，一种难以形容的温柔在他的身上，在他的心里滋生着、增长着，甜蜜和宁静的泪水顺着面颊扑簌扑簌地滚落下来。他在黑暗的路上走着，情不自禁地开始跟母亲拉话，就像不久将贴着母亲的耳朵倾吐衷肠那样：

"妈妈，我在这里！我来了，就在你跟前。我再不离开你了。我们一块儿回家去，在回去的船上，我将永远在你身边，谁也不能把我们分开，永远……永远不分离，直到生命结束！"

不知什么时候，月亮的银色光圈渐渐暗淡下去，在遮天盖地的树顶染上黎明时的灰白曙色。

这天早晨八点，阿根廷图库曼的一位年轻医生在一名助手的陪同下来到病人床前，最后一次劝马尔科的母亲动手术，梅奎纳兹夫妇也反反复复劝她快动手术，但这一切努力都白费工夫。病人深感体力消耗殆尽，不再相信手术会治好她的病，她断定自己将不久于人世，到了生命垂危的地步，最多只能活上几个钟头，宁可自自然然地疼死过去，也不愿白白挨刀而再忍受剧烈的疼痛。

医生关照说："手术一定很安全，这样可以救你一命，只要有点儿勇气就行，假如不动手术，就必死无疑。"

但医生的良言相劝也徒劳无功。

病人用很细很细的声音回答说："不做！不做！我不怕死！我不要忍受这毫无用处的痛苦了。谢谢大夫。还是让我平静地死去吧。我命该如此。"

医生失望了，束手无策，只好低头不语，其他人也不再说什么。病人向女主人转过脸，用奄奄一息的声音最后交代后事。

"亲爱的太太，您的心地是多么善良啊！"病人眼泪汪汪，费力地说，"请把我这几个钱和几件物品交给意大利领事先生，请他们再转给我的家人。我愿家人平安无事。现在我的心虔诚地对我说，此时此刻，我的全家都还活着。劳驾，请您开开恩，替我给家里写封信……说我一直想他们，一直为他们……为我的孩子干活儿……最使我痛心的是我不能再见他们一面了……我是勇敢地死去的……我向来逆来顺受，听天由命。我为家人祝福，我嘱咐丈夫和大儿子好好照料可怜的马尔科——我的小宝贝。在这最后的时刻，我还是把他放在心上的……"说到这里，病人狂喜起来，双手合十说：

"我的马尔科！我的孩子，我的生命！"

她眼泪汪汪地扫视四周，没有看到女主人，因为女主人不知什么时候悄悄被人叫走了。于是，她寻找男主人，男主人也不在。只剩下两个护士和医生的助手在护理她。这时候从隔壁房间传来匆忙的脚步声、快言快语而低沉的说话声以及抑制着的惊叹声。病人呆滞无神的目光注视着门口，仿佛祈盼着什么。过了几分钟，她看见脸上带着不同寻常表情的医生走过来，跟在他后面的是主人夫妇，他俩同样表情异常。他们三人都以捉摸不定的眼神望着她，并低声相互交谈了几句。她觉着医生好像对女主人说：

"最好是马上。"可病人被蒙在鼓里，不明白是什么意思。

女主人用颤抖的声音说：

"约塞发，我有个好消息告诉您，准备好心灵来听一个好消息，听了别激动。"

病人全神贯注地凝视着女主人。女主人越来越激动了，接着说：

"这个消息一定会给您带来很大的快乐。"

病人睁大眼睛。

"准备给您看一个人……一个您最爱的人！"女主人说。

病人一听，猛然抬起头来，时而望望夫人，时而望望门口，眼睛里闪烁着喜悦的光芒。

"这个人意想不到地刚刚到达！"夫人补充说。夫人由于过分激动，脸都变得苍白了。

"是谁？"病人用哽咽而奇特的声音喊道，露出惊恐的神色。

过了片刻，病人突如其来地尖叫一声，一骨碌爬起来，坐在床上，两手放在太阳穴上，眼睛睁得圆鼓鼓的，纹丝不动，仿佛一个超人的神灵活现在你的面前。

马尔科衣着破烂，满身尘土，医生拉着他的手臂立在门槛上。

病人连呼三声：

"上帝！上帝！我的上帝！"

马尔科飞跑过去，母亲伸出干瘦干瘦的手臂，用母虎般的力气把马尔科紧紧抱在怀里，猛然放声大笑起来，接着笑声又被无泪的深沉抽泣声所淹没，终因喘不过气来而一下子倒在床上。

但病人很快恢复了活力，欣喜若狂，狂吻马尔科，连声询问：

"你怎么来到了这里？为什么？果真是你吗？长得这么高了。谁带你来的？一个人吗？没有生病吗？马尔科，果真是你吗？我不是在做梦吧？我的上帝啊！快告诉我。"

她突然又改变口气说：

"不，别说了，等一下。"又转过头来，急不可待地对医生说：

"大夫，快！我真想治好病。我一切都准备好了。别耽误时间了，你们快把马尔科带走，别让他听见。我的马尔科，没什么事，请放心吧。以后我会原原本本告诉你的。马尔科，过来，我再亲你一下，好，走吧。大夫，我准备好了！"

马尔科被人领走了。男女主人和几个女人也全都出去，关上了门，只有医生和助手留在病房。

梅奎纳兹先生想把马尔科领到远一点儿的房间里去，但怎么也不行，马尔科像钉子一样站着不动。

"出了什么事？我妈妈怎么了？他们要为她干什么？"马尔科连声问。

梅奎纳兹先生仍然想带走他，于是耐心地开导他：

"过来，到这边来，我马上告诉你。你妈妈病了，需要动一个小小的手术。来，跟我来，我如实告诉你。"

马尔科停下来回答说：

"不，我要留在这里，请您在这里向我解释一下。"

梅奎纳兹先生一边拉着他走，一边跟他讲着许多话，马尔科感到害怕，并浑身瑟瑟发抖。

突然一声尖叫，仿佛受了致命一击的伤员一声号叫，响彻整个病房。

马尔科以另一声绝望的叫声作为回应：

"我妈妈死了！"

医生出现在门口，对马尔科说：

"你妈妈得救了！"

马尔科看了医生一眼，然后扑通一声跪在医生脚前，抽泣着说：

"大夫，谢谢您！"

医生急忙把他扶起来说：

"起来吧！你是勇敢的孩子，是你自己救了你的母亲！"

夏 天

二十四日，星期二

热那亚的马尔科是我们今年认识的最后两个小英雄中的一个。六月最后一篇"每月故事"里还将介绍一位勇敢的少年。这学年还有两次月考，二十六天课，六个星期四[1]和五个星期日共十一个假日。

现在学校里已是学年即将结束的气氛了。校园里的树木枝叶繁茂，鲜花怒放，在体操场上投下阴凉的影子，学生们都穿上了夏装。看到各个班级的学生进进出出的情景，觉得眼前的一切跟过去的几个月大不一

---

[1] 19世纪，意大利的学校除了星期日，星期四也是假日。

样，这真是一件有趣的事情。披在肩上的长而浓密的头发不见了，同学们一个个都把头发剃得光光的，剪得短短的，光着腿和脖子，还有各式各样的草编小帽，上面系着的彩带一直垂到背后。大家都穿着漂亮的衬衫，打着五颜六色的小领带。那些年纪最小的孩子的身上缀着一些红色或天蓝色的东西：一个翻领，一条花边，一个小小的流苏，一小块色彩鲜艳的布片儿……这些都是为了让自己的孩子更好看，妈妈缝上去的。即便是最穷的人家也会这样做的。有很多孩子没戴帽子，看样子像是从家里慌慌张张跑出来赶到学校的。有的孩子穿着白色的体操服。德尔卡迪老师班里一个孩子从头到脚都打扮得红红的，犹如一只煮熟的龙虾，还有几个穿着水手的服装。

小泥瓦匠要算是最好看的了。他戴一顶宽大的草帽，那样子很像顶端放着灯罩的半截子蜡烛。他在帽子下面做兔脸的样子实在滑稽可笑。科列帝摘下猫皮贝雷帽，戴一顶灰色绸子的旅行贝雷帽。沃提尼穿着苏格兰式的服装，打扮得漂漂亮亮，科罗西露出胸脯，波列科西穿一件肥大的铁匠蓝色工作服，人在里面晃来晃去。

卡罗菲打扮得怎么样呢？他不得不脱掉掩盖着他那小商人样子的斗篷，这样，身上所有的衣袋都暴露无遗了。那些鼓鼓囊囊的衣袋里装的全是从旧货商那里购来的没有多大价值的小玩意儿，他玩彩票中彩的清单也露了出来。大家带来的小东西有用旧报纸做成的扇子、吹气管筒、弹弓、花草等。还有金龟子从衣袋里爬出来，在衣服上蹿来蹿去。

一年级的很多小学生拿着一束束鲜花准备送给老师。女老师也都穿上了浅色而鲜艳的夏装，只有那个外号叫"小修女"的老师依然穿着黑色衣服。帽子上插着红羽毛的女老师依然有自己红红绿绿的打扮，她的脖子上系着粉红色丝绸带，可这鲜艳夺目的丝绸带往往被孩子们的小手揉得皱巴巴的，遇到这种情况，她总是笑吟吟地跑开。

这正是樱花盛开的季节，处处彩蝶纷飞，街头的歌声婉转悦耳，乡间的小径上走着悠闲自得的人们……五年级的许多孩子在波河里游泳嬉戏。大家的心早已飞向假期了。假日一天天接近，大家离开学校的愿望也急不可待了。

看到卡罗纳依然穿着孝服，我难受极了。还有，我二年级时可怜的女老师越来越消瘦和苍白，咳嗽得也更加厉害了。她弯着腰走路，跟我打招呼时，显得那么忧伤。

诗　意

二十六日，星期五

恩利科，你现在开始理解学校生活是充满着诗情画意的。但现在你是从"内部"来观察学校的。再过三十年，当你陪自己的孩子上学，像我现在一样从"外部"观察时，你对"学校"这个词的感受就会更美好，更富有诗情画意。

我时常在学校附近的寂静街道上徘徊，等候你放学，接你回家。我把耳朵贴在一层紧闭的百叶窗上听到一位女老师说：

"喂，'T'是这样写的吗？这怎么行？我的孩子。你父亲见了会说些什么呢？"

从另一个窗口传出一位老师粗壮而缓慢的听写声：

"我要买五十米布，一米的价钱是四个半里拉——然后再把布卖出去……"

再远一点儿是帽子上插红羽毛的女老师在高声朗读：

"彼得·米卡[1]举着燃烧的导火线地雷……"

从临近的教室里传出孩子们叽叽喳喳的说话声，宛如百只小鸟的啁

---

[1] 意大利都灵的著名爆破手，1706年，他为了保护都灵的城堡，手执引发的地雷跟敌人同归于尽。

啾呢喃声，可能是老师出去了一会儿的缘故吧。再往前走，拐过墙角，我听到一个学生在哭，也许是老师在责备他，也许是在安慰他。从其他窗口里传出朗读诗歌的声音、伟人和品德高尚的人的名字以及忠告人们崇尚道德、爱国和勇敢的格言。不大一会儿，整座楼房寂静无声，仿佛空了一样，难以使人相信里面还有七百个学生。有时，突如其来地会传出一阵欢声笑语，也许是老师心情好，说了什么笑话吧。凡是行人路过这所充满青春活力和希望的学校，都会禁不住停下来，向她投以温煦的目光。

突然间，传出收拾课本和书包的轻微声，紧接着是急速移动脚步的嘈杂声，刹那间，这些声音从一个教室传到另一个教室，从楼下传到楼上，像一个特大喜讯转眼之间四处传开，原来是工友通知大家放学的时间到了。听到这声音，一群群男人、女人、姑娘和小伙子都争先恐后地拥挤到门口，等候自己的孩子、弟弟妹妹或孙子。一年级的小学生一窝蜂似的冲出教室，然后又潮水般地涌进大厅去取帽子和外衣，一股喧嚣的声浪和咿咿呀呀的说话声交织在一起，搅得四周乱哄哄地嚷成一片，工友又不得不把他们一个又一个地推到大厅里。他们终于排好队，踏着步子走出校门，于是，家长们纷纷走上前去，一个个地问道：

"今天的课你听懂了吗？"

"今天留了多少作业？"

"你们明天要干什么？"

"什么时候月考？"

那些不识字的可怜母亲也要翻翻作业本看看有什么问题，问问孩子得了多少分：

"只得八分吗？"

"十分还加表扬吗？"

"课堂上得了九分？"

家长们有的着急，有的高兴，有的向老师打听着什么，有的谈论着日程安排和考试的事情。

这一切都是多么美好和伟大啊！学校为这个世界提供了多么广阔的前途啊！

你的父亲

聋哑女

二十八日，星期日

五月不可能有比我今天上午的参观更好的结局了。

早晨，我们听见门铃声，大家跑去开门。我听父亲惊讶地大声说：

"哟，焦尔焦？是您！"

焦尔焦是我们家住在吉埃里时的园丁，现在他家住在孔托维。他在希腊的铁路部门工作了三年，前天在热那亚下船回国。他是刚从热那亚来到这里的，怀里抱着一个大包裹。他有些老了，但脸色红润，精神抖擞。

父亲请他进屋，他说不必了。他的脸色突然阴沉下来，急不可待地问：

"我家里怎么样？吉吉雅好吗？"

"直到几天前还是挺好的。"我母亲回答说。

焦尔焦长长地舒了一口气，说：

"啊，感谢上帝。没有得到她的确切消息以前，我真没有勇气到聋哑学校去。我先把包裹放在这儿，跑着去接她。我都三年没见过这个可怜的女儿了。三年来，我没见过一个亲人。"

父亲对我说："你陪他去一下。"

园丁说："请原谅，我还有一句话。"

父亲打断他的话问道:"你在外边打工怎么样?"

园丁回答说:"还好,托上帝的福!我带了几个钱回来,但我想打听一下哑女教育的情况,您能告诉我吗?我离开家时,她像只可怜巴巴的小动物。可怜的小家伙啊。说实话,我不太相信这样的寄宿学校。她学会打手势了吗?妻子告诉我,说她正在学说话,而且有长进。我想,既然我不懂得打手势是什么意思,那么她学那种话有什么用呢?我们怎么相互理解呢?可怜的小家伙。然而,对那些不幸的孩子来说,他们之间能心灵相通就是一件大好事。她到底怎么样了?怎么样了?"

父亲笑了笑回答:

"不用我说什么,您去看看就一清二楚了。快去吧,别再耽搁时间了。"

我们马上出发了。聋哑学校就在附近。路上,我们走得很快,园丁忧愁地告诉我说:

"唉,我可怜的吉吉雅啊。她天生的不幸。可以说,我从未听到过她喊一声'爸爸',她也从未听到过我喊她'女儿'。自从她来到这个世界上,她从未说过一句话,也从未听到过一句话。承蒙一位慈善先生慷慨解囊,为她出了钱,她才有机会进了这所学校。但是……八岁前她不能进去,她已经离家三年了,现在快有十一岁了。她长大了吗?快告诉我,她长大了吗?她心情好吗?"

我加快脚步,连声回答:"您马上就看到了。您马上就看到了。"

园丁又问:"这学校在哪儿?那时我已离家了,是我妻子领她进去的。我觉得就在附近。"

走着走着,我们来到校门口,走进接待室,工友向我们迎来。园丁说:

"我是吉吉雅·沃姬的父亲,我要马上见女儿。"

工友回答说:"他们正在做游戏,我得去通知老师一下。"工友说完就跑了出去。

园丁不说话，踱来踱去地扫视挂在四周墙壁上的手语画面，他什么也不懂，只是茫然地看着。

门开了，一位穿着黑衣服的女老师领着一个女孩走进来。

父女俩相互对视一会儿，边叫边投到彼此的怀抱里。

女孩穿着红白相间的格子衣服，外面罩着一条白色裙子，个子比我还高。女儿紧搂父亲的脖子，父女俩抱头痛哭。

父亲热泪盈眶，拨开女儿的手臂，从头到脚打量女儿，仿佛刚跑完长跑似的喘着粗气说：

"哎哟，长这么高了。想不到出落得这么漂亮。啊，我可怜的孩子。我可怜的吉吉雅。可怜的哑女。太太，您是她的老师吗？请您叫她做个手语好吗？也许我能明白某些意思，将来，我也一点儿一点儿地学。太太，请叫她给我做几个能懂的手语。"

老师满面笑容，低声问女孩：

"来看你的这个人是谁？"

女孩笑吟吟，像一个野人学我们说话那样，用一种粗哑而奇怪的生硬声音回答，但发音很清晰：

"他是——我的——爸爸。"

园丁向后退一步，像一个疯子似的高声大喊：

"她会说话了！她会说话了！孩子，你说吧！说呀！你再说些什么呢？说呀！怎么不说了？"园丁边说边抱住女儿，在她的额上亲吻了三下，然后又连珠炮似的问老师：

"她怎么不用手语说话？太太，您怎么不用手语说话？太太，她怎么不用手比画着说话？就这样说话吗？这到底是怎么回事？"

老师回答说：

"不，沃姬先生，现在不用手语说话了，那是老办法，现在教的是新法子，用矫正口型的方法教他们学说话。怎么，您现在还不知道？"

园丁惊得目瞪口呆，说：

"我什么也不知道。这三年我都出门在外啊。对啦,家人曾给我写过信,告诉我这件事,但我不明白。要知道,我是个木头脑袋的人。噢,我的女儿,你能听懂我的话吗?你能听到我的声音吗?请你回答我,你听见了吗?你听得见我说话吗?"

老师说:"不,我的老好人先生。她的耳朵是聋的,所以她听不到您的声音。她是从您口型的变化中才知道您是在说些什么话的。这就是事情的本质。她听不见您的话,也听不见她对您说的话。她说的那些话是我们一个字母一个字母教给她的,比如她应该怎样摆放嘴唇,怎样移动舌头,为了发出声音,她的胸部和喉咙要费多大劲儿啊。"

园丁还是弄不明白,只是张口结舌,一动不动地站在那里,他还是不怎么相信这一套。

他把嘴附在女儿的耳朵上,低声问道:

"吉吉雅,告诉我,爸爸回来了,你高兴吗?"说完,他仰起脸,等着女儿回答。

女儿注视着父亲,沉思好久,什么也没说,做父亲的心里很不平静。

老师笑了笑说:

"真是好心人。你虽然贴在她的耳朵上说话,但她没有看到您嘴唇的变化,她无法回答您。现在您面对她的脸站着,把您的话再重复一遍。"

于是园丁对着女儿的脸又重述一遍:

"爸爸回来了,你高兴吗?爸爸再不走了,你高兴吗?"

女儿全神贯注地凝视着父亲嘴唇的变化,还注意口腔的变化,然后从容不迫地回答说:

"是的,你回——来了,我——很高兴;再不——走了,我——更高兴。"

这时,激动万分的父亲一把将女儿搂在怀里。为了更好地验证一下，父亲向女儿连珠炮似的发问：

"妈妈叫什么名字？"

"安——多妮娅。"

"你妹妹叫什么名字？"

"阿——德——拉易得。"

"学校叫什么名字？"

"聋……哑……学校。"

"十乘二是多少？"

"二十。"

我们满以为园丁会惊喜地笑起来，意想不到的是，他突然哭起来，这是喜悦的泪水啊！

老师对他说：

"喂，振作起来，别哭了，您应该高兴才对。您看，您一哭，女儿也跟着哭了，您是高兴，对吗？"

园丁抓起老师的手，一再吻着说：

"谢谢老师，谢谢老师。一百个感谢。一千个感谢。请原谅，我不会再说别的了。"

老师对他说：

"她不仅会说话，还会写字、算算术，另外她还能叫出许多常用物品的名字，还了解一些历史和地理。现在她已进入正常班，再上两个年级，她会懂得更多更多的东西。从这里出去，她就能谋到一份职业。在这里已结业的许多孩子到店铺当了售货员，跟其他人一样从事他们的工作。"

园丁始终百思不得其解，好像他一次比一次糊涂了。他望着女儿抓耳挠腮，不知所措。从他的表情看，似乎希望老师再给他解释一下。

于是，老师转向工友说：

"去叫预备班的一个女孩来。"

工友很快领来一个刚入学不久的八九岁聋哑小女孩，老师说：

"这是一个刚刚学说话的初级班小女孩。我们就是按照下面的方法教她的。现在我让她发'E'音，请您留心观察。"

老师张开嘴，做出发元音"E"的口型，并示意小女孩也做出同样的口型。小女孩照办。于是老师教她如何发出声音。小女孩发出声音，但不是"E"，而是"O"。

老师纠正说：

"不对，不对，不是这个音。"随后老师拿起小女孩的两手，一只手放在自己的喉部，另一只手放在胸部，重新发"E"音。

小女孩的手终于感到老师喉部和胸部的振动，于是她张开嘴，重新发"E"音，这次她发得完全对。

老师用同样的方法，把手放在喉部和胸部，教她发"C"音和"D"音。然后问园丁：

"您现在明白了吗？"

园丁明白了，但更叫惊奇了。他思索片刻，望望老师，又问道：

"你们全都这样教他们学说话吗？难道你们就是这样不厌其烦地教他们的吗？是一个一个地教他们吗？是日复一日、年复一年地这样教他们吗？你们真是圣贤，真是天使。世界上再没有什么别的东西能报答你们的恩情了。我该说些什么呢？噢，现在让我跟女儿待上一会儿吧。就五分钟。"

园丁把女儿拉到旁边坐下，开始问她，女儿开始回答。园丁的眼睛里噙着晶莹的泪水，用拳头捶打着膝盖，开心地笑了。他拉着女儿的手，深情地注视着她，欣喜若狂地听她说话，那声音仿佛从天而降。

过了一会儿，园丁又问老师：

"能有机会向校长先生道谢吗？"

老师回答说：

"校长不在，但有另外一个人您应该感谢她。这里的每个女孩都有

一个比她大的同伴像姐姐或母亲那样照料她。您的女儿是由一个面包师傅的十七岁聋哑女孩儿照管的。她心地善良,很疼爱您女儿。两年来她每天替您女儿穿衣服,梳头,教她做新衣服,给她拆洗缝补旧衣服,是个难得的好伙伴。路易吉雅[1],你在学校里的妈妈叫什么名字?"

女孩笑着回答:

"卡特——丽娜·焦尔——达诺。"然后她又转向父亲说:

"她——非常——非常——好。"

按照老师的指点,工友很快又领来一位身体健壮、脸蛋上洋溢着朝气的金发聋哑女孩。她也穿着红格子的衣服,外面罩着灰色的裙子。她站在门口,脸颊绯红,低头微笑着。她的身材是成熟女人的,但脸看上去仍然像个小女孩儿。

园丁的女儿一见她,便跑着迎上去,像小孩似的拉住她的手,把她

---

[1] 吉吉雅的昵称。

领到父亲跟前,粗声粗气地说:

"卡特——丽娜·焦尔——达诺。"

"嗬,好样的姑娘。"园丁感叹道。他想伸手去抚摸她一下,可手马上又缩了回来,只是重复说:

"嗬,好样的姑娘。愿上帝赐福给您。赐给您一切好运和欣慰,会让您和您的家人永远幸福,是可怜的吉吉雅的可怜父亲——一个正直的工人在衷心地祝福像您这样一位如此善良的姑娘哟!"

大女孩一直低着头微笑,抚摸小女孩,园丁就像凝视圣母那样望着大女孩。

老师说:"今天您可以带走您的女儿。"

园丁回答说:"把她带走?这真是太好了。我带她先到孔托维去,明天上午送回来。真的,怎么能不带走她呢?"

女儿跑着去换了衣服,园丁接着说:

"三年没有见,现在她会说话了。我马上带她到孔托维去。不,首先我要带我的小哑女到都灵,在那里,我挽着她的手臂到处逛一逛,好让大家都看看她,再带她去见一见我的几个老相识。嗬,天气真好,这才是一种安慰呢。来,我的吉吉雅,拉着你爸爸的手。"

女孩子回来时,穿一件小外套,戴了一顶宽边小帽,伸手拉住父亲的手臂。

父亲走到门口说:"谢谢大家。由衷地谢谢大家。再来时还要感谢大家。"

他停了一会儿,显得心事重重,然后丢下女儿,猛地转身回来,一只手在内衣里摸索一番,接着像个疯子似的大喊大叫:

"是的,我是个可怜的穷光蛋。唉,在这里,找到了。我要把相当于二十个里拉的一枚崭新而漂亮的金币留给学校。"

园丁用手拍打桌子,把金币放到上面。

老师深受感动地说:

"不，善良的人。您还是收起来吧。我不能接受任何钱，快拿回去吧，别给我，等校长在时您再来。校长也绝不会收的，这一点是毫无疑问的。可怜的善良人啊。您累死累活地干活儿也挣不了几个钱，您不给钱，我们照样感谢您。"

园丁固执地回答说：

"不，这钱我一定留下。"老师有什么反应呢？园丁还没有来得及加以回绝，老师已经把金币放进他的衣袋里去了。

这时候园丁摇动着脑袋，只好罢休。他用手向老师和大女孩飞吻，重新挽起女儿的手臂，大踏步向门口走去，他对女儿说：

"走吧，走吧，我的好女儿。我的可怜的小哑巴。我的小宝贝！"

女儿粗声粗气地说：

"啊，多——美的——太阳！"

六　月

加里波第

三日（明天是国庆节[1]）

今天是举国哀悼日。昨天夜晚加里波第与世长辞，终年七十五岁。加里波第是谁呢？他就是那个把一千万意大利人从波旁王朝[2]的暴政下解放出来的人。他出生于尼斯[3]，是一个船长的儿子。他八岁时就救过一个女人的生命；十三岁时他曾救起一只满载同伴的、即将失事的小船。二十七岁时他曾在马赛[4]的海域搭救了一名溺水的青年；四十一岁时，他曾在茫茫大海中救出一艘大船，使它免于一场火灾。为了使一个异族的人民获得自由，他曾在美洲辗转奋战十年；为了伦巴第和特兰提诺[5]的解放，他曾发动了三次反抗奥地利人的战争。一八四九年，为了保卫罗马，他曾英勇抵抗法国人。一八六〇年，他解放了那不勒斯和巴勒莫；一八六七年，他再次为保卫罗马而战；一八七〇年，他为保卫法国而与德国作战。加里波第有着大无畏的英雄气概和军事才华。他参加过四十次战斗，有三十七次打了胜仗。

他不打仗时，以劳动为生，或隐居在一座孤岛耕地播种。他曾做过

---

[1] 根据意大利19世纪的宪法，当时的国庆节是6月4日，现在的国庆节是6月2日，由1946年全民投票决定。

[2] 波旁家族在法国（1589—1792，1814—1815，1815—1830）、西班牙（1700—1808，1814—1868，1874—1931）和那不勒斯（1735—1805，1815—1860）建立的王朝。

[3] 法国东南部的港口城市。

[4] 法国南部的港口城市。

[5] 即现在意大利的特兰提诺－阿尔托－阿迪杰行政区。

教师、海员、工人、商人、士兵、将军和执政官。他伟大，简朴，善良。他憎恨一切压迫者，热爱所有的人民，保护一切弱者。他唯一的意愿就是乐善好施。他不求功名，拒绝荣耀，蔑视死亡，热爱意大利。当他发出一个战斗的呼唤，大批勇士便会从四面八方云集在他的麾下：绅士离开自己豪华的住宅，工人离开工厂，年轻人离开学校，在他光辉旗帜的指引下勇猛战斗。战斗时他常常穿红色的服装。他是一个身强力壮的金发美男子。战场上，他骁勇如雷电，平时温柔多情如孩童，悲痛时如圣人。一千名意大利人为国捐躯，临死之前，只要能目睹一下他风尘仆仆英勇凯旋的风采，便含笑地瞑目而去。几千万人愿为他而死，几百万人曾为他祝福，并将继续为他祈祷。

他去世后，举世都为他哭泣。现在你还不了解这个人，但以后你会读到他的事迹，将会在一生中不断听到人们讲起他。随着你的长大，他的形象也会在你心目中逐渐高大起来。当你成人之后，在你眼里他将成为一个巨人。当你不在人世时，当你儿子的儿子以及他们的后人也离开人世时，多少代人仍会仰望他那光辉的头颅，仍然会把他视为人民的解放者，他那因赫赫的战功而享有的盛名宛如群星编织的桂冠。每个意大利人提起他的名字，他们的脸上和灵魂便会放出异彩。

你的父亲

军　队

十一日，星期日

　　国庆节，由于加里波第的去世，推迟七天。

　　今天我们到城堡广场观看检阅军队。队伍从司令官的面前和长长的两列群众中间通过。在伴随队伍的军乐和管乐声中，父亲向我讲解军团和战旗的光荣史。

　　走在最前面的是军事院校的学员，他们是未来的工程兵部队和炮兵部队的军官，共有三百人左右。他们身着黑色制服，带着士兵和学生强悍与自如的优雅走过去了。跟在后面的是步兵，他们是曾在哥依托和圣马尔提诺鏖战的奥斯塔旅和参加过卡斯特尔菲达尔多战役的贝尔加莫旅。他们一共是四个团，以连为单位，一队一队奋勇前进。他们帽子上点缀着上千个流苏，从队伍的前头向后头延伸，宛如连成的无数对血红的长长的花环，随身飘荡摇曳，从人群中穿行而过。

　　步兵后面是工程兵部队，他们是战争中的工人，帽子上插着黑色马鬃制成的一排排羽饰，军服上镶着深红的袖章。这些工程兵经过的时候，可以看到在他们后面有数百支又长又直的羽饰从观众头顶飘然而过。这是阿尔卑斯山地狙击兵，是意大利门户的捍卫者。他们个个身体高大，身强力壮，脸色红润，头戴卡拉布里亚式的帽子，军装上镶着象征山地葱茏的漂亮的草绿色领章。

　　阿尔卑斯山地狙击兵还没有全部走过去，人群就沸腾起来，原来是首先突破皮亚门[1]防线而攻入罗马的老十二营的狙击部队走过来了。他们身穿棕色的制服，一个个生龙活虎，迈着矫健的步伐前进。他们帽子上的羽饰迎风招展，宛如一片黑色的波涛微荡着涟漪，尖厉的号角声如同欣喜若狂的欢呼声响彻整个广场，但军乐声很快被低沉的时断时续的隆隆车声所淹没，原来是野战炮兵部队开过来了。士兵们坐在高高的弹药箱上，六百匹烈马拉着他们前进。士兵们佩挂黄色的骑兵绶带，青铜和钢铁铸成的长长大炮在轻型的支架上闪闪发光，炮车震撼着大地，颠簸着轰隆轰隆地滚滚向前。

　　跟在后面的是山地炮兵。士兵们显得有些疲劳，装备显得有些陈旧，队伍缓慢、庄重而有条不紊地前进着。这些骁勇善战的士兵和骠勇

---

[1] 罗马东北部的古代城门，1870年9月20日，意大利军队从这里攻入罗马。

的骠马所到之处，总是给敌人带来恐怖和死亡。

最后过来的是热那亚骑兵团。这支铁骑像旋风一般，横扫从圣鲁其亚到维拉弗兰卡的十个战场。他们的头盔在阳光下闪烁，长矛林立，旗帜在风中哗啦哗啦飘扬，银辉四射，金光闪闪，铿铿有声，骏马嘶鸣。

"多好看啊！"我情不自禁地叫出声来。可父亲却责备我说：

"不该把检阅军队当作一台好看的节目。这些充满活力和希望的青年随时可能听从召唤去保卫祖国，也许仅仅几个钟头之后，他们就会在战火中倒下。当你听到人们欢欣雀跃呼喊'军队万岁！意大利万岁！'时，要想一想这些受检阅的部队是从陈尸遍野、血流成河的战场上走过来的。想到这里，你对军队的欢呼就会从内心深处迸发出来，而意大利的形象在你的心目中也必将显得更加庄重，更加伟大。"

意大利

十四日，星期二

在庆祝国庆节的日子里，你应该这样向祖国致意：

意大利，我神圣的祖国，可爱的国土。我的父母出生在这里，也将安葬在这里；我也愿在这里生活，愿在这里死亡；我的子孙也将在这块土地上成长和死亡。美丽的意大利，多少世纪以来，你就是这样伟大，这样光荣。这几年，你又获得了统一和自由。你把那么多神圣的智慧之光洒向了全世界。为了你，多少英雄战死疆场，无数勇士走上了断头台。你是三百座城市和三千万儿女尊敬的母亲。我——一个儿童——目前还不能完全知道和了解你，但我却以全部的心灵尊重你，热爱你。我以能在你这块土地上出生，做你的儿子而感到自豪。我爱你美丽的大海，爱你高耸入云的阿尔卑斯山，爱你庄重肃穆的纪念碑，爱你不朽的历史，爱你的光荣和美丽。我爱你，爱你整个的国土，如同眷恋我的那一块土地——那是我第一次见到阳光，第一次听到你名字的地方。你的每一个地方，比如勇敢的都灵，令人自豪的热那亚，充满智慧的博洛尼亚，迷人的威尼斯，强大的米兰，我都赋予同样的感觉，表示同样的感激。我还以一个儿子那样肃然起敬的情怀，爱你温柔多情的佛罗伦萨，威震四方的巴勒莫，辽阔美丽的那不勒斯，神奇而永恒的罗马。我爱你——神圣的祖国！我向你发誓：我将像爱我的亲兄弟那样爱你的每个儿女，对于你曾孕育的伟大人物，不管是死去的，还是活着的，我都刻骨铭心，永远崇敬。我将做一个勤劳和诚实的公民，不断使自己变得高尚起来。为了使贫穷、愚昧、不公正和犯罪终有一天从你的土地上消失，为了使你永远享受体面而无拘无束的平静生活，我将成为一个无愧于你的人，愿把一切献给你。我发誓：我将用自己的聪明才智和力量，心甘情愿地为你效劳，勇敢地捍卫你，即使忍辱负重也在所不惜。假如有一天需要我为你抛头颅、洒热血，我将毫不犹豫地献出生命，为你捐躯。我将仰望苍天呼唤你神圣的名字，最后一次吻你神圣的旗帜，然后安心瞑目。

你的父亲

三十二度

十六日，星期五

国庆节后的五天里，气温升高三度。我们现在正处于盛夏，大家都感到疲惫无力，春天里脸上洋溢着的那种红润润的光泽不见了，脖子变细了，腿变瘦了，脑袋耷拉着，眼睛睁不开。可怜的内利忍受着酷暑的煎熬，脸变得像蜡一样黄，有时脑袋往作业本上一搁便呼呼地睡着了。

卡罗纳总是注意把一本打开的书直立在内利跟前，免得被老师发现。科罗西把他的红发脑袋放在课桌上，看上去仿佛脑袋跟上半身分了家似的，诺比斯抱怨教室内人太多，里面的空气糟糕透顶。

现在上课需要多么大的毅力啊。我透过窗户看到婆娑的树影，真想跑过去在那里痛痛快快地乘乘凉。关在教室里，坐在课桌前，多么地悲哀和烦恼啊。我放学出了校门，看到母亲正在等我。只有在这个时候，我才打起精神，因为母亲总要留心察看一下我是不是面无血色。我做功课时，她常常问我："你觉着怎么样？"每天早晨六点她叫醒我上学时，总要念叨一番："快起吧，再过几天就要放假了，你就可以到林荫大道上去漫步了。"

母亲不厌其烦地给我讲了很多很多道理，叮咛我不要忘记那些正在辛勤劳作的孩子：他们有的正顶着似火的骄阳，在田间辛苦耕耘；有的正跟河滩上那白花花、灼热烫人的卵石堆打交道；有的整天整天地低头弯腰、一动不动地站在玻璃厂的火炉旁操作。他们早晨比我们起得早，而且没有什么假期。我们要再努一把力才是啊。说到这里，德罗西要算第一了。他，一头黄灿灿的鬈发，既不怕热，也不打瞌睡，始终精神饱满，活泼开朗，像在冬天里一样。他的学习也不费什么气力，而且他周围的同学也保持着清醒的头脑，仿佛他的声音能使空气变得洁净清新似的。

还有两个人也同样头脑始终清醒并专注。一个是顽强的斯达尔迪，他担心自己睡觉，就使劲儿用手揉搓面颊。他越感到疲倦，感到热，他的牙就咬得越紧，两眼睁得圆圆的，像一口要把老师吞下去似的。另一个是卡罗菲，他一心忙着用红纸做扇子，上面贴着火柴盒的商标，一把卖两个铜币。

但是最令人佩服的要数科列帝了。可怜的科列帝。他早晨五点起床就帮父亲背柴。在学校里，到了十一点，他的眼就再也睁不开了，脑袋耷拉到胸前。他醒过来后，便用手拍拍后脑勺，请求老师允许他到外边洗把脸，有时让旁边的同学推他一下，拧他一把。今天上午他实在支撑不下去了，便沉睡过去。老师大声叫他："科列帝！"他没醒过来。老师生气了，又喊一声："科列帝！"还是没有喊醒他。坐在他旁边的烧炭工的儿子站起来对老师说："他从五点到七点一直在背柴。"

老师一听，让他继续睡下去了，课又上了半个钟头，老师走到科列帝的课桌前，轻轻地在他脸上吹了几下，把他弄醒了。他看到老师站在自己面前，害怕得一直往后缩。老师用手托起他的脑袋，在他的额头亲吻着说：

"孩子，我不怪你。你绝不是懒惰才睡着的，而是过度劳累的缘故。"

我的父亲

十七日，星期六

恩利科啊，你的同学科列帝和卡罗纳绝对不会像你今晚回答你父亲那样来回答他们的父亲。恩利科，你怎么这样对父亲说话呢？我还活着的时候，你必须向我起誓：今后永远再不能有这种事了。

每当父亲责怪你，而你对他出言不逊时，你应该想一想，那是迟早一定来临的一天。他把你叫到床前说："恩利科，跟你永别了啊！"我的孩子。等你将来听完父亲最后一次声音，过了很久，你来到他的书房望着再也不会打开的书籍而暗自落泪时，想起有时不够尊重他的情景，你会情不自禁地扪心自问：

"怎么可能呢？"到了那个时候，你将明白父亲是你最好的朋友。当他不得不处罚你的时候，他心里比你还难受。他责怪你，让你流了泪，这只是因为他实在太爱你的缘故。那样，你将后悔莫及，会含着泪水在父亲的书桌上亲吻。他曾为了儿女在这张书桌上日夜工作，耗尽了最后一滴心血。现在你还不明白，他只把慈爱和亲情留给你们，而其他一切均埋在心底。你还不知道，他有时累得精疲力竭，觉得自己将不久于人世。即使在这个时候，他还是惦记着你，担心留下你无人照管。他常常这样想着的时候，不觉走进你的房间，手提油灯，深情地望着你进入梦乡，然后，忍着疲劳和忧郁，强打起精神，回到书房继续埋头工作。你不明白，他时常把你找来，跟你在一起，因为在他的内心深处隐藏着世界上所有人的那种辛酸和烦恼。你跟他在一起，他把你当作朋友，真诚相待，倾吐衷肠，这就使他获得了宽慰，把一切忧伤忘得一干二净。他还需要从你的亲情中排遣愁绪，恢复宁静和勇气。你不妨想一想，假如他不能从你那里得到亲情，而回报的是冷淡和无礼，他将感到莫大的痛苦。今后，我再不许你这样忘恩负义了。即使你将来成了圣贤，也不足以报答他曾为你并将继续义无反顾地为你所做的一切。你要想一想，一个人能活多长时间是无法计算的。也许你还是个小孩子时，一场飞来的横祸夺走了你父亲的生命，也许两年，也许三个月，也许明天，谁也说不清。

　　我可怜的恩利科啊！假如你父亲已不在这个世界上了，你周围的一切将发生变化。你母亲将穿上丧服，家里将是一片凄惨的景象，你将觉得生活是多么的空虚！孩子，去吧，到你父亲那里去，他还在书房伏案工作呢。你要踮起脚尖轻轻走进去，把前额放在你父亲的膝盖上，请他宽恕你，为你祝福。

你的母亲

到乡下远足

十九日，星期一

　　心地善良的父亲这次又原谅了我。他早在星期三就允许我同科列帝的父亲——木柴商到乡间去游玩。我们都需要呼吸一下山里的新鲜空气。不用说，大家高兴得像过节一样。

　　昨天下午，我们一行——德罗西、卡罗纳、卡罗菲、波列科西、科列帝父子和我约定两点在"法令"广场集合。大家都带着干粮、香肠、熟鸡蛋和水果，还拿着喝葡萄酒用的野餐杯和马口铁杯。卡罗纳带一葫芦白葡萄酒，科列帝在他父亲的军用水壶里装了紫葡萄酒。小个子的波列科西穿着铁匠的工作服，胳膊肘下夹一个两公斤的圆面包。

　　我们乘公共马车来到位于山脚下的"伟大圣母·上帝"教堂，接着就向山里走去。一眼望去，山野间一片嫩绿，密林遮天蔽日，空气格外清新。我们时而在草地上翻跟头，时而来到小溪边捧起水洗脸，或者翻过篱笆，穿梭来往，老科列帝远远地跟在我们后面，夹克搭在肩上，吧嗒吧嗒地抽着石膏制作的烟斗，时常用手势提醒我们别剐破裤子。

　　波列科西吹着口哨，可我以前从没有听到过。科列帝一边玩还不忘替别人干事。他个子不高，但是心灵手巧，样样会干。比如，他用只有一个手指头长的折叠小刀刻小磨轮、小餐叉子、水枪；他替别人背东西，自己累得满头大汗，却始终像狍子一样灵活。德罗西时常停下来，告诉我们各种植物和昆虫的名字，我真闹不明白，他怎么知道得这么多。

　　卡罗纳一声不响地嚼着面包。但母亲去世之后，他再也不像以前啃得那么乐滋滋的了，可怜的卡罗纳！他还是他，总是那么心地善良。当我们中间一个人助跑要过沟的时候，他总先跳过去，然后再从对面伸手接住别人。波列科西小时候被奶牛顶撞过，所以见了牛就害怕，遇到牛，卡罗纳就抢先一步跑到波列科西面前，将牛挡住。

　　我们来到坐落在小山顶的圣玛尔格丽达村，然后开始下坡。大家有的跳跃，有的翻滚，有的干脆坐着朝下滑，磨破了衣服，碰伤了皮肤。波列科西不小心跌倒在灌木丛中，衣服剐了一个口子。他穿着剐烂的衣服觉得实在不好意思。卡罗菲在外衣里永远带着别针，这不，现在正好派上了用场，把撕破的口子用别针别起来，别人再也看不出来了。波列科西一再说：

"对不起！对不起！"说完，他又开始跑起来。

卡罗菲连路上的时间也不放过。他摘能做拌凉菜的野菜，捉蜗牛，就连稍微光亮的小石头他也捡起来装进衣袋里，以为里面含有金子或银子呢。我们一路上奔跑着，翻滚着，攀登着，时而顶着太阳，时而走在树荫底下，有时上坡，有时下坡，越过一座座山岭高地，走过许多崎岖的羊肠小道，终于汗流浃背，气喘吁吁地爬到另一座小山顶上，坐在草地上，开始吃下午茶点。

从山顶上眺望，无边无垠的原野尽收眼底，整个阿尔卑斯山一片黛绿，其山峰白雪皑皑。我们个个饥肠辘辘，饿得要死，吃起面包来，活像一下子溶化在口里似的。老科列帝用南瓜叶子把香肠包起来，分给我们每人一份。我们一边吃，一边谈论着这次没有来玩的老师、同学和考试以及其他种种事情。波列科西有些难为情地吃着东西，卡罗纳便挑选自己的食物中最好吃的那一份塞进他的嘴里。科列帝盘腿坐在父亲身边，看上去他俩不像父子，倒像一对兄弟。他俩紧紧地坐在一起，脸都是红通通的，满面笑容，露出雪白的牙齿。老科列帝开怀痛饮，连我们喝剩一半的酒也拿去喝个精光。他说：

"喝酒对于你们这些读书的孩子是有害的，但对卖柴人是必不可少的。"

接着，他捏着儿子的鼻子摇晃着对我们说：

"孩子们，请你们爱这个家伙吧，他是个货真价实的正人君子呢。我说出来也不怕你们见笑。"

大家一听，除了卡罗纳，全都扑哧一下笑了。老科列帝一边饮酒一边说：

"唉，想起来还真遗憾呢。你们现在在一起的时候是好朋友，可再过几年谁说得清楚呢？恩利科和德罗西可能成为律师或教授，或别的什么名人，其他四个人可能成了店铺的伙计，或者有了别的职业，天晓得到了什么地方呢。那时，就要说：伙伴们，再见了！"

德罗西回答说:"哪里的话。对我来说,卡罗纳永远是卡罗纳,波列科西永远是波列科西,其他人也都一样。我即便成了俄国皇帝,他们去了哪里,我也将到那里去。"

老科列帝举起酒壶惊喜道:"上帝保佑,但愿如此。是应该这么说,上帝啊!来,大家来干一杯!好同学万岁!学校万岁!是学校让你们那些有钱的和那些没钱的变成了一个大家庭!"

我们都举起杯来去碰他的酒壶,喝下最后一口酒。他大声说:

"四十九团四营万岁!"老科列帝说完站起来,将剩下的酒一饮而尽,接着又说:

"孩子们,如果你们将来也参军,也要像我们一样坚强勇敢啊。"

天色已晚。我们唱着歌儿,飞跑着下山,一起走了好长好长一段路。来到波河边,已是黄昏时分,无数萤火虫在飞舞。我们一直到"法令"广场才分手告别,并约定下星期日大家到维托利奥·埃马努埃勒剧院去看夜校毕业生的发奖仪式。

这是多么美好的一天啊!要不是遇上我二年级时那可怜的女老师,我回到家里该多么高兴呀!我正好在她下楼梯时碰上她。在黑暗中,她一眼便认出了我。她拉住我的手,附在我的耳朵上说:

"恩利科，再见吧，请记住我啊！"

我注意到她哭了。

我上了楼，对母亲说：

"我碰上了女老师。"

眼圈红红的母亲回答我说：

"她卧床休息去了。"母亲神情极其悲伤地望着我说，

"可怜的老师……她病得很厉害呢！"

给工人们发奖

二十五日，星期日

正如约定的那样，我们一起来到维托利奥·埃马努埃勒剧院观看为工人们发奖。剧院的布置跟三月十四日那天一样，里面座无虚席，人头攒动，几乎全是工人们的家属，乐池里是音乐学校的男女学生。他们唱着一首纪念克里米亚战争战死者的赞歌，歌声优美动听。唱完后，全体起立，热烈鼓掌，欢呼声此起彼伏，要求再唱一遍。学生们又从头演唱了一遍。获奖者排队走到市长、省督和其他各级官员面前，接着，官员们把书籍、银行的储蓄存折、文凭和奖章一一发给他们。我看到小泥瓦匠靠着母亲坐在池座的一个角落里，另一边坐着校长，校长后面是我三年级时的红头发老师。

首先上台领奖的是夜校绘画班的学生——金银首饰匠、雕刻匠、石印工人、木匠和泥瓦匠，然后是商业学校的学生，接着是音乐学校的学生，其中有几个姑娘和女工，都穿着华丽的服装，个个满面春风，大家向她们热烈鼓掌，招手致意，最后是夜校初级班的学生。

这种场面真有意思。他们的年龄不等、职业不同、穿戴各异，有灰白头发的男人，有工厂的小伙子，还有蓄着大黑胡子的工人。年纪小的

从容不迫，年纪大的却显出尴尬的样子。人们对最老的和最小的起劲儿鼓掌，齐声喝彩，然而没有一个观众是嬉皮笑脸的，正像给我们发奖的时候那样，大家的表情专注、严肃。

很多获奖者的妻子和儿女都坐在池座里。获奖者在台上走过时，孩子们便大声呼唤父亲的名字，频频招手致意，兴奋得放声大笑。农民和搬运工走过去了，他们是朋孔巴尼学校夜班的学生。在城堡中心学校的夜班中，有一个我父亲认识的擦皮鞋的人，省督发给他一张文凭。跟在他后面的是个彪形大汉，我仿佛在什么地方见过他似的，噢，原来是小泥瓦匠的父亲，他还得了二等奖呢。我记得小泥瓦匠生病的时候，我是在小泥瓦匠的病床前看见过他的。我马上在池座里开始寻找起小泥瓦匠来。可怜的小泥瓦匠，我看到他正在用他那光彩熠熠的大眼睛滴溜溜地望着台上的父亲，还一边做着兔脸，掩饰心中的喜悦与激动。这时候，忽然爆发出一阵经久不息的掌声，我向台上望去，原来是个扫烟囱的孩子，脸上干干净净的，穿着工作服，市长正拉着他的手跟他说话。

扫烟囱的孩子后面，是一位厨师和一位在拉依内里学校上夜校的市政清洁工上台领奖。这时我的心里有一种说不清道不明的滋味，也许是一种厚爱和非常尊重的感情吧。想想看，所有这些劳动者和家中的父亲们都要为一家大小的生活奔波操劳。他们要付出多大的努力啊！为了获奖，他们得付出多少代价啊！在他们的劳累上还要再加多少辛苦啊！他们需要睡眠时，又要减少多少小时的睡眠啊！对他们很不习惯的头脑和由于劳动而布满老茧的粗糙的大手来说，读书识字并获得这些奖赏不知费了多少精力啊！

接下来是工厂里的一个男孩子。可以看出，他穿的夹克是父亲为了这件事特意借给他穿的。袖子老长老长的，他到台上领奖时，不得不将袖子卷起来，很多人禁不住笑起来，但笑声很快被一阵阵掌声所淹没。他后面是一位秃头、白胡子的老人。后面是炮兵，其中几个是在我们学校的夜校学习。再后面是几个税警、市政警察，还有几个警察是护卫我们学校的。

最后，夜校的学生又唱起缅怀克里米亚战争牺牲者的赞歌。但这次，歌声饱含着从内心迸发出来的感人至深的激情。观众虽然没再鼓掌，但被深深地打动了，他们缓慢而悄无声息地走出剧院。

过了一会儿，整条街上挤满了人。在剧院门前，那个扫烟囱的孩子手里拿着奖给他的书，上面系着红缎带，几个绅士围过去跟他说话。有许多工人、孩子、警察和老师从马路的这一边向马路的另一边问候和致意。我三年级时候的老师随着两个炮兵走了出来。有许多工人的妻子，怀里抱着孩子。孩子的小手抱着父亲的文凭，自豪地炫示给别人看。

女教师之死

二十七日，星期二

当我们在维托利奥·埃马努埃勒剧院参加授奖仪式时，我二年级时那可怜的女老师去世了。她是在探望我母亲后第七天下午两点去世的。昨天上午，校长来到我们教室，向我们宣布了这一不幸的消息。他说：

"你们中间有些人是她的学生，都知道她是那样的善良，那样的爱你们。对孩子来说，她是一位母亲，现在她死了。很长时间以来，病魔一直吞噬着她的生命。如果不是为了挣几个钱养家糊口而拼命工作的话，她是完全可以求医看病的，也是可以治好的。要是她请假休养一下，至少还能延长几个月的生命。然而她舍不得离开孩子们，情愿跟大家待到最后一天。星期六，也就是十七日晚上，她知道自己再也见不到大家了，于是不得不跟孩子们做最后的告别。她谆谆告诫他们，再一一吻过他们，才哭着走开。今后谁也不会再见到她了。孩子们，你们要永远记住她啊。"

波列科西上二年级时，曾是女老师的学生。他现在低头趴在课桌上呜呜咽咽地哭起来。

　　昨天下午放学后，我们都到老师家，准备护送她的灵柩到教堂去。由两匹马拉着的灵车停在门前的街道上，已有许多人等在那里，并低声说着话，校长和我们学校的所有男女老师以及她生前曾经执教过的学校的老师都来了。她班里差不多所有的孩子全由母亲领着赶来了。母亲们手里举着大蜡烛。不是女老师班的很多学生也来送葬了，我们学校共来了五十个同学，他们有的拿着花环，有的拿着玫瑰花束。

　　灵柩上已摆满花束，还有一个金合欢花的巨大花环挂在灵车上，上面用黑字写着"原五年级的学生敬献给我们的女老师"几个格外醒目的大字。这个巨大花环下面还挂着一个小花环，这是她班里的孩子送的。人群中还有不少手持着蜡烛的女用人，是由她们的女主人派来送葬的，还有两个穿号衣的男仆手里举着燃烧的大蜡烛。有一个富豪，是女老师生前一个学生的父亲，乘坐挽着天蓝色丝带的马车前来送葬。大家都聚集在女老师的家门口，有几个女孩子擦着眼泪。

　　我们一声不响地等了一会儿。棺材终于抬出来了。当棺材放到灵车上的时候，一些小孩子放声大哭起来。有一个开始大声喊叫，好像这时才明白老师死了，突然号啕大哭。他一阵阵激动的哭泣引起全身痉挛，人们赶紧把他带走了。

　　送葬的队伍按照顺序排列好缓慢地出发了。走在最前面的是穿着绿色服装的姑娘，她们全是在"贞洁圣母"[1]修会学习的学生，然后是身着白衣、系着天蓝色丝带的女孩子，她们是圣母玛利亚的崇拜者，接下来是神父。灵柩后面跟着男女老师们，二年级的学生和其他人，最后是一般人群。人们都从窗户、门口伸出头来张望。他们看见孩子和花环后说：

---

[1] 根据1854年所宣布的罗马天主教教义认定，圣母玛利亚在其母腹成胎以及耶稣在她腹中成胎均因蒙受天恩而未沾染原罪。

"是学校的女教师。"有些领着最小的孩子送葬的太太也情不自禁地哭起来。

到了教堂门口,人们把棺材从灵车上抬下来,安放到最大祭坛前的中殿。老师们把花圈放到棺材上,孩子们向上面撒着鲜花。周围的人拿着点燃的蜡烛,在宽敞幽暗的教堂里唱起祈祷词。等到神父说完最后一声"阿门"时,蜡烛一下全都熄灭了,大家跟着快步走出教堂。唯有老师独自留在那里。可怜的老师。她对我们是那样的好,那样的耐心,为我们含辛茹苦了那么多年。去世前,她把所有的一切都送了人。她把几本书留给了她的学生们,一瓶墨水给了一个孩子,一个方格本送给了另一个。在她病故的前两天,她对校长说,不要叫那些最小的孩子去送葬,因为她不想让他们哭泣。她为我们做了那么多好事,忍受了许多痛苦,现在悄然而去了。可怜的老师!她孤苦伶仃一个人留在黑咕隆咚的教堂里。再见了,我们的好朋友!永别了,我们的好老师!这是我童年时代留下的甜蜜而又悲伤的记忆!

感　谢

二十八日,星期三

我可怜的老师本想坚持到教完这个学年,可是在全部功课结束的前三天就跟我们永别了。等到后天我们再到教室听完最后一篇每月故事"客船失事",本学年就全部结束了。星期六——七月一日,开始考试。这一年——第四个学年就这样过去了!要是我的老师还健在的话,那该有多么惬意呀!

我情不自禁地想起去年十月的情形。我觉得自己知道了更多的东西,学到了不少新知识,能够把想说的和想写的很好地表达出来,连大人都解答不出来的算术题我都会算了,并能帮助他们算一些生意上的账。我懂得更多了，读过的一切东西，我几乎能完全理解……想到这里，我格外高兴。

有多少人督促我、帮助我学习呀！有人用这种方式，有人用那种方式，在家里，在学校，在街上……凡是我曾经到过的地方和曾经增长见识的所有地方，都有人教我很多东西，现在我谢谢诸位了。

我的好老师，我要首先感谢你。你对我是那样的宽容和热情，每一种令我喜悦、令我自豪的新知识都包含着你的辛劳。德罗西，我还要感谢你——我所敬佩的同学，当我不会做功课时，由于你及时和热情的解释，让我明白了一些困难的问题，并克服了考试中的许多障碍。我也要感谢你——斯达尔迪，出色而坚强的好孩子，你向我展示了你是如何以自己的钢铁意志来摘取每一个胜利果实的。也要感谢卡罗纳，你是那样的心地善良、慷慨大方；你的崇高品德让所有认识你的人都变得大度和善良。还有你们——波列科西和科列帝，你们给我树立了"苦难之中有勇气，劳动之中要沉着"的榜样。我感谢你们，感谢所有的人！

但我应该特别感谢你——我的父亲。你是我的第一位启蒙老师和第一个朋友，你曾给我许多善意的忠告，教给我很多东西。你为我不辞劳苦地工作，总把忧愁深埋心底，想方设法让我们感到学习的快乐和生活的美好。还要感谢你——我温柔多情的母亲。你是我所爱戴的、所祝福的守护天使。你和我同欢乐，共患难——陪我一起学习，跟我一起劳累，同我一块哭泣；你一手抚摸着我的前额，一手向我指出天国之路。现在我要像小时候那样，跪倒在你们的面前，道一声谢谢你们！在我生命的十二年中，你们不断为我做出牺牲，并给我无限的爱，我要以你们对我灵魂倾注的全部柔情来感谢你们！

客船失事（每月故事）[1]

许多年前，十二月的一个上午，一艘巨大的客船载着二百多名乘客从英国的利物浦启程了。船长是英国人，七十多名水手也几乎全是英国人。乘客中还有几名意大利人：三位太太，一个牧师，一支乐队。客船要驶向马耳他岛，天空乌云密布。

位于船头的三等舱的乘客中，有一个十二岁的意大利男孩子。从年龄来说，他的个子不算高，但是很健壮，一张漂亮的西西里型脸蛋流露出勇敢和坚毅。他独自一人坐在前桅杆的一堆缆绳上，身边有个破旧不堪的手提箱，里面放着生活用品。他的一只手摸着手提箱。少年的皮肤是棕色的，波浪式的黑油油的头发一直垂到肩上。他穿戴寒酸，肩上披着一条破烂的床单，腰间斜挂着一个陈旧的皮挎包。他若有所思地环顾四周，看着乘客和在甲板上来回走动的水手，出神地望着客船和波涛滚滚的大海。他心事重重，好像家中最近遭受了巨大的不幸，一张娃娃脸挂着大人的表情。

出发不久，一位灰白头发的意大利水手拉着一个小女孩从船头来到西西里少年面前停下来，对他说："马里奥，我给你带来个小女孩，跟你做个伴吧。"然后就走了。

女孩在靠近少年旁边的一堆缆绳上坐下。他俩相视了片刻。

"你到哪儿？"西西里少年问。

女孩回答："先到马耳他，再到那不勒斯。"

女孩继续说："我去找爸爸和妈妈，他们在那里等我。我叫朱列塔·法贾妮。"

少年默默地不吱一声。

过了一会儿，少年从挎包里拿出面包和水果，女孩随身带着饼干，

---

[1] 原文无日期。

他俩一块儿津津有味地吃起来。

"情况不妙!"意大利水手跑过来冲着他俩大声嚷道:

"船开始跳舞了,你们还没事似的!"

风越刮越大,客船剧烈地颠簸着,可两个孩子都没有晕船症,毫不在乎,女孩还笑呵呵的呢。看上去,她的年纪跟男孩不相上下,但个子却比男孩高得多,棕色的皮肤,身材苗条,脸盘消瘦苍白,穿着朴素,卷曲的头发短短的,头上围一条红头巾,耳朵上戴着银耳环。

他俩边吃边说各自的事情。男孩的父母均已去世。父亲是个工人,前不久在利物浦病故,留下他孤苦伶仃一个人。意大利领事馆把他送回国内,有几个远亲在西西里岛巴勒莫等他。女孩是前年被她的一个守寡的姑妈带到伦敦的。姑妈特别爱她。她的穷困潦倒的父亲把她托付给姑妈照管,指望将来从姑妈那里得到一笔遗产。然而,过了数月,姑妈不幸被马车轧死,一个铜板也没有留下,她不得不请求意大利领事馆用船将她送回国内,于是,他俩便同时被托付给那位意大利水手照管。

"看来,"女孩对少年说,"我的父母还真相信我是腰缠万贯回国了,可我没带什么钱,当然,他们会同样爱我的。我的弟弟们也同样会喜欢我。我有四个弟弟,他们都很小。我是家里最大的孩子,连衣服都是我给他们穿。这次他们见到我,准会像过节那样兴高采烈。我要踮起脚尖进屋,然后突然向他们大叫一声:'哎哟,当心险风恶浪。'给他们来个惊喜。"

女孩又问少年:"你去亲戚家住吗?"

"是的,如果他们要我的话。"少年回答。

"如果他们不爱你怎么办?"

"我不知道。"

"到了圣诞节我就满十三岁了。"女孩说。

接着,他俩便没完没了地对大海,对周围的人评头论足起来。他们整天待在一起聊天交谈。乘客还以为他俩是亲姐弟呢。女孩织袜子,男孩心事重重。狂风恶浪骤然加剧。晚上分手去睡觉时，女孩对马里奥说："愿你睡个好觉。"

"可怜的孩子们，今晚谁也别想睡好。"刚好经过这里去船长室的那位意大利水手告诫他们。男孩正要向女孩道声"晚安"时，一个巨浪突然向男孩猛打过来，把他一下子掀了个仰面朝天，他撞到了一把椅子上。

"我的妈呀，你出血了！"女孩大喊一声，跑到男孩跟前。乘客们乱作一团，四处躲藏，谁也顾不得照顾男孩。女孩跪在因为受到惊吓而失去知觉的马里奥面前，给他擦去额头上流出来的鲜血，摘下自己头上的红头巾，裹在男孩脑袋上。为了把头巾的角打成结，女孩把男孩的头紧紧靠在自己胸前，这样，她系着皮带的黄色衣服上便留下一块血迹。

马里奥终于醒过来，并站了起来。

"你感到好些了吗？"女孩问。

"没什么事了。"男孩回答。

"那就痛痛快快地睡一觉吧。"朱列塔说。

"晚安。"马里奥回答。他俩沿着船梯各自回舱睡觉去了。

水手果然说对了。他们还没有入睡，可怕的暴风雨就开始施威了。刹那间，汹涌澎湃的巨浪犹如难以驾驭的野马向客船奔腾而来，折断了一个桅杆。系在吊车上的三只救生艇和船头的四头牛也像风卷残叶一般被海水冲散。船上顿时乱作一团，凄惨的呼叫声、物体的倒塌声、震耳欲聋的喧闹声、撕心裂肺的号啕声，还有祷告声响成一片，令人不寒而栗。暴风雨更加猛烈，怒吼了整整一夜。天亮时，大风仍然凄厉地咆哮着。大海的怒涛发出巨大的轰鸣，从四面八方向客船冲击过来。哗哗作响的海浪不断扑向甲板，激起飞溅的水柱和浪花。甲板上所有的东西都被吞没着、拍打着，最后被卷进大海。安放蒸汽机的平台被冲毁，雷鸣般的波涛冲了进来，锅炉的火熄灭了，司炉不知到什么地方去了。一排排闪光的浪花从四面八方狂涌过来，侵吞着客船。

一个雷鸣般的声音大喊大叫："快拿抽水泵！"这是船长的声音。水手们跑着去拿抽水泵。浪头一个接着一个从船尾扑过来。忽然间一个恶浪冲坏了舷窗和舷门，海水一个劲儿地灌进船内。

全体乘客个个吓得目瞪口呆，一下子全躲进大客厅里。这时候，船长到了。

"船长，船长！"大家异口同声地连声喊道，"现在怎么办？我们怎么摆脱困境？我们有希望吗？您快救救我们！"

等大家平静下来后，船长无可奈何地说："还是听天由命吧。"

只听一个女人大叫一声："我的天啊，发发慈悲吧。"她说完，就再没人吱声了。恐怖的气氛令大家毛骨悚然。大家在死一般的寂静中打发着时光，只是面面相觑，默默无言，吓得脸色苍白。汹涌的海涛发出巨大的轰鸣，船剧烈地颠簸着。这时候，船长试图往大海里抛出一只救生艇，五个水手登上去。救生艇开始下沉，浪头把救生艇吞没了，两个水手被淹死，其中就有那位意大利水手，其他三个费了好大的力气才抓住缆绳，又登上客船。

看到眼前的情景，剩下的全体水手也失去了勇气。两小时后，海水淹没了护桅锁链。甲板上的惨状目不忍睹，母亲们拼命地紧抱着自己的孩子，朋友们相互拥抱，说着"永别了"之类告别的话。有的人不愿眼睁睁被海水吞没，干脆跑进船舱里，有一位乘客朝自己的头上开了一枪，重重地摔倒在睡舱的旁边，痛苦地呻吟着；很多人举止失常，相互紧紧抱在一起，女人们痛苦得浑身瑟瑟发抖。还有人跪在神父面前祈祷。孩子的哭闹声、哀鸣声、刺耳的惨叫声交织在一起，如同世界末日的来临。有的如同雕像，纹丝不动地伫立在那里，眼珠子鼓得圆圆的，毫无表情，如同僵尸或者着了魔的疯子。两个孩子——马里奥和朱列塔紧抱桅杆，目不转睛地凝视着大海，好像两个没有感觉的人。

雷鸣般的波涛开始平息了。但客船仍继续缓缓地下沉，用不了几分钟，就要沉没了。

"放下救生艇！"船长大声喊。最后一只救生艇放下水后，十四个水手和三名乘客跳上去。船长留在了客船上。

"船长，快跟我们一起上来！"上了救生艇的人向船长大声喊。

"不，我必须死在我的工作岗位上。"船长回答。

"遇到别的船，我们就有救了。"水手们继续央求船长说，"快上来吧，要不您就错过良机了。"

"不，我要留下来。"

"还有一个位置。"水手转向其他乘客呼喊着，"上来个女的也可以。"

一个女人被船长扶着往前走。但她看见距离救生艇很远，没有勇气跳上去，一下子跌倒在甲板上。别的女人也几乎都吓晕了，像奄奄一息的人。

"上来个孩子！"水手声嘶力竭地喊道。

听到水手们的叫喊声，惊吓得呆若木鸡的西西里少年和他的伙伴出于求生的强烈本能，一下子清醒过来，箭一般地嗖嗖离开桅杆跑到船边，异口同声地呼叫着："让我上。"两人争先恐后地跑着，如同两只狂暴的野兽。

"小点儿的一个上来。"水手们喊叫，"救生艇已经超重了，快，小点儿的上来。"

听到这话，女孩像被闪电击中似的，双臂下垂，纹丝不动地伫立在那里，用呆滞无光的眼神注视着马里奥。

马里奥也凝视着朱列塔，见到她身上的一片血迹，他陷入了沉思，一个神圣的念头闪现在他的脸上。

"小点儿的一个上来！"水手们焦急万分，异口同声地连连喊道，"小点儿的快上来，我们要走了！"

这时，马里奥用一种不像他自己的声音叫道：

"朱列塔，你比我体轻。你有父亲，有母亲，我是孤苦伶仃的一个人，我的位置让给你，你就上去吧！"

"把她扔到水里！"水手们喊叫着。

马里奥抓着朱列塔的腰身，把她扔进海里。

女孩大叫一声，扑通掉入水中，一个水手抓住她一只胳膊，把她拉上了救生艇。

马里奥的头发随风飘拂，神情泰然自若，昂首挺胸，一动不动地站在船边。

救生艇启动开走了，它刚刚来得及躲过客船下沉时产生的巨大漩涡冲击而被掀翻的危险。

这时候，仍未完全恢复知觉的小女孩举目望着少年，放声大哭起来。

"永别了，马里奥！"女孩抽泣着伸出双臂喊道，"永别了！永别了！"

"永别了！"少年也举起双手回答。

救生艇在阴暗的天空下，随着汹涌的波涛向远方迅速地漂流而去。

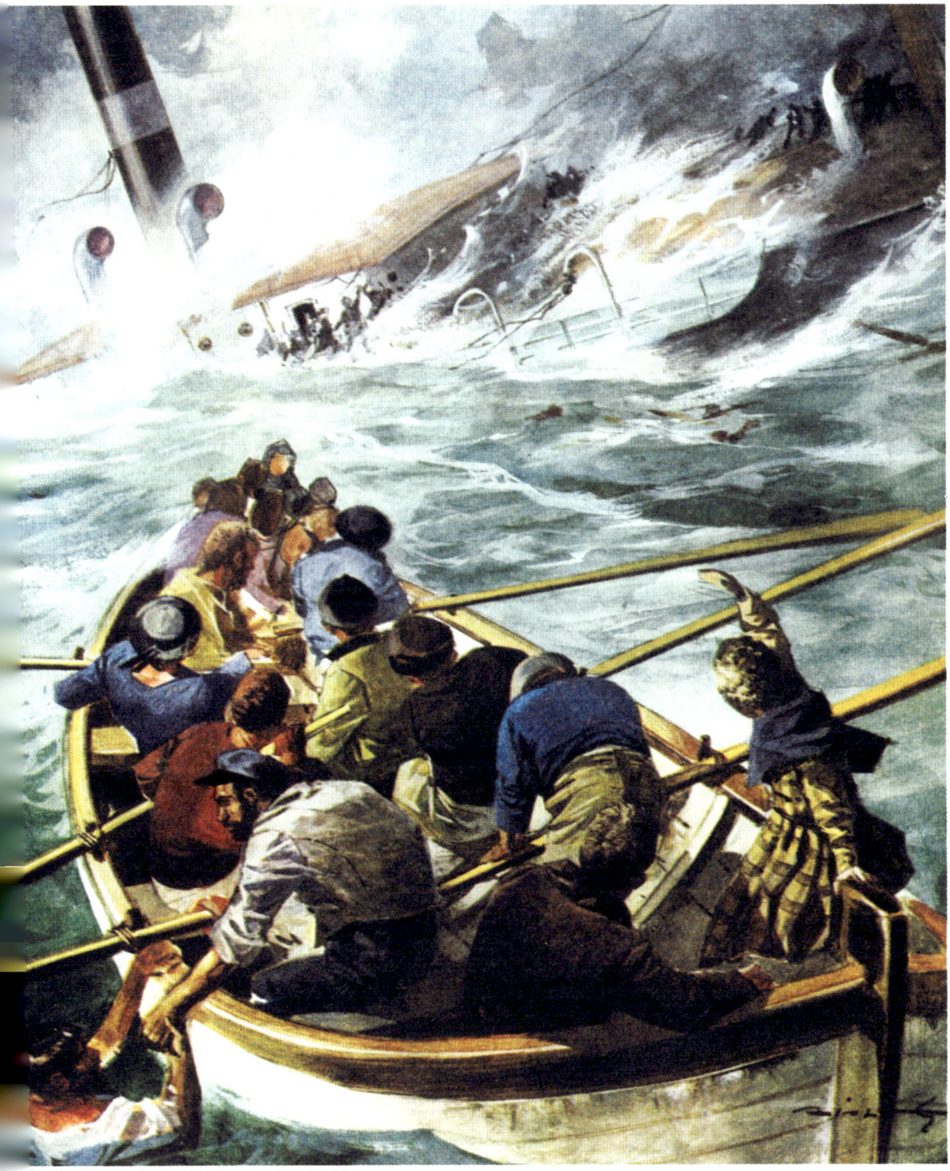

船上再没人呼喊，海水已漫到甲板边。

少年突然跪下，合掌举头仰望天空。

女孩双手掩面。

当她抬头时，举目向大海瞥了一眼，客船早已无影无踪了。

七 月

母亲的最后嘱咐

一日，星期六

恩利科，这个学年到此结束了。在最后的一天，一个舍己救女伴的高尚少年的形象，作为永久的纪念，留在你的脑海中，真是件大好的事情。现在，在你即将跟老师和同学们分手的时刻，我必须把这个令人伤心的消息告诉你，这次分手不仅仅是三个月，而是永远。由于职业的原因，你父亲必须离开都灵，我们全家都要在今年秋季跟他一起到别的地方去。你将进入一所新学校。这消息使你感到很遗憾，对吗？我深信，你很爱现在的学校。四年来，你每天两次去学校，感受到学习的快乐。很久以来，你每天都在一定的时间跟同样的老师、同样的同学及同样的家长见面，爸爸和妈妈总是面带笑容等着你。这所学校启迪了你的智慧，使你结识了很多要好的伙伴，你听到的每一句话都出于为你好的目的，你遇到的每一件憾事都对你大有裨益，你要带着这种爱，从心里跟同学告别吧！他们中间有些人可能惨遭不幸，很快失去父母亲；有的也许年纪轻轻的，就死于非命；有的可能在战场上英勇献身；很多人将成为出色的和正直的工人，成为勤劳、正直家庭的父亲。谁知道，有的人会不会成为国家的功臣而流芳百世呢？你满怀深情地和他们告别吧！请你把一点儿灵魂也留给这个大家庭吧！当你进入这个家庭时，还是个孩子，你现在离开这个家庭时，已是个少年了。由于这个大家庭曾给予你无微不至的关怀，你的父母亲也对她感恩不尽。我的恩利科，学校就是母亲。当你投入她的怀抱时，还是个刚刚学会说话的小孩子，现在你已长大了，成了一个体魄健壮、灵魂高尚、勤奋好学的少年。你为这个大家庭祝福吧。我的孩子，请永远不要忘记她。啊，你是不可能忘记这个大家庭的。即使你将来长大成人，周游了全世界，浏览了无数的世界名城和令人流连忘返的纪念碑，随着岁月的流逝，你可能忘记了它们其中的一部分，但那简朴的小白屋，连同那关闭的百叶窗和那启迪你智慧之花的小小校园，将永远留在你的脑海中，正如我永远不会忘记你第一次呱呱而泣的那间小屋一样。

你的母亲

考　试

四日，星期二

我们终于要考试了。学校附近的街头巷尾，学生们、父母亲和家庭女教师议论的都是考试、分数、题目、平均学分、补考和升级。昨天上午考了作文，今天上午考算术。看到送学生到校的所有家长在路上千叮咛万嘱咐自己孩子的情景，真让人感动。许多母亲还把孩子送到教室的座位上，检查一下墨水瓶里有没有墨水，钢笔是不是好用。出门时，还回头再叮嘱一番："大胆些，要细心，多留神。"

我们的监考老师是柯阿提先生。他蓄着满脸的黑胡子，说起话来如同狮子一样吼叫，但从不处罚任何人。有的孩子害怕得脸色发白。当老师打开市政府送来的函件封条并抽出考卷时，教室里鸦雀无声，连呼吸声都听不见了。他大声念着考题，用他那双骇人的眼睛一会儿瞥这个一眼，一会儿又瞥那个一眼。从他的眼神可以看出，如果他能告诉我们答案，我们个个都升级了，他才心满意足呢。

过了个把小时，因考题太难，不少人开始焦急不安。有个学生竟发愁得呜呜哭起来。科罗西直用拳头敲打脑袋。可怜的孩子们——很多人答不上来,并不是他们的过错。有的是没有用足够的时间温习功课,有的是父母亲对他们不够关心,以致荒废了学业。当然也有运气不佳的。稍一留神,便可看到德罗西如何绞尽脑汁地向别人伸出援助之手,如何想方设法地秘密传递信息和答案,提醒别人如何解答和运算,俨然一副老师的派头,幸运的是这一切都没有被老师发现。卡罗纳的数学是出类拔萃的。他有一副热心肠,总是乐于助人,甚至帮助诺比斯摆脱了困境。斯达尔迪两手贴着额头,眼睛盯着考题直犯愁,纹丝不动地坐了一个钟头,最后仅用五分钟的时间做完了全部考题。老师在课桌之间踱来踱去,连声说:"要冷静!别着急,千万别着急!"

他看到有人灰心丧气了,就张开狮子般的大口,装出要将他吞下去的样子,逗他笑,并给他打气。十一点左右,透过百叶窗,我看见许多家长在附近的街上焦急不安地走来走去。波列科西的父亲穿着深蓝色的工作服,脸上全是煤灰,从工场赶来了;科罗西卖菜的母亲也来了;还有穿着黑衣服、急得团团转的内利的母亲。接近中午时,我父亲也来了。他举目望着我们的窗口,我亲爱的父亲啊!中午,考试全部结束。校门口的情景如同一场表演。所有家长都拥向自己的孩子,问这问那,边翻阅作业本,边跟其他同学核对答案。"今天多少题?""总分是多少?""减法占多少分?""全答对了吗?""十进位小数点呢?"无论老师走到哪里,都被家长问个不停。我父亲从我手里拿去草稿,看了片刻说:

"很好!"

站在我们旁边的波列科西的铁匠父亲也在校对儿子的草稿。他有些地方看不大明白,便转过身来焦急不安地向我父亲讨教:

"喂,您能告诉我这道题应得的总数是多少吗?"

父亲告诉他答案,铁匠扫了一眼,算了一番,最后眉飞色舞地惊叫道:

"好小子,还真了不起呢!"

父亲和铁匠像两位知心的老朋友，相互凝视片刻，开心地笑了。父亲向铁匠伸过手去，铁匠紧握父亲的手，分手时，他俩说：

"口试时再见！"

"对，口试时再见！"

我和父亲刚走几步，便听见背后有人哼着小曲儿，回头一看，才知道是铁匠哼的。

最后的考试

七日，星期五

今天上午我们进行口试，八点我们都已在教室，八点一刻，我们四个一组被叫到大厅。大厅里摆放着一张大桌子，上面铺着一块绿色的桌毯。桌子旁坐着校长和四位老师，其中就有我们班的老师。我是第一个被叫到桌子跟前的。可怜的老师，您是多么地爱我们啊！这一点今天上午我看得一清二楚。别的老师向我们提问时，他目不转睛地望着我们。我们回答得含混不清时，他总是坐立不安；我们回答得圆满时，他总是神采飞扬。他全神注视着我们的一举一动，手和脑袋向我们做出各种各样的动作，仿佛在说："好！……不好！……千万注意！……别着急！……大胆些！"如果他能说话，他肯定会向我们提示每个答案的。说实话吧，即使自己的亲生父母也没有他为我们做得这么多。我真想当着大家的面，以洪亮的声音对他说十几次："谢谢！谢谢！"当别的老师对我说"好啦，可以走了"时，他那微笑的双眼熠熠闪光。

我赶快返回教室等待父亲。同学们几乎全都在那里。我坐到卡罗纳身旁，可心里一点儿也不痛快。我们能坐在一起的时间只有个把钟头了，而且是最后一次了，我们再不会是五年级的同学了。我还没有把我们全家离开都灵的消息告诉他，眼下他还蒙在鼓里，什么也不知道呢。

卡罗纳的脑袋圆鼓鼓的，蜷缩着身体伏在课桌上画画，在父亲的照片的周围装饰着花边。他父亲穿着火车司机的服装，膀大腰圆，脖子如同斗牛一样粗壮，样子跟卡罗纳一样持重、老实。卡罗纳俯着身子，衬衫的衣襟微微敞开，丰满而结实的胸前挂着的镀金十字架是内利的母亲送给他的。内利的母亲知道十字架能保佑自己的儿子免遭不幸，于是也特地送给卡罗纳一个。显然，我离开都灵的事早晚都得告诉卡罗纳，因此，我对他如实地说：

"卡罗纳，今年秋天，我父亲就要永远离开都灵到别的地方去工作了。"他问我是不是也要去，我回答："当然要去。"

"这么说，五年级你再不能跟我们在一起了，对吗？"卡罗纳问我。

"对。"我回答说。

卡罗纳什么话也没说，只是继续埋头画他的画。过了一会儿，他头也不抬，问了我一句：

"你能永远记住四年级的同学吗？"

"那还用说？"我回答，"我忘不了大家，更忘不了你。请放心，我会永远记住你的！"

他神态严肃，目不转睛地凝视着我，炯炯有神的目光似乎在倾吐着心灵深处的千言万语，但始终默不作声，只是把左手伸给我，右手假装还在作画。我紧握他那有力而厚实的手，半天也说不出一句话来。

老师满脸通红，喜气洋洋地快步走进教室，用快活的声音，压低嗓门说：

"真了不起啊！眼下，你们回答得都不错。希望还没有口试的同学能一帆风顺。同学们，你们真是太好了！再大胆些！加油吧！我由衷地为你们感到高兴！"

老师出门时，故意绊了一跤，还做了一个去扶墙的动作，装出要摔倒的样子。我们完全理解老师的心思。他这样做，无非是为了向我们表明他的喜悦心情，也为了使我们开心。我们的老师从来就没有笑过，老是板着面孔，他做这样一个滑稽可笑的动作，我们又惊又喜，个个笑逐颜开，但始终没有笑出声来。

见到老师那种天真烂漫孩子般的举动，我心里真不好受——连自己也说不清楚到底是什么原因。老师这一时的喜悦大概就是他所应得到的全部奖赏了，是九个月中他全部的慈爱、耐心和操劳而换来的全部报酬。他为我们付出了辛勤的劳动，多次带病坚持上课，可敬可爱的老师啊！他为我们付出了太多的情谊和关怀，而得到的回报却少得可怜。

今后，不管岁月流逝多长时间，老师出门时的那个举动将永远印在我的脑海中，我不会忘记这位为我们付出了一切的老师。将来我长成大人，他还健在的话，我肯定会去看望他的。那时，我会向他重提那件深深触动我心灵的事情，毫无疑问，我将饱含深情地亲吻他的白发！

告　别

十日，星期一

下午一点，我们最后一次来到学校，听候宣布考试结果和领取升学证书。学校附近的街头巷尾早已挤满了人，大厅和教室拥挤不堪，连老师的讲台跟前也围得水泄不通。我们班的教室简直没有立锥之地了。卡罗纳的父亲，德罗西的母亲，铁匠波列科西，科列帝的父亲，穿黑衣服的内利夫人，小泥瓦匠的父亲，斯达尔迪的父亲以及其他我从来没见过的家长都来了。四周人流如潮，来来往往，人声嘈杂，如同置身于喧哗热闹的广场。

老师进入教室，全班一下子变得寂静无声。

老师拿起花名册，并马上开始念起来：

"阿巴图奇，七十分之六十[1]，升级。阿尔吉尼，七十分之五十五，升级。"

小泥瓦匠和科罗西也都升级。

"埃尔纳斯托·德罗西，七十分之七十，升级，并获得头等奖。"老师提高嗓门大声说。

在场的所有家长都认识德罗西。大家连声称赞："德罗西，真是好样儿的孩子！好样儿的孩子！"

德罗西晃动着满头金色鬈发的脑袋，从容而甜蜜地微笑着，深情地望着举手跟他打招呼的母亲。只有三四个学生要补考，其中一个吓得哭起来，因为他看到站在门口的父亲脸色阴沉，准备打他的样子。老师对他父亲说：

"先生，恕我直言，这不是孩子的过错。谁都有倒霉的时候，你的孩子也不例外。"接着又念下去，"内利，七十分之六十二，升级。"听到这里，内利的母亲用扇子给了他一个飞吻。

"斯达尔迪，七十分之六十七，升级。"得了这样的好分数，斯达尔迪却没有笑，拳头也没有从太阳穴上拿下来。沃提尼是最后一名，他今天衣着漂亮，头发梳得整整齐齐，他也升级了。宣读完毕，老师站起来说：

"孩子们，这是我们最后一次相聚。我们在一起相处的一年中成了好朋友，现在就要各奔东西了。我说得对吗？可爱的孩子们，我打心眼里是不想跟你们分手的……"

他说着说着，就说不下去了。停了一会儿，他继续说：

"有时候，我情绪急躁，失去耐心，对你们发火，有时候对你们太严厉、太苛刻，不够公平合理……这一切都是我一时的冲动造成的，请你

---

[1] 19世纪意大利学校考试的记分法，以七十分为最高分数。现在的记分法是：大学以三十分为满分，其他学校分为最好、优秀、良好等七个等级。

们多多原谅吧！"

"别这么说！别这么说！"家长和学生们异口同声地说，"老师对我们太好了！"

"做得不好，大家多多包涵。"老师一再重复说，"你们别忘记我啊！明年，你们就不会跟我一起了，但我会重新见到你们的。你们将永远留在我的心中，再见吧，孩子们！"

老师说完，走到我们中间，同学们个个站在课桌前，跟他热情握手，有的拉着他的手臂，难舍难分，有的抚摸他的衣角，很多人跟他拥抱亲吻。五十个人汇成一个声音齐声喊道："老师，再见！谢谢老师！祝您健康！请永远记住我们！"

当老师离开班级时，他可能因为过分激动而心情格外沉重。同学们一窝蜂似的走出去，其他班级的同学也相继走出教室。学生和家长会合成喧闹沸腾的人群，你推我拥，有的跟老师互道再见，有的相互祝愿，频频招手致意。帽子上插着红羽毛的女老师身边靠着四五个孩子，周围还有二十来个，把她围得水泄不通，简直使她喘不过气来。外号叫"小修女"的老师的帽子几乎被孩子们扯破了，他们把十几束鲜花插进她的黑衣纽扣孔里，塞进衣袋里。罗伯弟今天第一次扔掉拐杖走路，许多同学走上前去向他热烈祝贺。欢声笑语的告别声响成一片：

"新学年再见！""十月二十日再见！"[1]"万圣节再见！"

大家都互道问候。此时此刻，过去的一切不愉快顿时忘得一干二净。总是爱嫉妒德罗西的沃提尼也走上前去，张开双臂去拥抱德罗西。我跟小泥瓦匠告别，同他热烈亲吻，他给我扮了最后一个兔脸。可爱的伙伴！我跟波列科西告别，跟卡罗菲告别。卡罗菲告诉我他中了最近一次彩票，并白送我一个损坏了一角的"马约利卡"[2]陶制小镇纸器。我跟

---

[1] 新学年开始的日子。
[2] 16世纪意大利产的锡釉装饰用陶器，西班牙的马略卡岛为该陶器的原产地。

所有的同学打招呼、告别。我看到可爱的内利跟卡罗纳亲切话别，难舍难分的情景感动了在场的每一个人。大家把卡罗纳围得水泄不通，有的抚摸着他，有的跟他紧紧握手，有的向他——这个了不起的孩子、小圣人——热烈祝贺，跟他话别："卡罗纳，再见！再见！"

目睹眼前的情景，卡罗纳的父亲感慨万千，面带笑容地望着孩子们。

卡罗纳是我在街上拥抱的最后一个同学。我的头贴在他的胸前抽泣着，他吻着我的额头。

接着，我跑到父亲和母亲跟前，父亲问我：

"你跟所有的同学都打过招呼了吗？"

我回答：

"都打过了。"

"如果你以前做错了事，得罪了别人，快去向人家道歉，说忘记过去吧。有这样的人和事吗？"父亲问。

"没有。"我回答。

父亲向学校瞥了最后一眼，饱含深情地说："那么，再见了！"

"再见！"母亲接着说。

我一句话也说不出来了。

智的教育

保罗·曼特伽扎（Paolo Mantegazza）著

王干卿 译

内容简介：

保罗·曼特伽扎是《爱的教育》作者阿米琪斯的挚友，他读《爱的教育》后很有感触，便结合自己的少年生活，写下了这部续篇《智的教育》。

该书叙述的是恩利科自上了中学后，由于不分昼夜地拼命学习，用功过度，结果累坏了身体，患上了几种疾病，无法继续学业，父母便把他送到巴琪恰舅爷居住的海滨小镇生活、疗养。舅爷是一位海员兼哲学家，在他的教育和引导下，通过贴近大自然和融入环境，恩利科不但完全恢复了健康，还锤炼出了坚强勇敢的性格，学会了如何了解人、如何认识社会这个大课堂，收获了许多课堂上学不到的知识及为人处世的道理。

社会教育是素质教育的主要组成部分，而《智的教育》不愧为社会教育的最佳读本，是学生、家长和社会工作者的必读经典。同《爱的教育》一样，该书在意大利家喻户晓，妇孺皆知。全世界的学校和家长都将本书作为孩子们成长时期的必读课本推荐给中小学生。

作者简介：

保罗·曼特伽扎（Paolo Mantegazza，1831—1910），意大利著名的人种学家、病理学家兼医生，曾在几所大学的医学系任教多年。在他的倡议和主持下，意大利成立了第一个国家级人种学博物馆，完成了多项与此有关的科学考察及研究项目。因其在这个领域做出的突出贡献，他于1865年当选为国会议员。除了《智的教育》外，保罗·曼特伽扎的其他作品还有著名的三部曲《爱的生理学》《欢悦生理学》《女子生理学》，以及《马德拉一日》《无名的上帝》等。

中译本序

我真的非常高兴向中国读者推荐《智的教育》这本儿童书籍,这是意大利19世纪作家兼著名人种学家保罗·曼特伽扎最重要的一部作品。另外,作者还著有多部科普读物。

跟《爱的教育》《木偶奇遇记》《淘气包日记》一样,《智的教育》也是意大利儿童文学具有代表性的最重要作品之一。在这部书中,作者以科学的方式,同时以讨人喜欢的手法让我们了解儿童的内心世界以及当时意大利的社会风情。在作品中,通过生活在海滨的巴琪恰舅爷——一位老海员兼哲学家的教育,《爱的教育》中的小主人公恩利科在《智的教育》中以新的面貌重现,可以说,这部书是《爱的教育》的姐妹篇。

由于王干卿先生(同时也是《爱的教育》《木偶奇遇记》《淘气包日记》《露着衬衫角的小蚂蚁》的译者)的翻译,《智的教育》才得以在中国出版发行,让读者进一步欣赏作为意大利文化重要组成部分的儿童文学作品。

从20世纪90年代起,王干卿就是我在中国国际广播电台的同事。他退休后,依然坚持意大利儿童文学的译介工作,继续在中国传播意大利文化,并取得丰硕成果。我愿借此机会特别感谢王干卿先生为出版这部书所做出的努力,希望他能随着这部书的出版,有更多的译作问世，为进一步加强我们两国之间的文化交流和业已存在的良好关系做出贡献。

唐云（加博列拉·波尼诺）
汉学家、中国国际广播电台意大利语专家

译者的话

对于《爱的教育》(1886)，我国读者并不陌生，而它的姐妹篇《智的教育》(1887)却鲜为人知。然而在意大利，《智的教育》跟《爱的教育》一样，也是家喻户晓、妇孺皆知的一部作品。

《智的教育》的作者保罗·曼特伽扎1831年出生在蒙扎的一个中产阶级家庭。1910年在海滨城市拉斯佩齐亚的圣·特伦佐镇去世。

曼特伽扎是意大利著名的人种学家、病理学家兼医生，并在几所大学的医学系任教多年。他倡议并主持组建了意大利第一个国家级人种学博物馆，完成了多项与此有关的科学考察并得出丰富的研究成果，因其在这个领域做出的独特贡献，他于1865年当选为国会议员。

除了《智的教育》，作者其他主要作品还有著名的三部曲《爱的生理学》《欢悦生理学》《女子生理学》，以及《马德拉一日》和《无名的上帝》。

凡是读过《爱的教育》这部书的人都会记得，十二岁的主人公恩利科是个品学兼优的小学生。《智的教育》叙述的是，恩利科自上了中学后，由于不分昼夜地拼命学习，用功过度，结果累坏了身体，患上了几种疾病，无法继续学业，父母便把他送到舅爷居住的海滨小镇——圣·特伦佐生活、疗养的故事。

意大利是举世公认的"欧洲花园"。这个大花园中还有数也数不清的小花园。我在意大利工作期间，有幸游览了一块"五彩村落"（实际上是由五个色彩各异的沿海小镇连成一片的旅游区）的风水宝地——一个小花园。而圣·特伦佐就是进入"五彩村落"的门户——一个小小花园。小镇或深或浅的黄色和橙色房子依山而建，错落有致，眼前的利古里亚[1]海一望无垠、碧波荡漾。一排排枝繁叶茂的橘子树果实累累。柠檬树、棕榈树、古城堡、小教堂、小喷泉、街心小广场、狭窄的小巷……构成了一幅天然意境的山水画。

许多名人在这里荟萃一堂，留下了他们的足迹。大诗人雪莱在这里度过了他生命中的最后四年时光。大作家劳伦斯第一次光临这里就流连忘返，以后竟成了这里的常客。难怪附近的一个小海湾又名"诗人海湾"！我如今才似乎明白为什么那么多骚人墨客对圣·特伦佐情有独钟，为什么曼特伽扎选择这里作为他最后归宿的长眠之地。在这座令人神往的小镇里，我仿佛看到作者以退休老船长和恩利科舅爷的身份，用大人给小孩子讲故事的形式，以汪洋大海、花草树木、锦绣大地和重大历史事件为载体，用诗一般的语言，向恩利科深入浅出地讲述什么是真善美，什么是快乐和幸福的人生，怎么塑造富有魅力和完美的人格。在贴近大自然，融入环境的过程中，恩利科培养起了一种尊重并善待弱小生命、热爱并呵护大自然，并与它们和睦相处的人文意识，锻炼了筋骨，锤炼出了坚强勇敢的性格；通过接触人和社会，他学会了如何了解人，如何认识社会这个大课堂，收获了课堂上学不到的知识，懂得了许多为人处世的道理。

经过一年的海滨和乡下生活，恩利科完全恢复了健康，回到了都灵老家，继续自己的学业。可以说，社会教育是素质教育的主要组成部分，而《智的教育》不愧为社会教育的最佳读本，是学生、家长和教育工作者的必读经典。

---

[1] 意大利的一个行政区。意大利目前有四级行政单位，即中央政府、行政区、省和市。其中共有二十个行政区。

《智的教育》深藏着一个主题：如何育人，如何做人，尤其是如何做一个"完整"的人。以往读过的作品往往侧重于怎样做个善良的人，也就是如何成为一个好人的描写，而如何成为一个"完整"的社会人则鲜有涉及，可以说，《智的教育》为我们提供了这方面的一个范本。

《爱的教育》的原版书名直译成中文为"心"。意大利文的"心"除了表示人体一个重要器官外，还是一个转意词，有更深层次的含义，跟其他字组合，延伸出"善心""善良""良心""善举""行善""好心肠"。反义词为"狠毒的心肠"等。

《智的教育》原版书名直译成中文为"脑袋"或者"头"。意大利文"脑袋"除了表示人体的一个重要部分外，也是个转意词，那就是"头脑""脑子"，延伸出"理智""智慧"，跟其他字组合成另外的词组或句子。如"绞尽脑汁""冲昏头脑""笨蛋""傻瓜""有脑子的人"等。

《爱的教育》强调一个"善"字，由此产生了对祖国、对社会、对父母、对老师和对同学的大爱。《智的教育》强调一个"智慧"，就是做人处事要有"头脑"，要用"脑子"，做到"心"和"脑"并用，和谐相处。从某种意义上来说，这两部书不仅是姐妹篇，简直是"连体姐妹"了，是"你中有我，我中有你"，相互依存，须臾不可分离的关系。

像《爱的教育》的作者一样，《智的教育》的作者在从心灵深处继续向人们呼唤着爱心、呼唤着善良、呼唤着人性的同时，还着力鞭挞丑恶。

《智的教育》的作者是研究"人"的专家兼医生。在本书中，作者对"人"这个高级动物做了"大卸八块"式的全方位的手术解剖，对"人"的灵魂进行了生理学意义上的剖析，挖掘并展示了"人"的隐蔽处的内心世界，指出"人"有两副面孔和双重人格，即美好的一面和丑陋的一面。美好的一面看得见，摸得着；丑陋的一面有时暴露无遗，有时却伪装得很巧妙，难以识破。

作者认为，对美好的一面要大加褒奖，对善良的一面要大力弘扬，而对丑陋的一面要注意识别，彻底揭露，无情鞭挞：做到"行善"与"鞭挞"相结合，爱憎分明，扬清激浊。这些做到了，才是一个"完整"的人。说到这里，似乎余音未尽，于是，作者继续"穷追猛打"，深挖"宝藏"。作者所追求的理想，不仅首先要做个既乐善好施又疾恶如仇的"完整"的人，还要做个"完美"的人。作者善于从日常生活中采撷看起来习以为常的素材（如穿着打扮）进行艺术加工，概括出人生之旅的信条。以作者之见，"正派"的人即为"完美"的人，其基本要求是，"表里如一""内在与外在相一致""穿戴与职业相匹配"等。要是在做人的过程中，一个人变得狡猾可憎，变得猥琐卑劣，甚至没有脊梁骨，没有正义与邪恶之分，就意味着他离"做人"的要求越来越远，更不用说做一个"完美"的人了。

《智的教育》内容极为丰富，囊括了人生的方方面面。在理论和实践的结合上，作者精辟分析并详细阐述了"了解人和了解你自己"是成功的关键这一观点。"了解人和了解你自己"，意味着在任何时候、任何情况下，你都拥有一笔取之不尽、用之不竭的宝贵财富。老子说过"知人者智，自知者明"，我们常挂在嘴边的一句话是"知己知彼，百战百胜"。虽然表述所使用的语言不同，但意思是完全吻合的，可算是放之四海而皆准、颠扑不破的真理。作者在书中介绍的八种职业是我们人生道路上的指路牌，并指出了每种职业都有利与弊、得与失，读起来发人深省，回味无穷。

读者朋友们，请你们在百忙之中，静下心来，拨冗翻阅一下这本小书吧。作为这部书的第一个中文译者，在阅读与翻译的过程中我总有种愉悦心灵和纯净灵魂的感触。除此之外，我猜测你们读的时候，肯定会有各自不同的情感表露：有的会扑哧一笑，拍手称快；有的会陷入沉思；有的可能如坐针毡，或拍案而起，暴跳如雷，甚至破口大骂……此时此刻，我想起一位哲人说过这样一句很切题的话：辛辣的讽刺蕴含着真善美。

我已是一个患有多种疾病、风烛残年的古稀老人。在病重和住院治疗期间，也确有放弃译这部书的想法。出版社的同志及时的关心、鼓励和敦促，广大读者的殷切希望，给了我战胜疾病，重新扬起生活之帆的勇气、力量和信心。当身体好些时，最多每天也只能工作两个小时；当身体不好时，就会完全停下来。若赶得太急太快，译者有生命发生意外的某些担忧，因此外出时，家人常陪伴，药物随身带。寒来暑往，冬去春来，如此这般地苦度了整整四个春秋后，终于译完了这部一百三十年前出版的作品。倘若读者对本人译事中那些鲜为人知的故事感兴趣的话，我将在身体状况许可和适当的时候向你们披露。

《智的教育》即将出版，可现在我真的筋疲力尽，心力交瘁，大有心血几乎全部耗掉之感。常言道：天下没有不散的宴席。我的长达近半个世纪的职业生涯似乎应该画上个句号了，《智的教育》应该是我的收官之译作吧。含饴弄孙，热爱并享受每一天的生活，安度晚年，是我现在最大的心愿。你们读这部书时开心地笑一笑，并在人生之途上多一些冷静和理性的思考，就是对我的巨大抚慰，就是给予我为译这部书付出的艰辛和甘愿冒生命之虞的最好的、难以估量的回报。

王干卿

目　录

第一章

1 / 恩利科被送往拉斯佩齐亚海湾的圣·特伦佐镇，寄居在巴琪恰舅爷家

第二章

7 / 恩利科在舅爷家的庭园里的第一课·六棵松树·挪威大麦和石刁柏

第三章

14 / 一堂行善课

第四章

21 / 行善日历的制作格式

第五章

31 / 一条狗咬伤三个小孩·英国人从没哭过

第六章

37 / 凉风习习，泛舟大海·侯爵的别墅

第七章

43 / 小女孩劳丽娜想吹灭太阳

第八章

48 / 玻璃瓶子·巴琪恰舅爷的镇纸和手杖·埃特鲁斯克骨灰盒及里面的圣物

第九章

55 / 在庭园里·怀念每种植物·拜访公证人·一枚金币的历史·一位船长的情怀

第十章

73 / 星期日街心广场的一天

第十一章

82 / 广场上的又一个星期天·社会边缘化的人

第十二章

92 / 庭园里的再次交谈·大地·柠檬树

第十三章

98 / 依皮西罗内的故事·加里波第的救命恩人

第十四章

108 / 礁石周围的搏斗·忘恩负义者

第十五章

121 / 海浪·人类的波涛·人生的价值·如何衡量人生价值

第十六章

132 / 选择职业·择业标准·巴琪恰舅爷的回忆·不同职业面面观

第十七章

142 / 八种职业

第十八章

184 / 巴琪恰舅爷讲述三个神圣的美德·康复后的恩利科回到都灵

回首往事

189 / ——作者的孙女给出版社社长的一封信

第一章　恩利科被送往拉斯佩齐亚[1]海湾的圣·特伦佐镇，寄居在巴琪恰舅爷家

读者们在德·阿米琪斯《爱的教育》那本书里认识的那个品学兼优的恩利科，这时已经进入中学，他对每门功课都很喜欢，可他最感兴趣的还是历史课和地理课。他觉得在学校里的时间已经远远不够用，因此回到家里还要一直学习到深夜。

爸爸发现后，便用温和的口气对他说："我的恩利科，昨天夜里，我看到你写字台上的蜡烛还在燃烧，你就手里攥着一本书睡着了。你困得要命，眼皮不听使唤，不管再怎么聪颖、好学也是徒劳的。你妈妈告诉我，你太用功了，结果适得其反，再也学不下去了。这真是莫大的不幸！你现在是学校里的第一名，老师对你特别满意，我为有你这样的儿子而自豪。但现在我必须提醒你，如果你不听劝告继续这样下去的话，你的身体就会累垮，想学习也成为不可能。你现在只有十四岁，正是一生中长身体的最关键时期。你现在过度劳累，变成一个弱不禁风的孩子，就会像一辆报废的马车，永远无法使用了。"

爸爸的一席话，说得恩利科满脸通红，他答应每天睡足八个小时，可读书和学习新功课的欲望如此强烈，致使他的承诺无法实现。他学呀学呀，以致年终考试过后，他终于病倒了，卧床躺了一个多月，这可急坏了一向爱他的爸爸妈妈。他的五脏六腑好像同时出了毛病。为给他治病，医生已四五次改变医疗方案。他先是胃热，后又转成伤寒，接着是气管炎和慢性胃肠炎。后来终于转危为安，进入恢复期，医生要他在家

---

[1] 意大利中北部著名港口城市，造船业极为发达。

疗养。他面黄肌瘦，非常虚弱，站在大厅里的镜子前一照，连他自己都觉得可怕。

恩利科的身体让妈妈揪心，但看到儿子能下床走路了，妈妈感到了极大的欣慰，她不知道每天要拥抱和亲吻儿子多少次。能听到儿子说话，能像往常那样呼唤宝贝恩利科的名字，妈妈简直不相信这一切都是真的。但是这讨厌的恢复期好像永远没有结束的时候！

只要恩利科上楼梯稍微快一些，他的心脏就跳得特别厉害，胸口也闷得要命，他就得马上坐下来喘口气。窗户打开，空气进来。站在窗前，恩利科顿感凉风嗖嗖，于是支气管炎复发，咳嗽不停。他只好躺在床上吃饭，因为他的身体非常虚弱，再也支撑不住了。他打哈欠，连续打哈欠，打得连下颌骨都快脱臼了！尽管他想方设法制止和隐瞒，可咳嗽依然如故。见到儿子病成这个样子，妈妈吓得脸色发白，烦躁不安。有一天，一阵剧烈的咳嗽后，他向手帕里吐了一口，看到上面有些红的东西。

他吓坏了，哇的一声哭了起来，接着心事重重、小心翼翼地来到爸爸跟前，让他看刚才吐出的那点儿血。他为什么没有让妈妈看呢？这并不是说爸爸爱他，妈妈不爱他。他心里的一个声音告诉他：如果妈妈得知他的状况，一定会更痛苦、更担心、更悲伤。

看到手帕上的血，爸爸并没有显出惊恐不安的样子，而是边安慰恩利科边说："没什么事，那血是从鼻子里出来的。"恩利科被他说得口服心服，再也不担惊受怕了。

第二天，爸爸请来当地三位著名的医生来家里会诊。他们对恩利科进行详细的检查，对永远没有结束的"康复期"（恩利科怀疑自己患了什么特别的病）提出了建议。

医生经过问诊、听诊、叩诊，最终得出结论说："没有患什么大病，恩利科的生命没有危险。不过，两肺的肺音非常微弱，需要增加肺活量。在肺器官的发育阶段，只要加强肺功能锻炼，是不可能患肺结核病的。要紧的是完全抛开书本和停止学习，不带书，不带笔，到海滨生活，在那里做一年农民或渔民，就会不治自愈的。"

还不到一周的时间，医生的建议便被采纳了。恩利科的妈妈有一个叫巴琪恰的舅舅（也就是恩利科的舅爷）退休后一直生活在圣·特伦佐，那是拉斯佩齐亚海湾一个风景如画的小镇。巴琪恰舅爷当船长时很少到都灵来，当然也难得来恩利科家做客。偶尔来一次，对恩利科全家来说，简直就像过节一样。他总是给恩利科家带来一些大个头的海鱼、龙虾、海蛏，送给恩利科一些西印度群岛[1]或日本的礼物，还有一些他在世界各地航海时搜集到的小纪念品。

恩利科的舅爷没有儿女，生活孤独，家里显得冷落悲凉。接待外甥孙恩利科他当然由衷地喜悦。于是，爸爸妈妈把恩利科送到圣·特伦佐的舅爷家。因为不能留下来跟儿子做伴，夫妇俩感到伤心难过。本来他们的如意算盘是，一个回都灵处理家务事，照料更小的孩子，另一个留在拉斯佩齐亚，照料陪伴恩利科，帮他恢复健康。但现在他们都要回去。

分别是痛苦的，几个人热泪盈眶。爸爸妈妈答应尽快回来，常常来看望儿子。巴琪恰舅爷露出气呼呼的样子，用手背擦干眼泪，带着哭腔跟恩利科的爸爸妈妈话别说："哎哟，哎哟，难道都灵与圣·特伦佐是隔着大西洋或太平洋吗？难道我非得每天给你们写信不成？只要一张明信片、一句话就足够了，放心地回去吧！我会把你们的恩利科训练成一个膀大腰圆、强壮有力的海员的。这里的空气清新，一个人能活到八九十

---

[1] 印度群岛，分为西印度群岛和东印度群岛。15世纪末，意大利航海家哥伦布为寻找从欧洲通向东方的航路，四次西航大西洋，到达南北美大陆间加勒比海的一些岛屿，误认为是印度，后意大利探险家亚美利哥到达南美，证明这里是一块欧洲人所不知的新大陆，因其位于西半球，故称为西印度群岛。以后几个世纪，西班牙人都用此名，作为南北美洲大陆间岛屿的总称。同西印度群岛相对称的、亚洲的印度和马来群岛为东印度群岛。马来群岛也曾被称为东印度群岛。荷兰殖民者曾占据现今的印度尼西亚为殖民地，也曾称其为荷属东印度群岛。

岁呢！"

刚刚来到圣·特伦佐的头几天，带给恩利科的是连连惊喜，怡然自得，他对此赞不绝口，甚至连远方的爸爸妈妈也不特别牵挂了。要知道，在此之前，他从未离开过他们。

恩利科第一次见到大海，渔夫撒网捕鱼的生活就给他以全新的感觉。一网下去，收回的全是活蹦乱跳的鱼。意大利巨型战舰在港湾进行训练，来往穿梭，要塞演习的炮声震耳欲聋。眼前的情景引起恩利科无限的惊奇和遐想。

这里的优美风光让他流连忘返，四季如春的温和气候令他如痴如醉。临近十一月，妈妈告诉他都灵已下了第一场雪，而这里的天空依然湛蓝湛蓝，灿烂的阳光依然柔和温暖，冬青栎树、松树和橄榄树的叶子永挂枝头，它们的青枝绿叶说明春天永驻圣·特伦佐。

站在风景如画的中世纪城堡极目远眺，静卧深藏在小小海湾深处的圣·特伦佐历历在目，向列里奇望去，玛卡拉尼家族花园的美景尽收眼底。海滨掩映在十多万棵松树和冬青栎的苍翠葱茏之中，像一条幽静的天然画廊。即使在骄阳似火的日子里，置身于这一片密密层层、苍郁幽深的绿海中，也倍感清凉爽快。这里的气候四季如春，植物园周围耸立着高大的棕榈树，巴琪恰舅爷从澳大利亚和南美洲带来的热带植物在他的庭院里照样茁壮成长，好似在大声诉说着这里的温煦气候。

起初，恩利科在巴琪恰舅爷面前显得有点畏首畏尾，拘谨不安。日子一天天过去，这位老船长说话的口气不再咄咄逼人，态度不再蛮横霸道，连声音也变得柔和起来。恩利科开始喜欢上了舅爷，从舅爷身上看到了爸爸的身影。

这位善良的老船长风度翩翩，讨人喜欢。他中等个子，肩膀宽宽的，常年戴着一顶宽大的巴拿马帽子，上面布满斑点，海水浸泡的印记清晰可见，似乎铭刻着他一生的奋斗史。他的头发灰白，满脸胡须，眉毛浓密而近似墨黑色，好像时刻隐藏着那双传递着两种特有信息的灰色大眼睛，一种是无比温柔，一种是暴躁脾气。舅爷发起火来叫人害怕，但来得快去得也快，如同一场狂风暴雨，过后就是艳阳高照，马上变得充满温情柔意了。他的一张紫铜色的脸，刻着犁沟似的深深皱纹，初次见面，让人害怕。可实际上他如同一头年老而善良的狮子，令人喜爱。

温柔和愤怒在巴琪恰舅爷的眼神中交替出现，是须臾不可分离的两种东西，似乎折射出他灵魂深处性格的全部。

有一次，恩利科跟舅爷在街上散步，一个断手的乞丐走过来向舅爷乞讨，舅爷向他大喝一声："快滚开吧！你这个懒汉！你这个混账家伙！"

听到满脸怒容的舅爷的吼叫声，乞丐吓得魂不附体，落荒而逃。乞丐没有跑多远，舅爷把一个里拉[1]放在恩利科的手上说："快，把这个里拉给他。他仅有一只手臂，干不了活，只能靠乞讨为生。"

还有几次，几个人敲舅爷家别墅的大门，请他参加为慈善事业发起的募捐活动及其他公益事宜。舅爷听后勃然大怒，在阳台上向这些人大声吆喝："见鬼去吧，这是不可能的！你们搅得我没有片刻的安宁。你们的用心就是让我落入慈善家的圈套，掏干那些傻瓜的钱包。我会做慈善事业的，不过，要用我自己的方式去做，只要我愿意，我知道如何去做，无须别人指手画脚，你们懂吗？"

这些人要是家乡同胞的话，他们一定会明白他说的是什么，也不会生气，临走时还会平心静气地说："我们回去了，下次再说吧！"

这些人相信，巴琪恰舅爷会在同一天为慈善事业捐出一大笔钱的。

家乡所有人都很爱戴舅爷。恩利科跟舅爷一起散步时，这一点他看得很清楚。不管是在街头嬉戏的顽童，还是当地的绅士，大家都向舅爷致意和问候，对舅爷的爱戴与敬重可想而知。

---

[1] 意大利从1862年到2001年的货币单位。从2002年起开始流通欧元。

孩子们总是将信将疑地望着他，不过也有向他微笑的时候，有时还径直向他走去，盼望着能从他那里得到一些糖果、水果，甚至几个硬币。他的同龄人和社会地位跟他相同的人都习惯地叫他"巴琪恰大叔"。有些人还以"老船长"直呼他，这似乎说明他的船是最受欢迎的。一些不明智的人或一些刚移居本村的人都管他叫"骑士先生"。事实上，他曾多年担任过列里奇市的市长。当时出于对他的尊敬，人们常称呼他为"骑士先生"。这个习惯性称呼沿袭至今。但是最倒霉的是那些初次见到巴琪恰大叔就叫他"骑士先生"的人。为了给这些人一个警告，他训斥道："什么骑士不骑士的！难道你没看见我是用脚走路的吗？"他深信，这些人再跟他见面时，再不会叫他"骑士先生"了！

除了巴琪恰舅爷，圣·特伦佐还有三个闻名遐迩的人：一位是神父，一位是医生，还有一位是药剂师。这三个人一致同意给老船长冠以两个称谓，一是"野蛮的慈善家"，二是"哲学家"。当他大发雷霆时，就叫他"野蛮的慈善家"；当他对自己、对别人心平气和时，就叫他"哲学家"。

实际上，他这两种鲜明的个性是同时表现出来的。他爱发火是天生的，但他心地善良，富有教养，知道如何完善自己，如何克服天生的不足之处。他还是个哲学家，更确切地说，是个乐观派哲学家。关于他的人生哲学，我们将有机会用很多篇幅来叙述。

第二章　恩利科在舅爷家的庭园里的第一课·六棵松树·挪威大麦和石刁柏[1]

"你看，恩利科，"有一天，巴琪恰舅爷和恩利科坐在庭园里的石椅上聊天，舅爷说，"千万别相信整天游手好闲就能养好身体。要知道，懒惰反而对身体有害，想学好功课，必须露天学，不是非要学校的课桌、教科书什么的，你坐在我家庭园的石凳和海岸边的岩石上便能学习，我甘愿当你的老师。

"我既不教你拉丁文，也不教你希腊文，我只教你生活的艺术，教你在这个世界上如何自己谋生和如何助人为乐。要知道，我刚刚会读书和写字的时候，就到船上当起了仆役，我所掌握的知识，所拥有的全部财产都是通过自己的努力得来的，这座别墅也是我亲手建造的。当我学会读写的时候，当我用自己锐利的眼睛观察和研究在我周围发生的一切时，我就等于手中握着识别好坏的科学钥匙，我就能够自我教育，自我增长知识。

"我这样对你说，并不意味着叫你看不起学校、书本和老师。你应该知道，除了上面提到的这些美好的东西之外，还存在向大家提供各种机会的另一个世界，我们应该汲取比我们已经掌握的那些知识更可靠、更有用、更实际的东西。老师，包括最优秀的老师只是给我们指明了应该走什么样的道路，但是，我们必须靠自己的腿去走路，我们又要根据自己的喜爱停下脚步去观察那些同行者，也要细心观察和我们逆行的人。既要观察辽阔的原野，又要眺望地平线尽头那连绵不断、清晰可辨的黛

---

[1] 俗称芦笋和龙须菜。

绿山峦。

"我将在没有书本、没有黑板的情况下教你许多美好的东西。这些美好的东西是我学到的，使我、使别人都获益匪浅。我相信，你也将从中受益终身。生存的艺术和悟性在狭窄的学校里是学不到的。只有细心观察和研究周围的人是如何进行思维和生活的，你才能学到真正的本事。只要你善于跟大自然和人类沟通，大自然的每种现象和你在街上遇到的每个人，都可能成为我们的课堂，我们从老师那里学到的和书本上学到的所有精华部分都是从大自然这部厚重的书中提炼出来的。大自然是所有人的母亲，是所有老师的老师。

"喂，我给你举个例子看看。喏，这是我的植物园，是我用来激励斗志和培养人才的课堂。你看那五棵沿着从篱笆到家的路边生长的松树，和那棵生长在断崖绝壁上的芦苇丛中、面对大海时隐时现的松树是不一样的。

"这六棵松树树龄相同，又是同种，跟植物园和庭园其他生长的树木一样，都是我十年前栽种的。当时它们是四龄树，今年正好十四岁，与你同岁。看看吧，这六棵树的差异多大啊！那五棵松树奇美、粗壮、挺拔，而那棵枯黄的松树仅能隐约可见。

"这六棵松树是我从佛罗伦萨买来的，当时认为把它们全部栽在路边是没有问题的，可栽了前五棵，剩下的一棵就没地方栽了，最后不得不栽在那块不毛之地——断崖上。

"土地翻耕后，土层很厚，土质疏松，前五棵树根深叶茂，长得很快。你看，它们真像风华正茂的青年，不仅枝干粗壮，还松果累累；而断崖上的那棵只一米多高，像一个瘦弱而发育不良的小孩子，永远长不高，从不结果。显然，过不久就会枯死的。

"然而，刚栽培时，六棵小树苗的树身全部一样高，长得同样挺拔，当时预料以后它们将有茁壮生长的同样机遇。

"可前五棵已经长得有房子那么高。毫无疑问，它们活得将比我还要长。要是将来不被人砍掉的话,它们的寿命还会超过我的别墅。而最后一棵,也就是第六棵树却如同一位垂死的老人。人接受的教育不同,效果也不尽相同,如同这些树木,土壤不同、培育的方式不同,它们的生长状况也不同。农学是最有说服力的一门课,育人是培植'作物'的另一种形式。两个起初看似相同的人,只是由于后来生活在不同的地方,接受不同的教育,人生之课才大相径庭的,如同路边的松树与芦苇丛里遭遇不幸的松树,终将会有两种截然相反的结局一样。

"恩利科,你好好想一想我这六棵松树的来龙去脉吧!你不妨在给妈妈的信中也说给她听听。这个故事很短,但很真实,就算舅爷给你上的第一堂课吧!"

舅爷在海上度过了大半生,早已告老还乡,现在留恋故土,在自己的庭园中过着悠闲自得的田园生活。为了能够让恩利科呼吸到海上的清新空气,舅爷还教恩利科驾船,除此之外他老人家一般不再扬帆出海了。

恩利科有时还帮舅爷干一些园丁的活儿,以此了解植物的名字、用途及栽培方法。

有一天,舅爷拿起锄头,开始挖一小块四四方方的地,地里还有以前收割庄稼时留下的麦茬儿。

"喂,恩利科,快来看,这些枯死的麦秆还有一段故事呢!这些麦秆就是一门知识和品德的课程。你愿意听吗?

"去年夏天,我在植物园的一小块地上种了一把大麦种子。要知道这些种子在我的工作室已保存一段时间了,是我在拉普兰[1]旅行时从那里带回来留作纪念的。欧洲的那个偏远地区,不生长树木,连续三个月都是白昼,好像太阳永远不会落似的。草木和可怜的低矮灌木丛生长在冰天雪地中,只能急速发芽,匆忙开花结果。

---

1 指挪威、瑞典、芬兰和俄罗斯的北部,统称拉普兰地区。

"可以说，那里的农作物都急不可耐地完成着自己的使命，拉普兰植物有着加速自己生长、万古不变的习性。

"大麦是能够在拉普兰生长的唯一农作物，而且它的发芽、生长、扬花和抽穗都是以前所未有的速度完成的。

"我打算看看大麦种子在我们这里是不是还能继续保持原来加速生长的习性。于是，我把一些种子放到旅行箱带了回来，后来居然把它们给忘掉了。在抽屉里一放就是好几年。今年，我忽然想起，将种子取出来做实验。

"恩利科啊，在我们这个风和日丽的地方，所有植物都没有受过冰雪严寒的侵害，而得以茁壮成长。拉普兰大麦依然继续保持着自己原有的特性，完全出乎圣·特伦佐我的邻居和朋友们的意料，仅仅几个星期的时间，它就结出了饱满的穗子，完成了生长周期。你看，一捆金黄色的麦穗挂在我工作间的阁楼上。

"我要继续用新种子做实验，明年，不，以后许多年……只要我活着，就一直做下去……我将让我的合法继承人根据我总结出来的经验和教训接替我的工作，一年又一年地种下去。我相信我的大麦将渐渐失去匆忙生长和成熟的速度，直到成为适合在我们欧洲的温暖和炎热气候国家种植的那种大麦为止。

"亲爱的恩利科，这种拉普兰大麦给我们上了一堂实实在在的课。首先，它向我们展示了植物为了适应气候条件的需要，是如何'卑躬屈节'，如何改变自己的，这样做的目的无非是为了抵御威胁它们生存的危险和敌人，要是斯堪的纳维亚[1]和拉普兰的大麦像我们这个地方的大麦那样生长缓慢的话，那么必然要放弃自己的生存权利，因为它将不是被料峭的春风吹枯，就是被北极的第一场秋寒冻死。然而，北方的大麦都在跟时间赛跑，躲开了自己的敌人。我们中间的有些人命中注定是短命

---

[1] 北欧一地区，包括挪威、瑞典和丹麦，有时还包括冰岛、法罗群岛和芬兰。

的，因为他们身体和智力的发育往往过早，而且他们快速地越过人生顶峰，如同我从拉普兰带回来的大麦那样'昙花一现'。

"事情并未到此结束，大麦把自己快速生长的习性传给下一代，即使被带到热带国家，还是照传不误，尽管看起来原有的习性大可不必传下去。其实，我们人类也是如此。我们接受不同的教育，处在不同的环境中，我们都在不断地改变着自己，不是向好的方面改变，就是向坏的方面改变。我们不仅千方百计地完善着自己，还把自己获得的善良习性传给子孙后代。善良孕育善良，活着的善良人会把自己的行为和善良习性传给尚未出生的人。

"恩利科啊，尽管你的智力大大超过实际年龄，你可能还是不会马上理解我刚才对你说的那些话的重要性。不过，这也没关系，只要你记住大麦的话题，并在孤独和默默祈祷的时刻沉思一下就足够了。当你成了满脸胡须的大人，将会回想起我对你讲的有关大麦的有趣故事，并且对此做出连篇累牍的评论，再把它们运用到日常的实际生活中去，运用到重大社会问题的解决中去。"

有一天，巴琪恰舅爷蹲坐在植物园的林荫小道上，兴致勃勃地拔草。恩利科坐在一块大石头上，百思不得其解地望着舅爷拔草的那种兴趣盎然的样子。于是问道："亲爱的舅爷，您觉着拔草果真很有意思吗？您为什么不让农民去干这种既费力又惹人烦恼的活儿呢？"

"我的恩利科啊，你想象不到我因为拔草而享受到的乐趣！这不，我在跟小草说话，还跟来来往往的蚂蚁说话，打扰得它们无法秩序井然地劳作；我还跟蜗牛说话，跟鞘翅目昆虫[1]说话，跟动物世界的小小精灵和植物世界那具有顽强生命力的花草说话。人类的大多数对它们熟视无睹，不屑一顾，它们每天都受到肆无忌惮的践踏。我的一成不变的手工劳动有助于发挥我的想象力。我刚才的心思放在一棵草上，一只缩在甲

---

[1] 我们常说的甲虫，如金龟子、天牛、象鼻虫等。

壳里的蜗牛上，可现在我的思绪又驰骋得老远老远的。我坐在幽静的小道上拔草时，忽然想到了写书这个话题，我可从来没写过什么书呀！要是我写的话，有一本是不可缺少的，就叫它《庭园教育学课程》吧！

"我的恩利科啊，要是不太打扰你的话，就讲给你听听。

"在我院子里的沙质小径上，我从来都没有种过草籽，可现在却出现了至少三四十种草，它们生了又死，死了又生，具有顽强的生命力。喂，我举个例子给你看，婆婆纳[1]、毛茛和荨麻。这三种草如果连根拔去，就不会再生出来。要是风把其种子从别的地方吹过来，那倒是个例外。只要有两个须根没有拔出来，它们仍会顽固地繁衍生长。谁都知道，狗牙根[2]同样是坚忍不拔的家伙，你不管怎么拔除它也无济于事，照样能长出来。由于它倔强的特征，甚至派生出一些类似格言的东西，如'顽固不化''不可救药''纠缠不休'等，它的那种非凡的形象总是屹立在我们面前。其次，蒲公英也是以倔强而闻名于世的。你看，它开着金黄色的花，叶子跟野生苦苣十分相似。

"上面提到的两种植物为抵抗破坏而表现出来的强大生命力给我们上了一堂难以忘怀的课。

"狗牙根不论在什么情况下，都可以把它的根深深扎在潮湿的泥土里、干旱的沙漠里，甚至是岩石的缝隙中。你要是以为连根拔掉狗牙根就万事大吉了，其实等于你什么都没做。殊不知，你把那些数也数不清的须根遗留在地下石头缝隙中，还照样再生出同一种植物来。你看，我这里有一个铁钩、一把小锄头，可以用这两种工具把那些四处蔓延的须根钩出来、刨出来，但我不可能将所有的须根暴露在光天化日之下，只要有一个留在土里，它就会长出一整棵植物来。

"蒲公英以另一种形式来奋力抵抗外界对它的破坏。当你摘掉它刚

---

[1] 又称双肾草。
[2] 俗称"绊根草"，秆常匍匐，节着地易生根，根状茎蔓延力强，常用以铺建草坪和球场。

刚露出土的叶子和花儿的尖尖儿时，你满以为自己已大功告成，可你大错特错了，其实，它的每棵幼草都把自己六块或者八九块甚至二十几块酷似许多小胡萝卜的圆锥形根茎留在了地里，它们将像雨后的春笋顽强地抗拒着死亡和破坏者，自生自长出一棵棵完整的蒲公英来。

"你看，那边植物园深处，无花果下面的那棵石刁柏也是一样，尽管每年开花结果前我总是将它拔掉，可它照样发芽和生长。很多次，我相信只要斩草除根，它就没办法活了，可这不过是自欺欺人而已。来年，让我大失所望的是，'顽固不化'的幼苗照样破土而出。今年，你将会看到它郁郁葱葱。它'顽固不化'的样子让我肃然起敬，从它那坚定不移和毫不动摇的性格中，我好像看到了它忠于职守的光辉形象。我要高呼：石刁柏万岁！

"亲爱的恩利科啊，狗牙根、蒲公英和石刁柏给我们上了一堂精神培育课。它们坚强不屈，能应对各种挑战，这是因为它们的根系非常发达和粗壮，又深深地扎在土壤里，而其他一些杂草的根很少，而且很细，只要拔出来，便很快枯萎死亡。至于我们呢？为了摆脱生活的逆境，我们必须把科学的根、感情的根牢牢扎在深处，这样，当遇到意想不到的天灾人祸时，我们才有能力立于不败之地，开始一种完全崭新的生活。一切事情都源于根基太浅而付之东流。你那双强有力的手千万别无缘无故地去拔草和灌木，否则会伤及无辜。久旱不雨，根浅的植物会因为所接触的土壤不含水分而容易枯死。相反，当根系扎到深处时，它们就能吸收生命所需的水分，因为地层越深，水的蒸发就越缓慢、越困难。另外，植物不该只有一个根，而应该有很多根，这样，即使由于干旱有些根会枯死或者惨遭敌手的破坏，可是总会有根能死里逃生。

"想想啊，恩利科！这就是关于植物根的故事，这些故事你要牢记在心，等你将来长大了，再经过自己的深思熟虑，你会受到启迪，获得教益。"

第三章　一堂行善课

有一天，巴琪恰舅爷和恩利科从圣·特伦佐出发，一直散步到列里奇。这天天气晴朗，凉风习习，湛蓝的海面粼光闪闪，微荡着涟漪，石块和防波堤把大海与陆地分隔开来。他们沿着海滩狭窄的边沿地带蹒跚而行。为防止发生意外，他们必须小心翼翼避开横卧的巨石。这条坎坷不平的路年年修，可总也修不好，走在坑坑洼洼的路上，根本无法交流，时而说出一个单词或发出一声"咿呀""哎哟"的惊叹，就能打断他们的思路。

他们走着走着，天色忽然阴沉下来，大海融合在灰暗的雾霭之中，让人顿时感到一丝丝寒意，萧索悲凉。这就预示着冬天向人们招手了。

利古里亚的冬天是短暂的，春光明媚的天气居多，但不可否认的是，还有一些灰沉沉的坏天气，阴雨连绵的日子也是有的，甚至洪涝灾害也时有发生。

来到博特里海滩，巴琪恰舅爷让恩利科坐在一块被海浪侵蚀得满是孔眼的礁石上，这礁石如同天生的椅子，坐在上面很舒服。一团团云彩散开，一片晴天倏然露出，于是，一束寒冷的阳光，一抹细碎的银灰颤巍巍地掠过海面，如同一个佩戴明晃晃胸甲的古代武士健走如飞。当一缕一缕的浮云聚集到一起时，转眼之间，光线呀，彩霞呀，亮光呀，统统不见了踪影，天空和海水又回到刚才那种灰沉沉、满目萧索的样子，好似紧紧裹在一件混浊和昏暗的外套里动弹不得。这种晶光闪耀与模糊灰暗于转瞬间的交替，分散了人们的注意力，打断了人们对万事万物的思索以及对天空和大海的关注。恩利科和巴琪恰舅爷不言不语，只是相互对视着。

沉默被巴琪恰舅爷的一声长长而深沉的叹息打破。他目不转睛地注视着大海足足有几分钟,似乎正在回忆与自己有关的久远往事。

"舅爷,您为什么唉声叹气?"恩利科不假思索地问。

"为什么叹气?这个只有我知道。你看,今天一切都是灰灰蒙蒙、迷迷茫茫的,我心境不佳,就容易回首往事。那是六十多年前的一段往事,如今想起来,还感到心情沉重。然而,我的悲哀也包含着宁静和甜蜜。回忆起我这半个多世纪的人生,应该说,没有什么……真的……没有什么可责备的。

"恩利科啊,六十二年前,一个像今天这样灰暗、寒冷和悲哀的日子,我也坐在这里的同一块礁石上。在过去短短的几个月里,我先后失去了爸爸、妈妈,当时我年幼无知,感到人生孤独,世态炎凉。后来我被收容到有三个班的圣·特伦佐小学。

"我父亲的一位堂兄,当时是做长途运输的船长。他对我说,再过十五天,我可以到他的船上打工,在黑海[1]做贩运小麦的生意。喏,我就坐在这个地方的这块礁石上,礁石的颜色一个世纪前就是这样的,上面的孔眼也是相同的,我一边默默地望着第一次必须穿过的大海,一边思考着未来在海上如何度过一生。

"那一天,我思考的不是到遥远的国家航海出游,也不是期待已久的——跟刚刚认识、将来可能要成为我的主人的堂伯一起开始全新的生活,不,绝对不是那种生活,而是一种深埋在像我这样一个寡言少语的孩子内心世界的思考。这种思考让我在这个充满浪漫情调、风景如画的弹丸之地按照自己的思维方式自由地生活,这个念头是那天上午我拜访村里的老神父堂·埃瓦里斯托时产生的。

"堂·埃瓦里斯托神父让我到他那里去一趟,说在我离开圣·特伦佐以前要送我一件礼物。

---

[1] 欧洲东南部和小亚细亚之间的内海,面积四百二十三平方千米。

"他没有再说别的什么话就走了。过了几个小时，我到了神父的住所。我怀着极大的好奇心，急不可耐地企盼着看看他到底要送给我什么样的纪念品。

"'哎哟，我的了不起的受洗者[1]！你真像只驯服听话的小绵羊！快，快来，坐到沙发上！'堂·埃瓦里斯托神父说。

"接着，他打开床头柜，拿出两块巧克力给我。

"他要送给我什么宝贝礼物，当作临别纪念呢？我心里想。

"我开始变得焦躁不安和半信半疑了。神父的圆圆脸庞涨得如同胡萝卜那样鲜红，嘴角上挂着温和、亲切的微笑，大有跟我闹着玩之意。

"也许堂·埃瓦里斯托神父真的是在跟我开玩笑，我多么想很快地知道他到底要送我什么礼物啊！

"神父说：'我的受洗孩子，你看得很清楚，我很穷，既不能给你一块金表，也不能送给你一个装满金币的钱包，然而，由于我是你爸爸妈妈多年的亲密朋友，我很乐意送你一件这样或那样的礼物。但是，我不能送你贵的东西，只能将一个比一块金表，比一包金币更值钱的劝告送给你。要是你按照这个劝告去行事的话，等你有一天回到圣·特伦佐时，假如我还健在，你肯定会对我感激不尽的。

"'如果你那可怜的爸爸还活着的话，他会付出任何代价让你继续求学，他的抱负就是要把你铸成栋梁之材，培养成律师、工程师或大法官。他英年早逝，结局居然变成了一场灾难，让你成了孤儿和穷人。尽管你才十岁，但就要用辛苦的劳动来糊口，开始跟你的堂伯巴尔托罗船长学习怎样成为一个海员。好啊，你只要不灰心丧气就准能做到。

"'职业没有贵贱之分，只要用智慧，用心去做，将来你就有可能从海员变成船长。只要每天学习一点儿东西，肯定你每天都有长进。最好

---

[1] 意大利是一个以天主教为主教的宗教国。受洗是教徒入教时举行的一种仪式，把水滴在受洗人的额上，或让受洗人的身体浸在水里，表示洗净过去的罪恶。一般是八至十岁受洗。

和最有用的育人方法就是自己竭尽全力去做事。这就是我的劝告，也是我称之为送给你的最好礼物！从明天开始，你早晨起床做完祷告，就要确定白天做的三件好事，到了晚上，也就是你上床睡觉之前要检查一下你是否完成了早晨确定必须完成的三件好事。你按照这种方式生活，你的整个一生的每一天都不会白过，你就总能完善自己，成为一个完美的人，而无须再有老师，再有学校什么的。我的小宝贝啊，我的小小受洗者啊，现在让我吻你一下吧！你千万不要忘记，我这个神父对你的劝告哟！'"

巴琪恰舅爷喘了一口气，继续说："亲爱的恩利科，说实话，当时听了神父的一番话，我觉得有点儿可笑。说心里话，我情愿带回家一枚银币或者一个儿童玩具，哪怕一件小小装饰品都可以，我可不愿要什么劝告之类的话。第二天，我又来到这里散步，坐在这块礁石上，堂·埃瓦里斯托神父对我说的那些话再次跃入我的脑海中，我想了又想，经过深思熟虑后，我决定从那天起，按照神父的教诲去做。现在我是个老人了，已别无他求，更没有能力和精力做到十全十美，可我已自觉养成了雷打不动的习惯，坚持不懈地还是在早晨就确定一天要做的三件好事。要是晚上想起白天还有一件事没有做，就不能像平常那样安心、平静地睡个好觉。在海涛滚滚的日子里，事实上我彻夜难眠，在甲板上踱来踱去，一直熬磨到天亮。在新的一天到来之前，我必须做母亲教我的祷告，然后，确定白天要做的三件好事，并考虑如何兑现。

"堂·埃瓦里斯托只要求我白天做三件好事。我持之以恒地磨炼自己，严肃认真地反省自己。我还努力完善神父的教诲，使之发扬光大，尽一切可能做好三件完全不同的好事，以增进自己的身心健康，陶冶情操，增长才干。

"要知道，多年以来，我没有读书的空余时间，后来有了点滴的可以自由支配的时间，处境也有些改善，才开始读小说。接下来，我逐渐转向阅读更为严肃的作品，如历史、文学，甚至哲学方面的著作。好的，实话告诉你,在我所读过的所有哲学作品中,我认为最健康、最优美、最优秀、最简明的是那些懂得我内心世界的书。所以,我一直读这类书,每天都在尽力地完善自我。可以说,这类哲学书蕴含着真知灼见的人生哲理,教我做一个完美的人,必须保持身体、感情和思想这三者之间的平衡。要是其中仅有一种正常运作,对其他两种不屑一顾,那么这个人就是个办事杂乱无章的人,绝对不会是个幸福、善良和有智慧的人。幸福的人就是心智健全的人,就是达到身体健康、心地善良、富有教养、思维缜密等方面的完全和谐一致。

"我们要多多注意身体健康,因为即使在蒙特鲁波[1]产的陶瓷制品上也明确写着:没有健壮的体魄,就不可能是幸福的。如果把心地善良和头脑排除在外的话,健康状况是人世间第一位的自然资源。

"仅仅心地善良不行,仅仅有头脑还是不行。一个仅仅善良的人如同一只没有舵而仅仅靠风力行驶的船。一个仅仅有头脑的人如同一只装着好舵而没有帆、没有风的船。不管在任何时候,这样的船都将会撞在礁石上、搁浅在沙滩上或永远停留在同一个位置。

"聪明的头脑支配一颗善良的心,这是我的口头禅,也是我的信条、我每天的祈祷词。说白了就是舵好、风顺,日行千里。

"亲爱的恩利科啊,我们在一起会有一年的时间,你将反反复复地听到我这口头禅,你可要有极大的耐心哟!我坚持自己的信仰,同时,我可以完全有把握地说,我们的教育必须建立在这坚不可摧的基础上,所以我必须每天向自己、向大家做几次这样的祷告。

"出于这种信念,根据堂·埃瓦里斯托的宝贵建议,我在每天日常生活中都要努力做好三件事,一件是增进我的身体健康,一件是完善我的爱心,一件是培育我的思想。

"亲爱的恩利科啊,你已经十四岁了,有超越自己年龄的过人智慧,

---

[1] 意大利"陶艺之乡",盛产陶瓷制品。

在接下来的一年里，你一定要养成每天做三件好事的习惯……"

恩利科聚精会神，一字不漏地听完舅爷长篇大论的讲话。舅爷的话引人入胜，趣味无穷，令人惊叹不已，展现在恩利科面前的完全是一个崭新的世界。过去他真的以为，只有在学校才能学到知识，在家里，爸爸妈妈的责任就是千方百计地催促孩子牢记老师的教诲，做到这两点就是最棒的了。眼下，这位一直做海员的年迈舅爷大大开阔了他的视野，引起了他对许多问题的思考，而这些问题他先前是从来没有想过的。

恩利科体会到，人类本身蕴藏着多少智慧啊！拥有多少出乎意料的强大力量啊！他就此深信，在绝大多数情况下，人类的老师就是自身！

对于舅爷跟自己这次谈话的意外收获，恩利科的惊喜溢于言表，激动得连说话也断断续续，前言不搭后语。他语无伦次地说："舅爷，整个一生每天都做三件好事，怎么可能呢？依我看，永远做好事是难以想象的！每天做三件好事，一年是……是……多少件呢？"

舅爷随口而出："一年一千零九十五件，要是闰年多一天，就是一千零九十八件，我对这些数字早已烂熟于心了！"

"一年要做一千零九十八件好事！……"恩利科不由自主地又说了一遍。

"我最亲爱的恩利科啊，一个正人君子每天至少应该做二三十件好事，应做的好事实在太多，比如，对朋友的每次谦恭有礼，每个公平的行为，热情提出每条建议和诚恳接受每个劝告，一次粗野的本性冲动而付出的每个小小牺牲，学到的每个新知识也是一件好事……所有这些好事，你只做三件，难道还困难吗？"

"也许做好事比我想象的要容易得多，可依我看，您如今的想法如此新鲜，我不熟悉该怎么做才好……"

"好吧，为了让你更好地按我原来的思路做好事，现在我教你怎么做。过几天，我先在一页纸上为你写出一月每天打算做的三件好事。你可以按我写的去做，如果你受到某种启发，就在我写的下面画上虚线，可以随时更改，把我写的换下来改成你写的。这样，一个月后，你就知道该如何将每日的三件好事直接写到本子上，再也无须参看我原来提供的样本了。

"然后，你还需要听我再啰唆几句：开始做好事的前几年里，也就是你还没有长成大人时，别老想着自己每天做了什么好事，只要在一个设有两个栏目的小本上写下三件好事就行了。这两个栏目相互对应。做到了，就在一个栏目里写上'是'；要是没有做到，就在另一个栏目里写上'没有'。可以肯定地说，等你到了垂暮之年，你会怀着极大的兴趣来重读这些小本子的。你会觉得这是所有藏书中最珍贵的纪念品，将会激起你对童年、少年和青年的甜蜜回忆，像一个个生动的镜头那样从你眼前一一掠过，你会返老还童，你那灿烂的微笑依然迷人，你将被岁月流逝中你所做的数也数不清的大量好事所感染，激荡于胸怀的感情波澜难以平息。你那光辉的一页将是你美德所收获的宝贵财富，将是你高尚行为收获的编年史。毫无疑问，每一个人，即使他是这个世界上一个默默无闻的人，或者是一位普通公民，在他们最平凡的人生轨迹中，都可以取得英雄的业绩，做出最崇高的贡献，但历史毕竟不是一幅包罗万象的画卷，不可能对所有的功劳都一一记录在案的。然而，他们的无私奉献，使得我们的生活变得幸福、美好，让我们永远为他们祈福吧！

"现在，我把堂·埃瓦里斯托神父送给我的'礼物'再传给你。把他的教诲再教给你！"

几天后，恩利科看到自己的桌子上放着一个小本子，打开一看，只见舅爷在上面写着一月每天要做的三件好事，其他十一个月的日子则是一片空白，这是留下来供恩利科自己填写的。

第四章　行善日历的制作格式

一月一日

一、今天我要扪心自问身体方面的不足之处。

二、找出自己品性方面的最大缺点。

三、最后找出智力方面的最大弱点。

在自我反省中，要是不清楚自己的缺点，请巴琪恰舅爷帮我指出来。

一月二日

昨天，我看了证章的"背面"，今天，我想看看它的"正面"，这就是，我要反过来对自己提出三个问题：

一、我身体最显著的优势是什么？

二、我思想中最高尚的品德是什么？

三、让我付出少而收获大的脑力工作是什么？

大概我没有必要请巴琪恰舅爷帮我回答这三个问题了。我会马上看到自己的长处，而且会用放大镜放大成千上万倍地去看。

一月三日

一、昨天，和我同龄的表弟皮埃罗登上了卡纳尔比诺山，一个半小时后就下了山，今天我也要去登山。

二、前天，比纳罗向我乞讨一个硬币，当时我正要到温图里女士家别墅的小剧场去看戏。于是我生气地说，别打扰我，便扬长而去。即使今天他不向我乞讨，我也会给他两个硬币。

三、今天我想背诵但丁[1]《地狱篇》的第一章。前天反省缺点时,感到记忆力差是我的主要缺点,真不幸!

一月四日

一、今天他们刚叫我一声,我就很快起了床,并没有像昨天装着睡熟的样子。

二、今天在没有舅爷提醒的情况下,我要给妈妈写一封好长好长的信。

三、今天我想背诵意大利主要河流及其支流的名字、发源地和它们将流入什么海。

一月五日

一、告诉舅爷说,今天我要吃胡萝卜,即使不喜欢吃,也得吃下去。

二、今天和邻居家的孩子做游戏时,不做对不起他们的事。

三、背诵阿尔卑斯山和亚平宁山脉所有主峰的名称。

一月六日

一、模拟行军演习,徒步向拉斯佩齐亚急行军。

二、今天我决定不跟表弟做游戏了,用这种始料不及的失礼方式惩罚自己,以回应舅爷对我的责备。

三、勾勒欧洲地图的轮廓。

一月七日

一、今天用心剪指甲,彻底打扫指甲卫生。昨晚在梅乌琪家跟邻居家小姐玩纸牌时,指甲很脏,我羞得满脸通红,多难为情啊!可以清楚地看到,我的指甲脏得像米兰产的一种灯芯绒的黑边。

二、今天从植物园里摘下两个柠檬送给梅宁的妻子,她因高烧不退已经卧床数日了。

---

1 但丁(1265—1321),意大利中世纪作家和诗人,其代表作为《神曲》。

三、背诵从马可·波罗[1]到斯坦利[2]的世界最伟大的旅行家的名字。

一月八日

一、昨天，饭吃到嗓子眼，鱼汤喝得太多。饭后，肚子撑得难受，噩梦不断。醒后，头昏脑涨。今天，要减少食量，给肚子留点地方，不要像昨天那样暴饮暴食了。

二、今天不管遇到多少人，一定要注意用让人高兴的方式跟他们说话。

三、凡是读过的、喜欢的书，今天要写出读书笔记，用积极向上的心态做出评价，要问自己为什么喜欢它们。

一月九日

一、今天舅爷说划船带我去列里奇。这次我想来回自己多划划船，锻炼手臂，平时我腿部练得比手臂多，胳膊腕子细长细长的，力气特别小。

二、跟往常一样，今天要到玛卡拉尼公园去散步。我想弄明白为什么我必须同样爱爸爸妈妈，而爱的程度为什么不能有区别呢？

三、勾勒意大利地图的轮廓，包括它的海岸线和主要山脉的走向。

一月十日

一、由于怕受寒，以前往往穿裤子和袜子睡觉，这种坏习惯说明人懒、不讲卫生。今后，决不穿裤子和袜子睡觉了。

二、我想让今天成为爱我、宠我、最亲爱的舅爷最高兴的一天。

三、把拉丁语、法语和德语的书名译一页。

一月十一日

一、让舅爷告诉我什么样的食物最有营养。

---

1 马可·波罗（1254—1324），意大利著名旅行家，曾在中国为元世祖忽必烈效劳十七年。
2 斯坦利（1841—1904），英国探险家、记者。以在中非救出失踪的探险家利文斯通和多次到非洲探险并考察刚果地理而闻名。

二、把自己喜欢的朋友依照喜欢程度的顺序写出来，并对此做出合理解释。

三、我最讨厌算术，今天必须做完教科书里的两道练习题才可以出去玩。

一月十二日

一、我想知道为什么我们常常喜欢吃对身体健康有益，然而蛋白质很少的水果和蔬菜。

二、今天，我禁不住扪心自问：我的老朋友皮埃里诺，最近为何变得令我讨厌？这种改变是我的原因还是他的原因？

三、用书面回答另外一个问题：在我所知道的伟大人物的名字及其功绩和著作中，谁是最伟大的人物？原因何在？

一月十三日

一、舅爷总是对我说，必须想方设法地做些最困难的事情。对我来说，最困难的一件事莫过于早起早睡。从今天起，跟舅爷同时睡，比他早起床。

二、今天我将陪皮埃里诺两至三个小时，因为他的一只脚扭伤了，只能卧床养伤。

三、自问自答一个问题：在自己读过的名人传记中，哪位是最优秀的？

一月十四日

一、昨天，我跟奥兰多的两个同我年龄一样的孩子比赛跳跃运动。

我很不会跳，跳起来很糟糕。今天，我想再跟他们比一比，像他们跳得一样好。我不是和他们一样有腿、有力气，而且身体灵活吗？

二、我想教凡琪奥的儿子读书识字。这孩子因为不会识字常感羞耻。他是个好孩子，我也很喜欢他，我情愿每天抽出半小时为他做这么点儿好事。

三、描摹地图册上第一页的世界平面球体图。

一月十五日

一、水、啤酒和葡萄酒对我们的身体有什么不同的作用，我想研究一下这个问题。

二、今天我想把所有认识的人分成三大类：哪些是我爱的人，哪些是对我无关紧要的人，哪些是我讨厌的人，并把第三类人缩小到最小范围。

三、把铁托·李维[1]的一页作品译成法文。

一月十六日

一、昨天，咖啡店老板拉易蒙迪给了我一支烟，我躲在院子里的小树林里抽了起来，今天我发誓，在成为一个大人之前，我绝不再抽烟。

二、科斯坦察姐姐的热情来信已过去十五天，我还没有给她回信。今天我一定给她回信，今后再也不能做这种没有礼貌的事情了。

三、把一页法语文字译成拉丁语。

一月十七日

一、为什么冬天比夏天更容易感冒？为什么出了汗以后，感冒会好得快？我想让圣·特伦佐特别受人尊敬的一位医生给我解释一下。

二、昨天，当我跟邻居皮埃罗谈到我们都灵的家时，我吹嘘屋子如何漂亮美观，多么宽敞豪华，还特别强调家具精致、品种齐全，说完，我后悔莫及。今天若再说房子时，我要注意用词恰当。很遗憾，对于自己的所有事情，我一直有过分赞美的老毛病。妈妈常常对我说，言过其实是谎言的孪生兄弟。

三、打算用铅笔画舅爷的别墅。

一月十八日

一、长时间散步后，或者劳累后，为什么必须躺着休息？为什么平

---

[1] 铁托·李维（前59—17），古罗马著名历史学家，著有《罗马史》一百四十二卷，记述罗马建城至公元前9年的历史。

卧是最好的休息方式？

二、昨天约定给凡琪奥的儿子上往常那样的阅读课，后来由于急着到海边看拖网捕鱼，就没有去教他。更糟糕的是，要是去不成，就应该事先告诉他，可后来也没有向他道歉。今天要给他上两节课，把缺了的课时想法子补上。

三、背诵亚历山大·曼佐尼[1]的诗作《玛柯罗迪奥》中的整段颂诗。

一月十九日

一、昨天吃晚饭时，感到肚子饿极了，就狼吞虎咽吃起来。因为吃得太快，吃第二道菜[2]和面包时，没有细嚼慢咽，饭后难受得要命。舅爷训斥我说："恩利科，依我看，你快要饿死了。"夜里我做了很多噩梦，患了消化不良症，以后要慢慢吃东西才对。

二、跟我认识并且谈话最多的三个人，我要用礼貌、热情的态度与他们说话。

三、背诵史诗《埃涅阿斯纪》[3]第一章的前四页。

一月二十日

一、为什么按时吃饭、节制饮食有益于健康，而没有规律地随便吃饭有损于健康呢？这些要问医生。

二、教凡琪奥的儿子识字，要尽量做到耐心，这个长处对我尤为重要。

三、好好写一篇关于拉斯佩齐亚港湾的作文，寄给爸爸。

一月二十一日

一、为什么急忙爬坡会呼吸困难、心跳加快？这个问题要弄清楚。

---

1 亚历山大·曼佐尼（1785—1873），意大利诗人、小说家。19世纪意大利浪漫主义文学的代表人物。写有历史小说《约婚夫妇》，抒情诗《五月五日》，悲剧《阿达齐尔》等。
2 西餐习惯的顺序是先喝汤，第二道菜才是主菜。
3 古罗马诗人维吉尔（前70—前19）的代表作，其诗作对欧洲文艺复兴和古典文学产生过巨大影响，还有《牧歌》十首和《农事诗》四卷等作品。

二、昨天我嘲笑吉吉诺。他得了腮腺炎，脸肿得像个娃娃脸。我拿他的痛苦取乐，这是对他的伤害。今天，我将向他赔礼道歉，请他忘记昨天我给他带来的烦恼。

三、请舅爷帮助我了解主要星座和宇宙最大行星的情况。

一月二十二日

一、昨天，我到拉斯佩齐亚去，用舅爷给我的一个里拉买了一些奶油点心。我一个人坐在小船上全吃完了，连一个也没有给同行的表弟们吃。

由于吃得太多，午餐一点儿食欲都没有。望着比我小得多的两个表弟，我很不好意思，羞得满脸通红。平时别人管我叫小孩子时，我还非常生气呢。我相信自己是个小伙子，差不多是个大人了，然而，我昨天的表现跟一个小孩子没有什么不同，我保证以后再不做悔恨不已的事情了。

二、今天，我把我的一份水果分给兄弟们。

三、当月亮升起来或者落下去的时候，为什么比在我们的头顶上空时大？这要去请教舅爷。

一月二十三日

一、昨天划船时，我觉得我的左臂没有右臂有力气。今天我想多用左臂划，这样经过一段时间的练习，左右臂可以保持平衡。

二、两个月我都没有见到妈妈了，心里老是牵挂着。我想接下来的一个星期中至少每天给妈妈写一封信，尽可能地说出我对她全部的爱。

三、我们意大利获得的所有功绩，应归功于维多利奥·埃马努埃列[1]、玛志尼[2]和加沃尔[3]。今天，我要写一篇纪念他们的精美短文。

1　维多利奥·埃马努埃列（1820—1878），意大利统一后第一任国王。
2　玛志尼（1805—1872），意大利革命的启蒙者和先驱者。
3　加沃尔（1810—1861），意大利自由贵族和君主立宪派领袖，是意大利王国的首位总理。

一月二十四日

一、海员凡琪奥比我大二十岁，他能看到行驶在大海遥远地平线上的最小船只，分辨出船帆、桅杆和前进的方向。我也想练习如何观察远处的东西，获得跟他一样的视力。

二、据说，圣·特伦佐镇有个人曾与别人吵架而用小刀刺伤了对方，被判了五年徒刑。其实，这个人是个正人君子，以划船为业，老老实实地挣钱养家糊口。现在大家都躲着他走，对他怒目而视，冷眼相看，我为他痛心、难过。我想对舅爷说，以后我们要坐船就雇他的。

三、今天记住意大利所有主要城市的人口数量。

一月二十五日

一、不要对舅爷的话老是持反对态度。他叫我穿绒衬衣，可我感到穿绒衬衣显得非常纤弱瘦小。有一天，我穿了一件后觉得浑身发痒，焦躁不安，索性就脱掉了。今天，我想无论如何也要穿上这件绒衬衣，免得好心的舅爷不高兴，因为他让我相信，穿上这种衣服是大有好处的。

二、昨天，舅爷讲了一个狡猾的人通过偷窃而变成富人的故事。他说了一句格言："一个愚蠢的正人君子要比一个狡猾的坏人好上千百倍。"今天，我对这句格言沉思良久。

三、戴上手表去圣·特伦佐海岸观看涨潮落潮的情景。

一月二十六日

一、现在，我已养成了这样的习惯：没有任何人的强迫，我能自觉地七点起床。从今往后，我想再提前半小时，也就是六点半起床。

二、经过多次观察，我想思考这样一个问题，为什么有人乐于嘲笑因过于善良而被别人开心取乐的人？难道这不是世人地地道道的恶毒言行吗？

三、为什么美洲的原住民通常叫印第安人？为什么安的列斯群岛[1]被称为西印度群岛？我将回答这两个问题。

一月二十七日

一、为什么我们蓄水池里的水比广场上喷泉的水更好喝、更有利于胃的消化？我想请教医生。

二、我们每天宰杀很多动物，其肉供我们人类在餐桌上食用。可当看到这些动物受到虐杀时，我们往往不忍心看下去，转身就走。今天，我想自己回答这些问题。

三、为什么双瓣花不结籽？在书上查找资料和阅读植物学家的著作来回答这个问题。

一月二十八日

一、我想每天晚上练习用左手来写字，试图开心地玩一下。昨天，我在罗西家看到一位男士右手长了一个瘭疽[2]，听说有一个月不能写字了。我可不想给别人留下这位男士那样的形象！

二、昨天，医生的儿子佩皮诺辱骂我，对我有失公平。他首先跑到他爸爸那里诉说对我的怨恨。他怀疑我是他不良行为的告密者，我真是有苦难言，只能压抑着怒火，一句话也没有说，悻悻而去。今天，我要很有尊严地去找佩皮诺，就其做法跟他讲讲理，让他给我一个满意的回答。

三、背诵亚历山大·曼佐尼的抒情诗《五月五日》。

一月二十九日

一、我的表弟吉吉诺有没有枕头都照样睡得香。依我看，为了睡个好觉，枕头是必不可少的。没有枕头睡觉是个啥滋味，我也想试试看。

---

1 位于拉丁美洲，是南北美两大陆之间的印度群岛的一部分，由大安的列斯群岛和小安的列斯群岛组成。

2 手指头或脚指头肚儿发炎化脓的病，症状是局部红肿、剧烈疼痛、发烧。

二、我听说，一个正直的人也照样会犯七次错误[1]。在接下来的三天里，我要每天晚上反省自己认为的错误或失礼行为，看看自己是比正直的人更好还是更坏。

三、请舅爷带我去参观拉斯佩齐亚的军舰修造厂。

一月三十日

一、请舅爷允许我跟"帕兰托"号渔船上的水手们生活一段时间，以便习惯他们的作息制度。我相信，我们捕捞到的鱼烹调后，将是地地道道的美味佳肴。

二、最近几天，有一只法国快艇停泊在我们船旁边。船长每天晚上喝醉了酒，经常说意大利和意大利人的坏话。我听到后气得热血直往头上涌，可我没有勇气驳斥他的无理指责。今天，要是他再无理取闹，我就跟他针锋相对地斗一斗。说真的，我还是个孩子，可我是个意大利人，我不应该，也不能容忍他辱骂我的祖国和人民。

三、记住海风的名称，学会辨别其方向。

一月三十一日

今天是一月的最后一天，反省一下这个月自己的所作所为，自问自答。

一、为了强健自己的身体，我做了什么？

二、为了完善我的精神世界，我做了什么？

三、为了增长我的才干，我学到了哪些知识？

---

[1] 指的是根据基督教戒律，罚入地狱的七大重罪：激怒、懒惰、傲慢、淫欲、吝啬、贪食和嫉妒。

第五章　一条狗咬伤三个小孩·英国人从没哭过

受舅爷的委托,恩利科出门去办事。可仅仅过了几分钟,恩利科就气喘吁吁地跑回来,在院子里大声呼喊:"舅爷,舅爷,不好啦,快出来,到外面来,发生了不幸的事情。"

恩利科的说话声断断续续,但语气很坚定,听着让人揪心。

舅爷戴上帽子,快步下了楼,在恩利科的陪伴下,匆忙赶往街心广场。

几个头发凌乱的女人和白发苍苍的老翁从窗口伸出脑袋,好奇地相互询问:"怎么回事?出了什么事儿?"

"据说,有条当地的疯狗……"

一位男子沿着大街向街心广场马不停蹄地跑去,同时回答从窗口不断向他提问的那些人。

"有三个孩子被狗咬伤了。"

"这里没有狗,是从萨尔扎纳[1]来的狗咬的。"

"不,是从列里奇来的。"

"上帝保佑,我的孩子到海边去了,没什么事。"

"啊呀,吓我一跳!圣母玛利亚,请助我一臂之力吧!要是我的孩子们平安无事,我将向圣·波罗斯帕罗[2]点上蜡烛顶礼膜拜。"

人们的问话声、回答声、惊讶和感叹声交织在一起,乱哄哄的人群你推我挤,看到的是一派焦急不安、好奇、恐惧和怜悯混杂的乱糟糟的

---

[1] 意大利利古里亚区一个城市。

[2] 当地的守护神。

景象。巴琪恰舅爷和恩利科没说一句话急忙跑着来到街心广场。

　　喷水池周围黑压压地挤满了人。男女老幼都很悲伤，围成一个圆圈儿，向前伸出脑袋看着受害者的伤情，那种情景就如同一只蚂蚁被过路行人踩伤，别的蚂蚁围着不愿离去似的。出于尊重，人们自动地为巴琪恰舅爷和恩利科让开一条路，好让他们看清那痛心的场面。于是巴琪恰舅爷和恩利科来到大家面前，很多声音汇成一句话："是特奥托拉的三个孩子被一条疯狗咬伤了。"

　　大家都好奇、焦虑不安地望着三个不幸的孩子，可没任何人敢靠近他们。这是穷人家的孩子，也就是渔夫或水手的孩子。老大有十岁左右，身体瘦弱，尽管已到了寒冷的十一月，可他还光着脚，穿着呢绒短裤和粗糙不堪的布衫。两个女孩穿得比较多，而且干净，大女孩六岁左右，小女孩有四岁左右。他们三个露出恐惧的神色，不停地号啕大哭，他们的脸、腿和手臂都被狗咬破了，还汩汩地流着血。

　　巴琪恰舅爷的出现为茫然不知所措的人群带来了光明，指出了方向，也为结束这种人声嘈杂、谣言四起的乱哄哄的场面带来了希望。

　　我们经常会看到这样一种现象：一个人跟一千个人对话。在这种情况下，往往这一个人胜过一千个人。这一千个人要么选一个人，要么选几个人按顺序轮流回答对方的问题，也就是他们是代表那一千个人的集体说话的。

　　"这些孩子是什么时间被咬的？"舅爷问。

　　"二十分钟前，最多是半个小时前。"有人回答说。

　　"你们叫医生了吗？要马上用烙铁给伤口消毒……"

　　"医生到皮特里去了……"

　　"不过，不能再耽搁时间了，要不，我用烙铁给他们的伤口消一下毒？你们要告诉我一件事：是什么样的狗咬伤了这些可怜的孩子？要知道，并不是所有的狗都患了狂犬病的……要是人们知道这是一条什么样的狗就好办了……"

由于这里人声嘈杂，听不清大伙儿在说些什么，巴琪恰舅爷撇开那些长舌妇和其他一些人，跟身旁的肉店老板对起话来："喂，您是位严肃认真的人。告诉我，有人看见那条狗了吗？"

"他们就是在这里被咬伤的。"肉店老板回答，并深感自豪，因为老船长荣幸地选择他来回答问题，还说了赞扬他的话，"事情正是在此发生的：当时我正站在店门口抽烟，特奥托拉的孩子们正在用喷水池里的水往他们的小水桶里装水玩，我看见一条灰色牧羊犬低着头，跑进街心广场，孩子们用石头向它投去。牧羊犬突然停下来，连叫都不叫一声，径直扑向他们。它朝老大的脸上咬了一口，接着又把两个小女孩扑倒在地，分别咬了她们的大腿和手臂。这一切都是刹那间发生的。我急中生智，拿起一把平时用来砸骨头的大铁锤向它冲去，但是那狗飞也似的向波佐利大街奔跑，我怎么追也追不上它。谁也不知道这条狗是从哪里来的，在圣·特伦佐从没见过它。"

"好啦！好啦！"巴琪恰舅爷打断对方的话，迫不及待地说，"别浪费时间了，很可能真的是条疯狗。我们赶快把孩子们送到药店去，准备好烙铁给伤口消毒……"

怀着敬佩的心情，人群静悄悄地让开一条道，老船长双手爱抚地拉着男孩的手臂，恩利科照管着大一点的女孩，而受害者的一位上了年纪的亲戚把最小的女孩放在自己的脖子上驮着走。孩子的爸爸下海捕鱼了，妈妈特奥托拉夫人到萨尔扎纳卖昨天捕的鱼去了。这些孩子还算幸运，出事后得到了大家的照料。

巴琪恰舅爷忧心如焚，跑前跑后地照应着，还不停地自言自语道："快，首先要快，特奥托拉夫人从萨尔扎纳回来之前，我们要想尽一切办法救治他们。"

巴琪恰舅爷、恩利科和那位年老的亲戚，带着孩子们进了药店，药店大门随后也关了起来，以防止一群看热闹的人进入店内。巴琪恰舅爷和药剂师开始烧烙铁。这时，突然听到一阵大喊大叫声，而且声音越来越大，那真是撕心裂肺般的绝望呼叫，药店的玻璃大门也被敲得震天响。

"快开门，开门……我是特奥托拉太太，哎呀，我的小宝贝哟！我那可怜的小宝贝哟！"门开了，很多具有同情心的人和爱看热闹的人一起同孩子的母亲拥了进来。

特奥托拉太太扑通一声跪到地上拥抱着孩子们，脱掉他们的衣服，查看他们的伤口，亲吻着被狗抓伤的痕迹，然后她放开孩子，双手合掌对天祈祷说："上帝啊，玛利亚啊，所有的神明啊，保佑我们吧！"悲伤的场面令人感动。有人感动得痛哭流涕，有人竭力安慰孩子的母亲。

"特奥托拉太太，别太伤心绝望了，可别这样……那不是一条疯狗，只是一条没有驯好的狗。你的孩子用石头砸它……"

恩利科正在疗养期，身体还很虚弱，看到这种场面，触景生情，实在控制不住自己，不由得大哭起来。

巴琪恰舅爷也为恩利科操碎了心，请他马上离开这里回家去。

"不，舅爷，我想待在这里，帮他们一把。"说完，恩利科又哭了起来。

"我亲爱的恩利科，别这样。你继续待在这里帮不了任何忙，你的哭声会让孩子的妈妈害怕的。"

所幸这个时候医生从皮特里回来了。这位正式医生挤过人群进入药店。

对于医生的到达，巴琪恰舅爷格外高兴，他可以带恩利科回家去了。临走前，他把三个被咬伤的孩子交给医生并嘱咐说："拜托您了……我的外甥孙患有痉挛症，我先走一步。我相信，您会比我更好地来尽义务的。喏，烙铁已烧好，您用吧。"

巴琪恰舅爷说完，就带着恩利科离开了药店。

恩利科一直抽抽搭搭地哭个不停，舅爷不跟他说一句话，索性让他哭下去。

想不到有一家人上演了完全不同的一幕活报剧。

跟匆忙赶路的老船长一样,一个在佩尔图索拉镇当火车司机的英国人也带着他的两个孩子往家走。这两个孩子一个是男孩,一个是女孩,他俩也像恩利科那样哭个不停。

跟老船长截然不同,英国人只是狠狠责备男孩说:"维廉,别哭了,别哭了,别哭了行不行?英国人不应该哭,英国人是从来不哭的!"

小小的维廉真的不哭了,而是深深地吸了一口气,再也没有眼泪了。

两个小时后,恩利科变得心平气和了。他要求舅爷解答自己一直困惑着的问题:"舅爷,请您告诉我,那个讨厌的英国人为什么偏偏责备看到伤心的特奥托拉太太就激动得也跟着哭起来的维廉呢?难道他想让自己的孩子变成没有同情心的孩子吗?"

"啊,我的恩利科呀,我本想找一天跟你讨论一下那个英国人责备他孩子的这个问题。想不到你现在提出来了,这样你给我提供了一个表达自己看法的机会,我要向你表示谢意哟!依我看,英国人并不是没有像我们意大利人那样的同情心,他是在教育自己的孩子啊!特别是教育男孩不要哭啊!你可以忍受痛苦,也可以主动地分担别人的苦难,但千万别流眼泪。在英国人看来,泪水是软弱的表现,不会给男人带来荣誉的。你看得很清楚,那位火车司机只责备了男孩,并没有责备女孩。女人并非一定要有勇敢和英雄的品质不可,而勇敢和英雄应该是男人这种性别的高贵象征。

"哭肯定是懦弱无能的表现。小孩、女人、老人经常哭,而坚强的男人则有泪不轻弹。常哭的人会失去理智,我们很难向那些爱哭的人提供他们所需要的帮助和忠告。

"要是英国人不教育他的孩子与他人共呼吸、共患难的话,这就意味着他在传授利己主义。然而,他只是说:'你们别哭,泪水是怯弱的表现,英国人不应该哭!'不管怎么说,这是文明社会关于勇敢教育的生动的一堂课，是培养和锻炼坚强意志的一堂课，也是民族尊严教育的一堂课！

"当那个火车司机告诉他的孩子'英国人不应该哭，英国人是从来不哭的'时，实际上，他是在自豪地表示，自己的民族属于一个文明的民族，一个勇敢的民族，一个对自己的行为勇于负责的民族，他是在要求儿子表现出自己无愧于一个伟大的民族。

"恩利科啊，我不是英国人，而是意大利人，我本应该表现得更为优秀一些，也许是年纪大了，我的精力已大不如那位火车司机了。当时，我让你哭下去，没有制止，然而，我感到特别欣慰的是，你已经从一个英国人的言行中接受了很好的教育。这个英国人属于一个伟大的民族，而这个民族如今统治着世界。

"如果那个英国人在教育他的孩子自尊自爱后，再打发他把一些救济钱送到特奥托拉家里的话，那就等于一举两得，让孩子受到了双倍的教育。头脑和爱心如同一对手挽手走路的情人，谁也离不开谁。哭是不应该的，必须去感悟和倾听他人的痛苦，然后再帮助他们，否则，对他们就是一种伤害。首先是爱心，然后是头脑，两者缺一不可！"

第六章　凉风习习，泛舟大海·侯爵的别墅

有一天，刮起了凉爽的西北风，巴琪恰舅爷带恩利科到海湾驾船畅游。

"小宝贝，你看，尽管我已七十多岁，但是像今天这样于微风吹拂中驾船，我还是可以胜任的。即便波涛会溅湿你的裤子，海浪会漫过船舷，你也别害怕。"

事实上，西北风越刮越大，老船长一手掌舵，一手拉住帆脚索，准备驾船逆风行驶。他快速地转换着舵和帆，突然改变了小船的方向。他扬扬得意，高兴的样子无法形容。

"恩利科，你看，我置身于碧绿的海面上，凉风拂面，犹如慈母的双手，温柔地抚摸着我的头发。风儿从我耳旁呼啸而过，似乎又把我带回了青少年时代，我居然心血来潮，想为我所钟情的女孩高唱一曲！啊，要是所有的意大利人像我这样热爱我国两个大海[1]的话，那么我们这个民族就可能成为一个伟大的民族。你看，英国人的民族是世界上第一流的民族，因为他们敬重海洋。英国人要是出身贫寒，他们就乘船去寻找幸福；如果出身富有，就乘游艇消遣，或者乘蒸汽豪华船跟全世界进行贸易往来。

"这浩瀚无边的深蓝色大海给了我无穷无尽的遐想，不管是从海边远眺、沉思，还是从船的甲板上凝视，都叫人心醉神迷，我不是诗人，可我这时的心情真不知道该如何形容。啊，有了，我现在这样形容：我眼前看到的如此美丽、激滟闪烁的海水跟我二十岁时看到的完全一样。告诉你吧，作为一位老人，我感到现在见到的海洋比年轻时见到的更美！我总是百看不厌，每次看都有不同的感受，都会发现新的美！

1　指亚德里亚海和利古里亚海。

"有时，一小时又一小时地凝视着这一望无际、湛蓝湛蓝的大海，引起了我对许多往事的思考。这些事情，可以是伤感的、伟大的，也可以是截然不同的，但都是善事，跟高尚情操有关的事。要是你认为有的人心胸太狭窄，太自私怯懦，太忘恩负义，因此特别生这些人的气的话，你只要看到如此温柔宁静，如此广大深远的大海，人世间的苦恼就变得微不足道，你就会一笑了之，郁结在心头的怨恨、辛酸和烦恼就会一扫而光，而变得大度宽容。面对无止境的种种诱惑，假如你抱怨生活太清贫，只要看上大海一眼，你的怨气就会随同目力所及之处的远方太阳下面的蒙蒙雾霭消失得无影无踪。要是命运对你不公，引得你怒火中烧，一堵堵高高的围墙，一根根高大的柱子，一排排荆棘丛生的篱笆，一排排隔离带，就好像绊脚石，让你远离升迁，远离对财产的继承权，远离一切……你要冲过去，结果四处碰壁，满腹苦楚无处倾诉，这个时候你只要看上大海一眼，你的心胸就会骤然开阔，自然，你的怒火转眼之间就会全消。海洋世界里没有关税，没有消费税，没有分界线。啊，由于上帝的保佑你可以在这里自由呼吸，大海是所有人的大海，是所有胆敢向它挑战的人，是所有以锲而不舍的精神奋力横渡它的人的大海！

"恩利科，看啊，海水像天色一样蔚蓝、明净，比大地更肥沃。水是生命之源啊！我们的未来寄托于海洋。大自然把意大利安放在东方和西方之间，意大利比英国更幸运，我们是一个集陆地与岛屿于一身的国家。意大利的头部直插欧洲心脏，只要短短几天，我们就可以把印度和中国的货物运到德国的中部。意大利的地形狭长，我们的脚几乎可以碰到非洲，无须费多大的劲儿便可以伸到亚洲的海岸。

"喏，这就是地中海[1]。地中海是多处文明的摇篮，当年马可·波罗到

---

[1] 欧、亚、非三洲之间的"陆间海"，面积二百五十点五万平方千米，东西长四千千米，南北宽一千八百千米，被半岛和岛屿分割成利古里亚海、第勒尼安海、亚德里亚海、伊奥尼亚海、爱琴海等。

中国去，就是从地中海出发的。地中海是所有欧洲文明的市场、广场和裁判。难道地中海的大部分不属于意大利吗？难道意大利不是第一个有义务保护地中海免遭别人觊觎进入而占为己有的国家吗？

"恩利科，我不知道你将来打算干什么。但是，当你选择职业时，你要铭记在心：不管你生活在海上还是生活在陆地上，你必须用嘴或笔告诉人们，地中海是意大利人的地中海。大自然赋予我们为这个最壮丽的海中之海站岗放哨的重任，我们的商船必须恢复昔日辉煌的地位，这个地位是由于我们的懒惰，也许是由于我们的胆小怕事失去的。很久以来，我们宁愿观看别国之间的竞争：到底是帆船比蒸汽船快，还是蒸汽船比帆船快，自己却没有行动。

"我之所以向你说起我们的商船，是因为我跟着一只商船一起生活了半个多世纪，还因为我国的人民已经把它忘得差不多了，我是提醒大家记着我们，我更为我们的海军而自豪。我曾目睹我们的战舰如'都依里奥号''但多罗号''列潘托号''意大利号'和其他装甲船列队游弋在我们美丽的海湾。当时我真希望一场战争迫在眉睫，向世人显示谁也别想欺负意大利，否则将受到我们的严惩。"

西北风轻幽而凉爽，巴琪恰舅爷陶醉其中，乐此不疲，情不自禁地为自己心爱的海洋哼起赞美的颂歌。这时风忽然平息下来，船到了圣·维托港，并停泊在那里。岸上的房子别具一格，老船长指着散布在山坡上的城堡、别墅和村庄，对恩利科说："恩利科，有一座漂亮的别墅，掩映在那座城堡下面的一片栗子树林中，你看到了吗？"

"是的，我看到了……"恩利科回答。

"那就好，那座别墅本身就是一堂生动的人生艺术课。别墅属于一个名门望族，是一位侯爵祖先的家产。大概还没有多少年前吧，侯爵家有数百万的资财，可现在只剩下这座别墅了。如今的侯爵继承人整年住在这座别墅里。别墅周围有一些土地，侯爵继承人就靠这些土地微薄的收入艰难度日。

"两年前的一天，我因为有事曾拜访过这位侯爵继承人。在别墅里，过去和现在的残酷对比真让我难受。他的穿着打扮跟一个农场总管或一个自给自足的农民几乎没什么区别。在他接待我的客厅里，破落和豪华并存。在用油灰涂抹的墙壁上，镶嵌着古朴典雅的威尼斯式的大镜子，地上铺着一块老掉牙的地毯，破旧得连经纱线头也露了出来。在摆放着大理石雕像的壁龛里面，有一张东倒西歪的小桌子，上面放着一只已经破损的'马约里卡'[1]彩陶杯，里面还有喝剩的咖啡和牛奶。

"从窗口朝外看，情景的反差显而易见，糟糕得令人痛心。院落四周是巨大的回廊，大理石的圆柱巍然屹立。公鸡、母鸡、火鸡、鹅和其他幼小家禽在院子里打瞌睡、抱窝，啾啾、咯咯、吱吱地叫个不停，回廊下到处是它们一堆堆的粪便。一截大理石柱饰雕像横卧在院子里一个角落的泥浆中，成了一块猪食槽的基石，几头猪崽，有的在食槽里拱动着满是烂泥的南瓜，有的哼儿哼儿地啃咬着食物。大荨麻、酸模和其他杂草到处蔓延生长。院子里的铺路石板，有的已经搬到厨房里使用，有的居然已经搬到马厩和鸡窝里用了。"

"舅爷，这么巨额的家产为什么短短时间内就消耗殆尽了呢？"恩利科不解地问。

舅爷回答说："道理很简单。恕我直言，只是因为疏于管理和过于仁慈所致。仁慈绝不可过度。这家祖上的侯爵由于曲解了仁慈的含义，思考问题不受理智的支配而耗尽了家资，现在这位侯爵的父亲，也就是老侯爵是家道中落真正的罪魁祸首。老侯爵没有恶习，不赌博，从不说过头话、做过头事。他连做梦都没想到，自己居然会有一天遭遇破产。他是那样的善良，慷慨大方，前来向他敲门借钱和贷款的任何人，他从未说过一个'不'字。这些人中，真正需要帮助的却廖廖无几，而无赖之徒、油嘴滑舌的人、空话连篇的人、爱虚荣而又愚蠢的人却是大多数。他们纷至沓来，软磨硬泡，乞求恩典。向第一类人也就是真正需要帮助

---

[1] 16世纪意大利产的锡釉装饰用陶器，西班牙的马略卡岛为其原产地。

的人施舍是行善，是基督徒和正人君子应尽的义务，而对第二类人施恩与行善是做了蠢事，是懦弱的表现。

"所幸老侯爵的管家是个诚实而有远见卓识的人。当那些兴风作浪的人前来向老侯爵要钱时，这位管家总是回答说家里没有钱。在这种情况下，老侯爵也惯常用'家里没有钱'这句话来搪塞过去，这样老侯爵就摆脱了危难的困境。当那些死皮赖脸的人要求老侯爵做担保签字时，那就坏事了。说什么借您的光签个字吧！劳您的大驾为票据签个名吧！等等，不一而足。老侯爵总是盲目地相信那些兴风作浪的人的口头保证，毫不犹豫立马签了字。

"老侯爵是位正人君子，他认为所有人都是跟他一样的好人。

"老侯爵的一个签名可以把那些不幸的人从突如其来的祸乱中，从不可避免的灾难中解救出来，可以为不幸的人开下'路路通'这样的赊欠户头，以拯救一个家庭提供必要的生存手段，他何乐而不为呢？

"老侯爵签呀签呀，一个劲儿地签，签一千里拉、一万里拉，最后竟签到十万里拉。想想啊，最后一次，他居然在一张盖有印花税戳的信纸右下角为洋洋五十万里拉签下了自己的大名。五十万里拉哟！这是为一位工业家签约的五十万赊欠款呀！这位工业家想从产自撒丁岛[1]的一种非常普通的球茎植物——阿福花的根茎中提取酒精。

"那位说客吹嘘：'这是一本万利的投资，每投资一股可获得百分之三十的纯利。'其实阿福花的根茎只能提炼出很少的劣质酒精，结果那位工业界人士宣告破产。老侯爵五十万里拉的投资和其他不太富裕及无知股东作为小额股份的血汗钱顷刻间打了水漂儿，而这些可怜的人本来是相信已签了名的老侯爵的，同时对股东所做的可获得百分之三十的纯利的冠冕堂皇的承诺也是深信不疑的，结果他们的希望全都落了空。

"恩利科啊，看看吧，做蠢事造成的恶果是多方面的。向那些从没

---

1 意大利第二大岛。

有建立过任何功业的人盲目捐款就等于毁掉了他们，这种做法绝不是好事，实际上是坏事。你的钱财开始流失，你为一个傻瓜投入资金还会连累其他投资人，让那些无辜者也深受其害，你的良好愿望和神圣的爱心制造了很多灾难，让很多人遭遇不幸。

"可怜的老侯爵呀，他一直是这样做的！有一天，老侯爵开出的一张一千里拉的票据无法兑现。他惊慌失措地唤来管家核实情况。一向严肃认真的管家这次却泪汪汪地向主人诉苦说，他已尽到自己的责任，曾经不厌其烦地警告老侯爵别再向陌生人担保，还劝他起码应该知道要他签字的那些人的个人可信度。管家说：'我已多次拒绝那些陌生人借钱的要求。我虽然掌握着钱柜的钥匙，但您有墨水有笔，您可以随便大笔一挥，签上自己的大名，我不能无故扣压您任何一个签名。'

"在以资抵债，大祸临头的关键时刻，老侯爵说服了一位律师，把别墅变更为妻子的财产，才躲过了债权人的讨债，将别墅保留下来。不瞒你说，这种做法并非万全之策，而是有纰漏的，所幸老侯爵并不明白自己的所作所为还涉及道德价值观的问题。老侯爵是以货真价实正人君子的面貌远近闻名的，说真格的，他应该把别墅也给债权人。

"老侯爵被这场突如其来的灾难弄得焦头烂额，伤心绝望。过了不久终因过度哀伤而一病不起，很快离开了人世，把'伟大'的爵位和一份可怜巴巴的家产——这座别墅留给了已经长大成人的唯一儿子。这个儿子没有职业，无法恢复祖宗昔日的辉煌，也丝毫改变不了眼下贫穷的社会地位。他只能在别墅里无所事事地混日子，站在镀金的穿衣镜前，陶醉在远祖万贯家财的遐想中，坐在窗前感叹自己的愚昧无知，软弱无能，只能过着毫无可能改变的贫困生活。

"啊，我的恩利科呀，你将与我在圣·特伦佐度过短短几个月。假如你能从我的回忆中学到一点儿东西，你就会满载而归，没有白白度过。

"恩利科啊，爱心是要的，但爱心要加上头脑！爱心永远有，但要理智地签字！"

第七章　小女孩劳丽娜想吹灭太阳

恩利科到圣·特伦佐已三个月了，身体恢复得不错。医生跟爸爸妈妈每月一起来看他两三次。医生同意他写些作文练习。巴琪恰舅爷给他出了一些作文题，并对他说："恩利科，请你把写好的作文寄给你都灵的老师，让他先批改，然后再退还给你。这样，你就可以从老师的批改中学到一些东西。"

巴琪恰舅爷认为：注意观察人和事胜过读书，所以起初反对恩利科绞尽脑汁地写作文。舅爷心里想："既然恩利科每天都和我在一起，学着如何去观察周围发生的一切，并对让他惊奇和感动的所有事情做出判断，何必还写什么作文呢？他给爸爸妈妈写信不同样也是作文吗？"

想归想，老船长最终还是点头同意恩利科写些作文练习，因为那位来看望恩利科的佛罗伦萨医生早已说过此类的话，再说，谦虚谨慎本来就是舅爷的一个美德嘛！

老船长自言自语说："那位佛罗伦萨的先生肯定比我知识渊博得多！有一天恩利科也许能成为律师或者作家，手握一支笔大写特写不是一件大好事吗？好啦，再过几天，我就给外甥孙找个作文题吧！"

舅爷家别墅后面有一块菜地和一座房子，里面住着一户农民。这是一个人口众多的快活家庭，孩子们嬉闹玩耍，如同一窝小鸟啾啾地叫个不停。男主人约莫三十五岁，体魄健壮，是土生土长的圣·特伦佐农民，妻子年纪轻轻，皮肤白里透红，结婚后就是一个一个地生孩子，除了唱歌，就是给孩子喂奶。大孩子十岁，最小的女孩才两岁。这个小女孩是由老船长做教父给洗礼的，为了纪念自己的母亲，老船长把母亲的名字"劳丽娜"给了这孩子。

巴琪恰舅爷经常打开菜园的后门，像到自己家一样地去农夫家。他跟孩子们一起玩耍，带给他们一些水果、糖和玩具。假如偶然看到某个孩子的脸很脏，手上满是泥浆，他就不给他们早已准备好的礼品。不仅不给点心、桃子和无花果，还要狠狠教训他们一顿，好让他们养成讲卫生爱干净的习惯。这种清洁教育，按照孩子年龄的大小，有时舅爷去说，但通常是妈妈去说。

一天午后两点钟左右，老船长在恩利科的陪伴下，衣袋里塞满了孩子们爱吃的东西，打开小门，没打任何招呼，来到农夫家。

农夫正在忙活着修剪柠檬的树枝，好做篱笆用。妻子像抱窝的母鸡，被她的孩子四下包围着，坐在厨房前的葡萄藤下剥菜豆，最小的女孩劳丽娜却不在场。

"劳丽娜在哪儿？"巴琪恰舅爷迫不及待地问。

"在摇篮里，已睡两个钟头了。"孩子的妈妈回答。

"啊，太好啦！如您同意的话，我将不声不响地进入她的屋子，喏，这是我特意给她带来的一些玩具，想给她一个惊喜。我这就把玩具放到她的摇篮里，她醒来后一眼就能见到。"

"老船长先生，您太客气了，对她太好了！劳丽娜可不是个省事的孩子，把我折腾得焦头烂额的……"

然而，老船长并不在乎这些恭维的话。他非常熟悉农夫的家，于是他径直沿着一个外用梯子向二楼走去，该楼梯从院子一直通到楼上的所有房间，同时他向恩利科打个手势，示意跟他一起上楼去。

巴琪恰舅爷屏声静息地爬着楼梯，周围的空气似乎凝结了。为了不出声，他像做贼似的踮起脚尖走路……

他走到卧室门前。门上插着粗制的被海水浸泡后生锈的铁门闩。

要知道，海水能侵蚀铁、石灰、砖等任何物质。他小心翼翼地慢慢使劲左右转动门闩，可生锈的门闩还是照样吱吱嘎嘎地响个不停。他担心吵醒小女孩，时不时停一会儿，接着又耐着性子旋转门闩。门闩终于拧开，房门也打开了，劳丽娜的摇篮呈现在面前。一缕阳光随着房门打开射进黑暗的卧室，照射在小女孩的摇篮上和她那红润润的小脸蛋上。小女孩醒了，睁开一双如同露珠一样亮晶晶、水灵灵的蓝色大眼睛。可由于强烈的光线太刺眼，它们马上又闭上了。

老船长一动也不动地站在那里，好像盼着小女孩重新进入梦乡似的。

小女孩霍地从小床上站起来，又马上坐下了，在金灿灿的光线中，用她那白嫩的小手，不断地擦着眼睛。

劳丽娜穿着一件没有袖口的白色小衬衣，小小的脑袋，窄窄的肩膀似春花一般从衣领中露了出来。睡醒的小女孩肤色细腻、光润，非常可爱、漂亮，宛如天仙，是宁静清晨霞光的象征。那种苏醒难道不是绚烂的朝霞吗？难道不是无数晨星中最亮的一颗吗？难道不是黎明前的第一缕生命曙光吗？

老船长被眼前的景象深深吸引。他每天看见无数的棚屋和高楼大厦，但唯有对眼前这间农民的简陋的小小卧室情有独钟，他犹如一尊雕像，站在那里，纹丝不动地注视着小女孩。在他看来，这一幕太美了，只他一个人欣赏是自私的，也是可惜的。于是也叫恩利科进来共同分享快乐。房门一直是虚掩着的，恩利科推门进屋，此时的阳光如此灿烂、透明，照射着房间，让人目眩，动人心魄。

劳丽娜还没完全醒过来，一直用手擦眼睛。阳光发出夺目的光亮，小女孩用尽全身的力气深深吸气，又使劲吹气，那种样子就像要吹灭太阳一样。

每天晚上，劳丽娜以吹灭妈妈床头的动物脂蜡烛为乐趣。她总是多次重复这种天真的游戏。现在她突然在昏暗的屋子里被强光照醒，于是鼓起红扑扑的腮帮子，想吹灭照亮天空的另一只永远也吹不灭的蜡烛——太阳……她把太阳当成了蜡烛！

老船长深受感动，指着摇篮对恩利科说："恩利科，假如我是一个画家，不，最好是位诗人，此时此刻，我真想用画笔或钢笔，画出或写出人的本性中最富有魅力的东西：纯洁得像个孩子，伟大得像太阳……对啦，你的第一篇作文题目应该是'一个想吹灭太阳的小女孩'！"

当天和以后的几天里，巴琪恰舅爷老是谈论小女孩的事情。

舅爷笑着对恩利科说："想吹灭太阳的小女孩，将会促使你成为诗人的，还可以引起你更多更多的思考，简直胜过读很多很多哲学书，这比你在剧院看那些血腥的场面更能让你感动。

"恩利科啊，依我看，完全没有必要虚构凶杀案和杜撰折磨人的幻影来感染我们。大自然每天都以其简朴而又伟大的方式向我们展示具有崇高意境、无与伦比的画卷。

"一个摇篮、一个小女孩和一缕阳光——这就是事情的全部。这三样宝贝无处不见，渗透到我们的内心世界和灵魂深处，陶冶我们的情操，引起我们思考……这就是大自然，这就是理想！

"还有呢！还有呢！在这幅画卷上，我不仅发现了一首自然流畅、健康向上、名副其实的诗篇，还发现了伟大的哲学。小女孩想吹灭太阳这件事是一种典型的象征，人类大家庭中的有些人为阻挠社会进步、正义和真理的传播、把光明变成黑暗所做的一切都是徒劳。

"这是为什么呢？因为跟那些想吹灭太阳的所有小孩子一样，这些人极其愚昧无知，不知道把可怜的蜡烛与我们太阳系的恒星——太阳区分开来。

"那些深深地吸气鼓起腮帮子想吹灭太阳的人，就是爱慕虚荣、高傲自大的人，实际上，他们干了天大的蠢事！他们吹呀吹呀，吹出来的只不过是跟阳光玩耍和开玩笑的丝丝微风。太阳绽放着笑容，对人们的恬不知耻和愚陋之见从不生气，依然笑着用它金灿灿的光芒照亮着我们的心田。太阳永远不会冷下来，总是不知疲倦地把光明和灿烂恩赐给我们，而那些忘恩负义、自高自大的家伙把其世世代代从太阳那里得到的恩惠窃为己有，记在自己的功劳簿上。这些人盗窃了少量的黄金粉末，就自认为变成了富翁，要知道，太阳给了我们无限的财富、生命、光和热……

"恩利科，我的恩利科啊，这就算你第一篇作文的题目吧！你写出后，先寄给都灵的老师。"

第八章　玻璃瓶子·巴琪恰舅爷的镇纸和手杖·埃特鲁斯克骨灰盒[1]及里面的圣物

一天早晨，恩利科发现舅爷不在庭园里。往常舅爷总在天亮时就到院子里散步。恩利科从女仆那里知道，舅爷因感冒卧床休息呢。舅爷自有他由来已久的一系列信条，比如：要是你不注意的话，一个人就可能疲劳过度而损害了健康，即使有些不舒服，你也可以满不在乎，照样笑哈哈、乐呵呵的，但是你必须格外谨慎小心，哪怕是偶染比感冒还要轻的微恙，也要适当地治疗。

恩利科来到床前看望舅爷。事实上，自从来到圣·特伦佐到现在，他还从未在床上见过舅爷，想到这里，他表露出忧虑和吃惊的神情。恩利科望望四周，好找个跟舅爷说话的理由。他看到舅爷的床头桌上摆着一个绿色玻璃瓶子，上面还有用金刚石刻印出来的一些字。他正要去辨认如何读的时候，舅爷却笑着说：“恩利科，读吧，读一下，看什么意思——健康长寿，6月24日，最下面开头的两个字母大写为G. B.。

"恩利科，你现在可能知道是什么意思了：6月24日是我的命名日[2]，两个大写字母G. B.是我的一位老朋友姓名的缩写，他家住皮埃蒙特行政大区的斯特列维市，这个瓶子是他多年前送给我的生日礼物。他早已过世，而瓶子如今成了最宝贵的纪念品，我总是自己清洗瓶子，每天晚上装上水，从不麻烦别人，因为我担心他们把瓶子给打碎了，当拿起

1　埃特鲁斯克位于意大利托斯卡纳地区的阿尔诺河与台伯河之间，为曾经繁荣一时的富强古国。骨灰盒是巴琪恰舅爷的纪念品。
2　欧美人习惯以圣徒的名字取名，该圣徒的诞辰即为此人的命名日。

瓶子喝水时，我都会想起我跟老朋友布拉吉奥建立起来的长期友谊。他的一生雄辩地证明他政绩昭彰，人品高尚。

"我的这位朋友和蔼可亲得像父亲。他曾多年任他家乡斯特列维市的市长。任职期间，他创办学校，为国家的统一努力工作，千方百计地改进斯特列维的葡萄酒和醋酸产业。他在晚年双目失明，但没有伤心绝望过，在朋友们的眼里，他好像比先前更快乐、更幽默了。然而，我比谁都清楚，他的那种快乐是假装出来的，为的是免得自己的不幸遭遇给妻子和女儿带来悲伤。

"凡是每年的 6 月 24 日的圣·乔万尼节[1]，这一天也是我的生日，我总会收到他的一件礼物——葡萄。他总是把在蒙菲拉托[2]葡萄园里收获的最名贵的葡萄装进一个大篮子里寄给我。要知道，那一串串金黄色的香甜可口的葡萄是为他在圣·特伦佐的老朋友巴琪恰精心准备的呀！

"恩利科，你看，他送给我的瓶子就放在床头的小桌子上。对我来说，瓶子是我甜蜜记忆里最珍贵的纪念品。每天早晨我睡醒后，第一眼就看见这个瓶子，这让我想起我的布拉吉奥，向他道个早安什么的。唉，真是不幸，自从他两年前去世的那天起，他再也听不到我的问候了！

"像我这把年纪的人，往往热衷回忆过去，我年轻时，就觉得有必要搜集一些自己喜爱的纪念品。随着岁月的流逝，我家简直成了纪念品博物馆，每样家具、每幅画和每件器物，我都有着美好或忧伤的记忆。尽管是同一种东西，意义却完全不同，比如说从店铺里买来的东西，不管外表多么漂亮，用起来多么得心应手，但依我看，那都是毫无生气的东西。我可以把这些没有生命力的东西变成具有纪念意义、人人喜爱、活生生的美好东西。如有必要，我还有能力用毫无生气的东西换下活生生

---

[1] 类似中国的夏至，是意大利收获葡萄的季节。
[2] 意大利著名的葡萄产地。

的东西!

"饮食,睡眠,穿衣,散步……总之,为了健康所完成的一切行动,对我来说,都是生命的面包;而回忆、恩爱、思考都是生命的葡萄酒,像我这样的老人,葡萄酒起码比面包更重要。我不是诗人,从没有写过一首十四行诗[1],连庆祝婚礼的诗也从未写过。我总是千方百计地在有关人生的所有微不足道的事上撒下诗的种子。因为诗是启迪一切爱心和幻想的起点,一首诗看起来价值不大,但它为讴歌的一切包上了一层黄金,让这一切变得活跃、温暖起来。

"喂,恩利科,你先别离开这间屋子,我想给你讲讲我曾去过的世界五大洲的情形。

"在我的写字台上,放着五块石头镇纸,每块代表着世界一个大洲。喏,这块方铅矿石产自撒丁岛,是人家在波尔图索拉送给我的,就算代表欧洲吧。这块晶球状的石髓[2],是我在蒙得维的亚[3]附近的乌拉圭河岸上捡来的。

"闪闪发光的滑石产自亚洲,是我从喜马拉雅山脚下的一条河里捞出来的,这条河将英属锡金[4]和独立的锡金分开。那块光滑的斑岩来自非洲。那块含金的石英来自澳大利亚。这是来自世界五大洲的五种石头。周游世界的任何人都可以搜集这些石头。所有人都想建造一个纪念博物馆,但并不是所有的人都会鉴别、欣赏这些东西。采撷到的这些看似普通的石头却蕴含着人生的诗情画意。

"你看,墙角里还有来自世界各地的许多手杖。地区不同,手杖的样式也不同。我散步的时候,按顺序使用。它们一个一个像我的护身

---

1 欧洲的一种抒情诗体,每首十四行,格律上分为好几种,也译作商籁体。
2 又叫玉髓,来自美洲。
3 南美洲乌拉圭的首都。
4 1975年已并入印度,成为印度一个邦。

符，让我开启世界五大洲的大门。我使用它们，有时让我想起亚洲，有时让我想起非洲，有时让我想起波利尼西亚[1]。喂，你看那根竹子手杖，它是我在印度南部的尼尔吉利丘陵地带[2]采来的。那根刻有黄纹和有着漂亮的石榴红颜色的手杖来自亚马孙河[3]流域。那根粗大的手杖是我用生长在特内里费岛[4]山峰上的木本植物石楠削出来的……要是你真的想了解所有这些手杖的来龙去脉，我是永远也唠叨不完的，对吗？

"比如说，你看到的那根弯曲的葡萄藤手杖是我在马德拉群岛[5]用一个先令买来的。一种有害的病菌——粉孢菌彻底摧毁了该岛的葡萄园，那里的居民为此陷入贫困之中，于是，这些可怜的居民便砍掉葡萄树，做成手杖，卖给到美洲和非洲旅游而路过丰沙尔[6]的游客。

"当时的情景至今还历历在目。一位可怜的老者要我买他的手杖。他腋窝下夹着一捆手杖，竭力向我的旅伴推销，可没有成功，因为游客对他的手杖并不感兴趣。从这位老人干瘦、蜡黄的脸上，可以看出他正忍受着饥饿的痛苦，患有慢性营养不良症，谁也不知道他有多少个月没吃过一顿饱饭了。

"我买了他一根手杖，付给他一个先令。'谢谢，谢谢先生。你给我的一个先令，足够我吃上一个星期了！'老人动情地说。

"老人是满怀着无限感激和深厚的感情说这番话的。尽管我当时手头没有多少钱，还是又给了他另外三个先令，并对他说：'我看你生活

---

1 中太平洋的岛屿，意为多岛群岛，主要包括夏威夷群岛、萨摩亚群岛、汤加群岛和社会群岛等。
2 在印度南部泰米尔纳德邦与喀拉拉邦的交界处。其名称源于梵文或泰米尔语，是蓝色的山的意思。
3 世界水量最大的河流之一，总长六千四百三十七千米，世界第二长河，发源于秘鲁安第斯山，东流经亚马孙平原，在巴西的西马拉若岛附近注入大西洋。
4 位于北大西洋东部，是加那利科群岛最大的岛屿。
5 位于大西洋中东部。1420年被葡萄牙占领，后被改为葡萄牙的一个辖区。
6 北大西洋中东部葡属马德拉群岛的首府。

得非常节省,这不多的三个先令足够你吃一个月了。'

"这位可怜的老人是位正人君子。他想方设法地说服我,要我收下他的另外三根葡萄藤手杖,你可以想象得到,我是决不会要他那三根手杖的。

"在我人生的长途跋涉中,在我充满奇闻趣事的经历和对往事的甜蜜回忆中,铭刻于心的并不都是手杖和石头镇纸,就连我家里的几乎每一件物品,庭园里的几乎每一棵植物都闪着金色的光,有着诗一般美好的记忆。恩利科啊,你来这里以前,我从未感到过孤独,我跟这里的纪念品和植物亲切交谈。对我来说,它们是栩栩如生的东西,它们没有嘴巴,没有舌头,悄无声息地向我倾诉它们悠悠岁月的故事,这让我激动得不能自已,禁不住哭泣落泪。

"恩利科,你看,一位老人的话匣子打开后,再让他打住是很难的。现在讲到的这些内容,我明天将继续讲给你听,今天就到此为止,你现在去用早餐,我们晚些时候见。我的感冒还未完全治愈,今天要卧床休息,到中午才会起来。"

恩利科问舅爷:"舅爷,要是您的身体还受得了的话,请满足一下我小小的好奇心,然后我就走。您在大厅壁炉上放的埃特鲁斯克罐里面到底有什么东西?您老是把这罐子放在心上,悉心看管,每天在罐周围放上鲜花和新鲜的树枝,这是怎么回事?您从来也没有跟我讲起过这件事,我也没有勇气主动问您。我看,您今天心情特别好,不妨把您家庭博物馆的秘密告诉我……"

"好的,我求知欲极强的小家伙,我现在就告诉你那罐里究竟藏些什么东西。"舅爷说着,从床上起来又坐下,用右手抚着前额,深深地长叹了一口气,然后娓娓道来,"我的小宝贝,那珍贵的罐子是最神圣的祭坛。罐子来自库尤西[1],是当地一位好心肠的医生送给我的。正如你看

---

[1] 意大利一个城市。

到的那样，盖子上有一尊像是睡觉的女子平卧的塑像。很多很多年前那名女子的骨灰想必就收藏在罐子里面，不过，现在罐里却放着我可怜母亲的一些骨灰及其一些纪念物。你看，我老了，确实老了。我每次打开罐子都会哭。我很少打开盖子。万一打开时，我总是把书房的门锁起来，关得严严实实的，我决不会让别人向这些圣骨投以冷淡或讥讽的目光，否则，就是玷污了我母亲的好名声。恩利科啊，你的血管里也流着和我母亲同样的血。将来选个吉日良辰，我会让你看一眼罐子里的遗骨。

"将来你会看到罐子里的一绺长长的灰白头发，那是我母亲的，旁边还有一绺全白的头发，那是我父亲的。

"你将会看到罐里还放着一个厚纸板做的小盒子，上面写着：我洗礼时的第一颗乳牙。我拔牙时，没有哭，更没有疼得叫一声。

"喏，还有一把生锈的小刀，是我父亲做海员时用的。

"还有一绺很细很细、金黄色的头发，粘在丝线织成的花边上，我母亲在一旁写着：三岁洗礼时的头发。

"喏，那一块白色手帕是我母亲弥留之际，父亲为她擦额头上的汗水用的。这手帕从来没有洗过，父亲把它放在一个小箱子里，经常亲吻它，然后痛哭。父亲卧床不起的时候，感觉自己将不久于人世，便对我说：'巴琪恰，你去把那块手帕拿来，我死的时候，用它给我擦额头上的汗水！'

"我照父亲说的做了。父亲死后，我用手帕盖住了他的脸，当时我的手颤抖得厉害，脸颊贴在手帕上，觉得我是在和父母做最后告别！

"恩利科，恩利科，那珍贵的罐子里，还藏着另一样东西，喏，那是一只还带着编针的灰色毛袜，是我母亲最后的手工杰作，它还没有被编织完，母亲就不幸离开了人世。她当时已病入膏肓，躺在病床上，还苦苦挣扎着拼命为我织袜子。说什么巴琪恰脚冷。死神降临时，还想着她的孩子哟……

"恩利科，恩利科，你出去吧！要是你还在我身边的话，我会哭起来的。你现在衣食无忧，过得很快活。你正值青春年华，可能还不理解我说这些话的含义。你到院子里去吧，在林荫小路上溜达溜达，然后再去用早餐……"

第九章　在庭园里·怀念每种植物·拜访公证人·
　　　　一枚金币的历史·一位船长的情怀

　　过了两天，巴琪恰舅爷的身体已完全康复。他在庭园的幽静小径上悠然自得地散步，不厌其烦地欣赏着每种花木，好像两年没有见到它们似的。

　　恩利科陪着舅爷在庭园里东游西逛，舅爷对每种植物、每种灌木表露出异乎寻常的关爱。几周以来，他对果木的一往情深有增无减，简直到了痴迷的地步。

　　说真的，舅爷的庭园是一座非常独特的院子。严格地说，这既不是庭园，也不是植物园。这里有花卉，有珍稀植物，可在富贵竹和棕榈树的空间地带却生长着西红柿和卷心菜；葡萄树、柑橘、柠檬和其他果木树长得错落有致，只是为了争得更多的空间和阳光才相互摩擦、碰撞，竞相争艳。连老船长也说，花木太多了。由于按时施肥，浇足了水，所有花木都茁壮成长。然而它们无法垂直地向上长，枝条和藤蔓弯弯曲曲的，树干粗大粗大的，有缝隙就钻，好争得一份空气、一束光线。可拔掉任何一棵植物又是舅爷不允许的。家中的佃农指着密不透风的植物，鼓起勇气吞吞吐吐、怯声怯气地对主人说："树木总是要往高处长的，往横处长就长不好，应该砍掉一些。"巴琪恰舅爷听后暴跳如雷，说："怎么样管好葡萄园和橄榄树，如它们的保留或砍伐，大主意你自己拿。可这里，植物园的事，我来管，懂吗？要知道，自然林比庭园里的人工林更美，难道那些自然林都必须修剪或除掉吗？肯定不行。你看，高大的树木、灌木和藤本植物，密密层层，苍郁幽深，盘根错节，攀缘生长。你若走进去，就如同进入绿色的迷宫，让你寸步难行！然而它们照样开花结果和谐友好地相处，不像我们人类那样相互残杀。"

老船长的一席话并不都是合情合理的，因为植物之间也会发生冲突，粗壮和生命力顽强的植物会杀死其他弱小的植物，跟人类之间打仗一样，植物也会为了自身的生存而誓死搏斗。他不讲优胜劣汰的自然法则，无非是为自己庄园的植物辩解罢了。

不过，舅爷把自己的庭园与美洲和马来西亚的原始森林进行对比倒是完全有道理的。在他的庭园里行走颇是一件麻烦、费力的事情，喏，不是时而需要弯着腰走，就是被带刺的蔷薇或柠檬、梨树的枝条碰着。舅爷对院内的所有蜿蜒曲折的小路和通道了如指掌，什么时候低头，什么时候弓腿，他都心中有数，即便是这样，还依然被刺着，被碰着。农夫把一棵树种在密不透风、空间又非常狭窄的地方，它的一根低垂的枝条挡住了去路，令人生厌。舅爷从这里经过时，他的帽子经常被刮掉。遇到这种情况，他从来不生气，只是一笑了之。要是恩利科不跟他在一起，他会笑得更厉害呢！他边笑边招呼走在后面的恩利科说："好像植物也慈爱地抚摸我呢！你知道吗？它们也会爱和恨，会不胜感激对它们表示友好的人。它们对动物特别敏感，很善良，不咬人，不散发臭气，从不向我们索取什么。

"恩利科，你看，每天早晨欣赏花木时，我马上就知道，有的需要浇浇水，有的需要锄一下松松土，好让空气进入根部，有的发生虫灾，请我去捉虫，有的请我剪除多余的枯枝……有人提倡留住那些对植物有益的食肉虫，除掉食草虫。在我的院子里，我不能容忍这种情况发生。我必须除掉吞食叶子和花卉的所有幼虫[1]和鞘翅目昆虫。即使喜欢群居生活，让人爱怜的蚂蚁也不能放过。花木是我最好的朋友，我必须除去危及它们生存的所有虫害。

---

[1] 昆虫的胚胎在卵内发育完成后，从卵内孵化出来的幼小生物体，如蛆是苍蝇的幼虫，孑孓是蚊子的幼虫。它们专吃植物的叶子，对农作物危害极大。

"还有比虫子更危险的敌人,这就是凶猛、残忍、永不知疲倦的敌人——海风,特别是一种叫'普罗旺斯'[1]的强劲海风,它吹来的含盐细雾如同横扫而来的熊熊烈焰,把我这里的每样东西——树叶、花儿和嫩芽,吹得焦黄枯干。普罗旺斯海风的威力比我还大。受它的侵袭,冬青栎很难长高。凶猛的海风把我那可怜的橘子树吹得枯黄枯黄的,叶子纷纷落地,一年要换两三次叶。由于筑起一道厚厚密密的防护篱笆,任凭普罗旺斯海风如何怒吼咆哮,逞凶肆虐,都无济于事。有了这道篱笆,冬青栎、柑橘、蔷薇、栀子如同穿着盔甲的勇士,坚不可摧,笑傲海风,植物再也不像往常那样频繁掉叶落花了,看上去,简直就是绿的海洋,花的世界。

"我爱我的花木并不仅仅因为它们是我栽种的,是在我的眼皮底下茁壮生长的,也不仅仅因为它们奉献给我芳香的花朵和美味可口的果实。恰恰是因为这些花木跟我的往事,跟震撼我心灵的那些回忆息息相关。正像我向你讲过的石头和手杖一样,它们也向我倾吐自己的往事。它们比石头和手杖更具有顽强的生命力,深有感情地向我娓娓道来流逝的时光。和我一样,它们知道感受幸福,享受欢乐,忍受痛苦。它们也跟我一样,有出世的一天,也有走向死亡的一天。

"恩利科,你想听这些花木的故事吗?好的,你就坐在这里的一把大理石椅子上,听我给你讲一讲。"

舅爷对恩利科说:"我的植物园里没有常见的那种一串红,但有叶子带着两个彩色条纹同属这类植物的品种,它的叶子更小,香气也比普通的那种差一些,然而,我却很喜欢它。因为它勾起我人生道路上一个最悲伤时刻的记忆。为了不委屈我所喜爱的这种一串红,我绝不允许有

---

[1] 法国东南部的历史地理区和旧省名。公元前 132 年为罗马帝国在外高卢南部设置的一个行省,境内有一座海拔为一千九百一十二米高的风山;与本书中的故事发生地——意大利利古里亚行政区接壤。

其他品种的一串红在我的植物园里生长、存在。

"我妈妈去世时,不知道是不是遗嘱和未成年人继承遗产的缘故,我们全家都到了萨尔扎纳镇的公证人那里。我爸爸跟其他人一起坐在公证人那间阴暗、凄凉的客厅里。我当时年纪很小,他们到底说了些什么,我听懂的很少,甚至有些根本听不懂。我只记得,当我听到他们提到我母亲的名字时,我哇的一声哭了起来。

"公证人看我哭成那个样子,就打发我到院子里看花。于是我二话没说,就到了院子里。我绕着花坛看来看去,很快发现了有两色花瓣的漂亮一串红,这种草我在其他地方是从未见过的。从孩提时代起,我就有着欣赏一草一木的强烈愿望。我被一串红深深吸引,开始喜欢上了它。回来时,我采了一个枝条带回家,插在水杯里。

"第二天,爸爸说,他也从未见过这种古怪的一串红。他教我怎么把这个枝条变成一棵活生生的植物。我把它移栽到装满湿土的盆子里,然后再用一个玻璃杯将它扣起来。枝条开始扎根生长,渐渐长大,后来又被从盆里移栽到庭园里,经过这么多年的风风雨雨,居然活了下来。我看到它,就想起萨尔扎纳镇那位公证人,想起他那阴暗得令人窒息的房间,那里摞满了一排排污秽、单调的卷宗,想起死神即将来临,我被吓哭了的恐怖气氛,想起爸爸教我如何将一串红的枝杈变成一棵活生生的植物。我长成小伙子后,想起我死去的亲人……你知道,那一天在萨尔扎纳镇公证人办公室里的所有人都一一离开了人世,只剩下我和一串红还活着。爸爸去世了,公证人也去世了,我的所有兄弟也都去世了。一串红肯定比我活得更长,恩利科啊,除非你不忘记它,否则,它的故事谁也不知道。"

舅爷继续说:"长着彩色花瓣的天竺葵也是我喜欢的一种花卉。你看,在远处,海枣树[1]下面有一片葱翠茂密的灌木丛,那里就生长着这种

---

[1] 别称椰枣树、波斯枣树,"伊拉克蜜枣"就产自这种树。

花草。

"我已长成身强力壮的小伙子。作为见习水手,我被一只运送小麦的'布里斯克号'商船所雇用,曾两次到过黑海。在等待第二次航行期间,我回到圣·特伦佐。在冬天的日子里,我和家人度过了一段美好的时光。

"当时,一位在热那亚某公立学校教物理课的老教师退休后,来到圣·特伦佐镇,用他那微薄的退休金安度晚年。那个时候,这里靠不多的花费便能过上绅士般的生活。他带来一些物理器械和莱顿瓶[1],还有一台电动按摩器和其他设备。老教师经常以捣鼓一些电镀技术来取乐。他很喜欢孩子,我只要有机会,就到他那里去玩。他很有耐心,总是让我看他的机器,不厌其烦地给我做些解释。当他教我如何电击出火花时,他乐得像心里开了花,这样,我也学会了电镀的技能。我用一些旧的坩埚、一个容器、一块锌,成功地造出了一部了不起的仪器,经过反复实验,我终于又用它将稀有金属钱币复制到硬币上去,这样,老教师的房间简直就变成了我的一个独特的钱币研究所。

"我复制过西班牙双面币、热那亚双面币、罗马教皇金币以及我爸爸从亲朋好友那里借来的其他金币。我是怀着一颗虔诚的心来印制钱币的,并尽心竭力地保护好我的仪器。我把借来的钱币还给了原来的主人,看到用自己的双手复制到硬币上的、跟原币一模一样的图像,我太高兴啦!物理课老师还答应教我如何镀金的技能,这样,镀金后的钱币跟真金币完全一样。

"一位患风湿病而瘫痪又非常贫穷的老海员住在我家附近。他有一枚精美的威尼斯金币。这是他的珍宝,绝不能离身,我曾多次求他借给我用一下,可白费心思。他说,金币是他的护身符。他发誓即使饿死也不能出卖它。这个可怜的残疾人越是顽固地拒绝借给我,我就越执意要

---

[1] 因在荷兰的莱顿市发明而得名,又译作蓄电器。

把它弄到手复制下来，因为全镇再没有第二枚类似的金币了。

"我父亲见我对这枚金币怀有极大的兴趣，做了种种努力，对方最终同意将金币借给我，但有个条件就是只借两天。

"我放在手上，看来看去，摸来摸去，爱不释手，高兴得心花怒放。为了尽早还给他，我想加快实验。我找来一个平时放药丸的小盒子，把金币放进去，再把铋和锡合金液灌注到上面以便复制出金币的图案来。

"合金冷却后，当我准备翻过金币复制另一面的图案时，小盒子里的金币却不见了！

"我简直不敢相信自己的眼睛！我把小盒子翻过来倒过去地折腾了几次，合金还在，可金币却再也找不到了！

"是不是金币熔化到合金里去了？那我只要再把合金熔解掉，金币便会恢复原状，于是，我用因激动而颤抖的手把合金投入一个小铁勺里熔炼。结果令我大吃一惊，合金变成了液态，上面仅仅漂浮着一点儿勉强可以看得到的黄色微粒。

"太不可思议了！太可怕了！太神奇了！我哭着跑到老教师那里去，他很快明白了事情的原委。金币是赝品，很可能就是跟我的那块合金一样的东西，只是镀上了一层金。高温熔化后，只剩下一点儿金屑，也就是漂浮在合金液态上的微粒！真是倒霉啊！

"我恳求老教师别告诉任何人，然后边哭边跑回自己的卧室。

"我怎么才会有另一枚金币呢？怎么向金币的主人——可怜的海员交代呢？他一直相信是真金币，而实际上是赝币。我如何告诉我那还不富裕的爸爸呢？他要做出巨大的牺牲来偿还不翼而飞的钱币！

"想了个把小时，我才有了主意。我打开抽屉，取出一个可怜的瓦罐。平常我把节省下来的小钱放进瓦罐，为的是有朝一日买一把小手枪或猎枪——这是我由来已久的梦想。

"我用颤抖的手击打瓦罐。由于手抖动得太厉害，我打了几次才将瓦罐打碎，房间里到处是碎瓦片、铜板和银币，我将所有的宝贝捡起来，数了一下，算起来一共有三十二点五七里拉，这些钱足够买一枚金币了。

"我跑得满脸通红，大汗淋漓，一口气跑到拉斯佩齐亚唯一的兑换商那里，急忙问老板有没有威尼斯金币。

"老板回答：'我没有。不过，你到波里奥大街左边的第二家金店去打听一下。他们那里做古币的买卖，你能买到一枚金币。'

"我像离弦之箭一样，跑到那家店铺。

"'你们有威尼斯金币吗？'

"'没有。'

"'我准备付比它的价值更高的价钱，价格再贵也没关系。'

"'我到家里的二楼去找一找……先生，请坐！'

"老板上楼去了，留下妻子照看店铺。

"我无法坐下来安心小憩一会儿，只是焦躁不安地走来走去，心不在焉地注视着橱窗里面摆放的东西。当时，我大概是这个世界上心情最不平静的人了！我还时而用哆嗦的右手伸进衣袋里，去摸那三十二点五七里拉。

"店铺的尽头有一个生长花草的小院子。我从小就喜欢花草，为了分分心，我请老板娘让我到那里随便看看。

"'悉听尊便吧！您将看到美丽的天竺葵正在怒放呢！'

"事实上，院子里有一个种植天竺葵的花坛，里面的花就像今天你在棕榈树下看到的那种天竺葵一样。我眼睛直勾勾地凝视着花坛，脑子里有万千缭乱的思绪。总是想着一句话：'老板能记得一枚威尼斯金币吗？'

"在我的脑海中，天竺葵和金币是一个重叠的影子。在鲜花怒放、艳丽动人的花丛中，我看到的仿佛是大如光盘、辉煌夺目的一枚金币。

"在痴呆发愣中，我感到像被什么撞击了一下，突然醒悟过来，原来是老板的声音：'小伙子，跟我来，我找到两枚金币。你来看一下怎

么样。一枚是旧的,不知道是哪年哪月被锉刀划破了,另一枚是崭新的,漂亮极了。'

"我上前细心地看那两枚金币,第二枚确实跟被我熔化了的那枚完全一样。我激动得赶忙伸手抓起来,喜悦之情溢于言表。

"'对,就是它!多少钱?'

"'三十里拉。'

"我知道老板是在钻我急切购买金币的空子,可我还是二话没说准备照付不误。

"正当我要付款时,倏地一个不祥的念头如闪电般地跃入我的脑海:'要是这枚金币如同那枚是赝品怎么办?'

"我的想法到了嘴边又咽了回去,如同激情犯罪一样,就在这千钧一发之际,我硬是强忍下来,没有铸成大错。

"我美滋滋地把钱币放在柜台上旋转了好几次,听见它叮当一声倒下来。那声音听起来比罗西尼[1]和贝利尼[2]的歌曲还柔和甜美呢!

"老板说:'您放心吧,这可是货真价实的威尼斯金币,您可称心如意了吧!'

"我连跟老板打声招呼都没有,就飞快地跑回圣·特伦佐镇。当我把那枚金币还给不幸的老海员时,更确切地说,是把一枚真币还给他时,我看到他那双本来满是眼屎的眼睛,忽地闪烁出喜悦的光芒,因为他的护身符又回到了身边;同时,我的焦急不安顿时烟消云散,三十里拉的事忘得一干二净,总之,我忘记了一切……我为完成这次善举而感到无比幸福。

"完全是一件善事。我没有把这件事告诉任何人,连我爸爸也不知

---

[1] 罗西尼(1792—1868),意大利著名歌剧作曲家。代表作有《塞维利亚的理发师》《灰姑娘》《奥赛罗》等。

[2] 贝利尼(1801—1835),意大利歌剧作曲家。

道。现在这是我第一次告诉你,因为我相信知道这件事的来龙去脉后对你大有好处。我永远也忘不了金店老板院子里那些五颜六色的天竺葵。我曾在它们周围独自徘徊,度过了那极端痛苦、心神不定的难熬时光,在色彩缤纷的花丛中,我似乎隐约地看到了一枚威尼斯金币……

"我回到圣·特伦佐镇后,在我的院子里种了一株跟生长在拉斯佩齐亚市金店老板后院里完全相同的天竺葵,每逢开花的季节,我都怀着浓厚的兴趣欣赏美丽的鲜花,仿佛又回到了年轻时代,感到无比的快乐……

"恩利科,你看,我植物园的每种植物都有说不尽道不完的故事,要是我全都告诉你的话,起码需要一个月的时间,况且,都是些稀有品种呢。我的院子不够宽敞,只能种稀有植物,但要知道,种好稀有植物要比种普通植物付出更多的辛劳。

"比如,你看我的那些柑橘,有二十多种吧。每种都不一样。有的果肉是黄色的,有的是白色的,也有的是红色的。我有棵酸橙树,它的果实有苦味,可叶子却芳香四溢,花儿也香气扑鼻;还有果子结得很大的巴勒莫和印度树种。你看,生长在第一块田地中央的那种柑橘最讨我喜欢,那是我在巴西时,学识渊博、尊贵的外交官罗佩兹·纳托爵士送给我的。这种果实的葡萄牙文为'拉兰贾·德木皮科',也就是脐橙的意思。它全是果肉,几乎没有籽,即使有,也是很小很小的,完全退化了。它的果肉全都浓缩到果皮的下半部,形成一个圆状的东西,酷似人的肚脐。在巴西,这种树每年结两次果,果实香甜味美,最好在没有完全成熟的时候品尝。显然,在我们这个地方种植结出的果子是很少的,味道也差多了。但是这种稀有的果木却让我产生了浓重的巴西情结,我永远忘不了那个礼仪周到、人人善良的国家。你知道,巴西是那位出色的外交官——罗佩兹·纳托爵士的祖国,他把意大利视为第二故乡。我希望,有一天他能光临我这里的植物园,到那时,他多年前送给我的脐橙将用它绽放着的美丽鲜花喜迎他的到来。

"有些植物并非是稀有的。在一定气候条件下也包括在意大利这样的气候下,它们是极为普通的植物,可在我这里却变得非常珍贵了,跟它们原来的特性是大相径庭的。我必须精心地护理它们,为它们准备好适合生长的土壤和气候条件,好让它们充满生机,枝繁叶茂,花香浓烈。

"在我这些植物中,有一种叫仙客来[1]。它的花芳香,讨人喜欢,阿尔卑斯山脉[2]地区很适合它生长。仙客来的根茎、叶子和花儿占据很小的空间,它跟姐妹花紫罗兰一样,拥有谦让的美德。它满足于在特别狭小的地方生长,悬崖峭壁的裂缝、栗子树根部的缝隙都是它赖以生存的沃土,但是它善于凭借自己'谦谦君子'的风度,争得富有诗意的一席之地,善于在天鹅绒一样的苔藓植物中,在五彩缤纷的地衣[3]中经营自己的安乐窝。凡是它生长的地方,四周都有可称为天堂的一小块湿地,油光碧绿。独特的阿尔卑斯山野是各类植物的乐园,这里百花争艳,百里香[4]更是香气四溢,它的玫瑰色花儿花团锦簇,生命力十足地绽放出优雅、美丽和芳香,不管谁路过那里,都会得到一个'飞来的香吻'!

"可是圣·特伦佐的一切——土地、阳光和空气却是仙客来的敌人。

"这里的土壤一直是盐碱地,植物都会枯萎凋谢,阳光火辣辣的,也会将植物烤得干透。然而,我把仙客来种植在地中海的海岸上,是露天栽培的,为的是看看它是否能够抵御第勒尼安海[5]炙热的阳光,结果,都一棵棵枯死了。

"于是,我把它种在浓茂的冬青栎密不透风的树荫下,由于阳光照不进来,只见它的叶片疯长,长得宽大宽大的,可颜色灰白,叶柄也长

---

1 多年生草本植物,花红色,有香气,供观赏,其根为猪的美食,俗称"猪的面包"。
2 位于欧洲中南部,西起法国东南部的尼斯,经瑞士南部、意大利北部,东到奥地利的维也纳。
3 低等植物的一类,生长在地面、树皮或岩石上。
4 又名麝香草,茎叶可提取芳香油,为重要的香料植物。
5 地中海的一部分,在亚平宁半岛、西西里岛同撒丁岛、科西嘉岛之间。

得老高老高的，就是总不开花。我把它的球茎挖出来，光种的地方就换了四五次，最后终于为它找到了安乐窝。在植物园后面的那棵品种为'皮扎鲁提'的无花果树下我为它开垦了一小块特殊用地，并掺杂进去一些已拆掉的老墙剩下的软土和尘土，它终于开出了玫瑰色、芳香的花儿，就花儿的艳丽来说，它们一点儿也不次于产自布良扎和科莫湖第勒尼安海同类的优良品种。要是今年秋天你还在这里的话，你可以把一束仙客来的花儿送给你妈妈。

"现在还没到识破它'庐山真面目'的时候。你看，它的一些叶片是暗绿的，布满玫瑰色的斑点，正躺在湿地绿油油的卷柏和苔藓植物上睡大觉呢！

"我的恩利科啊，你要永远记住我的话：一个人，他的东西越值钱，给他带来的烦恼和痛苦就越大。正因为这样，从父母那里继承大笔遗产的富人却享受不到任何快乐，他们总是在自寻烦恼中度日，同时又把自己的烦恼带给别人。你多次听说，世界上是没有什么'幸福'可言的，幸运的事儿也凤毛麟角，不可多得。幸福是我们一代又一代人重复的永恒的话题，也为之说了许多不负责任的傻话、蠢话。其实，幸福是我们取得功绩后所应得的那份很正常的报酬，是我们劳动的结果，幸福绝不是幸运儿。幸福可以通过做世界上一切美好、善良的事来获得，比如说，完成光彩照人的事业，尊重正直善良的人，创造财富，等等。

"关于仙客来，我只跟你讲了有关哲学方面的道理，现在再回过头来讲讲与仙客来本身有关的一些故事。

"我为了种好仙客来，倾注了大量的心血，付出了太多的辛苦，对我来说，它是非常珍贵的植物。它的难能可贵之处还使我想起去世多年的一位老朋友。

"我的这位老朋友跟我一样，也是一位海运老船长，同样是圣·特伦佐镇人，我俩共事多年，关系融洽，友好情深，并合伙买了一条船租给别人，把西西里岛和撒丁岛的葡萄酒运到意大利大陆去，平时，我俩不管谁有空闲，就轮流驾驶这条船。

"我逐渐发现，我的这位叫波罗斯佩洛的朋友是个赚钱胃口大得出奇的人。在跟别人做买卖时，只要能捞到钱，他就不择手段，敛财几乎到了疯狂的地步。我呢？也毫不客气地对他好言相劝，最后总能让他守规矩、老实一阵子。

"他说：'不偷不抢是对的，但自己的利益应该照管好。有些人尽心竭力地欺骗我们，而保护好我们自己，让骗子上当受骗也是我们的权利。'

"'亲爱的波罗斯佩洛，不，不能这样。说到诚实，这是个毋庸讨论的问题。头脑要指挥心，这是对的。但要有一个条件，那就是要走正道，而且要永远走正道。当"心"告诉我这个行为不是诚实的，我就只能二话不说，立马刹车，因为良心是无声的法官。理由可以摧毁一切，并且使人相信，做对自己有好处的事是天经地义的，可是，"心"却总是连声大喊：坏蛋！坏蛋！没有什么理由能够制止这种良心的呼喊！'

"我们讨论生意上这类棘手的问题总是以一种方式结束。对我的劝告，波罗斯佩洛往往耸耸肩，不屑一顾，很少有说服他的时候，不过，还好，最终他总是答应按我说的去做，我也就放心了。

"后来由于生意上的事，我必须离开祖国到圣弗朗西斯科[1]两年。这样我就跟波罗斯佩洛分别了，并焦急地等待着他的消息。可在两年内我没有收到他任何信件。

"两年后，我回到了意大利。先在热那亚下了船后又马上回到了圣·特伦佐镇。波罗斯佩洛又是拥抱我，又是亲吻我，用冷笑的语气说：'亲爱的巴琪恰呀，生意太好了，我用那条船足足赚了十五万里拉。'

"我吃惊地大叫一声，完全没有高兴的样子，涨红了脸问：'怎么回事？'

---

[1] 又译作旧金山，是美国西海岸著名的港口城市。

"'方法很简单,有朝一日,我将细细对你说。'

"实际上,方法既不简单又不正派,做事手脚很不干净。我急于知道到底是怎么回事。一个星期还没过去,我和波罗斯佩洛就以涉嫌欺诈的罪名被热那亚商业法庭起诉了。

"为了急于捞到一笔钱,波罗斯佩洛的做法简直到了不择手段的地步。他来到马尔萨拉[1],心存侥幸,仅仅把两只桶装上优质的葡萄酒,而另外的许多只桶却装上了咸咸的海水,可他向保险公司申报时却说装的全是葡萄酒,船和货物都上了保险。不知道什么原因,也许是波罗斯佩洛做了手脚,有关专家上船只抽查了装着葡萄酒的那两只桶,而装着海水的那些桶却没被识别出来。船和货物全部保险金额为十五万里拉。

"船从马尔萨拉开出后,在风平浪静中正常航行。波罗斯佩洛故意把船驶向礁石,结果船和货物沉入海底,甚至全体海员都不知道其中的奥秘,因为起航前,他把原来的老海员都换成了新海员,大家都真的相信,只是由于导航的错误才酿成这次海难的。作为船长的波罗斯佩洛冒着生命危险,拼命游泳,才躲过这场浩劫,捡了条命。他做的这件事天衣无缝,结果保险公司输掉了这场官司。波罗斯佩洛的律师立下了汗马功劳,保证了这场官司以我们的完全胜利而告终。

"他骗别人可以,但他骗不了我。我太了解我的生意合伙人波罗斯佩洛高超的航海技能了,对他可以支配的资产也了如指掌,所以我没有被他的花言巧语所迷惑。后来,一个被无故解雇的老海员向我一五一十地披露了事情的全部真相。

"我立即到波罗斯佩洛家里去,强忍着怒火对他说:'波罗斯佩洛,你对金钱的贪婪,使你犯了罪。罪名只能你自己去洗刷,你不可能把一盆屎同时扣到我的头上,让我也背上一个罪名。我是正人君子家的孩子,我生是正直人家的人,死是正直人家的鬼,你却犯了欺

---

[1] 意大利西西里岛附近一个岛屿,是意大利一种名贵的白葡萄酒撒拉玛娜的产地。

诈罪……'

"'这不是真的，是律师帮我们打赢了官司……'

"'你别打断我的话好不好？我求你别为自己狡辩了。无论你说多少辩解的话，你的律师说多少漂亮话，都不能改变我的看法。你犯了欺诈罪，应该马上到保险公司总经理那里去，要老老实实告诉人家，说是你手下的人不同意你干那些缺德事，所以放弃赔偿，并请总经理收回对我们的起诉。'

"'这样，我们的"布里斯克号"货轮和全部货物就都付之东流了……'

"'货物？让它们见鬼去吧！你比谁都清楚，它们到底是什么玩意儿！至于"布里斯克号"货轮嘛，那也有我的一半，不过，论过错，我跟它沾不上边，我把自己的一半白送给你。我想换回你的荣誉，这是最重要的。这是你第一次犯事，我希望并坚信，这也是你最后一次犯事。无论如何，从今以后，请你别再找我了，你一个人去干事吧！'

"由于波罗斯佩洛放弃了这笔保险费，这桩欺诈案就被掩盖起来，但是，他的名字上却有一个永远抹不掉的污点。至于我嘛，谁都知道，我离开家乡两年，我与这个胆大包天，也可以说是糟糕透顶的所谓'成功'骗局没有丝毫的瓜葛。

"后来我知道，波罗斯佩洛乘船到了布宜诺斯艾利斯。打那以后，我再也没有听说过他的消息。八年以后，我收到了他发自列哥勒托的一封信，信中有短短几句话：'亲爱的巴琪恰，我现在病得很厉害，可以肯定地说，我不久将离开人世，看在老朋友的面上，我求你来看我一回，千万别拒绝我的请求，这是我向你发出的最后一个请求。爱你的波罗斯佩洛！'

"坦率地说，我没有忘记我多年生意合伙人的劣迹。每每回忆起他的恶劣品行，我如坐针毡，备受煎熬，产生无穷无尽的怨恨。我是个老实正直的人，与像他这样行恶的人，绝不能轻而易举地修好关系。到底答不答应他的请求，我犹豫了三天。最后我的良心占了上风，决定到科莫湖畔的列哥勒托去看望他。

"波罗斯佩洛住在温泉疗养院治疗威胁生命的慢性中风。我见到他时，他仰卧在巨大的安乐椅上，见到我哇的一声哭起来。过了一会儿，他才颤巍巍地站起来，打开抽屉，拿出一个很大的纸包交给我说：'喏！这里面有两万里拉，是我制造的海难中失事的"布里斯克号"货船的一半资金，以前你曾慷慨地把这笔钱送给了我，好尽可能地挽回我的荣誉。在布宜诺斯艾利斯，我的生意兴隆，赚了不少钱，对我来说，归还你这笔款子没有什么负担。我真想倾其所有来报答你，即使成了穷光蛋也不后悔，我求你收下这笔钱，别回绝我好吗？你的犹豫不决真使我受不了！'

"我被他的话深深打动，一句话也说不出来，于是收下纸包，放入衣袋。

"'巴琪恰，现在我还清了你的债，你还得宽恕我。你是我罪恶的唯一见证人，你不宽恕我，我就不能心安理得地进入另一个世界，请相信你的老朋友——波罗斯佩洛。'

"'那么，请你扪心自问一下，然后再告诉我，在布宜诺斯艾利斯的八年中，你真的一直是个老实正直的人吗？'

"'当然！我以老母亲的名义向你发誓……'

"'好吧，我们一言为定，"布里斯克号"货船的事情，你过去的所作所为，我将尽快忘记，永不重提。'

"波罗斯佩洛一下把我抱在怀里，抽抽搭搭地哭起来。打这以后他好像获得了新生。他拄着拐杖，在仆人的搀扶下，在风景如画的疗养院周围慢慢散步。他每天都派仆人把一束盛开的仙客来送到我的房间。为了表明我的诚意，让他体会到我真的对他好，我还特意跟他一起泡了温泉……

"我跟他在一起待了十多天。为了生意上的事，我必须马上离开他。

看到我要走了，他非常难过，紧紧拥抱我，悲伤地哭了起来，不断地向我致意。我从将把我送到伯拉诺的马车里向他大声说：'再见！'

"'在上面见[1]，在上面见。'他伸出手指向天空，满怀深情地说。

"我在伯拉诺下了车，要把行李拿到科莫湖中汽船上的时候，发现一个大包裹，打开一看，里面装着一些仙客来的扁球形茎块，还附有一张波罗斯佩洛的名片，旁边密密麻麻地写着：'亲爱的巴琪恰，我知道你很喜欢仙客来，所以我在散步时，采集了一百多个球茎块，请你回去种在圣·特伦佐镇的植物园里。等开花的时候，我已不在这个世界了，但是你一定会想起你的波罗斯佩洛的。我曾经犯过一次错误。你原谅了我，我可以高高兴兴地离开这个世界了。跟你永别了，我的巴琪恰，永别了。你的波罗斯佩洛。'"

过了片刻工夫，舅爷又接着说："恩利科，你现在看得很清楚，我为什么非常喜欢种植仙客来了，说白了，就是对我来说，它是十分珍贵的植物。波罗斯佩洛死了，但很多年以来，每当我看到仙客来开得姹紫嫣红时，总是想起一生中这令人感动的一页。"

舅爷感慨万端地对恩利科说："亲爱的恩利科，你可能注意到了，我有时对你说一些有关死人的话。你是一位如花的少年，宁静、快乐的人生才刚刚开始，所以跟你说些死亡的事情不会引发你的胡思乱想。我已上了年纪，但我发现，活着的人总是忘记死去的人，即便是想起他们，也不免黯然神伤。

"死与生息息相关。我们每前进一步就是向死亡迈近一步。从年轻时候起，就应该视死亡为习以为常，别心存恐惧。死亡的恐惧伴随成长岁月而逐渐加剧，有时仅仅一句话，就足以让我惊慌失措，魂飞魄散。我们习惯于采取'鸵鸟政策'，面对死亡不敢正视，不敢多想，认为死亡是世界上所有骇人听闻的事情中最可怕的现象。

---

[1] 这里指"在天堂见"。

"我们往往尽其所能地让死者远远离开我们的家,然后选择每年最悲伤的一天拜谒他们,我们为纪念死者所付出的代价就像给予他们人所不齿的施舍一样。最值得同情的另外一些人,他们不在十一月二日[1]哀悼亲人,而是在亲人去世的忌日——最悲痛的日子,痛哭着去墓地祭奠英灵。

"正如你看到的,我不是这样的人,我情愿把墓地建在家里,因为我一点儿也不怕死人,我爱跟死人亲近,把他们跟活生生的东西联系起来,真怕他们从我身边溜走了!不管是待在房间里踱来踱去,还是在院子里的小道上散步,我都觉着是和死者生活在一起的。他们跟我说话,向我微笑,有时,他们还有点儿狡猾地告诉我,他们正等着我呢!在远处的墓地里,深埋着的只是亲人的遗骨,而在这里却活跃着他们的灵魂。

"我们为什么要怕死人呢?我的恩利科啊,假如死亡也引起你的恐惧,你就像拒绝一个不怀好意的诱惑那样,把它从你脑海中驱赶出去。世间的一切都是生命的开始,又都是生命的结束。在我们漫步街头的说说笑笑中,十一月的潮湿天气和丝丝寒意,给我们增添了死亡的元素。

"你看,在我的植物园中,即便在美好的季节,在同一枝条上,既有翠绿的叶子,又有刚长出来就枯萎的叶子,也有一年还未结束就早早凋谢的叶子,而我踩着的尘土和沙粒都是它们的墓场,而从这墓场又会诞生出新的生命。

"我们要热爱生活,会享受生活,要把人生变得对自己、对别人都更加美好,更加和善。当我们面对死亡时,不要害怕,不要懦弱,不要像见了幽灵那样绝望。

"当我们想起死去的亲人时,不妨把他们的灵魂请到我们各自的家

---

[1] 每年这一天是天主教祭祀所有死者的日子,叫万灵节。

里来，让他们给我们说些温柔、甜蜜的话，重叙存在于我们之间那同甘共苦的悠悠岁月。我们将来也要到他们那里去，从天堂向还活着的人致以亲切的问候。生和死用爱的纽带联系在一起，交替出现，就像今天和明天循环交替那样……"

第十章　星期日街心广场的一天

一个星期天，舅爷应一位住在街心广场附近的圣·特伦佐镇医生的邀请共进午餐。饭后，恩利科和舅爷从窗台注视着街上熙来攘往的人群。

老船长叼着海泡石[1]烟斗，大口大口地吐出烟雾，如同密布的浓云。恩利科是个很细心的小伙子，通过观察他发现，从舅爷喷烟的浓与淡，便可不差分毫地知道他心情的好坏。要是吐出的烟细得用肉眼刚能看到，那就意味着心情特别坏；要是烟斗里不出一点儿烟，晴雨表就显出暴风雨即将来临；要是吐出的烟是少量的，那就意味着下雨和刮风……总之，云块的大小跟舅爷吐出烟的多少循环交替，就像一个情绪变化无常的人，他的喜怒哀乐也是交替出现的。

今天是星期天，舅爷的烟斗喷出的滚滚浓云以正常的速度流动，这是很少有的现象：天气好，人的心情肯定好！

"亲爱的舅爷，我看您今天心情特别好。"

"那还用说！我在最好的朋友陪伴下高兴地进午餐；你也长得一天比一天强壮有力了；街上的人来来往往，喜气洋洋，快快乐乐地干了六天的活，今天星期日，大家喜悦的心情是可想而知的。我很高兴，周围的人也欢欢喜喜，我还有什么可求的呢？"

"舅爷，走在街上的所有人，你觉得他们都幸福吗？"

"我相信是幸福的，至少今天是这样。也许明天开始干活时，他们会觉得出海摇橹费劲一些，举起的锤头重一些，但过不多久，他们就会

---

[1] 桃花心木经长期风化生成的一种矿物质。

开起玩笑来，吹起口哨来，心甘情愿地干起活来。

"你看，下面那个小山村，它仅有几百口人，可麻雀虽小，五脏俱全，可以说，它代表着一个社会。要是对这个小山村做一点分析的话，就不难发现，生活在大的居民点（例如城市）的人们面临的所有问题，在小山村也存在；如果推论的话，在一个比城市大不知多少倍的国家遇到的问题，在小山村里也同样可以遇到。

"尽管这个村庄——小小社会的结构简单，但有着不同的社会阶层。话又说回来了，这个小小社会的不管哪一个成员都不会因为自己社会地位比另一个低而感到羞愧。在这里，平等是最高准则，这面旗帜在法国大革命时期就打出来了，内容就是法律面前人人平等，而且人的生存权利和人的尊严都应受到保护。

"这里没有穷人。要是你看到有人伸手乞讨，那是从其他地方来的，这里没有百万富翁，连拥有五十万的人也没有。也许我是圣·特伦佐最富的人，也只不过刚刚达到小康水平。几乎所有的人除了有房子住、有饭吃外，他们可以引以为自豪的是自己还是业主，比如有一小块薄田或者宅基地。确切地说，所谓'土地'就是巴掌那么大的乱石堆，经过打眼放炮，用镐头刨，才种上两棵葡萄树，或者开出一个小小橄榄园，一年最多能收半桶橄榄油。糟糕的是遇到歉收年，就一无所获；有的人家还开出这块地来当宅基地用。总而言之，他们靠着这些少得可怜的不动产，过着有尊严的体面生活。从理论上讲，他们的财产跟发布里科提[1]所拥有的数十亿财产没有什么不同。我相信，发布里科提不可能将自己账号上所有的钱财不差分毫地记得一清二楚。

"尊严是人类字母表的第一个字母，这里的所有人都高昂着头，因为他们有'趾高气扬'的权利。你看到他们相互打招呼的情景了吗？相互问候时，他们从不把帽子接触到地面，也从不低头弯腰，更不在任

---

[1] 意大利经营大理石的企业家。

何人面前显得卑怯低贱，弓着脊椎，说些卑躬屈膝的话。发布里科提来到这里，大家同样以'卡罗先生'相称。他一点儿架子也没有，更喜欢别人以亲切的方式向他问候，而不直呼他什么男爵这样的尊称，而得到这些尊称本是他应享有的权利。

"难道他们应该低首下心、忍辱含垢吗？今天是星期日，也是复活节[1]，是大家把耶稣基督奉若神明的日子。借此机会，他们以最好的方式表露出在尊严面前人人必须平等的决心。不管是在渔船上，还是在'贡都拉'[2]上，不管是在船厂，还是在其他工厂，大家都是连续六天劳动，星期天休息，有的抽托斯卡纳[3]雪茄，有的喝彭琪诺[4]，有的远眺大海……今天他们尽情享受人生的乐趣，靠自己的劳动报酬付款，而无须向店主和酒老板赊欠。

"你再看看女人。她们昂首挺胸，充满着自豪感，这在其他国家是看不到的。在我们这里，除了家务事，她们有的还是泥瓦匠，有的做贩鱼的生意，有的当农民。她们平时穿着裙子，光着脚走路，今天，她们穿着十五或者二十里拉一双的光亮柔软的高勒皮鞋咯噔咯噔地行走，脖子上系着丝绸围巾，浓密的头发上插着漂亮的花朵，三三两两地挽着手臂，气势昂昂地散步……

"你看，人的尊严在这里所有人的身上得到了充分的体现，这里任何人都接受报恩。要是别人施予某人恩惠，他就用热情的言行回报人家。我出国多年回来后，开始时认为，乡亲们这种习俗不合时宜，便批评了他们，因为我给他们哪怕是微不足道的帮助，他们总是很快地予以报答。

---

1 纪念耶稣复活的节日，根据西方教会的传统，春分后（3月21日）的第一个满月之后的第一个星期日即为复活节。

2 航行于威尼斯运河上的平底轻舟，此船始用于11世纪，船身自1562年以来统一为黑色。

3 意大利中部一个行政大区。

4 由果汁、香料、茶、酒等掺和的混合甜饮料。

"一个小女孩病死了，死者的妈妈来找我，请我给她一些花，放在小女孩的坟墓前；有个人想让他的孩子进入造船厂当学徒工，我马上为他写了推荐信；有个海员因为不守纪律被判有罪，于是他通过我请求国王赦免他。好吧，我给了死者妈妈一些鲜花，那个小伙子如愿以偿地进到了造船厂，海员得到了国王的特赦，这三个家庭分别送给我一筐鱼、一篮子无花果和一篮子香菇，全都是时鲜食品。

"啊，谢天谢地！我发火了，难道你们要报答我为诸位做的这点小事吗？你们是不是不想让我为诸位继续办事了？

"我深思熟虑后，终于同意接受他们的礼物，不再冲他们发火了。从本质上说，这些礼物包含着一种高尚的情感。更确切地说，这种自尊是天性使然，是难能可贵的，是值得尊敬的，是一种感激之情，把这种情感表达出来，这本身就是一件善事。实际上，这种回礼还有一层更为深切的含义，那就是穷人和小孩子能以为比自己富有和强大的人做一些事而深感自豪。

"恩利科，我很喜欢'自尊'这个词，即使它很接近'妄自尊大'，我照样喜欢它。一个有自尊心的人绝不会做出卑鄙的事情，而他却能让那些有时缺少尊严的达官贵人多次低下'高贵'的头。

"自尊出自本能。那些跟汹涌的海涛奋力搏击的人，那些依靠自己的双手和聪明才智进取的人才会拥有自尊。我痛心地看到有的乡亲为了到工厂劳动，离开他们赖以生存的大海，抛弃了祖祖辈辈留下的土地。他们被轭上雇用的枷锁，丧失了大部分的独立，这样也许会丧失他们全部的尊严。我现在是乐观主义者，相信人类前进的车轮是永远也不会停息的。一个或少数几个资本家将大的产业实现工业化后，他们会把权力分配给劳苦大众的，工人们会获得跟从前一样的独立和美好的自由，从而以自己的方式从事符合时代要求的工作。

"政治上已经发生同样的变化。首先，很多小国家将逐渐消失，形成独立的大国。然后，原来单一的国家将重新获得自治权，同时在一个神圣、广泛的联合体内,享有统一、独立的权益。亲爱的恩利科啊,这一点,你孩子的孩子将会看到!……"

舅爷饱含深情地说:"恩利科,我看了又看,从我们的窗户下走过去的这些人是了不起的人。我为是他们的同乡而感到高兴。他们中间没有酒鬼,很少有人坐在那里胡吃海喝,只不过玩一玩纸牌,做一做游戏,喝杯饮料或者一杯味美思酒[1]而已,这就足够了。

"圣·特伦佐全镇没有一间台球房,而且只有星期天酒店才开门,其他六天全部关门。人们整天干活,只有从造船厂或其他工厂或渔场回到家后,才能跟家人共进晚餐,然后到街上抽烟,看大海美景,接着睡觉。大海是大自然给予穷人和富人、渊博的人和没有知识的人甚至全人类最亮丽的、能引起无限遐想的一道风景。

"恩利科你看,这里的居民对政治和社会哲学怀有浓厚的兴趣。意识到自由和独立对他们是何等的重要。浏览了当地的一些报纸后,发现他们的不满情绪有增无减。报纸不仅不对他们进行正确引导,反而煽风点火,不仅没有就如何消除社会不公正提出解决的途径,反而大肆宣扬,引起区长先生和宪兵上士的严重不安。经过缜密的调查,地方当局没有发现任何异常情况,他们多次询问我这儿是否有针对政府的密谋,有没有秘密组织和犯罪团伙,等等。我总是笑着如实回答他们。我以公共秩序担保人的身份说:'你们别怕这些人真的会闹什么革命。所有的人都衣食无忧,除了吃饭,他们总是干活;拥有一小块田地,还有自己的家,小日子过得有滋有味,怎么会暴动呢?他们难得到咖啡馆去一次。不错,他们跟许多议员和神职人员一样,也会在咖啡馆议论政治、宗教,但他们回到家或工厂后,就什么都忘了。这里的人很实际,对生活有辨别正确方向的能力。他们是通过实践获得正确认识的,而不是通过简单地阅读书本和报纸来获得的。'

---

[1] 又称苦艾酒,以香草等调剂成的开胃酒,尤指意大利、法国的产品。

"恩利科啊,我从自己漫长的生活经历中,总结出一整套的实践经验,现在讲出来,请你务必牢记在心。不管要学习什么东西,有三种方法:一是理论方面的,这要从书本上学;二是学习别人的经验;三是从自己的经验中学。学习是一件好事,学会了,掌握了,就能产生价值。然而,这里面可大有学问呢!用不同方法学进去并入脑的,产生的价值会大相径庭,从书本那里学来的理论值一个铜子儿,从别人的经验那里学来的东西值一个里拉,从自己的经验那里得到的知识值一盎司[1]金子。

"正因为这样,人类并不满足于从书本上或从别人的经验那里获得知识,而是更愿意用自己在实践中取得的经验来做好每一件事情。表面上看,凭经验办事,好像会给别人留下自高自大的印象,更糟糕的是也许会落个身败名裂的下场。请相信我的话,实践出真知才是最硬的道理。我们的经验是完全根据自己的实践,独立自主总结出来的,这就相当于最高法院下达的终审判决,无须提出上诉,无须提出质疑。

"一个辛勤劳动的人,用自己的头脑进行独立思考,就等于他用实际可靠的知识,也就是经验,积累了一笔小小的财富,进一步说,他几乎总能摘取宝库中的稀有珍品,达到心脑并用,和谐相处,进入人类所有美德的最高境界,成为一个通情达理的人。

"恩利科你看,圣·特伦佐的这些居民几乎都是很通情达理的。这一点,我是有亲身体会的,也是每天都看得一清二楚的。而多年前我看到的却是另一种情况。那个时候,这里有一些小伙子对现实生活不满。他们想成立一个反教权组织,把矛头指向神父。该组织成立后,他们制作了一面红旗,旗杆上挂着的全是红色的木制小魔鬼。每当有葬礼的队伍走过街头或举行庆祝集会时,他们就借机打着这面红旗,高举小魔鬼图案寻衅闹事,这时宪兵、学监和神父如临大敌,倾巢出动,处于高度戒备状态。他们准备将这面旗帜没收,并解散该组织。我好言相劝地方当

---

[1] 英美制重量单位,一盎司约合二十八点三五克。

局慎重行事，别火上浇油，因为以势压人，毫无社会价值，也没什么意义，反而会把事态扩大。这真是一件滑稽可笑的事情，然而，这类无足轻重的事情如处理不当，就有可能导致杀人事件的发生。事实上，那个头上长角、背部长尾、龇牙咧嘴的小魔鬼的样子简直让人笑掉大牙，后来这个反教权组织的头头及其所有成员都在人们的笑声中销声匿迹了。现在呢？什么'魔鬼'呀，什么'兄弟会'的成员呀，嗯，谁知道他们到什么地方去了！明智已经并将永远占上风。要知道劳动和家庭是基础，人类社会的大厦就是由这个基础支撑着的。

"恩利科啊，并不是因为这里的人是我的同乡，和我一起长大，跟我有大部分相同或相似的经历，我才偏爱、袒护他们的，这一点，请你相信我。要是他们打着'自由'的幌子横行乡里，蛮不讲理，我是决不会饶恕他们的，我想，跟他们讲出我的想法后，他们是会善罢甘休的。他们也并不总是很快地认为我说得有理，可随着时间的流逝，他们深信我的话是对的，于是他们自觉自愿地改正自己的不足，按我的要求办。要是他们没有用自己的头脑思考问题，只是在屈服于我的权威的情况下才盲从、听话，即便他们接受了我的建议，我也很不高兴！

"你知道吗？我们这里现有两家船舶公司，每家都有两只小汽船，它们的任务是每天（节假日除外）把要上班的工人运到造船厂去。很久以前，这里仅有一只小汽船，是由列里奇镇里一位熟练的船长驾驶的，由于运送的工人和游客不多，这只小船就足够了。目前，这两家公司各有两只小汽船。由于国家要加速工业化和军事化的进程，现在这几只小汽船已远远不能满足需求了。

"为了少花钱，工人们想自筹资金，造一条为他们自己使用的小汽船。他们说到做到。小船造好后，生意红红火火的，过了不久，他们又造了一条较大的汽船。

"同时，拥有第一只小汽船的原来那位业主把自己的资产转让给了另一家船舶公司。为了不至于落后上面提到的工人创立的工人联合公司，这家刚刚组建的船舶公司又造了另一条船。打这以后，为了争夺客源，甚至为了获取港湾旅程长短的蝇头微利，两家船舶公司展开激烈的竞争。

"这没有什么不好的。在经济生活中，在工业化的进程中，竞争，甚至是殊死搏斗，是无处不在、永不停止的。谁最了解行情，占领市场，谁就更能获大利、赚大钱，最后他就能战胜对手。工人联合公司的工人武断地认为，因为自己是工人，政府就应该只扶持他们的公司，而不补贴与其竞争的另一家公司。说这种话是很不明智的，是短视行为，首先是混淆了在真正民主的基础上进行平等、健康竞争的理念。如果发动流血的法国大革命仅仅是为取消显贵的特权而给穷人以新的特权的话，那简直是幼稚可笑的。为了捞到钱，难道非要不讲公正，把别人逼入绝境不成？非要把原来生活在天堂的人打入十八层地狱，而原来生活在地狱的人升入天堂吗？

"工人联合公司的工人和股东来找我，让我帮助他们从政府那里获得他们所要求的东西，总之，纯粹是特权。我对他们说：'你们这样做是错误的。'我没有帮他们滥用权势，助纣为虐。他们说：'我们是工人，而另一家公司的股东不是工人。'我回答说：'是的，你们是工人，这没错。你们在联合自己的力量来制约别人利用垄断资本搞投机生意方面是有功之臣。但另一方面，其他人也是自食其力者。他们为公众服务，为造船厂的工人服务。如果政府必须资助公益事业，它就应该不偏不倚，而没有必要看别人的脸色行事。'听了我的话，他们很不高兴地说：'关于民主的话题，您说得太好啦！可我们是工人呀，工人应该得到一切！而其他的人不是工人，他们什么也不应该得到！'

"政府赞同我的意见，同时不偏不倚地赞助了这两家公司。我衷心希望，打这以后，他们能尽快忘记过去的恩恩怨怨，能心悦诚服地认识到，只有平等公正的做法，两家公司才有美好的前途；生意上的事情只有冷静、从容不迫地对待，才能处理好。失去理智，对大家都不利。

"亲爱的恩利科啊，我向你讲了这么多严肃的事情，也许你觉得厌烦了吧！要是你从我这里学会了观察周围事情的方法，并从中总结出生活的经验教训，看到事物中的亮点，即便让你厌烦了，我也是肯定不会后悔的。学校把十几代的历史得出的经验教训教授给学生，而实际上学校教的学生能学到多少呢？看起来学生知识渊博，可最终还是开不了花，结不了果。

"我没有小视伟大历史的意思，包括记载的皇帝和国王的史料，比如说，他们某年某月为何被杀，他们由于自己的老朽昏庸，顽固不化，或者为了互相争夺领土而又使多少人死于非命……这一切都是人们非常感兴趣的，但是，要学习历史，我们必须读懂时常发生在我们眼皮底下、看似不足挂齿的区区小事。我深信，这些小事能够而且必然会引起人们比对那'伟大的历史'更大的兴趣，我们是见证这些普通小事的小人物，我们既有苦难，又有快乐。人就是人，人在爱恨情仇方面是很相似的，即便是大人物卡罗·玛尼奥[1]、卡罗·波尔达[2]、乔万尼·蓬杰[3]、拿破仑[4]和森波罗尼奥[5]也是如此。

"一位很有才华的作家写了一本名为'床头漫游'的书。他把在那狭小的天地发现的事情写成一部巨著，给我们留下许多美好生动的东西。别的作家完全可以写一部名为'一个村落的变迁'的书，为我们生动地上一堂道德、政治和宗教课，这部书如果写成了，可称得上一部真正意义上的百科全书，它比多篇论文更有用、更有现实意义，而那些历史论文晦涩难懂，粗制滥造，毫无实际价值。"

---

1 卡罗·玛尼奥（724—814），通称查理大帝，法兰克国王，768—814 年在位。800 年受罗马教皇加冕为神圣罗马皇帝，即查理一世。
2 卡罗·波尔达（1775—1821），意大利著名诗人。
3 乔万尼·蓬杰，卡罗·波尔达的一部诗作中的主人公。
4 拿破仑（1769—1821），即拿破仑一世，法兰西第一帝国和百日王朝皇帝。
5 森波罗尼奥，意大利古典文学杜撰的一个人物，类似我国文学中的张三、李四、王五。

第十一章 广场上的又一个星期天·社会边缘化的人

接下来的第一个星期天，舅爷和恩利科又来到街头，坐在街心广场附近教堂的台阶上。这一天，穿着各色服装的人们来来往往地走在从港口到墓地的小道上。

这里有二三百人，却代表着这座城镇的一道风景线。他们中间有在妈妈怀里的孩子，有白发苍苍、驼背多年的老人……他们从事着各种职业，有医生、渔夫、士兵、海员、农民、宪兵、小业主等。他们职业不同，衣着也不尽相同。

过了一会儿，舅爷打开了话匣子。他显得很不高兴，摇着头对恩利科说："你看，这里的男人和女人，他们的内在和外在是很不协调的，这个我很不喜欢。我敬畏真实超过其他任何东西。我主张一个人的内在和外在达到完美的统一。当一个人内在和外在不一致时，这个人就是谎言的散布者，是个谎言连篇者。我想撇开'染料'把人弄得老少不分、男女不分这个话题不谈，只想说说穿着打扮。一个人穿什么衣服，必须真实地体现其职业、财富和审美观。但是现在呢？跟过去大不一样了。不知从什么时候起，每个人都模仿有钱人的穿着，而且喜欢千篇一律的打扮。由于职业的关系，除了海员、海关的稽查人员、军人、宪兵都不得不强制性地穿着各自的制服外，其他所有人都打扮得非驴非马，实在难看。

"你看这些孩子！一个是渔夫的女儿，一个是洗衣妇的女儿。她俩蹬着相同的摩洛哥山羊皮制作的高级皮鞋，鞋带是丝制的，鞋面点缀着丝绸的蝴蝶结，而这种皮鞋只有侯爵夫人和博士夫人才穿。恩利科，你看到那位穿着黑色衣服,对谁都不屑一顾,从远处向我走来的少女了吗?她成了走在她后面那些贵妇人的笑柄。实际上,这位少女是整个一周都光着脚为药店老板的厂子搬运石灰桶的女工。裁缝和鞋匠不管技艺如何高超,都无法改变一个人的身材和脚等各个部位的差异,所以女工穿着贵妇人那样的衣服和鞋子,她的内在与外在极不协调,给人留下丑陋的印象,因为每块布料都是按照每个人的身材、步调和形态而做成衣服的。

"啊,当这些女孩子的妈妈还是少女的时候,她们是多么好看呀!那个时代,她们不穿华丽的高勒皮鞋,不穿天鹅绒、丝绸衣服和时髦的裙子。她们衣着简朴:一件细棉布上衣,一条色彩鲜艳的围裙,头上插着一朵康乃馨,一条披肩,给人赏心悦目的感觉。纯真朴实的模样,健全的体格,雕刻般优美的线条,跟简朴的衣着、雅致的发型保持着内外的完美和谐。农家女、海员的女儿和渔夫的女儿分别代表着女性世界最美丽、最可爱的形象,她们也应该达到内在和外在的完美统一。

"我看,虚伪的穿着打扮在男子身上也同样存在。我想方设法在人群中寻找戴红毛料帽子的人,可找了半天,也没有找到这种人。眼下,海员们已经不喜欢他们父辈戴的那种帽子了,他们情愿像有钱人那样戴系黑丝带、镶红宝石的麦秆帽。时下,他们的穿戴都很考究,西服背心上要系着用骨头雕刻的纽扣,外衣和领带边要呢子的,而不穿粗糙白毛料然而很耐用的哥萨克式的、适合海员穿的制服上衣。啊,那些朴实无华、戴着红毛料帽子的漂亮海员到哪里去了?想当初,他们说着与被日光晒黑的脸色相吻合的美好话语,根据自己的爱好,搭配变换适合自己的衣着,做着极具鲜明特色的事。啊,过去那些健壮如牛、具有男子汉气概的男人都到哪里去了?想想啊,他们那时不打领带,不愿意像枷锁一样束缚自己的手脚,而只穿件白衬衫,能让人感受到发达、健康的肌肉!

"在这种令人痛惜的内在与外在的巨大反差中,虚伪并没有得到有效的遏制，反而愈演愈烈。你看，一些走在街上非常穷苦的人，居然穿着侯爵大人和博士大人赠予他们的破衣烂衫。渔夫和海员的女儿都喜欢穿戴每年夏季来海滨度假的游客遗弃的破旧衣物。有些人自命不凡，以绅士派头自居，居然穿戴加工后的奇装异服，装成腰缠万贯的富翁，其实是个穷光蛋！健壮的体魄、雕塑般的优美线条撑起紧绷绷的服装，既不舒服，又不自在。抛弃自己固有美的东西，总想模仿阔人或别人的衣着，他肯定会变得很丑。其实，这种人轻浮急躁，只有奢望而没有财富。所有这些社会边缘化的人的企图，一切流言蜚语和弥天大谎都将灰飞烟灭，用'克里斯托弗列'[1]的大部分产品和多彩的破衣烂衫来装点我们现代社会的痴心妄想都是不能得逞的。虚伪是这个现代社会的毒瘤，而拿别人的破衣烂衫当宝贝是虚伪的主要表现形式。

"啊，你看，我买的棉麻混纺粗布崭新、干净，做的衣服跟我的体型特别般配，啊，太好啦！用细棉布做的衣服还散发出来自乡野的诱人清香呢！这些衣着跟那些从富人身上脱下来，并且常掉绒毛的天鹅绒衣服和需要洗衣工洗涤两三次的丝绸衬衣有着根本的不同。穿上那些衣服该多烦心呀！多羞愧呀！这种美其名曰的'乌托邦式'的平等主义与自然美是背道而驰的，因为这种平均主义坚持主人与仆人、女伯爵与女用人穿同样的服装。

"好一个平等的观念！要知道，这种观念破坏了大自然蕴藏的最美好的东西——质朴健康的价值，这样，就以苍白无力、千篇一律的形式模糊了万千事物的千差万别，抹杀了它们各自的鲜明特色。

"恩利科啊，我对裁缝和工匠利用人们的虚荣心编造的谎言并不气愤，让我气愤的是那些腐朽透顶的事情。

"你看，这里的海员以戴父亲的红帽子而感到羞愧，他们的女儿只

---

[1] 法国著名的金银店，文学作品常常视其为财富的象征，这里指作者认为那是虚假表面毫无意义的繁荣。

有脚蹬摩洛哥昂贵的山羊皮制作的光亮高勒皮鞋,才会到街上溜达,否则,宁可足不出户。她们不但对适合自己条件的衣着满腹牢骚,还对自己的社会地位和职业感到羞耻。实在不幸的是这种沉疴恶疾并不仅仅是个别地方的一个例外,而是普遍的社会现象,这种风气大城市早已盛行,还存在蔓延到整个像圣·特伦佐镇这样一个小小的社会中的危险。

"恩利科啊,当你选择职业时,请多注意哟!要三思而行,认真对待,别因为你在社会上的地位不高而羞耻!多年前,我曾到柏林去旅行,作为一个意大利人,我感到羞愧难言。据我看,那里的人不像我们朝气蓬勃,聪明伶俐,有艺术家的天赋,可他们人人都为自己的地位、所从事的职业而自豪。电车司机、马车夫、战士、店员、清洁工以及人类大家庭的其他不论职业高低的所有成员……他们都为穿着各行业的制服充满自豪感,并忠实地履行着自己的职责。

"而我们意大利人正好相反。每个人都为自己所处的地位感到羞耻,他们不看处在下面的人,而总是死盯着高高在上的人。他们虚荣心很强,所以缺乏自信,自己瞧不起自己。比如,一个鞋匠不是竭尽全力地成为本村,甚至本城市的第一流鞋匠。他们总是试图,起码在星期天试图使自己相信,也使别人相信他不是个鞋匠,这不明明是自欺欺人吗?当他们有了一点儿积蓄后,是决不会让自己的儿子当个鞋匠的,而要他们成为律师、医生或者起码当一名抄抄写写的镇政府文书。他们为自己的身份感到耻辱,用生命中的每一个时刻来掩饰自己的虚荣心。

"树立雄心壮志、具有远大抱负是应该受到称赞的,而虚情假意、无耻地背叛自己的职业则应该受到谴责,诚实的鞋匠应该感到自豪,朴实的农民应该感到自豪,普通战士和所有尽职尽责的人都应该感到自豪。最令我啼笑皆非的是,有些人本来是平民出身,可非要装成一个贵族不可,或者拿钱买个,甚至乞讨个跟自己没有任何血缘关系的爵位。

"我有一个五十岁的朋友,他成了富翁后,想变成一位男爵,便用钱买了个爵位,我宁肯失去这样一位朋友。为什么出身平民就感到羞耻呢？他用那个爵位换来的是什么东西呢？是被真正的贵族讥笑和嘲弄，被平民百姓鄙视。

"在我看来，这些人跟那些戴着父辈们的红帽子就感到羞耻的海员，以及出于虚荣心而穿着贵族的高勒皮鞋的粗脚女工没什么两样。

"要是我真的是伯爵或者侯爵的话，那么我对从父辈那里继承的、代表着我国一定历史时期的爵位也不觉得羞耻。我对什么伯爵呀，侯爵呀，既不嫉妒也不冷嘲热讽，该叫伯爵时就叫伯爵，该叫侯爵时就叫侯爵，我讨厌的是，有些人讨个或买个爵位，而这跟与生俱来应享有的爵位权力毫无关系。

"我宁愿是个穷人、病人，也不愿做那些既无手艺，又无钱财而游离于社会边缘的人。穷人可以变成富人，病人可以痊愈。我过去、现在从没做过，将来也永远不会做个不明身份的人，哪怕做一天也不行！这些人就如同鸟儿栖息于水下，鱼儿游在天空，植物的根向上长。这种怪里怪气、粗俗不堪的人和事，以及让我怒不可遏的其他做法，跟我的通情达理的想法背道而驰，也跟我协调融洽的做事原则及和谐情趣水火不相容。在我看来，与社会格格不入的人是人类灾难和愚昧的象征。我情愿一事无成，也不愿成为一个跟社会格格不入的人！"

恩利科禁不住问："亲爱的舅爷，与社会格格不入的人是可怜的人，那么，这种怪里怪气的人为什么会让您既害怕，又厌烦呢？"

"现在我拿在这条街上散步的两三个这种人做例子，来回答你的疑问。我对这些人的过去了如指掌，他们非常值得人们怜惜。你看见从我们面前走过去的那个年轻人了吗？他总是在街心广场走来走去，因为自由空间对他来说是很不宽敞的，他需要广阔的天地来展示自己的'风采'，以唤起所有人对他的注意。你看，他打扮得像绅士一样，戴着黑色的圆顶硬毡帽，穿着最时髦的开司米裤子，艳丽的男西服大背心格外醒目。从他整个的穿着打扮来看，你会很快发现他不是一个真正的绅士，而是在模仿本来不属于他的那个阶层的人。他的领带是红色的，衬衫是绿色的，它们是多么的不协调呀！他那硕大、惹人注目的表链并非真金，而是镀金的。他要是穿一件更为考究、没有揉弄得皱皱巴巴的衬衣的话，比手指上戴两三个戒指要好得多。

"你看，他周围还聚集着穿戴非常寒酸的三四个小伙子。在这几个年轻人中间，他仿佛一个绅士，鹤立鸡群，只听到他独自一人大声说话，夸夸其谈，指手画脚。你看他一会儿将帽子脱下，拿在手中向上挥舞，一会儿又戴在头上，总是变换着不同的姿态。你在这里看到的他，跟其他一些人一样，只不过是一个爱慕虚荣又愚笨的家伙，这种人为了获得幸福，任何时候都需要吸引公众的眼球。他们颇像我认识的一位文学家。这位文学家要是一天不在报纸上看到自己的名字，就不会高兴地上床睡觉，即便上了床，他也是辗转反侧，彻夜不眠。当报纸果真没有了他的尊姓大名，他就从抽屉里拿出可以聊以自慰的旧报纸，一个字一个字地朗读上面自己的名字和姓氏！这时，他是那么的得意忘形。

"这位年轻人不仅仅是爱慕虚荣，而且与社会格格不入。他是酒店老板的儿子。他的亲戚，有的是光着身子捕鱼的渔夫，有的是整个一星期都光着脚走路的女工。他总是一身纨绔子弟的打扮。当他听到这些亲戚以'侄子''堂兄弟''教子'称呼他时，他总是深感耻辱。遇到这种情况，他往往处于十分尴尬的境地。他的做法甚至到了六亲不认的地步，比如，有一次，他跟一些朋友——来自拉斯佩齐亚和萨尔扎纳的公子哥儿一起散步，有个亲戚跟他打招呼，他理也不理地一走了之。

"他的父亲靠卖酒积攒了一笔钱，想把儿子培养成律师，他被送进萨尔扎纳的寄宿学校，可他对学习根本不感兴趣，并以未来的博士自居而无理取闹，结果被学校开除，送回了老家。后来，他勉强混到中学毕业，想做个工程师，于是，父亲又把他送进拉斯佩齐亚的技术培训班。然而，他做人做事老是稀里糊涂，依然走不上正道，年终考试依然过不了关，这时，他已经长出了胡子，最终还是没有拿到技术文凭。他频繁出入弹子房和咖啡馆，对学校的桌椅板凳毫无兴趣。他用轻诺寡信的语言，鹦鹉学舌似的大谈社会问题和其他重大事件，人们听着他的胡说八道如堕云雾！

"他加入一个宗派组织后，开始为那些因循守旧的校刊写文章。他的文章往往以谬论代替以理服人，以无理取闹代替正常的思维，读了他的文章后，圣·特伦佐镇的人居然视他为伟大的作家！后来，他摇身一变，成了选民的代言人，名副其实的律师！他到处给别人提建议，出主意，声称能帮人答疑解难，还能做经纪人……总之，他巧舌如簧，对任何事情都会评头论足一番。他鄙视当海员和工人的亲兄弟，富有教养的人对他的行为略有微词，他就说人家许多坏话。从他轻浮的举止以及粗野的冷笑中，你总能窥视到他的丝丝辛酸和烦恼，以及茫然不知所措的心境。他看不起家人，却在家里过着饭来张口、衣来伸手的生活。他在各个方面的表现都令人厌恶。比如说，他担心弄脏自己时新的裤子，往往再三地擦拭铺在椅子上的垫子才肯坐下来。他的素质非常低下，所以跟富人打交道时，他的举止庸俗，话说得很不得体。他这种根深蒂固的恶习腐蚀了他的灵魂，使他成为凭冲动办事，向别人报复的所谓'革命家'。一遇风吹草动，这种人就是那些投向社会的第一把匕首的帮凶。这种秉性的人即使当个工人、海员或者农民什么的，也不会幸福。

"与社会格格不入的不全是男子，也有女人。你看站在门前的那个女子。她穿着黑绸子上衣，戴着绘有花鸟图案的漂亮帽子。你只要看她一眼便知道她也是一个与社会格格不入的人。她样子傲慢，举止做作、粗俗，面色憔悴。看上去她很富有，但她的穿着打扮并没有给人时髦的感觉。她的每个手指上都戴着戒指，还有金项链呀，金手表呀，金手镯呀什么的，应有尽有，如同博览会中的金银首饰店供人欣赏。她几乎无法活动手指，走起路来，不发出金属的叮当叮当响才怪呢！如果你从她身边走过去的话，会闻到一股像从圣·特伦佐的理发店散发出来的那种香臭混合的怪味。你不管怎么看她，她都是趾高气扬的样子，边讲话边指手画脚,仿佛谁也没有资格跟她说话似的。

"谁都知道,二十年前她作为一家人的用人乘船去了南美洲的里奥格兰德[1]。据说,到那里,她嫁给了一位巴西老人。没过几年,丈夫去世,她成了没有孩子的寡妇。她继承了一笔遗产,成了当地的富婆,可惜丈夫的通情达理、文化素养和渊博的知识,她却一点儿都没有学到并继承下来。回到意大利后,她傲气十足,六亲不认,看不起昔日的伙伴,摆出一副贵妇人的架子。她假装忘掉了家乡的语言而说葡萄牙语,或说意大利化的葡萄牙语。她说了许多傻话,做了许多蠢事,简直让人笑掉大牙。她经常去教堂,可从未做过一件善事。她既不是女仆也不是主人,又不是贵妇人。大家嘲笑她,戏谑地称她为'男爵夫人'。穷人用这个外号跟她打招呼时,寓意着冷嘲热讽;文化人叫她这个外号时,寓意着同情。可她还是说所有人的坏话,伺机报复、中伤人家。她不是生来就是这样的。她变成目前这个样子完全是出于保护自己和报复别人,首要的原因是她与社会格格不入。要是她穿得简朴一些,和文化素质与她旗鼓相当的卖鱼人以及海员的女儿们亲密相处,她肯定能得到所有人的爱和尊敬。她本来可以利用自己的钱把朋友和熟人聚集在周围。要是她这样做了,她既不会由于自己的傲慢而不被她的同一阶层的人所接受,也不会由于她的愚昧无知和缺少教养而被上层人士所唾弃。

"亲爱的恩利科,这个世界上与社会格格不入的人太多了。要是让这些不幸的人回归他们本来应处的位置上,抑或自知之明地安排自己的生活,他们总有一天会获得幸福的。

"事情比想象的还要困难,因为所有这些人都游离于社会边缘,他们对人类的幸福有着错误的理解。比如说他们全都认为,人爬得越高,感觉就越好,社会是分等级的,不同的社会地位好比错落有致的一级级台阶,不同的台阶,也就是不同的身份,代表着不同的幸福指数。越往

---

[1] 巴西一个重要城市。

上，幸福指数就越高。在这些人看来，穷人是不幸的，中产阶层的人刚刚接触到幸福的边缘，只有富人才是幸福的，越富越幸福，最富的人就是最幸福的人。所以，必须尽快致富，要不惜任何代价地去致富。即便某个人不是真正的富人，徒有个富人的虚名也是好的！只要用腿碰一下，用指头摸一下那个遍地是黄金的世界，就觉得三生有幸，在那个世界里，所有的人都是幸运儿，都过着幸福愉快的生活。

"他们的想象多么错位啊！他们的思维多么混乱啊！太令人失望了！不，不是这样，用一个看似准确的标尺来衡量人们的幸福程度是不真实的，幸福并不像我们想象的那样完美。其实，拿着锄头的人、操纵着车床的人，也是很幸福的人，拥有巨大财富的人中也有倒霉鬼。并不是在任何环境里、任何生活条件下都会收获快乐的，只有在一定的条件下才能享受生活的乐趣。这跟植物的生长一样，在同一气候、同一土壤的情况下，就不能同时种植松树、菠萝、柠檬和冷杉。

"举个例子，你想想，一个从不劳动的富人，他不可能体会到整天汗流浃背的樵夫的幸福。樵夫回家后，狼吞虎咽般与家人共进晚餐，享受着如同美味佳肴的可口饭菜。他劳动了一整天，别人想象不到他晚上会睡得怎样香甜。

"根据我个人的经验，我可以肯定地告诉你，一个没有流过劳动汗水的人，他不可能具有认识整个世界的自觉性。劳动的汗水不仅能排除污染血液的毒素，而且也能排除灵魂中的毒素。这些毒素如同皮肤病的脓疮和疱疹弄得我们脸上无光，惹人讨厌，终日坐卧不安。劳动汗水收获的快乐难以形容，是健康、力量以及和谐的总和，给身体注入的是健康的内脏、健壮的肌肉和增大的肺活量。这种快乐永无止境，如同连续旋转的织布机，总是收获着健康的体魄、愉悦的精神、生活的乐趣。这种廉价的幸福是通过穷人的劳动获得的，所以，穷人比坐享其成的富人更为幸福，穷人不刻意去寻找幸福，反而获得了幸福，而富人总是去寻找幸福，并利用一切手段去追求幸福，反而常常得不到幸福。

"穷人和富人是人类经济发展的两个极端,而处在这两个极端中间的大多数人是幸福的,这些人都为自己打造了幸福的乐园。一般说来,楼房的一层比二层总是好的,也更安全可靠。坐下面的台阶比坐上面的台阶是更明智的选择。人生的阶梯也是如此,爬得越高越危险。总而言之,当第一个鞋匠总是合算的,即使是当第一个蹩脚的鞋匠也是好的。在某件事情上,当个先行者总是好的,一个人的尊严得到满足是幸福的,这种幸福感会使自己的周围变成一片快乐、满意和精神健康的海洋。恩利科,你看,每个人都可能在某个地点或某件事情上,成为一个先行者。任何人去占领别人已打造好的幸福乐园显然是不合时宜的,因为人家已履行了义务,做了符合时代要求、有利于当地的事情。

"不断磨砺自己,修正自我,所有的人都可能获得完美和幸福。只要每个人生活在大自然赋予的自己打造的安乐窝里,就可心安理得、知足无求了,而许多不幸的人,许多与社会格格不入的人不这样想。他们的希望,如同麻雀想生出猫头鹰,狐狸想挑战狮子一样,是一定要落空的。"

第十二章　庭园里的再次交谈·大地·柠檬树

过了几天,巴琪恰舅爷和恩利科又在庭园里谈天说地。庭园是这位老海员情有独钟的地方。可以说,他的一生几乎都是在大海上度过的。最近几年,他又一往情深地关注着大地。他大讲大地是万物之母,是人类最好的朋友。大地把我们搂在怀里,永远爱抚地紧紧拥抱我们。

他对恩利科说:"我在写好的遗嘱里说:'我的遗骨要埋在泥土里。我希望我终生热爱的、每天都亲密抚摸的大地能接纳我,跟她水乳交融,要是你们不厌烦、不害怕的话,那么就把我埋在植物园里的那棵巨大的柠檬树下吧。'柠檬树是我最喜欢的树木。我亲手栽种了它,亲眼见它一天天茁壮成长,终于长成了参天大树。今天我们坐在芳香的树荫下好惬意哟!

"恩利科,热爱大地吧!你长大成人后,请用自己的双手多多种树。它们将比你的寿命长,将向你的子孙叙说过去的悠悠岁月,叙说你为栽培它们而付出的汗水和艰辛,你的子孙将享受树荫、鲜花和果实给他们带来的乐趣。你精心地修剪树木时,你的子孙将会在树叶和枝条中与你相会,你将为他们提供树荫这样的'好朋友'。

"我崇拜大地,痛快地呼吸着她那沁人心脾的芳香。在大旱逞凶肆虐后,一场滂沱大雨浇灌了干渴的大地,林木发出神奇诱人的芬芳,轻柔地滋润着人们的心田,我享受着这一切。遇到下雨,我出门连伞都不打,为的是欣赏充满诗情画意的美景。那个时刻,我恍如参与了开天辟地的活动,上帝从此呼唤出植物世界,并移植到大地中来,各种动物也蜂拥而至。

"我热爱大地。我有时候拿着铁锹和锄头,会感到茫然不知所措,有时会赤手空拳地站在那里沉思良久。居住着众多人口的大地拥有说不完道不尽的奥秘。她那许多不同的'面貌'需要我们不断地去探索。大地是一部意味深长的书，是一篇产生灵感的史诗。我坐在大地上，感到她是一条鲜活的生命，仿佛听到蜿蜒在她底下的无数根系传递着的血脉跳动。我坐在大地上，抚摸着树叶和鲜花，觉得自己是离上帝最近的人，仿佛听到大地在说话，那是没有说出来的絮絮细语，是全人类的共同默契。我引以为自豪地想，大地属于我，直到地心的整个大地都属于我。

"大地向我倾诉她的愿望、需求，甚至她的奇思怪想。我绝不能眼睁睁地看到她经受缺少水源和食物的折磨。没有什么比看到水像晶莹的珍珠泉那般浇灌大地，滋润其心田这样的事更让我开心的了。大地痛快地吮吸着清凉的水。她的干渴解除了，变得越发肥沃，接着她又供给翘首等待着自己的无数子女以吃喝。喝饱后的大地似乎膨胀起来，变得如同面团那样松软，我静悄悄地享受着这份快乐。

"我用铁锹深翻着土地，让泥土享受阳光，我对鲜花、叶和根系及它们一代又一代的历史了如指掌。死亡是永恒的，既代表着生命的结束，又代表着新生命的开始。这样循环往复，永无止境，生代替死，轮作休闲代替滥用地力，自然界的这一现象跟人类的历史完全一样。

"大地以她那博大的胸怀接纳万物，并使之净化、纯洁。结果，腐朽的东西变成养料，再转化为玫瑰花瓣和葡萄的茂盛枝叶，人类和动物排泄到大地上多少污物啊！大地却对所有的东西进行消毒灭菌。她如同一个清道夫那样来净化大气，而人类和动物在任何时候都可能受到污染空气的侵袭，甚至患上疾病。大地这种净化作用在有毒的化学污染领域显得尤为重要，这种化学污染就是另一种形式的道德污染，比空气污染更容易让人类感染上疾病，危害也更大。人和动物的排泄物通过大地变成了肥料，肥料又化成芬芳的东西，甜甜的汁液净化了空气。被喧嚣困扰的城市人和人口稠密地区的人来到乡下，跟大地接触，会顿时感到神清气爽，就像久卧病榻的孩子遇到母亲的拥抱，会马上激起亲情的波涛，恢复青春的气息，鼓起生活的勇气。难道大地不是万物之母吗？妈妈的亲吻和爱抚可以使跌倒的人重新站立起来，可以治愈疾病，甚至可以让奄奄一息的人起死回生。

"恩利科，你知道吗，最近一次战争[1]法国惨败，特别是签订了屈辱的《色当和约》后，法国没有费什么力气就向德国支付了五十亿巨额赔款。法国支付这笔巨款而没有变成贫穷的国家，你知道这是为什么吗？因为法国人热爱他们的土地。狂妄的德国人可以控制像巴黎、马赛、里昂这样的大城市，但他们对绝大多数法国人生活的广大农村地区却无能为力。法国农民热爱祖国，有很高的觉悟，辛勤耕耘自有收获，他们的国家是不会被打败的。

"而我们一些意大利人就不是这样，上帝把星球上最美丽、最肥沃的一个地方赐给了我们，可有些人不够热爱意大利这块滋润我们灵魂的热土。许多世纪以来，这块大地为我们提供了面包和美酒。

"大海是勇敢的人和年轻人驰骋的场所，而大地是成熟的男人和周游世界已力不从心的老年人大显身手的地方。大地给我们带来身体健康，启发我们作诗的灵感，还给我们带来财富。让我们热爱大地吧，深情地去爱她吧！大地从不忘恩负义，总是以不知道多少倍的报答来补偿我们。她是这样的慷慨大方，是我们这颗行星上所有元素的守护神。

"恩利科，过来，过来，你也坐在我这棵柠檬树下。这棵巨大的树在我的植物园里是独一无二的，它给我赏了脸、争了光。你只要闻到它散发出的浓郁芬芳，难道不就等于呼吸到了带有一股甜丝丝味道的人世间的醉人幽香吗？

"在所有植物中，我喜欢柑橘类植物，而最喜欢这类植物中的柠檬。

---

[1] 指1870年7月至1871年5月的普法战争（也叫德法战争），普鲁士打败法国，双方在法国城市色当签订和约。

我爱柠檬,因为它是美丽的树种,又长得奇美挺秀,看上去很潇洒,充满着生机,香气袭人。柠檬树长得很慢,蕴藏着顽强的生命力,叶子常绿,新叶与老叶的交替也是缓慢的,即便是严冬,依然郁郁葱葱。它们的根、叶、花和果实都散发着浓香。不过,醉人的香气又不尽相同:幽香的叶子,浓郁扑鼻的花香,清香的果子。果子的汁液是所有植物酸味中最令人回味无穷的。柠檬是果中的珍品。从某种意义上来说,柠檬是我们生活中的必需品。如果有人到热带国家去旅行,是品尝不到那种酸甜可口的柠檬的。那里有的是柠檬树,但鲜有口味好的。于是,他会一次又一次地不惜任何代价地去寻觅像产自地中海的那种香甜可口、极为鲜美的柠檬果。

"我喜欢柠檬还有另一层原因:它是一种稀有果树,一年四季都开花结果,有青果子和成熟的果子。它休闲的时间很短很短,而其他的果木休闲的时间太长太长,一年只开一次花,结一次果。柠檬树仿佛总是披着香气四溢的绿衣,不停地开花,不停地结果,像过节那样生气勃勃,喜气洋洋。被称为'吉利'的果木树的柠檬树跟当选的少数几个代表颇为相似。他们马不停蹄地日夜工作,商讨对策,变换手法终于赢得了选举。他们向你奉献的智慧之果,就如同柠檬树的枝头挂满不同季节的累累硕果,并将开出新花,结出新果。

"恩利科啊,在我来到这个世界之前,如果上帝问我'你愿意长得像什么样的树'的话,我会回答说:'我愿意长得像柠檬树。'

"有一种人很可怜,看上去就像一种树,只开一次花,结一次果。这就是只有春天开花,秋天结果。这种人好似半个人,很不景气,是人类社会的小兄小弟。

"人类的活动、劳作和艰辛跟树木结果的道理是一样的。人的成才,只有通过持之以恒的爱心和培养来实现,树的结果只有通过雨露的滋润来完成。对树的爱心叫栽培,对人的爱心叫教育,所谓'十年树木,百年树人'就是这个道理。推而广之就是要千方百计地让一粒种子变成一棵能结果的树木，要让一个软弱无力、咿呀学语的婴儿成长为自食其力的劳动者和利他主义者。你现在正值含苞待放的岁月年华，很快就要鲜花怒放了。我希望你能正常开花，正常结果。开花是结果的希望，一个人的理想则是成果之花。

"恩利科啊，你别担心自己的理想太多了，说真的，有些人一生中的许多理想并未实现，这就如同大丽花和绣球花只开花不结果一样，正如一个弓的弦必须由许多弦线组成一样，一个心智健全的人也必须有许多理想。对于每一个理想，他都必须用乳汁去滋润，用爱心去关怀。在植物界，并不是所有的花都会结果。你看，这棵柠檬树上的许多花，还没有来得及结果就早早地凋谢了，还有许多刚刚成形的幼果也掉落在地，这就是因为它们还没有具备使自己成熟的力量和能力。不过，即使是这样，它们的花瓣还是芳香的，这种情景就跟人类活动中的所谓'诗的希望'极为相似。

"我们每个人的心中都必须永远有一座希望的花园，尽管这花园里有许多不结果的花。这是希望与现实的完美融合，让我们陶醉于诗歌与现实浑然天成的意境中吧！

"在这座大花园里有枝头怒放的花朵，有生长缓慢的、还没有成熟的柠檬青果，也有可以采摘的、熟透了的果子，还有挂满枝头、格外醒目、刚刚成熟的果子。这些枝头为果子献出了爱心，供其营养和成长，还有既不绿又不黄的果子，它们将替代已采摘的果子。在同一棵柠檬树上，现实与诗意水乳交融。意蕴丰富的诗歌散发出希望的芳香，而绿色是正在变为现实的希望象征，经过培育而成熟的果子寓意着收获的喜悦，引以为荣的自豪感。从某种意义上说，跟柠檬树相似的人是永远不会衰老的，因为如果把人的生命比作柠檬树从开花到结果的仅仅一个周期的话，那么，人类收获和值得回忆的将是青春年华的欣喜若狂，成年人的坚强与自信，以及老年人的心安理得。

"选择未来职业的理想就是一朵花，而且应该是美丽动人、分外娇艳的花，香气四溢的花。这花一定要在阳光下的一小时内开始绽放，还要在阳光下另一个小时内怒放，同时对空气和阳光怀有眷恋之情的花冠也要竞相开放。为我们的理想涂上金色的空气和阳光就是希望：先是开花，后是结果，别担心没有希望，别忧虑由于花冠早已零落而开不出花来。在万分焦急的等待中，我们倏地看到花梗上一朵朵花儿迎风摇曳，一个个理想在人生的树上大放异彩，这时候，我们的目光投向累累硕果，会高兴得心花怒放。

"柠檬树有着顽强的生命力，是结果最多的果树，跟其他季节相比，春天是它开花最多的时期。对于我们人类来说，春天相当于一个人的青春年华，所以，我们必须利用这峥嵘岁月，怀抱更远大的理想，变得生龙活虎起来，增强自豪感，让我们变得坚强有力。中年人代表夏季，老年人代表秋季，他们的生命之花也应竞相开放。我们必须带着一些生命之花离开人世。待我们的孩子长大成人了，我们就相当于凋零、干枯的树叶，并将永远长眠在人类社会大家庭这棵巨大的树木下。可生命之树永远不会死，因为它们的根深深扎入万物之母的大地中，它们的枝叶昂然耸立，天上地下融为一体，生命之树万古长青。"

恩利科禁不住问舅爷："亲爱的舅爷，看起来您不像一位船长，倒像一位诗人！"

"哎哟，为什么不可以像个诗人呢？作诗不应该仅仅是诗人的特权。诗人中，有些人是诗歌的泰斗和掌门人。诗歌之花必须开在每个人的心上。拿锄头的人能，掌舵的人也能，而且都可以成为诗人。称量自己物品的商人、开机床的工人能，而且也应该成为诗人。每个人应该既是工人又是诗人，工人为获得每天的面包而忙碌，诗人要把理想和感情之美酒斟入生命的酒盏中。"

第十三章　依皮西罗内的故事·加里波第[1]的救命恩人

按照医生的嘱咐，恩利科还需要注意身体健康，所以他总是八点钟才起床。一天早晨，他五点半被叫醒，因为舅爷先前答应他要到提诺岛去游玩和钓鱼。

恩利科还觉得有点儿困乏，于是他把脑袋伸出窗外，只见一个微微驼背的老人，正在院子里的水池里汲水，浇灌柠檬树和其他柑橘类果树。老人把外衣、麦秆帽和手杖都放在矮矮的墙头上，清晨的微风吹乱了他那长而浓密的花白头发；他只管埋头干活，而无暇顾及他人。他的两只眼睛虽小，但目光敏锐明亮，鼻子、下巴和脸庞表露出作为一个男人所具有的刚毅和善良。他那张粗糙、和善的脸恰似一张地图，刻着大的小的、直的弯的、深的浅的皱纹，有的相互交错，有的排列成行，如同山川和村落被一一标示出来。看上去，他的形象酷似一位摩洛哥老人。

"那位在院子里给柠檬树浇水的老人是谁？我从没见过他呀！"恩利科问舅爷。

舅爷回答说："你每天总是起得很晚，所以从没见过他。他几乎每天早上都给花木浇水，我七点钟起来的时候，他早已回去了。他一直是早早地起床，一声不响地打开虚掩的篱笆门，浇完水后又静悄悄地回他自己的家里。

---

1 加里波第（1807—1882），意大利民族解放运动领袖，曾加入青年意大利党，参加了对奥地利的独立战争，领导罗马共和国保卫战，组织红衫军，解放西西里岛和那不勒斯。

"这位个子不高的老人可是个大好人呢！在意大利独立的历史上，他也应该占有一席之地。许多为加里波第书写传记的人都忘记了写这位老人，或者一笔带过。今天上午我们将迎着清凉的微风，乘着帆船到提诺岛去游玩，途中我将向你讲述这位老人的故事。"

过了半个小时，巴琪恰舅爷和恩利科坐在自家的小船上，扬帆向拉斯佩齐亚海湾的小岛驶去。老船长点起有五十多年历史的老烟斗，吧嗒吧嗒地抽起来。

"你今天早上在庭园里看到的那位老人是圣·特伦佐镇人，名字叫保罗·阿扎里尼。但是，在家乡他是以'依皮西罗内'这个名字而远近闻名的。在这里，所有的人都有自己的绰号。要是谁没有自己的绰号，在当地是行不通的，会被看成是一种耻辱。说起阿扎里尼的绰号来历还真让人哭笑不得呢。大概八十年前吧，当他在教会学校学习拼音，念到'X'时，不管神父如何教他，他怎么也发不出'icchese'这个音节来，而老是念成'ippese'。同学和老师开始嘲笑他，干脆给他起了个'ipsilonne'（依皮西罗内）的绰号，他听到这个绰号后，气得要命，还跟别人抡过拳头。有一次，有个同学的鼻子被他打坏了。要知道，小的时候，他的拳头就像拳击手那样厉害。他给我讲述这段起外号的经历时，边说边笑：'船长，那个时候叫我的绰号，我是很生气的。现在不同了，人家要是叫我原来的名字，我倒不高兴了。'

"依皮西罗内一直是捕鱼能手。从记事起，他的祖先就以捕鱼为生，他祖父朱里亚诺活到九十五岁，父亲活到九十三岁。谈到自己的家族史时，他对我说：'我出生后，上帝于一八一七年把我的祖父朱里亚诺带走了，后来，上帝又来我家一次，父亲刚刚过了九十三岁生日，像一个熟透的果子，又被上帝摘走了。时至今日，上帝再没有来过我家。我希望上帝有一天从我家把我也像成熟的果子那样摘走。'阿扎里尼是带着忧伤的笑容说这些话的。

"依皮西罗内今年八十四岁。去年，他独自一人驾船扬帆，迎着清凉的微风还到过拉斯佩齐亚一次呢。现在只有天气好，风平浪静时，妻子才准许他一个人上船。

"你怎能相信，一位在地中海沿岸的每一个地方都可以找到的像他这样可怜的矮小渔民，还曾有幸地搭救过加里波第的生命呢。要是没有他，意大利的历史也许要重写。

"奥地利人攻陷罗马后，要是加里波第被敌人捉住投入监狱的话，他肯定会被处决。没有加里波第，波旁王朝[1]也许至今还会稳坐在那不勒斯王位上。

"恩利科，你如果读过果尔佐尼先生和玛丽奥女士分别撰写的两部加里波第传记，一定会了解到加里波第离开罗马时所经历的千辛万苦和不幸遭遇。在这里，我不准备向你重复你早已知道的事情或在很多书中叙述的那些内容，现在，我只想把阿扎里尼如何搭救加里波第的故事告诉你。

"奥地利人四处搜捕加里波第将军。警察、侦探和军队也倾巢出动，紧锣密鼓地追捕他。他时而扮作农夫，时而扮作海员，时而扮作平民百姓，在勇敢的爱国者的保护下，东躲西藏，多次死里逃生。他在别人的家里或度假别墅里，有时待几天，有时只待几个小时。他就是这样不断改变隐匿地来逃避警察追捕的。奥地利军队占领托斯卡纳后，加里波第将军从那里逃出来回到皮埃蒙特——意大利自由和独立的唯一坚强堡垒——是很困难的。

"在加里波第逃匿时，塞拉菲尼、朱里奥、里卡尔托·拉皮尼、比亚乔奥·塞利、多梅尼科·维则拉和吉罗拉莫·马尔提尼曾冒着生命危险把将军从圣·达尔马齐奥护送到果尔菲的别墅，然后交给阿扎里尼，再由阿扎里尼把将军护送到维纳斯港。

---

[1] 波旁王朝，波旁家族在法国（1589—1792，1814—1815，1815—1830）、西班牙（1700—1808，1814—1868，1874—1931）和那不勒斯（1735—1805，1815—1860）建立的王朝。

"这样,加里波第将军一直隐藏在托斯卡纳沿海的沼泽地带,为了活命,他必须在没有任何人发现、没有任何人追捕的情况下乘船离开。他历尽千辛万苦,最后终于在利古里亚海岸下船上岸。

"为了达到这个目的,果尔菲来到福罗尼卡,结识了当地一位叫彼得·伽吉奥里的旅店老板——一个真正通情达理的人,并跟他进行了推心置腹的交谈。老板被委以重任,他必须找到一只小船,把加里波第送到皮埃蒙特。

"伽吉奥里没有丝毫怠慢,立即行动起来。他当天就来到皮翁比诺,从那里乘船通过皮翁比诺海峡,到达厄尔巴岛。然后又来到城堡角(属于里奥镇),依皮西罗内跟老父亲和其他水手正在那里捕鱼。当时捕鱼是一项可以赚大钱的产业。'圣母玛利亚·阿列娜号'渔船撒下的网足有一千六百至一千七百码[1]长,鱼被运到费拉约港,在福罗尼卡和里窝那[2]出售。

"伽吉奥里了解到依皮西罗内是真正的男子汉。他胆识过人,力大无穷,简直可以把船锚折弯,又酷爱自由。于是对他说:'依皮西罗内,你必须救一救加里波第。'

"'好的,可如何做呢?将军不是在托斯卡纳吗?'

"'是的,可那里是沼泽地,军队和警察到处搜捕他。如何把将军安然无恙地转移到海岸,这是我们的事情,其他的事情由你来办。我们将在福罗尼卡或其附近地区,先把将军交给你,然后你再把他护送到皮埃蒙特。'

"'好吧,后天是星期日,到时我会到福罗尼卡去的。'

"'拜托你了。'伽吉奥里说完就回到岸上。

"为了以更好的方式圆满地完成这个非同寻常的任务,依皮西罗内独自一人冥思苦想了好几个小时。在他看来,福罗尼卡在星期日没有渔

---

[1] 一码等于零点九一四四米。
[2] 福罗尼卡和里窝那均为意大利地名。

市，要是那一天去，会引起别人的怀疑，于是改在星期六动身。从城堡角到福罗尼卡的路程可不算短，足有二十五海里呢。

"下了船。依皮西罗内马不停蹄地去拜访城堡角的中尉级行政长官。在那个时代，这位长官就是港口的'一家之长'，代表地方当局主持政治和海事工作。依皮西罗内对行政长官说，这次来的目的是要跟福罗尼卡的某人签订一个每周卖三次新鲜鱼的合同。

"行政长官听了后高兴地说：'好样儿的，依皮西罗内，你给我们带来的消息太好了！'他俩又谈到了政治。依皮西罗内问：'长官先生，加里波第逃到了威尼斯，您知道吗？'

"'不知道！不知道！骑兵中尉刚刚路过这里。他要我严密监视这几天的过往船只，因为加里波第在这一带活动频繁。这一点，他特别叮嘱我严守秘密。'

"'真的吗？那就太糟糕了！'

"这样，依皮西罗内一下子从渔民变成了外交官。他给彼得·伽吉奥里（就是那个跟将军的朋友一起策划帮将军逃跑的人）寄了一张字条，上面写着：要是想签订贩鱼合同，请明天速到福罗尼卡来。

"伽吉奥里于星期天来到福罗尼卡，装作在海滩消遣游玩的样子，跟依皮西罗内一起勘察海岸，以便找到一个实施登陆的最好落脚点。

"深夜，他俩乘马车来到果尔菲的绵羊别墅，跟即将也应该如约到达这里的将军会合。

"可怜的依皮西罗内饿坏了，只等着晚上大吃一顿，可伽吉奥里对他说：'保罗，你听我说，你应该少吃些，因为老想大吃大喝的人，他什么才干都增长不了，只能消磨自己的志气。今天夜里或明天，你身负重任，可不能误了大事！'

"当阿扎里尼回忆发生在当天夜间和第二天的事的全部细节时，就好像在讲述那娓娓动听的故事那样激动不已，仿佛他的命就悬于一线之上。

"他耸耸肩膀，忍了又忍地说：'好吧，我少吃些就是了。'

"事实上，他晚饭只吃了一个煮鸡蛋、一片面包，喝了一杯葡萄酒。

"依皮西罗内还记得住在别墅里的那些人给他留下的可怕印象。有的脸色蜡黄，有的脸色发青，有的因为高烧不退而发抖，有的腹部肿胀得如同一只木桶。别墅坐落在沼泽地一个传染病最流行的乡村，那里靠近斯卡利诺池塘，杂草丛生，当时正值八月骄阳似火的最后几天，蚊虫滋生，疾病肆虐。

"大家整夜都处于高度戒备状态。听到嗒嗒的马蹄声，大家都以为是加里波第来了。出门一看，没见什么人，只是一匹匹战马在飞快地东奔西跑，也许是受到狼群的追赶而惊吓得在四处乱窜。

"第二天上午，加里波第在上尉列杰洛的陪伴下到达。一只脚受伤的列杰洛上尉忍着伤痛从未离开过将军一步，一直把将军护送到皮埃蒙特。

"过了一会儿，依皮西罗内被召到别墅客厅，当时将军一身夏季便装，周围是很多全副武装的青年人。

"将军的脸上始终挂着微笑，温柔之中带着刚毅和威严。他走到依皮西罗内跟前开口问道：'您就是"圣母玛利亚·阿列娜号"的船主吗？'

"'是的，阁下。'

"'别叫我阁下，叫我加里波第或者将军都可以。'

"'好的，将军。'

"'你是哪里人？'

"'我是圣·特伦佐人。'

"'好啊，那我们还是同乡呢！你带钱了吗？'

"'是的，将军，带了三百至三百五十法郎。'

"'现在可以出发了，你准备好了吗？'

"'准备好了，阁下，不，将军！我昨天晚上就来到了这里。今天晚上我们出发，白天不行，白天容易被人发现。'

"'怎么走呢？'

"'今天晚上乘船出发。您先沿着海滨徒步朝卡拉·马尔提纳的方向走，到了那里，您会看到漂浮在海上的伪造的渔网，您就向这个标记走，我就待在附近不远的地方。'

"当天，依皮西罗内从九点到十点打了一个小时的鱼，然后放下浮渔网，等候将军的大驾光临。

"将军并非孤立无援。除了贴身保镖列杰洛，还有三四十位全副武装、血气方刚的爱国者陪伴左右。他们发誓，宁可肝脑涂地，也不让将军落入奥地利和雇佣军的魔爪之中。将军自己也暗自发誓，绝不能活着落入敌手，而要战死疆场……意大利的历史绝不能改写。

"那天夜里，意大利上空的星辰比任何时候都清澈光亮。等加里波第和列杰洛上尉上了船，那些可歌可泣的爱国者振臂高呼道：'将军万岁！'

"清爽的东风吹拂着海面，'圣母玛利亚·阿列娜号'第二天早晨安全抵达厄尔巴岛的城堡角。

"城堡角的长官斯佩古斯和他的助手二等兵列奥琪诺是依皮西罗内的朋友。依皮西罗内下了船，马上就去拜访他们。在没有核准乘船人数是否真的符合登记在册的人员名单的情况下，城堡角的长官便允许'圣母玛利亚·阿列娜号'停泊靠岸。为了以防万一，依皮西罗内事先把老父亲和另一名船员留在了海滩，以免由于船上增加了加里波第和列杰洛上尉而与海员实际人数不符的情况。

"加里波第还下船待了一会儿。船上原来就存有大量腌鱼，他们又买了面包和葡萄酒，补足了给养，然后准备起航。

"'圣母玛利亚·阿列娜号'早上七点左右出发，开始了意大利历史上的幸运之旅。依皮西罗内担心游弋在附近海域的敌船'吉里奥号'追赶，所以一直控制着船航行在离陆地四五十海里的海面上，乘着顺势的西风向卡波拉亚前进。他们星期二顺利到达与里窝那咫尺相望的卡波拉亚。

"'将军，现在怎么办？'依皮西罗内问。

"'我完全信任你们，既然现在我跟你们在一起，一切都听您的安排。'将军回答说。

"'我相信，船停泊在里窝那港是最佳的选择，因为我担心敌船"吉里奥号"的追击。这里的港外正停泊着一艘美国护卫舰。"吉里奥号"一旦出现，我会马上把您转移到那艘美国舰上去，美国人肯定会张开双臂欢迎您的，这一点，我深信不疑。要是"吉里奥号"没有出现，我们就夜间出发，以免被敌方发现。'

"于是，加里波第将军及其保镖列杰洛上尉在一八四九年九月五日下午三点安全抵达维纳斯港。这一天是意大利自由和文明史上值得纪念的吉祥日子。

"加里波第又是拥抱又是亲吻依皮西罗内，还从衣兜里拿出十多枚金币送给依皮西罗内，这是将军仅有的一点儿钱了。

"'我只有这些钱了，也算是对您深深的谢意吧。'将军说。

"'将军，别这样，您要保存好这些钱，将来您有用得着它们的时候。'

"'好的，我给您留下一张纸条吧。看到这张纸条，您就会回忆起您为我付出的一切。'

"我曾在依皮西罗内那里看到过这张年代久远而已经发黄的纸条，并把上面的话写在我的记录本上。恩利科啊，你看，这就是加里波第用正字法写在那张纸条上的内容：

幸运之神让我在德国人占领的意大利土地上结识了船主保罗·阿扎里尼，是他把我送到了这座救命的安全岛上，他以毫无自私之心的精神对我真诚相待。

朱塞佩·加里波第

1849.9.5　维纳斯港

"这张纸条是对依皮西罗内的唯一奖赏。在热那亚，有人出资六百里拉购买这份亲笔题词，被依皮西罗内回绝了。这张纸条是他这个高贵杰出家庭的象征，他应该把纸条作为宝贵遗产一代又一代传给他的子孙。

"恩利科，除了纸条，你知道对依皮西罗内完成这一伟业的最大奖赏是什么吗？

"在'圣母玛利亚·阿列娜号'上，加里波第，这位卡普雷拉岛[1]的英雄吃到了依皮西罗内腌制的美味鲂鲱和鲉鱼，这是留给依皮西罗内最美好的纪念，最高的奖赏。

"依皮西罗内腌制的鱼，如同鳕鱼干那样让人馋涎欲滴。他请将军对自己的烹饪技术做出评价时，将军回答说：'太好吃啦！'依皮西罗内收获的不仅仅是勇敢、智慧和远见卓识，还收获了苦果。由于他救了加里波第，他再也无法到厄尔巴岛、托斯卡纳地区捕鱼了，再也不能在著名的沼泽地'玛列玛'一带下网捕鱼捉虾了。他陷入了极端贫穷的境地，后来，他的父亲和一名海员又被人抓走当人质，过了很久才释放回家。

"依皮西罗内本来蒸蒸日上的捕捞产业江河日下，他作为一个可怜的老船工艰难度日，最后，仅剩下一条小渔船。时至今日，这条小渔船还写着这样的话：'1849年9月5日，加里波第的救命恩人。'仅仅几个字，一个日期，然而，多少故事啊！多么光荣啊！

"依皮西罗内从不居功自傲，从没有向意大利政府伸手要过什么犒赏。当他去福拉斯卡提拜访还健在的加里波第时，也从未提起过救济的事。

"我见这个不幸的老人身体日益衰弱，手臂划起桨来，变得十分费

---

[1] 加里波第避难之地，他于1882年在该岛去世。

劲吃力，不得不从自己的孩子那里接受救助时，我请求德波列提斯[1]给予救济。去年圣诞节，他收到了三百里拉的救济金。德波列提斯去世后，我又请求克里斯皮[2]继续这项善行，救济金最终变成了这位伟大爱国者的养老金。

"恩利科，我的故事还没讲完呢。依皮西罗内为什么每天到我家浇我的花和柠檬树？我应该向你解释。我并没有要求他这样做，是他自觉自愿来的，完全出于对我本人的美好感情，借此感激我为他做过的那一点儿好事，他请我让他在我的院子里浇浇花、浇浇树来度过老年的美好时光。

"开始的时候，我并不愿意他这样做，但是我很快发现，如果拒绝他，将给他带来很大痛苦。我终于接受了他的请求。他高兴地对我说：'船长，您就放心吧，劳动是我早已养成的习惯。眼下，我不能划桨出船了，可浇花、锄地我还是个行家里手呢。您就放心地让我做吧，我乐于干这种活，千万别拒绝我的一番好意哟！'

"这样，他就干了起来，一干就是二十年！我多么希望每天早上都能见到他弯着身子，手执我用过的喷壶浇花浇树啊！他想用这种认真的态度来表达对我的感激之情，这跟他的性格是相吻合的。即便一位不幸的渔民，也应该有尊严的生活，谁阻挠他按自己的生活方式满足其愿望，那将是残忍和无礼的行为。"

1　德波列提斯（1813—1881），从1876年起担任意大利首相。
2　克里斯皮（1819—1901），意大利首相。

第十四章　礁石周围的搏斗·忘恩负义者

为了让恩利科尽快恢复身体健康，舅爷叮嘱他要尽可能地多吹一些清新凉爽的海风。为了做到这一点，舅爷常带着他划船出海。船儿在一阵阵爽神的微风中荡漾。舅爷还教他如何使用钓鱼竿，如何站好坐稳，最大限度地近距离接触有咸味的海浪。

老船长为外甥孙专门制作了一副适合小孩子使用、小巧玲珑的钓鱼竿，教他如何根据鱼种的不同而适时调换饵料。比如鲻鱼和金鲷鱼用的食料以面团为主，再加些面包屑和奶酪；鲈鱼及其他的礁石类鱼种用蚯蚓和类似生活在蜂箱里的蜜蜂蠕虫做饵料。

有一天，恩利科独自一个人坐在礁石上钓鱼。这时海水突然掀起汹涌的波涛，开始变得浑浊，幸运的是他这时已经钓到了几条鲻鱼和两三条金鲷鱼，已经把这些放射出银灰色光芒的鱼放进了鱼篓里。恩利科对钓鱼一直有着难以割舍的爱好。他一心一意钓鱼时，会目不转睛地看着鱼漂是不是由于一条鱼咬着了饵料而下沉，岸上的喧闹声他根本听不见。

此时他背后的喧闹声越来越大，翻腾着的海浪咆哮着不断扑向岸边，冲击着岿然不动的高大岩石。巨浪轰鸣，专心致志钓鱼的恩利科没有听清楚人们在叫嚷着什么。

但那嘈杂的声浪终于引起了他的注意。他仔细一听，好像是两种不同的声浪重叠在一起，发出不和谐的刺耳声。

实际上，嘈杂声是孩子们的大喊大叫，更确切地说，是哭声和号叫交织在一起，如同大海的波涛此起彼伏。在海浪拍打海岸的短暂间歇中，可以隐隐约约听到一个与大喊大叫不同的声音。这是一个孩子哀伤的唏嘘声。看来，是这哭声引起了别人的大笑和号叫，因为哭声越高，那些可恶的笑声就越放肆。

恩利科回头一看，原来是残疾小孩多梅尼钦在哭！一群聚集在圣·特伦佐广场周围，穿着破衣烂衫，光着脚丫子的顽童正在轮番地折磨他。

多梅尼钦是个十二岁的可怜孩子。他生下来就是残疾儿，好像是作为一个灾星降到人世间的。三四岁的时候，父母对他的最好祝愿就是盼着他早死，父母是大声或当着他的面说出这些诅咒的。父母是出于怜悯之心，才希望这个孩子尽快死去，因为在他们看来，孩子活着对他自己、对别人都是无益的。

当这个可怜的孩子刚刚懂事的时候，他发现爸爸妈妈不喜欢自己，并且其他所有人都嘲笑他，但他始终不明白为什么人人都讨厌他，也不明白人们为什么这样恶毒地对待他。他看到别的孩子受到父母的抚爱或由于讨人喜欢而受到邻居的亲吻时，他只能伤心得暗自落泪。

父母仅给他一点儿够活命的东西吃。他一直吃的是别人的残羹剩饭，什么抽屉里的发霉面包皮呀，腐烂的鱼呀，变了味的无花果呀。他的衣服是破布片拼凑起来的。破衣烂衫上的补丁五花八门，弄得他成了越来越多人的笑柄，他跟邻居家的孩子吵架或打架时，补丁往往被撕扯下来，整条胳膊露了出来，谁也没有想到帮他缝补一下。他的衣服上满是漏洞，总是裸露着肉体。不管谁看到这个可怜孩子的狼狈相，都会耻笑一番。

有一天，他爸爸妈妈从圣·特伦佐镇突然消失了，于是这样一个天生的畸形儿就被残忍地永远遗弃了。据说，为了到美洲去寻找幸福，父母早有将他遗弃的想法。后来姑妈收留了他，当然，姑妈没有他自己的亲生父母那样残忍。

不管怎么说，多梅尼钦对父母的离去还是打心眼儿里高兴的。姑妈不打骂他，不虐待他，也不盼着他早死！而当他帮助姑妈买东西路过广场时，换来的却是持续不断的嘲笑，更加厉害的捉弄。

难道那帮坏孩子知道他父母不在就欺负他吗？也许是因为他长得越来越大，身体变了形，走路的样子也越来越成为人们的笑柄！这个恩利科不知道说什么好，但恩利科清楚地知道可怜的多梅尼钦每次一露面，坏孩子们总是追在他身后，大声喊着："螃蟹来啦！螃蟹来啦！快来捉蟹呀！"他身子向前倾斜，还真像一只螃蟹！他走起路来歪歪扭扭的，活像一堆散了架的骨头在移动。他像螃蟹横斜着往前走，那晃动的胳膊又像跳跃着的虾腿，那种样子实在滑稽可笑。

听到别的孩子大声嘲笑自己，多梅尼钦满脸通红，痛苦不堪，只是一个劲儿地赶快走开、跑掉。可跑得越快，那步伐就越不协调，那模样就越让人觉得可笑。

那帮孩子们真够可恶的，他们把多梅尼钦当成任人宰割的牲畜，他们将他拦在街头，围得严严实实的，如同取乐、逗笑街上卖艺的人。这个时候，他通常不是失声痛哭，就是伤心得暗自落泪。直到一位路过广场的善良海员用他那钢铁般的拳头打开小混混们的包围圈，把他从折磨中解救出来。

恩利科从不去瞧这种热闹，这次他却禁不住朝广场那边望了一眼，看到了多梅尼钦被围观受折磨的情景。他想去制止那些怀有恶意的坏孩子的行为。

跟往常一样，这次多梅尼钦也受到了顽童们的围拦。一伙少年混混正辱骂、讥笑他，他们想尽一切办法拿多梅尼钦那种不知所措的样子寻开心。

这次多梅尼钦并不像往常那样忍气吞声了，而是奋起反抗折磨他的孩子们。他从地上捡起块石头威胁说，要是不让他安宁，他就砸向他们。一个大一点儿的孩子扑向多梅尼钦，把他摔在地上。

可怜的多梅尼钦倒了下去，那个大孩子压在他身上。

看到眼前的一幕，恩利科实在忍无可忍。他把钓鱼竿放到礁石上迅速跑向广场。他冲破包围圈,冷不防地扑向那个用膝盖顶着多梅尼钦的大孩子。这时多梅尼钦正拼命反抗压在他身上的大孩子,但是无济于事。

"坏蛋!坏蛋!"恩利科大喝一声,"放开他,放开他!"同时,拳头重重地打在那个坏孩子的肩上。

所有的小混混都来帮助被打的坏孩子,径直扑向恩利科,他们一起高喊:"上!上!狠打这位少爷!"

恩利科竭尽全力想摆脱对手,可毕竟寡不敌众。他们一阵猛打,恩利科终于被打倒在地。

多梅尼钦趁着混乱跑走了。不,是趁着恩利科跟那帮坏孩子扭打在一起的时候,钻了个空子跑回了姑妈家。

被打倒在地的恩利科翻过身来,只狠狠一拳,便打得一个小混混落荒而逃。恩利科憋足了劲,猛地站起身,一个小混混被打得鼻青脸肿跑掉了,可又有一个扑上来,恩利科毕竟只有一个人,这时他感觉体力渐渐不支,招架不住对方的猛攻,看起来,他只能认输了。

三四个小混混一起把恩利科压在身下。奋力反抗中,恩利科的脑袋碰在一块尖尖的石头上,也就是那块多梅尼钦刚才捡起来吓唬坏孩子们的石头。他的额头被撞出一个很深很长的口子,鲜血顿时汨汨流了出来。

大人们从四面八方赶来劝架,小混混们看到恩利科的额头血流如注,觉得惹了大祸,纷纷在惊慌不安中,沿着街头跑掉了。恩利科一个人躺在那里,眼睛里面因流进从额头上下来的血而睁不开。

不大一会儿,药剂师和医生都赶来了。他们为恩利科洗净伤口。经过仔细检查,恩利科没有伤到要害部位,只是血管破了,流了不少血。

医生给恩利科包上纱布,血流停止了,然后恩利科在医生的指导下服了药。恩利科爽快地对医生说:"没事了!没事了!千万别告诉我舅爷,免得他担惊受怕。伤口包扎好了,血不流了,我会亲口告诉他事发经过的。我去钓鱼可以吗?"

"不行!"医生肯定地回答说,"现在风很大,又冷飕飕的,在这种情况下,伤口很容易感染,我陪你回家吧。"

"亲爱的医生,谢谢您啦!我还是一个人回家吧。您陪我回家,我的前额包着纱布,舅爷会惊恐不安的!"

恩利科一个人到礁石上收起鱼竿、鱼饵和装着鲻鱼及金鲷鱼的鱼篓,从容、平静地回到舅爷家,仿佛什么也没有发生过一样。

这时舅爷正好从院子里出来,向广场这边走来,他想看看恩利科钓鱼的情况。

恩利科的草帽几乎盖住了他的眼睛,前额上的白纱布也看得不是很清楚。但是他的头似乎变大了,帽子也没有遮好包扎在前额的纱布。舅爷定睛一看,原来恩利科额头上包着一块白纱布,禁不住连声问:"恩利科,你怎么了?怎么了?"

"我摔在一块尖尖的岩石上,碰破了额头上的一层皮!"恩利科回答。

恩利科并没有撒谎,可也没完全讲真话。恩利科是个诚实的孩子,从没说过假话。现在只说了一半真话,觉得舌头也不听使唤了,嘴巴也张不开了。他满脸通红,声音发抖,前言不搭后语

舅爷说:"恩利科,不对!你没有完全说实话……绷带包扎得很专业,你一定是受了重伤,医生才会给你包扎成这样的……"舅爷说着,禁不住怒气涌上心头,皱了皱眉头说:"恩利科,不对!不对!一定是有人把你打成了重伤……那些小魔鬼们……你回家去吧!我去打听一下情况马上就回来。有人打伤了你,可你没有跟我说,我想知道并且也应该知道到底是谁干的,要是让我查明情况,我非好好教训那些家伙一顿不可。"

舅爷从药剂师那里了解到事情的全部真相后,被恩利科的勇敢深深地打动。恩利科奋不顾身地扑向圣·特伦佐镇的坏孩子们,把多梅尼钦

从比他力气大十倍的一个小混混的手中解救出来，真是了不起的举动。

巴琪恰舅爷的怒火犹如一座火山顷刻间爆发。可转眼间，怒气又消了，怜悯之心油然而生，变得温柔起来，隐藏在浓眉间的双眼仿佛火苗熊熊燃烧，两滴晶莹的泪珠闪烁着，并顺着两颊扑簌簌掉下来。他觉得自己有些失态，马上用右手背擦干眼泪，只是连声自言自语道："了不起的恩利科！可怜的恩利科！"

舅爷匆忙赶回家。这时恩利科正在自己的房间里，怀着好奇心，对着镜子看纱布包扎的伤口。从纱布渗出来的殷红血迹，他足足看了几分钟。舅爷在房间里见到了恩利科。像旋转着的陀螺那样，舅爷抱起恩利科转了一圈又一圈，还不停地亲吻他。看到纱布上的血渍，舅爷毫不犹豫地将嘴贴上去，好像要把那血迹吸干净似的。

舅爷高兴得难以形容，达到近乎失态的地步，而恩利科从没有感到过这样幸福。他觉得自己受到如此狂热的爱抚，得到这么多美好的称赞是当之无愧的。

舅爷激动地说："恩利科，你看，这血就是你的第二次洗礼。经过神父的第一次洗礼，你成了一名天主教徒。这次洗礼是你成人的标志。我希望这个小小的伤疤能够永远留在你的额头上，算作纪念，即使将来你长了胡子，胡子变白了，这也是你孩提时代高尚行为和舍己救人的标志。"

"舅爷，这只不过是我应尽的义务。"恩利科回答说。

舅爷接着说："是的，你做了自己应做的事情，你是冒着危险去做的，面对比你强大的人，你毫不畏惧。你没有把对手放在眼里，你猛扑过去，保护了弱者，制服了强者。你小时候能这么做，长大后也能这么做。这一例证充分说明，人应该勇敢地去应付各种挑战，别压抑良心的召唤。当我们准备去完成一项崇高的事业，或者去做出某种牺牲时，我们绝不能总是考虑、估计失败的可能或权衡利与弊，否则，人类将面临灾难。要是这种情况发生了，将不会有任何英雄业绩留在世界历史的长河中，而这种高尚精神是应该永垂不朽的，值得永远纪念的。"

仅仅过了几天，恩利科的伤口就痊愈了，可额头上却留下一个很小的伤疤，乍一看，并没有给人不好看的感觉，倒像舅爷说的，是他高尚情操的标志，是个美好的纪念。

恩利科的伤好了，但舅爷关于这件事的话题远没有结束，他以抱歉的口吻，跟恩利科继续攀谈起来："恩利科，你要知道，老人都是爱讲话的人，都是训诫者。你爱我，所以，我与你的闲谈和对你的说教并没有引起你的反感。你奋不顾身地去搭救多梅尼钦的故事，完全可以写成一部书。

"要是所有的人在自己的一生中都能自觉地为他人主持公道的话，我相信，这个社会将会很好地健康发展，将不会再有那么多的宪兵，那么多的警察，那么多的法官，那么多的民事法庭，那么多的上诉法院。

"恩利科呀，乍一看，我好像是个玩世不恭者，其实我不是，我比任何人都尊重法律和各级政府，赞成现代文明。现代文明禁止人们相互报复，主张用法律通过法庭解决问题。为所有人利益服务的法律是伸张正义的，这样的法律是最公道的。个人在实施报复时，往往是不择手段的，它超越了法律所允许的范畴。

"非常不幸的是，一些人往往滥用权势去剥夺他人的权利，使他人成为无所作为的人或者宿命论者。为了避免违法事件屡屡发生，我们必须保护弱者，严惩滥用权势的人。要做到没有宪兵、没有警察，说得好听一点儿，那就是我们每个人都必须成为法官，为我们自己和他人维权，洗雪冤屈。

"然而，无可奈何地耸耸肩，任别人去说去做……是大多数人的处世哲学。

"现在我还记得多年前发生在热那亚的一件事。当时，一群人做完弥撒正从圣母玛利亚教堂走出来。我站在人行道上望着打扮得花枝招展、雍容华贵的漂亮太太们。

"就在我的眼皮底下，我亲眼看到一个打扮成工人模样的人，鬼鬼祟祟地绕到一个男士后面，拿走了他露在大衣兜外面的围巾，装进了自己的衣袋里。男士并未发现被盗，而小偷却匆忙穿过街道，向相反的方向走去，混进了茫茫人海中。

"我附近的另一个男子始终窥视着小偷的一举一动。他笑嘻嘻地望着我，有点儿得意地说：'你看到了，这太有意思了！'我回答说：'对啊，我看到了，可我要去抓住这个小偷！'男子说：'啊，任他去吧！他偷东西的动作很优雅，值得奖励。被偷者可能是一个有钱的男士。围巾多漂亮啊！'

"我没有再跟眼前的这个男子说任何话，而是蔑视地望了他一眼。我一直盯着那个小偷，紧紧跟着他，然后从背后掐住了他的脖子，让他把偷的围巾老老实实拿出来。我像警察和法官那样，把围巾归还给失主，然后，将小偷交给街头巡逻的宪兵。

"我只做了我应该做的事情。我相信，很多人都不会像我这样地去抓小偷。这些人回到家里，往往眉飞色舞地向家人讲起小偷如何精明，动作如何干脆利索，拿这件事取乐开心。

"我们能够，而且应该坚持不懈地主持公道，呵护因受到诬告而蒙受不白之冤的无辜者；对不怀好意的人要口诛笔伐，嗤之以鼻。事不关己、高高挂起的做法，或者耸耸肩，说什么有执法部门，有法庭，应由他们管，跟我无关……统统是懦夫的表现，是不配做一个公民的行为。发生在我们周围的形形色色的事情可能与个人没有直接的利害关系，但一定会对整个社会有积极的或消极的影响，因此，正义的事我们应该永远做下去，抛开人情世故，毫不保留、无所畏惧地做下去，不应有丝毫的犹豫。

"有一次我坐火车旅行，听到一位乘客抱怨铁路员工服务态度极差，我说：'每个火车站都有意见簿，那你为什么不把自己的意见写上去呢？铁路员工的上司并不了解下面发生的事情，他们不可能知道所有存在的问题。你把意见反映上去，是做了一件对大家都有益的好事，你在火车上抱怨，回到家里还是抱怨，你的抱怨毫无用处。你对在任何地方看到的问题写出自己的意见和建议，这也是你对铁路部门改进服务态度所做的贡献呀！'由于懒惰和对任何事情都持怀疑态度，我们的一些同胞总爱这样说：让别人去说吧，让别人去做吧。这就雄辩地证明，这些人对任何事情都不感兴趣，他们办事疲沓，性格优柔寡断。一个伟大的民族应该是这样的：政府和司法机关做很少的事，民众做大量的事，在这样的国家里个人就是一切，中央政府的权力最小。"

巴琪恰舅爷继续说："你最近奋不顾身地把多梅尼钦从小混混们的魔爪中搭救出来的英雄行为使我想起多年前发生的一次类似事件。那时，我还是个小伙子，跟伯父乘坐他的'玛利亚·三女神号'小帆船在那不勒斯上岸观光。我跟伯父来到托列多大街散步。街上游人如织，人们只能在两排小马车中间的夹缝中你推我搡，沿着人行道缓步而行，边走边看鳞次栉比的商店。突然间，不尽的人流被眼前的一幕挡住了，于是大家驻足观看，交通变得更加拥挤。

"那个场面既耐人寻味，又警诫世人。我看到一个光着脑袋、袒胸露臂、长得粗壮的小伙子正在殴打一个小男孩。那个小伙子抓着小男孩的肩膀，使劲儿将他摔在地上，一边狠打一边骂出不堪入耳的话。小男孩很瘦弱，个子比小伙子矮得多，但非常勇敢。他奇迹般地站起来，猛地反扑过去，顽强抗争，竟转败为胜。可谁心里都明白，这种力量悬殊的搏斗只能维持短短的几分钟，小男孩将很快再次被打倒在石板路上。围观的人拼命往前挤，好奇地'欣赏'着这绝妙的闹剧。很多人放声大笑，一些人兴致勃勃地喊着，居然莫名其妙地发出'好哇！了不起！'的喝彩声，可两个搏斗者谁好，谁了不起，只有鬼才知道！人们只管瞎起哄看热闹，没有任何人哪怕说句话，动一动手，把他俩劝开，让这场力气不等的打斗结束。

"那种场面让我感到恐惧，但人们的冷漠无情更让我憎恶。我低着头，猫着腰，奋不顾身地冲上去，突然像一堵墙一样横在他俩中间，一下子将他们俩分开了。小男孩得救了，而那个无赖之徒却在惊慌中绊倒在人行道上，在马路牙子上摔了个四脚朝天。街上依然车水马龙，无赖如不赶快爬起来，就有被马车轧着的危险。在人们的一阵阵哄堂大笑和谩骂声中，无赖终于醒悟过来，他眼前的最佳选择是尽快顺着托列多大街附近的一条小巷偷偷溜走。

"我得到的回报是经久不息的掌声，让我有种受宠若惊、不知所措之感，掌声别有意味，且耐人寻味。掌声吓跑了那个无赖，同时我也趁着掌声从人群中溜之大吉了。

"这是个好玩的故事，不是会载入史册的奇闻趣事，但它确实是用生命之线精心编织的故事。诚然，建立业绩和做出重大牺牲的机遇还是很多的，但主持公道，谦恭有礼，为解决每天发生的许多微不足道的小事助一臂之力应该是不乏机遇的。我们绝不应该错失这样的机会。要是不了解这一点，我们的良好习惯将消耗殆尽，心灵将变成一片荒漠，白白浪费生命。

"这种看似毫不起眼，却时时刻刻存在的伦理道德，无须法官出来主持的社会公平，是我们每个人应该坚持不懈地参与的善事，这就如同面包是我们生命中的必需品一样。我们渴望的英勇壮举就像是每年举行两三次的节日盛宴，其实我们应该更多地关注每一顿家常便饭，而不是盛宴，因为家常便饭是每天都要吃的，另外一些饭则是一年甚至几年、几十年、上百年才吃几次的。"

不久，恩利科的伤势全好了，他舍己解救多梅尼钦的事情已经成为过去，可他变得心事重重，一种伤感时时涌上心头。

风波过后，多梅尼钦从没来过舅爷家。恩利科心里犯着嘀咕：别的不说，多梅尼钦起码应该说句感谢的话呀！是的，从那天起，恩利科再也没有见过这个可怜的残疾男孩。过了很久，当恩利科在街上见到多梅尼钦时，对方不是假装没有看见恩利科就是故意绕道，偷偷溜掉。他为什么这样不领情？对救过他的人，他为什么这样没有礼貌呢？恩利科的舍己救人在当地产生了广泛而深刻的影响。打那以后，也许是因为多梅尼钦身边多了一些甘心保护他的人，圣·特伦佐的顽童不敢再欺负他了。

多梅尼钦的行为极大地伤害了恩利科的感情，首先是伤了他的道德感，其次是自尊心，最后是爱心。从搭救多梅尼钦那天起，恩利科就把全部爱心奉献给了他。

恩利科把多梅尼钦从殴打他的一帮坏孩子手中救了出来，他为对方受了伤，让对方重新获得了尊严，那么，他为什么没有听到任何一句感激之词？

恩利科为多梅尼钦做出的一切难道没有任何意义吗？

恩利科想，假如多梅尼钦的事情发生在自己身上，他会当天去拜访救命恩人的。见面时，他肯定会拥抱、亲吻对方，还不知要说多少热情洋溢的话，流下多少泪水！而多梅尼钦一直躲避他，竟连"感谢"这两个字也没说过！

恩利科的自尊心受到严重的伤害。他是奋不顾身地去保护这个小小的残疾者的，因此得到了舅爷、邻居和大家的称赞，他对自己的英雄行为还真有点儿沾沾自喜呢！

恩利科的最大痛苦也许并不是他对多梅尼钦的爱心期望得到多少相应的回报。他从前只跟多梅尼钦见过面，可以说只有一面之交。见到他，充其量只不过是有点儿同情而已。而现在呢？也就是自从他救了多梅尼钦后，恩利科觉得他很可爱，就特别关心他。恩利科很想帮助他，甚至送给他一些东西，比如说，他穿得太破了，送给他几件并不太旧的衣服，让他分享只有在舅爷的餐桌上才能吃到的美食。恩利科想成为这个不幸小男孩的永久保护人。恩利科是用自己的稚嫩之体来保护这个遭人嘲笑和折磨迫害的可怜孩子的。可是现在，多梅尼钦没有对他怀有一点儿感激之情，也没有像别人那样对他的英雄行为大加赞扬，好像并不接受他的保护似的。

所有这些想法并不是按照一定的前后顺序排列在恩利科的脑海中的，也不是以明显的方式表现出来的，它们是雾，是云，而不是雨，胡乱猜疑和犹豫不决搅得他心神不定，郁积心头的怨气和郁闷难以排遣，致使他的脾气变得古怪起来。

他竟然怀疑多梅尼钦也是个坏孩子了！

有一天，恩利科终于用伤感的语气问舅爷："多梅尼钦这几天来过这里吗？"

"没有，他为什么要来呢？"舅爷反问。

舅爷一下子明白了恩利科的用意，于是哈哈大笑起来："恩利科，你说得有道理，他应该来拜访你，向你对他所做的一切表示一下正式的谢意才对！恩利科，你说的难道不是这些吗？"

恩利科的心思被舅爷完全猜透了。他一句话也没说，顿时满脸通红。舅爷继续说："假如他在街上碰到你，肯定会谢谢你的。"

"舅爷，不是的，他根本没有表示感谢的意思。相反，见到我，他居然绕道走开了，假装没有看见我。"

"你难受吗？"

"很难受，难受极了，比我想象的还要难受。"

"你救了那个小可怜，得到感谢是当之无愧的，可难道他非得公开向你表达感激之情吗？"

"啊，舅爷，绝不是这个意思。我只想他能拥抱我一下，亲吻我一下，要知道，从那天起，我就把爱心全部献给了他。再说他没有一点儿感谢的表示，我觉得很不正常，要是我处在他那样的境地……"

"我的恩利科哟，他没有错，你的处境要是跟他一样，你也会干出这样的事来的，他怎能跟你比呢？你有爸爸妈妈的疼爱，你是在最亲密、最温柔的摇篮曲中长大的，你是在爸爸妈妈和舅爷给予多重关爱的环境中成长起来的。你怎么能跟这个可怜的不幸孩子相提并论呢？要知道，他常常挨耳光，受辱骂，天天遭受小混混的折磨、欺负，在苦苦挣扎中度日。你想过他可怜的灵魂因遭受蹂躏而带给他的痛苦吗？他可能不是个坏孩子，但充满着仇视和怨恨，他受到别人的虐待，不可能爱抚任何人。也许他并不知道如何爱别人和接受别人的爱。他也可能会搂着你的脖子，想跟你亲热一番以表达爱意，但他神志模糊，内心深处充满忧伤，担心成为人家的笑柄，更怕你讥笑和拒绝他，所以遇到你就绕道走开了。正因为这样，你把他的不领情仅仅理解为愚昧无知，践踏感情！"

"要是这样，我就主动去找他，以此证明我对他的关爱。"

"你可以去，但最好不去，去了，他会惊慌失措的。要是他不对你说句感谢的话，你绝不能不理他，还要照样关心他。最好的做法是处处想着他，为他做些好事。比方说，请他到我们家来，教他做一些残疾人可以玩的游戏，不管他玩的动作多么笨手笨脚，我们也不会嘲笑他。

"我的恩利科啊，要是多梅尼钦的心灵真的像他畸形的四肢那样扭曲了，万一没有任何感谢的意思，你千万别为自己的行为后悔。

"做好事就是对自己的一种奖赏。希望得到别人的感谢就如同放高利贷一样，是不可取的。人家感谢我们，那当然是件美事！我们对某个人施了恩，这个人要是忘了这个恩，他是不对的。这种人由于心胸狭窄，或者妄自尊大，他将享受不到最美好的生活乐趣，可这跟我们无关。

"保护弱者，为受压迫的人主持公道，并为遭受痛苦折磨的人擦干眼泪，应该是一件乐事，除了享受这份快乐，我们别无他求！"

第十五章　海浪·人类的波涛·人生的价值·如何衡量人生价值

有一天，恩利科问舅爷："亲爱的舅爷，您曾对我说，圣·特伦佐的乡亲们都是勤劳勇敢、吃苦耐劳的，可我经常看到各个年龄段的人，他们有的坐在岩石上，有的坐在海峡的护堤上，有的坐在海滩上，全都默默注视着大海，好像忘记了时间。这是为什么呢？"

舅爷回答说："人不仅要劳动，也要思考问题。没有什么东西像看到大海那样更能引起人们沉思了。你知道，我到过许多地方。欧洲、非洲、亚洲、大洋洲和美洲我都去过。我总是看到肤色各异、年龄不同的人整个小时整个小时地坐在海滩和礁石上注视着大海。诗人、孤僻人、年轻人和老年人在思索着截然不同的问题。是的，所有的人都在思考问题，与其说是思考，倒不如说是他们沉浸在含糊不清、捉摸不定的幻想中，徜徉在精神世界里。对于这种意境，法国人惯用'冥想'这个最美丽的词来形容。

"跟平静、柔美的大海相比，郁郁葱葱的山林和碧绿原野的迷人景色是毫不逊色的，可我们不能面对奇绝景色一个小时又一个小时地遐思冥想，也无法永远沉浸在辽阔的原野、绿油油的草地、青翠欲滴的葡萄园的美景中，当然身临其境，我们可以陶醉其中，尽情享受快乐。可是，很少有其他景致像大海那样把我们带进无限遐想的空间。"

恩利科又问："亲爱的舅爷，您说得完全对。我们面对的大海是单调乏味的，大地是色彩斑斓、千变万化的，但大海却更有魅力，这又是为什么？"

舅爷回答说："我的恩利科啊，这有两个主要原因：一是我们极目远眺的大海是无边无际的；二是它是永不停息的。面对大海，我们看到的是人生轨迹的巨幅画卷，注视着大海，我们就会沉浸在一个无限的世界里——那是手摸不到，眼看不见的世界哟！然而，有两样东西对人是必不可少的：生活与希望！人们总想生活在一个希望中的世界，即眼看得见，手摸得着的世界里。

"大海能同时满足人类这两个巨大的需求。无限对人类而言，不管过去、现在或将来，总是难以实现的。人有渴望追求无限的心灵。上帝昭示的'无限'即为大自然、宗教和理想，正如你说的那种呼唤。人之所以称为'人'，是因为他相信或希望有超过其本身价值的一些东西，比他自身的生命更长的东西。

"恩利科啊，请你尊重所有正直的宗教，有多少理想，就有多少实现不同理想的途径，所有的途径都通向理想的实现。在我们这颗小小行星上，人们讲着上百种甚至上千种语言，同一种思想会用多种不同的，甚至我们认为古怪的语言来表达。这样，理想就会变为必不可少的东西。所有的人都希望去感应理想，并用各种不同的方式让它变为现实。宗教同样是表达同一思想的多种语言。天主教徒、宗教改良主义者、希伯来人、佛教徒，让我们相互尊重，彼此相爱吧！所有的人从拱顶的天主教堂、尖顶的清真寺、金色钟楼的犹太教堂、洁白屋顶的佛教寺院蜂拥而出，唱着赞歌，响彻同一天空。

"大海也是一座寺院，在大海面前，全人类都必须低下高昂的头，双膝下跪，向它顶礼膜拜，因为大海蕴藏着我们整个星球人类的生命，因为大海居住着万物之母，因为那永不停息、不知疲倦的汹涌波涛是养育我们的大地之母，也是为我们提供床榻让我们进入梦乡的大地之母。

"恩利科啊，要是把全世界所有人讴歌大海的诗句都收集起来的话，也许那美丽的诗篇将是世界上的鸿篇巨制。在大海面前，人人都是诗人，就连那些天真无邪的孩子、碌碌无为的芸芸众生也表达着对大海的深情赞美和畏惧之感，吟咏着激情的圣歌，叙述着人类的忧伤、温柔和幻想。因此，所有咏叹大海的诗作总汇起来还真的是世界第一部史诗呢！

"我的恩利科啊，你到圣·特伦佐来并不是要跟我学习多愁善感的哲学，而是要学习让身体健康的知识和实际哲学。倚窗眺望，你可以看到大海的波涛，你注视街心广场，看到的是另一种波涛——熙来攘往从早到晚永不停息的'人之波涛'。望着这成千上万不尽的'人的波涛'，我常陷入长时间的深深思索中：说这条大街是人类世界的缩影，一点儿也不为过。有各种各样的人：秃头的，黑发的，戴着草帽的，光着脑袋的，高个子的，矮个子的。我看着他们动作各异，听到他们欢快或者伤心的话语，听着他们的哭声和辱骂。这些嘈杂的声浪，随着海风，如同阵阵松涛，每个枝条、每片叶子都在述说着自己的故事。白发老人和秃头的人跟襁褓中有着软绵绵卷发的婴儿与蓬头垢面的妈妈擦肩而过；梳理得整整齐齐的一头秀美黑发、风情万种、如花似玉的姑娘跟头发凌乱的老太太泾渭分明，来来往往。他们有的陷入沉思，有的满怀希望，有的一腔怨恨，有的悔恨交加，有的得意扬扬、心满意足。他们如同海洋的波涛，渐渐汇入人类的大江大海，'喜不自禁'的浪花絮絮不休、轻声细语地向毗邻的浪花倾诉着自己源远流长的历史和人生轨迹的奥秘，这样，'人脑'通过转瞬即逝的目光和音调的召唤传递着相互搏击的悠长岁月，流露出对昔日的缅怀和对来日的疑虑。没有什么东西跟两个'无垠'那么相似：无垠的大海浪花滚滚，无垠的'人之波涛'流溢于城市和乡村，永远涌动不息。

"有多少人脑，就有多少思维；人山人海中的每一分子都是永远不同的，正像两个亲兄弟，甚至双胞胎也不尽相同一样。

"每个人脑都不同于另一个人脑，倘若每个人向我们讲述他们各自的经历，我们肯定会上一堂大课，获得善与恶的丰富知识，因为每个人脑既有爱的一面，又有恨的一面；既有犯罪的一面，又有乐善好施的一面。襁褓中的婴儿接受妈妈不断地热吻，在光天化日之下，那小小的脑瓜经历着多种变化，在变成凶残的狰狞面目或今日坚毅的面孔过程中，不知他们经历了多少历史沧桑，经历了多少搏击哟！离开摇篮的时间越长，我们的变异就越大。随着岁月的流逝，婴儿那本来像玫瑰花瓣似的娇嫩面孔，深深打上了各自不同的烙印，到了青年时期，那面孔又打上了新的烙印……经历了年复一年，日复一日，分分秒秒的漫长岁月，苍老的面孔业已固化，整个生命老成凋谢，直到咽下最后一口气。

"从窗户下边的街道走过去的这些人有着不同的人生价值，我想借此机会向你做个透彻的分析。在生活的实践中学习，要胜过读百部道德和哲学的书。诚然，书是美好的东西，但书给我们的只是草地和花园里花儿散发的浓郁芳香，而不是生长在梗上的栩栩如生的鲜艳花朵，知识是东西的影子，只是给我们其轮廓而不能给我们鲜活的色彩和实实在在的东西。活着的人，正在劳动的人，在生活的战场上拼搏的人是充满生机的课堂，是比一百部书还要值钱的教材。如果说一堂有声有色的口语课比一部书价值更高的话，首先是因为这堂课是活的教材，让我们更近距离地接触了活生生的人。

"让我们试图分析一下从我们眼皮底下走过去的那些如同蚂蚁来来往往的各种各样的人，首先，由于年龄、体力和健康的不同，他们具有不同的价值，这就是生命价值、身体价值和物质价值。人们还可以从这些价值中创出其他许多高档产品，这就如同一个织布高手从整理过的纱中能抽出金线或棉线，银线或丝线，直到织出每米能卖一个好价钱的布匹。

"比任何事情都重要的首先应该是身体强壮。生下来就健康是福气，而全力保护大自然赐予我们的健康身体则是我们的义务，让身体日趋好起来更是我们的义务。健康是首要的财富，没有健康，你纵有万贯家产，纵使才华横溢、学问渊博，也无法派上大用场。对大街上来来往往的人来说，人生的最大价值首先是身体健康。体魄健壮比其他任何方面都更有价值，弱不禁风和疾病缠身是要不得的，试想，一个手无缚鸡之力的人怎么能撑起一片蓝天呢？即使你激情满怀、聪慧过人，学问再大，又有什么用呢？

"要是我们给某人打分的话，道德价值是属于第二位的。我说是第二位，并不是说其他的某个价值超越了它，而是因为道德价值的培育是个循序渐进、潜移默化的过程，是长期积累起来的。从理想化的范畴来说，道德价值应该是人生的第一要素。

"道德价值源于我们作为儿子、兄弟、男人、父亲和公民在履行义务时所具有的坚强意志。每个人要能够好好地爱别人，永远爱别人，从不仇恨别人，对别人要能宽宏大量，要抑制自己一切闪现的邪念。在任何恶势力和威胁面前，抑或在任何利益的诱惑下，道德的价值在于教你不会有丝毫的懦弱，避免犯低级错误，只有人类拥有的这种极致的价值观才能够做到这一点。

"为了从一个里拉数到一百万里拉，需要有一架很长的'梯子'来测量。比如说，你要数一千里拉，就要数一千次，这个一千次就是登上一千级阶梯。这种对比也适合测量人的道德价值。就道德价值而言，人类的阶梯则更长更长，我们每个人能够而且应该勇于攀登阶梯巅峰——道德的顶峰。就美德、财富和智慧而言，要达到其最高的水准是一种极为罕见的现象，可就价值观而论，我们完全可以相信，在芸芸众生中，确有最正直的人——正人君子的存在。恩利科啊，实话说吧，我对自己从没有像现在这样满意过，我为自己是一个正直的人而自豪。看到一些人禁不住恶习的诱惑，抑制不住厚颜无耻的欲望时，我恨不得拍打自己的胸脯，对自己大声疾呼：'上帝啊，我可没有那样胡作非为哟！'

"生活充满险恶和变故、哀伤和意外。当我们满以为找到一个安身立命之所时，当我们把幸福之宝押在保险公司和储蓄银行时，一场突如其来的暴风雨却无情地抽打着我们，把我们打翻在地，我们不能不心悦诚服地叹息。我们所有的建筑物都是空中楼阁，一旦遭遇天灾人祸，便在转瞬之间轰然坍塌，在这种情况下，只有道德价值的良知能抚平我们受伤的心灵，其他的均无能为力。遇到这种不幸事件，在多数情况下，我们有能力重振旗鼓，得以复生，重新踏上撒满鲜花的希望之路，重新获得幸福和快乐。"

舅爷继续说："人生价值的另一个重要方面是我们的智慧。思考产生智慧，但通过接受教育可以促进智慧的快速增长，使得我们的头脑在每次磨炼意志时，变得更加灵活，反应更为迅速。你可以看到，我院子里有粗壮高大的松树和枯萎将要死去的松树。其实这两种松树先天完全一样，只是由于栽树时的土壤不同或者修剪时存在差异，便有不同的生长过程，结果成了现在这样截然不同的样子。我们的智慧也是如此。智慧靠培育，也就是靠知识（从广义上说是接受教育）来增长。迟钝和无知导致智力减退，就像枯树被遗弃在不毛之地一样。

"除了你天生的智力，我们还可以通过持之以恒的学习来增长才干。一个人做到这一点，他就是个有教养的人。一个人的智力价值就是靠获得大量的知识来升值的。重要的是要努力消化已搜集到的材料，将其分类，整理归纳，取其精华，随手拿来，为我所用，让知识成为我们的日用必需品。

"付出的劳动相同时，思考的价值随着知识的积累而增长。每掌握一种新知识，就是获得了一把开启一个新世界的钥匙，就等于向我们开辟了新天地，以新的力量和新的能力来丰富我们的人生。每种语言、每种艺术、每个新兴的产业都为我们的思维注入了新鲜的生命力。"

舅爷说："我的恩利科啊，想想吧，当我们用人生的所有价值来衡量人们时，就会发现他们是多么的大相径庭哟！我们的硬币是用铜、银、金铸成的，可人却是用'合金'打造成的，因他们的身体状况、道德价值、智力价值的差异，铸就了各自不同的人格。

"我们乐于用很多形容词把人们分成不同类，然后再把他们区别开来，比如说，张三虚弱，李四强壮，卡罗是好人，彼得是坏人，特奥托罗糊涂，埃托蒙多是天才等。

"恩利科啊，你要习惯权衡一下用这些可怜的、含糊的形容词做出的轻浮判断是否正确。难道仅用一个词、一句话就能衡量判断一个人的价值吗？

"为了将一种植物与其他类似的植物区别开来，植物学家在他们的植物志中往往不惜篇幅和笔墨细致入微地描绘和分析这种植物，一个人仅仅受过一次洗礼，我们怎么就能断定他是一个真正的基督教徒呢！

"恩利科啊，在生活中，没有任何事情比'认识'人更为重要的了。我们必须跟其他人共同生活，共同劳动，在大多数情况下，我们的幸福生活往往跟其他人息息相关。你必须习惯于及时注意观察，并用同样的爱去细心地研究你的同学和朋友，跟他们一起学习语言、地理和历史。你必须养成一种习惯，那就是在观察其他生物、其他任何有生命和无生命的东西时，应该首先把观察人放在首位，经常把描写人的个性作为你作文的题材。

"你要从观察、了解你熟悉的人，跟你一天二十四小时生活在一起的人开始做起。要知道，这不是一件容易的事情。而在最困难的事情中，认识自己又是难中之难。认识自己是掌握每种知识的字母表，是一块支撑着我们知识大厦的坚不可摧的基石。优秀的画家能够画出最美的图画，为什么我们不能塑造出道德和智慧的自我形象来呢？

"认识人是至关重要的，是生命中的大事。要是人家问我，做个生意兴隆的商人，第一要素是什么，我会回答：'了解人。'

"有人问我，成为国务活动家和功勋卓著的将军的首要美德是什么，我会回答：'了解人。'

"成为一个最好的律师、一个优秀的法官的首要品德是什么？'了解人。'

"成为优秀教师、杰出教育家的前提条件是什么？'了解人。'

"成为幸福的人的首要条件是什么？'了解人。'

"在这个世界上，我们应该学习的一种最重要、最基本、最必不可少的东西是什么呢？

"那依然是'了解人'。

"'了解人'是学问中的学问，艺术中的艺术。很多人之所以成为伟人，名字被铸在青铜器上，刻在大理石上，唯一的原因是他们拥有那美德中的美德。从另一方面看，没有哪一位王子、将军和统治者能超越中庸之道，因为他们不了解人。在历史上，有些伟人曾铸造过昔日的辉煌，可没有善始善终，最后一败涂地，因为他们不知道如何了解人。要是朱里奥·恺撒[1]很好地研究布鲁图[2]的个性的话，他就不会被后者杀掉，罗马也不会有那么多年的内战，如果是这样，君主便是恺撒大帝，而不是奥古斯都[3]，当时的世界就会实现长治久安。拿破仑一世统治欧洲多年，并不仅仅因为他是他那个时代的第一个战士，最重要的是他首先深刻地了解人。

"英国人是世界上第一批商人。他们以金钱多少来衡量人的价值，说什么某人值四千英镑，那就意味着他有十万里拉。他们也不是无视人的价值，但是往往着眼于用容易看得见、摸得着的东西来衡量，那就是用你有多少钱来衡量。

"诚然，金钱有巨大的魔力，是产生我们欲望奢求的最大推动力。要是金钱和财富靠我们的聪明才智和勤劳的双手而获得的话，那它们就大大提升了人的价值，为此，金钱既不应该被低估，也不应该被过分美化。任何人如果无视金钱的诱惑力，那他就失去了发财致富的美好岁月，到了垂暮之年，他就失去了生活的支撑，毫无出路。首先他会因为没有财产而享受不到生活的乐趣，也就是无法有尊严地独立生活。我们可倾尽所有之力抑制我们的需求，但没有金钱，我们将无法维持生计。没有钱财，一旦患病或遇到生活中的其他变数，我们将立即陷入困境，

---

[1] 朱里奥·恺撒（前100—前44），古罗马统帅，政治家，后被共和派贵族刺杀。
[2] 布鲁图（前85—前42），罗马贵族派政治家，刺杀恺撒的主谋。
[3] 奥古斯都（前63—14），罗马帝国的第一代皇帝。

不得不求助于他人——这是一件丢脸和极为痛苦的事情。一个没有钱的好人，很难说会对自己本身有什么益处，对别人施恩更谈不上。一个有钱的好人不仅对自己大有裨益，还可以更多地对别人施恩。藐视金钱是完全愚昧无知的行为，这等同于无视战士在前线浴血奋战，击败敌人而给予我们鼓舞的力量；也等同于无视太阳赋予地球上所有的生物和其他星球上我们所不知道的生物以生命。

"另外，钻进钱眼儿、让钱成为生活的首要和最终目的是另一种错误，卑鄙的行为和最坏的事情往往是从发财致富的心理开始的。若把钱锁在钱盒里，不惠及别人，就等于它是不存在的。

"评价一个人，离不开财富、健康、道德和智慧，这是真正、准确衡量人的价值的计量器。你做这种判断时，千万注意别凭第一次见面给你的印象取人，因为初次见面的印象总是肤浅的，判断常常失误。

"我可以讲一讲自己亲身的经历和体会。我是个爱激动又特别敏感的人，容易迅速地做出'喜欢'和'讨厌'的激烈反应。当我第一次跟某人见面时，要么很快喜欢上他，要么十分反感他。我这样看人常常出错，总是做出错误判断。我的这个毛病给我的教训是惨痛的，接受教训后，我对人的判断就变得小心谨慎了。

"凭一次见面就断定某人是完美的，很快对他产生同情心。在这种情况下，我往往不切实际地夸大他的外表、品德和才能，为此，我对他毫不保留地坦诚相待，迫不及待地奉献友情。不幸的是，经验告诉我，仅用'喜欢'这个放大镜去观察这个人善良的一面，而没有看清他伪装得巧妙的另一面，最后我不得不羞愧地、尴尬地割断与他的友谊，冷却我们之间的友情，对他退避三舍。

"反之，有好多次都发生了另一种情况。就是我通过'讨厌'这副有色眼镜去观察人，认为那个人是个丑陋的人，彻头彻尾的坏人，也毫不掩饰对他的厌恶。实际上，他虽外表丑陋，却人品出众。由于讨厌这个人，我失去了与其做朋友的机会，需要费很大的力气再跟他接近，求他谅解，与其友好相处。

"在评价一个人的时候，要深思熟虑，反复思考，头脑冷静，举止谦恭有礼。这个人无论是快乐的时候，还是悲伤的时候，我们都必须注意观察，悉心研究。当你阅读一部论述人的个性的作品和卷帙浩繁书海中的一些警句时，你必须用书中的人物与我们已经透彻了解的人进行比较，以这些人作为对比的砝码和衡量他人价值的标准。我们不仅要把书中的人跟活人比较，还要跟死人比较，跟名字载入史册的伟人比较，然后再跟我们想象中的理想人物比较。事实上，'一个完人'在自然界是不存在的，他只存在于我们的脑海中。研究一个现实中的人和活生生的人的时候，我们必须尽可能地近距离接触他，做出自己的判断，或者远远地离开我们心目中的那个'完人'。

"我的恩利科啊，你在都灵的老师若听到我的这些长篇大论的废话，说不定要笑掉大牙呢！他们可能莫名其妙，怎么，这个老头子竟想教一个十四岁的孩子去研究了解人的学问！尽管我是一位卑微的老船长，我还是有勇气面对你的老师的说三道四为自己辩护的。

"我可以坦诚地告诉他们，学校讲的理论太多，而联系实际又做得太少。假如老师无法教你生活准则的话，那么，家长及朋友完全可以做到这一点。家庭生活、日常琐事看似简单，实则大有学问，我们在街头遇到的每一个人都会为我们上一堂实际知识的课程。这些学问中的学问教你如何成为幸福的人，并教你如何让别人同样获得和享受幸福。

"恩利科，像你这样年龄的孩子，应该多撒种子。也许你所撒下的种子不会同时发芽，有的早发芽，有的晚发芽，有的可能迟迟不发芽，但是只要是好种子，土壤是会保护它们的，我们撒在土地上的每一粒种子迟早都会发芽的。

"以前，你从没有听别人讲什么研究人和评定其价值的艺术。也许你觉得我讲的这些是新鲜的，是离奇怪异的，你不妨仔细想一想，一定会悟出人生价值的真谛来。你已经看到，为了获得出色的演奏效果，一位好的钢琴家需要费多少年的心血哟！他要一次又一次、枯燥无味地不断练习、排演，经过漫长的磨砺，才能达到炉火纯青的地步。谁也想不到，在这些乏味单调的演练中，竟孕育着让演奏者本人和听众心醉神迷的柔和甜美的乐曲，这就叫研究人生价值的学问！像你这样年龄段的孩子不够耐心，注意力不够集中，很少留心观察周围发生的一切。你开始懂得研究人是最重要的，那么从现在开始，你应该学会如何仔细观察你的同学、玩耍伙伴，试着判定他们的人生价值，你将会渐渐地成为能了解人们灵魂深处的鉴赏家。长大成人后，你可以每天都受惠于我向你讲的这些知识。到那时，你将记起已去世很久的舅爷，会向他的在天之灵致以温柔的敬意。"

第十六章 选择职业·择业标准·巴琪恰舅爷的回忆·不同职业面面观

舅爷问恩利科:"恩利科,完成中学的学业后,你有没有想过选择职业的事情?"

恩利科回答说:"亲爱的舅爷,关于职业,还有思考的充足时间。我是否能通过那可怕的高中文科和理科的考试,现在谁也说不清楚。"

"你爸爸从来没问过你像我今天问你的这个问题吗?"

"问过,他还不止一次地问过,可我一直以同样的方式回答他。爸爸总是用下面这些话关闭我们之间的对话大门:'请记住,我给你充分和完全的选择自由。我乐于做的只是提出一些建议供你参考。'"

"你说的都是大实话,就是考虑未来的职业,还有几年的充足时间。问题是这样从今天推到明天地选择职业将变成你的很坏的习惯,一种真正的恶习,也许到了火烧眉毛或该做出伟大决定的时刻,你还犹豫不决呢!你每天只要有片刻的思考,就会有瓜熟蒂落的一天,这个时候我们无须等待,问题就迎刃而解了,你要牢牢记住,一次有人问牛顿[1]:'你怎么会在物理学和天文学方面创造这么大的奇迹,做出这样重大的发现?'他简单明了地回答说:'坚持不懈地思考。'

"在我们人生的征途中,没有比选择到底走向哪条道路更重要的了,生和死不以我们的意志为转移,可在选择职业方面,我们是自由的。这种选择行为的责任完全落在我们的身上。糟糕的是一旦选择了错误的道路,再走别的道路是很困难的,生命是很短暂的,用'吝啬'这个词形

---

[1] 牛顿(1642—1727),英国物理学家、数学家和天文学家。

容较为合适,我不能用'年'和'月'来形容,我只想用'天'和'小时'来形容。我认识很多很多人,由于事先没有认真思考,他们多次选择了错误的道路,为了自己的生存,后来他们不得不走马灯似的更换自己的职业,结果更糟。"

恩利科说:"根据我听到的情况,我感到所有的人都错误地选择了职业,与我家的亲朋好友交谈,我听到的永远是抱怨,没有任何人满意自己的职业,几乎所有的人都在诅咒,都在谩骂。假如我必须按照这些奇谈怪论来规范自己的话,我就不该选择任何职业,因为所有的选择都是错误的。舅爷,不知道你是不是听到过我家的医生整天整天地咒骂医学?这是多么可怕哟!他对我说:'医生简直是奴隶,是奴隶中最苦最累的奴隶。我连吃饭和睡觉都做不了主,不管白天和黑夜,都得听从主人的召唤。病人好了,人家就说医生是圣贤,或者说你是给病人第二次生命的神医;病人死了,人家就会说是医生杀了他。医生不得不在伤心痛苦中度日。病人的忘恩负义和险恶用心就是医生获得的奖赏!还要受到同行的折磨、加害和诽谤。'总而言之,我常听我们的家庭医生说,做刽子手和杀人犯都比当医生要好上百倍!

"我爸爸的一位表兄当律师,他的一番表白并不是在开玩笑。听他说,没有其他任何职业比当律师更狼狈为奸,更忘恩负义的了,你要做正人君子,那就赚不了一个铜板,另外,你还必须跟一伙争夺客户和用一切合法或不合法的手段进行背信弃义竞争的同行展开殊死的搏斗。还有船长、工程师、商人、推销员……他们都咒骂自己的职业。"

舅爷说:"亲爱的恩利科啊,所有这些抱怨同样是不可接受的陈词滥调,人们总是怨气冲天,正如一则拉丁谚语所说:'任何人都欲壑难填。'是的,各个时代用不同的语言表达这种不满。这种怨天尤人可以从另一方面很容易得到合理的解释,那就是任何人并没有看到和很好地了解到他所从事的职业存在的不足、消极和弊端。除了这些夸大其词的悲观论调,还有一个更为直接的原因是显而易见的——世界上很少有人根据自己的天赋来选择适合自己的职业。"

"舅爷，那是为什么？"恩利科不解地问。

"说一千道一万，只有一个理由是至关重要的。在选择神圣职业时，我们没坚持遵循一个正确的、唯一的标准，相反，我们却遵循其他不同的标准，然而这样的标准是不符合实际的。一个小伙子面对职业这样一个关系人生之途的问题，却发出这样的疑问：什么职业能让我尽快致富？什么职业能让我快速走上一举成名、光宗耀祖、无上荣光之路？更糟糕的问题还有：什么样的职业能使我付出的少而捞到的更多？

"为了回答这些问题，我们不妨留心观察一下周围的情形，在家庭内部或我们的熟人更为广泛的范围内，对幸运的职业和个别例子做出判断。比如说，我们家的二楼住着一位工程师。他有马车，有海滨别墅，而十年前，他还是个穷光蛋。可以说，他有令人羡慕的职业，是命运的宠儿！现在不是铁路、电车和机械的时代吗？好啦，我们大家都去做工程师！还有，我们家的对面住着一位令我们嫉妒得要命的律师，他不但是律师，还是议员、富翁。文书和见习律师昼夜不停地在他的事务所工作。律师每天不得不将车马盈门的客户支走，因为他再也无法为他们提供周到的服务了。据说，律师每年可挣五万至六万里拉。不错，律师是好的职业，难道大家都去做律师不成？

"类似的例子不胜枚举，比如，令人羡慕的证券经纪人、医生和企业家。这一切表面现象，让我们一次又一次地相信，谁都可以得到令我们流口水的上帝的厚爱，去选择一个又一个的职业。

"择业标准还有比这更恶劣的，即大家都想走捷径。有人说，我的父亲是公证人，退休后，他将把事务所连同客户一起留给我。有人说，我叔叔是个名医，他没有孩子，所以我要继承他的事业，好好学医，他会帮助我的。有人说，我有一个兄弟在美洲，他是个一夜暴富的人，我将学习、研究农业和畜牧业，将来到布宜诺斯艾利斯大草原去找他，会很快发家致富的。这里列举的择业标准如此之多，可全是虚假的、错误的，亏得人们的脑瓜子想得出来，嘴说得出来！

"我所认识的某君，他家四代人都当教师，他本人也从事教育事业，然而，他选择其他任何一种职业都比当老师更适合自己。

"我还认识一位想学医的人。他本人酷爱旅游，当医生比当律师和工程师有更多的出行机会，然而他本人没有当医生的任何天资。

"人人都想成为画家，因为艺术家的生活是幸福和快乐的，是逍遥自在的。有些人选择法院的职业，因为仅是参加最高法院一次著名庭会，都能结识身穿精致长袍、戴着威严贝雷帽的司法界泰斗和其他令人佩服得五体投地的法律顾问。

"所有这些人都是为了一碗汤而出卖自己的长子权[1]。他们往往耽于幻想，出于虚荣心而廉价出售自己，结果，一切转瞬之间化为泡影。

"除了上述所有这些虚假的选择标准，我们还有一个凭主观想象来判断的'最佳'标准，就是这样一个标准，像其他标准一样把我们推向了致命错误的深渊。这个标准就是双亲对我们的亲情。当爸爸妈妈中的一位（也可能是他俩）向我们恳求，甚至向我们苦苦哀求选择这样的职业而不选择另外的职业时，我们如何抵御他们的请求？在这种情况下，达到头脑和内心的和谐着实不失为一种良策，但是头脑应占主导地位。当对某种选定的职业特别反感的时候，我们必须抵制这种亲情，向爱我们的人强调自己的理由。我们还要特别关注这个世界上给我们生命的人和比任何人都爱我们的人的苦苦相劝和再三请求，因为这种苦劝是从'爱'那里来的，肯定是权衡了我们择业的利弊后才那样做的，但是经过深思熟虑后，只要我们深信，别人所建议的职业令我们厌烦，我们就必须温文尔雅地坚持自己的意见，在这种情况下，我们的这些顾问终归有一天会认为我们是有道理的。在这个问题上，第一个法官应该是我

---

[1] 《圣经·旧约》中的一个故事，以撒的长子以扫因为一碗汤将长子名分卖给了其孪生兄弟雅各，意指只顾眼前的暂时利益而出卖灵魂的人。

本人。

"选择一种职业的唯一标准是我们的能力。职业不同，对能力大小的要求也不尽相同，这就是我为什么先前对你讲，研究你自己、了解你自己是选择职业的基础。我们必须花大力气好好地研究我们自己，长期地、深刻地了解我们自己，让我们根据自己的天资和能力来选择适合自己的职业。无论是适合做某些事情的那些才能平庸的人，还是适合做另外一些事情的那些才华出众的人，都必须选择我们的天资和能力向每个人呼唤的职业。即使一个天才人物，当他变得跟社会现实格格不入时，他也必然成为一个失败者。所有的人将自己的天赋作为行动的准则，他们全将是有用的公民。如果说，成功地选择一个好的职业有什么秘诀的话，那么这种幸运是花费大量心血换来的。要是我们对某种职业还拿不定主意，我们的兴趣还是模棱两可的、难以分清的，这个时候，我们需要更加长期、更加耐心的考虑以增强我们的判断力。随着时间的流逝，我们就能成功地发现到底什么职业最适合我们。这里还要提到亲情的问题。父母长期积累起来的可靠经验是能够而且应该对我们大有裨益的。他们以参谋的身份（而不是以教师的身份）向我们提供的帮助可以让我们认识并理解含糊不清的问题，并化解一个又一个难题。可以有把握地说：他们的亲情必然会把我们引向幸福、幸运，也许是荣耀之路。

"恩利科，你的老师肯定多次告诉你这样一个故事：在希腊的一座古神庙里写着三句箴言，这三句箴言概括了智慧的结晶——人类所有知识的精华，其中最著名的一句是'认识你自己'。

"恩利科，你看，'认识你自己'这句话蕴蓄着多少内容哟！请注意，我不可能将其包含的所有内容一一列举，只想提纲挈领地向你概述一下。

"'认识你自己'就是说要认识'人'这个已知世界的最高等、最复杂、最变化多端的动物。

"'认识你自己'就是说要认识生命的规律，因为人是生物世界中最生机勃勃的种群，也就意味着认识人这部机器在生活的波涛中如何搏浪击水，在未知的世界里如何顽强拼搏，奋勇向前。

"'认识你自己'就意味着你手中攥着一把用来测量其他所有人的最标准的尺子，又是一杆用来衡量人类鉴别力的最准确的秤。我这个'本人先生'是尺子中的一把尺子。要是我们善于使用这把尺子，那么，我们量出的尺寸将是准确的，按照这尺寸计算出的数据将是可靠的。

"'认识你自己'并不意味着看不起别人，也并不意味着自己从来都是正确的。

"'认识你自己'意味着你手中永远攥着一个箍头，如同紧箍咒那样紧紧套着大地上最猛烈、最强悍的动物——人。

"意味着你自己永远是操纵着命运大船的舵手，在人生大海的险恶波浪中力求一帆风顺。

"意味着你拥有财富中的财富，工具中的工具，力量中的力量，以实现人生理想。也就是说，你可以使用全部力量去获得自己和他人的幸福。

"悲观主义者、死气沉沉的人和灰心丧气的人终究会形成一个共同体，以逃避努力学习的艰辛。由于没有长期和深入地研究和学习，我们无法认识自己，于是大声呼喊：没有改变现实的手段，认识自己有什么用？我们还是不照镜子为好，否则它就照出了我们太多的毛病和怪异。

"我相信，改善现状的手段是存在的，显然，没有学校的国家是没有的。完成学业后，我们还必须继续进行自我教育。认识自己的弱项和强项是这个世界最有用的事情，因为这样可以避免给别人丑陋的形象，有条件地把自己打造成尽可能美好的形象。不认识自己的人总像一条想飞的鱼，想在波涛中游弋的鸟，如同田径运动员想画画，画家想做算术题，这些人全是社会边缘的人，是粗俗不堪的人和平庸之辈……所有这样的人是不幸的。

"我的恩利科啊，当你要选择一条终生必须走的道路时，你就要倾注所有的力量，集中一切智慧，穷极一切所愿、一切所能，以获得最优越的条件，避免犯错误，让选择有一个最好的结果。

"'选择'是一个把才能和学问——攸关人生之途的重大话题——集中于一身、语惊四座的伟大词汇。选择意味着你是个自由人，意味着你自己主宰自己的命运。对于选择，你是做得好还是做得坏，也就是说，要么选得好，要么选得坏，正如人们说的那样，证明你是一个愚蠢的人抑或精明的人，一个平民百姓抑或出类拔萃的人物。

"恩利科，你在一个不知名的地方或在几乎完全陌生的地方散步时，难道没有面对两条路的时候吗？你看看这一条，又看看那一条，不知道到底哪一条是你必须沿着走下去的，这时你不感到苦恼和不安吗？在这里，也有一个选择的问题，此时此刻，你即便选择错了，也不会造成太大的损害，可人生道路的选择就不那么简单了。你每走一步就面临着一个十字路口，更不用说是三岔口、四岔口了，这时候，你往往在决定走哪一条路时，绞尽脑汁，抓耳挠腮，坐立不安。这里大致指的不是路途的遥远或凹凸不平，指的往往是掉进沟壑还是进入喜爱的花园，是跌入万丈深渊还是进入一个好客的人家，若你进入后者，你会受到最殷勤、最热情的款待。

"在为游人指示的木制或石制的路牌上，用箭头标明着各条路通往的地方，可在人生漫漫的长途之旅中，路牌上却赫然写着这样醒目的词汇：幸福和绝望、荣光和耻辱、富裕和贫穷、美德和恶习。想想啊，还有什么重要的种群像我们有这样或那样的选择能力！

"恩利科，在你离开这里，回到都灵你父母家之前，我将把很多年前写的读书笔记送给你。本来盼望有一天能有个孩子，把我长期总结出来的经验和成果传给他，可上帝没有给我这样的慰藉，我那可怜的妻子仅仅病了三天便撒手人世，从此，我就孤独地生活在这个世界上。我为没有出世的孩子写的这些笔记一直放在抽屉里，现在我拿出来，供你阅读。等你将来必须选择职业时，再读一遍，不知道我的这些笔记对你是不是有一些用处。"

下面就是巴琪恰舅爷的笔记：

为选择职业而作的伟大歌剧的序曲

注意：整部歌曲就是一部连绵不断的变奏曲——认识自己。乐曲由亚当[1]第一次演奏。他因为不认识自己而失去了伊甸园[2]。在夏娃[3]的陪伴下，他在一棵棕榈树荫下，弹着竖琴，聊以自慰。

当你诚心诚意和用创新去精心培育职业时，没有职业是低贱的、丢脸的和耻辱的。

任何一种职业都有烦恼，任何一种职业都有利可图。

职业有好有坏，好的职业是由适合自己天赋的人从事的，坏的职业是与从事某种职业的人大打出手的职业。

跟世界上其他事情一样，职业是分等级的，一种职业是否崇高，是否伟大，是由对自己和别人是否有益来衡量的。

靠一双不熟悉的手来操纵，所有的职业都不会有收获。

每一种职业都深深地埋藏着鲜为人知的富矿。镐头每挖一次，付出每天的劳动，暗藏着的宝藏就会大白于天下。

每种职业都是从绝对无用的"零"开始，爬过无数平凡的阶梯，最后到达完美。

出类拔萃的鞋匠有权比无能的律师、无知的教授和蹩脚的医生更感到自豪。

市政府的书记员比笨头笨脑的参议员能干千百倍。

喜爱职业并结出累累硕果，其直接原因应归功于从事这种职业

---

1 2 3　亚当、夏娃是《圣经·旧约》中上帝最早创造的人类，他们生活的地方是上帝所创造的伊甸园。

的能力。

职业都蕴蓄着诗歌和理想。所有的职业，即使是最崇高的职业，如果操纵在无能之辈和不务正业的人手中，都会变得庸俗不堪，索然寡味。

职业如同森林中的树木。每种树木都是自生自长，但截然不同。拥有参天树枝的树木都在同一高度挺拔耸立，拥有最低枝茎的树木也在同一高度茁壮成长，整个森林高矮相间，错落有致。

当所有的人狂热地去追逐一种职业时，想想那些长期、从来都被很多人不屑一顾的职业倒是明智之举。

学习大家最了解的技能，然后再到一个地方去，在那里从事当地完全陌生的或不太为人了解的，但你早已学过的技能，不愧为识时务的俊杰。

职业如同商品一样，价值是由需求决定的。竞争决定着经济世界，也决定着职业世界。

非常喜欢，非常荣光，非常有利可图的职业，也就是某种理想的职业。

盈利只是喜欢某种职业的手段，与此同时，盈利还是判断一种职业能否赚到钱的最正确标准。

对你从事的职业，若你深恶痛绝，厌烦有增无减，无法克服，这就确凿地证明，你和职业之间已嵌入一个不和的楔子，这时候尽快脱离接触，以避免更大的痛苦，则是最佳的选择。

选错了职业，唯一的办法是坦诚认错，改弦易辙，此时此刻，高傲是改道的大敌。

顽固地坚持走虚伪的道路，错误越积越多，伴随原有的苦恼而来的总是新的苦恼，我们被深深埋在心底沉淀起来的怨恨吞噬着，不仅伤害着我们自己，还伤害着所有接近我们的人。我们，还有我们的父母兄弟姐妹和亲朋好友，都是不幸者。

凡是厌恶自己职业的人，每天都是破口大骂，怨天尤人，然而出于生存的需要，他们又无法改道，只好被迫从事不喜欢的职业。如同金银首饰放在为它们打造的温暖、柔软的丝绒首饰盒中一样，没有什么比躺在自己满意的职业温馨床上更舒坦的了。

第十七章　八种职业

巴琪恰舅爷还在他的笔记里对八种职业做了详细的评述：

农　民

倘若我能像开药方治病那样，用良方来决定职业取舍的话，我会给所有那些体弱多病的人、身体软绵绵的人和所有身心不健康的人开一个当五年农民的药方。要是这种药方果真奏效的话，我将把这种方子推广到全民中去，尤其是因为长期遭遇不幸，又受到各种恶习的毒害，人们陷入腐化堕落之中不能自拔的时候，更应去当农民。

大致可以说，腐败就意味着道德堕落。尸体和一切腐烂的物质只要埋进土里，它们所造成的危害就戛然而止。只要接触土壤，人们损伤的灵魂就可得到恢复。

所有职业中，没有其他任何职业比当农民更强身健体，更快乐，更有益处，更能结出累累硕果了。我打算着重讲讲农民。农民不该缺少面包，不该缺少洁净新鲜的空气，不该缺少舒适的住房。很不幸的是，意大利还有成千上万的农奴——希洛人[1]，他们大都遭受糙皮症和疟疾的折磨。正像欧洲版图内过去一个时期曾经盛行的农奴制度——这个最大的污点早已被一扫而光一样，意大利存在的这摊斑斑血污，也会如人们企盼的那样，很快将会涤荡干净。

农民始终应该是土地的所有者。农民有的为工业化付出了艰苦

---

[1] 古希腊斯巴达的国有农奴，这里指社会最底层的人。

的劳动，有的投入资本，同他人分享劳动成果，这样他们得到了公平的待遇，享受到了尊严，对自己的身份有了满足感。

农民的生活富裕了，在土地上过着比他人快活的日子。城市的繁丽被假象所迷惑，被吸引的城里人来到农田周围东游西逛，产生了对褐色皮肤、粗壮的农民在似火骄阳下汗流浃背干活的同情心，而农民也有充足的理由怜悯城里人，因为城里人成年累月地呼吸着被污染的肮脏空气，身体弱不禁风，成天神神道道的，感受不到难能可贵的阳光，更不用说闻到有益于身心健康的泥土芳香，享受绿草如茵的田野其乐无穷的趣味，嗅到青草发芽、树林飘散着的芬芳气息了！城里人应该经常喝些味美思增进食欲，服些安眠药睡个好觉。

我的孩子啊，若将来有一天你拥有一块属于自己的土地，让在土地上为你干活的雇农为你祝福吧！你跟他们朝夕相处，肯定会延年益寿的。农民诅咒人生，饥寒交迫，患糙皮症和疟疾是社会造成的罪恶，造成这种现象的人将会像盗窃犯和杀人犯那样受到惩罚。

大部分农民生来就是贫穷的。他们仅仅受过初等教育。发达的肌肉和在跟他们一样的父辈眼皮底下学到的些许人生经验是农民的资本。结果农民沦为身强力壮，鲜有智力，只会种田耕地的高手。

从种田的普通"士兵"中脱颖而出"将军"，他们有的骑着马，有的驾着马车驰骋在属于自己的土地上，指挥别人劳作。这时的佃农已经成长为自己和他人土地的管理者。为了从土地上获得更大的丰收而又不让土地丧失肥力，他们必须拥有超常的智慧和知识。这个时候佃农已不是普通"士兵"，而是一位"将军"了。他手下的人，包括自己家人和其他佃农听他的指挥，忠心耿耿地为他效劳。他已从佃农变为土地的所有者，是主宰一方水土的幸运儿。他在农田周围悠然自得地散步，满怀自豪地自言自语说："这土地是我的。"谁会有这样的福分呢！

农民比其他任何人都更接近大自然之源和生命的摇篮。要知道，那里是产生无限力量的圣地，是健康、财富和欢乐之地。农民是人类社会的第一个劳动者。他像一位君主那样驾驭着四大要素：气、水、土和火，并把它们变成我们的面包、酒和衣物。

一切都来源于泥土，最后又回归于泥土。艺术、工业、书籍、绘画、宫殿和钞票都是最先扎根于泥土的，供我们吃喝穿戴，让我们快乐的一切均来自我们整天整天踩着的大地母亲，然而，她对忘恩负义的孩子却毫无怨言，总是用微笑履行自己的义务。

农民首先是幸福的，因为他们沐浴在大自然的光辉下，初升的太阳向他们洒下第一缕光线，夕阳的余晖又向他们惜惜告别，露珠向他们含笑相迎，雨水冲走污泥浊水，天空是他们的天然浴缸。

大小生物，有的匍匐爬行，有的跳跃，有的飞翔，绿油油的草地，茂盛的灌木丛，迷宫般的幽深山林……这一切都是大自然恩赐给农民的神圣乐章。文化知识的贫乏使得农民难以理解诗歌，但他们却用眼睛、耳朵和皮肤来感受与汲取大自然的精华，同样过得无比快乐。农民长时间待在垄沟旁或树荫下，不跟任何人交谈，因为他们直接面对大自然，与其轻轻絮语，感受其脉搏跳动，琢磨其需求，抚慰其任性。

农民，即便是无知的农民也很少是胆小鬼或灰心丧气的人。只有跟伯爵和侯爵说话时，农民才显得局促不安，可他们每时每刻都在跟万物的第一要素攀谈。他们把唤醒熟睡万物的阳光、养育万物的土地、滋润着万物的水、净化着万物的火视为自己的家人和知心朋友。农民只是原料的生产者，而人类社会的其他劳动者则转换农民提供的原料，并摧毁其所做的一切。农民不仅向繁闹的市镇送去面包和肉类，还医好了我们的消化不良症。由此可见，农民不仅是我们的养育者，还是我们的第一个医生。

过上小康生活的农民来到城市，沿着大街小巷东游西逛，看到城里人的房子像一排排长长的衣柜和箱子，看到如同书店里陈列的书那样拥挤不堪的人流，看到在咖啡馆里的顾客摩肩接踵，想必他们对我们城里人的恻隐之心会油然而生，深深地真心实意地怜惜我们。

农民有充足的理由相信，草原和田野就是他们的地板，天空就是他们的穹隆。他们的房子就是没有钥匙、没有门闩和没有墙壁的田地和天空！

过上小康日子的农民比其他任何人都享有更独立的生活。他们无须为了准时到达办公室而时常看表，他们想休息几天，也无须在公文纸上向科长写请假条。太阳和大地是农民真正的主人，可他们不直接接受太阳和大地的指令。他们累了或感到身体不舒服，无须等主人同意，就可以回家休息。想抽烟，就可以躺在树荫下，衔着烟斗，无须上司的允许，尽情地抽个不停。他们的活儿干得很多，可干活是自由的。他们把人生的这种珍贵的快乐——每个人的尊严——视为最凉爽的树荫。如果说今天农民中还有很多奴隶，甚至大部分是奴隶的话，那么这种现象将一去不复返。这种社会极不公正的行为，再也不能延续下去了。法律有办法结束这种不公平，而机械化的进程将是结束这种繁重体力劳动的灵丹妙药，人们应该尽一切可能地参与减少人类遭受痛苦的过程，用心灵的汗水代替肌肉的汗水。

面对富人的所有蛮横无理和强权政治的一切专制独裁，农民只有当面一笑了之。他们边罢工边对大脑说出胃曾经对大脑说过的一句话："我不干活了，你有何想法？"

农民是独立自主的，是自由自在的，而他们的劳动是最有益于健康的。身体强壮、生活富裕的农民，比其他人都长寿。没有农村，没有强壮的四肢向城市源源不断地运送给养，用不了一个世纪，城镇人口将大量减少，欧洲的大都会将沦为不宜居住之地。到那时，只有很少的城里人说他们和祖父出生在同一个城市，而任何人都无法说出曾祖父的情况。

城市是一部机器，摧毁和吞噬为我们贡献一切的土地；城市是男人和女人催生花草和果实早熟、损害你生命的火炉；城市是产生持续不断的狂热之地，是压抑人类所有精力的巨大轧碎机。城市人追求时髦，怀抱偏见，慕求虚荣。这一切都耗损着美好事物最好的一面——满腔热情中最新鲜、最纯洁的东西。你必须每年用几周时间到农村这个巨大的、令人鼓舞的游泳池去经风雨、见世面，不然的话，倒霉的只能是你自己！

农民的劳作并不仅仅是独立自主的，也不仅仅是有益于身体健康的，而且还无限地、极大地愉悦着他们的心灵。希望就是未来，希望永远是人类快乐最美好、最可靠的源泉，希望没有终止的时候，永远闪烁在农民的上空。农民播种后，他就满怀着希望。农民看到金黄色的麦穗，他就心存希望。葡萄树散发出醉人的桂花似的芳香，农民看到了希望。一串串花的希望收获的是满满粮仓，是整桶整桶醇香飘散的葡萄酒，是充盈厨房的菜蔬和果品。

农民的生活交织着无限的希望，颇像一个欣喜若狂的观众沉着、从容地欣赏节目，他们目睹自己劳作的轮回往复，种子如何一天天转换成叶子，叶子如何转换成花儿，花儿如何转换成果实。农民每时每刻，日复一日地目睹季节的更替、大地的复苏。浅绿不经意间就成为一片翠绿，枝繁叶茂，果实累累，紫色或金黄色的葡萄串串挂满枝头。冬季万物休眠，可地下深处却涌动着新生命。春回大地，新生命便破土而出。

农民过着大自然恩赐的舒心、轻松、温馨的日子。农民简朴和清贫的生活，使得他们跟万物形影不离，亲密无间；万物为他们出生，为他们生长，为他们死亡。农民颇像主持宗教仪式的祭司，冥思中感同身受上帝就在自己身边。农民也是大自然的祭司，他们比其他任何人都贴近大自然，与大自然心心相印，对大自然顶礼膜拜，情深意厚，永远虔诚。一个没有种过地的人，他怎么也想象不到，当农民手里拿着一个硕大的梨掂量来掂量去准备出卖时，他享受多大的乐趣哟！要知道这个从四月开白花到长为成熟的梨是他精心培育出来的啊！农民痴醉地望着眼前的一大堆小麦，要知道，每一粒小麦都浸润着他滴滴汗珠，这个时候他是多么的兴高采烈呀！农民听到从酒桶里汩汩地流出清香美酒时，他是多么的满心欢喜啊！在他看来，从滴滴酒中仿佛升腾起一线阳光，感到那里有他辛劳的汗水。农民既有喜悦和乐趣，又有懊恼和惋惜，不过后者与前者相比，是微不足道的，好像清澈的天空也俯瞰鲜花盛开的大地，细细品味，长时间欣赏，跟农民一样分享快乐。

　　农民也有职业之分。在这支朴素的大军中，有菜农，有园丁，有牧民，有在田间劳作的，有外出打零工的。农民翻地，剪枝嫁接，或者赶着牛羊来到草原和森林放牧。我们的指挥官和将军均来自这支劳动大军，他们为实现祖国的工业化、为自己的富裕创造着宝贵财富。菜园的耕作和丰收的喜悦都仿佛集中、封闭在一个狭小的天地里。

　　一棵果树就跟一个人差不多。一个飘香的果园就是一座充满生机的学校。挂满枝头的果实如同茁壮成长的孩子们的金黄色和棕色的小脑瓜，终有一天，孩子们的脑袋会长成大人的脑袋，甚至成为英雄的头脑。

　　园艺家颇像在一排排课桌间走来走去的老师，欣赏着片片果园，想起对果木嫁接、中耕和剪枝的厚爱，想起经历的种种艰辛，如同老师把小孩子培养成公民那样，把一棵棵幼苗培植成枝繁叶茂、硕果累累的大树。

　　园艺家在他的园子里转来转去，一个一个打量着他的"学生"，对"他们"絮絮不休地叙说着什么，每个"学生"用微笑来回报他。

梨树笑吟吟地回忆起自己漫长的成长经历。从破土而出之日起，园艺家就对它精心培育，它渐渐长成指向湛蓝晴空的大树，青枝绿叶，如同迷宫密密层层。春季，雪白的花朵雨点似的纷纷扬扬，青涩的幼果变得微红、光亮，它们感受着人们的抚爱与温柔，园艺家靠手臂的力量和额头的汗水将它们转换成累累硕果。

园艺家对果树和果子是这样的一往情深，他们首先将凭高超园艺技术培养出来的最好水果送给朋友和市场，而自己专吃最干瘪和长得不好的小果。在这些醉心于自己职业的园艺家衣袋里，或在他们制作烟筒的薄板上，你会找到或看到人们从窗口扔下的、他们又捡回来的腐烂杧果、发霉李子，要知道这些被遗弃的该死的"残羹剩饭"也有它们的故事，同样是人类历史的见证，土地所钟情的圣物。

园艺师从果园走进菜园。一片片嫩绿、鲜亮的甜菜和生菜生机勃勃，他悠然自得地漫步其中。他徘徊在高大的棚架前，上面挂满了红似火的西红柿；他迷恋的目光停留在茁壮挺拔的芦笋上，流连忘返；他痴迷地望着光亮、紫色的茄子和个头硕大的球状南瓜。那么多不同的品种，那么多不同的色彩！到处是一派生机！谦卑的森林葱翠茂密，宽大巨型的叶片犬牙交错，如同绿色的油彩那样耀眼。果树丛丛，黄的、金色的、白的、紫红色的花……这一簇，那一片地争奇斗艳。果实累累，有的挂在高大交错的枝丫上，有的从枝杈上垂下来，有的舒舒服服葡匐在地面上，有的依偎着细小的支柱而悬在半空。菜园、果园、森林树木浑然一体，织成锦绣山河大地。

漫步在精耕细作的菜园里，看不见任何一棵植物是忍受着干渴的，没有任何植物是不开花结果的，不开花结果的植物的叶子是残缺不全或是枯萎的。走进这样的菜园，就如同置身于豪华的餐厅厨房，一排排身手不凡的厨师为客人准备着丰盛的筵席，一股股香喷喷的味道从平底锅里扑鼻而来，强烈地刺激着客人的味觉，让其胃口大开，馋涎欲滴。

啊，园艺家是多么幸福的人哟！他兴致勃勃时，经常检阅他那无数的、不同层次的"臣民"，向"他们"说几句悄悄话，从其豆荚和果实那里找回人类性格的漫画。

菊苣，其叶虽苦，却能治病，而且越绿越苦越有效。菊苣颇像一位粗鲁质朴的正人君子，对所有认识的人，说着自相矛盾然而真切的话：良药苦口利于病。

莴苣看似懒散、呆滞、睡眼惺忪，实则可视为信赖的朋友，矗立在生命的花坛里，难道它不是代表着温顺、憨厚的形象吗？

芦笋像早熟的少年，很快地长出多汁、鲜美的嫩芽。要是不及时采摘，果肉就会疯长，变成毫无价值的细小茎条，更不用说什么味美可口了。

西红柿颇像很少洗澡、缺少芳香的"农民"，但它向你奉献的却是鲜红多汁的果肉。它是像"平民百姓"一样身强力壮、对身体大有益处、大家都喜欢的"当家菜蔬"。

茄子，其果实有绿色和淡紫色两种。为了外表的色泽光亮，它所吸收的营养被消耗殆尽。茄子是一种"轻浮"的蔬菜，用刀子剥开它，果肉乏味、粗糙，给人以虚荣的花花公子的形象。

自豪和傲慢难道不正是品种各异的南瓜的写照吗？南瓜看起来很大，里面却空洞洞的，果肉差不多净是水分，个头再大浸进水里也总是轻飘飘地漂浮着。南瓜颇像一个不能独立的人，别看它枝叶茂密，不过是一种假象，它这是缠绕在别的树木的枝头上，才显示出鹤立鸡群的样子，似乎要比其他植物长得更高。但你只要用尖石块碰它一下，或者用小刀划一下那脆弱的茎，它将马上遭遇灭顶之灾。巨大的南瓜躯体全是空的，于是它很快倒栽葱般地掉到地上。

乍一看，香瓜有点儿像南瓜，但它"心灵美"，从不奢望"高人一等"，顶着小巧玲珑的黄色花冠，把美味可口、芳香开胃的果实默默无闻地藏在田地的垄沟里，实在是一位沉默寡言、谦虚谨慎、忠于职守、不求功名的正人君子形象！

辣椒，其样子弱不禁风，任性，颇像小孩子那样爱发脾气，它"为人刻薄"，善于讽刺、挖苦，能用来腌制各种各样的小菜，它的"每句话"都等于一个刺棒，"每个眼神"都等于一滴四溅的"毒汁"，给人以"造谣中伤者"的形象，如同一幅讽刺漫画。

马铃薯看起来是个"憨子"，实际上，它树立起一个骨子里有着善良美德的平民百姓的形象。

萝卜的汁液酸辣刺鼻，可它并不是一个粗野鲁莽的"汉子"。

芫菁、菠菜和甜菜全都奇形怪状，是一些粗俗到给人带来快乐的"活宝"，是一群"芸芸众生"，可以用任何调料来烹调，就像一个人过着没有荣辱、默默无闻的普通生活，颇像那种既不招人喜欢，又不给别人带来麻烦的人。

向日葵抬起臃肿笨拙的头，居高临下地傲视"寻常百姓"，它是把光宗耀祖的希望寄托在院士头衔和爵士称号的那些人的最忠实代表。盘子似的金色花冠宛如绶带系着的勋章，模仿太阳的样子滑稽可笑，沾沾自喜的虚荣心，跟实实在在的荣耀不可同日而语。向日葵是草本植物，却要摆出一副大树的架子，然而它那高大挺拔的茎、如同蒲扇的叶片、圆盘状的花序，最终收获的仅仅是喂养鹦鹉的种子！

园艺家从菜园收获的不仅仅是审美的乐趣，还为自己收获里拉，为国家收获银币。但愿有更多的人能从事这种有益于身心健康、享受快乐的美好职业。在意大利仅仅一代人中，就需要有数百万的新人注入这个行业。

读了我的文章后，哪怕只有一个人爱上了园艺事业，或者为意大利又增添一个园艺家，那我也是很高兴的。假如这个园艺家变得富有了，死前把自己的经历写成一部书，激励更多人立志去从事园艺事业，那我就更高兴了。

我们的国家阳光充足，土地肥沃，可培育出来的草莓和甜瓜却赶不上法国，梨子比不上英国，马铃薯不如德国，我们应该感到惭愧，这种惭愧还要持续多久呢？

园丁是农民。他在花圃的架子上，在温室中精心培育花儿，精选最艳丽的花朵，编制成色彩缤纷的花圈，吊祭逝去的友人。

园丁是画家。他从大自然的画板上索取颜色，用其画出从大自然中永远也生长不出来的花朵和枝叶。

园丁是艺术家。他收集散落在时空中的音符，用自己灵巧的双手创造出引人入胜、形式各异的和谐乐章。

园丁是魔术师。他以迅速敏捷的技巧来掩盖实在的动作，用新鲜的色彩和新颖的形象，神奇地向我们展示新型的创造物，使我们感到这是他施展魔力的结果。

啊，园丁是多么幸福哟！他种花、养花，促使其茁壮生长，让其永远繁衍生息。他徜徉在花的世界里，过着美好的日子。园丁比教师幸运千百倍。做教师的，他要培育最丑的、最忘恩负义的"人类植物"，而园丁只需从花坛中、从温室中除掉那些不美、不可爱的就行了。他爱好看的花，但并不因为其好看就心满意足，原因是他喜欢最美的花。

园丁真幸运！他只为培育美丽、繁衍美丽而活着，为更快乐的生活增色添彩，把耳目一新、总是受到赞誉和迷人的素材奉献给美的研究者。这位幸运儿把创造美作为自己的天职，在花丛中徘徊，用鲜花去收获赖以生存的面包。我航行在茫茫大海上，在商人的办公桌上消磨了大量时间，跟大地上其他所有生物相比，我最喜欢花儿，一直羡慕园丁，甚至我觉着园丁吃的面包也散发出更为芳香的气息，如同他播种、收获的鲜花那样散发出浓郁的醉人幽香。

并不是所有美观都是园丁感兴趣的。他培育的新品种，为科学研究提供了极为丰富的研究材料，为国家的富裕提供了大量的财源。像意大利这样肥沃的土地并没有收获属于她自己应该收获的所有作物。尤其是在花卉栽培方面，荷兰、比利时、英国和法国已远远把我们抛在后面，这是我们的另一个耻辱。我们的阿尔卑斯山脉生长着极地[1]的所有最美丽的花卉，我们意大利的南部和其他岛屿大面积地生长着北非最美丽的花卉，还有冰川的火绒草和龙胆、澳大利亚的金合欢和好望角[2]的石楠都可以在意大利种植，它们编制成一束花该多好看！

啊，我要能用一根魔杖把一半的意大利蹩脚小职员变成更多的园丁、园艺家和农民，那该多好！若做到这一点，意大利将会更健康，农事女神"萨杜妮娅"手中也会少一些愚笨痴呆的人！到那时，将会有多少科长向我们提供他们登记册中最美味可口的芜菁啊！会有多少从事园艺行业的处长向市场提供他们卷宗中最丰满的南瓜和他们称之为清脆可口、易于消化的黄瓜啊！

农民也总是牧民。一个完美的农民同时也要经营牧场，修建羊圈及牛舍，这就等于一杆秤上的两个秤盘子，牧场是牛长肉、绵羊长毛、山羊产奶的圣地，从圈里出栏的家禽和牲畜源源不断地运往市场。

有时候，一个人仅仅经营畜牧业，也算地地道道的牧民。他们成年累月地生活在野外，跟天空、花草和羊群交谈，对他们放养的数也数不清的每个"活宝"的情况了如指掌，如同家人亲密无间，无话不说。

畜牧业是一种有益于健康的职业。这种身份卑微的行业，鲜

---

[1] 极圈以内的地区。

[2] 位于南非共和国，是非洲最西南端的岬角，原称风暴角，后改为好望角。

有晋升的机会，不需要太多的智慧，不需要付出太多的辛劳，然而，只要沿着长长的阶梯，便可从低下的地位变成大群牛羊和马的饲养者，成为富有的人，完全可以为国家的繁荣昌盛大显身手或效犬马之劳，并以此为自豪。意大利为怀有雄心壮志的人提供了广阔的空间，你完全可以在这片热土上摘取桂冠，在人类进步的史册上赫然地写上你的尊姓大名。现在，最好的羊、最漂亮的马和长着最细毛的羊都可以在阿尔卑斯山脉一带找到。以前曾有过一个牧羊人当上国王的记载，如今的印度，把一位强大君主的尊称赐给了一位牧民。

最好到南美洲亲眼看看一个牧民到底有多么重要。

布宜诺斯艾利斯[1]、科尔多瓦[2]、恩特雷里奥[3]、圣菲[4]和阿根廷共和国的其他所有省的牧场主，可以说全是大地上最有福气的人。他们骑着银光闪闪的骏马，尽情驰骋在大草原上，"检阅"千百成群的肥壮牛羊，或者把它们驱赶到围场去打印出栏的标记。马蹄的嗒嗒声在远处回荡，牧人以拥有这支属于自己的生气勃勃的大军而自豪。

孩子啊，你别以为当农民和其他类似的职业一切都是美好的，任何职业都有危险和烦恼，正如一枚奖章有正面和背面，每天有昼夜之分一样。

农民、园艺家和园丁成年累月地经受各种环境的洗礼和考验，比别人更容易遭受关节风湿病的折磨，并由此而酿成大病，但与生活在野外，能享受充足的阳光，有益于身心健康相比，上面提到的弊病实在是微不足道的。

其他的巨大灾难是突如其来的暴风雨带来的，一年丰收在望，会在短短几小时内化为乌有，保险公司也无法赔偿农民的巨大

---

[1] [2] [3] [4] 均为阿根廷的地名。

损失。

新的、可怕的病虫害对牧场来说，如同一场残酷的战争所带来的灾难。仅葡萄树遇到的病虫害比人类中的败类还要可恶可恨。

时刻出现的经济问题也困扰着农民，比如销售产品的市场突然关闭，在无法与外国产品竞争的情况下不断改种作物，以最低的价格出售小麦和油料。所有这些伤心与痛苦都搅得农民心神不宁，尽管他们多么勤劳，多么聪慧，付出了艰辛，一年下来却鲜有所获。

灾难并没有结束，过上小康生活的农民或者富农、地主在努力经营自己土地的同时，也离不开别人的鼎力相助，这样他们会随时与别人发生摩擦，纠缠不休。也许他们的无知阻挠了事业的发展，也许他们掺假的产品大大影响了其销售，劳动成果得不到应有的回报，更为糟糕的是颁布的法律首先保护的是国家的工业化，结果农业本身抑或在这一领域内被排斥和被蔑视的人的极端贫穷化反倒使农民丧失了理智，成为扼杀自己的元凶。农民们的所有这些敌人都是不可能轻而易举被打败的，反而搅乱了农民未来宁静的心灵，把城市狂热病派生出来的那种担惊受怕和焦虑不安带到了他们赖以生存的大地乐园。

海 员

我的孩子啊，如果向别人建议什么样的职业是最好的话，我必须热情地对你说，到船上去，驾着帆船随风荡漾，搏击风浪，航行在无国界的海洋上，这是所有大无畏男人的事业。去吧，把印度的钻石，斯堪的纳维亚半岛的毛皮，澳大利亚的羊毛和美洲的糖带回你的祖国！你可以在甲板上悠然自得地漫步，上帝把那小小的天地作为家园赐给你，你可以听到各国的语言，尽情地欣赏各地的美景。历经风风雨雨，你的体魄锻炼得更加健壮，带着无限美好的记忆返回故乡，而你从世界五大洲带回的纪念品足以把故乡打造成一座富丽堂皇的宫殿。

这里我并不打算向你夸耀海员的行业是多么美好，只想提纲挈领地做些简单的介绍。如果我的描述是真实的话，你将很快知道我描绘的画像是哪个人，正如塔西佗[1]所希望的那样，你将平心静气地做出正确的判断。

　　没有强健的身体和勇猛如狮的顽强意志，你是当不了海员的。搏击海浪需要勇气，作为船长，为了搭救在你船上的所有人的生命，这种勇气更是必不可少的。

　　假如你手臂有力并有顽强拼搏勇气的话，假如你爱挑战新事物并勇于应对意外事变的话，假如你能忍受饥渴和不挑食的话，假如海水咸味的芳香不会让你忘乎所以的话，假如笼罩在大海上每天的死一般寂静不会把你的心灵变成一片荒漠的话，假如长期怠惰的烦恼顷刻间冰消瓦解而激荡于胸怀的感情波涛不会引起你惊慌失措的话，假如艰难困苦的事业对你有吸引力的话，那你就去学会如何使用指南针和六分仪，做个海员吧！

　　空气清新纯洁，吃起东西来胃口大开，品尝腌制鳕鱼干比野鸡的味道还美，眼前逍遥自在的快乐生活与惆怅无声的甜蜜回忆交错成美妙的乐章，大海和天空连在一起，烟波浩渺，无边无际。看似一成不变的景色——阳光、波浪和长空实际上每天都向你展示着新的画卷，你伫立在船头，其乐无穷啊！

　　你要是不想成为俯首称臣的海员，那尽快成为船长，这样，你就可以享受指挥他人的无限快乐，成为对所有"臣民"（即所属你的船员）行使绝对权力的国王。只要你善于用温柔之心去调和严肃的纪律，那你会成为受到爱戴的另类带头人，比如说船长、将军、厂长或商店的老板等，这些正是我希望你能做到的。

　　长年累月地忍受无限孤独和寂寞生活的海员都是同一家庭的成

---

[1] 塔西佗（约55—120），古罗马元老院议员、历史学家，主要著作有《历史》《编年史》等。

员,而船长则是他们的一家之主。家越小,连接他们之间的爱则越深,没有任何一家像一条船(即便是一条大船)上的人们那样更亲密无间了。窗户是小的,卧室如同盒子,然而,窗户和卧室伸向宽广无边的地平线,引起人的无限遐想。海面就是地板,长空就是天花板,世界上没有其他任何一个地方的人会同时很好地感受到自己是这样渺小,又是那样伟大;也没有任何一个居住地的人能浓缩这么多的爱,能引起这么多的沉思了。一条船就是一座安乐窝,一座在空旷寂寥中悬挂在蓝天碧水间的安乐窝,人人都爱这个安乐窝,蜗居一隅,展开想象的翅膀,在无限空间翱翔,着力培育无限的爱。

轮船起锚后有多少大大小小的怜悯留在了岸上啊!又有多少看似难以化解的怨恨在无边无际水天一色的阳光照耀下的海面上顷刻间烟消云散了啊!天空晴朗透明,阳光灿烂,使得霉菌和蕈菌不能繁殖和生长,通风不畅时,它们会像腐烂物毒化空气一样也毒化人们的灵魂。

海员留在陆地上的亲情一直在漂浮的温馨安乐窝里保持鲜活的印象,永远留在他们的记忆中。远航归来的海员往往长时间陷入对往事的沉思和回忆,重新燃起了尽快踏上另一次征途的希望和渴盼。没有其他任何一家之主能像海员那样更温情的了。他们把对自己孩子的思念深深埋在心底,在寂静无声、沉思默想中,孩子的形象每时每刻都浮现在他们的眼前。只有穿洋过海周游世界后他们才会热烈亲吻自己的孩子。

颇像给轧钢添加淬火[1]那样,大海的生活可以把人的性格磨炼得更为坚强,使人格变得更为完美。航海生活使人勇敢,养成宽宏大量的美德,向我们展示了人们亲情的全部价值,让我们变得仁慈厚爱、慷慨大方。生活在大海上的人颇像宿命论者,但这肯定不会影

---

[1] 把金属工件加热到一定温度,然后浸入冷却剂(油、水等)急速冷却,以增加硬度和强度等。

响他们的幸福生活。热情奔放的海员明天面对的可能是死亡，可今天要尽情地享受比别人更丰富的生活，是逍遥自在、无忧无虑的生活，然而确实是高尚的生活。他感到身强力壮，胃口好，吃得多，睡得香，多么惬意啊！

我想当大地上的农民，大海上的水手。假如一个人在有限的生命中既当了农民又当了水手，他就在死前从天地万物中最基本的两个元素——土和水[1]中获得了理想的快乐。气还不是属于我们的（气还指天空、苍天，这里寓意上帝——译者），火不是为我们所用的（这里的火是引申词，寓意地狱、烧杀和洗劫——译者）。我的孩子啊，你要是像你父亲那样想成为一个海员的话，你务必牢记：向这个方向努力，让意大利重新获得与它相匹配的世界海洋地位。几年前，意大利的商船在欧洲位居第二，今天它已落后几个台阶。这对横跨两大洋，作为连接东方和西方桥梁的意大利来说，简直就是不幸和耻辱。

海员的生活也有阴暗的一面。没完没了的危险，无穷的苦恼和焦虑，透支体力，劳累过度。

永无止境的责任心，包括远航中对遇到的人的责任心。

非自己所愿的松懈和懒散，还有棘手的难题，过多的应酬。经常品尝跟家人、朋友和祖国的长期分离之苦。

必须经受因忍受和执行严格纪律而带来的苦恼。

商　人

我们几乎都是商人，买卖东西是习以为常的事情。地里收获的果实，我们的知识和学问，我们的建议和思考，甚至我们的赞美之词都可以进行买卖。

但是还存在一个专门从事商业、穿梭来往于生产者和消费者之

---

[1] 古希腊哲学把土、水、火、气视为构成一切物质的四大要素。

间的特殊阶层——商人。商人手中握有大量商品。每种商品出手前，商人都要加价，因为他必须赚得一些钱，作为他付出辛苦和花费时间的回报。有些当地生产的商品值一个索尔多，经过很多商人中间倒腾，贩卖到市中心成为消费品时，就值十个索尔多了。

从卖火柴盒的小商贩发展到赫赫有名的罗特斯吉尔德银行世家[1]走了很长很长的路。可是消费者始终被相同的商业运作所左右。有的人将价值四个银币的货物卖了五个银币；有的人将九百万里拉拿到证券交易所交易，结果卖了一千万个里拉。

贱买贵卖，今天贱买，明天贵卖是所有商业运作的基本规则。如果大家都按规则办事，像按字母表那样发音，分音节遣词造句、写文章做报告，那么，商业的这种运作可以说是严肃认真的，可严肃的合格的商人是屈指可数的。

一个完美的商人必须具备很多美德。

首先，要有敏锐的目光，从不上当受骗，选择好买卖的有利时机，有些人嗅觉灵敏，能够捕捉到最佳商机，像训练有素的猎犬一样，能够嗅出空气中和远处的异味，不放过任何一个猎取的机会，而另外一些人本来可以捉到困兽犹斗的野兔，可视而不见，结果一无所获。

其次，拥有经济头脑是商人最主要的素质。你要是糟蹋和挥霍掉淘来的第一桶金子，那你就会陷入困境。第一桶金子来之不易，谁不精心保管好一百个里拉，他就没有希望聚积一千个里拉。

再次，只有敏锐的目光和经济头脑还不够，还需要有很大的耐心。耐心是为了坐等猎物的出现，窥视其动静，随时捕捉。商业活动如同变化无常的天气，让人难以捉摸。有时阴雨连绵，有时晴朗透明，有时阳光灿烂，有时暴风雨可以把粗大的树木连根

---

[1] 欧洲著名的家族，发展成19世纪欧洲经济史上有影响的银行集团。

拔起，有时雾霭蒙蒙，有时热浪滚滚。每种天气的来临都是有征兆的。做生意有顺风顺水的时候，也有举步维艰的时候。

想发财致富，喜欢城市生活并且有从商天赋的人，那你就选择做商人的职业。除了赚得盆满钵满外，你还可以享受宁静的快乐生活，体验诗歌的乐趣。

挖掘、寻找和推出新的财源如同发现并征服新大陆那样极具诱惑力。在一些充满冒险的交易中，商人激情满怀，感受到强烈的心灵震撼，凭借精神激奋这个平台，商人可以到达遥远的彼岸。这时候的商业似乎是赌博的代名词，投机成了一种恶习或孤注一掷，往往与对手拼个鱼死网破。

有些人并不总是积累了大量资本才开始经商的。交上好运的人，或者获得巨大成功的商人，起初是靠经营店铺和货栈完成原始资本积累而带来滚滚财源的。一个变富的人，在创业之初往往是很少通晓经营管理之道的，他必须尽快懂得一个铜板的价值，学习如何将一个铜板变成一枚银币、一张价值一千个里拉的钞票。

商业领域的竞争与搏斗给其本身蒙上了一层迷人的神秘色彩。

激烈的竞争富了个人，也富了国家。世界上的第一批商人是英国人，他们也是最理想的诗人。尽管英国人把买卖变为他们生活中最重要的交易，然而，他们足智多谋，其所蕴藏的文化财富也是名列世界前茅的。

我们中间存在一种偏见，认为经商是卑贱的。要是每种职业由卑贱的双手来操纵，职业也就变得卑贱了。诚实的人从事商业，职业也就变得高尚了。一家货栈的老板靠诚实的劳动，用大大方方赚来的钱维持生计，逐步过上了舒适的生活，而一位卑微的小职员尽管每天干六小时琐碎、无聊、辛苦的活儿，挣那点儿血汗钱还不够养家糊口，并且经常遭一个或其他一百个迂腐白领人的白眼和斥责，试问货栈老板难道没有小职员高尚吗？

孩子啊，如果你觉着自己有经商的天赋，我并不反对，那你就去做商人吧。但我首先提醒你要始终考虑一下人生岁月的最后理想。也就是在你进入老年前，不再经营店铺或货栈，以便能享受宁静的休闲时光，在人生的最后几年能过上称心如意的日子。

当你在青春年华时期，或者进入成年后，感到身心疲惫的时候，你不妨每天至少抽出一个小时做一做诗歌、艺术和文学的梦。那些总是一心一意想着赚钱的人，不管主观愿望如何，最后总会成为拜金狂。这个时候展现在你面前的不再是什么金银财宝和钞票，而是心灵的枯竭。很多人本想有一天能享受因积累财富带来的乐趣，可是他们的爱心早已消失，热情早已殆尽，所以无法享用经过千辛万苦积累起来的财富。这就好比有人辛辛苦苦准备好一席盛宴，可坐到餐桌即将享用时却胃痛难忍，再也没有一点儿食欲了！

经商的另一个危险是失去透明度，只顾昧着良心赚黑钱，滑向一个又一个深渊，我们必须做一个自尊和值得他人尊敬的商人。商海中，十足的恶棍是很少的，但奸商、投机分子和商业的诈财骗子是屡见不鲜的，这些人的行为如同一个个阴影使商业这个行当黯然失色。尽快让大家心悦诚服的最好做法是靠诚实发财致富，诚实是信用的基础，信用是一笔资本。

我记得自己在普拉塔[1]有过从商的愿望。我恳求一位当地富豪给予指导和帮助，可他没有问我有没有资金，而是问我守不守信用。为人不老实正直、绝对可靠，怎么会守信用呢？

工业家

工业家是商人的难兄难弟，又是交往甚密的亲戚。

工业家不仅出售别人的商品，还生产商品，或让别人销售他的产品。

---

[1] 阿根廷一地名。

工业家是国家最有功劳的公民之一。当他们成功地生产一些优质新产品时,就等于为国家财富的增加开采了一种富矿。

英国人、北美人是世界上最富有的人,因为他们的工业向其他地区提供了优质廉价的产品。近几年,德国正全力以赴改造老工业,打造新工业。

我想起曼特伽扎教授去年在我的花园里给我讲起的一件奇闻趣事。

曼特伽扎教授荣幸地受命参加了一八八五年冬季在柏林举行的刚果学术会议。他有机会在一个晚会上与德国皇太子做了长时间的交谈。晚会是由皇太子在他下榻的宫殿里举行的,以招待前来参加会议的全体成员。

皇太子面带微笑,举止优雅,是欧洲最富有同情心的人之一。他问曼特伽扎教授对柏林有什么印象。

"很好。"曼特伽扎教授回答。曼特伽扎教授三十年前曾到过柏林,三十年后柏林已成为世界最壮丽的大都会之一,他再也认不出这座城市了。

皇太子彬彬有礼地微微一笑问:"您认为我们真的有进步了吗?"

"是的,殿下!你们用武力战胜了法国,而且你们在工业尤其是在文化、艺术产业方面也想战胜法国。"

"这是我所盼望的,也准备全力以赴达到的唯一胜利。"

皇太子说得完全对。在各国人民以文明为主的竞争中,胜出者肯定能到达胜利的彼岸。工业的发达意味着可以为贸易的发展带来广阔的空间,意味着硕果累累,经济繁荣,征服世界。英国可以为拥有一支强大的舰队而自豪,但是如果它没有充裕的商品,没有可供各国享用的商品,它根本不会成为目前这样最强大的文明国家[1]。

意大利产品种类不够丰富，质量也差，还是个贫穷的国家。当我得知具有高尚灵魂的比西奥[2]准备在印度开辟意大利商品新市场时，我毫不客气地问他意大利在印度出售什么东西。对于我的问题，他很尴尬，不知回答什么，只是脱口而出："火柴，少量的油和通心粉！"

近几年，我们花了很大的力气来摆脱大大落后的局面，避免做欧洲工业化的尾巴，可我们依然处于中等水平，还需要做出坚持不懈的努力来改变这种状况。

孩子啊，你要是能在别国学到一些先进的工业技术，并引进到你的祖国，我将从内心深处为你祝福，向你这样一位功德无量的公民致敬！当你在自己工厂的车间里走来走去时，听到的将是机车的汽笛声、机轮的吱吱嘎嘎声、各类机械有节奏的轰鸣声以及工人们的低声细语。这个时候，你才会感到自己是巨大动力实验室的国王和王子，是创造财富这巨大源泉的老板和霸主。只有这个时候，你才有可能扬起高昂的头，看到"各类资源"在你卓绝出众的帝国（你任其总理）版图内向你"卑躬屈节""俯首听命"，才有可能自豪地把面包和财富带给数以百计的工人。他们将是你意愿的忠实扮演者，是按照你的理念打造起来的、得心应手的工具，你教他们如何把力学原理抑或千变万化的化学魔法运用到机械器件上去。

艺术家

孩子啊，倘若有一天你成为艺术家，我会向你祝福的，我还要向大自然祝福，因为它把大地上最值得羡慕的礼品之一——艺术家的称号馈赠给了你。

---

1 一百年前，英国就是世界上最强大的国家。
2 比西奥（1821—1873），意大利民族英雄、参议员。

艺术家是造物主的竞争者。他是个魔术师，会把白垩土捏成各种模型，手执画笔或角尺，把一块寂静无声、无动于衷、坚硬如铁的原料打造成一件会跟你说话、向你微笑和哭泣的栩栩如生的物体；是个在人行走的羊肠小道上撒满鲜花的魔术师，而这些鲜花永不凋谢，冬季跟夏季一样争芳斗艳，跟怒放在王子宫殿里的没什么不同，也同时永远盛开在穷苦人家的栅屋草舍中。

跟其他所有动物一样，人类每天都要吃喝拉撒睡。艺术家也跟普通人一样，打造安乐窝并蒙头大睡，可他感到周围的一切并不是一个生龙活虎、称心如意的世界，他想用新物体去塑造一个全新的世界。他觉着人们需要欣赏美的事物并且去创造它。这就是少数人创造美，大家欣赏美。

这些少数人被称为艺术家，我把音乐家也冠以"艺术家"之名，尽管二者的作品属于大相径庭的层次。艺术家是出类拔萃的人，是超越国王，超越征服者，甚至超越科学家的人，"芸芸众生"对国王、征服者和科学家表达了应有的敬爱和尊重。这些人去世后，人们轻而易举地为他们塑造起一组组歌功颂德的大理石或者铜雕像。满腔热忱的人民献给伟大艺术家的不仅仅是冷冰冰的身后雕像，还给他们戴上用月桂树叶和玫瑰花编织的花冠，上面镶满黄金和宝石，在一阵阵颂歌声、一片片赞美欢呼声中直插云霄，永放光芒。显然，这一切都是公平合理的。我的上帝啊！公平在人们的心目中只占太小的空间，而人民世世代代将永远首先歌颂的是所有美的创造者。

孩子啊！你要是成为一个伟大艺术家的话，将会受到人们的祝福，受到女人们的敬慕。你就像一座艺术宝库，即便去世后，也将像活着那样永远享有比别人更多的荣耀。

要是你成了伟大的艺术家，要记住我说的话啊！就艺术而言，是无法容忍中庸之道的。任何一种职业，一定的爱好是必要的，同样，要从事这种职业，强烈的爱好，非常强烈的爱好是必不可少的，而且须是不可逆转的。

不管怎么说，只要怀着良好的愿望，凭借自己的才能，一个人迟早会成为一个好工程师，一个好商人，一个好医生的，但是如果没有感受到上天对你艺术的呼唤，你的内心深处还没有被"我要做画家，要做雕刻家，要做建筑师"这种呼唤震撼的话，你还没有焕发出一股炽热感情，没有对艺术的一片痴心，没有战胜一切困难、扫除一切障碍的勇气的话，你不可能成为一个艺术家，只能是一个中庸之才，换句话说，你就是人世间最不幸的人。

人生所有职业中的人们，平庸之人占绝大多数。然而，平庸之人也照样幸福，照样对别人、对社会有用。可平庸的艺术却是荒唐可笑的，平庸是艺术的致命伤，可能导致灾难性的后果。

艺术是生活的奢侈品，然而，用橡皮膏粘起来或用曲别针穿起来，勉强凑合的奢侈品是滑稽可笑的，是丑陋不堪的。奢侈品并非必需品，但是，你要想拥有它，就得有财富和实力来支撑。平庸的艺术家如同披着金箔纸外衣而讨要施舍的乞丐，是没有军队的王位觊觎者，是用最残酷的手段，竭尽所能追求奢侈品的活生生的标本，这是亚当的子孙所遭受到的最痛苦的折磨。孩子啊，你要三思而行哟！

一个伦巴第年轻人从孩提时代起看来就有很高的绘画天赋，亲朋好友对他的长处夸奖得言过其实，对他的仁爱达到了异乎寻常的不幸地步。于是他的第一幅画作拿到罗马的一个地方展出，以获得他人的认可。结果，他意外获奖。想不到这成为他厄运的开始。金子般的梦想昭示着美好的未来。他要用画笔绘出不朽的作品，让家庭富裕起来，光宗耀祖。他参赛的这部获胜的作品竟成了他一生中最好的作品！回到家乡后，他青少年初期的那种远大抱负成了过眼云烟。他的很多画作全是平庸之作。人们拿这些画跟他在罗马的那幅名作相比较，认定现作的画技低于前作，当属次品。人们纷纷躲开他，对他嗤之以鼻，撇嘴摇头，不屑一顾。其实，别人并没有发现他所有的绘画都是平淡无奇的平庸之作，倒是画家自己内心悔恨不已。他努力变换色彩、改变风格，可已于事无补，好的作品再也与他无缘。在睡梦中他老是梦见罗马的那幅获奖画。那幅画色彩光泽鲜艳，画面明丽，他不由得扪心自问：画的作者是不是自己？如今他的画笔好像不好使，线条也不再流畅。他备受煎熬，神经、大脑和心脏都备受折磨，痛苦不堪。他没有勇气把自己的画拿到画展去参赛，也没有勇气将画从窗口扔出去一了百了，他从不认输，也没有改变职业的打算。罗马画展的获奖者的命运不也是如此这般吗？

希望和绝望之间的搏斗是漫长、伤心和残酷的。我还记得我认识的这个大好人，在他人生的最后几年，神情沮丧，体弱多病，意志消沉。他无缘无故地哭泣个不停，为鸡毛蒜皮的小事经常发火，他得罪了朋友，又泪水涟涟地请求人家原谅。他不能正确对待自己，也不能正确对待别人，他容不得任何人，然而他是个心地善良的人。他无法过上快乐和宁静的生活。病魔从他的精神世界逐步蔓延到肉体。这位年纪轻轻的可怜画家先是得了脑溢血，痛苦万分，最后悲愤地离开了这个世界。

上面讲到的仅是一个人的经历，现在这里有一组数字，是关于"千人故事"的，我在这向你做个简要的介绍。

今天巴黎大约有八千个画家（其中女子有两三千，外国人有三百）。好吧，我们来看看事实，这八千个画家中，只有六十个，最多也只有八十个画家的作品是真正有商业价值的！

孩子，想想啊，巴黎居然有七千九百四十个画家生活在愤恨、痛苦和屈辱中啊。

你要是认为自己有成为艺术家的天赋，那你就学习艺术吧，因为跟其他所有职业相比较，艺术将对你大有裨益，但首先你要研究、了解自己，估量你的自身价值。

你千万别相信亲人和朋友廉价的赞美之词，但是你不妨将自己的习作交给已达到艺术顶峰、再不会产生嫉妒心的画家高手或老一代的艺术家，让他们对你的作品做出评估。你还要审视他们的每一个手势、每一个微笑和每一句话，因为在这种情况下，彬彬有礼的回答往往会出于怜悯来掩饰评价的冷酷无情。要是你的作品没有立刻引起人们的兴趣，参加评价的老师没有跟你勾肩搭背，你的同事没有向你祝贺，只是满足于说些"不错，好，好，相当好"的客套话和其他一些类似的说教，那就是说，你应该马上怀疑自己的天赋了。你要是还不认输的话，那你就"学习、学习，再学习"，以后再征求你的评估人更为严肃、认真的评价。

要知道，有多少艺术家连认输的勇气都没有啊！他们常常显得盛气凌人，一点儿也听不进别人的好言相劝，结果他们只能为店铺画画广告，为卢卡[1]的模具店制作小小的石膏像！又有多少艺术家梦想着成为米开朗琪罗[2]和拉斐尔[3]啊！可他们靠卖画挣来的钱还不足以养家糊口。有多少艺术家梦想光宗耀祖啊！可连同龄人都不尊重他们。世人对虚荣而又愚笨的人，对蹩脚的艺术家，对混入艺术神圣殿堂、滥竽充数者是深恶痛绝的。

在人生的平凡旅途中，这些平庸的艺术家没有过上一天安稳宁静的舒心日子，而是在永无休止的忌恨中，在对万事万物的嫉贤妒能中，痛苦地熬过一日又一日，一年又一年。他们像患了狂犬病，会随时咬伤过路行人！

---

1 意大利一城市。
2 米开朗琪罗（1475—1564），意大利文艺复兴盛期雕刻家、画家、建筑师和诗人。
3 拉斐尔（1483—1520），意大利文艺复兴盛期画家、建筑师，与米开朗琪罗和达·芬奇（1452—1519）称为文艺复兴盛期的三杰。

这些平庸的艺术家蓄着长长的胡须，留着长发，衣着风格浪漫，嘴上总是叼着石膏烟斗以艺术家身份自居，这是多么滑稽可笑哟！这些行走在艺术边缘上的人辱骂不相信他们是天才的批评者！每天喋喋不休地大肆宣扬世人对他们的不公，哀叹厄运跟他们总是不期而遇，甚至抱怨占卜学家和卡莫拉[1]拒不向他们提供体面的职务，让他们过上富裕的生活！啊，他们是多么的怪异荒诞哟！

我上面向你讲了作为艺术家的可怕又不幸的一面。孩子啊，你要是选择了艺术这个职业而又没有这方面的天赋，我真担心我的讲述掩盖了艺术这个职业风光的一面，而给你蒙上了一层阴影。

任何职业都有其阴暗面，也有其光明面。光明面光辉灿烂，闪光耀眼，如同彩虹色石英和钻石发出万道金光，在这个世界上，很少人能享受像伟大的艺术家那样的快乐。

在画室，艺术家站在构思的作品前，凝视着它在自己手中茁壮成长，他反复加工，将其塑造成能跟他说话的"活宝"。他每天用含情脉脉的目光，注视着它，用手抚摸着它，让它变得更加完美。骨骼精心整理成形后，艺术家为它打造"肉身"，再"量体裁衣"，涂彩添色，精雕细镂。为使图像雅俗共赏，他涂彩增辉，直到最后浓重的一次笔润，雅致、色彩和飘逸同时融为一体，好似给画作披上一件理想的外衣。这时，我们的天才舒了长长一口气，签上大名。悠悠岁月凝缩成他全部的智慧。他放下画笔和画板，禁不住心潮澎湃，感慨万端。

这时候，我们的艺术家双臂交叉在胸前，用充满爱意的目光审视着画作，高兴得欢欣跳跃，惊呼大叫！

"这就是我的孩子！这就是我的作品！"然后，他又颇感自豪地说："我将永垂不朽，万古长青！"

---

[1] 波旁王朝时期那不勒斯的一个秘密团体，即为现在横行当地的黑社会组织。

艺术家很满意自己的作品，内心的喜悦溢于言表。他人的赞美，贤人的认可，荣誉和财富如同编织的一个花环罩在他那引以为豪的脑袋上。花环好似神像上的光轮在天才的额头上光芒四射。流尽了辛劳的汗水，艺术家需要长期休养，并不断汲取大自然的乳汁，以便继续推出艺术新作。他感受到的值得享受的无限快乐也应想方设法让其他人来分享。这位幸运的艺术家，其精品金波荡漾，艺术风格变化多端，即使将来他升入天国，也是一个在沉思冥想中追求美的幸福之神。他的画室中陈列得真是琳琅满目，美不胜收，赫然成了一座博物馆。在这里，他往昔的画作与眼下的作品相比，绝不失色。这些作品为国家的荣光添彩增辉，艺术家为此而自豪！

工程师

很多人想当工程师。他们相信，只要全心全意地为大家修铁路，什么时候都不会缺少面包吃。可有人不管自己有没有当工程师的天赋，只是把赚钱作为选择这一职业的原则，这当然是一种误解。正因为这样，有许多平庸的工程师只是艰难地维持着生计，注定不会为国家争光。

工程师作为整个工程学的分科，是需要有特殊天资的一种职业，只有良好的愿望是不够的，只有思想敏锐、聪明伶俐也是不够的，必须有设计和数学方面的优势才行。从小孩子最初喜欢玩什么东西，做什么游戏，便可轻而易举地猜测到他将来会有什么专长。比如说，他喜欢在作业本上画图，仿造大炮、枪支、各类小汽车、小机器，算术成绩一直名列前茅，加上健壮的体魄，厌倦深居简出的生活，毋庸置疑，这孩子有着将来做一个工程师的潜能。

要是我有工程师的所有天赋，要是我能活到二三百岁的话，我愿意用四分之一世纪的时间来研究如何成为一名工程师，毫无疑问，这是个为大展宏图而做出的正确选择，是一种功德无量、有益于千秋万代所有人的职业。道路、桥梁、房屋、工厂、大型机械设备……这些总是出自工程师之手的大作代表着大地上人类的强大。工程师可以改变地球的面貌，让夏娃的子孙安居乐业。工程师削平大山，再造新山，分割陆地，再造岛屿，又把岛屿并入陆地。工程师——这群陆地和水的主人与"暴君"——把水引进干涸的土地，排干湖泊，穿山越岭。

工程师是地理学和地质学错误的修正者。工程师做这些事情时，并没有弄脏手，也没有流汗，只用一支并不怎么精致的铅笔就够了。工程师可以称得上杰出的人，他们拥有无穷无尽的力量，用自己喜欢的方式指挥"千军万马"。他们的"杰作"大大方便了人类的相互接近及和睦相处，这就节省了时间，无异于延长了人们的生命。

工程师中不乏有为人类造福的、最杰出的人。比如说，有的工程师发明了蒸汽机；有的工程师则将蒸汽机加以改造、完善，推而广之；有的开挖苏伊士运河[1]把亚洲和非洲分开，缩短了欧洲到印度的一千多公里的距离；有的正在把美洲一分为二，使得文明的人们接近澳大利亚、中国和波利尼西亚更方便了；终有一天，一些工程师还会让人们不费吹灰之力地在天空航行，正像今天我们在大洋中破浪前进一样。

那位创建意大利第一所综合工科大学的人是其他学科之父，这个人获得这种殊荣是当之无愧的，他是上帝赐福的人。同样，所有那些促进意大利工程学发展的人也应该受到上帝的赐福，在其他国家同类学校的人们面前，他们应该是不会感到羞愧难言的。这些人比律师略逊一筹，而比一般工程师高出一筹！

今天，我国并不缺少道路工程师，可特别缺少机械师和矿山工程师。

---

[1] 位于埃及东北部，穿经苏伊士地峡，是连接地中海和红海及欧、亚、非的交通要道。

要知道，所有的工业是一刻也离不开机械学的。机械学的应用越来越广泛。我们不得不痛心地、羞涩地从阿尔卑斯山以外的地方去寻找意大利缺少的人才。同样，我们有很多种矿藏，有的还是富矿。可在帕尔杜索拉的工厂，把产自撒丁岛和其他地区的方铅矿提炼成铅、银和锑的全部工作都是由英国人来完成的，另外，很多外国人也在我国的矿产部门任职。

　　造物主给我们造就了像达·芬奇、米开朗琪罗和布鲁内列斯科[1]这样的伟人，为我国洗雪了耻辱，赢得了无上的荣耀，时至今日，我们完全有能力再造这些顶级艺术家们聪明过人的门徒。过去，我们的艺术起到了美化巨大工程的作用，建筑科学与优雅的美感艺术珠联璧合。

　　如今艺术和机械学的完美结合支撑起一座高耸入云的艺术丰碑。为什么我们应该忘掉这些无上荣耀呢？为什么我们应该这样落伍下去呢？要知道，我们的前辈是出类拔萃的啊！

　　老实说，在工程学平凡的征途中，艺术是一门精确测量的学问。它可以纠正人们所做的不公道的事情，甚至纠正物理学家的不公正的行为，每天给我们带来无限的快乐。工程师修好了一条路，谁也没有感到它的美和舒适；工程师设计修好了一座桥，好像谁也没有感到它的安全可靠和雅俗共赏。到了晚年，很多工程师开始安度有尊严的悠闲生活，当他们浏览着经自己装饰得多姿多彩的墙壁时，禁不住喜出望外，觉着不管对自己、对别人他们都是有用之人。那些道路呀，房屋呀，立交桥呀，教堂呀，都……都是自己设计和建造的哟！流言蜚语终会曲终飘散，如同云雾一见阳光就消失那样，各种批判也会不攻自破。

　　建筑即便成了断壁残垣，也是看得见、摸得着的，要是面带微

1　布鲁内列斯科（1377—1446），意大利文艺复兴初期的建筑师。

笑的艺术家再对其增色添彩，就会充分证明：美的策源地将会锲而不舍地再创美好的世界。

跟其他许多职业相比，工程师的生活有着巨大的优势所在，其屋内生活和户外生活保持着完美的平衡，为身体健康和精神健康这二者的高度和谐创造了最好的条件。

工程师颇像观光客和农民。比如说，他在平原和山区设计公路或铁路，为一块土地绘制工程图，为一座建筑绘制设计地基，过着风餐露宿、居无定所、富有诗意的生活，这反而使他的体魄健壮了，肺活量增加了。

接着，他带着用"点"和"线"组成的设计方案返回书房，摇身一变，成了一名正襟危坐的"学者"，松弛一下肌肉，强化一下大脑。

这两种工作轮换交替，愉悦着身心，使得工程师体力过人、精力充沛，没有因为操劳过度而心灵扭曲、焦急不安，实为一个完美的人。

不管是白天还是黑夜，不管是春夏还是秋冬，所有完美的职业都要与大自然为伍，水乳交融，在不同性质的工作交替中，让人的器官及其功能得到休息，大脑和肌肉都要保持自然的平衡。

综上所述，所有脑力劳动的高级职业中，唯有工程师的职业是最有益于身心健康的。

律　师

伦巴第人的方言是生动活泼的。他们用本地区富有特色的语言囊括了法学和社会学的所有分科。他们从"司法"这个学科那里采撷了"研究法律"（法律为单数词）这两个单词来加以诠释，假如他们把"法律"这个单词由"单数"变为"复数"，这就为研究法律赋予了最科学、最准确、最真实的定义。

研究如何治理本国和主宰其他国家人民法典的人是实施、解释和捍卫法律最适合的人选。深刻了解人类社会大厦是建立在何种基石上的人可能成为履行自己义务和除暴安良的法官，也可能是一位捍卫清白无辜者的律师或庇护罪犯的律师。

孩子啊，你在学习和研究法律之前，应三思而后行。为什么要反复思考？不少人认为学习法律并不需要什么特殊的天才，只要有良好的愿望就足够了。于是，那些厌烦数学的，那些连常春藤的叶子都画不好的，那些看到尸体就感到恶心的或没有激情满怀的人，都想去学法律。

法律是一个大垃圾桶，是罪犯的巨大避难所，里面有才智极为平庸的人，不中用的人，游手好闲的富人，在大学混日子以谋取学位的人，还有不求进取、安于现状的蠢人和任人摆布的人。这些人的人生理想无非是梦想成为一名仰人鼻息的小职员，到了月底能领到正常薪水，没有才能经商，没有勇气与命运抗争，没有殊死的搏斗，没有自由的竞争，只是按部就班、老老实实地沿着等级森严的阶梯，从卑微的办事员爬到一个什么科长的"宝座"。这个大垃圾桶里，一个无辜小民旁边，总有一个道德败坏的刁民，他热衷于钝刀子杀人，爱耍阴谋、放冷箭、传播马路消息、大量散布流言蜚语。

但是，在这个如同羔羊任人宰割的人和狡猾得如同狐狸的人组成的群体中，也不乏有识之士，他们死守尊严的底线，坚守指导人生所选择的职业道德。孩子啊，你要是想成为律师的话，就得跟他们中间的任何人打交道，你假如没有与生俱来的展翅高飞的本领，那么，你与其闻着办公室的烟臭味，还不如过一种呼吸着清新芬芳空气，有益于身心健康的田园生活，或者选择那些能尽快给你带来好运，让你获得独立人格的职业。

我一直认为，一个国家律师的多少与其民众的多少往往是成反比的。也就是说，律师多的国家，这个国家肯定是最糟糕的，一个国家的人民要是充满活力、非常强大的话，他们就应该寄希望于矿工的凿子、农民的锄头和机械师的圆规，而不应该是讼棍[1]的笔。一个颓废没落、病入膏肓的社会，它的一切都被蛀虫撕咬得千疮百孔，陈规陋习、各种偏见根深蒂固，支撑社会大厦的基石随时可能陷落，这样的社会滋生出一批又一批的坏律师、坏职员和强词夺理、怨天尤人、品行恶劣的势利小人。本来一清二楚的法律，经这些人一解读，反而变得含糊不清了；本来是要把错综复杂的问题理出个头绪来，可经他们一插手，反而节外生枝，一个难题变成许多再也解不开的结。啊，人们呼唤着像司法部原部长亚历山大那样的新部长再次出现，以便快刀斩乱麻般地果断解决难题。

但是密如蛛网、一团乱麻般成千上万的难解的结盘根错节，给神圣的法律蒙上了阴影，使法律变成一片荆棘丛生或不毛之地。诸位，要是你们想消灭毒蛇的话，首先要铲除或烧掉灌木丛，因为毒蛇就隐藏在那里。

在那些荆棘丛生、乌烟瘴气的部门，你们别担心大刀阔斧的改革。只有这样，我们才能开创一个新时代，正像盖房子需要从打造牢固的地基开始做起那样。我们绝不能建立一个一半人监督另一半人、互不信任的社会。在相互尊重的基础上，建立一个良好风尚的法制社会才是我们的最终目标。

孩子啊，此时此刻，我敞开心扉并不是向你诉怨，而是由于我在跟讼棍和奸佞小人的接触中，心灵受到过他们残酷的折磨，只不过想借此发泄一下自己的怨气而已。在这里，我只是向你介绍一下职业这个大范畴内存在的善与恶，而没有从"法学"这个大学科的角度做进一步的阐述。

法学博士的文凭既是为你雕凿的神龛，让你萌生卑鄙的念头，

---

[1] 唆使别人打官司而自己从中获利的坏人。

又是为你敞开的宫殿大门,让你伸张正义,或者是另一扇最雄伟宫殿的大门,让你手握权杖,制定法律。法律界人士欲壑难填,他可以做最高法院的院长,在司法领域,他的权力可以超越国王和议会;他可以做部长会议主席,成为君主之后的意大利第一公民。你拿到法学博士文凭后,再经过坚持不懈的努力学习,将渐渐看到地平线上的曙光,这时候,你可以从展现在面前的许多条道路中,决定你走的那唯一的道路——法律学。

不管选择什么样的道路,都需要美德、坚定的信念和百折不挠的勇气。毋庸置疑的诚信、坚定不移的决心和钢铁般的意志是每个法律工作者必读的一部"圣贤书"。在人类社会,法律工作者是正义的守护神,是不公正行为的报仇雪耻者,如同神父守护着神龛,免得里面的圣像受到亵渎一样。对法官、律师、政治人物及其他所有阶层的职员来说,诚信是他们在司法王国里必须接受洗礼的第一件圣事[1]。

法律工作者就是纯净水源的守护神。巍峨壮观的冰雪之山参天耸立,融化成叮咚潺潺的流水,沿着沟壑、峡谷顺流而下,汇成涓涓细流,浇灌着土地,滋润着人们的心田。要是守护神弄脏了水源,即便是浑浊不清,也会给饮水人带来巨大的灾难。

有了诚信,加上勇气和英雄气概,那你就去学法律;作为战士或二等兵,作为上尉或将军,你要是为了给你摇篮的祖国和为你起名的家庭立功,那你就去学法律;你要是有很强的战斗性,并坚定地认为,面对激烈的争论你不回避的话,临危受命的机遇对你是习以为常的话,你就去学法律。

除了诚信和勇敢,还要加上聪明和智慧,渊博的知识,讲话热情洋溢,举止魅力四射。如果做到了这些,你就是一颗耀眼的明

---

[1] 洗礼、圣餐、坚信、忏悔、圣职、结婚、临终涂油是基督教的七大圣事。

星。你将从平原登上山丘，从山丘登上高山，从高山登上巅峰，你在你的人生之旅上就能奋勇前进。在那里，你远离"芸芸众生"和"污泥浊水"，阅读到的将是永垂不朽的信条——标志着善与恶、真与假、正义与非正义的分界线。

你可别为那些现代理论和冒牌货所诱惑，那些伪造的理论不过是思想上的歇斯底里，也别相信那些所谓可靠的教义，说什么新的总是真理，今天的总比昨天的要好。人的良心中，总有一些铭刻于心、亘古不变的道德准则，任何诱惑的理论都无法将其摧毁。在诠释公正与不公正中，你都要死守这样的底线。理论也有过时的时候，一种理论将代替另一种理论，但是，人的良心的基础将跟人一样永世长存。

从"法学"这同一学科派生出不同职业，正像人们的聪明才智各不相同一样。由于天资不同，人们的兴趣爱好、习惯也不尽相同。

你要是不爱戎马生涯，喜欢过一种平静、稳定、可靠而没有狂风暴雨，没有起伏跌宕的生活，那你可坐上一只小船，驶向行政或政府的港湾，当一名悠然自得的职员。

假如你是个好斗分子，讲起话来滔滔不绝，口若悬河，才智过人，那就去做律师。这样你或许能够以迅雷不及掩耳之势，在不触犯法律的情况下，拯救真理，拯救灵魂，挽回损失。

要是你真的渴望正义，真理的大获全胜确实让你感情激荡，长袍[1]的尊严的确吸引着你，那你就去做法官。

假如你爱祖国胜于爱一切，你已经很用功，学了很多东西；假如你想学习学习再学习，努力努力再努力；假如你有雄辩的天才，是位好斗的勇士；假如你想在你的祖国的历史上留下深深的足迹，那么你就去做政治家。选择了这个职业，你就再也不要寻思着会给

---

1 法官的礼服。

你带来什么样的幸运和荣光了。你面对的是对所有人承担义务。当你为自己的君子品性和公民良心而深感自豪时，你必须做好让人忘记你并被嗤之以鼻的思想准备。政治家不要成为供奉他人的祭品或殉道者！他没有权利去追逐等级森严的社会的第一把交椅。

在政治斗争中，你应该拿起笔，当一年甚至一天的新闻记者也好。

在你的书桌上或在你的墨水瓶上，凡是眼睛能看到的地方写出或刻出三个词：诚信、诚信、诚信。对你来说，你要肩负起崇高的使命，照亮舆论并正确地引导舆论。你要时刻想到作为新闻记者的那支秃笔——这既是一件凶器，也是一件有益于人的工具。它可以杀人，也可以救人；可以腐蚀人，也可以教育人；可以出卖人，也可以塑造理想化的人。

起初，聚集在你周围的只是少数，但只要这些人有大义凛然的勇气，就可能发展壮大成为一个军团，但过了不久，只会剩下少数几个卑鄙下流的小人和愚昧无知的人。

医 生

孩子啊，你尊重人性吗？为了研究、接触人的本质，你可以不怕恶臭的尸体，不讨厌痛苦的呻吟和令人恐惧的伤口吗？

孩子啊，从来没有一个小时的自由空余时间，你会感到惊奇吗？人们的忘恩负义，你会愤怒吗？愚昧无知的蛮横无理让你厌恶吗？分担他人的痛苦让你沮丧吗？

孩子啊，用得着你的时候就呼唤你，用不着你的时候很快就把你忘记，这种讨人嫌的职业你不觉得反感吗？

要是你对第一组问题做出肯定的回答，对其他问题做出否定的回答，好吧，那你就鼓起全部勇气来去学医吧！成为一名工程师，需要特殊的天赋，而作为一名医生则更需要坚强的意志，有能力化解处理各种矛盾，战胜一切艰难险阻，经得住批评和指责。

假如你的志向呼唤你学医的话，在你下定决心之前，无论如何，不妨结交一两个医术并不太高明的本地医生作为朋友，听听他们的意见。

自然，他们会向你描绘这一职业的可怕图景，绝对是一幅真实的漫画。请你权衡一下利弊，做出判断。你的朝气蓬勃、丰富的想象力和你对医学的热爱（这是你愿意选择的职业）使你勾画出另一幅别有情致的蓝图。你把两幅图画放在一起，用立体镜同时细细察看，你会从中抽出一张独一无二的，那是真实可靠的，它必将影响着你的判断力和决心，指引你前进的方向。

那些被你咨询的、医术并不高明的医生将对你说些什么呢？

他们会对你说：做医生前，医学系的学生必须在冷冰冰的大理石工作台上学习解剖学。台上，你看到的将是残缺不全的四肢、腐臭内脏这些令人作呕的东西。你还要学习临床课，目睹的将是不幸和痛苦的惨状。

他们将告诉你：医校毕业拿到文凭后，你将成为医生，开始从事自己漫长而充满艰辛、遭受痛苦折磨的职业。

他们将告诉你：你的毕业文凭是流血流汗得来的。你像年轻时的埃斯科拉庇俄斯[1]驾舟终于驶入港湾，四周的礁石高高耸立，时刻威胁着你的生命安全。

作为年轻医生，你将像年轻的水手在锡拉岩礁[2]和卡律布狄斯大漩涡[3]之间面临着两难决策的形势。如果做乡村医生，你就要吃那里坚硬、变味的面包；你要是做城里的医生，你将会吃到那里精美的面包，但因为城市经常发生骚乱，局面动荡不安，要买到这种面

---

1 古罗马神话中的医神。
2 3 指意大利西西里岛墨西拿海峡上的岩礁及其对面的大漩涡，比喻船行驶到这里进退两难，容易腹背受敌，这里借神话故事，寓指行医不容易。

包也非常困难。

乡村的医生告诉你,他是奴隶中的奴隶,仆人中的仆人。他的第一个主人和暴君就是市长及其市议会的全体爪牙,市长的妻子和议员先生的夫人也是他的主人和暴君,还有当地的药剂师、行业总管也是他的主人,乡下佬是他最后的主人。为了饱餐一顿,吃上爆肚,乡下佬有权在正月冷冰冰的深更半夜把他从暖烘烘的被窝里叫起来或在八月的三伏天让你穿越荒无人烟的沙漠去买蘑菇和牛、猪、羊肚。

他对你说,医生从大年初一到除夕之夜,要不停地干活儿,白天干的时间很长很长,马不停蹄,夜间还得干些粗杂活儿。

他对你说,你将遭受富人的折磨和侮辱,遭受穷人的粗暴对待,拼死拼活干完一年后,收支刚刚平衡。

城市的医生对你说,在实习的前几年里,他们花光了自己少得可怜的储蓄,连早餐的面包也吃不上。

医院的一位医生是无偿提供几年服务以后才领到微薄工资的,给亲朋好友看病当然也是免费的,一声"谢谢"便是他的"酬金"。他在药房当坐堂医生,寂寞难耐地等待着,就像蜘蛛在空中凝丝结网设陷阱,在迷宫中睁开八只眼睛,悄无声息地等待猎物上钩一样。机会终于来了。第一位疑神疑鬼的患者一边叫着医生一边拿出一个里拉来,这让医生哭笑不得,有苦难言,因为你坐马车、坐电车穿过整个城市就要花掉半个里拉!一座类似各各他山[1]的无名山腰上,一条弯弯曲曲、陡壁的羊肠小道通向山顶。走起路来非常费劲,常常累得腰疼腿酸,你历尽千辛万苦,最后总算爬上了山顶。一位被你看过病的患者非常吃力地向你介绍另一名患者,说什么你是医术相当高明、收费又少的医生,还有,看门人长期患重病,你

---

[1] 意译为"髑髅地",耶稣基督曾在此山被钉死在十字架上。

免费为他看好了病，可看门人又把你热情地介绍给自己的主人，而主人又让你免费为自己卑贱的厨师和女洗衣工查身验体。在一个社区，你打造了可靠患者的第一部花名册，取得了初步的成效。这个时候，你的一位业内同行突然翩然而至，控告你在一次时运不济的医疗事故中表现得愚昧无知，并对你造谣中伤，还说什么他是出于善意才这样做的。这一事件让你成为人家的笑柄，给你本人造成了伤害，使你这样辛劳和学习换来的成果转眼化为乌有。

你的一个患病朋友经你在他家里精心、使人满意、长期治疗后，恢复了健康。可这人是个翻脸不认人的家伙。当他从远处见到你时，转身就走，因为他必须向你付一笔可观的治疗费。还有的患者对你的要求过于苛刻、野蛮、残忍。法院、政府和其他所有人对你有所求时，他们把你视为一个可以随便殴打、踩在脚下任意踩蹦的炮灰，更不用说经常面临着得上传染病的危险了，也不用说痛苦不堪、焦急不安的生活了！没有安宁，没有休息，没有睡眠，没有思考问题的时间！

孩子啊，我向你描绘的这幅图画，并非都是真实的，但一部分却是千真万确的。你要思考一下我的劝告，放在天平的秤盘上衡量一下当医生的利与弊，好与坏，得与失。

我提醒你注意帕维亚[1]大学医学系一位教授的一席话。学生临近毕业时，这位教授跟他们告别时说："你们要时刻牢记，作为医生，你们的职业是非常不舒服地坐在第三把交椅的位置上，坐在正厅的位置也同样不舒服。你们要竭尽全力让自己坐在舞台的第一排和第二排的位置上，只有这样你们才能自我感觉良好。"

看起来，这位教授善于把握人生的最好时光，经过奋力拼搏，最后终于坐在了第一把交椅的位置上。显然，他向自己的学生过分

---

1 意大利北方的历史名城。

地夸大了令人痛苦的回忆。有很多乡村和城市医生，尽管他们不是名医，却一直过着幸福的生活。他们受到大多数人的尊敬与爱戴，过得相当舒适，并非常满意这种清闲、舒心的日子。他们很快地忘掉了那些忘恩负义的病人，永远记住那些热情的谢意。他们诚心诚意地安慰病人，生活得很快活，吃得好，睡得香。他们爱和平民百姓聊聊家长里短，对家乡陈芝麻烂谷子的事儿了如指掌。他们对人们的吝啬大度、包容，因为他们见多识广，对人们充满着爱；因为大多数人中，善总是超过恶。首先，他们意识到，自己应该成为有用的人，应该尽到义务，成为国民中的优秀分子。他们治好了许多病人，万一治不好，就安慰他们，让其安静下来，减轻痛苦。

我的孩子啊，要是你选择医生作为你的职业，你一定要坐在舞台第一排或第二排的座位上，如同那位了不起的帕维亚大学教授对学生希望的那样。亲爱的，倘若做到了这一点，你不仅是好样儿的，还是最棒的！

完美的医生是世界上最幸运的人之一。这样的医生正像歌德[1]所描写的老博士浮士德所希冀的那样：了解善与恶。了解善是为了给劳苦大众带来福祉，了解恶是为了严惩它。

一个完美的医生深刻地了解人们的内涵和外表，他这样做不仅是为了自己，也是为了别人。他到处治病救人，是驱除病魔的行家里手。他刚擦干了眼泪，转眼间就破涕为笑了。他从没有感到如此快活过！

他回到了家，同样，家人也为他操碎了心。家人焦急不安地盼望着他早日回来。回到家里，他受到啧啧称赞和热情款待，一张张绽开的笑脸，一个个诚恳的祝福向他表达着敬意。为他排忧解难的有家人，有朋友。他把遭受苦难的全人类视作自己家庭的一员。他

---

[1] 歌德（1749—1832），德国诗人、作家，代表作为诗剧《浮士德》，小说《少年维特之烦恼》。

是基督教真正的、最忠实的信徒，他为所有遭受苦难的人忍受折磨，他尽职尽责，他历经磨难，他流血流汗，他蒙受不白之冤，他也为所有受苦受难的人而死，虽死犹荣。

没有人比优秀、高明的医生更伟大了，没有人比他更富有、更强大了，什么人也无法替代他，跟他平起平坐。不管你怎样伟大，在病痛面前，都会向他低头的，因为没有任何东西像疼痛那样让人人都是平等的。百万富翁、部长和国王受到病痛的折磨时同样急赤白脸，积极主动赶去敲医生的门。别人给你的是黄金、荣誉和享乐，医生给你的是健康，是比金钱、荣誉和情爱价高千百倍的健康。

百万富翁、部长和国王在痛苦呻吟中变得一律平等，在医生面前都显得卑躬屈膝、微不足道。他们双手合掌，用恳求的声音，企盼从知识渊博的医生那里挽回生命。生命仅仅延长一天，哪怕一个小时也好嘛！此时此刻，眼前的人性的所有弱点和渺小，医生都看得一清二楚。医生不仅应该充满怜悯心和同情心，同时还应该感到自己是最正直的人中的一员，最值得自豪的人中的一员。他是慰勉的施舍者和生死的主宰者，在这种情况下，医生怎么不会忘掉和饶恕幸运宠儿的蛮横无理，忘恩负义者的不道德，弱者的嫉妒，世人的一切卑鄙行为和所有邪恶呢？

在痛苦和疾病中，优秀和聪明的医生采撷着生命花园中最美和芬芳的花朵。天真的孩子们冲着他微笑，女人的温柔、紧紧握手的感激，平民百姓的赞美，富人的金子都是冲着医生而来的。他可以，也应该大把大把地拿富人钱箱里的钱来救济身无分文的贫民。他的"杰作"就是生命，他应该是正确地估计自己劳累工作的第一个人，还应该从富人那里索取所需要的东西，以便把自己的时间和收取的金钱用在穷人身上。

要是大多数医生不是贪得无厌地去进行卑鄙交易的话，他们的职业的光辉在平民百姓的心目中是经久不衰的，因为平民百姓认为，卑劣的行为早晚会酿成苦果。要是律师、工程师和人类社会的所有"大小工人"都重视他们的劳动价值的话，为什么唯独医生应该心甘情愿地乐于奉献，不要求别人的恩赐呢？

就感情而言，没有其他任何一种职业像医生这样传递着无比的柔情蜜意、最为引以为荣的成就感和内心深处的欢悦感，留给医生的是永驻心田的无尽快乐。医生比其他任何自然学科的学者都最了解人，因了解人而衍生出来的所有善事都应归功于医生。他眼前有一块荒芜的田地，然而还可以使它肥沃起来。流芳百世者的名字刻在哪里，医生的名字就写在哪里，什么都不能抹去他们的名字。

人的机体是一部可知的最完整的机器，也是一部还没有完全被认识的机器。还有成百上千的奥秘等待医生去破解。数世纪以来，也还有成千上万的新大陆期待着它们的哥伦布[1]去发现！有关器官的多少功能我们还不了解啊！

还有多少机制，如有机体的构造、功能和相互关系，我们更是不甚了了啊！还有多少不治之症等着医治啊！

医生可以挽救一个还未出世的生命，可以将一个瘦弱、发育不良的孩子变成一个强壮、长寿的人，可以让一个窒息的人起死回生，可以制止鲜血从受伤的静脉汩汩地流出来，否则，大量的流血会夺去他的生命，可以让一个驼背的人直起腰来，让哑巴会说话，可以让盲人重新见到阳光，让神经错乱的人重获另一种意义上的"光明"。医生可以让一个奄奄一息的人破涕为笑，变成一个幸福的人，可以让人息怒，可以阻止自杀，可以延长人的生命，让一个悠久民族某个时代的历史宝库更加充实，可以把疟凶肆虐的沼泽地改造成为发财致富的良田，可以用严格选定的清洁卫生的浴液让一个民族

---

[1] 哥伦布（1451—1506），意大利航海家，是发现美洲新大陆的第一个欧洲人。

的人口成倍增加，改善一个种族的命运。

只有这种特别善良和坚强的另类人才能做医生。难道他不应该因为这种能力而趾高气扬吗？难道他不应该以能够随心所欲地驾驭所有这些势力而感到自豪吗？

但是，孩子啊，你要牢记帕维亚大学教授讲给他学生的那些话。要是你当了医生，就不要坐在观众席上，更不要坐在楼座上，而要坐在舞台上。

巴琪恰舅爷上述这些札记是写给未来自己的孩子的，但他没有孩子，所以后来就送给外孙恩利科了。另外我们还发现了巴琪恰舅爷的附言，现摘录如下：

孩子，在我的这部回忆录中，并没有发现有关军人职业的论述，这并不是说我看不起这个职业，或者说忘记了它。只是因为我建议你阅读德·阿米琪斯[1]的那些无可比拟的作品，从那里，你可以看到军人这一职业的全部理想。但是，随着人类社会文明的进步，军人的作用必有丧失的一天。

---

1 德·阿米琪斯（1846—1908），意大利著名作家。青年时代从军，后来成为战地记者，其代表作《爱的教育》和《军营生活》中都有对军队精彩生动的描写。

第十八章　巴琪恰舅爷讲述三个神圣的美德·康复后的恩利科回到都灵

我向你们讲述了巴琪恰舅爷的情况，介绍了他如何向外孙传授实用哲学的知识。在此期间，恩利科一直沐浴在海滨的阳光下，经常在舅爷的花园里散步，圣·特伦佐的气候令人陶醉、快乐。他的身体已完全康复，跟几个月前相比，判若两人，现在谁也不认识那个刚从都灵来的脸色苍白、宛如豆芽菜的男孩了。

舅爷像爱自己的孩子一样爱恩利科，他真想让恩利科一直待到十一月再离开。但爸爸妈妈和医生不同意舅爷的挽留，认为恩利科的身体恢复得比想象中的还要好，可以说，完全恢复了健康；而且现在正值秋天，是收获葡萄的季节，恩利科全家也准备去自己的阿斯提杰亚诺的葡萄园采摘果实，爸爸妈妈迫切希望恩利科在皮埃蒙特自家葡萄园中度过今年的最后一次乡间生活，进一步增强体质，为十一月恢复学业做好准备。

同意恩利科回家有充足的理由，爸爸妈妈为儿子说情，也不能说这种做法是十全十美的。舅爷的反应是从内心深处长长地叹了一口气，因为他必须听从上帝的安排，重新过孤独的日子。

恩利科离开前，舅爷约他上午到塞拉村去散步。塞拉是一座位于山顶、俯视列里奇大部分地区的小村落。坐在街心广场的围墙上举目眺望，锦绣山川艳丽迷人，尽收眼底。

首先进入视野的是列里奇的古城堡，然后，透过橄榄树林和栎树林，妩媚多娇的美景一览无余。小小的圣·特伦佐、圣·玛利亚、发尔科纳拉、帕尔都索拉的所有小港湾星罗棋布；拉斯佩齐亚海湾无边无际，其高楼大厦、造船厂历历可数，风景如画；僻静的韦内雷港深藏不露，维尔德·帕尔玛丽娅岛如同一个胆小鬼逃离了大陆，跟毗邻的两个最小的岛——提诺和提内托——兄弟般地相依为伴，形影不离。

现在正值九月，天空和大海竞相比美，看谁更清澈、更蔚蓝。目力所及的远方，水天一色，大海和长空像一对偎依在一起的热吻恋人低声细语，跟色彩缤纷的田野水乳交融，溶化在一个粼光闪闪、银白色的硕大湖泊中。

气势磅礴的风光婆娑多姿，交相辉映，艳丽迷人，勾勒出一幅苍郁幽深、碧彩霞光的画卷。奇特竞秀、光华四射相连缀的风景，衬托出橄榄树的淡绿、松树的翠绿、葡萄树的黄绿，织成了锦绣、壮丽的大地。远远望去，如同乌龟似的巨大军舰、几艘货轮和白色两桅小帆船在大海上游弋。这真是太美了。置身其中，谁都心醉神迷，默默地不吱一声，聚精会神地极目远望美景，毫无倦意。

祖孙俩陶醉于山川景色之中，很长时间没有说一句话。只是痴痴地观望着、欣赏着……过了一会儿，他俩几乎同时惊呼起来："哟，多美啊！"

舅爷随之深深地长叹一口气，接着说："恩利科，你看，在我们周围，有着无比丰富的艺术和自然资源。无穷无尽的奥妙蕴含在目力所及的起伏山峦和宁静的大海中，它们又跟广阔天涯的地平线相连缀，辽阔无边得谁也没有测量过离我们有多远，这些都应该成为引人扬起生活之帆的无限遐想之源。

"我们待在这个地方脚踩着大地，手触摸着悬在头顶上的橄榄枝，而橄榄油是供我们每天吃喝的必需品，这些村落，这些田地，这些房子都是我们赖以生存的基础，我们必须首先想起它们，善待它们。

"不远处或者更远的地方，你可以看到高耸于群山之上装备着大炮的要塞，看到拉斯佩齐亚的雄伟造船厂和价值数百万、能在几个小时摧毁一座城市的军舰。一旦我们的国家受到威胁，我们必须用这些武器来保卫她。同样，你也必须以勇气武装自己，把自己铸成铜墙铁壁来打赢生活中的战争，制伏无耻之徒，不畏强暴，呵护弱者。

"然后，然后……在有面包吃的今天，我们必须进一步想到明天用这些武器、这些军舰来捍卫祖国，再想到后天，以至永远……即理想。透过乳白色的雾霭，你凝视一下远方，凡是大海和天空连接处，就见不到大地，见不到长空，见不到水面，但所有这些可以用'珠联璧合'来形容。距离越远，你的视力就越减弱，眼睛就失去了辨别物体形象的能力。你的生活就是这样：今天有面包吃，制造武器明天用。但是，你还必须想得更多更多，不断地思考一些大事，一些永远思考不尽，双手触摸不到的大事。说一千，道一万，不管你是虔诚的教徒，还是真善美的化身，都无关紧要，重要的是要有超越自我的远大理想，不被日常生活中的庸俗、蝇头小利所腐蚀。用餐时，可以用金质餐具，也可以用锡制餐具，喝酒可以用玻璃瓶，也可以用银质杯，但是面包和酒并不就此改变味道；你可以躺在粗糙的床单上睡觉，也可以躺在镀金和青铜华盖下睡觉，但是，并不因为你睡在穷人的床上或者富人的床上就做着不同的梦。为了肉体上的快感是不能肆意妄为的，这就如同人们不能随便越过国境线一样。衡量幸福时，对所有人来说，用的都是一条平等的分界线，是第一眼便能看到的分界线。

"并不是说，一个人从哪里开始他的理想，他肯定就是自己命运的主宰者，就是大地的主人、长空的主人。单就餐桌和睡床而言，人和动物的差别是微乎其微的，但是人们在哪里祈祷和企盼，在哪里授课和思考，这种在哪里的细微差异却是无限的，从某种意义上说，教堂和学堂应该始终是一对孪生姐妹。

"恩利科啊，假如你想快乐地生活，不愿意像其他人那样因受到上帝的惩罚而咒骂生活，你就要尽可能地把理想注入自己的日常生活中。你的每一个行为都应受到心灵的启迪，受到真理的引导和匡正，这些我已向你说过多次，可我并不因为我的一再重复而后悔。

"没有头脑的心就等于没有舵手的帆船。

"没有心的头脑就等于没有帆的舵手。

"头脑和心的结合就意味着思想和感情所有能量的和谐,意味着一个聪明的正人君子——一个完美的人。

"神父将教给你三个神学的美德:信仰、希望和爱心,将向你解释这三种东西之所以是最美好的道理。我显然不是神父,可我一直认为,在现实生活中,这三种东西是须臾不可分离的,是其他所有幸福之母。

"从本质上讲,这三种美德就是正直、劳动和理想。

"我的恩利科啊,你要精心培育对这三种美德的感情。如果说你没有从我这个年迈的舅爷这里学到什么的话,三种美德你必须学到,我相信,将来你不会说白白跟我一起度过了几个月光景的。

"一个热爱劳动、有远大理想的正直的人,是幸福的人,是有用的人。走完自己的人生之旅后,他会闭上自己满意也让别人满意的眼睛。大人物和小人物,强者和弱者,富人和穷人,天才和平庸之辈……我们所有的人都应该成为正直的人,成为劳动者,都应该有一片时时关注、属于自己的晴朗天空。不论任何人,只要他逃避义务,违背大自然的规律,他就等于摧毁了将昔日与未来联系起来的桥梁,他将为自己的罪过付出昂贵的代价。

"恩利科啊,你的心很有灵性,头脑也很清醒,我深信你将成为一个正直的人,一个奋斗不息的劳动者,你的头顶上将有一片理想的蓝天。"

恩利科默默地不吱一声,可眼睛都哭红了。巴琪恰舅爷从没有像今天这样带着哭腔,用含着眼泪这样的方式跟恩利科说过话。恩利科知道,这是他俩的最后一次散步,从今以后,舅爷再也不会跟他推心置腹地交谈了。

两人默不作声地走下山来,这时,从拉斯佩齐亚远处传来的大炮的轰隆声,打破了他们的沉默。

"舅爷，那是什么声音？"恩利科问。

"那是罗马时间，准确地说，是中午的报时钟声。炮声是通过有线电报机从康皮托里奥山丘[1]向意大利所有重要城市发出的标准时间。罗马是永恒之城，是祖国的心脏，每个地方都同时感到这颗心脏的跳动。罗马时间就是整个意大利的时间。当我像你现在一样是个小伙子时，从未想到过在我死之前能在拉斯佩齐亚这个地方听到康皮托里奥的时间。此时此刻，威尼斯、巴勒莫、米兰、都灵、那不勒斯都在倾听整个意大利的标准时间。我们的祖国只有一颗心脏，无数个头脑都为她服务，无数只胳膊会让她变得强大起来，伟大起来。恩利科啊，爱你的祖国吧，好好地爱吧，永远地爱吧！可以告诉你，我周游过全世界许多地方，我发现，我们的祖国是世界上最美丽的国家。意大利曾把自己的文明传遍整个欧洲大陆，可后来却遭遇数世纪的不幸。罗马的标准时间，每天向我们致意，我们也应该向永恒之城——罗马致意。"

巴琪恰舅爷和恩利科摘下帽子，沿着山路一声不响地向圣·特伦佐走去。

---

[1] 位于罗马市中心，古罗马城建于其上的七个山丘之一，从古至今一直是罗马市政府的所在地。

回首往事
——作者的孙女给出版社社长的一封信

亲爱的科罗纳塞社长：

接受您的约请让我有机会回首祖父保罗·曼特伽扎的往事。我既感到高兴，又有些许的惆怅，激动的感情波澜难以平息。

我并不了解祖父。今日重游现在属于我、原先属于祖父的故居和花园，感到万事万物都在向我讲述祖父的悠远岁月。

当我还是个小女孩时，就住在那座老宅里（尽管居住的时间不算太长），在花园里尽情地游玩嬉闹……依我之见，这一切都是这部书的真实写照。如今花园依然屹立在利古里亚大区的圣·特伦佐镇。

我已八十高龄，当时在祖宅里度过的美好时光，至今还时浮脑海，我仿佛亲眼看到祖父正在打开由他命名的"塞列娜"别墅的栅门，迈步踏上花园中的小径，登高望远，凭窗眺望他喜爱的大海，观赏昂然挺拔的松柏，倾听阵阵松涛，凝望五个孩子打闹嬉戏。我父亲雅哥布是祖父五个孩子中的一个。他长得酷似祖父，是祖父的宠儿，两人又都是以医生为职业。或许正是这些缘故，祖父把老宅、花园以及他周游世界时搜集到的所有东西都留给了父亲。沧海桑田，今非昔比。今天的读者需要重新认识"巴琪恰舅爷"别墅的含义。

不过，冬青栎和松柏依然枝繁叶茂。从异国他乡引进的奇花异草依然一片葱绿，生机盎然，以它们特有的语言诉说着各自的逸闻趣事。

谢谢您在那不勒斯重阅且再版了这部书，同时还加进了新的内容。

紧握您的手，不胜感激，致以敬意。

朱丽叶·保拉·曼特伽扎